TROISIÈME HUMANITÉ

Bernard Werber

TROISIÈME HUMANITÉ

ROMAN

Albin Michel

Pour Benjamin

AVERTISSEMENT

Cette histoire se déroule dans un temps relatif et non un temps absolu.

Elle se passe précisément dix ans, jour pour jour, après l'instant où vous ouvrirez ce roman et commencerez à le lire.

Tout est en évolution permanente.

Mais il arrive un temps où le changement devient soudain plus rapide, plus brusque, plus spectaculaire.

Le bourgeon compact se transforme en fleur épanouie.

La chenille s'extirpe de son épaisse gangue sombre et se mue en papillon léger et multicolore.

L'adolescent devient un adulte.

Une peuplade ne vivant que dans la peur, l'égoïsme et la violence, se transforme en civilisation consciente et solidaire.

Cette métamorphose s'effectue souvent par spasmes, contractions, douleurs.

Lorsqu'elle est achevée, il ne reste plus qu'une vieille enveloppe vide accrochée à une branche d'arbre, des souvenirs pénibles associés à des photos jaunies, des drames notés dans des livres d'histoire, des ruines et des musées, autant de vestiges dérisoires d'un monde archaïque.

Et l'être transmuté peut s'envoler vers le soleil pour faire sécher ses ailes neuves.

Cependant, à mesure qu'approche le temps de la Métamorphose, surgissent des forces visant à l'empêcher de se réaliser. Celles-ci émanent de tous ceux qui craignent la transformation vers l'inconnu et préfèrent la stagnation, voire le retour en arrière.

Il ne faut pas sous-estimer ces forces de blocage.

Tout d'abord parce qu'elles s'avèrent souvent majoritaires, ensuite parce qu'elles sont plus puissantes, car mieux enracinées, que les forces évolutives.

L'envie de rester dans le monde ancien est rassurante. La crainte d'avancer est naturelle. Pourtant, s'il refuse de changer, l'organisme se sclérose, étouffe dans sa vieille peau, sans révéler son vrai potentiel.

Quand un individu arrive à élargir son champ de vision dans le temps et dans l'espace, il est naturellement tenté de souhaiter sa propre métamorphose, mais aussi celle de tous les êtres qui l'entourent.

Encyclopédie du Savoir Relatif et Absolu,
Edmond Wells, Tome VII.

ACTE 1

L'âge de l'aveuglement

1.

Les humains peuvent-ils évoluer ?

Parfois ils m'inquiètent.

Dois-je les aider ou les laisser livrés à leur sort ?

Je ne peux pourtant les abandonner car j'ai un grand projet pour eux.

Pour cette mission précise, il faudrait que j'en choisisse quelques-uns, parmi les plus imaginatifs et les moins craintifs.

Un ou deux, pas plus, en général cela suffit pour entraîner les autres.

Mais comment les trouver ? Ils sont tellement nombreux.

Et puis, si je me trompe, si je tombe sur des maladroits… Je connais leur capacité de nuisance.

Rien que ce matin, des inconscients ont fait exploser une de leurs bombes atomiques expérimentales sous ma peau !

Elle était plus puissante qu'à l'accoutumée.

Ils ne se rendent pas compte des dégâts que cela provoque en moi.

Et après, ils s'étonnent que je réagisse.

2.

FLASH SPÉCIAL : À 9 h 23 ce matin, les plaques continentales du fond de l'océan Indien se sont craquelées et le frottement a provoqué en surface un tremblement de terre d'une amplitude de 9,1 sur l'échelle de Richter. Le séisme a été suivi d'une vague de trente mètres qui s'est propagée jusqu'à dix kilomètres à l'intérieur des terres. Nous appelons tout de suite notre correspondant sur place, Georges Charas.

– Georges, vous qui avez tout vu, pouvez-vous nous raconter ce qu'il s'est passé exactement ?

– Depuis l'hélicoptère, j'ai en effet assisté au drame. C'est comme un monstre aquatique qui a déferlé sur la côte pakistanaise. Un mur vert sombre recouvert d'une écume argentée s'est abattu tel un torrent furieux sur Karachi, la capitale économique du Pakistan, arrachant les immeubles et les petites maisons comme s'ils étaient en papier mâché. Je peux vous dire, Lucienne, le spectacle était terrible. Les populations jaillissaient dans les avenues, se précipitant dans leurs voitures. Les pauvres, ils ne sont pas allés bien loin. Les véhicules ont été stoppés par les embouteillages. Leurs occupants ressortaient précipitamment de leurs inutiles coquilles d'acier. Ils couraient. Des colonnes de fuyards chargés de valises et d'enfants filaient entre les voitures immobilisées. Mais la déferlante aquatique progressait sans que rien ni personne puisse l'arrêter. C'était un spectacle horrible. Des milliers de personnes ont été rattrapées, noyées, écrasées, submergées. Les voitures qui flottaient étaient percutées par des bateaux tournoyants, des bus tordus, des trains crevés, des réverbères pliés, des morceaux de toits. Karachi n'est plus qu'une ville noyée dans des eaux boueuses.

– Merci, Georges. Je viens d'apprendre que les secours internationaux s'organisent pour venir en aide aux sinistrés. Selon les officiels pakistanais, il y aurait déjà entre 10 000 et

20 000 victimes. Nous vous tiendrons au courant des événements au fur et à mesure de leur évolution.

3.

Voilà, c'est passé.
Je n'ai pas cessé d'améliorer mes « frissons ».
Pourtant je manque encore de précision.
Ce ne sont pas les humains de ce territoire-là que je visais.
Il fallait frapper bien plus au nord-ouest, là où a eu lieu leur dernière explosion atomique souterraine.
Bon, ça a dû quand même leur donner à réfléchir.
Suis-je trop dure avec eux ?
Il faut que j'en choisisse un ou deux et que je leur inspire mon grand projet.
Comment les trouver dans cette masse grouillante d'individus ?
Je dois d'abord m'apaiser, oublier temporairement cette idée de mission à confier à quelques humains et me reposer.
Mais que se passe-t-il ? Quelque chose me pique dans mon pôle Sud. Est-il possible qu'ils essaient déjà de se venger ?
Non. Ils n'ont même pas pris conscience de mon existence en tant qu'être vivant, alors comment pourraient-ils vouloir me punir ?

EXPÉDITION EN ANTARCTIQUE

4.

La tête en carbure de tungstène incrustée de diamant vient de transpercer une couche dure de la croûte terrestre.

L'extrémité du trépan de la foreuse, ne rencontrant plus de résistance, s'enfonce d'un coup comme un tournevis dans du bois tendre.

En surface, dans l'enfer blanc et glacé de l'Antarctique, fouettés par les vents sifflants, les trois scientifiques de l'Expédition Charles Wells sont groupés près du derrick de dix mètres de hauteur qu'ils ont patiemment assemblé.

Les moteurs remontent en grinçant les lourdes tiges d'acier qui ont troué toutes les couches sédimentaires du sol.

Sur les écrans de la foreuse s'affichent les premières mesures.

Une poche d'air a été détectée à exactement 3 623 mètres de profondeur.

Sous les regards indifférents d'un groupe de manchots, les trois humains démontent un par un les palans de la foreuse, dégagent l'appareil et se penchent au-dessus du trou béant. La tête de carbure a ouvert un orifice d'un mètre de diamètre, suffisant pour laisser passer les scientifiques.

Ils lancent de longues échelles souples en câble d'acier dans le trou.

Emmitouflés dans leurs épais anoraks orange, les trois explorateurs s'enfoncent dans les ténèbres.

Éclairées par les lumières blanches des grosses torches électriques, mais aussi par les lueurs jaunes, à faisceau réduit, des lampes des casques, les entrailles de la terre se révèlent autour d'eux, luisantes et tortueuses.

Deux des trois silhouettes qui s'enfoncent dans les profondeurs ne sont pas des spéléologues, mais des paléontologues.

Ils sont venus là pour vérifier une hypothèse du plus âgé des trois, le professeur Charles Wells, qui a donné son nom à cette expédition. Celui-ci estime que régnait jadis une température plus clémente au pôle Sud et qu'il y avait une vaste forêt de conifères où vivaient probablement des dinosaures.

Cette hypothèse avait d'ailleurs été corroborée par la découverte, dans les années 1980, grâce au satellite Radarsat, d'un lac sous-glaciaire de deux cent cinquante kilomètres de long sur cinquante kilomètres de large, à trois kilomètres de profondeur près de la station russe Vostok. En février 2012, une sonde russe était ensuite parvenue à percer une ouverture jusqu'au lac proprement dit, mais celle-ci, de quelques centimètres à peine, n'avait permis que de ramener des échantillons de minerais et de glace.

Aujourd'hui le trou est suffisamment large pour permettre aux trois humains de pénétrer sous la croûte.

Si la vie a un jour proliféré en Antarctique, le professeur Wells est persuadé que, en toute logique, ce lac devrait en avoir conservé des traces fossiles.

Après avoir sollicité en vain les instances publiques pour obtenir des subventions, le célèbre savant a finalement trouvé un sponsor privé qui a consenti à financer son audacieuse expédition. Un industriel en produits surgelés dont la marque s'étale en grosses lettres blanches et noires sur son anorak orange : « GELUX Surgelés », au-dessus de la devise de l'entreprise :

« Les meilleures viandes conservées dans le froid aux prix les plus bas. » Une chaîne de télévision lui a alors commandé un documentaire et fourni une cameraman, à la condition qu'il placarde sur son casque et ses gants : « CANAL 13, la chaîne des voyages de l'extrême ».

La journaliste Vanessa Biton, caméra au poing, se place toujours à l'arrière pour filmer le professeur Charles Wells et son assistante la jeune chercheuse Mélanie Tesquet. Tous trois descendent avec prudence, progressent vers les profondeurs, le long de leurs échelles souples lâchées dans l'obscurité. 3 623 mètres de descente verticale qui nécessite des pauses tous les mille mètres.

Enfin, les semelles de leurs bottes touchent une surface plane.

Les faisceaux lumineux fouillent les ténèbres, révélant peu à peu une vaste caverne.

– Le lac Vostok…, murmure Vanessa Biton.

Une étendue liquide miroite sous la lueur des lampes-torches.

– Vous aviez raison, professeur, ce n'était pas une légende, il y a bien un lac souterrain sous la banquise de l'Antarctique, reconnaît Mélanie Tesquet.

Ils avancent sur les berges du lac qui scintille de reflets turquoise et mauves. La température est à peine plus élevée qu'en surface et leurs souffles se transforment en colonnes de vapeurs blanches. Stalactites et stalagmites encerclent l'ovale parfait du lac qui prend des nuances bleu marine et violet.

– On se croirait dans une bouche, remarque la jeune journaliste en éclairant les longues protubérances pointues de glace blanche semblables à des dents.

– Le plafond ressemble à un palais. Et ce lac pourrait être sa salive, approuve l'assistante du savant.

Ils progressent à grands pas.

Sur les parois, ils découvrent des traces de fossiles végétaux, mousses et fougères.

– Il y avait bien de la vie ici, confirme-t-elle.

Ils poursuivent leur exploration et trouvent des fossiles animaux : gastéropodes et lamellibranches. Mélanie Tesquet en détache quelques-uns au burin. Elle les photographie puis les place sous son microscope électronique portable.

– C'est une espèce de trilobite qu'on ne trouve que dans des régions tempérées. Voilà qui confirme votre hypothèse, professeur : jadis la température était clémente en ce lieu.

À mesure qu'ils avancent, ils découvrent d'autres mollusques incrustés dans la paroi, essentiellement des escargots aquatiques, des crustacés et des vers.

– Ils sont énormes, constate Mélanie. Je n'ai jamais vu d'ammonites de cette taille.

Ils longent la berge du lac, éclairent, photographient, filment, prélèvent des morceaux de roches qu'ils analysent aussitôt. Le professeur Wells, pour sa part, privilégie son cher carnet sur lequel il prend fébrilement des notes.

– Eh bien, nous ne sommes pas venus pour rien, professeur, annonce l'assistante. Nous pouvons remonter et annoncer cette découverte au monde.

La journaliste approche et filme le carnet en gros plan.

– Du papier et un crayon comme les anciens scientifiques, remarque la jeune femme. Ça a un côté si « suranné ». Je ne savais pas qu'un scientifique de pointe comme vous utilisait encore de tels outils.

Le savant ne répond pas, note quelques phrases, puis range son carnet et marche.

– Professeur ! Professeur ! Ne vous éloignez pas trop, nous ne pourrons jamais explorer toutes les berges. Il faudra revenir avec plus de moyens, clame son assistante.

Mais l'homme en anorak orange s'est immobilisé, la lampe-torche braquée dans une direction bien précise.

– Par là ! lance-t-il.

5.

Qu'est-ce qu'il leur prend de me transpercer dans mon pôle Sud, si loin de leurs regroupements de populations ?

6.

C'est un tunnel perpendiculaire à l'axe du lac.

Sous l'éclairage de leurs lampes, la roche apparaît par endroits veinée d'ocre, de rouge et de rose.

Les trois explorateurs suivent sur un kilomètre une pente douce qui aboutit à une seconde caverne tout aussi haute que la première, mais plus étroite.

Un fin brouillard gris recouvre le sol. Entourées de vapeurs opaques, des roches aiguës surgissent dans les faisceaux lumineux.

– Après la cavité de la bouche, celle de l'estomac ? suggère Vanessa Biton tout en continuant de filmer.

– ... ou du cœur, renchérit Mélanie Tesquet en éclairant une zone du plafond parcourue de nervures noires compliquées et chatoyantes.

Charles Wells promène le pinceau de sa torche et s'arrête soudain sur un élément incongru : une protubérance blanche et fine, surgissant de la brume rasante. Légèrement arrondie, elle s'élève à plusieurs mètres de hauteur.

– C'est quoi ? demande la journaliste, intriguée.

– C'est trop courbe pour être une stalagmite, reconnaît l'assistante.

Ils s'approchent et éclairent la forme étrange entourée d'un halo de vapeurs.

– Cela n'a rien de minéral, ni de végétal d'ailleurs, affirme Mélanie.

Le professeur Wells articule :

– Ce n'est pas une stalagmite, c'est un os d'animal. On dirait une... côte. Une côte de plusieurs mètres de long.

Les respirations se font plus rapides.

– Une « côte » ?

– Qui appartient à mon avis au squelette d'un dinosaure, annonce le savant avec une excitation mal contenue.

Il frotte de son gant la pellicule de givre et explique aux deux femmes son hypothèse.

– Nous pouvons imaginer que des sauriens ont vécu ici. Ils se seraient cachés sous terre pour se protéger de l'environnement devenu hostile en surface. Peut-être après un changement de température ou de gravité.

L'assistante du professeur Wells fait glisser au sol le cercle de lumière de sa torche électrique et constate que cette côte énorme appartient à une série d'autres côtes tout aussi démesurées formant un sternum, lui-même accolé aux vertèbres d'une colonne vertébrale reliée à une sphère osseuse assez semblable à un crâne.

– Je crois que ce n'est pas un dinosaure, annonce-t-elle.

Le faisceau mouvant, faisant glisser les ombres, semble donner vie aux cavités orbitales de ce crâne démesuré.

– À vrai dire, ça n'a même pas l'air d'appartenir à un reptile, murmure Mélanie. J'ai l'impression que c'est plutôt... un grand singe, ou bien un primate.

– C'est un humain, mais un humain d'une taille colossale, complète son collègue.

7.

Cette fois, ils ont creusé vraiment très profondément.
Ils sont bien à trois kilomètres sous ma peau.
Que vont-ils faire maintenant ?

8.

La journaliste Vanessa Biton filme la demi-sphère formée par le sommet, le front et les arcades sourcilières du crâne préhistorique.

Les deux scientifiques photographient l'étrange squelette sous tous les angles, puis décident de poursuivre leur exploration de cette caverne souterraine. Ils découvrent un second squelette humanoïde de la même taille que le premier. Là encore tous les os sont intacts, parfaitement conservés par le froid, à peine recouverts de givre.

La bouche de Charles Wells est maintenant agitée de tics nerveux qui expriment une joie mal contenue. Il s'essuie d'un revers de main les poils blancs de sa moustache et de sa barbe.

— Si c'est bien ce que je pense, nous tenons enfin la preuve qu'il existait, en des temps lointains sur cette planète, une autre espèce humaine aux dimensions titanesques.

Mélanie sort un pointeur de mesures laser et lit le chiffre qui s'affiche sur l'écran.

— De la tête aux pieds, il mesure 17,1 mètres de long, annonce-t-elle.

— La hauteur d'un immeuble…, glisse Vanessa. Comment est-il possible que des humanoïdes aient été dix fois plus grands que nous ?

La journaliste filme la découverte pendant que la scientifique photographie la scène avec son propre appareil sous différents angles. Le professeur Wells couvre son carnet de signes, de notes, de petits croquis et de points d'interrogation.

Mélanie vient le rejoindre.

— À quoi pensez-vous, professeur Wells ?

— Il me tarde que mon fils apprenne cette découverte.

— Votre fils ? Vous êtes en Antarctique et vous pensez à votre fils ?

– Il se prénomme David. À 27 ans, c'est un passionné de biologie. Nous sommes une famille de chercheurs, mon grand-père était un spécialiste des fourmis. Mon fils David est plutôt dans les réductions de plantes, les bonzaïs, mais désormais, après cette découverte…

Il pointe le crâne de l'extrémité de son stylo.

– … la surenchère scientifique va être difficile.

Mélanie Tesquet n'apprécie pas le ton prétentieux du savant. Depuis leur départ, elle l'entend user de superlatifs comme s'il devait sans cesse se vanter de son audace, de sa chance et de son talent.

– C'est le défi de toutes les générations : surpasser l'œuvre de la précédente, dit-elle. Ce géant est probablement le vestige d'une humanité disparue ; nous sommes le présent et votre fils est le futur. Il fera forcément mieux que nous. On peut toujours faire mieux que ses parents.

Charles Wells essuie son front et poursuit comme s'il n'avait pas entendu.

– David va enfin connaître une vérité jusque-là ignorée. Désormais, lui, toute sa génération et les suivantes apprendront dans les livres d'histoire qu'avant l'humain moderne existaient ces colosses de dix-sept mètres.

Il a prononcé ces paroles avec solennité, puis pour ses deux collègues d'expédition, il précise :

– En fait, nous venons de découvrir qu'une espèce humaine inconnue a précédé l'« Homo sapiens » actuel.

– Comment pourrait-on la nommer ? demande Vanessa en leur tendant le micro.

Charles Wells hésite, note plusieurs formules sur son carnet pour ne pas les oublier, barre celles qui lui déplaisent puis il articule :

– … « Homo gigantis » ?

9.

Quand les humains creusent si profondément, c'est toujours pour la même raison.

Me pomper mon pétrole.

S'ils savaient que cette substance… est mon sang, mon indispensable sang noir.

Et ils me le volent toujours pour la même raison.

Pour s'agiter.

Je n'ai jamais vu une espèce qui remue autant.

Avec mon sang noir dont ils remplissent les réservoirs de leurs avions, leurs bateaux, leurs camions, leurs voitures, leurs motos, leurs tondeuses à gazon, ils grouillent encore plus vite dans tous les sens.

Pour atteindre quel objectif ?

Le plus souvent, pour revenir à leur point de départ. C'est une espèce fébrile. Ils m'arrachent ce que j'ai de plus précieux pour le transformer en agitation inutile. Ils ne comprennent pas que si j'ai ce liquide sous ma peau, ce n'est pas par hasard.

Mon sang noir a une fonction bien précise.

10.

Les stalactites alentour ruissellent de gouttes d'eau cristallines qui semblent autant de larmes.

Les trois explorateurs en anorak orange ont l'air minuscules face aux deux squelettes géants découverts dans cette caverne à plus de trois kilomètres de profondeur sous la surface de l'écorce terrestre.

L'assistante du professeur déploie un appareil de mesure et, après avoir doucement gratté la côte avec un burin électrique, elle obtient un fragment qu'elle place dans un tube. Elle allume l'écran, effectue quelques réglages, lance les procédures d'analyse puis annonce :

— Selon la mesure au carbone 14, ces Homo gigantis sont âgés... tenez-vous bien... de huit mille ans !

Le professeur Wells se penche vers le rond de lumière blanc qui éclaire les os plats et larges.

— Les éléments du squelette sont en tout point similaires, toutes proportions gardées, à ceux de notre humanité.

— À en juger par la forme des bassins, il s'agit à droite d'une femelle et là, à gauche, d'un mâle.

— Venez voir, professeur, lance Vanessa. Par ici !

La jeune journaliste de Canal 13 a frotté la paroi de la caverne et découvert sous le givre des formes sculptées qui se distinguent nettement des motifs chaotiques de la roche.

— Pas de doute, constate Charles Wells, cela a été gravé par des mains.

Vanessa continue de frotter la paroi dans le halo de sa lampe-torche et dévoile peu à peu une longue fresque.

— Assurément, c'est un bas-relief.

Un œil apparaît sous le frottement de son gant.

— Ils ont voulu se représenter eux-mêmes...

— Ils ont sculpté des scènes avec des personnages en situation, comme dans une bande dessinée, murmure à son tour Mélanie.

D'un geste pressé, elle sort de son sac à dos un chalumeau à gaz. Elle place un embout triangulaire plat et, ayant allumé l'appareil, applique l'extrémité sur le givre protégeant la fresque.

Les scènes en relief libérées de leur film transparent sont enfin exposées aux regards des trois explorateurs.

— Quelle finesse ! s'exclame-t-elle. On dirait que cela a été sculpté avec un burin très fin, capable de creuser la pierre comme un laser.

Ils reconnaissent des visages, des torses, des groupes d'individus qui accomplissent des gestes de leur vie quotidienne et évoluent dans des décors variés.

— Cela semble raconter une histoire complète avec un début, un milieu et une fin, suggère Vanessa.

Le professeur Wells se rapproche encore, éclaire, palpe, enfonce son ongle dans les rainures de la pierre.

— Ils ont voulu relater l'histoire de leur civilisation. Ils ont décrit qui ils étaient pour qu'on ne les oublie pas et qu'on sache ce qu'il leur est arrivé.

Mélanie Tesquet commence à photographier une à une les cases, de droite à gauche, à partir de ce qui semble le début de la fresque.

Vanessa augmente la portée de sa lampe-torche, active le micro et appuie sur le bouton d'enregistrement. Aussitôt les trois lettres rouges REC apparaissent dans son viseur.

— Professeur Wells, en exclusivité pour les téléspectateurs de Canal 13, la chaîne des voyages extrêmes, pourriez-vous nous expliquer ce que l'on distingue sur ces parois ?

— À en juger par ces scènes gravées dans la roche, la civilisation de ces Homo gigantis serait plus ancienne que toutes celles connues à ce jour. Il y a plus de huit mille ans, ils savaient accomplir ce que les autres civilisations de taille « normale » n'ont découvert que bien plus tard.

La jeune chercheuse, soucieuse de ne pas être en reste, se place devant l'objectif et précise :

— Selon ces fresques, il semblerait que ces géants avaient la capacité de nager longtemps sous l'eau. Sur cette image, on les voit plonger avec des baleines en profondeur.

— Si l'on en juge par le volume de la cage thoracique, ils devaient avoir une énorme capacité pulmonaire, autorisant de longues apnées, reprend le professeur Wells.

— Et là, regardez ! On dirait une scène d'opération chirurgicale.

Tout en enregistrant les voix des chercheurs, Vanessa filme scrupuleusement chaque séquence de la fresque comme si elle voulait s'assurer qu'en multipliant les images, elles ne puissent être contestées par aucun esprit sceptique.

Le professeur Wells commente :

— Ici, il semble qu'ils évoquent des catastrophes naturelles. Regardez ces détails, il n'y a pas de doute : le premier grand bouleversement qu'ils ont dû subir est d'origine aquatique, un tsunami. On voit bien que c'est une vague très haute qui submerge toutes les habitations.

— Le Déluge ? questionne la journaliste.

— Probablement « leur » déluge. À voir cette gravure, celle-ci, et celle-ci, il aurait recouvert l'île où ils habitaient, et forcé les survivants à fuir sur des navires qu'on aperçoit.

L'assistante du professeur désigne un autre pan de roche.

— Regardez, là ! On dirait une carte très précise où l'on reconnaît les cinq continents. Et d'après le trajet de leurs vaisseaux, on voit bien qu'ils ont débarqué sur la côte du Mexique, au niveau du Yucatán, et aussi en Afrique du Nord, au niveau du Maroc.

— Ils auraient donc traversé le continent africain d'ouest en est jusqu'en Égypte, complète Charles Wells en montrant un chemin en pointillé gravé dans la roche.

— Et là, sur ce dessin… on voit qu'ils seraient rentrés en contact avec des hommes dix fois plus petits qu'eux….

— Enfin les hommes normaux… Nous quoi, précise-t-il. Ou tout du moins nos ancêtres.

Les trois explorateurs poursuivent leurs investigations, découvrant sous leur chalumeau de nouvelles images.

— Si l'on en croit ces scènes, leur Déluge, en les chassant de leur île, les aurait forcés à vivre avec nos ancêtres, poursuit Charles Wells. Là, on voit qu'ils instruisent les populations locales, qu'ils leur apprennent à écrire et qu'elles les vénèrent.

Vanessa fait la mise au point pour avoir une netteté parfaite.

– Alors, mademoiselle Tesquet, ces hommes de taille phénoménale pourraient donc être à l'origine de l'écriture, découverte précisément à cette époque, c'est-à-dire il y a huit mille ans ? questionne-t-elle.

– C'est en tout cas ce que racontent ces fresques. Il semblerait que ce soit également valable pour la médecine. Sur cette gravure, on distingue bien des laboratoires et des hôpitaux où ils soignent les gens.

– Et là, les géants apprennent aux petits hommes l'astronomie, ajoute le professeur Wells.

Les trois explorateurs avancent et, à mesure que fond la pellicule protectrice de givre, leurs mains caressent et leurs esprits interprètent les images en relief qui se révèlent à leurs regards fascinés.

– Ici ! Venez voir ! s'écrie Mélanie. Cette scène confirme que les petits hommes les considéraient comme des dieux. Les géants leur apprenaient à construire des monuments et notamment des pyramides.

– Comme c'est étrange… Les pyramides semblent pour eux des émetteurs radios qui amplifient leurs ondes cérébrales, précise Wells. Les géants d'Égypte arrivaient ainsi à communiquer avec leurs frères géants du Mexique par… pyramides interposées.

Les deux savants se lancent dans une surenchère d'hypothèses sur le sens à donner aux scènes gravées qui se dévoilent.

– C'est probablement pour cela que le panthéon égyptien est composé de dieux géants, explique-t-elle.

– De même que le panthéon mexicain, souligne-t-il.

– Et le panthéon grec. Platon, dans son *Timée*, en parle. Il prétend qu'il existait à l'ouest, au-delà des rives d'Europe, une île peuplée de géants à la technologie particulièrement avancée : l'« Atlantide ». Cette île aurait connu un déluge. Cela correspond parfaitement aux bas-reliefs que nous découvrons

31

actuellement. Ce que nous ignorions, c'était que les Atlantes mesuraient dix-sept mètres de haut.

— Leur intelligence était peut-être proportionnelle au volume de leur cerveau, avec forcément un plus grand nombre de neurones.

Les trois explorateurs photographient et filment posément les cases une à une.

— Regardez ici, poursuit Mélanie. Ces scènes montrent que les « petits » hommes respectent de moins en moins les géants. On dirait qu'ils se révoltent contre leurs dieux et, finalement, les combattent.

Elle fait fondre la glace superficielle, puis éclaire des scènes de batailles où des petits guerriers affrontent des adversaires géants.

— Selon ces représentations, au début, les plus grands ont facilement l'avantage.

— C'est la victoire des Titans dans la guerre des dieux de la mythologie grecque, rappelle Charles Wells.

— Cependant, regardez cette image avec le soleil voilé par les nuages et la neige qui tombe.

— Le climat change. Deuxième grande catastrophe après le déluge : une brusque glaciation. Cette baisse de température aurait joué en défaveur des géants, explique-t-il.

— Étant plus grands, ils avaient une plus large surface d'épiderme exposée au froid.

— Vous pensez qu'ils s'enrhumaient ? questionne Vanessa.

— En tout cas, ils étaient affaiblis. Regardez cette partie des fresques. C'est clair. Ils semblent malades. Ils auraient été vaincus, puis peu à peu chassés de tous les continents par les petits hommes, signale Mélanie.

— C'est Ulysse achevant le dernier cyclope dans l'*Odyssée* d'Homère, ajoute Charles Wells.

— Ou le dieu viking Thor luttant contre les géants Jötunn.

– David contre Goliath. On pourrait en citer des centaines. Dans toutes les mythologies, on retrouve cette situation avec nos ancêtres qui combattent les géants et en triomphent.

Les trois explorateurs sont impressionnés par les images précises retraçant ce drame ancien.

– C'est à mon avis la troisième catastrophe qui explique leur disparition, poursuit Wells. Après le déluge qui les noie, après le froid qui les affaiblit, la guerre contre les petits hommes qui veulent s'émanciper achève de les anéantir.

Le paléontologue fait signe à Vanessa de s'approcher.

– Regardez, certains de ces Homo gigantis fuient sur des bateaux et abordent des îles où ils auraient obligé les petits humains à leur vouer un culte.

– Ces statues géantes sont nettement reconnaissables.

– Bon sang, à voir l'emplacement sur la carte, il n'y a aucun doute, c'est l'île de Pâques !

Les trois lampes-torches fouillent nerveusement les bas-reliefs représentant les géants en train de forcer des hommes à les représenter sous forme de sculptures grandeur nature pour les vénérer.

À nouveau, le flash de Mélanie claque.

– Les derniers géants tentent de survivre comme ils peuvent mais survient alors la quatrième catastrophe, poursuit Charles Wells.

Le faisceau de la torche caresse la fresque et l'on voit des géants effrayés observant quelque chose devant eux. L'image est coupée net par une cloison minérale.

– Ce rocher a dû tomber après qu'ils eurent terminé de graver leur histoire. La suite du feuilleton est cachée derrière ce mur de pierre.

Les trois explorateurs sont face à la paroi recouverte de glace qui, par effet de miroir, leur renvoie leur propre reflet. Ils frappent de toutes leurs forces avec leurs piolets, fendillant à peine l'obstacle.

Déjà le professeur Wells a sorti de son sac à dos une perceuse et commence à attaquer la paroi lisse et brillante.

La mèche se tord.

– C'est dur comme du métal. Nous allons devoir employer les grands moyens pour faire tomber l'ultime voile qui nous cache la vérité sur l'histoire passée.

Le savant s'agenouille et extrait précautionneusement de son sac plusieurs bâtons de dynamite. Il les dispose au bas du mur.

– Professeur Wells, ne croyez-vous pas qu'il y en a trop ? demande Vanessa tout en filmant.

– Il faut au moins ça pour attaquer une roche aussi récalcitrante.

Ils reculent et se plaquent au sol, mettant leurs paumes sur les oreilles pour protéger leurs tympans.

L'homme tourne le bouton du détonateur.

11.

Cette fois, je les ai bien sentis.

Ils utilisent un explosif pour aller plus vite. Ils vont probablement ensuite mettre leurs derricks et leurs affreuses pompes pour aspirer mon sang noir.

Ils m'énervent.

Pourtant, ils ont aussi leurs propres parasites suceurs de sang, les moustiques, et ils ne sont pas tendres avec eux. Alors pourquoi je les épargnerais ?

Il est temps que je les informe sur ce qu'ils sont vraiment : « Des locataires temporaires. »

12.

Le miroir est brisé.

Les murailles de la caverne continuent de répercuter l'écho de la déflagration. Des craquements sinistres résonnent dans les plaques de glace du plafond rocheux. Le sol émet lui aussi un grincement sinistre, puis tout se stabilise. Les fumées se dissipent et les particules en suspension retombent, dévoilant une nouvelle grotte.

Les trois explorateurs s'avancent prudemment.

— Voilà donc la quatrième catastrophe qui a frappé leur civilisation, déclare Vanessa.

Ils éclairent l'image qui représente une sorte de boule surgissant des nuages.

— On dirait un… astéroïde, murmure-t-elle.

— Le choc aurait modifié la gravité, avantageant encore plus les petits humains au détriment des derniers géants, confirme Mélanie.

— Comme les quatre cavaliers de l'Apocalypse de saint Jean, quatre fléaux ont détruit leur civilisation, dit le professeur Wells. À voir ces bas-reliefs, on pourrait même penser que le texte de saint Jean, que l'on considère comme une prophétie touchant « notre » futur, parlait en fait de « leur » passé. J'ai toujours été fasciné par ce texte mystérieux et poétique, où quatre cavaliers – un blanc, un rouge, un noir, un vert – surgissent de l'horizon pour détruire l'humanité.

— Regardez la gravure, là, précisément. Il semblerait qu'après le choc de l'astéroïde, trois géants aient survécu par miracle, annonce Mélanie en désignant une case de la fresque. Trois survivants qui se seraient réfugiés ici et qui, pour être certains de ne pas être retrouvés par les petits hommes qui les traquaient, se sont enfoncés à 3 623 mètres sous la glace jusqu'au… lac Vostok.

— Les trois derniers Homo gigantis…, survivants d'une civilisation très évoluée mais anéantie par quatre catastrophes ravageuses, murmure Charles Wells qui ne peut quitter des yeux les gravures.

— On dirait que durant leur long exil sous la surface du pôle Sud, ces géants ont décidé de raconter l'histoire de leur civilisation disparue, conclut Mélanie.

– Ils ont dû mourir de faim, de froid ou de vieillesse.

Vanessa interrompt sa prise de vue.

– Attendez, quelque chose ne va pas dans votre hypothèse. Sur la fresque, ils sont censés être trois dessinateurs survivants et nous n'avons trouvé que deux squelettes. Peut-il y en avoir un qui s'est complètement effrité ?

– Et les deux autres seraient demeurés intacts ? Non, ce n'est pas envisageable, reconnaît Mélanie.

Pendant ce temps, Charles Wells fouille chaque recoin d'obscurité avec sa lampe-torche pour visiter les anfractuosités et les lézardes.

– Une autre question, poursuit Vanessa, satisfaite d'avoir pris de court les deux savants, pourquoi se sont-ils donné tant de mal pour graver une bande dessinée à cet emplacement et à cette profondeur ? La chance qu'elle soit découverte est à peu près… nulle.

Le professeur Wells sourit.

– Ils ont fait ça pour nous.

– Comment ça « pour nous » ?

– Je pense qu'ils se doutaient qu'un jour certains humains, plus audacieux, plus curieux, plus opiniâtres que les autres parviendraient ici. Ils voulaient que ceux-là apprennent la vérité.

Ils se taisent, le regard rivé sur la dernière scène représentant le géant en train de graver l'image qui le représente lui-même… en train de graver la dernière image. L'effet de mise en abyme est saisissant.

Charles Wells ayant sorti son carnet et son stylo, coincé sa torche électrique dans sa bouche pour éclairer devant lui, note à toute vitesse plusieurs idées qu'il redoute d'oublier.

– Les Homo gigantis étaient très intelligents et pourtant ils ont disparu. Où ont-ils échoué, selon vous, professeur Wells ? demande Vanessa en replaçant son œil dans le viseur de sa caméra.

– Ils n'ont pas fait les bons choix, répond à sa place Mélanie.

– Et si, tout simplement, on considérait qu'ils n'ont pas eu de chance ? Une météorite, c'est juste la fatalité, objecte la journaliste.

– Ils auraient dû s'adapter. Le principe même de l'évolution repose sur une succession de catastrophes qui forcent une espèce à muter. Les survivants sont ceux qui s'adaptent. Les petits hommes ont trouvé la voie d'évolution adaptée aux circonstances, aussi dramatiques soient-elles. Pour preuve, nous, les descendants des petits hommes, nous existons aujourd'hui, et pas eux.

Charles Wells continue de noter des idées sur son carnet alors que Mélanie développe sa théorie face à l'objectif.

– La météorite a peut-être modifié la gravité de la Terre, les handicapant du fait de leur taille, un peu comme ce qui est arrivé quelques millions d'années plus tôt pour les dinosaures. C'est seulement une malchance défavorisant les grands et avantageant les petits.

Le professeur Wells ne la contredit pas. Il continue de griffonner une multitude de phrases sur son carnet. Puis il rabaisse sa capuche, révélant mieux sa longue chevelure ainsi que sa barbe blanche, sort d'une poche une mignonnette d'alcool comme s'il avait besoin de ces végétaux liquéfiés et fermentés pour digérer l'ampleur de sa découverte et se concentrer sur ses implications.

– Quand même... Bon sang... Quelle découverte ! Ça va lui faire drôle quand il va savoir, murmure-t-il.

– Vous pensez encore à votre fils ? demande la journaliste.

– Personne ne voudra nous croire, reconnaît Mélanie. Personne. C'est trop déconcertant... des géants... une civilisation de géants... probablement plus avancée que nous... quelle gifle aux historiens, aux archéologues, et même aux religions ! Dire que la plupart de celles de l'Antiquité appelaient « dieux » ces Homo gigantis... Cela explique tellement de mystères du passé.

Charles Wells absorbe une nouvelle lampée de son breuvage.

– Ils seront bien forcés de nous croire ! Il y a mes notes et puis le film de Vanessa et vos photos, rétorque-t-il. Je peux vous garantir que, dans quelques jours, tous les journaux ne parleront plus que de ça. Nous ferons la une des actualités. Puis ce sera la ruée vers l'Antarctique et son lac Vostok. Des centaines de chercheurs déferleront ici. Et lorsqu'ils découvriront les deux squelettes géants et cette fresque fantastique, ils seront bien obligés de réviser tous les manuels d'histoire et de préhistoire. Qu'ils le veuillent ou non, il y avait bien, il y a huit mille ans, une humanité de géants avant la nôtre. Comme il y a eu des dinosaures avant les lézards.

– Je connais le milieu scientifique, dit la jeune femme avec une moue sceptique, vous et moi ne sommes que peu de chose face aux académies et aux certitudes anciennes. Quant aux photos et vidéos, ils trouveront forcément un moyen de les remettre en question.

– Ils n'auront pas le choix. Ils viendront ici même et ils constateront. Ils seront contraints de changer de point de vue. Parce que c'est la vérité.

Vanessa pose sa caméra et dégage son sac à dos.

– Bon, moi je suis affamée. Cela vous gêne si l'on fait une pause déjeuner ?

– Nous ne sommes pas pressés, dit Charles Wells. Ce lieu a attendu huit mille ans pour délivrer son secret, il peut attendre encore quelques dizaines de minutes supplémentaires. Si vous n'avez pas trop froid, évidemment.

Mélanie allume un réchaud sur lequel elle pose une casserole et commence à verser l'eau de sa gourde et le contenu des sachets de nourriture lyophilisée saveur saumon à l'oseille et poulet basquaise.

– Il n'y a pas plus rigide que vos collègues, cher professeur, vous le savez, dit-elle. Sans parler de leur jalousie envers vous.

– Ils changeront, eux aussi ils « muteront ».

– Vous vous bercez d'illusions. Dès qu'on abordera le sujet, ils nous riront au nez. Je les entends déjà nous ridiculiser.

– Le public nous soutiendra.

– Le public n'est pour eux qu'une masse d'ignares. Et qu'importe le soutien du public si vous avez contre vous tous vos pairs !

– Je crains qu'elle n'ait raison, professeur, intervient la journaliste. Nous avons intérêt à être très prudents. Même avec les preuves visuelles, vous risquez de passer pour un fou ou un escroc.

– Ah ! Vous aussi vous vous y mettez, mademoiselle ?

– Je connais les ricanements qui entourent certains sujets comme l'Atlantide ou même le Déluge, alors si vous y ajoutez des géants et une civilisation avancée disparue…

Les deux femmes affichent des airs sceptiques.

Ils dévorent des biscuits trempés dans le café bouillant.

– Bon sang, après une telle découverte, nous n'allons pas baisser les bras ! Les mentalités peuvent changer. Moi, je crois au contraire que nous serons reconnus pour avoir révélé un grand mystère.

– Vous êtes optimiste.

– Qu'est-ce que des images face à des siècles de préjugés ? dit Mélanie.

– Et nos prélèvements de pierres et de glace ?

– Ils seront remis en question. De nos jours, alors qu'il y a des fossiles, même la théorie darwinienne a moins de succès que la théorie créationniste. Si cela peut vous rendre plus humble, professeur, je vous rappelle qu'une majorité d'instituteurs dans le monde enseignent aux enfants que Dieu a créé l'homme.

– Où voulez-vous en venir ?

– Nous aurons contre nous les savants ET les croyants !

– Et la fresque ? Il y aura bien des gens qui viendront ici après nous.

Mélanie hausse les épaules et range les fioles dans un sac. Charles Wells, irrité par ces remarques, sort son carnet et son stylo et commence à rédiger un texte. Il écrit et réécrit chaque phrase comme s'il préparait un discours, tandis que les deux jeunes femmes l'observent.

Il s'arrête et boit une longue rasade de whisky, veut reboucher sa mignonnette, mais le bouchon roule au sol. Il se penche pour le ramasser et se fige, le regard fixe.

– Je... Je crois bien... que j'ai trouvé le dernier géant.

Il se met à quatre pattes et, de la manche de son anorak, frotte la pellicule de givre qui voile le sol.

13. ENCYCLOPÉDIE : APOCALYPSE

Du grec *apo* et *calypsis*, le mot « apocalypse » signifie littéralement : « enlèvement du voile ».
Plus tard traduit par « révélation » ou « mise à nu de la vérité », ce terme est devenu synonyme de « fin du monde » car on considère que l'homme n'étant pas capable de voir la vérité (cachée derrière le voile de ses propres illusions et de ses mensonges), sa révélation lui sera fatale.

Edmond Wells,
Encyclopédie du Savoir Relatif et Absolu
(reprise du Tome V).

14.

Sous la glace, ils distinguent une masse beige.

Le paléontologue se rue sur sa lampe-torche. Le faisceau lumineux s'éparpille en millions d'éclats scintillants au cœur de la glace bleutée. Il ôte ses gants et frotte maintenant le sol des deux mains.

À travers la transparence de la glace, l'homme issu du fond

des âges est parfaitement intact. Il mesure plus de 15 mètres, a de longs cheveux blancs, une barbe. Il porte des vêtements usés.

— On dirait…, murmure Vanessa.

— Quoi ?

— Le Père Noël, ou Dieu…

— Ce n'est qu'un vieil homme à barbe blanche très longue, tempère Mélanie.

De son côté, le professeur Wells ne cache pas sa jubilation.

— La voilà, notre preuve irréfutable. Ça, mesdames, personne ne pourra le contester, ce n'est pas un artefact.

— Il faut prélever un peu de cette chair conservée intacte sous la glace pour faire une analyse ADN. Enfin, nous allons savoir quelle était la biologie de ces pré-humains.

Toujours armée de son petit chalumeau, la jeune scientifique fait fondre la glace au niveau du visage puis, ayant dégagé la bouche du géant, elle avance avec une spatule et prélève quelques cellules épithéliales à l'intérieur des joues.

Sous l'objectif du microscope électronique, les tissus s'avèrent parfaitement indemnes.

Elle renouvelle l'opération et place le résidu dans son appareil de mesure au carbone 14.

— À voir le noyau des cellules de cet Homo gigantis, il est mort très âgé, déclare-t-elle.

— Quel âge ? demande la journaliste avec empressement.

— Vous ne me croirez pas. Selon les premières données, mes appareils sont formels, cet homme n'a pas loin de mille ans.

— C'est Mathusalem, murmure le professeur Wells.

— Peut-être que les auteurs de la Bible connaissaient leur existence et ont voulu nous en parler. Vous voyez, la Bible n'est pas notre ennemie, au contraire, elle confirme nos recherches. La vie au-delà de cinq cents ans, tout le monde pensait que c'était une légende alors que c'était la vérité, s'émerveille Vanessa.

– Mille ans ? Étonnant que tout chez eux soit lié au nombre 10, remarque le professeur Wells. Les géants sont dix fois « plus ». Ils sont dix fois plus grands que nous. Ils vivent dix fois plus longtemps.

Le savant note cette observation sur son calepin ainsi que plusieurs idées que cela lui inspire. Satisfait, il le range avec la carte mémoire de son appareil photo dans un sac étanche placé dans la poche intérieure de son anorak « GELUX ».

La jeune chercheuse effectue de nouveaux prélèvements pour découvrir les caractéristiques de l'ADN du géant, soudain son nez la pique et elle éternue.

– Vous avez dû prendre froid, remarque la journaliste.

L'assistante se mouche puis reprend son travail.

– À force de traîner sous des températures bien au-dessous de zéro, à tripoter des spécimens de fossiles congelés, il ne faut pas s'étonner de ce genre de petit désagrément, tente de plaisanter la scientifique.

15.

Que font-ils là ?
Qu'est-ce qu'ils manigancent dans mon pôle Sud ?
Il faut que je les stoppe net, que j'agisse de manière très localisée.
Comment frissonner dans un seul coin de ma peau ?
Avec de la concentration, je dois pouvoir y arriver.

16.

Il tremble. Le professeur Charles Wells sort de son sac à dos le matériel d'excavation pour dégager le corps de sa gangue de glace. Les trois explorateurs commencent à creuser autour du corps du géant gelé.

Mélanie est saisie d'une quinte de toux si violente qu'elle doit s'arrêter un instant.

– Ça va, Mélanie ? Vous avez avalé de travers ?

– Ce n'est rien, cela va passer, parvient-elle à articuler.

La journaliste filme.

– Professeur Wells, croyez-vous que notre civilisation pourrait elle aussi disparaître ?

– Qui sait ? À l'époque, ces géants devaient également se croire invincibles.

Il désigne l'homme sous la glace.

– … et pourtant il a suffi d'un simple caillou venu de l'espace.

À cet instant précis, une grosse stalactite se détache du plafond et transperce le lac gelé.

Un grondement se répercute dans toute la caverne. Le sol se met à trembler.

La température ambiante monte d'un coup. Les trois explorateurs s'élancent vers les parois pour éviter les lances transparentes qui pleuvent et sifflent autour d'eux. Vanessa ne peut s'empêcher de penser que ces stalactites sont les dents de la bouche qui se referme sur eux pour les broyer.

Ils se plaquent contre la roche.

Une nuée de vapeur s'échappe du fond de la gorge minérale à l'autre bout de la caverne. La chaleur devient étouffante.

– Il doit y avoir une coulée de lave toute proche, s'écrie le savant tentant de comprendre ce phénomène soudain.

Comme pour confirmer son hypothèse, la gorge vomit une sorte de mélasse fumante. Une coulée de magma en fusion se répand dans le lac gelé, le faisant bouillir instantanément. Le feu et la glace se mélangent et la température continue de grimper.

– Par là ! hurle Vanessa en désignant au fond de la caverne une niche qui pourrait s'avérer un abri providentiel.

Ils galopent, mais la croûte de glace du lac se fend de plus en plus. Une fissure craque sur toute sa longueur dans un bruit de tissu qui se déchire.

Les trois explorateurs sentent le sol se dérober sous leurs pieds.

Charles Wells n'a pas le temps de se raccrocher à la berge, il glisse et tombe. Il se débat, tente de garder la tête hors de l'eau, mais un tourbillon puissant l'entraîne vers le fond du lac. Il est avalé dans un goulet étroit qui a un effet de siphon aspirant, similaire à celui d'un évier de lavabo.

Derrière lui, Vanessa et Mélanie sont à leur tour emportées dans cet intestin rocheux.

Heureusement, leurs épaisses tenues isothermes sont conçues pour résister aux températures extrêmes. Le courant les propulse vers un toboggan souterrain qui se transforme en labyrinthe. Les petites lampes placées sur leurs casques éclairent par intermittence les parois qui défilent.

Le professeur Wells est en tête. Emporté par l'eau vive, il fonce dans un goulet large sans possibilité de ralentir. Son anorak est éraflé en frottant contre les arêtes de la roche. Soudain surgit face à lui une muraille avec un orifice au diamètre trop étroit pour le laisser passer en entier. Il sait qu'à la vitesse où il fonce il ne pourra l'éviter.

Sa bouche s'ouvre. Ses yeux s'écarquillent de terreur. Instinctivement, il tend les mains en avant comme pour se protéger.

PROMOTION « ÉVOLUTION »

17.

Le corps est pulvérisé.

Le sang forme une marque pourpre qui s'étale à partir du thorax, laissant transparaître une bouillie composée d'un mélange de viscères et de pattes.

David Wells essuie sa main. Le moustique qui le narguait a enfin été mis hors d'état de nuire. Il la frotte contre l'étoffe de son mouchoir blanc et disperse ce qui reste de la dépouille du gêneur. David Wells déteste les moustiques.

Il inspire amplement, franchit le seuil monumental de l'université de la Sorbonne et parvient face au portail de chêne verni. Salle « Darwin ». Une pancarte indique : « Pour les candidatures au concours sur l'évolution, entrez sans frapper. »

Il a un peu le trac.

Il regarde sa montre. 10 h 58.

La convocation est pour 11 heures. D'habitude avec un W comme initiale de son nom, il arrive à 8 heures et passe en dernier, mais, pour une fois, sa convocation est prévue pour le moment le plus probable de son passage.

Il tourne la poignée. La salle est immense, tapissée de boiseries avec une fresque au plafond représentant l'évolution.

C'est une longue procession qui voit défiler l'amibe, le poisson, le batracien, le lézard, le lémurien, les singes, puis les hommes qui se redressent jusqu'à porter des gilets en fourrure d'ours, puis des pantalons de cuir, puis des jeans, puis des tenues de cosmonautes. Tous semblent envier celui qui les précède et mépriser celui qui les suit.

Sur les murs s'affichent les portraits des grands professeurs qui ont marqué l'histoire de l'université. Les premiers sont vêtus à la mode de la Renaissance et brandissent des instruments de leur époque. Puis, au fur et à mesure que le temps se déroule, leurs vêtements changent, de l'apothicaire barbier en robe et chapeau pointu au scientifique en blouse blanche brandissant sa tablette digitale. Les plus anciens sont peints sur de grands tableaux, les plus récents apparaissent sur des photographies couleurs et en relief.

Face à David Wells, sur une estrade élevée, sont alignés les neuf jurés.

Une femme grande, à l'allure jeune, chignon serré et lunettes d'écaille, occupe le centre. Elle semble présider le jury. Devant elle, son nom est inscrit sur une tablette : Christine Mercier.

Autour d'elle siègent des personnes plus âgées. À l'extrémité gauche, l'une d'elles s'est endormie et ronfle doucement dans l'indifférence de ses collègues. À l'extrémité droite est installée une deuxième femme. Il ne l'avait pas distinguée tout de suite car elle est très petite, juchée sur une chaise spécialement surélevée. Elle tripote en permanence son smartphone, semblant y lire les messages qui s'y succèdent.

David Wells s'avance.

Sous les hauts vitraux latéraux, une soixantaine de jeunes gens assis affichent des mines inquiètes. Ils serrent leurs dossiers sur leurs genoux. À droite, trois jeunes relisent fébrilement leurs notes avant de se présenter aux jurés.

– Suivant ! lance Christine Mercier. Candidat 67. Docteur Francis Frydman. « Projet Androïde : pour une conscience artificielle des robots ».

Discrètement, David Wells rejoint les trois candidats à l'écart et s'assied, attentif.

Francis Frydman est un jeune homme pâle et boutonneux avec d'épaisses lunettes et des chaussures à semelles de crêpe. Il explique succinctement qu'il vient de la faculté de robotique de Montpellier. S'il est sélectionné, il pense pouvoir faire franchir une étape déterminante aux machines : la perception de la notion de « Moi ».

Ce serait, selon lui, le passage de l'« intelligence artificielle », qui n'est qu'une capacité de calcul, vers la « conscience artificielle », qui est une aptitude à différencier son individualité du reste du monde.

– Quand les robots androïdes auront conscience d'eux-mêmes, ils pourront devenir des ouvriers capables d'initiatives personnelles, des serviteurs parfaits. Ils pourraient alors former un prolétariat nombreux et peu cher, ce qui aiderait à résoudre un certain nombre de problèmes économiques et sociaux. On pourrait les programmer pour leur enlever toute velléité de rébellion ou de grève. Grâce à leur conscience du Moi, ils seraient créatifs et pourraient même développer des idées personnelles, sans avoir pour autant de revendications. Les avantages sans les inconvénients.

– Et s'ils délirent ? questionne un juré.

– Il faudrait inventer une psychologie, une psychiatrie et une psychanalyse spécialement adaptées pour contenir leur nouvelle conscience d'eux-mêmes et les questions qu'ils risquent de se poser. Pour mon mémoire, je comptais aller au centre de haute technologie de Séoul, en Corée du Sud, pour travailler sur les premières populations de robots intelligents et leur faire franchir le cap de la conscience.

– Séoul ?

– En effet, c'est là que se trouvent les robots les plus perfectionnés du monde. Les Coréens ont une nette avance, que ce soit dans les puces, les écrans, les circuits ou la mécanique robotique.

Un silence suit, et l'on entend juste le juré endormi ronfler. Les autres se consultent, s'échangent des petits mots sur des feuilles volantes, puis sans regarder le candidat dans les yeux, la femme au chignon reprend la feuille avec la liste et annonce :

– Merci, docteur Frydman. Suivant. Candidat 68. Docteur Aurore Kammerer. « Projet Amazones : pour un renforcement du système immunitaire par des hormones féminines. »

La jeune femme se lève avec beaucoup de grâce et prend place face aux neuf jurés. Ses cheveux châtains sont coupés court, elle porte un pantalon noir, une veste jaune et une chemise noire qui lui donnent une allure masculine à peine adoucie par une broche en forme d'abeille dans les mêmes couleurs.

– Je viens de la faculté de médecine de Toulouse et ma spécialité est l'endocrinologie. J'ai découvert que vivaient au sud-est de la Turquie, à la frontière de l'Iran, les dernières tribus d'Amazones. Elles se nomment elles-mêmes les « femmes-abeilles » et pratiquent le culte de ces insectes. Grâce au miel, mais aussi à la gelée royale de la reine des abeilles et à la propolis, ces femmes sont parvenues à élaborer une pharmacopée originale qui semble très efficace car elles ont un taux de maladie bien au-dessous de la moyenne. Elles ont, en outre, des hormones différentes des nôtres, comme si elles étaient mutantes. Je pense que l'ingestion d'hormones féminines d'abeilles y est pour beaucoup. Elles sont actuellement persécutées en Turquie et en Iran et si elles disparaissent, leurs connaissances seront oubliées. Je me propose d'aller les étudier sur place pour analyser leur sang et recueillir leurs connaissances en chimie organique.

La femme au chignon veut noter une phrase avec son stylo, mais celui-ci ne marche pas. Elle le secoue puis finalement emprunte celui de son voisin.

– Merci, mademoiselle Kammerer. Dernier candidat. Numéro 69. Docteur David Wells. « Projet Pygmée : l'évolution par le rapetissement ».

Le jeune homme s'avance pour se placer face aux jurés.

– Je suis titulaire d'un doctorat de la faculté de biologie de Paris et spécialisé dans l'étude de l'influence du milieu sur la physiologie humaine et animale. Mon projet tourne autour du phénomène de réduction de la taille des espèces. Selon moi tout va en se miniaturisant : les dinosaures se sont transformés en lézards et les mammouths se sont transformés en éléphants. Jadis, les libellules mesuraient jusqu'à 1,50 m d'envergure, maintenant elles mesurent 15 cm. Plus près de nous, les loups se sont transformés en yorkshires et les tigres en chats siamois.

La femme de petite taille marque une moue de désintérêt complet pour ce sujet pourtant censé la concerner au premier chef.

– Et l'on pourrait aussi citer les végétaux, poursuit David. Jadis certains séquoias atteignaient jusqu'à cent mètres de hauteur. Désormais, c'est le règne des arbustes de dix mètres en moyenne. Récemment, on a découvert que les blattes ont rapetissé pour circuler dans la tuyauterie des maisons modernes. Enfin, dans le domaine des objets : les voitures deviennent plus petites pour s'adapter aux encombrements des villes, les ordinateurs tendent à se miniaturiser, même la surface moyenne des appartements se restreint du fait de la surpopulation des mégapoles.

– C'est cela, votre sujet ? questionne la femme au chignon. Vous voulez « rapetisser le monde » ?

Quelques jurés se retiennent de pouffer.

– Pour mon mémoire, je souhaite réaliser un reportage en Afrique, plus précisément en République démocratique du

Congo, sur les traces des derniers pygmées. Ceux-ci sont considérés comme arriérés sous prétexte qu'ils sont les descendants de l'espèce humaine la plus ancienne connue à ce jour. Or, j'ai trouvé une étude qui montre qu'ils ont développé des résistances inexpliquées aux piqûres de moustiques, responsables de la transmission de la dengue et du chikungunya. Ils résistent beaucoup mieux à la malaria, à la maladie du sommeil, à la dysenterie. Et je voudrais, tout comme ma collègue précédente, me rendre sur place pour analyser leur sang. J'espère ainsi comprendre pourquoi leur immunité est plus développée que celle des humains dits « civilisés ». Et peut-être voir si, loin d'être des humains du passé, les pygmées ne seraient pas des humains du futur.

Un long silence suit. Les jurés se regardent entre eux. Enfin la femme naine prend la parole.

— Hum, monsieur Wells, vous êtes bien le fils du professeur Charles Wells ? Le Charles Wells parti dans cette expédition si médiatisée dans le pôle Sud ?

— Heu… en effet.

— Nous avons entendu les actualités. Désolée. Nous espérons qu'ils retrouveront votre père.

David Wells ne bronche pas.

Christine Mercier vérifie si son stylo marche, griffonne une phrase et lui fait signe qu'il peut rejoindre les autres sur les chaises placées à gauche. À ce moment, le juré qui dormait se réveille d'un coup et approuve ce qui a été dit.

Les chercheurs ayant présenté leurs projets attendent le verdict. Christine Mercier consulte ses huit collègues puis se lève et fait face aux candidats.

— Vous êtes la première promotion de cette nouvelle section de la Sorbonne spécialisée dans l'étude de l'« Évolution future de l'humanité ». C'est une matière que nous testons mais que nous tenons à promouvoir. Un diplôme de doctorat sera d'ailleurs bientôt proposé et l'évolutionnisme pourrait s'avérer une nouvelle voie scientifique à part entière. Vous êtes tous des diplômés de haut niveau, vous venez tous de grandes écoles ou d'universités reconnues, et vous avez suivi des cursus différents, mais tous, vous partagez l'envie fondamentale de comprendre « où l'on va ».

Les jeunes gens approuvent.

— Ce concours est un moyen pour nous de promouvoir cette nouvelle science. Vous êtes soixante-neuf candidats proposant soixante-neuf projets originaux. Parmi vous, nous sélectionnerons les trois finalistes qui recevront une bourse afin de réaliser leur mémoire sur le terrain de leur choix. Bien entendu leur voyage et tous les frais seront financés à 100 %.

Une rumeur de satisfaction circule parmi les postulants.

— Mais tout d'abord, je tiens à vous rappeler certaines règles. Ici, à la Sorbonne, nous sommes une maison de tradition. Derrière cette université, ô combien chargée de souvenirs, mille ans d'histoire de la science nous regardent. Ce lieu est le temple du savoir et de la connaissance. Aussi, notre principal critère de choix des trois finalistes sera : « ce qui pourra améliorer la vie des générations futures ». À présent, je vous demande d'attendre ici. Dans une heure, nous aurons fini de délibérer et nous vous annoncerons le nom des trois lauréats de cette première promotion « Évolution ».

David Wells observe ses concurrents. À sa droite un chercheur ouvre une chemise cartonnée sur laquelle est écrit : CANDIDAT 21. Docteur Gérard Saldmain. Projet : « Fontaine de jouvence », sous-titré « Pour que les humains vivent plus de 200 ans ». Pour illustrer la jaquette, un vieillard lance sa canne en l'air en riant. Plus loin, un autre chercheur tient une chemise où est inscrit CANDIDAT 03. Docteur Denis Ledélezir. Projet « Clonage sans peur », sous-titré « Pour choisir ses enfants et reproduire à l'infini les meilleurs ». En illustration : une photo du même fœtus souriant reproduit douze fois.

David scrute plus longuement la jeune femme du projet des Amazones. Il a l'impression de l'avoir déjà vue quelque part. Elle lui retourne son regard appuyé, alors il baisse les yeux.

La phrase de la jurée naine lui revient en mémoire. « *Nous avons entendu les actualités... désolée... nous espérons qu'"ils" retrouveront votre père.* » Il sort son smartphone, l'allume et utilise la fonction télévision pour obtenir les dernières actualités sur la chaîne d'information continue.

18.

FOOTBALL – Le championnat du monde de football va bientôt commencer à Rio de Janeiro et déjà le monde entier a les yeux fixés sur la grande ville brésilienne. Plus de 1 200 journalistes sont arrivés sur place et plusieurs chefs d'État ont annoncé qu'ils feraient le déplacement pour soutenir leur équipe nationale. Selon l'entraîneur de l'équipe de France, les joueurs n'ont jamais été aussi motivés et le capitaine Narcisse Diep s'est montré très confiant. Le tirage va permettre à la France d'affronter dans sa pool des pays qu'il juge très faciles à battre.

CATASTROPHE DU PAKISTAN – La catastrophe de Karachi aurait déjà fait entre 15 000 et 20 000 morts et disparus. La capitale économique du Pakistan a été entièrement détruite par un séisme suivi d'un tsunami dévastateur. Les premiers secours sont arrivés sur place et commencent à déblayer les avenues envahies par la boue. La population qui a pu fuir a été installée dans des camps de fortune. Retrouvons tout de suite notre envoyé spécial Georges Charas. Dites-moi, Georges, comment ça se passe sur le terrain ?

– Karachi est désormais une ville dévastée, une ville fantôme, une ville écrasée. L'Inde voisine a été le premier pays à fournir une assistance et à accueillir la masse des réfugiés. On sait qu'il y avait de grandes tensions politiques et militaires depuis les attentats à la gare de Bombay et ceux de la place du marché de New Delhi, que le gouvernement indien attribue aux groupes extrémistes entraînés par les services secrets pakistanais. Mais à l'heure de la catastrophe, l'Inde s'est montrée solidaire et ce drame pourrait servir la réconciliation entre les frères ennemis. Mais deux inquiétudes demeurent : tout d'abord la peur d'un deuxième tremblement de terre qui serait l'écho du premier, et ensuite la crainte des épidémies qui pourraient se propager dans les camps de fortune. Pour ne rien arranger, les pluies de mousson qui tombent à verse ne font que compliquer la circulation des avions de l'aide humanitaire internationale.

– Merci, Georges. Passons aux autres titres de l'actualité.

IRAN – Après les élections dont la régularité est fortement remise en cause par les observateurs de l'ONU, la manifestation pacifique de cet après-midi a regroupé sur la grande place de Téhéran des centaines de milliers de personnes qui scandaient « Où est mon vote ? » C'est le même scénario qu'en juin 2009. Selon une fuite émanant d'un officiel du régime, des bourrages d'urnes auraient été pratiqués par les gardiens de la révolution dans la plupart des bureaux de vote. Il s'agirait, selon ces mêmes sources, de pas moins de 20 millions de bulletins de vote ajoutés au dernier moment pour favoriser le président Jaffar. Ce dernier, ayant averti qu'il ne tolérerait pas les réactions de ceux qu'il appelle « les mauvais perdants des élections », a donné l'ordre à la police de tirer à balles réelles sur la foule pour la disperser. Il y aurait déjà plusieurs dizaines de morts et des centaines d'arrestations. Des tribunaux d'exception ont été formés.

Sur les sites internet, les manifestants, guère intimidés, ont proposé de recommencer le lendemain une seconde marche de protestation pacifique, toujours sur le thème « Où est mon vote ? » On s'attend au double de manifestants. Le président iranien Jaffar a prié tous les journalistes étrangers de partir.

TURQUIE – Une nouvelle embuscade tendue par un commando de combattants kurdes peshmerga à la frontière turcoiranienne, dans la région située entre Hakkâri et Mahabad a fait huit morts. Sept policiers turcs et un combattant du PKK, Front de libération kurde.

DÉMOGRAPHIE – Selon un dernier bilan de l'INED, l'Institut national d'études démographiques, nous sommes actuellement 8 milliards d'humains sur terre, ce nombre devrait atteindre 10 milliards d'ici dix ans.

D'après cette étude, la taille moyenne de l'Homo sapiens moderne est de 1,70 mètre (1,75 mètre pour l'homme et 1,65 mètre pour la femme). Le poids moyen mondial est de 70 kilos.

Sur les 8 milliards d'humains, on compte une proportion de 53 % d'hommes pour 47 % de femmes. L'espérance de vie moyenne est de 70 ans (65 ans pour les hommes et 75 ans pour les femmes).

Selon les prospectivistes, l'humanité doit évoluer dans deux directions : tout d'abord, vers une augmentation de la taille liée à l'amélioration de la nutrition des enfants, plus riche en calcium et en protéines. D'autre part, vers la masculinisation de l'humanité, à cause de l'utilisation de l'échographie dans les pays du tiers monde, qui permet de connaître le sexe des bébés avant leur naissance, entraînant ainsi de nombreux avortements lorsque ce sont des filles.

PROJET FOU – Un investisseur privé, le milliardaire canadien Sylvain Timsit, a proposé de fabriquer un vaisseau spatial géant en vue de coloniser une autre planète en dehors du système solaire. Son engin devrait voyager pendant mille deux cents ans, ce qui signifie que l'équipage de départ devra se reproduire jusqu'à obtenir l'équipage d'arrivée. C'est un projet dément auquel le milliardaire tient énormément malgré les critiques et les moqueries du milieu scientifique et tout spécialement astronautique. Sylvain Timsit a déjà investi plusieurs dizaines de millions de dollars canadiens dans l'étude de faisabilité et il compte passer dans les mois qui viennent à la construction des premiers éléments du vaisseau proprement dit. Il s'inspire, pour ce projet, d'un vieux livre de science-fiction de 2006, *Le Papillon des étoiles*, et a donc décidé, en hommage à cet ouvrage, de baptiser son vaisseau *Le Papillon des étoiles 2*.

SCIENCE – Sans nouvelles de l'expédition du célèbre paléontologue Charles Wells à la recherche de dinosaures dans le lac souterrain Vostok, en Antarctique, ainsi que des deux personnes qui l'accompagnaient, dont notre consœur Vanessa Biton, le ministre de la Recherche a décidé d'envoyer un navire de l'armée équipé de radars de dernière génération dans la région d'où est parti leur dernier message. Ce vaisseau, spécialisé dans le sauvetage de naufragés, permettra de procéder à des recherches plus précises sur place. Il pourra notamment détecter les signaux émis automatiquement par les balises GPS cousues dans la doublure des anoraks des trois explorateurs. Le dernier message envoyé par le professeur Wells date d'hier soir : « Nous avons réussi à percer jusqu'à une poche d'air probablement au-dessus du lac, nous descendons. » Depuis lors, c'est le silence.

19.

Voilà, ils en parlent dans leurs actualités.

« Séisme suivi d'un tsunami dévastateur. »

S'ils savaient que j'ai eu le temps d'apprendre à me brancher sur leurs systèmes de communication.

J'ai appris à interpréter leurs ondes sonores.

Je parle toutes leurs langues.

J'entends toutes leurs musiques.

Je capte toutes leurs émissions télévisées, et même leurs conversations téléphoniques.

Tout dépend où je place mon attention. Certains mots me font réagir plus que d'autres. Comme lorsqu'ils me nomment « personnellement ».

Terre.

Gaïa.

Ou même : le Monde.

Ils me prennent juste pour une sphère minérale. C'est leur conception du mot planète.

Un objet inerte dans lequel on peut faire des trous, pour soutirer les minerais, les liquides, les gaz sans même dire le moindre « s'il vous plaît » ou « merci ».

Ils ne se sont jamais demandé pourquoi j'étais tiède.

Ils ne se sont jamais demandé pourquoi je tournais.

Ils ne se sont jamais demandé pourquoi il y avait de la vie sur ma surface plutôt que rien.

Ils n'ont jamais imaginé que j'étais vivante et, surtout, capable de penser.

Ils méprisent tout ce qui ne leur ressemble pas.

Si cela n'a pas d'yeux, cela n'a pas d'intelligence.

Si cela n'a pas de bouche pour crier, cela ne souffre pas.

Il faut que je me calme.

Dans le cas de l'expédition au pôle Sud, ce n'était pas, pour une fois, pour me voler mon sang noir. Ces trois-là cherchaient des vieux os, des squelettes de dinosaures.

Quelle dérision, s'ils savaient ce qu'il s'est réellement passé là-bas…

Allez, ces trois imbéciles, je les recrache.

20.

La bouteille fait gicler son bouchon de liège et laisse jaillir une écume de champagne qui termine sa course dans les coupes alignées.

Il est 23 heures et les soixante-neuf chercheurs évolutionnistes ainsi que leurs neuf jurés sont réunis dans la grande cour carrée de l'université de la Sorbonne.

David Wells s'avance vers Aurore Kammerer qui déguste lentement la boisson pétillante.

— Et voilà, c'est nous les « heureux gagnants », dit-il pour engager la conversation.

Elle lui jette un regard rapide.

— Nous n'avons pas encore gagné.

— Nous avons été sélectionnés comme finalistes. Trois parmi soixante-neuf, c'est déjà pas mal.

— Dans ce cas, nous pouvons considérer que nous sommes aussi les gagnants d'autres « concours ». Le spermatozoïde qui a permis votre naissance a gagné sur ses 300 millions de concurrents, ironise-t-elle.

— En effet, nous les vivants sommes tous des gagnants.

— Vivants ? Je dirais plutôt survivants. Vous imaginez tout ce qu'il a fallu comme centaines d'ancêtres qui parviennent jusqu'à 16 ans au moins et fassent l'amour pour que nos parents eux-mêmes existent, fassent l'amour et donnent naissance à nos deux dérisoires personnes. Combien de millions de hasards…

— D'épidémies évitées, de famines évitées, de guerres évitées, surenchérit-il. On peut voir ça comme ça. Nous sommes les survivants de tous les malheurs de nos ancêtres…

— Et de toutes leurs erreurs. Beaucoup de nos malheurs actuels leur sont imputables. C'est parce qu'ils ont fait de mauvais choix que nous payons le prix fort aujourd'hui.

— C'était nos parents, mais nos enfants comptent aussi. En tant qu'endocrinologue, vous la voyez comment cette évolution des prochaines générations ? demande-t-il.

— Avec plus de femmes. Et vous, en tant que biologiste ?

— Avec plus de gens de petite taille.

— Normal. Vous dites cela parce que vous êtes petit. J'ai vu vos talonnettes.

— Ciel, je suis repéré, plaisante-t-il.

— Eh oui, on croit tous que notre spécificité va devenir la règle d'évolution de toute l'espèce.

Elle a un petit mouvement du menton.

— Regardez là-bas, le type du projet « Clone ». Eh bien il a un frère jumeau ! Le type du projet « Fontaine de jouvence » est venu avec son grand-père. Et celui du projet « Robot avec conscience à psychanalyser » est avec un dandy bizarre qui a le look de Sigmund Freud. M'étonnerait pas que ce soit son psy.

— Et vous, vous croyez que l'évolution tendra vers la féminisation… parce que vous êtes une femme.

Il lui remplit à nouveau sa coupe.

— Il faudrait que nous nous tenions au courant de nos expéditions respectives, afin de savoir si la course vers la féminité gagne sur la course vers le rapetissement…

Elle boit à petites gorgées son champagne, puis enchaîne avec curiosité :

— Et là-bas, au Congo, vous pensez découvrir une humanité plus petite et plus évoluée ?

— Je l'espère.

— Et quand bien même vous la trouveriez, cela changerait quoi ?

— Je crois que ma vision originale de ce peuple, jusqu'à présent largement sous-estimé, peut avoir des répercussions. Le changement de regard d'un simple humain peut changer l'évolution de toute son espèce. Mon père disait : « Une goutte d'eau peut faire déborder l'océan. »

Elle se tourne vers le serveur affairé, happe un canapé et parle la bouche pleine.

— J'avais vu un dessin humoristique qui représentait deux poissons. Le petit demandait au grand : « Dis, maman, il paraît que certains d'entre nous sont sortis de l'eau pour marcher sur la terre ferme. C'était qui ? » Et la mère répond…

— … « Des insatisfaits », l'interrompt-il.

– En effet, c'est presque ça. Moi, je la connaissais avec « des angoissés ».

– De toute manière, des êtres qui avaient une raison d'échapper au milieu de leurs parents, où ils ne se développaient pas, pour aller vers l'inconnu et prendre des risques.

Les deux chercheurs observent les autres convives qui discutent par groupes de deux ou trois.

– Il y a forcément un type, un jour, qui a décidé de quitter sa jungle et sa famille pour sortir d'Afrique, murmure-t-elle.

– Il y a forcément un jour un type qui a décidé de monter sur un bateau pour coloniser d'autres continents, complète-t-il.

– Ils ont dû être détestés par leurs familles.

– Ils ont dû être considérés comme des traîtres, des démissionnaires, des lâches.

– Des ingrats ?

– Des « irrespectueux des traditions ».

Ils se regardent et, comme pour relâcher la tension nerveuse de la journée, se mettent à rire. Ils s'arrêtent et se fixent plus intensément, intrigués l'un par l'autre.

Lentement, David se rapproche d'Aurore.

– J'ai l'impression que nous nous connaissons déjà.

– C'est une manière de draguer très classique, lance-t-elle avec un petit sourire narquois.

Il s'approche encore.

– J'ai l'impression que nous avons quelque chose de commun.

– Peut-être parce que nous sommes tous les deux des « angoissés insatisfaits qui avons envie de sortir de l'eau et de prendre des risques ». En dehors de cela, je ne vois rien d'autre.

Il l'observe sans ciller.

Elle a un petit nez pointu à la manière d'un suricate, des grands yeux beige clair presque dorés et étirés en forme d'amande, des lèvres charnues au-dessus d'un petit menton arrondi. Ses lunettes à monture noire lui donnent un air sérieux.

Elle le scrute attentivement et se dit que, sans ses talonnettes, il ne doit pas mesurer plus d'1,70 mètre, soit cinq bons centimètres de moins qu'elle. Il a une tête ovale un peu semblable à celle d'un gros bébé. Sa peau est étonnamment fine et lisse. Son nez est rond, ses yeux sont brun foncé, presque noirs.

Il approche encore un peu son visage. Leurs lèvres ne sont plus qu'à quelques dizaines de centimètres. Il s'étonne qu'elle n'ait pas reculé.

C'est alors qu'une voix, derrière elle, retentit.

— Ah, Aurore ! Tu es là !

David reconnaît le professeur Mercier qui présidait le jury.

— Formidable, votre projet sur les pygmées, monsieur Wells ! Franchement, j'ai bien aimé votre présentation avec les blattes qui rétrécissent pour s'adapter au diamètre des tuyaux de plomberie, je n'y avais jamais pensé. L'« évolution par la réduction de taille ». En fait, je peux vous le dire, mes collègues étaient moins emballés, c'est moi qui ai insisté pour que vous soyez sélectionné. Le colonel Natalia Ovitz, vous savez, la petite femme à ma droite, m'a beaucoup aidée à promouvoir votre idée du « Small is beautiful ». Les autres préféraient les robots narcissiques, allez savoir pourquoi.

Christine Mercier défait son chignon. Ce simple geste la fait rajeunir d'un coup.

— Les pygmées, c'est mieux que les robots, approuve Aurore d'un ton faussement enjoué.

Christine Mercier n'écoute qu'à moitié, elle mange la jeune femme du regard. Elle inspire pour retrouver une contenance puis se force à sourire. Soudain quelqu'un attire son attention et elle les quitte pour rejoindre le troisième finaliste.

— Ah, docteur Saldmain. Bravo. Votre projet de « Fontaine de jouvence » est passionnant. Changer les organes abîmés des vieillards contre des neufs et les « réinitialiser », c'est vraiment très original. J'imagine enfin un monde où nous vivrions tous deux cents ans. Cela doit être fabuleux de remplir une seule vie avec une dizaine de mariages, une vingtaine de métiers et une trentaine d'enfants ! Vous allez donc partir à Miami, capitale planétaire des retraités à prothèses, pour étudier les dernières techniques de recréation d'organes endommagés à partir de cellules souche. Quelle aventure !

21.

S'ils savaient que ce qu'ils appellent pétrole sert de support privilégié à ma mémoire.
Mon sang noir correspond à leur matière grise.
Maintenant que les humains me le pompent, je crains l'amnésie.
Il faut que je résiste.
J'ai un devoir de mémoire.
Tout ce qui remontera de mes souvenirs doit être préservé.
Au début, je n'étais qu'énergie concentrée dans l'œuf primordial, ce que les hommes appellent « Big Bang ».
Et puis tout s'est embrasé, a explosé et provoqué un formidable jaillissement de lumière, de chaleur, de fureur et de poussière dans le vide sidéral.
Oui, c'est bien ainsi que tout a commencé, par une petite étincelle dans le noir.

22.

La flamme embrase l'allumette, puis est portée vers l'extrémité d'une cigarette elle-même glissée entre les lèvres d'Aurore Kammerer.

Les deux visages proches de l'éphémère lueur ont pris durant un instant une teinte orangée.

La jeune chercheuse aspire profondément la fumée, puis la laisse filer entre ses lèvres. Un cône gris et duveteux se disperse dans la nuit.

— Je sais à quoi vous pensez, dit-elle.

Elle range la boîte d'allumettes dans sa poche.

— C'est injuste d'avoir un piston pour gagner...

— Pas du tout, je ne pensais pas du tout à ça, ment-il.

Ils observent de loin Christine Mercier qui discute avec le spécialiste de la vie prolongée à deux cents ans, visiblement passionnée par ce sujet.

— Nous allons nous pacser. Nous espérons avoir des enfants un jour. Il faut juste attendre que la loi sur les dons anonymes de spermatozoïdes soit votée. C'est déjà passé dans les pays scandinaves. En général, la modernité part du nord et descend vers le sud, n'est-ce pas ?

— Je présume que si vous n'avez pas droit aux dons de spermatozoïdes anonymes, après votre union officielle vous adopterez des filles. Et peut-être même qu'avec vos connaissances des fécondations in vitro, vous pourrez en « fabriquer ».

Ils se regardent.

— Et vous, monsieur Wells, vous êtes en couple ?

— Bien sûr. Comme vous.

— Comme moi ?

— Je veux dire avec « une femme qui m'aime ».

Elle sourit, pose sa cigarette et boit sa coupe de champagne.

— Et vous l'appelez comment l'heureuse élue ?

— Maman.

Aurore avale la boisson de travers, puis éclate de rire. Du coup, elle s'étouffe et il est obligé de lui donner des tapes dans le dos. Elle arrive enfin à respirer.

— Vous vivez encore avec votre mère ! À votre âge ?

— J'attends la princesse charmante, alors la plupart de mes relations foirent. Je place la barre trop haut, je suis toujours déçu.

Elle pose sa coupe.

– C'est vrai qu'à bien vous regarder, vous avez l'air romantique.

– Je le revendique. Mon père disait « toute erreur assumée devient un choix artistique ».

– Jolie phrase.

L'écran de fumée de la cigarette a disparu, il perçoit son parfum au patchouli et, derrière, l'odeur de sa peau.

En retour, elle perçoit son odeur de sueur légèrement opiacée saturée d'hormones masculines et la fragrance d'une eau de toilette à la bergamote.

Il s'approche.

– J'ai vraiment l'impression de vous connaître depuis longtemps, je suis sincère.

Elle ne se dérobe toujours pas, le laisse entrer dans son espace. C'est son smartphone qui brise la magie de cet instant. Il hésite puis saisit d'un geste l'appareil et écoute. Au fur et à mesure qu'il entend ce qui est prononcé dans le petit haut-parleur, il devient livide.

Il raccroche et range son smartphone d'un geste mécanique. Son visage est blême.

– On vient de retrouver mon père, mort. Dans un glaçon.

23.

Ne pas oublier.
Il faut que je fasse remonter mes souvenirs avant qu'ils ne soient aspirés par ces humains indélicats.
Je me souviens de ma naissance.
C'était il y a 4,6 milliards d'années.
Les poussières se sont agglomérées pour former des roches, les roches se sont tassées.
Je me suis « réunie ».

63

Plus j'étais grosse et plus j'attirais les poussières et les rochers alentour.

Et à force de grossir, j'ai fini par former une belle sphère, bien ronde, bien lourde qui flottait dans l'espace.

Autour de mon noyau de fer, un magma orange coulait.

J'étais œuf.

Mon cœur étant bien compact, je me suis mise à tourner sur moi-même.

Je ne me rendais pas encore compte de ce que j'étais.

Et puis est arrivé l'accident.

24.

La voiture freine d'un coup sec, mais trop tard. Tout semble alors se dérouler au ralenti. Le conducteur du taxi, en voulant éviter la voiture grise qui a surgi sur sa gauche sans respecter le feu rouge, donne un grand coup de volant. Le caoutchouc des pneus perd son adhérence et la voiture poursuit sa trajectoire, frôle un piéton, un vélo et un chien mais emportée par sa vitesse, zigzague, franchit la ligne blanche et percute de plein fouet le bus qui arrivait en face.

David Wells écarquille les yeux.

La tôle avant du taxi se tord dans un bruit de métal déchiré. La vitre explose en mille éclats alors que le conducteur et son passager sont violemment projetés en avant, le souffle coupé. Les airbags se déclenchent. Le visage de David frappe la moiteur rassurante du sac déployé comme un ventre mou.

La foule, qui s'était éloignée au moment du miaulement caractéristique des pneus, puis du bruit de choc métallique, se rapproche prudemment pour constater les dégâts. Le bus est intact, en revanche le taxi est complètement enfoncé.

David se démène et parvient enfin à s'extraire du véhicule. Il hésite sur la conduite à tenir. Voyant que le chauffeur est encore coincé dans les airbags, il sort un billet de 50 euros et le glisse dans la main crispée qui sort des sacs gonflés. Puis, soulagé d'être indemne, il referme les doigts de la main du chauffeur et se met à courir, regrettant d'avoir incité le taxi à aller de plus en plus vite. Pour l'instant, il a d'autres priorités.

Il galope à perdre haleine, traverse plusieurs rues puis arrive enfin à sa destination. Il reprend son souffle devant le vaste bâtiment qui annonce en lettres peintes : « MORGUE MUNICIPALE DE PARIS ».

L'intérieur vieillot sent le salpêtre. Un concierge lui demande d'attendre dans une salle prévue à cet effet. Pas loin de lui, un groupe d'infirmiers en blouse blanche discutent de leurs clients les plus « gratinés ». L'un d'eux raconte qu'il a lu un livre sur les « Darwin Awards », le prix qui récompense ces humains morts d'une manière tellement stupide qu'ils prouvent que l'homme n'évolue pas vers l'intelligence mais vers la bêtise.

David perçoit des bribes de conversation.

– ... Et celle du type qui a ouvert une lettre piégée qu'il avait lui-même envoyée et qui lui avait été retournée parce qu'il n'y avait pas suffisamment de timbres !

– Et le Brésilien qui a essayé de battre le record du plus long vol accroché à des ballons de baudruche. Harnaché de mille ballons gonflés à l'hélium, il a été emporté par le vent. Son corps a été retrouvé trois mois après son décollage.

Ils éclatent de rire.

– Et celle du type qui était en barque sur un lac, qui a été aspiré par un Canadair et recraché sur une forêt en flammes !

– Et le type qui jouait à la roulette russe avec un... automatique !

Enfin le concierge appelle :

– Monsieur Wells ?

Le jeune homme s'approche et, pour expliquer ses vêtements déchirés, ses cheveux ébouriffés et le sang sur sa chemise, a un geste pour dire : « Ce serait trop long à raconter. »

– On vous attend au labo, monsieur Wells. C'est après la cour centrale, salle 127 bis, au fond à droite.

David traverse en courant l'immense institution qui gère les humains en fin de parcours. Des cercueils sont empilés dans la cour centrale alors que des pancartes fléchées indiquent : « Funérarium », « Crématorium », « Médecine légale », « Morgue », « Laboratoire d'analyse ». Il se précipite dans cette direction. Dans la salle d'attente, sa mère est déjà là.

Mandarine Wells, une femme menue et habillée de plusieurs couches de vêtements noirs, a la tête enfouie dans les mains. À l'entrée de David, elle se dresse et le reçoit dans ses bras tendus.

Un homme en blouse les rejoint.

– Famille Wells, je présume ?

Le médecin légiste est un homme brun aux grands yeux marron et aux mains larges qui semblent l'encombrer au point qu'il tente de les cacher dans son dos puis dans ses poches.

– Votre mari a été retrouvé ce matin. Il était déjà dans cet état-là. Dès que les militaires l'ont repéré grâce à la balise GPS de son anorak, ils ont affrété un avion pour le ramener. En fait, il n'est ici que depuis un quart d'heure.

– Qu'est-ce que vous entendez par « cet état » ? bredouille la femme en noir.

L'homme ne semble pas avoir entendu la question, il se contente de hocher la tête en signe de compassion. Il arbore une étiquette sur sa poitrine : « Docteur Michel Vidal, médecin légiste ».

– J'aurais évidemment pu agir, mais étant donné les circonstances spéciales et l'état des sujets, votre présence était indispensable avant d'entamer la moindre procédure. Je vous remercie d'être accourus aussi vite. Vu la situation, il m'a semblé plus prudent de ne pas le déposer ici, mais dans le placard réfrigéré qui appartient en fait au « restaurant de la morgue ». En fait, vous comprendrez que je n'avais pas vraiment le choix.

– C'est quoi son « état » ? insiste Mandarine Wells.

Le médecin légiste ne répond pas et les guide vers un escalier qui sent le désinfectant à la lavande et au citron.

Il affiche un air navré.

– Hum… l'avion possédait un système de conservation perfectionné et quand ils les ont trouvés, les militaires ont pensé… enfin… Pour moi aussi, c'est une totale surprise, c'est évidemment la première fois que des corps m'arrivent ainsi, alors j'ai paré au plus pressé. Enfin vous allez vous rendre compte par vous-mêmes.

Il déverrouille une porte et les introduit dans une pièce étanche. L'interrupteur ne fonctionne pas, il se saisit d'une lampe-torche de secours et éclaire trois blocs transparents de deux mètres de hauteur chacun.

David et Mandarine Wells s'approchent et comprennent que ce sont des blocs de glace taillés à la scie électrique.

À l'intérieur du premier, ils distinguent une femme dont l'anorak orange porte l'inscription « GELUX ». Au-dessous, le regard ne peut éviter le slogan de l'entreprise : « Les meilleures viandes conservées dans le froid aux prix les plus bas. »

Les pieds de la femme prisonnière de la glace ne touchent pas le sol et elle ressemble à ces photos de personnes qui sautent en l'air. Les yeux grands ouverts semblent étonnés. Les cheveux roux éparpillés sont figés. Un appareil photo est suspendu à son cou et semble se maintenir en apesanteur devant elle.

Dans le deuxième bloc de glace, une autre femme porte un casque sur lequel est écrit : « CANAL 13 : La chaîne des voyages de l'extrême ». Une caméra est accrochée à son cou et ses traits reflètent la frayeur. Ses mains protègent son visage, comme si elle voulait empêcher un monstre d'approcher.

Enfin le médecin légiste éclaire le troisième cube transparent et Mandarine Wells ne peut retenir un cri. Au milieu du bloc de glace, son mari est parfaitement intact. Il porte lui aussi un anorak orange avec inscrit GELUX.

Si la première femme dans la glace affichait un air étonné, et la seconde un air effrayé, ce dernier a un visage complètement épouvanté. Le vieil explorateur est lui aussi en lévitation au milieu de la glace translucide. Sa barbe blanche et ses sourcils blancs semblent soufflés par une tempête. Ses yeux et sa bouche sont béants, et on peut distinguer sa langue et ses dents.

— Charly ! Oh, mon amour ! gémit Mandarine en effleurant la glace.

Le docteur Vidal siffle dans ses deux doigts et deux aides en blouse grise surgissent.

— Vous êtes la première famille à venir chercher votre glaço… votre parent. Le professeur Charles Wells était… un peu la vedette de cette… cargaison… enfin je voulais dire de cette « expédition ».

Les assistants soulèvent avec difficulté le bloc transparent et le placent sur un chariot. Michel Vidal ouvre la marche. Ils franchissent le sas de la pièce froide, l'amènent au laboratoire, déposent le cube translucide sous l'éclairage de la table d'autopsie. Le médecin légiste leur fait signe de reculer puis il se tourne vers David et Mandarine Wells.

— Si vous m'y autorisez, je vous propose de le dégeler… enfin de le « libérer ». Mais vous pouvez identifier le corps, et partir si vous ne voulez pas assister à l'opération.

— J'ai entendu dire qu'un corps conservé dans le froid pouvait être « vivant », avance David. Si je me souviens bien, Walt Disney en personne a eu recours à la cryogénie dans l'espoir de renaître plus tard…

— En effet.

— Y a-t-il une chance, même infime, que mon père puisse être réanimé ?

Le médecin légiste ôte lentement ses lunettes et se met en devoir d'en frotter les verres avec un coin de mouchoir.

— Désolé, monsieur Wells, la cryogénie, c'est de la science-fiction. Dans la réalité, les lois de la physique sont immuables.

À zéro degré, l'eau gèle et le noyau des cellules explose. On ne peut pas renaître après être resté dans un congélateur plus de quelques minutes. Votre père est resté au moins douze heures dans la glace.

David examine son père qui semble en tout point vivant. La peau est intacte, la bouche ouverte a des lèvres parfaitement rouges, les yeux sont largement écarquillés, les mains tendues en avant semblent vouloir repousser une menace terrifiante qui fonce sur lui.

– Ce que vous voyez, continue le médecin, ressemble à un être vivant mais ce n'est qu'un pur objet. Comme une sculpture. Si vous possédiez un système de réfrigération adéquat, vous pourriez même le mettre en décoration dans votre salon…

Il s'interrompt, confondu lui-même par l'incongruité de sa suggestion, puis tousse dans sa main et se reprend.

– Enfin, si c'était autorisé évidemment. Bon, je le dégèle ?

Prenant l'absence de réponse pour un consentement, le docteur Vidal fait signe aux assistants qui brandissent les chalumeaux et s'attaquent à la glace. Sous la lueur des flammes, le bloc transparent se creuse. L'eau ruisselle, des flaques se forment au sol et une vapeur bleutée embrume la pièce. Quand les deux assistants approchent du corps proprement dit, ils utilisent des sèche-cheveux dont la température et le souffle sont plus faciles à moduler.

Bientôt, une main rose pâle semblable à de la porcelaine surgit de la gangue de glace.

Puis un bras.

Puis une épaule.

Puis le cou, et le visage.

– Charly ! sanglote Mandarine. Oh, mon Charly !

Lorsque le torse est totalement dégagé, le corps s'affale en avant.

Mandarine veut le saisir mais le médecin légiste l'arrête pendant que les deux assistants procèdent à l'extraction. Sur un signe, ils ramènent le professeur Wells de la position verticale à la position horizontale qui sied davantage aux morts. Puis, délicatement, ils déshabillent l'illustre explorateur et déposent ses vêtements dans une bassine métallique. Le torse dénudé révèle une peau blanche, laiteuse, parsemée de taches de vieillesse et de poils argentés.

— Vous confirmez reconnaître le corps ? demande le docteur Vidal à la veuve.

Elle bredouille encore un « Mon Charly ! » que le médecin légiste considère comme une approbation.

— Signez ici, s'il vous plaît.

Un assistant vide le contenu de la bassine dans un grand sac plastique qu'il tend à David en lui disant :

— Jeune homme, je crois que ceci est votre héritage.

David ne bronche pas, il contemple le corps nu de son père, prenant conscience qu'il ne le reverra plus jamais bouger et parler. Machinalement, il saisit le grand sac plastique. À côté de lui, sa mère pleure doucement et le médecin affiche cet air artificiellement compassé qu'il a dû mettre au point pour tous ses « clients ».

— Mes condoléances, madame. Mes condoléances, monsieur.

Il se sent obligé d'ajouter :

— Désolé, il arrive parfois ce genre d'incident. Cela peut surgir n'importe quand, n'importe comment, n'importe où, pour n'importe qui. On n'y peut rien. Ce n'est la faute de personne. C'est seulement « pas de chance ».

Satisfait de sa phrase, il reprend son air compassé et articule :

— Je suis sûr qu'il n'a pas souffert.

25.

Cela m'a fait mal. Très mal.
Cela s'est passé il y a 4,4 milliards d'années.
Après 200 millions d'années de tranquillité, le problème a surgi des confins de l'univers.

C'était un astéroïde énorme, beaucoup plus gros que tous ceux qui avaient percuté ma surface jusque-là.

Bien plus tard, quand les astronomes humains ont déduit son existence, ils l'ont baptisé Théia.

En fait, Théia était de la taille de Mars, soit la moitié de la mienne, 6 000 kilomètres de diamètre.

Théia a foncé sur moi à 40 000 kilomètres-heure.

Le choc était inévitable.

Sous l'angle de frappe oblique, Théia a raclé ma peau, en profondeur, arrachant mes jeunes couches protectrices superficielles, creusant, et pour finir s'enfonçant, au point de faire jaillir mon magma orange dans le vide sidéral. Et comme Théia était sous l'influence de ma gravité, elle a fait le tour de ma surface.

J'ai eu la sensation d'être écorchée vive sur la moitié de mon corps.

Comme lorsque les humains épluchent une pomme.

Si j'avais eu une bouche, assurément, j'aurais hurlé.

Mais je n'avais rien pour exprimer cette douleur et personne de toute façon ne m'aurait entendue.

Ce premier traumatisme a pourtant provoqué l'éveil de ma conscience.

Théia ne m'a pas seulement écorché la peau, elle m'a ouvert l'esprit.

À l'instant où j'ai cru mourir, j'ai compris que j'étais... vivante.

26.

Une sonnerie stridente retentit.

Une main épuisée, sortant de la douce léthargie du sommeil, soulève le combiné téléphonique et l'approche du visage.

– ... Allô ?

– Monsieur Pellegrin ? Thomas Pellegrin ?

– En personne. Qu'est-ce qui vous prend de me déranger à cette heure ?

– J'ai une bonne et une mauvaise nouvelles pour vous, monsieur Pellegrin.

– Qui êtes-vous ?

– Commençons par la bonne. Vous êtes père.

La respiration de l'homme qui écoute s'accélère.

– Ne vous inquiétez pas, monsieur Pellegrin, l'enfant se porte bien, il est même en pleine forme.

– … Et la mauvaise nouvelle ?

– L'enfant pèse 58 kg.

– Quoi ?

– Et c'est une fille. Désolée.

Cette fois, l'homme se redresse.

– Mais qui êtes-vous ?

– Cet enfant, c'est moi.

Un long silence suit.

– Je comprends votre surprise. Si vous le voulez, je ne suis pas loin, je peux venir vous rejoindre tout de suite.

27.

David Wells sait que sa mère ne rentrera pas de sitôt, elle va rester à la morgue, près du corps pour pleurer et prier.

Il grimpe l'escalier et rejoint sa chambre. Il pose le sac sur le lit, s'assied et examine la pièce.

Face à lui, un poster de Napoléon franchissant les Alpes, du peintre Jacques-Louis David, trône, immense, au-dessus de son bureau. La passion de David Wells pour Napoléon est très ancienne. Dès qu'il l'avait vu dans un livre d'histoire, il s'était dit : « Cet homme me montre le chemin. » Il ne savait pas encore qu'il serait lui-même petit.

Ce n'est que lorsque le problème s'était avéré préoccupant que David avait songé que Napoléon représentait une revanche des petits sur les grands. Après quoi, l'adolescent avait lu maints ouvrages qui parlaient de l'Empereur. Il avait collectionné les gravures, reproduit, à l'aide de petits soldats de plomb, la bataille d'Austerlitz. La maquette de la bataille figée à son instant crucial trône encore sur sa commode. Il avait aussi nommé tous ses bonzaïs du nom des officiers de l'armée napoléonienne : Berthier, Murat, Davout, Ney, Masséna. Enfin, il avait baptisé sa lapine naine Joséphine.

Son regard revient vers le sac plastique contenant les affaires de son père. Il se souvient que celui-ci lui avait déclaré : « Ce sont les rêves d'aujourd'hui qui créeront l'humanité de demain. Tout ce qui nous est arrivé de bien a forcément été rêvé un jour par un de nos ancêtres. Et tout ce qui arrivera de bien à nos descendants est forcément imaginé par quelqu'un vivant actuellement. Peut-être toi. »

David pense à une autre phrase de son père qui l'a profondément marqué : « L'histoire s'accélère tellement qu'une seule vie verra peut-être autant de changements que le cumul de toutes les vies de nos aïeuls. »

Il finit par trouver le courage de sortir les affaires du sac de son père et les étale par terre. À droite l'anorak orange, le bonnet, le sac à dos, les gants. Puis, méthodiquement, il fouille chaque poche, et retrouve un épais sachet en plastique qui contient un carnet et un stylo, mais aussi la carte mémoire d'un appareil photo. Il la place dans son ordinateur, enclenche la lecture mais le message « Fichiers invalides : lecture impossible » s'affiche. Le froid extrême a endommagé les circuits. Il essaie, en utilisant plusieurs logiciels de réparation, de récupérer des images, mais en vain.

La lapine Joséphine approche et renifle un à un les différents objets étalés sur le sol, tout en agitant son petit moignon de queue. Par chance, le sachet parfaitement étanche a conservé le carnet intact.

Il l'ouvre et lit la première page :

Antarctique
point latitude 77° 0' longitude 105° 0'
jeudi 11 mars 12 h 42

Enfin nous avons atteint la poche d'air.

Nous avons ainsi pu descendre jusqu'au lac Vostok. Il est exactement comme je l'avais pensé, à la profondeur et à la taille prévues.

Ayant parcouru quelques kilomètres sur la berge sud du lac, nous avons découvert un tunnel menant à une seconde salle située sous la première. Là, nous avons trouvé non seulement des traces de vie fossile, fougères, ammonites, vers… mais aussi des squelettes d'humains géants.

Cette découverte extraordinaire va changer notre vision de l'histoire.

Selon mes premières estimations, les mesures laser et au carbone 14 de mon assistante Mélanie, ces hommes géants sont morts il y a 8 000 ans.

Ils mesuraient 17 mètres de haut, pour un poids d'au moins 700 kilogrammes.

Durée de vie probable de 1 000 ans.

L'échelle « fois 10 » semble convenir pour les définir.

Désormais, juste avant : « Homo sapiens. 1,70 mètre. Durée de vie 100 ans », il faudra ajouter dans les livres d'histoire : « Homo gigantis. 17 mètres. Durée de vie : 1 000 ans. »

Par chance la découverte des squelettes (et même d'un corps entier conservé intact dans la glace) est assortie de celle d'une fresque gravée dans la roche sur laquelle ces géants ont eu la bonne idée de raconter leur histoire.

C'est ainsi que nous détenons non seulement une preuve de leur existence, mais un récit précis de la naissance, de l'apogée et de l'agonie de leur civilisation.

Grâce à ces fresques qui couvrent des centaines de mètres de paroi rocheuse, nous pouvons à peu près en retracer la chronologie. Voici ce qu'il me semble comprendre.

Tout d'abord, les Homo gigantis étaient mille fois moins nombreux à l'époque que les Homo sapiens aujourd'hui. À mon avis, ils devaient être tout au plus 8 millions sur toute la Terre. Ils étaient en grande majorité de sexe masculin.

Ils ont vécu plusieurs milliers d'années sur terre et ont eu le temps de bâtir une cité très structurée. Cependant, ils auraient subi un déclin provoqué par quatre catastrophes phénoménales qui se sont succédé et additionnées.

Selon cette fresque murale, le premier fléau serait un déluge qui aurait englouti leur continent (situé entre les continents européen et américain. D'où peut-être le mythe de l'Atlantide dans les textes de Platon et du déluge avec Noé dans la Bible).

Le deuxième fléau serait une glaciation qui a refroidi l'atmosphère (leur surface de peau exposée étant plus importante, ils étaient donc plus fragiles).

Le troisième fléau, semble-t-il, serait la guerre contre des hommes de taille beaucoup plus réduite (probablement nos ancêtres Homo sapiens). Ces derniers les auraient d'abord vénérés avant de s'émanciper puis de les exterminer.

Enfin, le quatrième fléau serait un astéroïde qui aurait perturbé la gravité terrestre, avantageant les êtres de petite taille et handicapant les grands.

Des détails des fresques (voir photos jointes : PICT116 à 354), on peut déduire qu'ils connaissaient non seulement l'agriculture, l'élevage, la médecine, la métallurgie (alors que la plupart de nos ancêtres, il y a 8 000 ans, en étaient à la chasse et à la cueillette) mais qu'ils maîtrisaient également d'autres connaissances comme la communication ou la médecine par les ondes.

Grâce à leur taille, leurs capacités physiques étaient décuplées.

Leurs poumons dix fois plus volumineux leur permettaient de nager en apnée dix fois plus longtemps. Certaines gravures les montrent chevauchant des baleines qui s'enfoncent dans les abysses (PICT491 à 495).

Leur cœur, leurs muscles, leur stature leur donnaient une force décuplée qui leur permettait de bâtir facilement ce qui semble, à notre échelle, des monuments. Leurs cerveaux devaient également être plus performants que les nôtres.

Avec le recul, toutes les mythologies de l'Antiquité font allusion à leur existence. Beaucoup évoquent la défaite finale des Homo gigantis face à leurs minuscules concurrents, en fait nos ancêtres Homo sapiens.

Cependant, à la lueur de cette découverte bien réelle, il faut considérer que, dans les mythologies, la victoire des héros antiques contre les géants signifie en fait la victoire des petits sauvages ignares contre les géants « civilisés ». Assurément, en les « mettant à mort », nous avons perdu quelque chose de précieux.

De manière étonnante, mon grand-père, Edmond Wells, avait déjà évoqué dans son *Encyclopédie du Savoir Relatif et Absolu* (chapitre « La civilisation des géants ») l'existence d'une espèce humaine surdimensionnée ayant préludé à notre propre espèce.

Il avait aussi évoqué l'idée que les catastrophes naturelles étaient les meilleurs accélérateurs de mutations d'une espèce (chapitre sur « Les quatre cavaliers de l'Apocalypse » qui étaient selon lui moins une prophétie du futur qu'un témoignage du passé). Comment avait-il eu cette intuition que je vérifie aujourd'hui ! Je ne saurais l'expliquer mais je dois reconnaître qu'il l'avait écrit et que je l'avais lu avant de venir. Pourtant je ne partage pas toutes ses intuitions. Il pensait, par exemple, que nous allions vers un rapetissement, or je crois qu'on va au contraire vers un agrandissement de l'espèce humaine. Et ce pour les raisons que nous connaissons tous : les bébés sont mieux nourris, la nourriture est plus riche, la médecine est plus efficace, etc.

Mon grand-père était passionné par l'observation et la compréhension des fourmis, et je pense que sa spécialité l'a un instant éclairé puis l'a aveuglé. Il croyait que l'homme allait rétrécir pour ressembler à… ses chères fourmis.

Aujourd'hui, tout porte à croire que, sur ce point en tout cas, il avait tort. Ses théories ne résistent pas à l'actualité. Quoi qu'il en pense, l'exemple à suivre n'est pas la fourmi mais le dinosaure.

Géants nous étions, géants nous redeviendrons. Ainsi la boucle sera bouclée.

J'ai pour ma part la conviction qu'un jour nous ressemblerons à ces colosses dont j'ai trouvé les sépultures sous le lac Vostok. Nous mesurerons 17 mètres, nous pèserons 700 kilos et nous vivrons 1 000 ans en communiquant avec des ondes cérébrales comme semblaient le faire les Homo gigantis.

C'est une intuition. C'est la mienne.

En tout cas, une chose est certaine, nous sommes, nous les Homo sapiens, une espèce de transition entre deux espèces humaines, l'humain du passé et l'humain du futur. Ce dernier n'est pas encore apparu. Il reste à inventer.

28.

Il sursaute.

La cloche d'entrée est très bruyante.

Thomas Pellegrin descend l'escalier et ouvre la porte. Devant lui une jeune femme aux cheveux châtains coupés court, habillée de jaune et de noir, et tenant une mallette en cuir à la main.

— Surprise ! s'exclame-t-elle.

L'homme met un temps à réagir.

— Voilà, c'est moi, votre fille. Je vais bientôt partir en reportage. Ça peut s'avérer dangereux, du coup j'ai eu envie de vous appeler. Ça fait longtemps que je voulais vous parler...

Soudain le ciel se déchire, un éclair zèbre le ciel. Il se met à pleuvoir.

La jeune femme entre, alors que dehors le ciel se déchaîne et que la pluie tombe à grosses gouttes. Elle s'assoit dans le fauteuil le plus large.

— Vous vous souvenez d'un réveillon il y a vingt-sept ans ? Il paraît que vous aviez beaucoup bu, et que ce soir-là vous disiez que vous n'arriveriez « à rien de bon ». Eh bien, ce « rien de bon », c'est... moi.

Thomas Pellegrin a un grand front, des tempes grisonnantes, un nez droit, des petites lèvres. Il est en peignoir sport. Il pousse un profond soupir.

— Je pensais que cela vous ferait plaisir de savoir que j'existais. En me récupérant à 27 ans, vous avez l'avantage d'avoir un enfant, sans avoir eu à gérer la pénible période des nuits sans sommeil, des couches qui puent, des biberons à trois heures du matin et des crises dues aux premières dents douloureuses.

Elle l'observe.

— Vous n'êtes pas bavard, hein ?... Je me mets à votre place. Un bout de passé qu'on voudrait oublier qui surgit d'un coup comme ça, incarné par une personne en chair et en os, ce n'est pas très... « confortable ».

Il reste impassible.

— Je voulais vous voir avant de partir en reportage. J'ai l'impression que je pourrais mourir là-bas et je ne voulais pas disparaître sans avoir dit « bonjour », une fois au moins, à mon... père. Je ne vais pas vous ennuyer plus longtemps. Je m'en vais et vous n'entendrez plus parler de moi.

Elle se lève. Il ne la retient pas. Alors elle reste figée face à la porte, semblant attendre quelque chose.

— Vous ne vous souvenez pas du tout de ma mère, Françoise Kammerer ?

Il fait mine de fouiller dans sa mémoire.

— Non, désolé... Comment m'avez-vous retrouvé ?

— Ma mère disait que vous étiez un « salaud de type qui faisait souffrir les bêtes soi-disant pour faire avancer la science ». J'en ai déduit que vous étiez biologiste. Elle disait que vous étiez « avec tous les cons prétentieux de l'université Descartes », que vous aviez le même prénom que saint Thomas et que, comme lui, vous ne croyiez qu'à ce que vous voyiez... Ça réduisait le champ des possibles, n'est-ce pas ? Cela fait longtemps que je m'intéresse à vous sans vous contacter. Je connais bien votre vie, vos recherches et même vos découvertes. Et je peux dire qu'en tant que scientifique, je vous admire. Vous êtes en grande partie la raison pour laquelle je suis devenue, moi aussi, biologiste, spécialiste des hormones. J'ai entièrement lu votre thèse sur « L'influence des hormones dans les sociétés abeilles ».

Il fronce les sourcils.

— Et votre mère, Françoise Kammerer, c'est ça ? Elle est où maintenant ?

— Morte. Cancer du poumon. Elle était très nerveuse. En fait, une très grande anxieuse. Deux paquets de cigarettes par jour, cela ne pardonne pas. En plus, elle était un peu dépressive, entre nous je comprends que vous n'ayez pas eu envie de rester

avec elle, même pour moi par moments c'était pénible...
Comme j'étais sa seule famille proche, et considérant que c'était
à cause des cigarettes que maman était morte, pour rester dans
la continuité, j'ai pensé que ce serait mieux de... l'incinérer.
Cendre, tu retournes à la cendre.

Comme elle prononce cette phrase, Aurore Kammerer sort
son paquet de cigarettes et avant que le maître des lieux n'ait
pu réagir, elle en allume une et souffle la fumée.

Thomas Pellegrin lève un sourcil, surpris, mais n'ose l'empêcher de poursuivre.

– Non, je plaisante, c'est parce que je n'avais pas les moyens
de payer la pierre tombale en marbre et tout le tralala, ça coûte
la peau des fesses. La petite urne, c'est plus pratique et moins
cher. D'ailleurs, la voilà !

Elle fouille dans sa mallette de cuir et en sort une boîte
métallique. Thomas Pellegrin la saisit précautionneusement
comme s'il s'agissait d'un objet sacré. Sur le côté, il y a inscrit
« truffe fourrée chocolat à 75 % de teneur en cacao garantie ».

– Je plaisantais, dit-elle, et elle reprend la boîte de chocolats
des mains de son père, en ouvre le couvercle et saisit une truffe
qu'elle lui propose.

– Vous en voulez ? Elles sont délicieuses.

– Non, non, ça va. Continuez à me parler de votre mère.
Donc vous l'avez fait incinérer. Et puis ?

– J'ai prononcé moi-même l'oraison funèbre devant ce qui
restait de la famille. Vous savez ce que j'ai dit comme texte ?

– Un texte des apôtres peut-être.

– J'ai lu l'horoscope du jour de sa mort. Avec les trois
rubriques. Santé. Amour. Profession. Encore un hasard des destins, elle était Cancer ascendant Cancer. L'horoscope annonçait
que c'était une journée à marquer d'une pierre blanche pour
son signe.

La jeune femme avale une truffe.

– Vous avez des photos de votre mère ?

Aurore fouille dans sa mallette et en sort un petit album. Thomas Pellegrin examine les différents clichés.

— J'ai le bas du visage comme elle, menton pointu, nez pointu et le haut comme vous. Regardez les yeux dorés et le grand front. Haut et droit.

Il l'examine, gêné.

— Je pense que vous voudrez effectuer un test ADN pour être sûr, n'est-ce pas ?

— Vous avez dit qu'elle avait de la famille plus lointaine ?

— De la manière dont ils me regardaient, j'ai compris qu'ils me considéraient eux aussi comme un « regrettable incident ». La dernière fois qu'ils ont évoqué mon existence, ils ont employé l'expression « l'erreur de jeunesse » pour parler de moi. Est-ce que j'ai une tête d'« erreur de jeunesse » ?

Thomas Pellegrin ne peut retenir un petit rire nerveux.

— Ah, ça y est, j'ai réussi : vous vous décoincez un peu !

Encouragée, elle poursuit.

— Vous avez oublié de me poser une question, monsieur Pellegrin.

— Ah ? Laquelle ?

— « Comment vous appelez-vous mademoiselle ? »

Il veut répéter la phrase mais elle prend les devants.

— Aurore. Je pars demain pour la Turquie à la recherche des femmes amazones qui se font appeler aussi « femmes abeilles ». Je vais encore vous faire rire mais ce qui m'a poussée à venir, c'est une discussion avec un collègue de l'université qui a retrouvé son père, vous ne le croirez jamais, entièrement incrusté dans un glaçon. Du coup… je me suis dit qu'il fallait que je retrouve également le mien avant qu'il ne soit froid lui aussi.

— Aurore…

Elle examine sa montre.

— Bon, eh bien, ce n'est pas tout ça, mais j'ai un avion à prendre.

29.

Théia.

La collision a été si puissante qu'elle a accentué l'inclinaison de mon axe, de 0° à 15°. Cet infime changement a donné naissance aux saisons.

Désormais, je possédais quatre visages.

Du fait de l'attraction de ma masse, les débris de Théia, ajoutés aux éclats de ma propre surface, ont formé une ceinture d'astéroïdes, multitude de rochers flottant autour de mon équateur.

Durant les quelques millions d'années qui ont suivi ce terrible accident, j'avais vraiment une autre physionomie. On aurait pu me confondre avec Saturne, car moi aussi j'avais un anneau de débris rocheux glacés autour de moi, qui me composait une large collerette.

Puis, les saisons se succédant, ces rocailles en suspension se sont elles-mêmes agglomérées et cela a donné une masse sphérique qui s'est satellisée autour de moi. Plus tard les humains ont baptisé cet amas de détritus en orbite : « La Lune ».

Quel objet céleste minable.

Un amoncellement de déchets suffisamment tassé pour faire une boule, mais pas assez massif pour se détacher de ma gravité ou ne serait-ce que tourner sur lui-même.

Quand je pense que pour la plupart des humains, c'est un objet d'inspiration poétique. C'est comme s'ils vénéraient un tas de croûtes et de cicatrices.

La Lune. Ce n'est même pas un astre doté de sa lueur propre, elle ne fait que refléter de manière atténuée la clarté du soleil.

La Lune. Le souvenir solidifié de ma plus grande douleur, mais aussi de l'éveil de ma conscience.

Je ne suis pas un astéroïde, je ne suis pas un tas de rocailles, je ne suis pas une simple boule minérale passive.

Ma masse, ma taille, mon orbite, mon cœur chaud et mon noyau de fer font de moi un être unique.

30.

— Vous savez qui je suis ? Je suis le président de la République française, monsieur ! Et c'est moi qui fais que le soleil se lève ou se couche sur ce pays ! Alors laissez-moi vous dire que votre petit jeu ne marchera pas avec moi. Vous n'êtes qu'un minable. Au revoir.

Le président Stanislas Drouin raccroche d'un geste rageur. Il reprend son combiné :

— Bénédicte ? Vous ne me passez plus de communication, j'en ai marre de tous ces incapables, je veux être tranquille.

D'un geste agacé, il ouvre le tiroir et sort son attirail. Les cristaux de cocaïne dans leur boîtier de nacre, et puis le tube d'argent pour les sniffer. Il étale trois rails bien parallèles. Tout en aspirant le produit corrosif, il se dit que tous ses prédécesseurs ont fonctionné comme lui : de la cocaïne pour se sentir fort et des maîtresses pour se détendre. Et quand la situation commençait à se compliquer, tous avaient un troisième soutien, un astrologue ou un sorcier caché dans les coulisses qui prenait les grandes décisions à leur place.

Stanislas Drouin se penche en arrière et se dit que ses prédécesseurs de gauche ou de droite ont été élus avec le même programme « moins de privilèges, plus d'égalité, moins de chômage, plus de sécurité » et, comme lui, ses prédécesseurs ont pratiqué exactement la même politique qui a abouti à « plus de chômage, moins de sécurité, moins d'égalité, plus de privilèges ».

Il se dit aussi que les quelques présidents français qui ont voulu faire des réformes ont automatiquement vu leur cote de popularité s'effondrer et tous ceux qui n'ont fait que jouir de leur pouvoir sans rien créer d'autre que des monuments à leur propre gloire ont vu leur cote grimper.

Il se souvient de la phrase du général de Gaulle, « Les Français sont des veaux », et il se souvient que désormais de Gaulle est considéré par tous les Français comme le meilleur président dans l'ensemble des sondages.

Il aspire un nouveau rail de poudre blanche et se demande si de Gaulle prenait de la cocaïne lui aussi. En tout cas, à sa connaissance, c'était le seul président qui n'était pas partouzard.

Face à lui, les portraits de ses prédécesseurs affichent leurs airs satisfaits, la main sur le cœur, sur la Constitution ou sur une carte de l'Hexagone.

Il s'attarde sur celui de Mitterrand, « La force tranquille ». Il se souvient de ce que lui avait dit son premier ministre qui l'avait bien connu. « Mitterrand avait mis au point le système du : "Que le meilleur gagne". Dans sa jeunesse, il avait milité dans un mouvement d'extrême droite puis quand la Deuxième Guerre mondiale était arrivée, il avait appliqué cette stratégie. Il avait des amis résistants *et* des amis collaborateurs.

Que le meilleur gagne.

Les résistants avaient triomphé et Mitterrand avait reçu les médailles et les honneurs.

Voilà la bonne manière de gouverner, songe le président Stanislas Drouin. *Jouer les deux camps simultanément et attendre de voir lequel des deux réussit.*

Selon son premier ministre, devenu président de la République, Mitterrand avait apporté un soutien inconditionnel simultanément aux syndicats ouvriers *et* aux syndicats patronaux.

Ainsi tous croyaient qu'il jouait un jeu secret en leur faveur.

Ensuite, il laissait faire le temps pour voir qui était en position de force. Il avait ainsi rétabli la France dans le pacte Atlantique de l'OTAN, se montrant l'allié privilégié des États-Unis, *et* il avait nommé des ministres communistes, naturellement alliés de la Russie communiste. Il avait de même soutenu simultanément les industriels de l'énergie nucléaire *et* les écologistes.

Quel génie de la politique ! En fait pour être vraiment aimé du peuple, il faut s'en distancer.

Le président Drouin se souvient de l'ignoble blague que lui avait confiée son premier ministre : quand on avait appris que Mitterrand avait un cancer de la prostate *et* un cancer de la thyroïde, l'un de ses propres ministres avait repris sa fameuse formule : « Que le meilleur gagne. »

Stanislas Drouin contemple les portraits illustres. Il a été élu sur un programme de gauche qu'il n'a heureusement jamais appliqué pour la simple raison qu'il est inapplicable. Et tout le monde a oublié ses promesses.

Preuve qu'au moment où les électeurs votent, ils savent inconsciemment que les mesures qui leur ont fait choisir un candidat ne seront jamais appliquées.

Il fait défiler sur son smartphone les photos de sa collection personnelle de maîtresses. C'est son dada : la quantité dans le harem. Là encore, il lui serait difficile de surpasser ses prédécesseurs. Selon les huissiers de l'Élysée, François Mitterrand se faisait importer directement des secrétaires des pays scandinaves qu'il choisissait sur album. Giscard prétendait apprécier particulièrement les auto-stoppeuses. Chirac tentait de séduire toutes celles qui l'approchaient. Enfin c'est ce qu'on lui avait dit mais cela ne lui semblait pas exagéré. Le plus doué dans ce domaine, c'était quand même Kennedy qui, à ce qu'il paraît, organisait de grandes partouzes avec les plus belles filles dans chaque ville américaine où le menait sa campagne électorale.

Les Américains ont toujours eu une longueur d'avance. Et ce pauvre Clinton qui s'est fait épingler pour une simple gâterie avec une stagiaire.

Il songe à ses prédécesseurs plus illustres.

Napoléon avait un sexe de la taille de celui d'un enfant de 12 ans, si l'on en croit le médecin légiste qui a autopsié son corps. Cela ne l'a pas empêché de multiplier ses conquêtes amoureuses.

Louis XIV avait construit le château de Versailles et installé une nombreuse cour pour avoir encore plus de femmes à sa disposition.

Henri IV, selon les témoignages d'époque, troussait toutes les femmes qui l'approchaient, qu'elles soient servantes, aristocrates ou femmes de ses ministres.

Stanislas Drouin sourit.

C'est la juste récompense de tous les efforts accomplis pour parvenir au sommet du pouvoir. Même chez les singes ou les rats, c'est le mâle dominant qui profite des jeunes femelles fécondes.

Il jette un coup d'œil sur l'écran de droite où s'affichent les courbes sensibles à surveiller. En capitaine du bateau « gouvernement », il sait qu'il faut guetter ces cadrans si on ne veut pas chavirer.

La consommation des ménages augmente.

Le CAC 40 augmente.

Le nombre d'habitants augmente.

La production de voitures augmente.

La construction de logements augmente.

Tous les signaux sont au vert. Pour l'instant. Il faut garder le cap.

Son interphone bourdonne.

– Quoi encore, Bénédicte ? Je vous avais demandé un peu de tranquillité.

– Le colonel Ovitz.

Il regarde sa montre, range son smartphone, puis s'affale dans son fauteuil.

– Faites entrer.

Il empile à la hâte quelques coussins sur le fauteuil qui lui fait face.

Une femme de très petite taille pénètre d'un pas déterminé dans le bureau présidentiel.

Elle porte la même tenue que lors de la séance du jury à la Sorbonne. Elle tient une sacoche qui semble assez lourde.

– Natalia. C'est toujours un plaisir de vous voir.

– Bonjour, monsieur le président.

Elle se juche sur les coussins.

– Alors qu'est-ce qui me vaut le plaisir de votre visite ?

Elle se démène pour assurer son assise.

– L'Évolution. Je vous propose de ne pas vous contenter d'être un président qui gère les affaires courantes à court terme, mais de devenir un président qui a une vision à moyen et long terme. Bref, un président qui risque d'occuper les pages des livres d'histoire pour les générations à venir, poursuit-elle.

Stanislas Drouin fixe la naine. Elle vient de toucher juste. Cela a toujours été son ambition, de ne pas être oublié, de ne pas être un simple président parmi la longue liste des présidents qui passent.

– La seule évolution qui m'intéresse durant mon quinquennat concerne l'économie. Après moi, le déluge.

– Qui vous parle d'un quinquennat ? Je vais vous faire entrevoir le prochain millénaire. Et je vous demanderai aussi d'enregistrer en vidéo interne tout ce que je vais dire afin que, si je me faisais tuer, vous puissiez réécouter ce que j'ai dit et en tenir compte.

Le président Drouin déteste recevoir des ordres, a fortiori d'une femme, naine de surcroît. Cependant, quelque chose dans l'attitude de cette interlocutrice bizarre lui inspire le respect. Il se penche vers l'interphone.

– Bénédicte ? Personne ne me dérange pendant un quart d'heure.

Il appuie sur l'enregistreur vidéo placé derrière lui puis se tourne vers sa visiteuse.

– Soyez concise.

– Selon mes sources, nous sommes actuellement à un point clé de l'histoire non seulement de la France mais de l'humanité. Pour la première fois grâce aux satellites, aux journalistes, aux smartphones, qui permettent à tout un chacun de filmer et de mettre les images sur internet, nous bénéficions de millions d'yeux et d'oreilles qui sont à l'affût de tout ce qu'il se passe sur la surface de notre globe.

Il hoche la tête, impatient.

– Nous voici aussi à un point clé car, pour la première fois, le nombre de morts (en additionnant toutes les générations d'humains qui nous ont précédés) est égal à celui des vivants actuellement. À peu près 8 milliards. Pour la première fois nous avons la possibilité de quitter la planète pour aller essaimer ailleurs, à bord d'engins spatiaux. Nous avons la possibilité de détruire toute forme de vie sur cette planète avec l'arme atomique.

Il lui fait signe de poursuivre.

– Conclusion : vous êtes le président de la génération qui peut tout changer.

Se redressant un peu dans son fauteuil, il imagine dans cent ans un nouveau président qui regarderait sa photo à lui, Stanislas Drouin.

– Je vous écoute, Natalia.

– Nous sommes à un carrefour avec sept chemins que j'ai détectés et que nous pouvons prendre, ou plutôt que l'humanité peut prendre pour le meilleur ou pour le pire.

– Je ne vous demanderai qu'une chose, par pitié, ne me parlez pas de finances ou d'écologie, cela me fait dormir.

– Ne vous inquiétez pas, président, mes sept options de futur sont bien plus « modernes ». Imaginez un arbre à sept branches…

31.

Deux feuilles du cerisier bonzaï tombent sans qu'il y prête attention. Les autres petits arbres prient dans leur langue pour obtenir un peu plus d'eau. La lapine Joséphine grignote les fils d'un câble électrique. Les soldats napoléoniens sont en pleine charge sans que rien les fasse progresser.

David Wells relit pour la énième fois le carnet de son père défunt. Il ne cesse de réfléchir à tout ce qui s'est passé durant les dernières vingt-quatre heures. La Sorbonne. Les jurés. Aurore Kammerer. L'accident de voiture. Sa mère en pleurs. Le médecin légiste maladroit. Les trois blocs de glace. Son père figé, la bouche grande ouverte, comme s'il voyait l'indescriptible. Le carnet avec ses lignes nerveuses écrites en biais, ses schémas, ses croquis, ses listes de chiffres ésotériques, ses allusions étranges. La découverte d'une civilisation de... géants.

Tout lui semble irréel. Comme si cette journée unique n'avait jamais existé.

Il entend claquer la porte du bas et comprend que sa mère vient de rentrer. Le bruit l'a fait sursauter. Sa lapine dresse ses longues oreilles et cesse de remuer la truffe. Il descend lentement l'escalier qui mène au salon. Mandarine Wells est en train de pleurer devant la photo de son mari en tenue d'explorateur dans la jungle, brandissant une molaire de mastodonte.

David la prend aux épaules.

— Maman....

Il se dit que, toute sa vie, sa mère n'a fait que deux choses : se taire et pleurer. Et peut-être aussi, dans une moindre mesure, aimer. Son père. Puis lui. Il se demande si ce n'est pas finalement la principale faiblesse des femmes : aimer les hommes.

— Mon Charly ne méritait pas ça.

Il l'étreint fermement, rassurant :

— Personne ne mérite de mourir, maman.

– Ton père était un homme précieux pour l'humanité. En comprenant le passé, il éclairait le futur.

– Je le sais, maman. Je le sais.

Elle lui saisit la tête à deux mains comme si elle voulait être sûre qu'il la comprenne.

– David, il faut que tu reprennes le flambeau. Il faut que tu continues son travail d'éclaireur du monde.

– Oui, maman.

– Il faut aussi que tu trouves une femme et que tu fasses des enfants. Afin que le nom de Wells se perpétue. Tu es le dernier de la lignée, tu sais ?

– Bien sûr, maman.

– Il faut que tu crées un foyer, c'est ce qu'aurait souhaité ton père.

Elle saisit les mains de son fils et y glisse un objet froid.

– Voilà la clef de son bureau. Il a toujours interdit à quiconque d'y pénétrer. Il doit y avoir là tous ses trésors, tous ses secrets, ses outils, ses écrits. Ils sont désormais à toi.

David se détache de sa mère, monte l'escalier, se retrouve face à la porte et tourne lentement la clef dans la serrure. Sa main nerveuse doit s'y reprendre à plusieurs fois avant que le pêne ne cède dans un grincement. Il actionne l'interrupteur et une lumière jaune inonde la pièce. Sur des étagères s'alignent des dents et des crânes de dinosaures. Il repère l'ordinateur, l'allume et trouve un fichier « Encyclopédie du Savoir Relatif et Absolu du professeur Edmond Wells ».

Le livre de son arrière-grand-père auquel son père faisait référence dans son message.

Edmond Wells, le « myrmécologue ».

Son père lui en a peu parlé. Mais pour ce qu'il en savait, son arrière-grand-père semblait ne pas s'être contenté de parler des fourmis, il s'intéressait à l'évolution de l'humanité en général et pensait qu'elle allait vers un rapetissement.

L'idée saute une génération.

David fixe l'écran de l'ordinateur. Il ignorait que son arrière-grand-père avait rédigé une encyclopédie sur ses découvertes et thèmes de réflexion.

Alors, se souvenant de la note du carnet récupéré dans l'Antarctique, il entre dans le moteur de recherche et tape : « Civilisation des géants ».

Un fichier texte s'ouvre.

32. ENCYCLOPÉDIE : CIVILISATION DES GÉANTS

Dans toutes les mythologies de toutes les civilisations des cinq continents, il est fait allusion d'une manière ou d'une autre à une civilisation de géants qui aurait jadis régné sur terre.

Pour les Égyptiens de l'Antiquité, la première dynastie est issue d'une race de géants venus par la mer et qui les auraient instruits, leur auraient appris la médecine et l'art de construire les pyramides.

Dans la Bible (Nombres XIII, 33), il est écrit : « Et là, nous vîmes des géants, les fils d'Anak, et à leurs yeux, nous étions comme des sauterelles. »

Dans la mythologie grecque, les géants étaient nés sur la Terre du sang d'Ouranos. Le plus célèbre était Antée, considéré comme invulnérable tant qu'il restait en contact avec sa mère, Gaïa, la Terre. On ne pouvait le tuer qu'en le soulevant du sol, exploit que seul Hercule réussit à accomplir. Cependant, chez les Grecs, les géants et les dieux sont deux notions voisines. Ainsi le Titan Prométhée a enseigné aux hommes l'usage du feu et les Cyclopes l'usage de la métallurgie.

Chez les Romains, Pline, dans son *Histoire naturelle*, rapporte (livre 7, chap. 6) qu'il a trouvé après l'effondrement d'une colline un squelette d'un géant de presque 20 mètres de haut qu'il nomme Orion.

Le savant Philostrate rapporte, lui, avoir découvert en Éthiopie une sépulture contenant un squelette humain mesurant 16 mètres.

Pour les Thaïlandais, les hommes des premiers temps étaient d'une taille colossale.

Les Scandinaves d'avant le christianisme croyaient que les premiers êtres de la création étaient hauts comme des montagnes. La patrie de ces géants aurait été située sur une île, à l'ouest, au large de leur côte, qu'ils nomment Thulé.

En 1171, l'historien Sigilbert rapporte qu'un débordement d'eau a fait ressurgir les restes d'un squelette humain mesurant 17 mètres de long.

Le dominicain Reginaldo de Lizárraga, lors de son voyage au Pérou en 1555, note qu'il existe un mythe se rapportant à des êtres de plus de 15 mètres.

Au XVIe siècle, l'historien Cieza de León relate qu'il y aurait eu jadis une invasion de géants, évoquée par les habitants de Santa Elena. Selon les récits, ceux-ci arrivèrent sur des bateaux et construisirent le temple de Tiahuanaco en une seule nuit.

Dans le Ramayana indien, on évoque des géants qui combattirent Ram. L'un d'entre eux, le géant Hanuman à visage de singe, se rangea du côté des hommes contre ses frères.

L'histoire des Toltèques écrite par Ixtlilxochitl évoque un passé peuplé de géants, nommés Quinametzins, qui disparurent presque entièrement parce que des séismes détruisirent la Terre. Après eux, les Olmèques et les Xicalancas, races humaines de taille normale, vécurent sur la Terre et décimèrent les derniers géants qui avaient survécu aux catastrophes.

Dans le domaine scientifique, on trouve aussi des références à une civilisation de géants préexistant à l'Homo sapiens. L'anthropologue Larson Kohl a découvert en 1936, sur les rives du lac Elyasi en Afrique du Sud, des ossements humains de plus de dix mètres de long. Dans les années 1960, un archéologue australien, Rex Gilroy, a découvert au mont Victoria des empreintes fossiles de pieds d'humains géants. S'étant spécialisé dans cette recherche, il a ensuite trouvé des mâchoires humaines titanesques à Java, en Afrique du Sud et en Chine du Sud. En 1964, le chercheur Brukhalter, membre de la société française de préhistoire, a annoncé avoir trouvé suffisamment d'ossements de taille anormalement grande pour affirmer l'existence de géants à la période acheuléenne (stade glaciaire du paléolithique).

Si les géants ont vraiment existé, leur disparition est la preuve que l'évolution naturelle de l'homme est d'aller vers le rétrécissement.

Edmond Wells,
Encyclopédie du Savoir Relatif et Absolu, Tome VII.

33.

Dans le bureau du président de la République, Natalia Ovitz a sorti son ordinateur portable et l'a branché sur le fil relié au projecteur mural.

Elle enclenche un diaporama pour expliquer sa vision des sept voies d'évolution possible pour l'humanité.

– J'ai attendu la dernière réunion des chercheurs de la promotion « Évolution » pour vous présenter ces hypothèses d'une manière la plus exhaustive possible. En quelque sorte, les derniers « produits frais » dans le domaine des visions du futur.

Elle ouvre le dossier VOIE NUMÉRO 1 : LA VOIE DE LA CROISSANCE. Une succession d'images montre en accéléré des foules denses qui surgissent de bouches de métro, des usines qui débitent sur des tapis roulants des aliments à l'infini, d'autres qui lâchent des nuages noirs, des militaires qui défilent, des manifestants qui scandent des slogans, des salles de réunion de la

Bourse où une foule bruyante semble surexcitée devant des tableaux lumineux.

– La voie de la Croissance, c'est le projet capitaliste brut : toujours plus de tout aux prix les plus bas pour un maximum de bénéfices. C'est actuellement le code de référence. Et c'est le rêve de l'actuel président américain Wilkinson, homme grand, fort, ancien sportif, ancien acteur de films d'action, républicain. Il est pour la liberté des marchés et le « toujours plus ». Sur le long terme, cette voie engendre de nombreuses conséquences :

1. Augmentation de la taille moyenne mondiale, du fait des progrès de la nutrition des enfants et notamment de la large diffusion des produits laitiers.

2. Augmentation de l'individualisme inhérent à la société de consommation, système vers lequel tendent toutes les sociétés humaines, tout simplement par envie de confort personnel.

3. Augmentation de la démographie, du fait des progrès de la médecine entraînant une baisse de la mortalité infantile et une augmentation de l'espérance de vie.

4. Augmentation de la masse des déchets. Il y a actuellement un sixième continent uniquement formé d'ordures ménagères. Il est grand comme le tiers de l'Europe et il dérive au nord du Pacifique entre l'Amérique et le Japon.

– Ah, je l'ignorais.

Le président de la République s'affale un peu dans son fauteuil.

– Le « toujours plus » est un système ancien qui a fait ses preuves, reconnaît-il.

D'un geste, Stanislas Drouin invite Natalia à poursuivre.

– Sur cette lancée, l'humanité devrait passer dans les prochaines années de 8 à 10 milliards d'individus, ce qui signifie plus de consommation, donc plus de croissance économique. Le problème c'est que si l'humanité et la consommation augmentent, et si l'économie est en croissance, la planète en

93

revanche ne l'est pas. Les réserves de matières premières, d'air pur, d'eau potable, ne sont pas extensibles à l'infini. Nous ne pourrons pas garantir aux 10 milliards d'individus le confort américain avec deux téléviseurs, deux voitures, deux réfrigérateurs et deux climatiseurs par famille. Surtout avec les taux actuels de gaspillage de nourriture. Si nous continuons à consommer de cette manière, il s'avérera nécessaire d'avoir deux planètes comme la Terre pour nourrir toute l'humanité.

– Mais les progrès de la science…

– … ne sont pas sans limites ni contrecoups. La culture intensive stérilise le sol. La plupart des légumes, des fruits et des viandes s'appauvrissent en oligoéléments et en vitamines. Notre planète s'épuise à nourrir les hommes.

– Les engrais l'aident, il me semble ?

– Vous en connaissez l'impact sur les nappes phréatiques. Dans cette voie du « toujours plus », deux leaders concurrents ont la même vision d'un capitalisme sauvage : l'Amérique et la Chine.

– Que le meilleur gagne. Mais la Chine me semble mieux placée, elle a l'avantage de ne pas avoir de syndicats libres, de justice ou de presse indépendantes, ou de parti écologiste. De plus, sa masse démographique lui permet de faire baisser les coûts de fabrication, de manière drastique. Dans combien de temps, si nous choisissons cette voie de la croissance, devrions-nous avoir de gros problèmes, selon vous ?

– En étant optimiste : trente ans. Dans trente ans, les réserves d'eau, de pétrole, d'air et de nourriture devraient commencer à se raréfier d'une manière suffisamment conséquente pour poser problème… en France.

Le président regarde sa montre.

– C'est la voie numéro 1, la croissance capitaliste. Voie numéro 2 ? Je vous écoute, faites vite, s'il vous plaît.

Le colonel Ovitz lance un nouveau diaporama où l'on voit des processions de pénitents se fouettant le dos avec des martinets cloutés. Des barbus haranguent des foules qui scandent en chœur les mêmes slogans, puis apparaissent des policiers en moto qui chargent des étudiants, des pendaisons, des mains coupées. S'affiche en sous-titre : LA VOIE MYSTIQUE.

– C'est le projet religieux totalitaire : la voie qui actuellement connaît la plus grande progression. Partout on convertit par la terreur ou par la séduction.

– Quelle séduction ?

– Ne sous-estimez pas le pouvoir attractif de la religion. Dans un monde où tout est complexe et mou, un système « irrationnel », simple et dur rassure. Surtout s'il autorise la violence. Au début, cela ne concernait que les personnes non éduquées mais maintenant cela séduit même les intellectuels. Toutes les couches de la société peuvent être enrôlées. C'est le rêve de l'actuel président iranien Jaffar et du roi d'Arabie Saoudite. Et ce projet est alimenté par la manne pétrolière.

Le président esquisse une moue dubitative.

– Je connais Jaffar. Dans l'intimité, c'est un homme charmant. Et corruptible. Je peux vous garantir qu'il accepte tous les pots-de-vin, ce qui à mon avis démontre qu'il n'est pas le fanatique qu'il paraît.

– C'est le principe du double langage exposé dans le *Livre des ruses*. Mais ne vous y trompez pas, le président Jaffar est un pur produit du courant intégriste. Il prône un futur où tous les humains seront convertis ou… morts. Il ne s'en cache même plus.

– Une évolution de l'humanité vers le fanatisme ? Je n'y crois pas. Ça ne peut pas marcher dans une société intelligente moderne. La science est plus forte que la foi.

– Détrompez-vous, président. De tout temps, la tentation d'un retour à la brutalité a séduit les foules et tout particulièrement les jeunes.

– Les jeunes ? Mais ils sont de plus en plus instruits…

– Et alors ?

– L'instruction fait reculer la fascination pour la violence et l'attrait de l'irrationnel.

– En êtes-vous si sûr ?

Le président Drouin est impatient.

– Et c'est quoi leur « problème » ? Car il doit forcément y avoir un problème.

– Pour se maintenir, les religieux sont forcés à la surenchère permanente. Les extrémistes d'aujourd'hui passeront pour des modérés demain.

– Je crois que vous exagérez, colonel. Voie d'évolution suivante.

Natalia Ovitz lance un nouveau diaporama où l'on voit John von Neumann, Alan Turing, Bill Gates, Steve Jobs, ainsi que de nombreux jeunes à lunettes qui se ressemblent tous, assis devant des écrans. Défilent alors en accéléré des images de jeux virtuels, de graphismes informatiques superbes, des hangars où des centaines de jeunes sont avachis dans la lueur de leurs écrans, hébétés et pianotant sur leurs claviers d'ordinateurs.

– La voie informatique, je présume ?

– Pas seulement. LA TROISIÈME VOIE D'ÉVOLUTION EST LA MACHINE.

– Les androïdes ?

– Ordinateurs, robots, réseaux sociaux, jeux en ligne, smartphones intelligents, bref le monde informatique artificiel qu'a créé l'homme et dans lequel il peut projeter sa pensée.

– Ce ne sont que des outils, Natalia, comme les aspirateurs ou les voitures. Ils n'ont aucun libre arbitre. Devons-nous avoir peur de nos machines à laver ?

– À la Sorbonne, j'ai entendu un chercheur exposer un projet qui m'a particulièrement intriguée. Il se nomme Francis Frydman. Il a proposé de programmer les robots ou les ordinateurs afin de leur faire prendre conscience de leur propre existence.

– Des robots intelligents ? C'est un serpent de mer pour journalistes. Je n'y crois pas une seconde.

– Mieux : des robots pensants. Voilà pour lui le pas à franchir : la conscience du « Moi ». À mon avis, dès que les machines auront acquis cette conscience, elles auront envie, comme tous les autres êtres vivants, de toucher à l'immortalité et d'avoir des enfants. Francis Frydman a déjà pensé à ce concept et évoque l'idée de robots capables de se reproduire tout seuls.

– De la parthénogenèse de machines ?

– Pourquoi pas ? Frydman est en train d'ouvrir la voie à des générations de robots qui, en se reproduisant, ne feraient que s'améliorer.

– Un peu comme nous-mêmes avons évolué du singe à l'homme ?

– Oui, on peut imaginer cela. Les premiers robots seraient des singes, leurs enfants ne cesseraient de se perfectionner de génération en génération. Et ce, sans la moindre intervention de l'homme. Juste par la logique d'une programmation les incitant à s'améliorer sans cesse.

Le président joue avec le smartphone posé sur son bureau.

– Ce qui veut dire qu'à terme l'ordinateur pourrait finir par surpasser l'homme ?

– Les machines nous battent déjà systématiquement aux échecs, et à tous les jeux de stratégie. Elles n'auront aucune limite. On pourrait même imaginer dans le futur un président de la République androïde programmé pour défendre les intérêts de ses concitoyens. Ainsi, nous serions certains qu'il n'y aurait pas de risques qu'il soit égoïste, corrompu, fanatique, ou fainéant.

– Je me vois en concurrence aux prochaines élections avec un robot ! Quel est l'inconvénient de cette voie ?

– Le docteur Frydman l'a déjà prévu. Dès qu'il y a conscience de soi, apparaît un questionnement qui aboutit à un risque de « névrose », à une angoisse existentielle.

– Merci, saint Freud.

– C'est bien pour cette raison que l'essentiel du projet de ce chercheur consiste à encadrer cette humanité artificielle par des psys.

– Et cela donnerait quoi dans vingt ans ?

– Selon Frydman, les robots régleraient tous les problèmes de travail. Ils accompliraient toutes les tâches pénibles. Plus de prolétariat. Nous entrerions enfin réellement dans la société de loisirs avec une humanité fainéante, obèse, avachie, où les robots accompliraient tous les travaux pénibles.

– Cela n'a pas l'air désagréable.

– C'est malgré tout une humanité « infantilisée et asservie ». Et si les robots ne sont pas bien « psychanalysés » et prennent conscience de la primitivité des hommes, ils peuvent décider de prendre le pouvoir.

– Là, ce serait un avenir qui rappelle le scénario du film *2001 l'Odyssée de l'espace*. Ou *Terminator*.

– Jusqu'à *Matrix*. On peut imaginer une humanité qui stagnerait et des robots qui ne cesseraient parallèlement d'évoluer. Nous serions réduits à une place secondaire. Nous serions les « anciens maîtres du monde » dépassés par leurs créations.

– Vu sous cet angle, en effet, c'est moins tentant.

– C'est pour cela que j'ai tout fait pour que le projet du docteur Frydman ne soit pas encouragé.

Stanislas Drouin est en même temps excité et inquiet. Cette vision à long terme lui donne la sensation d'être un grain de sable dans un rouage qui le dépasse. Il observe la petite femme qui semble parfaitement maîtriser ses dossiers.

Aucun de ses spécialistes scientifiques, militaires ou économiques ne lui avait offert un spectre aussi large, profond et lointain des futurs possibles de l'humanité.

– Quelles sont les autres voies en dehors du capitalisme sauvage, du fanatisme religieux, et des robots dominateurs ?

– La quatrième voie est LA COLONISATION DE L'ESPACE.

À nouveau le colonel Ovitz lance un diaporama. On y voit les plans d'un vaisseau spatial.

– Je ne sais pas si vous avez entendu les infos, mais Sylvain Timsit, le célèbre milliardaire canadien enrichi grâce aux jeux informatiques en réseau, a décidé de lancer un vaisseau baptisé *Papillon des étoiles 2*.

– C'est quoi ?

– Il s'agit d'un voilier solaire capable d'embarquer une centaine de milliers de personnes pour un voyage de plus de mille ans en direction d'une autre planète habitable dans un autre système solaire.

– L'Arche de Noé de l'espace en quelque sorte ?

– Plutôt que d'essayer de résoudre les problèmes ici, il propose de partir. C'est ce qu'ont accompli tous nos ancêtres depuis la nuit des temps : fuir quand ça ne va plus.

– Mais si le voyage doit durer mille ans, tous ceux qui embarqueront mourront dans le vaisseau ?

– Ils sont censés donner naissance à une nouvelle génération qui mourra elle aussi jusqu'à la génération qui posera le pied sur la planète habitable.

– Le vaisseau doit être immense.

– C'est un tube télescopique d'une trentaine de kilomètres de long sur un kilomètre de diamètre. À en croire Timsit, ce cylindre tourne autour d'un axe pour reproduire la gravité terrestre. Si bien qu'à l'intérieur du vaisseau, ils pourront installer des champs, des forêts, des lacs. L'axe lui-même est lumineux, recréant un soleil artificiel, la pluie étant provoquée par la condensation. C'est un écosystème complet.

– Et la propulsion ? Votre voilier ne va pas trouver de vent dans l'espace, il me semble.

– Par la lumière. C'est un voilier solaire qui est poussé par les rayons lumineux des étoiles. C'est une énergie faible mais le *Papillon des étoiles 2* est pourvu de voiles d'une surface égale à celle de tout le continent australien !

– Belle idée. Quel est l'inconvénient ?

– Long et cher à fabriquer. Ce n'est pas sûr que cela marche et cela ne concernera tout au plus que cent mille personnes sur 8 milliards. Enfin, il n'est pas dit que ces passagers ne s'entretueront pas. Le paramètre psychologique sera à mon avis le principal handicap. En fait, pour l'instant, nul ne sait comment inventer une communauté humaine capable de vivre aussi longtemps en paix dans un lieu confiné.

– L'avantage ?

– Si tout échoue ici, l'humanité pourra renaître ailleurs dans… mille ans. C'est comme une bouteille à la mer. Au moins, ce projet a le mérite d'exister.

Le président Drouin tripote sa montre.

– Voie suivante ? Pouvez-vous accélérer, s'il vous plaît, colonel ? J'ai un rendez-vous dans quelques minutes. Tout ceci est passionnant mais je dois gérer le présent avant de me préoccuper du futur.

Le colonel Ovitz lance un autre diaporama où apparaissent des personnes âgées souriantes à côté de jumeaux et de fœtus dans des bocaux.

– CINQUIÈME VOIE : LA VOIE GÉNÉTIQUE. Là encore, c'est un projet proposé par un chercheur de la Sorbonne, le docteur Gérard Saldmain. Son idée consiste à manipuler le télomère qui est le codage à l'extrémité du chromosome déclenchant la vieillesse et la mort.

– Les gens pourraient vivre éternellement ?

– En fait, l'humain peut vivre indéfiniment si on le déprogramme à mourir. Le chercheur appelle son projet « La Fontaine de jouvence ». Il s'inspire notamment des carpes du château de Versailles et des tortues de mer qui vieillissent sans fin, sans mourir, parce que précisément elles possèdent un télomère sans horloge de destruction à retardement. Gérard Saldmain a aussi prévu des greffes de cellules souches pour remplacer tous les organes abîmés.

– Et comment obtenir des greffes qui ne soient pas rejetées ?

– Par la constitution d'une banque de clones, des frères jumeaux qui serviraient de réserves de pièces détachées parfaitement compatibles.

– L'inconvénient ?

– Si plus personne ne meurt ? C'est un monde de vieillards tentés de ne plus faire d'enfants. Donc pas de renouvellement des générations, juste des humains privilégiés qui n'arrêteraient pas de prolonger leur existence.

– Au moins, ils auraient l'expérience d'une vie longue. Projet suivant ?

– SIXIÈME VOIE : LA FÉMINISATION. L'idée vient là encore d'une chercheuse de la promotion « Évolution » de la Sorbonne. Le docteur Aurore Kammerer. Actuellement, nous devrions avoir une féminisation naturelle de la société, tout simplement parce que les spermatozoïdes deviennent moins nombreux et plus fragiles et que ceux qui portent le chromosome féminin XX sont plus résistants que ceux qui portent le chromosome XY masculin. Si on laisse l'espèce évoluer sans interférer, le nombre de femmes devrait donc devenir supérieur à celui des hommes. Cependant cette voie est contrecarrée par les traditions, notamment en Afrique et en Asie. L'utilisation des échographies permet de connaître le sexe de l'enfant. Quand c'est une fille, les pères forcent les mères à avorter.

– Jusqu'à ce que ce soit un garçon. Oui, j'ai vu cela aux actualités télévisées.

– C'est pour cette raison qu'il y a une majorité d'hommes, et ça ne fait qu'augmenter. C'est la lutte des traditions contre la nature.

Le président joue avec son smartphone où il sait que se trouvent les photos de toutes ses maîtresses.

– Et en quoi la féminité peut-elle ouvrir une voie d'avenir déterminante ?

101

– La théorie du docteur Aurore Kammerer est qu'avec la féminisation se renforcent les résistances de l'individu, notamment face aux radiations. En Turquie, une tribu d'Amazones, qui vit à côté d'une décharge de déchets nucléaires, a développé des résistances incompréhensibles.

– Ce qui signifie qu'en cas d'accidents nucléaires ou de guerre mondiale…

– … ce genre de femmes pourraient survivre là où les humains « normaux » ne le pourraient pas.

– Hum… que donnerait une société peuplée uniquement de femmes ? C'est impossible.

– Détrompez-vous. La nature a déjà fait ce choix. Comme l'a remarqué Aurore Kammerer dans sa présentation, les deux seules espèces animales à avoir survécu à Hiroshima et Nagasaki sont les abeilles et les fourmis. Deux espèces d'insectes sociaux composés à 90 % d'individus féminins.

– Mais nous ne sommes pas des insectes !

– Nous sommes des animaux parmi une multitude d'autres animaux.

– Quand même, un monde avec rien que des femmes ! Ce serait un cauchemar ! Excusez-moi, Natalia, mais ce serait une impasse car cela ne respecterait pas les deux polarités masculine et féminine. Projet suivant ?

– Septième voie : la miniaturisation. C'est le projet du docteur David Wells.

– Le fils du savant disparu en Antarctique ?

– En personne. Si sa collègue veut aller voir les Amazones en Turquie, lui veut aller étudier les pygmées au Congo. Il s'est en effet aperçu que ces derniers étaient naturellement vaccinés contre la plupart des virus et des germes. David Wells pense que le gène responsable de leur réduction de taille leur donne du même coup cette résistance inaccoutumée aux maladies.

– Les femmes, les pygmées… je me doute que vous-même, en tant que naine, vous êtes sensibilisée à ces projets. Il y a encore d'autres voies que nous n'avons pas explorées ?

– Pour l'instant, nous nous arrêterons à ces sept-là. Mais si je suis venue vous voir, ce n'est pas seulement pour vous faire un exposé sur l'évolution de l'humanité. Le projet numéro deux est en train d'accélérer. Vous n'êtes pas sans savoir, monsieur le président, que les Iraniens ont procédé avec succès à des essais nucléaires de grande envergure dans leur sous-sol. Je pense qu'il faudrait aider les projets concurrents pour contrecarrer celui-ci.

– Les robots, les Amazones, les pygmées, les capitalistes, les navigateurs de l'espace… contre les fanatiques religieux ?

Le président Drouin se retient de rire.

– C'est une course entre sept visions du futur, réplique le colonel Ovitz. L'une d'elles évincera forcément les autres. Il faut encourager celles qui nous semblent les plus souhaitables et ralentir celles qui nous semblent préjudiciables pour l'épanouissement de nos descendants.

Le président s'avachit en arrière dans son fauteuil.

– Bien sûr, bien sûr. Ne croyez pas que je sous-estime vos recommandations, mais je ne discerne pas bien pour l'instant comment agir sur ce jeu à sept voies.

– Faites-moi confiance, président, je vous dirai comment opérer au moment opportun.

Il lui adresse un signe complice auquel elle répond par le salut militaire, puis elle remballe ses documents et son ordinateur, et disparaît aussi prestement qu'elle était apparue.

Machinalement, le président coupe l'enregistrement vidéo en se promettant de le réécouter tranquillement, certain de ne pas avoir perçu toutes les subtilités découlant de ce surprenant exposé. Il crayonne ce que lui a inspiré cet entretien sur son calepin : un cœur, une étoile et une tête de mort.

34.

J'ai perçu l'enregistrement du président français.

Sept projets d'évolution liés à sept visions du futur.

Mais il en manque une huitième : la voie où l'humanité se réconcilierait avec moi. Celle où les humains passeraient du statut de parasites nuisibles égoïstes à celui de partenaires respectueux.

Ah, ça, pour s'allier à des machines qui font semblant d'être intelligentes ou à un dieu imaginaire ; vivre indéfiniment, tellement ils sont fiers et satisfaits d'eux-mêmes ; s'enfuir de moi ; ou augmenter la consommation de mes matières premières, ils sont toujours partants et enthousiastes, mais protéger leur planète des dangers qui la menacent, cela ne les effleure pas une minute.

Même leurs soi-disant écologistes ne songent pas à proposer un contrôle de la croissance démographique. Ce sujet est tabou alors que ce serait le seul acte d'intégration réellement harmonieuse au milieu dans lequel ils vivent. Cela réduirait automatiquement la consommation, la pollution, les inégalités, les risques de guerre.

Les écologistes n'ont pas compris cette règle de base : tout d'abord maîtriser la quantité et ensuite seulement améliorer la qualité. Ceux-là mêmes qui devraient me comprendre sont précisément ceux qui défendent le contraire de mes intérêts.

Alors la question se pose : Les humains peuvent-ils évoluer ?

À ce stade de leur développement, j'ai des doutes. Mais je vais quand même suivre de près ces sept projets d'évolution, et tout particulièrement les deux derniers car la féminisation et la miniaturisation ne me menacent pas.

DES PYGMÉES ET DES AMAZONES

35.

Aéroport international de Carsamba Havaalani, dans le nord-est de la Turquie. L'air est lourd et humide. Les mouches atterrissent, suivent les corbeaux, puis les avions internationaux.

La porte de métal coulisse, les passerelles sont avancées et la petite cohorte multicolore des touristes descend l'escalier pour retrouver le contact rassurant du sol.

Aurore Kammerer chausse ses lunettes de soleil, et observe le décor. L'air embaume le thym et la lavande. Elle récupère ses valises sur le tapis automatique, rejoint ensuite le loueur de voitures qui lui désigne une automobile diesel de marque indienne, Tata, tout en plastique. Certains qualifient ces voitures de jetables parce qu'elles sont vendues au prix des vélos et que leur durée de vie est limitée.

Aurore met le contact et la vibration du moteur fait trembler l'habitacle léger. Pour le voyage, elle a enfilé une tenue de baroudeuse au gilet couvert de poches. Elle roule maintenant sur l'autoroute.

Sur le tableau de bord, elle dispose son smartphone pour suivre son positionnement GPS et enclenche la musique.

Les Doors. *THE END.*

Cette musique baptisée « La fin » la ramène en souvenir à son propre début.

C'est sa mère, Françoise, qui lui avait fait écouter la première fois Jim Morrison. Ce fut une révélation. La voix grave et sensuelle l'avait fait frémir, l'étrangeté des paroles l'avait transportée.

This is the end, my beautiful friend...

Dans sa tête, elle traduit.

Voici la fin, mon merveilleux ami.
Voici la fin, mon seul ami, la fin.
De nos plans élaborés ? La fin.
De tout ce qui était debout ? La fin.
Ni salut, ni surprise. La fin.
Je ne regarderai plus jamais dans tes yeux.
Peux-tu décrire ce qui sera
Sans limites et sans entraves
Désespérément avide de mains étrangères
Sur une terre ravagée ?
Perdu dans une région romaine, sauvage et douloureuse
Où tous les enfants sont fous.
Tous les enfants sont fous.

Un grand coup de klaxon retentit derrière elle, et un camion rempli de bouteilles de gaz tenues par des fils de fer la double en lâchant une fumée crasseuse. Le chauffeur lui fait un geste obscène et se rabat d'un coup, l'obligeant à freiner sec.

Elle monte le son et reprend la traduction mentale de la chanson des années 70.

Chauffeur, où nous emmènes-tu ?
Le tueur s'éveilla avant l'aube, il mit ses bottes

106

Il prit un visage dans la galerie antique
Et il s'avança le long du couloir
Il rentra dans la chambre où vivait sa sœur
Et puis il rendit visite à son frère
Puis il continua le long du couloir et
Il arriva à une porte et il regarda à l'intérieur.
— Mon père ?
— Oui, mon fils ?
— Je veux te tuer ! Ma mère... je veux... te baiser.

Les paroles provocatrices la font sourire. Aurore imagine comment l'Amérique bien-pensante des années Nixon a dû recevoir de plein fouet les phrases œdipiennes de cette chanson.

Le morceau est terminé, elle le repasse en boucle et se met à chanter de plus en plus fort dans sa voiture qui vibre.

Father ? I want to kill you
Mother ?... I want to... FUCK YOU !

Elle repense à son père. En le retrouvant, elle a « digéré » le problème paternel et du même coup intégré sa partie masculine. Désormais, sa mère morte et son père identifié, elle se sent libérée de ses ancêtres et peut vivre sa vie en accord avec ses choix personnels.

La jeune femme accélère et est de plus en plus secouée. La route est une succession de nids-de-poule.

Autour d'elle défilent des publicités pour des sodas américains, des voitures allemandes, des téléviseurs coréens, des appareils photo japonais. Seule publicité turque : une affiche où l'on voit deux sucettes. Celle de droite est recouverte d'un emballage sur lequel est écrit en turc et en anglais « Avec voile ». Celle de gauche est recouverte d'une multitude de mouches noires. En dessous, est inscrit « Sans voile ».

Aurore Kammerer évite de justesse un trou dans l'asphalte.

Elle se souvient.

Sa mère...

Sa mère lui avait dit : « Les hommes sont tous des salauds. L'avenir appartient aux femmes. Ils sont comme des dinosaures condamnés. Alors ils essaient de nous écraser par la force. Mais ce ne sont que les derniers soubresauts de brutes primitives qui n'ont pas compris le sens de l'évolution de l'espèce. »

Sa mère était une ardente militante féministe. Elle l'amenait dans toutes les manifestations du MLF, que ce soit contre les violences faites aux femmes, contre les mariages forcés de mineures, contre le voile, contre l'excision, contre l'infibulation, contre les trafics de prostituées des pays de l'Est. Autant de combats qu'elle croyait gagnés et oubliés, et qui ressurgissent soudain avec encore plus d'acuité. Un jour, alors qu'elles manifestaient devant l'ambassade du Yémen, une femme en burqa était sortie du bâtiment et avait demandé à discuter. Sa mère s'était spontanément avancée. La femme lui avait dit : « Ne vous êtes-vous jamais imaginé que c'est vous qui vous trompez ? N'avez-vous jamais imaginé que cela peut être un plaisir de porter un vêtement qui protège contre le regard concupiscent des hommes ? Vous, les Occidentales, vous ne comprenez pas que c'est un choix librement consenti, vous croyez que nos maris nous l'imposent, mais pas du tout, c'est la dignité qui nous motive. Moi, ce qui me choque, c'est que vous exhibiez vos jambes et vos bras nus, vos cheveux et vos mollets, que vos journaux de mode présentent en couverture des femmes à moitié nues ! Ce qui me choque, c'est que vous marchiez à côté de vos maris, comme si vous étiez leurs égales, et que vous fumiez des cigarettes. Ce sont des comportements de... prostituées ! Et après, vous vous étonnez qu'il y ait autant de viols chez vous... » Elle n'avait pu terminer sa phrase, Françoise Kammerer lui avait sauté dessus, arraché sa burqa et elles avaient commencé à se battre, se tirant les cheveux, se griffant, se mordant et déchirant leurs vêtements devant les journalistes qui filmaient, ravis.

C'est ainsi que sa mère avait acquis un début de célébrité. On l'appelait « La déchireuse de voiles ». Par la suite, dans les manifestations, sa mère placée en tête des cortèges avait pris l'habitude de porter Aurore, à peine âgée de 4 ans, sur ses épaules. Elle n'hésitait pas, dans les meetings ou les interviews, à la brandir comme un symbole et à affirmer qu'Aurore faisait partie de cette génération qui possédait enfin tous les outils pour tout changer. « Ma fille va sauver le monde », avait-elle même dit une fois à la télévision. Il suffit parfois d'une simple phrase pour programmer le destin d'un être.

Entre deux soubresauts sur cette route cabossée, elle remarque sur le côté un homme vêtu d'une chemise blanche qui avance avec cinq femmes voilées de noir de la tête aux pieds derrière lui.

Elle monte le son de sa musique :

Voici la fin
Mon merveilleux ami,
Voici la fin
Mon seul ami, la fin.
Cela me peine de te laisser partir
Mais tu ne me suivras jamais
Voici la fin du rire et des doux mensonges
La fin des nuits où nous avons voulu mourir
Voici la fin

Elle klaxonne.

L'homme ne lui jette même pas un regard, baissant la tête, comme écrasé. Il semble la première victime de ce système.

Toute action entraîne une réaction. Elles ont dû inventer des moyens pernicieux de se venger, songe Aurore en traversant la charmante cité touristique de Terme. Elle longe le fleuve Thermodon à la recherche de la ville de Thémiscyra, censée être la dernière grande capitale des Amazones, mais parvenue sur place, elle ne découvre qu'un champ de ruines envahies par les herbes, les broussailles, les chardons. Elle comprend que le gouvernement turc n'a pas souhaité transformer l'antique cité des Amazones en musée ou en site archéologique.

Ils renient ce passé. Le souvenir même de l'existence d'un royaume de femmes libres n'est pas « politiquement correct », au vu des choix politiques actuels.

La jeune scientifique se penche, frotte la mousse brune qui recouvre un curieux pavé et dévoile une inscription floue, sous une gravure à demi effacée représentant une cavalière qui tire une flèche. Elle prend une photo avec son smartphone puis feuillette son guide touristique : « Après avoir battu le roi Mithridate VI à la bataille du Granique en 71 avant Jésus-Christ, le général romain Lucullus se retourna contre les meilleures alliées de Mithridate : les Amazones de Thémiscyra. Ces guerrières résistèrent le plus longtemps possible, mais les Romains étaient beaucoup plus nombreux. Thémiscyra finit par tomber. Les Romains pillèrent et incendièrent la ville. Les Amazones survivantes furent violées puis vendues sur les marchés comme esclaves. »

Soudain, un bruit attire son attention. Elle distingue une silhouette qui l'observe de loin. Dès qu'elle l'aperçoit, l'autre file entre les colonnes des ruines.

– Hep, vous, attendez !

Aurore s'élance à sa poursuite. Sa longue foulée arrive à réduire la distance. Lorsqu'elle parvient enfin à agripper le fuyard, le visage qui se tourne vers elle est celui d'une gamine de 13 ans tout au plus. Elle se débat de toute son énergie. Aurore parvient à l'immobiliser et la calmer. L'adolescente scrute les yeux de l'étrangère, haletante, aux abois. Aurore lui sourit et articule d'une voix claire.

– Amazons ? Amazonas ?

L'autre hésite, puis secoue vivement la tête en signe de dénégation.

Aurore sort un billet de 10 liras que la gamine regarde sans réagir.

– Écoute, petite, je cherche les Amazones. Où sont-elles ?

Elle espère que même si l'autre ne parle pas sa langue, elle comprendra le sens. Elle montre sa carte routière.

– Amazons ? Où ?

Aurore sort deux autres billets de 10 liras. Cette fois, la jeune fille consent à prendre le crayon et la carte. Avec des gestes lents, elle se met à tracer une ligne qui mène à une croix. Puis elle arrache les trois billets de 10 liras des mains d'Aurore et s'enfuit à toutes jambes.

La chercheuse reprend la carte et constate que le lieu désigné est très proche de la frontière iranienne. Elle regagne sa voiture Tata. Autour d'elle, les décors défilent, de plus en plus tourmentés. Le plateau situé à 1 000 mètres d'altitude prend des allures lunaires, creusé de cratères aux formes géométriques. Elle distingue d'immenses mines de charbon à ciel ouvert. Aurore freine et se range sur le bas-côté de la route. Elle descend de la voiture et observe.

Une série de détonations suivie d'un effondrement de roches fait vibrer le sol sous ses pieds. Elle distingue des camions chargés de monticules sombres, et comprend qu'ils ont carrément rasé une montagne pour exploiter le charbon.

Elle redémarre. Après plusieurs dizaines de kilomètres, elle tombe enfin sur une pancarte où elle distingue en lettres latines « Uchisar ». C'est un site composé de maisons troglodytes qui datent des premiers chrétiens. Ils venaient se cacher ici pour fuir les persécutions. Elle poursuit sa route qui s'arrête brusquement, barrée par une pancarte : « STOP. NO TRESPASSING » et par un poste militaire.

Un homme en uniforme vert, lunettes de soleil, casquette semblable à celle des policiers américains, et grosse moustache, s'avance vers elle avec une démarche de cow-boy. Il place deux doigts sur son front en signe de salut officiel.

– Closed, finish, mademoiselle, signale-t-il avec un fort accent.

Aurore remarque qu'il a une incisive en or qui accroche la lumière. Elle lui tend son passeport et son autorisation délivrée par le ministère turc de la Recherche.

– Je suis une scientifique française.

– Ah ? France ? Paris ? Mais sorry, pas possible. Toute la zone est bouclée. Fermée, closed, finish.

– Pourquoi ?

Il tente de réunir ses connaissances en français et articule.

– Vous pas entendu les *news* ? Il y a eu attaques terroristes kurdes PKK. Ils profitent manifestations students en Iran pour faire problèmes des deux côtés de la frontière. Il y a eu embuscade. Trois morts. Maintenant ici zone guérilla. Very dangerous for strangers. Nous et Iraniens together against Kurdes, mais vous Français pas aimés.

– Pourquoi ?

– Vous interdire les femmes de porter voile. D'ailleurs vous mettre foulard pour cacher cheveux. Cheveux comme ça, « shocking ».

Il désigne ses collègues en uniforme qui la lorgnent de loin en ricanant.

– Je sais pourquoi vous ici, prononce le policier qui vient d'apercevoir la marque de sa carte routière.

Le ton est devenu plus sec.

– Pour Amazones, n'est-ce pas ?

Aurore se raidit.

– C'est légende pour touristes. It is a fake. No exist. Ici seulement terroristes kurdes et plus loin militaires iraniens. Very very dangerous. Vous partir. Come back chez vous.

Il observe le ciel qui s'assombrit brusquement.

– It is late. Bientôt the night. Vous aller dans hôtel du village. Not far. Secure. Et also risque de little wind and pluie fresh.

Quelques minutes plus tard, la scientifique française gare sa Tata face à l'unique hôtel d'un petit village typique.

Le lieu ressemble à un chalet alpin avec une petite touche orientale. Le directeur de l'établissement arbore une moustache charbonneuse épaisse. Il prend les valises d'Aurore, la guide jusqu'à sa chambre où il dépose ses affaires, éclaire et ouvre les fenêtres pour montrer la vue sur les montagnes. Elle s'affale sur le lit avec un sentiment d'échec, et s'endort en mettant encore, mais cette fois à fond, dans son casque audio le morceau des Doors.

« Here is the end. »

36. ENCYCLOPÉDIE :
LES QUATRE CAVALIERS DE L'APOCALYPSE

**L'Apocalypse est le dernier livre du Nouveau Testament.
Il est censé avoir été dicté à ses disciples par saint Jean, alors âgé de 82 ans et exilé sur l'île grecque de Patmos (en 79 après J.-C. au moment de l'éruption du Vésuve).
Il serait largement inspiré d'un texte plus ancien attribué au prophète Zacharie. C'est le plus ésotérique et le plus spectaculaire des textes du Nouveau Testament.
« Et voici qu'apparut un cheval blanc. Celui qui le montait portait une robe blanche et brandissait un arc et une couronne. Il partit en vainqueur pour vaincre encore et encore.
« Ensuite sortit un autre cheval, dont la robe était rouge feu. Celui qui le montait était nu et pourvu d'une longue chevelure rousse. Il reçut le pouvoir d'enlever la paix de la Terre, afin que les hommes s'égorgent les uns les autres. Une grande épée lui fut donnée pour l'aider à accomplir cette mission.**

« Puis parut un cheval noir. Celui qui le montait était vêtu d'une robe noire et tenait une balance dans sa main. Il annonça : "Une mesure de blé pour un denier, et trois mesures d'orge pour un denier. Mais je ne ferai point de mal à celui qui possèdera de l'huile et du vin."

« Enfin parut un cheval de couleur verte. Celui qui le montait avait une robe verte et sous sa capuche on ne voyait qu'un visage semblable à un crâne. Son corps était comme un squelette et le séjour des morts l'accompagnait.

« À ces quatre cavaliers de l'Apocalypse le pouvoir sera donné sur la Terre, pour faire périr les hommes par l'épée, par la famine, par la mortalité, et par les bêtes sauvages. »

Edmond Wells,
Encyclopédie du Savoir Relatif et Absolu, Tome VII.

37.

David Wells referme le smartphone qu'il utilise pour lire l'Encyclopédie de son arrière-grand-père récupérée dans l'ordinateur de son père. Après « La civilisation des géants », le texte sur « Les quatre cavaliers de l'Apocalypse » le laisse perplexe.

Son père semblait dire que ce texte décrivait non pas ce qui allait arriver à notre civilisation mais ce qui était arrivé à celle des géants. Une prophétie qui semble parler du futur mais qui évoque en fait un passé caché... lui semble une bonne blague.

Il soulève le rideau de plastique de son hublot, alors que les autres passagers de l'avion dorment encore. À travers le verre épais, il distingue des forêts denses à perte de vue. Observé du ciel, le nord de la République démocratique du Congo ressemble à un moutonnement vert sans limites.

Plus ils approchent de la frontière entre le Congo et le Cameroun, plus la forêt apparaît comme attaquée par une multitude de rongeurs voraces qui sont, il le présume, des bulldozers. Les engins de fer et d'acier, tels des rasoirs, coupent la forêt en ligne droite. Une publicité lui revient en mémoire :

KRISS LE RASOIR QUATRE LAMES.
La première lame tire le poil.
La deuxième tire un peu plus le poil.
La troisième lame coupe le poil.
La quatrième lame arrache la racine.

Il se dit que le rasoir Kriss avec ses quatre lames est l'Apocalypse de l'épiderme.
À moins que ce soit l'Apocalypse qui soit le rasoir à quatre lames de... l'humanité.

Cette idée le fait sourire. Il scrute la forêt immense et repère une ville au loin.
Probablement Ouesso.

Il sait que cette cité est devenue la capitale mondiale du commerce du bois précieux, et les exploitations forestières sont devenues la principale source de revenus du pays.

David repense à Aurore Kammerer, sa concurrente. Aussitôt son visage fin avec ses grands yeux dorés en amande et son sourire empreint de malice apparaît dans son esprit. Il se demande ce qu'elle peut faire à cette heure et songe qu'elle doit être en train de discuter avec ses Amazones pour préparer l'évolution « féminisée » de l'humanité.

À nouveau, lui vient ce sentiment confus de la connaître depuis longtemps.

Il ferme les yeux et se souvient de ses précédentes aventures sentimentales. Après plusieurs échecs (il avait entendu les phrases « Désolée, tu es un peu jeune pour moi », « Désolée, tu es un peu petit pour moi »), il se demandait pourquoi les filles voulaient sortir avec des hommes mûrs plutôt qu'avec ceux de leur âge. Il ne s'attendait pas à ce qu'avoir l'air jeune soit un handicap pour draguer. Comme il aurait aimé posséder une voix grave, des tempes grisonnantes, voire une barbe. Mais même ses poils de menton étaient rares et timides.

Il avait fini par se débarrasser de son pucelage en prenant le problème dans l'autre sens.

Toute erreur assumée devient un choix artistique.

Ne pouvant jouer le mâle protecteur, David s'était mis à jouer l'enfant fragile à protéger afin de réveiller l'instinct maternel des femmes.

Il avait aussi changé de cibles. Terminé les lolitas menues qui jouaient les séductrices, il s'aventurait désormais vers les femmes mûres aux formes généreuses. Et là, les résultats dépassaient toutes ses espérances. Certes, elles lui parlaient comme à un enfant, adoraient le serrer contre leur poitrine accueillante, sa tête entre leurs seins, aimaient le bercer, ou l'affubler de petits noms tendres. Peu importe, il avait enfin trouvé la parade nuptiale qui le menait à la victoire : mettre en valeur sa différence.

Il avait aussi multiplié les conquêtes, tel le Napoléon qui lui servait d'exemple, et progressivement évolué des plus faciles vers les plus « inaccessibles », celles que tous les autres hommes convoitaient. Grâce à sa stratégie qu'il maîtrisait de mieux en mieux, il avait réussi à faire céder les forteresses les plus imprenables.

L'Afrique défile dans le hublot et l'image de son père surgit soudain dans l'esprit de David. Il se souvient subitement comment son père l'a présenté un jour dans une interview pour un journal télévisé : « Mon fils va sauver le monde. Il fait partie de cette génération qui n'a plus de limites et qui a de grandes responsabilités. Je suis sûr qu'il va réussir. » David se dit qu'il suffit parfois d'une phrase pour programmer le destin d'un individu.

L'avion atterrit à l'aéroport d'Ouesso.

Ayant récupéré ses bagages, David Wells s'avance vers la douane.

Le douanier congolais vérifie plusieurs fois que le passeport n'est pas faux avant d'accepter l'idée que ce Français à l'allure juvénile est majeur et de tamponner la pièce d'identité du sceau représentant le président assis sur son trône, avec sa couronne et son sceptre.

David sort de l'aéroport à l'air climatisé et inspire l'air naturel bouillant de l'extérieur. Il songe que tous les pays qui inscrivent le mot « démocratique » dans leur nom sont souvent des dictatures : « République démocratique de Corée », « République démocratique d'Allemagne », « République démocratique du Cambodge ».

Encore un paradoxe : c'est au nom de la liberté du peuple qu'on le prive de liberté.

Il repère dans le hall d'arrivée l'homme qui tient la pancarte « DOCTEUR WELLS ». C'est un Africain de haute stature aux cheveux coupés court. Il est vêtu d'un costume beige de style colonial et arbore quelques discrètes médailles sur le revers de sa veste. L'homme lui fait un grand sourire et lui serre vigoureusement la main.

– Je me nomme N'goma, et je serai votre guide.

– Enchanté, N'goma.

– Premier conseil, pensez à vous mettre de la crème solaire, depuis quelques jours, cela tape très fort. J'ai pris aussi plusieurs gourdes, il ne faudrait pas se déshydrater. Allez, en avant pour de nouvelles aventures ! annonce-t-il.

David range ses bagages dans le superbe 4×4 Peugeot qui les attend et ils filent sur la route à l'asphalte lisse. Ils quittent Ouesso, longent le fleuve Sangha jusqu'à ce qu'ils rejoignent les berges du fleuve Ngoko.

Ce qui frappe en premier le jeune scientifique français, c'est la sensation qu'ici, tout est immense. Les hommes sont plus grands, les arbres sont plus grands, les insectes sont plus grands, même le soleil semble plus grand.

Tout ici est coloré. Partout des fleurs, des plantes, des papillons, des insectes. Jamais il n'a vu une telle richesse d'expression de la nature.

L'air est rempli de mille fragrances mélangées, odeur de sable, de feuilles, de poussières, de fleurs, de résine. Quand ils traversent les villages, les gens travaillent et parlent dehors. Les enfants semblent joyeux, les femmes en boubou sophistiqué éclatent volontiers de rire.

Son guide N'goma semble très décontracté. Il règle le poste audio et sélectionne la *Neuvième Symphonie* de Beethoven en *ré* mineur, qui va étonnamment bien avec ce décor fantastique.

Ils dépassent une pancarte « PARC NATIONAL PROTÉGÉ. ENTRÉE INTERDITE » et stoppent devant une grille surveillée par des hommes armés, portant l'écusson « SÉCURITÉ ». Son guide n'a qu'à effectuer un signe de la main pour que les gardes le reconnaissent et soulèvent la barrière.

– C'est beau, ici, hein ? Ces arbres s'élèvent jusqu'à soixante mètres, et certains ont plus de mille ans ! signale N'goma sur un ton docte. Ils sont les derniers vestiges de la forêt du début du monde. Cette masse végétale produit énormément d'oxygène. Ici, au Congo, nous sommes dans les poumons de l'Afrique mais aussi de la planète. Avec l'Amazonie, bien sûr.

Le jeune chercheur français remarque qu'en effet certains arbres se perdent si haut qu'on n'en distingue pas les cimes depuis le sol. En roulant, N'goma explique qu'il est le neveu du propriétaire de l'exploitation. C'est pour cela qu'ils bénéficient d'un accès privilégié.

– L'exploitation ? Mais il est écrit à l'entrée « Parc national protégé ».

– Vous savez, ici, il ne faut pas croire les pancartes. C'est un parc national protégé ET il a été vendu à mon oncle qui exploite le bois. Un peu comme ces parcs nationaux en Tanzanie où les animaux sont protégés et où la chasse n'est autorisée… qu'aux amis du président. Ici disons qu'on ne chasse pas, on exploite. Ces arbres sont des essences rares. On ne les trouve qu'ici. Cela vaut des fortunes, alors évidemment cela attire les convoitises. Il y a des mafias.

— Des mafias du bois ?

— Vous êtes ici dans l'une des plus grandes et des plus modernes exploitations forestières du monde, monsieur Wells. D'ailleurs, je serais vous, je ramènerais aussi un documentaire sur notre industrie du bois. Tout le monde nous prend pour un pays en voie de développement mais vous allez voir, nos exploitations sont informatisées, mécanisées, vidéosurveillées. Elles n'ont rien à envier aux plus grandes exploitations occidentales. Même au Brésil, ils n'arrivent pas à débiter des troncs aussi rapidement. Notre production est en croissance exponentielle.

— Pour l'instant ce n'est pas mon sujet, répond David en chassant avec agacement les moustiques qui tournoient autour de lui.

Il sue à grosses gouttes et ne lâche pas la gourde fraîche. Ils traversent plusieurs zones boueuses d'où émergent des souches.

— Selon moi on devrait « les » trouver par là, annonce le guide.

Ils débouchent dans une clairière et remarquent les traces d'un campement récent, notamment une pointe de flèche et un bol en bois brisé.

— Quand les avez-vous vus pour la dernière fois ? demande David.

— Le mois dernier. Le problème c'est que vous avez souhaité rencontrer les « pygmées sauvages » et non pas les « pygmées civilisés », et que les sauvages sont des chasseurs-cueilleurs itinérants. Ils ne connaissent ni l'agriculture, ni l'élevage, ni la sédentarisation. Ils se déplacent souvent. C'est pour ça qu'ils contrarient le gouvernement. Maintenant, allez donc savoir où ils sont précisément ! Sans compter qu'ils établissent leurs bivouacs dans la jungle profonde. Cachés par les frondaisons, ils ne sont même pas visibles depuis les hélicoptères ou les satellites.

– Nous allons quand même les trouver, n'est-ce pas ? Je suis venu pour cela, rappelle le chercheur français.

Le guide contemple les rares nuages, hauts dans le ciel.

– À mon avis, vu que c'est le printemps, ils ont dû migrer vers l'ouest. C'est ce qu'ils font souvent.

À ce moment, ils entendent un craquement. Le son grave est suivi d'une dizaine d'autres. Ce sont les fibres du bois qui sont déchirées. Les arbres se penchent vers eux comme pour se soumettre puis chutent dans un bruit de feuillages en libérant des fleurs et des papillons.

David est fasciné par cette vision des géants végétaux si facilement abattus.

Ce sont des gros bulldozers fumants qui, avec leur bras mécanique terminé par une pince d'acier, saisissent le tronc, puis une scie circulaire fend l'écorce un peu au-dessus des racines.

Abattre un arbre millénaire ne prend que quelques minutes.

Les scies hurlent dans les aigus et les arbres en mourant répondent par un cri d'agonie dans les graves. Le guide baisse la musique symphonique de Beethoven.

– Nous avons actuellement une demande accrue en baguettes jetables pour les restaurants japonais.

– On détruit ces arbres pour faire des… baguettes jetables ?

– Ah, c'est toujours pareil avec vous les Occidentaux, vous voulez bien consommer mais pas savoir d'où ça vient. Nous les bantous, nous sommes moins hypocrites. Les hamburgers, on sait que ce sont des vaches qui ont été égorgées, les nuggets, des poulets qui ont été électrocutés, le caviar, des œufs volés à une mère esturgeon. Et les mouchoirs et les baguettes jetables, c'étaient des arbres.

Satisfait de sa formulation, il sourit en dévoilant ses belles dents blanches.

David contemple les bulldozers en train d'évacuer les troncs qui déjà ne sont plus que des cylindres beiges.

— Nous arrivons à débiter un arbre en trois minutes. Mais depuis peu nous nous sommes dotés d'une nouvelle machine encore plus performante. Nous l'avons baptisée « LA TONDEUSE ». Elle abat un arbre par minute ! annonce-t-il fièrement.

Derrière les bulldozers, l'horizon s'ouvre pour laisser la place à une étendue de broussailles d'où dépassent à peine quelques souches.

— Filons, m'sieur, dit N'goma, ces bulldozers sont si hauts que les conducteurs à l'intérieur de leur cabine ne nous verront pas et nous écraseront. Surtout que la plupart sont drogués et écoutent de la musique à fond.

— Comment peut-on couper des arbres en étant drogué et assourdi par la musique ?

— À l'intérieur, tout est automatisé. C'est ça, le progrès.

Le guide lui indique qu'il faut remonter dans la Peugeot et foncer vers l'ouest. Ils roulent sur une piste qui devient de plus en plus étroite et qui soudain s'arrête net. La végétation est tellement touffue qu'ils ne peuvent poursuivre avec leur véhicule. Alors ils descendent, enfilent leurs gros sacs à dos et continuent leur progression à pied.

Sous le filtre de la canopée, le soleil est moins agressif, mais la chaleur reste étouffante. Les moustiques virevoltent autour de David, qui se donne une grande tape sur la nuque au moment où trois de ces insectes se sont déjà posés sur son épiderme moite pour forer jusqu'au sang. Il regarde sa main où sont étalés les trois cadavres.

— Je déteste les moustiques.

Le Congolais lui donne une grande tape sur l'épaule.

– C'est la faute de Noé. Pourquoi dans les couples d'êtres vivants il a pensé à prendre un couple de moustiques, cet imbécile ?

Le chercheur français continue de fouetter l'air de ses mains utilisées comme des battoirs.

– En plus, j'ai l'impression que je les attire. Depuis que je suis enfant, ils commencent toujours par venir vers moi.

– Votre sang doit leur sembler plus sucré. Pour eux, les Blancs, ça n'a pas le même goût, c'est une gourmandise.

Les deux hommes trouvent une clairière et plantent leurs tentes dans la jungle pour dîner et dormir. Le guide déploie des moustiquaires pour protéger son client. Dehors, une escouade de diptères arrivés en renfort font miauler leurs ailes pour les narguer.

– Il y en a de plus en plus. Il paraît que c'est à cause du trou dans la couche d'ozone, ça fait monter les températures, ce qui augmente leur activité.

– Je les déteste. Ce sont des voleurs de sang. Des vampires parasites, déclare David en en écrabouillant un téméraire.

– Il y a pire : ils transmettent toutes sortes de maladies. Moi, ce qui me fait le plus peur c'est le chikungunya. Quand on l'attrape ça va très vite. Le sang coule par les yeux, le nez et les oreilles. Et puis il y a aussi la mouche tsé-tsé ! Quand le type a ça… il ne bouge plus. On dirait un fantôme. Il a le regard perdu au loin et il ne réagit plus à rien.

– Il paraît que les pygmées de la forêt n'attrapent jamais ces maladies…

– Les pygmées ? Non, ils n'ont pas ces maladies, mais c'est peut-être aussi parce qu'ils ne viennent pas dans les hôpitaux, donc ils meurent sans qu'on sache de quoi !

Il dévoile à nouveau ses dents comme pour se retenir de rire, puis poursuit :

– Et puis je préfère être malade et intelligent que pygmée. Ils sont juste… stupides.

Le bantou lui donne à nouveau une tape dans le dos comme pour faire pénétrer plus profondément cette formule.

– Je ne crois pas qu'ils soient stupides, répond David avec sérieux.

– Vous êtes un comique vous, m'sieur ! Soyons réalistes. Les pygmées sont des hommes préhistoriques dans un monde moderne. Alors c'est normal qu'ils n'attrapent pas les maladies modernes.

– J'ai une théorie personnelle contraire. Je pense qu'ils sont représentatifs d'une humanité future.

– Les pygmées ? le futur ? Sauf votre respect, je crois que vous inversez tout. Vous comprenez le monde à l'envers. Vous confondez avenir et passé, intelligence et bêtise, évolution et préhistoire, force et faiblesse, grandeur et… non, excusez-moi, je me suis laissé emporter.

Le guide éclate de rire.

– Soyons sérieux, les pygmées vivent dans la forêt, ils chassent à l'arc, ils mangent des chenilles, ils n'ont pas de… smartphones ! Ils n'ont même pas de nom, juste un prénom ! Ceux qui travaillent dans l'exploitation agricole de mon père sont tous semi-débiles. Ils ne comprennent rien. Mon père est obligé de les frapper comme des gamins qui font des bêtises. Vous savez ce qu'on leur donne en guise de salaire ? Des bonbons. Et ils sont très contents. Pour quatre cents mètres de champs à dessoucher, à labourer et à semer, un bantou paye à un pygmée une bouteille de vin de palme ! Quant à ceux que nous allons rencontrer, vous savez comment je vais les payer pour vous divertir ? Avec ça !

Il montre des petits miroirs sur des supports de plastique « made in China ».

– Ça les fascine. Ils sont incapables d'en fabriquer. Quand je leur en donne, ils se regardent longuement dedans, comme s'ils se demandaient qui ils sont. Comme les enfants. Voilà, même âgés, ce ne sont pas de vrais adultes, juste des… enfants qui n'ont pas franchi le stade du miroir !

— Dans ce cas, l'avenir appartient peut-être aux enfants.

N'goma cesse de rire.

— Je ne veux pas vous décevoir mais, quand vous les verrez, vous comprendrez, m'sieur. Ce sont des avortons, les femmes sont majoritaires, et ce sont elles qui font la loi. Leur mortalité infantile est de deux sur trois. Leur durée de vie moyenne dépasse rarement les 40 ans. Ce n'est pas vraiment ce qu'on peut appeler des gens évolués, ah ça, non !

David ouvre un sachet de nouilles aux crevettes lyophilisées qu'il verse dans l'eau bouillante et touille avec une grosse cuillère en plastique.

— Même au Japon, ils ont grandi de 10 cm en moyenne parce que leurs enfants se sont mis à manger des produits laitiers. Grandir c'est l'avenir, tous les spécialistes sont d'accord là-dessus, m'sieur.

N'goma écrase d'un geste fulgurant un moustique qui pensait pourtant voler hors de portée.

— Je crois que la nature par moments réserve des surprises aux « spécialistes ». Même s'ils sont tous d'accord, rétorque David juste par principe.

— Vous seriez le seul à avoir raison contre le reste du monde ?

Le chercheur hausse les épaules.

— Mon père disait : « Ce n'est pas parce qu'ils sont nombreux à avoir tort qu'ils ont raison. »

— Quand même, il suffit de réfléchir un peu, m'sieur, l'humain du futur sera forcément plus grand, plus fort, plus beau, en meilleure santé. Logique. Ça c'est incontestable !

— Vous ne m'avez toujours pas répondu sur le fait que les pygmées n'attrapent pas les maladies habituelles qu'ont tous les gens ici. Je crois même qu'ils sont résistants au sida. C'est vrai ?

– Si, je vous ai répondu, mais vous ne m'avez pas écouté. C'est parce qu'ils meurent sans aller à l'hôpital, donc leurs maladies ne sont pas répertoriées.

Le guide soupire, en massacrant un nouveau moustique.

– Je crois qu'il est tard, m'sieur. Mieux vaut dormir, nous aurons plus de forces pour trouver vos « hommes du futur ».

En guise de dessert il épluche une pomme en découpant une longue guirlande avec la peau.

38.

Je me souviens.

Après la douleur d'être écorchée vive, la peur que cela se reproduise.

Et si un autre astéroïde plus grand que Théia surgissait de l'espace ?

Peut-être parce que je commençais à avoir conscience de ce que j'étais et de la chance que j'avais d'être vivante et pensante, l'idée de ma mort me parut totalement insupportable.

Il fallait que je me protège.

Ma première réaction pour me défendre fut « la fièvre ». Une vapeur jaillit de tous mes volcans et forma une première atmosphère épaisse et opaque qui devint mon premier manteau protecteur. Je savais que cette atmosphère dense me protégerait des rochers venus de l'espace.

Et ce fut le cas.

Quand ils approchaient, ils s'enflammaient par frottement avec les gaz et ils étaient réduits en cendres.

Cependant, je savais que cela ne me protégerait que des petits astéroïdes, pas des gros.

Alors que tous les déchets de l'espace, aspirés par ma gravité, venaient s'enflammer dans ma toute nouvelle atmosphère sans me causer la moindre gêne, je songeais qu'il fallait améliorer cette protection au cas où un nouvel incident se produirait.

39.

Les moustiques.

Encore les moustiques. Partout, des dizaines de moustiques tournoyant, vibrant, l'effleurant, le perçant, le suçant.

David s'extrait de son sac de couchage. À côté de lui, N'goma dort à poings fermés. Il prend une couverture et sort.

La nuit africaine est superbe. L'air exhale les mille senteurs de la biodiversité extraordinaire du lieu, les chants d'insectes et d'oiseaux sont comme un hymne à la vie.

David contemple au loin les flancs nimbés de lueurs argentées du volcan Nyagongoro et songe que c'est probablement par ici que sont apparus les premiers humains, il y a 7 millions d'années.

Il déglutit, lève les yeux vers la nuit étoilée. La pleine lune éclaire la jungle. Une étoile filante traverse la constellation du Cygne et il fait un vœu.

La revoir.

Alors il saisit son smartphone et compose son numéro.

— Allô ? Je ne vous dérange pas ? Ici David Wells. Vous vous rappelez ? Le type à talonnettes qui enquête sur les pygmées.

— Quelle heure il est chez vous ?

— Tard. Et chez vous ?

— Tôt.

— Nous pouvons discuter quand même ?

— Vous n'arrivez pas à dormir ? Vous avez de la chance, moi non plus.

— Moi à cause des moustiques et de la chaleur, et vous ?

— Moi à cause du vent, des petits vieux qui ronflent et des murs de mon hôtel qui ne sont pas plus épais que du carton.

— J'imagine.

— Et puis à cause des souvenirs.

– Eh bien, voilà ce qui ralentit les explorateurs de l'Évolution : les ronflements de vieux, les bourdonnements de moustiques, la chaleur et les souvenirs.

Il laisse passer un long silence.

– Vous êtes toujours là, Aurore ?

– Toujours.

– Excusez-moi, je ne cesse d'y repenser, mais lors de la soirée j'ai été un peu... maladroit.

– En me draguant ouvertement devant ma copine ? ironise-t-elle. Allez, c'est oublié. Les hommes sont souvent un peu primaires. C'est d'ailleurs pour ça que je préfère les femmes.

– Désolé.

– À la limite, je vous ai trouvé touchant dans votre gaucherie.

– Il faut quand même que je vous dise : j'ai été... un peu... sous le choc lors de notre rencontre.

Elle a un petit rire moqueur.

– J'ai vraiment l'impression de vous connaître déjà, reprend-il avec sérieux.

Elle fait mine de ne pas avoir entendu et poursuit :

– Comment ça se passe chez vous, en Afrique ?

– Ici, ils méprisent les pygmées. Et chez vous ?

– Ici, ils méprisent les Amazones. Que faisons-nous, David, si loin de chez nous ?

– Je crois qu'on fuit le vieux monde connu. Et je n'ai vu nulle part ailleurs un ciel aussi clair avec d'aussi jolies étoiles filantes.

– Moi, je crois plutôt que nous essayons d'entrevoir le futur en comprenant le passé. Tous nos choix d'évolution sont révélateurs d'une perception particulière d'un instant de l'histoire. Vous, c'est l'époque des tribus migrantes avec vos pygmées, moi c'est l'Antiquité avec le royaume des Amazones.

Il écrase un moustique.

– Vous avez raison, mon père essayait de discerner le sens de l'évolution en cherchant les fossiles de dinosaures qui datent de 60 millions d'années et mon arrière-grand-père en observant les fourmis qui datent de 120 millions d'années. Comme si, pour voir loin devant, il fallait au préalable observer loin derrière.

Un groupe de hyènes ricanent dans la nuit africaine.

Aurore s'enfonce dans son lit.

– Allez, bonsoir, David, on se rappelle dès que ça progresse.

Elle raccroche. Il fait de même mais, comme il sait qu'il ne pourra pas dormir tout de suite, il saisit son smartphone et lance l'application qui lui permet de voir les actualités télévisées.

40.

CHAMPIONNAT DU MONDE DE FOOTBALL – En seizième de finale du championnat du monde à Rio de Janeiro, l'équipe de France a été battue par l'équipe du Danemark sur le score sans appel de 3 à 0. Il semble que le problème soit d'ordre psychologique puisque, quelques minutes avant le match, les joueurs français avaient décidé de se mettre en grève suite à ce qu'ils nomment « une campagne de calomnies » relatant l'une de leurs soirées où étaient invitées plusieurs call-girls mineures. « C'était un cadeau pour l'anniversaire de l'attaquant et nous ignorions l'âge de ces filles », a affirmé le capitaine de l'équipe de France Narcisse Diep. Il a ensuite rapidement pris son jet privé pour retourner dans son château en Suisse, refusant de commenter la défaite.

AFFAIRE DES VACCINS – Le scandale des vaccins inutiles de la grippe A-H1N1 rebondit. Une affaire pourtant vieille de plusieurs années. Le ministre de la Santé de l'époque a dû passer devant un tribunal administratif pour justifier le gaspillage d'argent, mais il doit maintenant être jugé devant un tribunal pénal pour détournement de fonds. Il avait en effet acheté

80 millions de doses d'un vaccin pour une grippe qui finalement s'est avérée anodine. L'ancien ministre de la Santé s'est défendu en légitimant cette lourde dépense au nom du principe de précaution. Mais ce qu'on appelle l'affaire du « gaspillage des vaccins A-H1N1 » n'a pas fini de faire des vagues. « Au moment où le trou de la Sécurité sociale n'a jamais été aussi profond, la perte de millions d'euros pour des médicaments inutiles est proprement scandaleuse. Une enquête parlementaire est réclamée parallèlement à l'enquête pénale », a pour sa part précisé le chef de l'opposition, qui a ajouté, « les médias, qui ont surestimé le danger et entretenu la paranoïa collective, devraient aussi faire leur mea culpa et être à l'avenir plus prudents ».

IRAN – Découverte d'un nouveau gisement de pétrole très profond à la frontière nord du pays. Le président Jaffar a promis que tout l'argent serait entièrement consacré à la guerre contre l'« ennemi sioniste » : « Le pétrole nous est donné par Dieu pour tuer les infidèles et les chasser de nos terres sacrées », a-t-il annoncé devant les caméras de son pays. L'association Amnesty International parle pour sa part d'une des nombreuses diversions utilisées par le gouvernement pour calmer les manifestations actuelles du mouvement « Où est mon vote ? » et essayer de faire oublier le haut niveau de corruption des membres du gouvernement. Cet après-midi, la police a de nouveau tiré à balles réelles sur les manifestants, faisant une vingtaine de morts et une centaine de blessés. Plus de cinq cents étudiants ont, en outre, été arrêtés et devraient passer devant les tribunaux religieux d'exception. Selon Amnesty International, l'utilisation de techniques de torture parfois issues du Moyen Âge serait systématique. Le groupe de « Où est mon vote ? » a pourtant décidé d'appeler à une nouvelle manifestation pacifique dès demain.

CURIOSITÉ SCIENTIFIQUE – À Bergen, en Norvège, une équipe de scientifiques étudie depuis dix ans un phénomène étrange : le rétrécissement de la taille des morues.

La morue, l'aliment de base des populations nordiques, est un enjeu économique majeur, et ce phénomène inquiète le gouvernement norvégien. L'équipe de Bergen a conclu que, génération après génération, elles ont rétréci d'au moins six fois leur taille. Quant à cette mutation, elle serait, selon les scientifiques norvégiens, tout simplement due à une adaptation étonnante à l'activité humaine. Les morues auraient évolué en ce sens pour pouvoir passer... entre les mailles des filets des pêcheurs.

TESTS D'INTELLIGENCE – Pour la première fois, les scores moyens mondiaux enregistrés aux tests de Q.I. se mettent à décliner. De 1940 (année où l'on a initié ces tests) jusqu'en 1990, la courbe des résultats était, un peu partout dans le monde, croissante. À partir de 1990, elle se met à plafonner et, depuis l'année dernière, les résultats moyens des tests sont en chute libre. Parmi les causes avancées : 1) Nos cerveaux bien alimentés et bien entretenus sont arrivés à leur rendement maximum. 2) Internet, en offrant en permanence l'accès à toutes les réponses, érode la capacité de concentration et de réflexion notamment chez les jeunes. Savoir que l'information est à disposition sur une machine incite les gens à ne plus mémoriser. 3) La recherche du rendement économique pousse les jeunes à suivre des études de plus en plus courtes. 4) Le monde est devenu tellement complexe que de moins en moins d'individus s'autorisent à le comprendre dans sa globalité. 5) La pollution. 6) Le manque de sommeil.

SABOTAGE – Le projet fou du milliardaire canadien Sylvain Timsit vient à peine de commencer que déjà un incendie spectaculaire s'est déclaré dans un hangar principal détruisant toutes les maquettes servant de modèles à la construction du vaisseau spatial à propulsion photonique *Le Papillon des étoiles 2*. La police a retrouvé des engins incendiaires qui laissent à penser qu'il s'agit d'un acte de malveillance ou d'un sabotage par des ennemis du projet. On sait que, depuis l'annonce de la construction du voilier des étoiles, le nombre de réactions hostiles n'a cessé de croître. Le milliardaire a annoncé que cet incident ralentirait certes l'avancée des travaux, mais qu'il ne renoncerait pas à son projet, quels que soient les obstacles.

SOLDES – L'annonce de l'ouverture des soldes dans les grands magasins parisiens a déclenché une cohue dès ce matin, notamment boulevard Haussmann. 20 000 personnes selon la police, plus de 50 000 selon les propriétaires des magasins. Certaines clientes ont campé sur les trottoirs pour être sûres d'être bien placées dès l'ouverture des grilles de ces temples de la consommation. L'annonce surprise d'un rabais supplémentaire de 10 % aux premiers acheteurs a déclenché dans l'une de ces grandes surfaces une ruée telle que des personnes ont été bousculées et piétinées. On compte une trentaine de blessés, heureusement sans gravité.

MÉTÉO – La météo devrait s'adoucir dans les jours qui viennent. On n'a jamais vu des températures aussi clémentes pour cette saison.

41.

Mais qu'est-ce qu'il se passe ?
Ils ont creusé un trou très profond en sous-sol sur le territoire qu'ils nomment Iran, à la frontière avec celui qu'ils nomment Turquie. Cette fois, c'est un forage, mais je ne vais pas me laisser faire. Ma réussite du frisson au pôle Sud me prouve que je peux viser à quelques centaines de mètres près.
Tiens, j'ai envie d'essayer autre chose que les frissons.
Pourquoi pas les... éternuements ?

42.

Les voisins ronflent et le bruit traverse le mur.

Aurore Kammerer n'arrive toujours pas à dormir. Elle voit le soleil se lever au loin. Elle a très faim. Elle descend dans le restaurant de l'hôtel qui, par chance, est déjà ouvert pour servir les petits déjeuners aux plus matinaux.

Le propriétaire à grosse moustache officie.

– Je parle français, vous savez, dit-il.

Il lui conseille de goûter à une spécialité locale : la tête de mouton grillée à la sauce yaourt, mais elle préfère du pain beurré, de la confiture et du café. Elle le questionne sur son sujet favori.

– Des quoi ? Des Amazones ? Non, désolé, ce ne sont que des légendes. Il y a bien des coins où il y a plus de femmes que d'hommes mais c'est un pur hasard.

Aurore lui montre un livre où l'on voit des représentations d'Amazones. Le directeur se lisse les moustaches, dubitatif.

– On peut faire dire ce que l'on veut à n'importe quel livre. C'est pour faire rêver les enfants. Pour notre part, ici, nous considérons que ce ne sont que des allusions à des peuplades arriérées.

– Je peux avoir un petit café avec une goutte de votre raki pour me réchauffer ? demande Aurore.

– Non, désolé, pas d'alcool ici, madame. Nous sommes un établissement sérieux.

Puis il se penche et continue à voix basse :

– Hier soir, à votre arrivée, certains clients se sont plaints. Pourriez-vous, juste par hygiène, couvrir vos cheveux avec un foulard, s'il vous plaît, et ne pas laisser entrevoir vos mollets dénudés quand vous marchez ?

À ce moment, un sourd grondement provenant de l'extérieur fait vibrer l'hôtel. Aurore se tourne vers la fenêtre et voit que le ciel qui s'éclairait lentement s'est soudain assombri et couvert d'une grande masse de nuages. Poussés par des bourrasques, ils se regroupent pour former une sorte de cône de dentelle grise qui pointe vers le sol et qui balaye tout sur son passage.

Elle se souvient de la phrase du policier la veille : « Risque de petit vent et de pluie. »

Au loin, les arbres, les maisons, les voitures, les vaches, les chèvres sont aspirés par la tornade.

Et le cône gris se déplace lentement dans leur direction.

La scientifique française n'a que le temps de se précipiter dans le couloir où sont déjà descendus tous les occupants de l'hôtel. Ils se regroupent pour emprunter un petit escalier de pierre qui mène à la cave. Éclairés par une simple ampoule électrique, ils se retrouvent une dizaine à attendre, inquiets. Les paroles de Jim Morrison lui reviennent à l'esprit.

Here is the end, my beautiful friend.
Of our elaborate plans. The end.

– C'est fréquent ici, les tornades ? murmure la jeune scientifique au directeur de l'hôtel.

– Jamais, répond l'homme dont le front est couvert de grosses gouttes de sueur. C'est la première fois. Je ne comprends pas.

43.

Bon, ça, c'est lancé.
Et puis, quoi d'autre ?
Ah oui, ceux-là en Afrique me préoccupent aussi. Ils sont en train de couper mes forêts avec leurs machines de plus en plus destructrices.
Mes arbres…
Ils tondent ma fourrure protectrice. Ils coupent les poils qui servent à réguler ma température et mon oxygène. Là aussi, je dois réagir.
Frisson ? Éternuement ?
Essayons autre chose de plus original.

44.

David Wells bâille et se lève. Avec les boules Quies, la pommade antimoustique, un somnifère et un verre de « Kill-Me-Quick » (l'authentique gnôle locale), il est parvenu à trouver le sommeil. Un peu plus loin, N'goma l'attend près d'un feu de camp où il a déjà embroché des toasts au bout de longues piques. Le Congolais retire la cafetière des braises et emplit un gobelet de café fumant.

David goûte en appréciant la boisson chaude.

– Il va faire très chaud, dit N'goma. J'ai jamais vu une telle canicule. La température a changé d'un coup. Heureusement, nous sommes à l'ombre des arbres, mais dans les zones déboisées ça doit être étouffant. Je plains ceux qui travailleront aujourd'hui dans les champs.

David se tartine de crème protectrice.

– Programme du jour ?

Le guide déploie une carte.

– Nous allons continuer vers l'est, m'sieur. À mon avis, les pygmées sauvages doivent être par là, c'est la zone de forêt la plus dense, et puis il y a un point d'eau. Il faut reconnaître qu'ils ont le don de trouver les nappes affleurantes.

Il prend un bâton de siwak et se frotte les dents sans eau.

À ce moment, un bruit étrange se fait entendre, comme le froissement d'une multitude de feuilles sèches. N'goma semble soudain très préoccupé.

Les deux explorateurs guettent la source de ce grondement et distinguent enfin une coulée noire qui avance à allure régulière dans leur direction.

– C'est quoi, ça ? De la lave ?

– Ce n'est pas minéral, c'est animal. Ce sont des fourmis.

– Vous avez l'air terrorisé, qu'est-ce qu'il y a, N'goma ? Vous l'avez dit vous-même, ce ne sont que des fourmis.

Alors le guide bantou lui tend les jumelles, et David peut enfin voir plus nettement de quoi il s'agit.

– Pas n'importe lesquelles. Ce sont des « fourmis magnans ».

Intrigué, David zoome et distingue qu'à l'avant de cette mélasse sombre qui glisse vers eux, toutes sortes de petits animaux, lézards, serpents, souris, lapins, qui se font dissoudre dans un acide de mandibules tranchantes. Quelques oiseaux essaient bien de décoller mais leurs ailes sont déjà plombées de fourmis qui les alourdissent et, après quelques cabrioles, ils s'en vont choir au milieu de la mare brune des fourmis carnivores qui les engloutit.

– Jamais je n'en ai vu autant, reconnaît le jeune chercheur. On dirait que la terre sort une fine langue qui absorbe tout.

Le Congolais s'empresse de fourrer le matériel le plus indispensable dans son sac à dos.

– Bizarre que cela arrive maintenant, c'est trop tôt. C'est peut-être ce coup de chaud qui les a réveillées prématurément.

Le guide ne parle plus, il saisit le bras de David et l'entraîne.

45. ENCYCLOPÉDIE. ESPÈCE AÎNÉE

Les fourmis sont apparues il y a 120 millions d'années. Les humains sont sur terre depuis 7 millions d'années. Les fourmis ont donc 113 millions d'années d'avance sur les humains. Nous sommes une jeune espèce et nous avons forcément des leçons à tirer de l'observation de cette espèce sociale « aînée », qui a su bâtir des cités capables de contenir des millions d'individus, mais aussi inventer l'agriculture, l'élevage, la guerre.

Edmond Wells,
Encyclopédie du Savoir Relatif et Absolu, Tome VII.

46.

Ils sont apeurés, blottis les uns contre les autres. Des craquements sinistres et des sifflements se font entendre au-dessus de leurs têtes. Une sorte de rugissement sourd approche. Aurore Kammerer frissonne.

À quoi cela sert-il de construire des maisons, des villes, des avions, des engins spatiaux, si une simple turbulence atmosphérique suffit à tout ramener d'un coup à l'état de ruines ?

L'ampoule électrique se balance, puis soudain s'éteint. Quelques très longues secondes passent durant lesquelles les bruits sont amplifiés. On entend les respirations de plus en plus profondes et rapides. Puis l'ampoule se rallume.

Tous sont soulagés. À nouveau, elle s'éteint plus longuement puis se met à clignoter, alors que le vacarme et les grondements au-dessus de leurs têtes ne font que croître.

Une femme hurle, une autre, cédant à la panique, fonce vers la porte. Deux hommes essaient de la retenir mais elle parvient à l'ouvrir et le vacarme s'engouffre dans la cave. Un troisième homme se précipite et ils réussissent à la maîtriser pendant qu'un quatrième bloque l'issue avec une barre de fer. Des craquements sinistres se font entendre et soudain la lumière s'éteint et ne se rallume plus. Un bébé pleure. Quelqu'un crie, tous se serrent les uns contre les autres.

Une peur archaïque, celle-là même qu'ont dû ressentir les premiers hommes confrontés à la puissance des éléments, les gagne. Le petit troupeau humain se recroqueville encore plus. La porte maintenue par la barre de fer semble subir une pression accrue. Aurore serre les dents alors que tout craque autour d'elle et que le sol vibre de plus en plus fort.

Cette fois, c'est la fin.

Le souffle et les sifflements sont maintenant remplacés par des craquements de pierre et de bois. Un boîtier électrique explose en gerbe. Ils perçoivent des murs qui s'effondrent, des tuyaux qui explosent en libérant des jets liquides. À chaque bruit, tous frémissent comme s'ils ne formaient qu'un seul corps. Au-dessus d'eux, l'hôtel semble démembré puis aspiré morceau par morceau.

Aurore pense à son challenger David Wells.

Il va pouvoir gagner, avec son reportage tout confort sur les pygmées.

47.

Perchés sur une branche épaisse d'un arbre de la forêt congolaise, David et N'goma voient le fleuve noir des fourmis magnans se rapprocher.

— Si je m'attendais un jour à être sauvé par un arbre, alors que j'en ai découpé tellement à la tronçonneuse, soupire le guide bantou.

— Pourvu que ces fourmis n'aient pas l'idée de grimper sur ce tronc, répond David qui transpire à grosses gouttes. Elles sont guidées par l'odeur de la nourriture. Il ne faut pas laisser notre sueur couler jusqu'en bas. Pour elles, tout ce qui sent la viande est une invitation.

Le guide prie à voix basse pour que la route de la colonne des magnans dévie, mais le triangle à l'avant de la procession d'insectes s'avance inexorablement vers eux.

Le bruit des millions de pattes est couvert par celui de tous les animaux qui piaillent ou hurlent avant de se faire dévorer par la meute de fourmis aveugles. Accrochés dans les branches de l'arbre, les deux hommes attendent, espérant que la colonne passe sans s'occuper d'eux.

Le fleuve noir vivant continue d'avancer.

La peur le submergeant, le corps de David le trahit. Il ne peut retenir l'urine qui s'échappe de son short et dégouline le long du tronc.

Une magnan s'approche, agite ses antennes en direction du liquide odorant, puis les dresse d'un coup pour appeler ses congénères. Une longue ligne brune commence à s'élever sur le tronc.

– Faut monter plus haut, murmure N'goma.

Ils gravissent le tronc pour atteindre les branches plus fines.

À cette hauteur, David commence à avoir le vertige. Le guide bantou continue de grimper mais sa taille et sa masse jouent en sa défaveur, la branche de cime, trop fine, ne peut supporter son poids. Elle se brise d'un coup et N'goma chute dans le fleuve noir grouillant. N'ayant pas le temps de trouver plus original, « Non ! Non ! » sont ses dernières paroles compréhensibles. Déjà des insectes encombrent sa bouche et font des percées par ses autres orifices, nez, yeux, oreilles. Elles font de la spéléologie en milieu vivant, creusant la chair rouge et tiède comme un tunnel mou et humide.

David se crispe un peu plus sur sa branche. À cet instant, il peut mesurer l'avantage d'avoir une petite taille et une corpulence légère. Cependant les fourmis poursuivent leur escalade et il ne peut plus se hisser plus haut. Il serre très fort sa branche et tente de ne plus bouger et de ne plus respirer.

Arrivé à mi-parcours, le groupe d'exploratrices aveugles s'arrête et rebrousse chemin.

Toutes sauf une.

Une magnan plus téméraire ou plus curieuse que ses sœurs gravit seule le reste du tronc jusqu'à rejoindre l'extrémité du pied de David. La fourmi isolée grimpe sur son pantalon alors que ses sœurs redescendent l'écorce. Un instant, David est tenté de pulvériser cette exploratrice téméraire, mais il craint d'alerter les autres.

Il se contente donc de rester immobile.

La fourmi exploratrice continue de grimper comme si elle avait un doute qu'elle souhaitait vérifier pour le transformer en certitude. Elle détecte l'urine et pointe ses antennes pour identifier sa composition chimique.

David serre les mâchoires.

Je me croyais au début du film de ma vie, j'en suis en fait au dernier chapitre. J'ai 27 ans et qu'ai-je fait de mon existence ? Dire que mon père pensait que j'allais changer le monde ! Je vais terminer en carpaccio pour fourmis.

L'exploratrice solitaire prend l'initiative de poursuivre tranquillement son ascension alors que, au sol, le fleuve vivant continue de s'écouler autour du tronc de l'arbre. Elle monte et pénètre dans sa poche.

De là où il est, David peut distinguer le corps de N'goma désormais réduit à un squelette proprement nettoyé. À cet instant, il a l'idée saugrenue de décrocher son smartphone et de composer un numéro.

— Allô, Aurore, je voulais vous le signaler, vous avez gagné, je vais mourir dans quelques secondes.

— Ah ? répond-elle en essayant d'être le plus calme possible au milieu du vacarme. Quelle coïncidence... moi aussi.

— Moi, ce sont des petites fourmis qui me causent des soucis et vous, qu'est-ce qui vous met en péril ?

— Une météo un peu « capricieuse ».

La fourmi exploratrice, percevant l'agitation et la multiplication des odeurs de phéromones, dresse plus haut ses antennes et appelle ses sœurs à la rescousse.

— Content que mes derniers mots soient pour vous, Aurore.

Il entend un vacarme à l'autre bout du smartphone alors que la mare sombre des fourmis ne cesse de s'élargir au sol et que la colonne dirigée par l'exploratrice curieuse monte vers lui.

— Vous me draguez encore ?

Elle essaie de rire.

— J'aime bien votre style, docteur Wells.

Finalement, surmontant difficilement le vacarme autour d'elle :

— Ce lien entre nous ne se situe pas dans l'enfance mais dans la mort. Nos destins parallèles s'arrêtent simultanément. Adieu Dav...

La communication coupe d'un coup, avant qu'elle ait pu prononcer la dernière syllabe.

48.

Je crois que j'ai tapé un peu à côté de la cible.

Tant pis. J'ai du temps pour apprendre à faire ça bien.

Donc, où en étais-je de mes souvenirs ?

L'atmosphère : mon premier manteau.

J'avais enfin une couche d'air et de nuages qui me protégeait des météorites. Je l'ai désirée la plus dense possible. Mais d'épaisse, elle est devenue sombre et parcourue d'électricité. Les orages ont remué cette masse gazeuse. La vapeur s'est condensée.

J'ai pleuré.

Il a plu.

Et toutes mes larmes, en se répandant sur les vallées de ma surface, les ont remplies. Là où il y avait des flaques, il y eut des lacs. Et les lacs se sont rejoints pour former des mers. Et les mers se sont rejointes pour former des océans.

Et j'ai continué de pleurer.

Et la pluie continuait de tomber.

Et l'eau continuait de monter.

Désormais, j'avais avec les océans une nouvelle protection amortissante, liquide, cette fois.

Quand les astéroïdes, attirés par ma gravité, traversaient mon atmosphère, ils s'enflammaient, brûlaient durant leur traversée de la couche gazeuse puis le résidu voyait sa chute amortie par la surface des flots.

Cependant, il demeurait au fond de moi cette angoisse de mourir qui me rongeait.

Comment faire pour inventer une meilleure protection contre les astéroïdes massifs ?

Je crois que c'est la peur qui m'a rendue « intelligente ».
À cette époque, j'ai commencé à concevoir cette idée : « Je suis
vivante et je suis pensante. Pour me protéger, il faut inventer
des êtres qui soient comme moi : vivants et pensants. »
Comment inventer une autre vie que la mienne ?
J'ai réfléchi durant des millions d'années et j'ai fini par trouver
la solution.

49.

David ferme les yeux et attend la mort.

Soudain, il entend une voix derrière lui.

– Psst !

Il soulève une paupière, se retourne, et distingue une jeune
fille à la peau brune qui semble avoir tout au plus une quin-
zaine d'années. Elle a surgi d'un arbre encore plus élevé que
le sien. Elle tient dans sa main une liane et lui en tend une
autre. Elle porte un tee-shirt Chanel rose. Elle lui fait signe
qu'il n'y a pas de temps pour faire les présentations.

Alors il s'agrippe à la liane et s'élance dans le vide.

50.

Le vacarme a cessé. La tornade est passée.

Quand Aurore sort enfin de la cave qui a servi d'abri, elle
découvre que l'hôtel ainsi que tous les alentours semblent avoir
subi un bombardement. Le toit a disparu, les murs sont effondrés ou bien penchent dangereusement.

Les occupants de l'hôtel, encore sous le coup de l'émotion,
ne savent s'ils doivent se désespérer de la vision des ruines qui
les entourent ou se féliciter d'avoir survécu.

La jeune chercheuse réfléchit vite. Elle se dit que c'est une
opportunité unique. Alors discrètement, elle récupère ses affaires

au milieu des gravats, retrouve sa voiture Tata qui, par chance, était dans un parking épargné.

Elle lance le moteur et s'éloigne de l'hôtel. En roulant elle peut se rendre compte de l'ampleur de la catastrophe. Un géant semble s'être amusé à pulvériser tout ce qui provenait du travail des hommes : pylônes électriques, cabanes, maisons. Les voitures ont été retournées, jetées dans les fossés, projetées dans les arbres où elles pendent comme des fruits de métal disloqué. La jeune scientifique accélère.

Elle rejoint très vite le barrage militaire où elle avait été stoppée la veille. Comme elle l'espérait, le poste de contrôle est abandonné. Elle soulève la barrière.

Au bout de quelques kilomètres, la route se transforme en piste. Sa voiture de location n'est pas équipée pour les sentiers abrupts. Elle la gare derrière un épais buisson et poursuit son chemin à pied.

Après plusieurs heures de marche, elle finit par apercevoir au loin une colline truffée d'habitations troglodytes dont les fenêtres sont de simples fentes dans la roche.

En examinant la carte, il lui semble que c'est bien l'emplacement désigné par l'adolescente dans les ruines de Thémiscyra.

Tout semble abandonné.

Elle songe qu'il ne faudrait pas que surgisse une nouvelle calamité météorologique car elle n'a aucun abri.

Pas de grand gain sans grand risque.

Justement, le ciel se couvre de nuages anthracite menaçants.

51.

Je me souviens.
J'ai mis au point la vie avec ce qui me faisait le plus peur : les cailloux voyageurs de l'espace.

Il y a 3,5 milliards d'années, j'ai profité de la chute d'une météo-rite contenant des atomes d'ammoniac et de méthane pour les mélanger à mon hydrogène et à mon oxygène personnels. L'océan a été la marmite où j'ai préparé cette mixture.

Grâce aux éruptions volcaniques marines, entraînant des cou-rants d'eau chaude, et même aux séismes (pour aider à mélanger) j'ai pu chauffer et touiller ces ingrédients jusqu'à faire apparaître mon chef-d'œuvre.

La vie.

Cela a pris du temps, 1 milliard d'années, mais à force de tâton-nements et de patience, j'y suis arrivée.

Au début, cela semblait insignifiant : juste une première cellule avec un noyau qui n'avait même pas la taille d'un grain de sable, mais je savais que c'était le germe de tout.

La vie j'ai reçu.

La vie j'ai recréé.

Après la première cellule est venue la seconde.

Au début, ce n'étaient que de simples êtres minuscules et mono-cellulaires, mais ils possédaient déjà une programmation pour « accomplir des miracles ».

Bien plus tard, les humains les nommeront avec mépris « microbes » (ce qui signifie en grec « petite vie »), pourtant, avec le recul, je peux affirmer qu'ils ont été, parmi mes locataires, ceux qui ont le plus longtemps occupé ma surface. Qu'ils soient algues ou bacté-ries, ils ont régné sans partage durant 2,5 milliards d'années.

Après tant d'années de solitude, j'appréciais ces premiers compagnons. Et eux, au moins, me respectaient sans me bles-ser.

Le seul inconvénient, c'était qu'ils manquaient de moyens d'action pour réaliser mon grand projet secret. Alors nous avons conclu une alliance tacite. Je les aidais à muter en modifiant

la température de ma surface (grâce aux éruptions volcaniques)
et eux évoluaient pour générer dans leurs propres rangs un être
vivant suffisamment complexe pour m'aider en retour.
C'est ce qu'il s'est passé.
Les microbes ont muté.
Ils se sont unis pour former des êtres multicellulaires.
Ils ont très vite progressé.

52.

La machette adroitement utilisée fend les lianes et les feuilles qui leur barrent le passage. Dans cette forêt dense et vibrante de petits animaux furtifs et d'insectes bruissants, la jeune fille qui a sauvé David évolue sans peine, semblant se repérer à des marques sur certains arbres.

Soudain, face à eux apparaît un large fleuve tumultueux. Elle lui fait signe qu'il faut nager pour le traverser.

– Je… je suis phobique de l'eau, dit-il, je ne sais pas nager.

Elle le fixe puis, d'un coup, le pousse dans le courant froid. Comme il se débat, elle plonge à son tour, le tire par le cou, lui maintenant le menton hors de l'eau, et l'aide à traverser. Il ferme les yeux, essaie d'oublier toutes les formes de vie fluviales petites et grandes qui évoluent probablement autour d'eux, de la sangsue aux crocodiles, et ce n'est que lorsqu'il a atteint l'autre rive qu'il soupire de soulagement, comme s'il venait de surmonter la pire épreuve de sa vie.

Elle lui fait signe de continuer dans une direction précise. Ils débouchent dans une clairière où sont disposées en demi-cercle autour d'un feu des huttes vertes semblables à des igloos. Le chercheur français s'aperçoit que ces cabanes sphériques sont composées de branches plantées dans le sol et arquées qui forment les poutres sur lesquelles sont posées des branchettes puis de larges feuilles entrelacées.

Des femmes assises à l'entrée des huttes cousent, tressent des fibres ou pilent des fèves. Certaines mâchent des graines et crachent ensuite le résultat de leur mastication dans des pots, d'autres filtrent le résidu qui forme un liquide clair.

Sa jeune guide indique à David d'attendre devant le plus large et le plus haut des igloos de feuilles. Des enfants s'approchent de lui, curieux. Des femmes l'observent de loin en se masquant le visage comme si elles retenaient une moquerie, mais il ne sent pas la moindre hostilité. Ils sont tous de taille réduite.

Je crois que je suis arrivé à bon port, songe-t-il. *Cela pourrait être eux… les pygmées sauvages chasseurs-cueilleurs itinérants.*

Lorsque la jeune fille réapparaît, elle l'invite à entrer.

Un foyer central entretient une fumée stagnante qui lui pique les yeux. David se dit que c'est le stratagème le plus astucieux pour se protéger des moustiques, mais la fumée opaque l'empêche de voir à plus de quelques centimètres devant lui. Il évolue dans le brouillard alors qu'à l'extérieur le temps est clair.

– Il y a quelqu'un ?

Il distingue des peaux de porcs-épics, d'antilopes, de phacochères, puis il remarque une silhouette immobile. Il s'approche précautionneusement. Un homme ressemblant à un gros bébé ventru, chauve, le nombril proéminent, les paupières closes, est vautré dans un large fauteuil de bambou. Quand le chercheur parisien lui touche la main pour vérifier s'il est mort, celui-ci ouvre un œil énorme et rougi par la fumée. Puis il soulève l'autre paupière et de ses deux sphères rougeâtres, il fixe David. Enfin sa bouche s'entrouvre pour prononcer une phrase incompréhensible.

Derrière lui, la jeune fille traduit :

– Il demande « Pourquoi avez-vous mis tant de temps à venir ? Le pire risque d'arriver si on ne se met pas vite au travail. »

– Vous parlez ma langue ? Pourquoi ne pas me l'avoir signalé tout de suite ? Dites-lui que…

– Non, laissez-moi faire. Je sais ce qu'il faut lui dire. Sans vouloir vous insulter, vous n'êtes quand même qu'un bi'péNé, c'est-à-dire un « homme blanc ».

La fille se lance dans une longue explication. David comprend qu'elle lui raconte l'épisode avec les fourmis. L'autre commence à sourire, puis rit de plus en plus franchement. Un peu vexé, David explique :

– Je suis un chercheur en biologie et je suis français, je viens pour essayer de comprendre ce qu'il y a de particulier dans votre sang qui vous immunise contre la plupart des maladies parasitaires qui touchent les autres : notamment le chikungunya, la maladie du sommeil et la malaria.

La fille traduit en une seule phrase. L'homme éclate à nouveau de rire. Ils rient tous les deux et se lancent dans des dialogues qui les font pouffer.

– Il s'appelle Maye'mpa, c'est le chef sorcier, explique-t-elle.

– Maye'mpa ? c'est son prénom ou c'est son nom ?

– Ici nous n'avons qu'un seul nom, pas de prénom. Et vous, vous êtes qui ?

– Je me nomme David Wells. Pourrais-je rester ici pour faire des analyses de votre sang et essayer d'identifier ce qui vous protège des bactéries et des virus qui nous tuent ?

– Vous voulez chercher la séquence d'ADN spécifique aux pygmées ? demande la jeune fille.

Il est surpris qu'elle utilise un vocabulaire aussi technique mais il ne se laisse pas décontenancer.

– Vous pouvez lui poser la question ?

Elle obtempère.

Le sorcier reprend un air sérieux puis articule une longue explication compliquée en plusieurs phrases que la fille traduit :

– Non.

– Heu… non quoi ?

146

– Non, la réponse est non. Il n'accepte pas que vous étudiiez notre sang tant que vous ne serez pas vous-même nettoyé.

– Nettoyé ? Vous voulez dire aller à la rivière ?

– Non, nettoyé de votre masque d'illusions.

Le petit homme ventru rit et fait un geste de ses mains comme s'il se débarbouillait le visage.

– Mais vous aviez dit que vous m'attendiez ! Vous m'attendiez pour quoi alors ?

Elle traduit. Là encore, la réponse tient en un mot dont elle donne le sens.

– Pour sauver le monde. Parce qu'il risque d'être entièrement détruit si vous ne faites pas ce que vous devez faire.

Le sorcier éclate à nouveau de rire, comme si cette perspective le réjouissait.

– Je vous en prie, expliquez-moi…

Alors le vieux sorcier se penche et, s'adressant directement à lui, il prononce :

– Ma'djoba.

– Ça veut dire quoi ?

– C'est le nom de la purification. Il n'existe pas de traduction en langue française. Normalement, avant de faire Ma'djoba, il faut six mois d'abstinence sexuelle et trois jours de jeûne. Vous avez de la chance qu'il consente à vous l'offrir alors que vous n'avez respecté aucune de ces deux règles élémentaires.

Le chef sorcier adresse à David un signe de complicité signalant qu'il ne reste plus qu'à œuvrer. Il se lève, sort de la hutte et tape dans ses mains. Les autres pygmées s'extirpent des huttes. Ils sont une centaine. La plupart portent des tee-shirts avec des slogans publicitaires, des shorts de plage, certains ont le cou orné d'objets usuels qu'ils portent en pendentifs ou en boucles d'oreilles : robinet de lavabo, décapsuleur, écrou, salière, clef à molette, cure-pipe. Une femme s'est fait un collier avec des bouchons, une autre s'est confectionné un châle avec de la toile de matelas. Quelques rares indigènes sont chaussés de tongs, la plupart marchent pieds nus.

Le sorcier désigne le nouvel arrivant puis se lance dans une déclaration compliquée que tous approuvent.

— Ma'djoba ?

Aussitôt, tous les pygmées reprennent en chœur.

— Ma'djoba !

La jeune fille se tourne vers David.

— Bravo, vous avez du courage, c'est apprécié ici.

À cet instant, il a un mauvais pressentiment. Il regrette d'avoir donné son accord pour un « nettoyage » dont il ignore les modalités exactes. Il constate que les pygmées sont soudain pris d'une fièvre collective : tous prennent des filets, des sacs, des lances, des arcs et des flèches. La fille et le sorcier, impavides, l'encadrent et surveillent à distance la bonne marche des événements. Puis la troupe de pygmées s'aligne. David questionne la jeune fille :

— Il faut partir ?

— Bien sûr, c'est pour le Ba'sa'ba'bangi'ya.

— Et c'est quoi ?

— Nous allons chercher le Ba'sa'ba'bangi'ya et après seulement nous pourrons faire le Ma'djoba.

— Bien sûr, comment n'y avais-je pas pensé plus tôt ? ironise-t-il.

Le sorcier approuve.

— Hum… juste une question, comment le sorcier sait-il que la fin du monde risque d'arriver ?

La jeune fille traduit la question et l'homme hoche la tête, entre dans sa hutte et revient avec un coffre en bois à la serrure épaisse. Il actionne les différents mécanismes d'ouverture et les ressorts claquent, révélant un second coffre à l'intérieur, lui-même pourvu d'un cadenas à chiffres qui, lorsqu'il est bien positionné, dévoile un troisième coffret à serrure. Il saisit la clef qui pend à son cou, fait céder cette protection, et sort un objet enveloppé dans plusieurs couches de plastique noir et de tissus.

Il dévoile enfin le précieux contenu.

David reconnaît un vieil exemplaire du magazine hebdomadaire français *Paris Match* un peu chiffonné et déchiré. Sur la couverture est inscrit en grosses lettres rouges : « LA FIN DU MONDE APPROCHE : CELA SE PASSERA DANS SIX MOIS. » En arrière-plan, une éclipse solaire et en sous-titre : « Les Mayas ont annoncé la date avec précision. » À côté : « Nostradamus l'avait déjà prévu. Plusieurs médiums confirment la date exacte. » En dessous, des clichés colorés montrent un champignon atomique orange et noir, un volcan en éruption dans la nuit, un tsunami déferlant sur une ville côtière.

53. ENCYCLOPÉDIE : PYGMÉE

Les pygmées étaient déjà représentés dans les dessins des ruines de Pompéi, et même dans certains motifs des pyramides de l'Égypte antique. Officiellement, ils ont été découverts en 1870 par les explorateurs anglais. À l'époque, les scientifiques pensaient qu'ils étaient le chaînon manquant entre le singe et l'homme. Ils ont été ramenés pour servir de curiosités, et exhibés dans des cirques.

Les pygmées ne sont pas des nains (le nanisme étant dû à la mutation d'un gène), mais des êtres adaptés à un milieu spécifique, celui de la forêt équatoriale. Leur taille varie entre 1 mètre et 1,50 mètre. Ils vivent dans les régions les plus chaudes et les plus humides autour de l'équateur.

Ils sont divisés en tribus spécifiques parlant des langues différentes. Au Cameroun, ce sont les Bagyeli et les Medzan. Au Gabon, les Bongo et les Kola. En Centrafrique, les Aka et les Mbenzele, et en République démocratique du Congo, les Cwa et les Mbuti. Ils sont installés également,

mais en nombre plus restreint, au Rwanda, au Burundi, et en Ouganda.

Même s'ils parlent des langues différentes, il y a des mots communs comme « Jengi », qui désigne le Grand Esprit de la forêt.

En République démocratique du Congo, certains ethnologues ont émis l'hypothèse que les pygmées et les bantous sont issus de la même ethnie, mais se seraient différenciés il y a 20 000 ans pour s'adapter aux différents milieux naturels qui les entouraient. Les bantous vivant dans les plaines, ils auraient conservé leur taille et se seraient sédentarisés pour pratiquer l'élevage et la culture, ce qui les aurait amenés à être de mieux en mieux nourris et les aurait fait grandir.

Les bantous séjournant en forêt auraient vu leur taille se réduire du fait de la difficulté à trouver de la nourriture et donc à cause de la mauvaise alimentation des bébés. Les plus petits – étant plus facilement camouflables – auraient échappé aux prédateurs et trouvé plus facilement du gibier. Sur les 200 000 pygmées répertoriés actuellement, 150 000 se sont finalement sédentarisés, le plus souvent de force, sous la pression des gouvernements nationaux. Ils auraient dès lors été traités en esclaves (notamment en RDC où les bantous les font travailler pour des sommes dérisoires à des tâches pénibles).

50 000 sont restés fidèles à leur mode de vie ancestral, vivant de cueillette, de chasse, de pêche et se déplaçant sans cesse selon les températures et les mouvements du gibier. Ces derniers sont en voie de disparition précisément du fait de la destruction accélérée de la forêt africaine équatoriale.

Edmond Wells,
Encyclopédie du Savoir Relatif et Absolu, Tome VII.

54.

Tout est silencieux, les contrevents des maisons troglodytes sont clos. Aurore Kammerer a l'impression de se trouver dans un village abandonné. Pourtant des traces d'occupation récentes sont visibles. Un coq se met à chanter.

– Il y a quelqu'un ?

La jeune chercheuse hèle plusieurs fois en anglais sans plus de résultats.

Alors qu'elle contourne une rue, elle distingue une lumière qui filtre derrière un épais contrevent. Elle rejoint cette maison troglodyte. Une inscription surmonte le seuil, mais comme c'est écrit en turc, elle ne peut la comprendre. Elle s'enhardit à frapper à la porte puis, n'obtenant aucune réponse, elle tourne la poignée. Elle découvre une taverne assez vaste, éclairée chichement par une seule petite fenêtre. Une vingtaine de tables décorées de nappes à carreaux rouges et de vases remplis de fleurs blanches s'alignent.

Sur la droite, un comptoir en pierre forme un angle derrière lequel une jeune femme en robe brodée, aux longs cheveux noirs et lisses, sort des verres et des assiettes de caisses paillées sans prêter attention à la nouvelle venue.

– Bonjour, hello, günaydin, lance la Française.

La femme ne répond pas, concentrée sur sa tâche.

Aurore s'assoit à une table.

– Breakfast ? Possible ?

Enfin, la tavernière semble réagir. Elle vient vers elle, dépose deux tasses et lui sert un thé sirupeux et odorant accompagné de petites pâtisseries au miel. Ayant dressé toutes les tables, elle allume la télévision et cherche la chaîne des actualités. Une présentatrice turque semble bouleversée alors qu'elle passe la parole à un correspondant au milieu de décombres et de champs de ruines. Apparaissent ensuite des vidéos prises par des gens avec leurs smartphones. La tornade est visible, aspirant tout ce qui est sur son trajet. Plusieurs scènes s'enchaînent, montrant chaque fois des voitures, des camions, des maisons ou du bétail volant haut dans le ciel.

— Horrible, dit Aurore pour essayer d'entamer un dialogue avec l'autochtone.

La tavernière monte le son pour bien signifier qu'elle souhaite écouter tranquillement les actualités. Sur l'écran apparaissent maintenant les ambulances qui foncent dans la foule, des images prises d'hélicoptères où l'on distingue des villages détruits. Aurore sirote le thé qu'elle trouve trop sucré et examine la pièce décorée de portraits de femmes en tenue traditionnelle. Le gros téléphone en bakélite posé sur le comptoir se met à carillonner. La femme décroche, écoute, fronce le sourcil, hoche la tête, prononce un mot qui, à son intonation, semble signifier « Ok », puis elle ouvre une porte à l'arrière et indique à l'étrangère qu'elle doit vite se cacher là. Aurore obéit d'instinct, sans chercher à comprendre.

Elle se retrouve dans un cagibi rempli de produits domestiques. Elle attend et écoute. Une voiture freine, la porte est ouverte, des pas d'hommes résonnent. Ils parlent en turc. À l'intonation, Aurore croit percevoir des questions et des menaces. La tavernière répond sur un ton neutre, indifférent. Les deux hommes repartent. La femme attend dix bonnes minutes avant de rejoindre sa cliente cachée. Elle lui fait signe de déguerpir rapidement, mais une autre jeune femme pénètre dans la taverne troglodyte. Toutes deux parlent un dialecte qui semble différent du turc, avec des sonorités moins gutturales. De ce que pense comprendre Aurore, les deux femmes ne sont pas du tout d'accord. Le ton monte, elles se lancent des invectives. La tenancière du bar se tourne vers Aurore et lui fait à nouveau signe qu'elle doit rapidement quitter les lieux, mais la nouvelle venue s'interpose, se tourne vers elle et, dans un français impeccable, déclare :

– Vous pouvez rester. Il faut que le monde sache ce qui nous arrive ici. Nous avons perdu assez de temps à vivre comme des animaux traqués.

– Votre amie n'a pas l'air d'accord, rétorque Aurore à la nouvelle venue.

– Diana dit que c'est facile de vouloir aider des gens qui ne font que passer. Quand vous partez, c'est nous qui devons payer. Elle a fait allusion aux Américains qui, en 1991, prétendaient aider les Kurdes contre Saddam Hussein et qui les ont abandonnés. Ensuite Saddam a lancé des représailles en utilisant des bombes à gaz toxiques. Il y a eu 200 000 morts et tout le monde s'en fichait.

– Il me semble que les Américains ont fini par avoir la peau de Saddam.

– Oui, mais entre-temps, les Kurdes qui leur ont fait confiance ont dû enterrer les morts. Diana est d'origine kurde.

Celle-ci, visiblement contrariée, préfère jeter son tablier par terre en lâchant une bordée de jurons et s'en aller. Plus conciliante, la seconde l'invite à s'asseoir et sans lui demander son avis, lui sert une boisson alcoolisée qui semble être de la bière et s'avère de l'hydromel.

Elle ne paraît pas avoir plus de 30 ans, pourtant il émane de sa personne un charisme et une autorité qui s'expriment dans le moindre de ses gestes. Sa longue chevelure est rousse, ses yeux sont noirs, très noirs. Elle porte une tenue en cuir qui dévoile l'arrondi de ses épaules et son décolleté, un pantalon bouffant dont le bas s'enfonce dans des bottes de cuir rouge.

– Il faut la comprendre, nous avons beaucoup de soucis. Ici, nous sommes juste des « dhimis », c'est-à-dire des « minorités tolérées ». La police est encore venue la semaine dernière, et ils ont promis de nous rendre la vie tellement infernale qu'on finirait par se convertir.

– Vous avez une religion différente ?

La jeune femme allume une cigarette dorée et la fume avec décontraction, puis en propose une à Aurore qui accepte. Un arôme de nicotine surmonté de fragrance de clou de girofle, de poivre et même de fleur d'oranger, picote ses narines.

– Les gens des alentours appellent ce lieu le « village des sorcières ». Ils pensent que nous détenons des secrets.

Elle a un sourire triste et vide son verre d'un trait. L'odeur du tabac poivré se répand.

– Je me nomme Penthésilée Kéchichian, annonce la femme.

– Aurore Kammerer. Docteur Aurore Kammerer.

– Enchantée, docteur. Pour répondre à votre question, nous pratiquons le culte d'Ishtar, la Déesse Mère. Les gens du gouvernement disent que c'est un culte païen et que nous sommes des idolâtres. Mais en fait, ce qu'ils détestent, c'est que nous vivons dans une société essentiellement matriarcale. Quand les femmes sont libres et s'expriment, les hommes paniquent.

Elle hausse les épaules.

– À l'époque du président turc Mustafa Kemal, au début du XXᵉ siècle, notre peuple a connu un relatif répit. Kemal avait établi une république qu'il voulait moderne et laïque, à la mode européenne. Mais depuis que le gouvernement a changé, ils réduisent nos droits. Paradoxalement, nous vivions mieux à l'époque du gouvernement militaire qu'à celle du gouvernement « religieux modéré » qui, de fait, est de moins en moins modéré et de plus en plus religieux.

Elle a un rire ironique.

– Maintenant que la Turquie s'entend avec les islamistes d'Iran, nous n'avons plus d'endroit où fuir, nous sommes chassées des deux côtés de la frontière.

– Comme les Kurdes ? questionne Aurore, compatissante.

– Les Kurdes… oui. Les deux gouvernements utilisent ce prétexte pour boucler les frontières et semer la terreur dans la région. La plupart des Kurdes sont aussi laïques. Ça les énerve.

Penthésilée Kéchichian lâche une bouffée de fumée opaque très odorante.

– Il faut que vous parliez de nous dans votre pays, sinon nous allons disparaître sans que personne s'en aperçoive. C'est ce qu'ils veulent. Mais au fait, vous ne m'avez pas dit pourquoi vous êtes là. Je me doute que ce n'est pas pour le tourisme.

– Je suis chercheuse en endocrinologie. J'ai appris par une amie qui travaille dans un journal scientifique que le gouvernement turc essayait de se débarrasser des dernières Amazones en enterrant des déchets toxiques radioactifs près de leurs lieux de vie. Mais, alors qu'ils espéraient que cela les tue, serait survenue une sorte de mutation qui les aurait rendues au contraire plus résistantes. Je veux vérifier cette rumeur et comprendre ce qu'il s'est passé au niveau de leurs cellules sanguines.

Penthésilée la fixe, puis éclate de rire.

– Qu'est-ce qu'il y a de si drôle ? demande Aurore un peu vexée.

– Ce que vous a raconté votre amie. En fait, c'est moi qui ai écrit au journal anglais. C'était comme une bouteille à la mer. Je voulais que le monde sache. J'ai écrit à plusieurs revues d'une dizaine de pays.

– Vous parlez autant de langues ?

– J'en parle sept. Ici, c'est courant car mieux vaut pouvoir discuter avec les envahisseurs qu'ils soient turcs, russes, iraniens, anglais ou même français. Toujours est-il que j'attendais une retombée de cette révélation. J'étais déçue qu'elle ne vienne pas.

– Les journalistes ne peuvent pas écrire sans vérifier l'information. Et s'ils sont venus, ils ont dû être stoppés par la police comme je l'ai été.

Penthésilée la regarde d'un air amusé, puis ajoute, comme si elle n'avait pas entendu :

– Je suis très heureuse que vous soyez là, docteur Kammerer. Je vais répondre à vos questions et je vais tout vous faire découvrir.

Penthésilée souffle la fumée, écrase sa cigarette à même le plancher de bois, et regarde par la fenêtre pour voir si la météo redevient plus clémente.

– Suivez-moi.

Au moment où elles sortent, Aurore aperçoit plusieurs autres femmes devant la taverne affichant des visages hostiles. Penthésilée avance sans leur prêter attention. Diana surgit devant elle, la saisit par le bras et la retient. À nouveau, les deux femmes échangent des invectives dans leur dialecte jusqu'à ce que Penthésilée agrippe l'épaule de Diana et, d'un croche-pied, la fasse chuter.

Elle se penche sur elle pour lui articuler au visage une phrase qui semble décisive, puis elle se campe devant toutes les autres pour les défier.

Aucune femme ne s'avance. Alors Penthésilée les harangue et toutes semblent d'accord pour la laisser poursuivre son chemin accompagnée de l'étrangère.

– Je ne savais pas que ma présence allait provoquer une telle hostilité, s'excuse Aurore.

Derrière elles, la tavernière ne s'est toujours pas relevée.

– Diana n'a pas compris que la pire chose qui puisse nous arriver n'est pas l'intoxication par les déchets radioactifs... mais que le monde entier ignore notre existence. Toutes ces filles ont la vue courte. Au nom de la sécurité, elles préfèrent disparaître en silence dans l'indifférence générale. Pas moi.

Penthésilée la guide vers une cavité troglodyte qui protège une écurie.

– Pour ma part, je ne crois pas qu'il soit nécessaire de cacher quoi que ce soit. J'ai une théorie personnelle qui se résume en trois mots : « Comprenne qui pourra. » Si vous délivrez le secret d'une connaissance à un imbécile, il ne saura de toute façon pas quoi en faire.

Sans même demander à l'étrangère si elle sait monter, elle lui indique un cheval et enfourche elle-même un superbe alezan qu'elle lance au galop. Heureusement, Aurore a quelques souvenirs de ses cours d'équitation et elle lance son propre destrier à la poursuite du premier avant que celui-ci disparaisse à l'horizon.

55. ENCYCLOPÉDIE : AMAZONES

Selon l'historien Hérodote, les Amazones seraient apparues après une attaque de l'armée égyptienne en 2000 avant Jésus-Christ. Les troupes du pharaon qui se seraient aventurées jusqu'en Cappadoce seraient tombées sur des tribus scythes et sarmates. Les Égyptiens auraient exterminé tous les hommes valides, et les femmes, restées seules survivantes, auraient d'un commun accord décidé de s'organiser pour former une armée de résistance aux envahisseurs égyptiens. D'autres textes grecs évoquent un peuple de femmes amazones (*a-mazos*, de *a* : sans, et *mazos* : seins, puisque selon la légende elles se mutilaient le sein droit pour mieux pouvoir tirer à l'arc) vivant sur les bords du fleuve Thermodon, dans le nord-est de l'actuelle Turquie.

Elles n'entretenaient avec les hommes que des relations occasionnelles strictement limitées à la procréation (en général une seule fois par an avec les mâles les plus beaux des peuplades voisines kidnappés pour leur servir d'ensemenceurs).

Selon un autre historien, Diodore de Sicile, elles n'avaient ni pudeur ni sens de la justice. Chez elles, la filiation se faisait par les femmes. Lorsqu'elles concevaient des rejetons mâles, elles les réduisaient en esclavage, ou les rendaient aveugles ou boiteux.

Armées d'arcs aux flèches à pointe de bronze, elles se protégeaient derrière de courts boucliers en forme de demi-lune. Le signal de la charge était donné par un sistre, sorte de grelot de bronze.

À l'époque de leur apogée, leur reine Lysippe était une conquérante et une très bonne stratège militaire. Elle attaqua tous les peuples voisins jusqu'à arriver à rejoindre le fleuve Thaïs. Lysippe entretenait un tel mépris du mariage et une si grande passion pour la guerre que, par défi, la déesse Aphrodite s'arrangea pour que son fils tombe amoureux de sa propre mère. Plutôt que de commettre l'inceste, le garçon se jeta dans le fleuve Thaïs et s'y noya. Pour échapper aux reproches de son ombre, Lysippe conduisit ses filles jusqu'au bord de la mer Noire où chacune fonda sa cité personnelle : Éphèse, Smyrne, Cyrène et Myrina.

Les descendantes de Lysippe, les reines Marpessa, Lampado et Hippolyte, étendirent l'influence des Amazones jusqu'en Phrygie (sur le territoire occidental de l'actuelle Turquie) et même en Thrace (actuelle Bulgarie). Quand Antiope, une jeune Amazone, fut enlevée par le roi grec Thésée, ses congénères attaquèrent la Grèce et assiégèrent Athènes. Le roi Thésée eut beaucoup de mal à les repousser et fut contraint de réclamer l'aide d'Hercule. Ce combat contre les Amazones fait d'ailleurs partie des douze travaux.

Durant la guerre de Troie, sous les ordres de la prestigieuse reine Penthésilée, les Amazones accoururent au secours des Troyens contre les envahisseurs grecs. Penthésilée sera finalement tuée lors d'un duel singulier avec Achille, mais, selon Homère, son dernier regard rendra à jamais le guerrier amoureux de sa victime.

Une légende évoque aussi une rencontre entre Alexandre le Grand et la reine Thalestris. La reine des Amazones souhaitait, dit-on, un enfant du chef grec afin de donner une descendance qui bénéficie de ses qualités. Ils auraient, selon ce récit, fait l'amour sans discontinuer pendant treize jours afin d'être sûrs que la semence prenne. Bien plus tard, en 71, le général romain Lucullus envahira leur capitale Thémiscyra, réduisant à néant la dernière défense des fières guerrières amazones.

De nos jours, subsistent encore dans l'est de la Turquie et le nord de l'Iran des bourgades peuplées majoritairement de femmes qui se revendiquent comme les descendantes des Amazones de Thémiscyra.

Edmond Wells,
Encyclopédie du Savoir Relatif et Absolu, Tome VII.

56.

Le moustique a déjà profondément enfoncé sa trompe dans l'épiderme de David, mais il n'a pas le temps de commencer son travail de pompage car il est pulvérisé par une large main. D'autres moustiques cousins tournoient autour du jeune Français pâlot et suant. Il essaie de les oublier pour se concentrer sur son expédition à la recherche du « Ba'sa'ba'bangi'ya nécessaire à son Ma'djoba ».

La fille qui l'a sauvé marche devant lui. Il la rejoint.

– Comment se fait-il que vous parliez aussi bien français, mademoiselle ?

– Vous voulez dire « pour une pygmée sauvage de la jungle » ?

– Non, je n'ai pas dit cela.

– Mais c'est ce que vous avez pensé.

– Et la réponse est ?

– J'ai passé mon doctorat de botanique à l'université Paris-Sud XI au pôle de Bures-Sur-Yvette. J'étais major de ma promotion. Spécialisée dans les lianes.

En disant cela, elle coupe les lianes énormes qui obstruent leur chemin.

Il examine différemment la jeune fille en tee-shirt rose qui marche pieds nus sur les feuilles mortes.

– Un doctorat en botanique sur les lianes ? Mais vous avez quel âge ?

– 31 ans. Et vous ?

– Hum… 27.

– Dans ce cas, je suis votre aînée et vous me devez le respect. Êtes-vous raciste, bi'péNé Wells ?

À nouveau pris de court, il toussote.

– Non ! Ah ça non, sinon je ne serais pas là ! À défendre votre cause, qui plus est.

– Le racisme est scientifiquement stupide. Le fait de naître dans un famille ou un pays est uniquement lié au hasard et déconnecté de tout mérite personnel. Comme la beauté.

– La beauté ?

– C'est à mon avis la plus grande injustice. Les gens critiquent les hommes riches qui vont avec les femmes belles. Mais pour être riche, il faut avoir fait des efforts, ne serait-ce que gérer intelligemment l'héritage familial. Alors que si on est laid à la naissance, c'est fichu. On sera toujours traité comme un paria dans toutes les cultures sans exception.

Elle tranche une liane.

– Croyez-vous à l'égalité des humains, bi'péNé Wells ?

– Bien entendu.

– Vous avez tort. Les hommes et les femmes sont par exemple très différents. Les femmes perçoivent beaucoup plus d'informations que les hommes parce que leurs sens sont décuplés. Saviez-vous que l'orgasme d'une femme est dix fois plus fort que celui d'un homme ? Et les capteurs d'épiderme sont dix fois plus nombreux.

– Eh bien….

– On vous apprend quoi en biologie dans votre université ?

La pygmée a lancé sa question avec une intonation de reproche dans la voix.

– Votre discours plairait à l'une de mes collègues qui défend l'hypothèse que les femmes sont l'avenir de l'espèce.

Elle s'y reprend à plusieurs fois pour couper une liane particulièrement récalcitrante.

– Les femmes sont le futur de l'humanité tout simplement parce que les gamètes porteuses des caractères masculins sont de plus en plus fragiles. C'est une tendance inexorable : toutes les espèces se féminisent pour acquérir de la résistance et devenir plus adaptatives. Logiquement les humains devraient évoluer pour devenir comme les fourmis : une société formée à 95 % de femelles et d'asexuées et à 5 % de mâles éphémères.

– Vous parlez maintenant comme mon arrière-grand-père. C'était un grand spécialiste de ces insectes.

– C'est à cause de lui que vous êtes là ?

– En partie. Il pensait que l'humain du futur tendrait à ressembler aux fourmis. En devenant plus petit, plus communiquant, plus social et plus féminin. Depuis 120 millions d'années, elles ont probablement connu toutes les crises que nous allons connaître et elles ont fini par faire les bons choix qui ont permis leur survie, alors que tant d'espèces qui se sont trompées ont disparu…

Sa machette dégage un passage dans le mur végétal de plus en plus dense.

– Et vous adhérez à cette vision pour le moins… excentrique ?

– En fait, c'est le thème de mon mémoire.

– Ah, je comprends pourquoi les fourmis vous « aiment » tant, ironise la fille.

Elle écrase une grosse araignée du plat de la main.

– Vous avez de la chance, bi'péNé Wells, de nous avoir rencontrés. Notre peuple ne se nomme pas « pygmées » comme vous vous en doutez. Le mot pygmée vient du grec *pygmaios*, unité de mesure correspondant à une coudée. Cette dénomination s'est ensuite appliquée aux populations dont la taille moyenne était inférieure à 1,50 mètre. Nous nous nommons entre nous les « Twa », ce qui signifie « les hommes ». Mais notre tribu s'appelle plus précisément « Twa Maku'nda », ce qui signifie hommes-fourmis. Nous avons pris ce nom parce que nous nous considérons avec fierté comme les plus petits pygmées.

— Pourquoi me parliez vous de racisme tout à l'heure ?

— Nous sommes le seul peuple au monde à propos duquel le statut d'être humain n'est pas encore complètement « clair ». Pour les bantous, l'ethnie majoritaire du Congo, nous ne sommes pas des humains. Ils ne nous reconnaissent officiellement que sous la pression des Occidentaux qui veulent se donner bonne conscience. D'ailleurs, pour la plupart des peuples noirs d'Afrique, nous sommes des « demi-singes ». C'est comme ça que les bantous nous appellent. Dans les entreprises bantoues où les pygmées travaillent, les sévices corporels existent encore. La semaine dernière, un pygmée a été fouetté à mort par un bantou parce qu'il l'avait regardé dans les yeux avec « arrogance ». Ils appellent ça « faire chicotte ». Encore maintenant, les soldats de l'armée nationale considèrent que s'ils sodomisent un pygmée, leur invulnérabilité aux balles augmente.

— Vous plaisantez ?

— J'aimerais bien mais l'affaire a été rendue publique par le témoignage d'un soldat de la 85e brigade, pas plus tard que le mois dernier. Vous voyez, je peux être précise. De manière plus générale, tous les bantous pensent qu'ils ont le droit de violer les femmes pygmées. C'est même considéré comme un traitement contre les crises de… lumbago.

— J'ignorais qu'on en était encore à ce point en plein XXIe siècle.

— Les bantous nous traitent comme une sorte de « bétail sexuel » et quand il y a des plaintes dans les commissariats congolais, elles ne sont même pas enregistrées. Qui s'en inquiète ? Le gouvernement de la RDC interdit aux associations de Médecins sans frontières de nous soigner. De toute façon, peu ont le courage de venir aussi profondément dans la jungle. Et même à l'ONU, il est difficile de faire reconnaître que nous souffrons de racisme. Parce que ce n'est pas politiquement correct de traiter des Africains de racistes !

– Vous n'exagérez pas ?

– En mai dernier, a eu lieu un grand concert, le festival panafricain de musique réunissant les musiques de toutes les cultures à Brazzaville. Le groupe de polyphonies pygmées a été le seul à ne pas être payé. Et comme hébergement, les organisateurs n'ont rien trouvé de mieux que de les parquer dans le zoo municipal en affirmant que « les pygmées sont plus à l'aise entourés d'animaux sauvages que dans des chambres d'hôtel où ils volent tous les objets qui traînent ».

David se mord la lèvre inférieure.

– Mais vous ne savez pas le pire. Comme ils étaient dans le zoo, cela s'est su et c'est devenu une attraction. Les touristes venaient et jetaient aux musiciens des cacahuètes à travers le grillage. C'était il y a quelques mois, pas en 1900 !

– Je n'étais pas au courant.

Elle s'arrête, la main crispée sur la machette, retenant difficilement sa colère.

– Qui se soucie des pygmées ? Nous sommes en voie de disparition, comme les pandas et les ragondins argentés. Nous n'avons même pas de passeport.

Elle frappe de sa machette dans un buisson.

– Mais si vous êtes à ce point exclus de tout, comment avez-vous réussi à faire vos études en France ?

– Dans tous les systèmes, il apparaît des individus que la difficulté motive. Quand j'ai eu 16 ans, j'ai quitté la tribu avec un désir : aller en France. J'ai fugué. J'ai marché longtemps vers l'ouest alors que ma tribu allait vers l'est. J'ai rejoint la route, j'ai atteint une station d'essence et là je me suis mise à attendre, à guetter. J'ai fini par repérer une voiture avec des bi'péNé, des Blancs quoi. C'était une équipe française de cinéma. Ils tournaient un film documentaire sur les perroquets. Sans parler leur langue, j'ai proposé de les aider. Ils ont fini par accepter. Je me suis rendue indispensable, leur indiquant les bons endroits pour trouver les oiseaux les plus rares. Comme rétribution, j'ai demandé à apprendre leur langue, à lire et à écrire. Et comme j'étais très motivée, j'ai vite appris.

Le chemin étant moins encombré, ils marchent plus vite.

— Ensuite je me suis débrouillée pour que le plus faible tombe amoureux de moi. Il a convaincu ses collègues, et tous se sont mis en quatre pour m'obtenir des papiers et me ramener en Europe. Ils ont fini par me trouver un statut de « réfugiée politique ».

— Vous l'avez épousé ensuite ?

— Ce bi'péNé était comme le premier étage d'une fusée, quand j'ai été en orbite, je l'ai largué. J'ai attendu d'avoir des papiers, d'être inscrite à la faculté de botanique et d'avoir une chambre dans les logements étudiants et là seulement, je lui ai dit que ce ne serait pas possible de continuer en couple. Il a fait une dépression.

— Vous n'êtes pas très gentille.

— La nature n'est pas « gentille » non plus. Elle procède par coopération ponctuelle, seuls les naïfs croient au mariage éternel. Cet homme m'a aidée, je l'ai aimé, mais cela ne nous oblige à rien. Vous, les Français, il vous en faut peu pour vous effondrer. Vous êtes bien douillets. Et puis vous aimez les routines. Il faut que demain ressemble à hier, sinon vous êtes perdus.

— Il ne faut pas généraliser. Ne soyez pas raciste à l'envers.

— Dès que j'ai commencé à m'instruire, je suis devenue assoiffée de connaissances. Pour moi, chaque leçon était un cadeau. Savoir que la Terre était sphérique a été une révélation. Savoir que les points dans le ciel étaient d'autres soleils, un émerveillement.

— Je peux comprendre.

— Je passais mon temps à lire, puis à expérimenter sur les plantes, ma spécialité. Les professeurs m'adoraient, j'étais la meilleure. J'avais une connaissance pratique de la végétation de la forêt qui les passionnait. Ce furent des années extraordinaires que ces années d'université à Paris. J'ai eu plusieurs amants, qui ne sortaient pas avec moi pour mon physique mais pour mon esprit. Ils disaient souvent qu'avec les autres femmes ils s'ennuyaient.

Elle éclate de rire.

– Le confort et la facilité endorment. Vous êtes des enfants gâtés blasés.

David est impressionné par ces confidences.

– Comment vous appelez-vous ? demande-t-il.

– Ah, vous me posez enfin la question… Je me nomme Nuçx'ia.

– Pas de nom de famille donc ? Et sur votre passeport, il y a inscrit quoi ?

– Nuçx'ia Nuçx'ia.

– Après vos études vous êtes donc revenue ici…

– J'avais un challenge : montrer que l'on pouvait réussir, même chez les bi'péNé. Cependant, l'appel de la forêt était le plus fort. Au bout d'un moment, les voitures, le béton, le plastique, la nourriture sans goût, les gens sans odeurs, les passants qui s'énervent pour des bêtises, tout cela me semblait dérisoire. J'ai eu envie de retrouver la forêt, ses parfums, ses couleurs, ses plantes et ses animaux. Ici, il y a la force vitale. Le sol de Paris ne dégage aucune énergie. Quand on marche sur l'asphalte, on ne ressent rien. Quand je marche ici, pieds nus dans la forêt, mes piles se rechargent.

– C'est ce qui vous rend plus résistants aux maladies ?

– Déjà aux maladies mentales. Chez nous, il n'y a pas de dépression, d'anorexie (la nourriture est trop difficile à obtenir pour la mépriser), pas de schizophrènes, de paranoïaques, pas de névroses, pas de serial killers. Nous savons apprécier la chance d'être vivants et connectés à tout ce qui vit, alors nous ne tuons que pour survivre.

Disant ces mots, elle écrase du talon un serpent.

– Et puis notre cerveau fonctionne plus vite. Savez-vous que l'homme moderne a un cerveau plus réduit de 10 % par rapport à l'homme des cavernes ?

– Et comment vous expliquez cela ?

– À force d'utiliser des machines avec des boutons, des manettes et des cadrans, vous ne savez plus rien faire. Vous avez perdu en dextérité, en habileté. Vos doigts ne savent plus nouer. Vos yeux ne savent plus guetter l'horizon. Vos oreilles ne reconnaissent plus les chants d'oiseaux. Les avez-vous seulement écoutés une fois ? Les radios et les télés sont allumées pour occuper tout l'espace visuel et sonore. Vous ne savez plus chasser, vous ne savez plus tisser, allumer des feux, renifler une piste, observer les nuages pour prévoir la météo. Aucun d'entre vous ne serait capable de fabriquer les objets qu'il utilise quotidiennement. Vous êtes devenus des handicapés de la vie. Voilà pourquoi je suis revenue dans « ma » forêt.

David regarde Nuçx'ia différemment.

– Merci.

– Merci de quoi, bi'péNé Wells ?

– D'abord de m'avoir sauvé la vie et ensuite de m'offrir cette vision du monde. Je suis content d'être là, ici et maintenant, avec vous. Disons que je me sens un étudiant assoiffé de connaissances dans votre université de la forêt comme vous l'avez été dans notre université de Paris-Sud.

– Le chef a signalé que vous n'êtes pas là par hasard. Il a dit que vous devez sauver le monde. C'est important, alors je dois vous aider.

La jeune femme le retient avant qu'il ne marche sur une grosse bouse fumante.

– Attention ! bouse de Ba'sa'ba'bangi'ya.

– Mais enfin, c'est quoi ce Basababang machin ?

166

57.

Les chevaux galopent crinière au vent.

Jamais Aurore n'a eu aussi intensément la sensation d'être libre. Le peu qu'elle a perçu de cette jeune femme rousse qui galope devant elle la fascine.

Le ciel s'assombrit. La lune se révèle derrière le voile des nuages. Autour d'elles, le décor change sous la lueur bleu tungstène de la lune. Les « cheminées de fées », protubérances rocheuses forgées par les vents, ressemblent à des sculptures de corps surgissant de la montagne.

L'Amazone galope vers une colline douce. Elle la guide sur des chemins de plus en plus escarpés. Soudain, au détour d'une piste, Penthésilée s'arrête, descend de cheval, accroche sa bride à un arbuste et invite la Française à faire de même.

Devant les deux femmes, une coulée de végétation fait rideau, dissimulant l'entrée d'un tunnel. Penthésilée allume une torche et Aurore l'imite.

Toutes deux descendent vers une succession de couloirs rocheux qui, par endroits, sont taillés en marches d'escalier. Au fur et à mesure qu'elles progressent, des chants résonnent au loin.

Aurore repère aussi un bourdonnement sourd. Puis une lueur se révèle au bout d'un tunnel.

Elles débouchent sous une voûte éclairée de centaines de torches où des femmes en toge jaune vaporeuse psalmodient une litanie devant une sculpture représentant une abeille. Aux quatre coins de la salle se dressent des ruches d'abeilles sauvages. Les insectes tournoient dans la pièce et leurs battements d'ailes génèrent une vibration continue en arrière-fond du chant des femmes. Au centre, un bassin d'eau claire est directement taillé dans la pierre.

À l'apparition des nouvelles venues, les Amazones cessent de chanter. La femme qui semble la plus âgée des prêtresses en toge jaune s'avance vers elles et, désignant la Française, interroge Penthésilée dans sa langue. Le ton monte et, comme avec la tavernière, Penthésilée est obligée de prendre un ton menaçant. La femme âgée vient vers Aurore et lui demande avec un accent prononcé :

— Qu'est-ce que vous êtes venue faire ici ?

— Elle est venue essayer de comprendre pourquoi nous ne mourons pas sous les radiations des déchets nucléaires toxiques, répond pour elle Penthésilée.

— Ce n'est pas à toi que je parle, je vous pose la question, mademoiselle.

La jeune scientifique sourit :

— Je suis en effet venue faire un reportage pour comprendre qui vous étiez. Et je veux aussi montrer que vous représentez une voie d'évolution possible de toute l'humanité. Enfin, je veux témoigner qu'un monde uniquement féminin peut très bien fonctionner sans problème.

Le bourdonnement des abeilles diminue d'intensité.

— Qu'est-ce que vous connaissez de nos problèmes ?

— Si vous êtes cachées, si vous vous inquiétez tellement de ma présence, c'est forcément que vous avez des ennuis avec le pouvoir officiel.

— Penthésilée XII est la descendante directe de la reine Penthésilée qui a combattu Achille durant le siège de Troie. Penthésilée XII est de sang royal et nous la respectons comme une reine avec toute la puissance symbolique de ce titre, mais c'est moi la grande prêtresse. Cette cérémonie est une cérémonie de prières à Gaïa pour lui demander de se calmer après la tornade d'hier soir. Vous pouvez comprendre que nous considérions, malgré l'avis de notre reine, que vous n'avez strictement rien à faire ici. Quant aux déchets nucléaires…

À nouveau la salle résonne du bourdonnement des milliers d'abeilles qui hantent le lieu.

– Je veux qu'elle participe au bain sacré, annonce Penthésilée.

– Impossible.

– C'est pourtant ce qui sera fait.

– Et pourquoi donc ?

Cette fois, la reine s'est placée à quelques centimètres de la prêtresse et d'une voix de confidences elle chuchote :

– Parce que je crois aux signes. Et que le fait que cette étrangère ait surgi le lendemain de la tornade me semble correspondre à la prophétie d'Ishtar. Je demande donc la procédure de « Communication sacrée ».

– À la place de la cérémonie des prières d'apaisement !? s'étonne la prêtresse.

– N'est-ce pas toi, Antigonia, qui m'a dit un jour : « Quand l'enfant crie, c'est qu'il veut communiquer ? » Je crois que cette femme est l'interprète que Gaïa nous a envoyée pour communiquer avec elle. Aujourd'hui précisément. Regarde la couleur de ses yeux. Ils sont dorés exactement comme dans la prophétie. Veux-tu prendre le risque de repousser celle qui est peut-être la « choisie » ?

La prêtresse inspire amplement.

– Vérifions d'abord si elle est acceptée.

Se tournant vers la nouvelle arrivée, elle ordonne :

– Déshabillez-vous.

Aurore ôte lentement ses vêtements puis reste en slip et soutien-gorge.

– Complètement.

Elle obtempère.

Antigonia va chercher un pot contenant une substance odorante dont elle badigeonne le corps nu d'Aurore. D'un autre pot, elle prélève une cuillère de pâte rouge qu'elle fait avaler à la jeune femme. La saveur tonique la surprend.

Le passage dans sa gorge la brûle alors que l'aliment est froid.

Penthésilée lui murmure à l'oreille :

– Quoi qu'il arrive, ne bougez pas, ne criez pas, essayez de ne pas pleurer. Restez à genoux.

Aurore se force au calme, attendant avec appréhension la suite des événements.

Soudain, une abeille approche et se pose sur son front, redescend sur la pointe de son nez, sur ses lèvres, sur son menton puis remonte sur le lobe de son oreille comme si elle explorait une plante. Puis une autre abeille la rejoint.

Bientôt, Aurore est recouverte de milliers d'abeilles qui forment sur sa peau une épaisse fourrure brune bruissante. Toujours à genoux, elle ne bronche pas. Même lorsqu'une abeille la pique sur la pointe de son téton, Aurore n'a qu'un frémissement. Puis d'autres abeilles la piquent de la même manière. La chercheuse en endocrinologie se souvient de ses cours de chimie : le venin des abeilles ne peut être mortel que si l'on est allergique, et ce n'est pas son cas. À travers les ailes des insectes posés sur ses paupières, elle distingue Penthésilée qui lui fait signe de « tenir bon ». D'autres piqûres se succèdent puis, soudain, toutes les abeilles décollent pour rejoindre leurs ruches aux quatre coins de la salle.

Antigonia s'approche et lui confie à l'oreille :

– Vous vouliez savoir comment nous sommes arrivées à rendre notre sang résistant aux radiations, eh bien voilà un début de réponse. Le mieux est que vous l'expérimentiez par vous-même. Comme on dit, « ce qui ne vous tue pas vous rend plus fort », alors voilà la première étape : soyez plus forte ou mourez.

La jeune chercheuse française sent son cœur qui s'emballe.

– Tenez bon ! lui lance la femme rousse.

Sa vision commence à devenir floue. La voix de Penthésilée se fait lointaine. Le regard d'Antigonia est un mélange de pitié et de réprobation alors que celui de Penthésilée s'empreint de déception. Son cœur ne bat plus du tout en rythme, il accélère et ralentit sans raison.

Le bourdonnement des abeilles devient assourdissant.

Here is the end, songe-t-elle juste avant de défaillir.

58. ENCYCLOPÉDIE : POISON ET MÉDICAMENT ABEILLE

L'apithérapie est la médecine par les abeilles. C'est une science qui prend sa source dès l'aube de l'humanité. Déjà les Chinois, les Égyptiens, les Hébreux, les Grecs, les Romains rapportent dans leurs livres de pharmacopée qu'ils utilisaient le miel comme cicatrisant, mais aussi comme traitement des problèmes intestinaux.

En l'an 50, le Grec Dioscoride préconise le miel pour soigner les problèmes de toux mais aussi pour amollir les prépuces trop serrés.

En Inde on l'utilise pour soigner les yeux, au Nigeria pour soigner les oreilles, au Mali pour soigner la peau.

La ruche contient plusieurs substances agissant différemment :

1) Le miel est un antiseptique. Il recèle une enzyme (le glucose-oxydase) qui produit de l'eau oxygénée naturellement. C'est aussi un cicatrisant grâce à son sucre qui, par osmose, assèche la plaie ; certains de ses composés déclenchent dans l'organisme humain la production de substances pro-cicatrisantes.

2) Le pollen. C'est une source de polyphénols antioxydants. Il est utilisé pour soigner certaines tumeurs.

3) Le venin du dard des abeilles. En dehors des cas d'allergie (4 % de la population), le venin est un antibactérien, un immunoprotecteur, un anti-inflammatoire, un anticoagulant et un radioprotecteur. Il accélère la circulation du sang, fait baisser la tension, et déclenche la production de cortisone. On l'utilise pour soigner les crises de rhumatismes.

4) La propolis. C'est le ciment organique qui sert à bâtir les murs de la ruche. C'est à la fois un excellent antifongique (contre les champignons) et un antibiotique (contre les microbes). Il est utilisé dans la pharmacopée un peu partout dans le monde contre les angines, les toux douloureuses, les vaginites, les problèmes de prostate, les aménorrhées, les inflammations de l'œil et de la bouche.

5) La gelée royale. Elle possède, elle aussi, des vertus antibactériennes, antivirales, anti-inflammatoires et fongicides encore supérieures à celles de la propolis. Elle réduit le taux de cholestérol, et de manière plus générale la fatigue nerveuse et musculaire.

Cependant les abeilles étant de plus en plus décimées par l'emploi généralisé des insecticides dans l'agriculture moderne, tous ces produits risquent de devenir des denrées rares voire de disparaître.

Edmond Wells,
Encyclopédie du Savoir Relatif et Absolu, Tome VII.

59.

Les yeux de l'animal sont injectés de sang, ses nasaux soufflent, il grogne et crache. De ses longs bras, il fend les broussailles tout en poussant des rugissements. Derrière lui, le vacarme de ses poursuivants se rapproche.

David Wells fait partie de ceux qui font claquer des bois secs pour participer à la battue. Les guerriers pygmées encerclent leur proie en le menaçant de la pointe de leur sagaie. Le Ba'sa'ba'bangi'ya est un gorille, un mâle dans le cas présent, d'au moins deux mètres de hauteur. Il fait tournoyer ses poings, frappe le sol avec vigueur en guise d'intimidation. Sur un signe de Nuçx'ia, placée en tête de la battue, tous les pygmées se mettent à chanter une polyphonie saccadée et aiguë qui trouble

172

l'animal. Les femmes lancent le filet sur le gorille. Les chants grimpent d'un ton dans les aigus. Plus ils chantent, plus le gorille se débat.

Puis un jeune pygmée sort du groupe des chasseurs. L'adolescent brandit sa sagaie.

— C'est son baptême, chuchote Nuçx'ia à l'oreille de David. Voilà comment les petits arrivent à vaincre les grands, explique-t-elle.

L'adolescent se veut menaçant, mais soudain le gorille déchire le filet.

Merveilleuse adaptation de ce primate aux hommes qui l'ont sous-estimé, songe David.

S'étant extirpé de sa prison de mailles, il leur fait face pour montrer qu'il est le plus fort et qu'il n'a pas peur. Aussitôt, les autres chasseurs viennent à la rescousse mais le gorille empoigne une sagaie et la brise en deux comme une simple brindille. Puis par un mouvement de rotation de ses bras démesurés, il repousse toutes celles qui sont à sa portée.

L'adolescent est tétanisé de peur. Gibier et chasseurs se font face sans qu'aucun n'arrive à obtenir un avantage décisif.

Alors David a une idée. Il montre un fruit au gorille et le mange devant lui, pour le narguer. L'animal éructe des naseaux. David montre un second fruit. Le gorille se précipite, bouscule les chasseurs, mais le Français a placé le fruit dans une cruche métallique, attachée par une chaîne à un arbre. Quand le gorille plonge la main dans la cruche, il parvient à attraper le fruit mais son poing, agrandi par la prise, ne passe plus le goulot. Il tire mais est retenu.

Le gorille, surexcité, ne veut pas lâcher le fruit. Ses yeux sont révulsés de rage. Alors, tranquillement, David prend une grosse pierre, se place derrière l'animal et, d'un grand coup à la nuque, assomme le gorille pourtant bien plus grand que lui.

L'adolescent pygmée peut désormais le piquer comme il veut. Ce qu'il fait en poussant un cri victorieux.

– Astucieux, murmure Nuçx'ia.

– J'ai lu ce stratagème dans l'Encyclopédie de mon aïeul, Edmond Wells.

– L'envie de posséder est un meilleur piège que nos filets et nos sagaies, reconnaît la jeune femme. Dire qu'il lui suffisait d'ouvrir la main et de renoncer au fruit pour être libre et sauver sa vie…

– C'est la meilleure illustration de la nécessité du « lâcher prise ». C'est un piège de vouloir garder ce qu'on croit nous appartenir.

Quelques minutes plus tard, le volumineux gibier est ficelé à une branche et porté sur l'épaule par six hommes qui chantonnent un autre chant polyphonique avec des cliquètements légèrement plus graves que dans le précédent.

Parvenu au campement, l'adolescent brandit la tête du gorille qu'il offre au sorcier Maye'mpa. Le vieillard le félicite, lui offre un collier avec un épluche-légumes en breloque, puis examine le trophée, chasse les mouches qui s'y agglutinent déjà, saisit une machette et l'ouvre comme une noix de coco.

Avec une cuillère à soupe, il prélève un peu de cervelle qu'il goûte en connaisseur et dépose dans un bol. La matière gluante et rose semble encore palpitante. Maye'mpa prend ensuite une liane et une racine qu'il dépose dans des bols et, avec l'aide d'un pilon, les écrase jusqu'à obtenir une pâte pour la première et une poudre pour la seconde.

David observe avec beaucoup d'attention la préparation. Il pense que cela doit être comme pour l'ayahuasca du Pérou. Là-bas, le chaman mélange les deux végétaux qui, associés, produisent un effet psychotrope qu'aucune des deux substances ne peut provoquer seule. Le sorcier Maye'mpa mélange la poudre de racine, la pâte de liane et la cervelle de gorille. L'ensemble s'amalgame en une purée ocre qui a une odeur de sang et de poivre.

– À quoi sert la cervelle de gorille ? questionne David.

Nuçx'ia lui chuchote :

– C'est juste pour le goût. Sinon c'est un peu amer.

– Ah ? Et ce ne serait pas possible d'avoir la même chose « sans » cervelle de gorille ?

Nuçx'ia ne se donne même pas la peine de traduire.

– Vous vous prenez pour qui, bi'péNé Wells ? Quand la liane est coupée, quand la racine est sortie du sol, quand le gorille est tué, il faut les ingurgiter. Nous l'avons fait pour vous. Respectez le travail accompli. Vous n'êtes pas au restaurant !

David examine à nouveau la mixture et la tête du gorille, les yeux encore ouverts, langue pendante. Son crâne est semblable à un œuf coque à moitié consommé. Il se dit que c'est la punition de ceux qui n'ont pas su ou pas voulu évoluer. Cet hominidé Gorilla gorilla, bien plus grand et plus fort que l'Homo sapiens, est sacrifié sans nécessité parce qu'il n'a pas su maîtriser le feu, fabriquer des outils, concevoir le filet, la sagaie à pointe métallique, le poison. Tout en observant le crâne béant, David pense que ce Gorilla gorilla n'a pas fait fondamentalement d'erreur d'espèce. Il a seulement oublié de progresser, il s'est contenté d'une vie sans difficulté pour se nourrir et se reproduire grâce aux avantages que lui offrait sa formidable force musculaire.

Malheur à ceux qui se font dépasser dans la course à l'évolution. Les traînards de la compétition sont transformés en ingrédients pour rendre les mixtures moins amères...

Et David se souvient avoir lu dans l'*Encyclopédie du Savoir Relatif et Absolu* qu'avant les singes, les lémuriens ont subi le même sort. Ils n'ont commis aucune autre erreur que celle d'être devenus « obsolètes ». Quand les premiers singes sont arrivés, ils se sont révélés plus agressifs, plus carnivores, plus sociaux que les lémuriens, à qui il ne restait plus d'autre issue que de fuir en masse vers l'île de Madagascar.

Le sorcier plonge trois doigts aux longs ongles noirs dans la purée ocre et la lui tend.

Nuçx'ia murmure :

– Vous devez manger, bi'péNé Wells.

David hésite, ferme les yeux et en grimaçant il approche sa bouche des trois doigts crochus du vieillard. À cet instant, il se dit qu'il pourrait la caler dans un recoin de sa bouche entre sa gencive et sa joue, et attendre pour la recracher plus loin (comme il le faisait enfant avec la viande rouge qui le dégoûtait) mais il voit que, derrière lui, les autres pygmées l'observent.

Le sorcier répète un mot qui signifie sans qu'il ait besoin qu'on le traduise :

– Mange !

Il entrouvre la bouche et les trois doigts aux ongles longs recouverts de purée puante s'enfoncent dans sa gorge. L'ignoble mixture tapisse sa langue et son palais, il avale et déglutit. Il attend.

Le sorcier Maye'mpa affiche un air satisfait.

David ressent une sorte de remue-ménage dans son estomac, puis soudain il vomit à la face de Maye'mpa. Ce dernier ne semble pas décontenancé le moins du monde, il essuie la substance.

Nuçx'ia s'approche de David et lui murmure :

– C'est normal. Au début, le Ma'djoba est toujours un peu difficile à appréhender. Ne vous inquiétez pas. Recommencez.

Le sorcier replonge ses trois doigts crochus dans la purée ocre. David observe la main en coupelle remplie de la substance fortement odorante. Il laisse la main s'enfoncer dans sa bouche. Il déglutit, a un haut-le-cœur puis vomit à nouveau.

– Désolé, je crois que cela ne marchera pas, annonce David qui commence déjà à se lever, dégoûté par l'odeur de son vomi qui envahit la pièce.

Nuçx'ia le retient par le bras d'une poigne ferme. Elle le force à se rasseoir, puis avec une cuillère en bois plonge dans le crâne du gorille et prend encore de la cervelle qui, de rose, a tourné à une couleur brunâtre.

– Il n'y avait pas assez de cervelle, décrète-t-elle.

Et elle mélange l'ancienne purée à la gelée grise pour obtenir une substance homogène.

– Si vous vomissez encore, je rajouterai les yeux écrasés pour rendre le Ma'djoba plus croquant.

La phrase suffit à le convaincre. Il avale une grande bouchée d'un coup. Le sorcier Maye'mpa fait signe à Nuçx'ia qui prend une sorte de longue pipe terminée par deux cornes creuses formant des embouts qu'elle place dans les narines de David. Elle allume le fourneau qui est au centre de cette pipe. Après avoir inspiré, elle lui souffle fortement la fumée dans les narines. David se met à tousser.

Le visage de Maye'mpa devient flou, sa voix prend de l'écho. David perd l'équilibre et part en arrière. Nuçx'ia, placée au bon endroit, ralentit sa chute et lui tourne le visage afin de lui éviter de s'étouffer s'il vomissait de nouveau.

Tout son corps est parcouru de légers frissons qui se transforment en convulsions. Au moment où il ouvre pour la dernière fois les yeux, il voit le visage de Nuçx'ia penché sur lui.

La jeune femme s'approche de son oreille gauche.

– Vous m'entendez, David ?

– … zgrew… vlou… voui…, articule-t-il avec difficulté.

– Vous ne pouvez pas partir complètement, vous allez garder le contact avec moi. C'est important, vous m'entendez ? Je vais vous parler et vous allez me répondre.

Elle a placé sa bouche à quelques millimètres de ses oreilles et parle dans le conduit auditif pour bien faire vibrer son tympan.

– … le contact … oui, bafouille-t-il.

– Je ne veux pas que vous circuliez n'importe comment, n'importe où dans le temps et dans l'espace. Je suis votre guide, je ne vous quitte pas, vous ne devez pas dormir, vous ne devez pas délirer, nous allons simplement sauter la barrière du voile du conscient pour toucher l'inconscient. Vous me comprenez ? Répondez.

– … Oui.

– Maintenant je parle à votre essence profonde qui sait tout et qui a toujours tout su. Votre « moi éternel » qui vient du passé, qui vient des étoiles, qui vient de l'étincelle première. Il ne s'appelle pas David, il s'appelle d'une multitude de noms et de prénoms. Et nous allons savoir comment il s'appelait avant, d'accord ?

– … Oui.

– Dans ce cas vous allez déplacer votre conscient dans un recoin de votre inconscient. Cet endroit est visualisable comme un couloir. Quand je prononcerai le mot « zéro », vous y serez. 10… 9… 8… vous vous approchez de ce couloir… 7, 6, 5… vous vous préparez à être là-bas… 4, 3, 2, 1…. Et zéro ! Vous y êtes. Vous voyez ce couloir blanc ?

Il fronce les sourcils puis se détend.

– Oui.

– Vous voyez les portes du côté gauche et du côté droit ?

– Oui.

– Approchez d'une porte. Qu'y a-t-il écrit ?

– Il y a… il y a une plaque de cuivre avec des lettres noires gravées dans le métal.

– Lisez.

– « SABRINA MORENO ».

– Ouvrez la porte. Que voyez-vous ?

– Je… je vois une vieille dame dans un hôpital en train d'agoniser. Un médecin lui fait un massage cardiaque. C'est qui ?

– C'était vous dans votre vie précédente. Vous étiez cette vieille femme. Fermez vite la porte. Les dernières secondes sont souvent pénibles.

David a envie de rester pour savoir ce qui lui était arrivé, mais la voix répète l'injonction plus fort dans son oreille et il referme la porte.

— Avancez dans le couloir.

Il obtempère.

— Que voyez-vous ?

— Des portes de part et d'autre. Avec des plaques et des noms gravés.

— Lisez.

— « MICHEL PÉLISSIER ».

— Ouvrez la porte.

Il tourne la poignée et voit un homme en uniforme de soldat français de la guerre de 14-18. Au coup de sifflet, tous les hommes sortent des tranchées et foncent en hurlant. L'homme qu'il a été est touché d'une balle en pleine poitrine qui l'arrête net dans son élan. Il tombe en arrière en se tenant le cœur d'où gicle du sang à travers l'étoffe.

— Alors ? Que se passe-t-il ?

— Je… je… je viens de me prendre une balle dans le cœur…, répond-il un peu hébété.

— Revenez. Vous avez compris : ces portes s'ouvrent sur la dernière scène de la vie inscrite sur la porte, explique la jeune pygmée. Vous n'avez pas besoin de les ouvrir toutes. Avancez encore.

Les noms en français laissent la place à des noms en anglais, indien, chinois, arabe, grec, maya. Puis en caractères inconnus.

— Allez jusqu'au bout du couloir. Que voyez-vous ?

Il marche, fébrile, entre toutes ces portes, et se retrouve au fond du couloir. Là il ne reste qu'une seule porte face à lui.

— Je suis au bout de l'impasse.

— Derrière celle-ci se trouve votre première vie sur Terre, signale Nuçx'ia. C'est celle-là qui nous intéresse car c'est celle-là qui a conditionné toutes les autres.

179

Il voit une inscription bizarre sur la porte. Elle est formée de trois dessins qui doivent correspondre à trois syllabes.

– Allez-y. Ouvrez.

Il appréhende de se voir mourir à nouveau, mais il surmonte cette crainte et ouvre d'un coup la porte. Une masse d'eau est sur le point de déferler sur lui.

– Fermez vite !

Il obéit sans réfléchir et toute l'eau reste miraculeusement derrière la porte.

– Maintenant vous pouvez rouvrir et nous allons choisir le moment précis où vous allez pénétrer dans l'écoulement de cette première vie. Que choisissez-vous comme scène ?

– Je ne comprends pas.

– Cette vie est comme un film, vous avez vu la dernière scène, et vous pouvez la revoir depuis le début. Cependant vous n'allez pas la voir depuis votre naissance, ce serait long et inintéressant. Vous pouvez, tout comme pour les disques vidéo, choisir une scène au milieu du film. Je vous conseille de choisir quelque chose d'agréable.

– Dans ce cas, je choisis… la plus belle histoire d'amour de cette première vie.

– Excellent choix. Alors ouvrez la porte.

Il tourne avec crainte la poignée et cette fois aucun mur d'eau ne surgit, seulement un pont suspendu qui s'enfonce dans la brume.

– Je vois un pont.

– Il va vous servir à transiter du présent au passé. Allez-y.

Il avance prudemment sur le pont, s'agrippant aux rebords tressés de cordes.

Il poursuit son avancée, se retourne et ne voit plus la porte derrière lui.

À ce moment, David sent ses perceptions changer, il se voit arriver de l'autre côté du pont et là il découvre un décor fantastique qu'il n'a jamais imaginé auparavant.

60.

Où en étais-je déjà ?

Mes premières expériences de fabrication de vie qui donnèrent mes premiers locataires : les bactéries, les algues, les virus...

Dans l'océan primitif toutes ces formes concurrentes se mirent à se confronter, à tenter de se manger les unes les autres et à évoluer.

Elles devinrent vraiment féroces.

Les stratégies s'affinèrent, devinrent plus subtiles.

Et il apparut un premier clivage entre des formes de vie « gibiers » et des formes de vie « prédateurs ».

Les gibiers investirent sur la capacité de fuite, le camouflage et l'aptitude à se reproduire en quantité.

Les prédateurs investirent dans les dents, les muscles, les griffes, les venins.

Et les prédateurs étaient mangés par les super-prédateurs.

Et les super-prédateurs tombaient sur des super-super-prédateurs : monstres massifs bardés de dents acérées, de mâchoires puissantes, de nageoires effilées.

Plus les prédateurs absorbaient les protéines de leurs gibiers, plus ils développaient leurs propres muscles et devenaient rapides et impitoyables.

Les autres espèces trop facilement repérables, lentes, ou à reproduction limitée étaient condamnées.

Les règles du jeu dès lors furent posées.

Et ces règles étaient :

« Le fort mange le faible. »

« Le rapide mange le lent. »

« Le carnivore mange l'herbivore. »

« Le super-carnivore mange le carnivore. »

L'océan devint une sorte de grande arène où tous luttaient pour tuer et ne pas être tués. Puis il y eut le jour où un poisson sortit de l'eau.

C'était il y a 521 millions d'années. Un matin au lever du soleil. J'ai perçu ses ondes cérébrales et j'ai ressenti chez lui une absolue panique.

C'était un herbivore, il faisait donc plutôt partie de la catégorie des victimes.

Il avait été blessé, mais il avait pu fuir de justesse et même s'il était au summum de l'angoisse, il n'était pas mort.

Il était hébété et avait très mal.

Il était dans le même état que moi quand Théia m'avait frappée.

(Sa « Théia » était une sorte de requin massif qui lui avait arraché un bout de peau dans le dos comme Théia m'avait arraché un bout d'écorce.)

La terreur a parfois la capacité d'éveiller.

Et c'est ainsi que ce poisson craintif s'est surpassé et a tout changé. Motivé par la peur, il est sorti de l'eau et s'est mis à ramper avec ses nageoires sur la terre ferme.

La vie était chevillée à son corps et il a survécu.

Il s'est reproduit, ses enfants se sont adaptés au milieu différent et se sont révélés capables de vivre hors de l'eau.

Après son exploit, d'autres inquiets l'ont copié.

Dès lors, la vie pouvait se complexifier hors de l'eau car le milieu terrestre offrait plus de possibilités d'action que le milieu aquatique.

Si bien qu'il y a 475 millions d'années apparurent des plantes avec des racines. C'étaient des algues qui, elles aussi, tentaient l'aventure de la migration hors de l'eau. Au début, ces plantes exploratrices s'installèrent près des berges, puis elles s'enfoncèrent dans l'intérieur des terres. Les algues devinrent des herbes, et partirent à l'assaut du continent. Les herbes furent surpassées

182

par les buissons, les buissons par les arbustes, les arbustes par les arbres. Ces derniers étaient la forme végétale la plus solide et la plus complexe. Des forêts se mirent à pousser sur ma surface.

Je commençais à avoir un duvet, puis des poils, et enfin une fourrure verte. Je me couvrais d'une épaisseur de forêt dense.

Après l'atmosphère, et l'océan, ce fut mon troisième manteau protecteur.

61.

Le bourdonnement des abeilles s'amplifie, devient assourdissant.

Aurore rouvre les yeux.

Je ne suis pas morte.

Elle entend les femmes parler dans leur langue, puis des mains la soulèvent, la déposent dans le bassin. L'eau est suffisamment salée pour la maintenir en suspension. Elle a l'impression que son corps est devenu objet et que sa pensée flotte au-dessus.

Penthésilée et les prêtresses se disposent autour d'elle. Toutes la touchent de l'extrémité de l'index. L'eau est tiède. Des relents de soufre filtrent du fond du bassin. Les torches donnent à la scène des lumières dansantes au gré des reflets de l'eau qui se projettent sur la voûte de la caverne.

Les chants des femmes se font plus amples. Les abeilles tournoient sous le plafond.

Alors la prêtresse éclaire une nouvelle zone de la caverne et révèle un immense quartz naturel qui jaillit du sol tel un monolithe translucide de plus de deux mètres de haut. Antigonia allume un système de haut-parleurs plaqués contre le cristal et déclare d'une voix profonde :

– Ô notre planète, ô notre Terre, ô Gaïa, nous les prêtresses d'Ishtar, nous sommes présentes pour la cérémonie de communication. Nous avons déjà été en contact avec toi il y a longtemps. Cette tornade nous laisse penser que tu souhaites à nouveau discuter avec nous, tes filles. Notre médiatrice est une étrangère aux yeux dorés. Elle est là. Elle a subi l'initiation. L'acceptes-tu pour servir de relais ? Nous entends-tu, ô planète, ô Gaïa ?

62.

Sous les paupières closes, les yeux de David s'agitent en tout sens.

– Que voyez-vous, bi'péNé Wells ? demande Nuçx'ia.

– J'arrive sur une plage. Je vois un homme et je sais que c'est moi.

La jeune pygmée traduit au chef sorcier et à la petite assistance qui les entoure.

– Quelle est cette époque ? Quel est ce pays ? Quel est cet homme ?

– Pour l'instant, je l'ignore.

– Comment est le décor autour de vous ?

– Ce sont des cocotiers... C'est étonnant.

– Quoi ?

– Ils sont tout petits. Ce sont des cocotiers bonzaïs de quelques dizaines de centimètres de haut !

– Que faites-vous maintenant ?

– Je vais me baigner. Autour de moi nagent des dauphins, mais eux aussi sont tout petits, on croirait des sardines. Et je peux toucher d'autres animaux aquatiques. Des baleines. Je joue avec des baleines à peine plus grandes que moi. En fait ce ne sont pas les cocotiers, les dauphins et les baleines qui sont comme des bonzaïs... c'est moi qui suis un géant.

David, surpris, est sur le point d'ouvrir les yeux, mais aussitôt Maye'mpa lui met la main sur les yeux et lui bourre la bouche de la purée ocre. Il avale puis se calme.

Nuçx'ia prend un ton plus impératif :

– Surtout n'ouvrez pas les yeux, quoi qu'il arrive. Continuez. Vous disiez que vous aviez la taille des baleines ?

– D'autres gens m'entourent. Ils ont tous la même taille que moi. En fait, par rapport à eux, je suis de taille normale. Nous sommes tous comme ça, bien plus grands que les arbres.

– Savez-vous où vous êtes ?

– Sur une île qui se nomme Ha-Mem-Ptha. Dans notre calendrier, nous sommes en 3754.

Il se concentre, et essaie de ressentir ce qu'il ressent, de penser ce qu'il pense, puis soudain se sent traversé par une intuition.

– Je crois que, plus tard, on appellera ce lieu autrement... on l'appellera...

Il fronce les sourcils.

– On l'appellera ? insiste Nuçx'ia.

– ... « Atlantide ».

– Comment vous nommez-vous, vous-même ?

– Je ne connais pas mon nom. Car je ne m'appelle pas moi-même. Quand je pense à moi, je dis « moi ». Je ne peux donc pas vous répondre.

– Comment vous sentez-vous ?

– Calme. J'ai une respiration tranquille. Jamais je ne me suis senti aussi bien.

– En quoi cette vision est-elle le début de votre séquence « plus belle histoire d'amour de cette vie » ?

– Je quitte la plage et je vais en ville, je longe une avenue et je tourne à droite pour rejoindre une taverne.

– Décrivez la scène.

– Des gens sont assis autour des tables, et on nous sert dans des chopes en bois des boissons qui sentent les épices. Un mélange d'odeur de malt, de miel et de cumin. Je salue les autres clients, je trouve une place, je déguste la boisson en appréciant chaque gorgée. Soudain la lumière s'éteint et la scène s'éclaire.

– Quelle scène ?

– Les rideaux coulissent. Et elle apparaît. C'est elle.

– Elle ?

– Comment s'appelle-t-elle ?

– Elle se nomme « Elle », comme moi je m'appelle « moi ».

– Que fait « elle » ?

– Elle danse. Elle mime un être qui se tortille et qui rampe, se lève progressivement. Elle se retourne, enlève une première couche de vêtements sombres et dévoile des pans multicolores semblables à des ailes de papillon. C'est la danse de la métamorphose de la chenille. Elle tournoie, virevolte, saute, semble voler. Sa danse est un hymne à la transformation des êtres.

– Bon, et maintenant, que se passe-t-il ? demande Nuçx'ia un peu impatiente.

– Il me semble que, tout en dansant, elle regarde furtivement dans ma direction. À la fin, quand son spectacle est achevé, elle vient vers moi. Elle me dit qu'elle est chercheuse, qu'elle connaît mon travail et qu'elle souhaiterait travailler avec moi.

– Quel est votre travail ?

David a les pupilles qui s'agitent plus vite sous la peau fine de ses paupières.

– Je suis un… spécialiste du rapetissement des êtres humains.

Soudain, un grondement suivi d'un sifflement aigu retentit. Il ne sait pas si c'est dans le passé ou dans le présent, là-bas ou ici, dans sa vie de David Wells ou dans celle de l'Atlante.

Nuçx'ia s'approche de son oreille.

– Nous avons un problème imprévu. Il faut que vous reveniez. Visualisez le pont. Vous marchez sur les lianes et vous vous enfoncez dans le brouillard, et retrouvez la porte. Vous rejoignez le couloir et vous le remontez en sens inverse. Zéro, 1, 2, 3 vous marchez sur le pont de cordes…

Le bruit autour d'eux augmente alors que tous les pygmées courent pour remplir des sacs. Nuçx'ia reste près de David.

– 4, 5, 6... vous vous préparez à revenir ici... 7, 8 quand je dirai 10 vous aurez rejoint la porte où il est inscrit « DAVID WELLS », vous ouvrirez la porte et vous ouvrirez les yeux... 9 et 10 !

Le Français soulève d'un coup ses paupières.

Le sol tremble, les feuilles de la hutte produisent une neige de poussières. Un vacarme provient de l'extérieur.

– Vite, pas le temps de vous expliquer, il faut partir, bi'péNé Wells, dit Nuçx'ia.

Encore un peu ahuri, les jambes flageolantes, il s'extrait de la hutte et voit les bulldozers entourés de fumées noires qui, tels des dinosaures aux mâchoires d'acier, font ployer les arbres millénaires de 60 mètres de haut qui craquent et s'affalent.

À l'avant, un bulldozer beaucoup plus grand que les autres porte l'inscription « LA TONDEUSE ».

Les troncs brisés émettent un craquement sinistre qui ressemble à un cri d'agonie.

– Oui, désormais je sais d'où me vient cette intuition du rapetissement des êtres...

La jeune pygmée le tire par la main.

– Pour l'instant la survie est dans la fuite. Filons vite !

– Mais où ?

Elle désigne vers l'est une forme triangulaire qui émerge de la brume.

– Le volcan Nyiragongo. Là où les bulldozers ne nous suivront plus. Il a toujours été le sanctuaire de notre peuple.

63.

Un « cercle d'esprits humains » s'adresse à moi.
Cela faisait longtemps que ce n'était pas arrivé.
Voyons où cela se passe.

Sur le territoire qu'ils nomment Turquie. Dans les montagnes.
Pas loin de la zone où j'ai lancé ma tornade.
Ça y est, je les identifie.
Des femelles humaines m'envoient des ondes demandant à dialoguer
comme j'ai appris à le faire à l'une des leurs, il y a très longtemps.
Donc elles savent encore faire un émetteur d'ondes psychiques…
Depuis le temps que j'attendais cela.
« Il faut que vous arrêtiez de me faire des trous. Plus de forages
pour le pétrole. Plus de bombes atomiques souterraines. »

64.

Ils courent dans la jungle. Face à eux, apparaît le volcan Nyiragongo qui fume. Derrière eux, les bulldozers poursuivent inlassablement leur travail de destruction de la forêt.

65.

– Ô Gaïa, toi qui as inspiré notre reine Ishtar, je t'en conjure, réponds-nous. Dis-nous pourquoi tu nous as envoyé les tornades, pourquoi es-tu en colère ?

66.

Vous vous comportez en parasites. Comme des puces sur un chien.
Et vous êtes trop nombreux. Un chien ne peut supporter autant
de parasites. Sinon il se gratte.
Arrêtez de proliférer.
Il faut que vous limitiez vos naissances.
8 milliards c'est trop.
Ne faites que les enfants que vous êtes capables d'aimer et d'éduquer.
Cela devrait réduire énormément la surpopulation humaine.

67.

Les prêtresses ferment les yeux, psalmodient une prière puis Antigonia leur fait signe de se mettre à genoux autour du cristal géant et de se tenir les mains en pensant très fort à l'âme de la Terre afin que celle-ci leur envoie un signe en retour.

– S'il te plaît, Gaïa. Parle-nous, nous t'écoutons. Ô notre planète. Ô Gaïa ! Réponds à nos prières, instruis-nous de tes désirs.

68.

HÉ HO, VOUS M'ENTENDEZ LÀ-DEDANS ! VOUS ME POSEZ UNE QUESTION, AYEZ AU MOINS LA POLITESSE D'ÉCOUTER MA RÉPONSE.
RESPECTEZ LE PÉTROLE QUI EST MON SANG.
RESPECTEZ MES FORÊTS QUI SONT MA FOURRURE.
RESPECTEZ-MOI ET JE VOUS RESPECTERAI.

69.

– Nous t'écoutons. Même le plus infime signe de ta part sera pour nous un moyen de te comprendre.

70.

Elles ne m'entendent pas parce qu'elles ne m'écoutent pas vraiment. Au lieu de me parler comme à une personne, elles me parlent comme à l'un de leurs dieux, du coup la communication n'est que dans un seul sens.
Tant pis, c'est fichu. Mais au moins, il existe chez quelques-uns une volonté de s'adresser à moi. C'est suffisamment rare pour mériter d'être mémorisé.

Je vais encourager ces filles en produisant des grosses bulles grâce à mon gaz de roche.

71.

— C'est un miracle ! Regardez, Gaïa nous répond en émettant des bulles !!!

Les prêtresses se mettent alors à entonner un chant d'allégresse qui monte et résonne sous la voûte illuminée par les torches.

Antigonia parle.

— Ô Gaïa, nous te présentons cette femme étrangère aux yeux dorés que tu attendais… Comment te nommes-tu ?

— Aurore. Aurore Kammerer.

— Utilise cette Aurore pour nous parler comme jadis tu nous as parlé à travers le cristal, l'eau, les abeilles. Ô Gaïa, nous t'écoutons.

72.

Alors c'est toi qui peux m'entendre ?

Écoute-moi bien, Aurore Kammerer, dis à tes congénères d'arrêter de se reproduire en quantité. Privilégiez la qualité. Autorégulez votre espèce.

Aurore ? Tu m'entends ? Elle n'entend rien. Et ces femmes non plus. Quel gâchis.

Il ne suffit pas de créer l'outil de communication, il faut aussi… l'utiliser dans les deux sens.

Je perds mon temps.

Ces humains ne savent pas entendre.

Et même s'ils entendent, ils n'écoutent pas.

Et lorsqu'ils écoutent, ils ne comprennent pas.

Le fossé est tellement large entre eux et moi.

Et ils ont une si faible capacité de perspective.

Par habitude, ils continuent de reproduire les mêmes schémas que leurs parents. Ils vivent dans le culte du passé. Mais si leurs ancêtres étaient si doués, ils ne leur auraient pas laissé une situation comme celle-là.

Il faut qu'ils arrêtent de vouloir rendre des comptes à leurs parents et qu'ils aient maintenant envie de rendre des comptes à leurs enfants. Comment leur expliquer cela ? Par la douleur ? Ils ne comprennent que par les catastrophes qui les font souffrir. Je n'ai pas vraiment le choix.

C'est leur douleur ou la mienne.

73.

Le volcan congolais Nyiragongo laisse échapper une torsade de fumées rouges. Les pygmées progressent malgré tout dans sa direction.

David questionne la jeune pygmée :

— Et si le volcan entrait en éruption ?

— Chez nous, le Nyiragongo est nommé le nombril du monde, car nous pensons que c'est de là que l'homme vient et c'est là qu'il va finir. Faire retour est le sens de toute fuite.

— « Faire retour » ?

— Quand les enfants sont malades, on les place au-dessus de l'endroit où est enterré leur cordon ombilical, ainsi ils se reconnectent à la période où ils étaient encore un embryon.

Le volcan fait vibrer le sol.

— Ici nous serons tranquilles, assure Nuçx'ia.

Elle montre les bulldozers qui derrière eux se sont brusquement arrêtés et opèrent un demi-tour.

— Pourquoi ?

— Parce que les bantous ont beau avoir assimilé les valeurs occidentales, ils savent qu'ici c'est une zone taboue.

Les pygmées ont dégainé leurs machettes et dégagent un chemin dans la végétation omniprésente. Ils entrent dans une clairière dominée par un unique grand arbre.

David voit les membres de la tribu commencer à construire des huttes hémisphériques avec des feuilles. Les gestes sont rapides, précis et efficaces.

— Il faut vous reposer maintenant, bi'péNé Wells.

— Nuçx'ia, je suis venu ici pour la science. Vous êtes scientifique aussi, pouvez-vous m'aider ?

— Que voulez-vous ?

— Je veux analyser votre sang pour vérifier s'il a un système immunitaire différent du nôtre.

Il ouvre son sac à dos, sort des appareils reliés à l'ordinateur. Nuçx'ia s'assied et tend le bras. Il prélève une faible quantité de liquide vermillon qu'il place dans un réceptacle où il dépose des gouttes de divers produits sur des lamelles. Il observe au microscope.

— C'est bien ce que je pensais ! annonce-t-il. Vous avez un système immunitaire beaucoup plus réactif, c'est pour cela que vous n'attrapez ni la malaria ni le chikungunya, ni la dengue.

— Il existe une autre raison, annonce-t-elle. Nous avons fait la paix avec la forêt. Il en découle naturellement une paix avec ses habitants, tous ses habitants, même les insectes, même les bactéries, même les virus.

— Je ne peux pas tomber dans ce genre de superstition.

— Et votre vision de votre première vie grâce à la séance de Ma'djoba ?

— Cela peut être un délire issu de votre drogue. Il m'est arrivé en fumant de la marijuana de me revoir homme des cavernes. Ça n'est qu'un ressenti onirique, rien de plus.

La pygmée semble exaspérée.

— Et les fourmis ?

— Nous avons fui devant elles. Sinon elles nous auraient dévorés.

– Vous vous trompez. Elles ne m'auraient pas causé la moindre blessure, car nous vivons comme elles, en nomades chasseurs-cueilleurs. Nous nous déplaçons quand il n'y a plus de gibier. Nous n'abîmons pas la forêt. Voilà la leçon des fourmis : déplacer la cité pour ne pas épuiser le sol.

La terre vibre encore en même temps que le volcan laisse échapper une nouvelle bouffée rougeâtre.

– Si vous faites la guerre aux moustiques, les moustiques vous font la guerre. Si vous faites la guerre aux arbres, les arbres se défendent. Si vous faites la guerre aux petites bêtes qui vont dans le sang, elles cherchent à vous détruire. Tous les animaux savent ça. Chaque action entraîne une réaction. Il n'y a que l'homme des villes qui a oublié cette loi universelle, parce qu'il ne voit même plus la nature au milieu de laquelle il est apparu.

– Ce ne sont que des mots. Ce qui m'intéresse est plus chimique.

– Vous êtes finalement comme ces moustiques que vous méprisez tant. Vous voulez juste pomper du sang.

– Votre sang est unique. Quand j'aurai trouvé votre gène de résistance, qui est peut-être lié au gène de la taille, ma théorie sera vérifiée.

Ils sortent et voient le volcan qui fume de plus en plus.

– Que vous le vouliez ou non, l'influence du milieu est plus importante que l'influence des gènes, bi'péNé Wells. C'est Lamarck qui a raison avec sa théorie du transformisme. Les êtres se transforment sous l'influence de leur environnement. Il est en totale contradiction avec Darwin qui croit seulement à une sélection des plus aptes.

Nuçx'ia lui montre une fleur en forme d'insecte.

– Regardez cette orchidée, elle a exactement la forme et l'odeur d'une guêpe de sexe opposé ! C'est un stratagème pour que l'insecte vienne l'ensemencer en croyant que c'est une de ses congénères. Pourtant ce végétal n'a pas d'yeux, pas d'oreilles, pas de nez. Encore moins de cerveau. Comment allez-vous expliquer avec un gène la capacité d'une orchidée à prendre la forme parfaite d'une guêpe ? Le simple hasard de la sélection des plus aptes ou la transformation du milieu ?

— Eh bien…

— Cette plante a un esprit. Elle a utilisé l'insecte pour réaliser son projet. C'est de la pensée, pas de la génétique. Ils ont passé un accord. Toute action positive entraîne dans la nature une réaction positive.

Il observe un groupe de femmes pygmées qui sortent de la nourriture d'un sac, allument un feu et commencent à préparer un repas.

— Vous êtes contre Charles Darwin ?

— Je suis pour Jean-Baptiste de Lamarck, le premier inventeur de la théorie de l'évolution qu'il expliquait par le transformisme, une théorie révolutionnaire exprimée plusieurs dizaines d'années avant celle de Darwin.

— Mais Darwin…

— Darwin affirme que certains naissent costauds et survivent, d'autres sont mal nés et disparaissent. C'est stupide. Moi, je crois que tous les êtres qui vivent ont la capacité de muter pour s'adapter. Tous. Ce n'est qu'une question de motivation…. Ou de qualité d'âme. C'est cela qui nous fait avancer.

À cet instant, elle s'approche de lui et elle l'embrasse sur la bouche.

— Vous n'en avez pas envie ? demande-t-elle.

— Si… mais enfin c'est-à-dire que…, bafouille-t-il surpris.

— Chez les pygmées, c'est un système matriarcal, explique-t-elle. Ce sont les femmes qui expriment leur désir. Y voyez-vous un inconvénient, bi'péNé Wells ?

Comme il semble un peu désorienté, elle prend l'initiative de l'embrasser à nouveau, le renverse en arrière, puis entreprend de le déshabiller. Elle-même se déshabille avec hâte.

Leurs corps nus sont moites de sueur. Dehors les insectes

vibrent, le volcan fume, la respiration de Nuçx'ia devient plus profonde alors que sa poitrine se dresse. Elle s'assoit à califourchon sur son corps, lui serre fort les poignets et le force à l'embrasser encore et encore. David a l'impression que dans ce décor toutes les sensations sont amplifiées.

Ils font l'amour. Le volcan ne cesse de vibrer, menaçant, mais ils n'y prêtent même plus attention. C'est la chaleur et la fatigue qui, au bout de deux heures, les amènent à s'étendre enfin l'un contre l'autre.

Nuçx'ia se lève, allume une pipe remplie d'herbe et la lui tend.

– C'est encore de la drogue pour me faire revenir dans mes vies antérieures ?

– Non, juste des feuilles sèches qui détendent. Cela s'appelle du... tabac.

Elle souffle la fumée ocre.

– J'ai accompli également une séance de retour dans mes vies antérieures. Moi aussi, je vivais en Atlantide, annonce-t-elle. Je me souviens de toi, tu étais un dragueur à l'époque !

Il ne répond pas, se demandant si c'est un reproche, si elle est sérieuse. Elle éclate de rire et lui caresse le torse, se concentrant sur ses tétons.

– Encore maintenant, beau comme tu es, tu dois rendre les filles folles de désir. Il y en a qui vivent chez toi ?

– En fait, je vis encore chez ma mère.

Elle s'esclaffe.

– À 27 ans !

– Un jour, je quitterai le nid familial. Peut-être grâce à toi.

– Comment ça ?

– Si je réussis à être sélectionné grâce aux découvertes que je ferai sur ton sang, j'aurai un labo et un salaire. Alors tu viendras. Nous défendons mieux la forêt à Paris qu'en fuyant devant la Tondeuse et en se cachant au pied d'un volcan encore en activité qui risque un jour de vomir sa lave.

– Tu ne dis que des bêtises, David, mais tu me fais bien rire. Embrasse-moi encore.

Ils font à nouveau l'amour et, doucement, le volcan s'apaise et s'endort.

74. ENCYCLOPÉDIE :
STADE D'ÉVOLUTION SELON LEARY

Le docteur Timothy Leary a eu une vie sulfureuse. Après avoir testé des champignons hallucinogènes au Mexique, puis être devenu un adepte des expériences sous LSD (ami de John Lennon, il inspirera « Lucy in the Sky With Diamonds », aux initiales signifiant LSD, ainsi que la chanson « Come Together » inspirée de son slogan pour être élu gouverneur de Californie). En 1963 Timothy Leary est exclu de sa chaire de psychologie à Harvard pour avoir distribué des substances hallucinogènes à ses élèves (il dira : « Ce qui me semble naturel, ce sont ces espèces végétales qui interagissent directement avec notre système nerveux ; ce que je considère comme artificiel ce sont mes quatre années à Harvard, la Bible, la cathédrale Saint-Patrick et les cours à l'école du dimanche »).

Après avoir milité dans des mouvements gauchistes américains dans les années 1970 et avoir été plusieurs fois arrêté par la police, il fuit en Algérie avec un Black Panther qui, arrivé sur place, à sa grande surprise, le prend en otage pour réclamer une rançon. Il s'enfuit en Suisse, se fait arrêter en Afghanistan. Il est extradé aux États-Unis. Après avoir coopéré avec le FBI, il est libéré en 1976 et il se tourne vers le yoga, la méditation, les voyages astraux. Il écrit des livres, notamment *Neurologic* (dans lequel il proclame : « Il n'y a pas de maladies mentales, il n'y a que des circuits nerveux inconnus ou mal explorés » ou : « La réalité intérieure est certainement plus importante que la réalité extérieure » et

enfin : « Il y a trois effets secondaires à la prise d'acide : cela détruit la mémoire à long terme, cela efface la mémoire à court terme et j'ai oublié le troisième effet »).

Atteint d'un cancer de la prostate, il fait enregistrer les derniers jours de son agonie en vidéo. Son dernier mot est « Beautiful ». Ses cendres ont été ensuite envoyées dans l'espace par une fusée.

Dans plusieurs de ses livres, Timothy Leary énumère les différents stades d'évolution de l'individu humain :

1. Le réflexe de la tétée.
2. Le réflexe de la nage.
3. Le réflexe de la reptation.
4. Le réflexe de la marche et donc la capacité de ne plus tomber en trouvant l'équilibre vertical.
5. Le réflexe de la course qui permet de trouver l'équilibre dans la vitesse.
6. Le réflexe de l'escalade avec la capacité à surmonter le vertige.
7. L'acquisition du langage descriptif puis du langage symbolique.
8. L'esprit d'invention symbolique.
9. La coopération sociale.
10. L'éveil de la sexualité.
11. La capacité de devenir des parents et d'éduquer sa progéniture.
12. La capacité à supporter la fin de la sexualité (ménopause et andropause) et à gérer sa fin de vie.

Ces évolutions sont des évolutions réflexes qui doivent se produire spontanément, cependant il existe d'autres évolutions plus personnelles qui vont varier selon la sensibilité des individus.

13. Le sens du plaisir. C'est la capacité à être attentif aux instants de ravissement de notre corps.
14. Le sens du beau. C'est notre capacité à nous ravir d'une simple composition visuelle ou auditive.

15. Le sens du partage. C'est notre capacité à partager notre perception du beau et du plaisir avec d'autres personnes intéressées, qui peut créer une fusion des esprits dans un même enthousiasme.

En dehors de cette perception purement esthétique du monde extérieur et intérieur, il y a d'autres niveaux d'évolution qui se poursuivent dans les technologies de pointe.

16. La capacité à se projeter dans des réalités virtuelles informatiques de type jeu ou monde artificiel psychédéliques.

17. La capacité à inventer des réalités virtuelles, programmations d'ordinateurs pour transmettre aux autres ses visions oniriques personnelles.

18. La capacité à utiliser la mémoire et la puissance de calcul des ordinateurs comme extension de son propre cerveau.

Enfin Timothy Leary ajoute une nouvelle série d'évolutions de l'individu moderne :

19. La conscience de son organisme en tant que masse de cellules, elles-mêmes programmées par un ADN.

20. L'invention génétique : l'envie de recréer des programmes génétiques différents du sien. Cela comprend non seulement l'envie de faire des enfants (système de création aléatoire) mais celle de les programmer en tant qu'œuvre d'art.

21. La symbiose : la capacité à trouver des coopérations entre organismes ayant des ADN différents. Fusion de plusieurs œuvres d'art biologiques existantes pour en former certaines n'existant pas encore.

Enfin, au sommet de la pensée de l'individu humain, Timothy Leary évoque les derniers stades de l'évolution.

22. La conscience de l'infiniment petit et de l'infiniment grand qui se trouve en nous.

23. La capacité à ne plus dépendre de la matière : expériences de sortie du corps par la méditation ou l'ingurgitation de substances psychotropes.

24. La capacité à fusionner avec d'autres entités de pur esprit, elles aussi libérées de la matière.

Edmond Wells,
Encyclopédie du Savoir Relatif et Absolu, Tome VII.

75.

Son esprit s'est élargi. Aurore Kammerer se sent soudain bien plus vaste que sa simple enveloppe de chair. Sa pensée est comme un disque qui formerait une collerette autour de son crâne. Et celle-ci s'étire sans limite, puis se replie pour former une sphère transparente. Cette bulle s'élargit à son tour, puis elle s'étire dans sa partie basse pour former une poire inversée. La pointe inférieure de son esprit bulle s'enfonce dans le sol à la recherche du cœur de la Terre. Elle ne savait pas qu'elle pouvait accomplir cela. Elle ne savait pas non plus qu'elle pouvait pointer vers le cœur de sa planète. C'est comme si une programmation ancienne s'était réveillée en elle. Jusque-là, elle se croyait limitée à sa peau, à son image dans le reflet des miroirs, attachée au sol par la loi de la gravité et soudain, sans même que les Amazones le lui aient suggéré, survient une expérience complètement neuve : il lui semble que sa pensée s'enfonce dans le sol, attirée vers le centre de la terre.

– Vite, la police est là ! s'écrie Penthésilée qui la secoue pour la réveiller.

Elle est déçue d'être interrompue dans ce qui lui paraissait une expérience extraordinaire mais qui en quelques secondes devient un simple rêve.

Ce n'était qu'un délire, probablement dû aux piqûres d'abeilles, rien de plus.

Autour d'elle, c'est la panique. Aurore se rhabille vite. Avec les autres femmes, elle rejoint un couloir qui mène à une caverne où se trouvent plusieurs chevaux.

Antigonia lance une phrase qui semble dire : « Dispersion immédiate ! »

Au loin, elles distinguent le nuage de poussière des jeeps militaires.

– Ils ont dû découvrir votre absence à l'hôtel. Et ils ont dû vous repérer par votre téléphone portable, dit Penthésilée. Vous vouliez savoir comment nous résistons aux radiations : vous avez un début d'explication : les abeilles en tant que vaccin. Maintenant, si vous voulez un petit approfondissement, suivez-moi.

Elles se mettent à galoper dans la direction opposée à celle des jeeps. À nouveau, la sensation de foncer à cheval accompagnée de cette superbe femme rousse la ravit.

Elle ne peut oublier cependant l'étrange émotion qu'elle a ressentie dans la caverne.

Je me sens désormais à l'étroit dans mon crâne. Il faut que j'oublie cette expérience et que je me concentre sur le présent.

Elle sent le vent dans ses cheveux courts, les flancs chauds de l'animal contre ses cuisses, la respiration du cheval qui rythme sa propre respiration. Elles filent sur des pistes longeant des ravins puis s'enfoncent dans une forêt de sapins.

– Attention, nous allons franchir la frontière, annonce la fille.

Elle a des difficultés à zigzaguer entre les arbres de plus en plus serrés. Enfin elles débouchent dans une clairière et franchissent une rivière.

– Ça y est, nous sommes en territoire iranien, et plus précisément près de Mahabad, au Kurdistan. Officiellement en Iran, l'« autre pays envahisseur ». Quand nous avons des problèmes en Turquie, nous nous cachons en Iran et quand nous avons des problèmes en Iran, nous nous cachons en Turquie. Si nous avons des problèmes dans les deux pays, nous pouvons aller jusqu'en Syrie ou en Irak. Ce sont les Kurdes qui nous ont enseigné cette stratégie de mobilité permanente.

La reine amazone la guide vers un promontoire puis désigne au loin un hangar ceinturé d'une clôture de barbelés électriques. Elle lui tend des jumelles et Aurore distingue des camions et des grues qui soulèvent des cylindres de béton. Des hommes en combinaisons protectrices intégrales les manipulent avec mille précautions.

— Voilà la nouvelle manière de se débarrasser des populations autochtones. Avant on faisait la guerre, on massacrait, on violait, puis on vendait les vaincus comme esclaves. C'est ce qui est arrivé à mes ancêtres de l'Antiquité quand elles ont perdu la guerre contre les Grecs puis contre les Romains. Au Moyen Âge, la technique est devenue plus hypocrite : on affamait et on empêchait les secours d'arriver. C'est encore la stratégie utilisée par les Somaliens, les Nigérians ou les Soudanais pour se débarrasser de leurs populations du Sud. Ici... ils enterrent des tonnes de déchets radioactifs pas loin des villages aux populations qu'ils jugent « indésirables ». Ils se font même payer pour ça par les pays qui veulent se débarrasser de ces substances dangereuses.

Aurore pose les jumelles et, profitant de la faible clarté de la lune, enclenche son smartphone en mode enregistrement audiophonique.

— Ce sont des bombes à effet retard. Les sarcophages de béton finissent par se fendiller, les nappes phréatiques sont touchées. Les plantes et les animaux sont les premiers atteints, ensuite les humains. Cela donne normalement des cancers de la thyroïde et des malformations sur les nouveau-nés. Qui penserait à accuser un gouvernement de « mal ranger ses ordures radioactives » ? Qui peut considérer que c'est une élimination voulue de population, alors que cela peut passer pour des cas fortuits de cancers ?

— Et pourtant vous avez l'air en pleine forme.

— Cela se nomme la mithridatisation. Mithridate était un roi dont le territoire se situait près d'ici d'ailleurs. C'était un allié des Amazones de feu mon aïeule. Sachant que les Romains avaient introduit un traître dans sa cour pour l'empoisonner à l'arsenic, il en a consommé tous les jours à dose infime. Il venait d'inventer le principe d'« adaptation progressive au pire ».

— C'est la même technique qui est utilisée pour les vaccins. Il suffit d'introduire une dose infime du germe pour que le corps réagisse et apprenne à le reconnaître et à le combattre.

— En tout cas, lorsque le poison a été versé dans sa nourriture, Mithridate a survécu.

Aurore suit avec ses jumelles le trajet des cylindres de béton, empilés puis enfouis dans une fosse.

— Nous aussi, nous avons progressivement muté pour supporter cet autre poison que sont les déchets radioactifs. Nous sommes probablement vaccinées contre cette horreur.

Aurore note rapidement les informations.

— Quel lien entre les abeilles et les radiations ?

— Elles ont survécu à Hiroshima et Nagasaki. Nous avons essayé de comprendre comment elles avaient pu tenir là où presque toutes les autres formes de vie ont été annihilées. Et vous savez ce que nous avons fini par trouver ? La stratégie des abeilles est de consommer de la gelée royale pour augmenter leur féminité dès qu'apparaît une menace mortelle. Les hormones féminines renforcent tout l'organisme. C'est pour cela que les femmes vivent en moyenne dix ans de plus que les hommes. C'est aussi pour cela que nous vous avons donné tout à l'heure de cette substance magique. Pour être un peu plus « comme nous ».

— C'est-à-dire ?

— Encore plus femme.

— Simplement avec de la gelée royale ?

— Nous avons amélioré le principe. C'est un produit que nous fabriquons en cachette : de la gelée royale humaine. En fait un mélange de gelée royale d'abeilles et d'hormones féminines humaines.

Aurore affiche une moue dégoûtée.

– Vous en avez consommé dans la caverne. C'est ce qui vous a permis de résister aux piqûres d'abeilles. Mais c'est aussi ce qui vous permet actuellement de résister aux radiations nucléaires.

La jeune femme aux cheveux courts et aux yeux dorés a un frisson.

– C'est la raison pour laquelle ce lieu est un sanctuaire. C'est désormais le nucléaire qui nous protège. Nous n'avions pas le choix, c'était cela ou disparaître. Nous avons muté et maintenant nos filles naissent « immunisées ».

Penthésilée regarde à son tour dans les jumelles, préoccupée.

– Il y en a un qui nous a repérées, ils vont être là dans cinq minutes. Filons.

Elles remontent à cheval et galopent. Elles ne vont pas loin. La reine amazone désigne un nouveau village composé de maisons troglodytes. Comme si elles étaient déjà averties, des femmes surgissent et les aident à cacher les chevaux.

De l'extérieur, le lieu ressemble à une paroi rocheuse recouverte de mousse. Seule une rainure permet, telle une antique meurtrière, de laisser filtrer un rai de lumière.

La reine amazone entre dans une maison, actionne un interrupteur qui illumine un lustre ancien en cristaux finement taillés. Le lieu déborde de tout un bric-à-brac d'objets anciens, donnant à la pièce l'allure d'un magasin d'antiquités ou d'une cachette de trésor pirate.

– Maintenant nous sommes tranquilles. Que voulez-vous encore pour votre « mémoire universitaire » ?

– Votre sang.

Le docteur Kammerer déploie son matériel de biologiste et, joignant le geste à la parole, fait une piqûre pour prélever une petite quantité de sang de la reine amazone. Elle place ensuite quelques gouttes sur des plaquettes à microscope. Sous la lentille de l'appareil portatif, elle trouve ce qu'elle cherchait.

– Vous avez raison : vos cellules sont beaucoup plus résistantes que la moyenne.

Penthésilée saisit le menton de la Française.

– Ce n'est pas le plus important. La seule question qui m'intéresse est : nous aiderez-vous, docteur Kammerer ?

– De tout mon cœur. Je montrerai au monde que vous avez trouvé la solution au pire.

Penthésilée relève ses longues mèches rousses.

– Cela dit, notre « différence » a un petit inconvénient. Ayant le double d'hormones féminines dans le sang, nous sommes deux fois plus femmes, deux fois plus résistantes, mais aussi deux fois plus… sensibles.

– Je comprends.

– Non, vous ne comprenez pas.

Alors Penthésilée saisit Aurore par la taille et la serre contre elle. Puis elle la jette sur le matelas posé à même le sol.

– Voulez-vous faire l'amour avec une reine amazone ?

76.

Mes petites bulles de gaz dans l'eau n'ont pas eu l'effet escompté. Tant pis.

Il me reste le nom de cette « Aurore Kammerer ». Je me souviens qu'elle était l'auteur d'un des projets d'évolution que je voulais suivre. L'autre était celui de David Wells. Il faut que je me penche sur ces deux sujets. Seraient-ils ceux que je dois « sélectionner » pour réaliser mon grand objectif ?

Où en étais-je déjà de la mémorisation de ma propre histoire ? Après la vie aquatique, la vie terrestre s'installait sur mes continents émergés. Mais, il y a 380 millions d'années, à nouveau, surgit mon cauchemar.

C'était un astéroïde géocroiseur qui mesurait le quart de la taille de mon précédent bourreau. La nouvelle Théia, appelons-la Théia 2, n'avait que 1 500 kilomètres de diamètre, mais elle était très dense.

Elle pénétra dans mon champ gravitationnel.

Propulsée à 20 000 kilomètres-heure, Théia 2 traversa toutes mes couches de nuages, s'enflamma sans se consumer complètement et le résidu vint percuter ma surface.

Le choc fut effroyable.

S'ensuivit un plissement de ma peau, ce que plus tard les scientifiques humains appelleront le « mouvement des plaques tectoniques ».

En me frappant, Théia 2 modifia encore mon axe de rotation qui passa de 15° à 19°.

Je m'illuminais d'éclairs, de foudres de colère. Il se mit à pleuvoir. Puis à faire très froid. Puis à faire très chaud. Puis à nouveau très froid.

La plupart des animaux de l'époque moururent. Ce fut une première sélection.

Après ces bouleversements, toute l'évolution de la vie accéléra. La plupart des espèces inadaptées aux nouvelles conditions climatiques disparurent. Un groupe particulier de lézards se mit à proliférer et à se diversifier.

Ce fut le règne des dinosaures.

Et parmi eux, une de leurs espèces bipèdes, plus tard baptisée par les humains « sténonychosaures ».

Ceux-là me semblaient les plus prometteurs. Ils communiquaient, ils faisaient la guerre en bande, ils commençaient à utiliser des cailloux qu'ils tenaient dans leur patte avant pour briser les coquilles des œufs récalcitrants. Ils semblaient prédisposés à aller vers les outils.

Ainsi, après la vie, l'intelligence était la deuxième étape de mon projet secret.

Et les sténonychosaures me semblaient les mieux placés pour passer à cette troisième phase.

J'investissais tous mes espoirs en eux.

J'espérais qu'ils deviendraient mes champions, aptes à me protéger de la prochaine attaque de cailloux venus de l'espace.

Cependant je ne fus pas assez rapide.

Alors que s'épanouissaient sur ma surface une belle flore, une belle faune, et un début de civilisation dinosaurienne, un astéroïde géocroiseur massif surgit une fois encore de nulle part.

C'était il y a 65 millions d'années. Théia 3 : 100 kilomètres de diamètre et une vitesse de 50 000 kilomètres-heure.

Je ne possédais, face à cette menace, aucune parade. Mes sténonychosaures n'avaient pas encore commencé à fabriquer de système de défense spatial. Ils en étaient loin.

J'étais complètement vulnérable.

L'impact avec Théia 3 s'est produit dans une région que les humains appellent maintenant le « golfe du Mexique ».

Le souffle de l'explosion a généré un raz de marée et projeté dans l'atmosphère une fine poussière qui a obscurci mon ciel pendant des mois.

Ce fut ma troisième grande douleur.

Les rayons du soleil n'atteignaient plus ma surface. Ce fut la nuit permanente pour tous mes locataires.

Incapables de survivre sans lumière et dans le froid, de nombreuses plantes moururent, suivies des herbivores qui les consommaient, puis de leurs prédateurs carnivores.

Ce fut une extinction en masse de la plupart des espèces vivantes que je m'étais donné tant de mal à faire proliférer.

Toute mon œuvre était réduite à néant.

En un mois, 80 % des forêts qui me recouvraient disparurent.

Le choc avait été si puissant que mon inclinaison s'était encore modifiée, de 19° à 23,5°, provoquant un changement de gravité. Les dinosaures ne tinrent pas le choc. Ils étaient trop grands, trop lourds, trop lents. Ils disparurent.

À nouveau, je regardai la Lune, épouvantable cristallisation de ma première grande blessure et je me demandai : « Qui pourrait me sauver au cas où un nouvel astéroïde ferait son apparition ? »

APOCALYPSE NIGHT

77.

— Moi, madame. Je suis là.

Gérard Saldmain répond à l'appel de son nom et se présente face aux neuf jurés de la promotion sur l'Évolution humaine à la Sorbonne.

— « Projet Fontaine de jouvence ». Docteur Saldmain, vous êtes de retour de Miami. Pouvez-vous nous expliquer en quoi votre mémoire sur la prolongation de la vie humaine va faire évoluer l'espèce ?

Le jeune homme explique d'un ton docte comment la réinitialisation des organes défectueux va être rendue possible grâce aux cellules souches et à la production de clones servant de réserves de pièces détachées. L'idée est : « Changer tout ce qui est usé au fur et à mesure que cela s'abîme. »

Christine Mercier écoute avec attention. Cette fois, le juré de gauche ne dort pas et semble passionné. La femme naine assise à droite prend des notes sur son smartphone. Au bout d'une demi-heure de développement, Christine Mercier demande aux autres jurés s'il y a des questions et Gérard Saldmain se livre à une explication plus détaillée de son projet.

— Selon moi, grâce au projet Fontaine de jouvence, on pourrait considérablement allonger la longévité moyenne mondiale pour passer de 70 à 200 ans.

– Et ce, sans avoir les inconvénients de la sénilité : maladie d'Alzheimer, incontinence, insomnie, tremblements, rhumatismes ?

– Parfaitement. J'imagine une évolution de l'humanité vers la sagesse et le recul qu'apporte la perspective de deux siècles d'existence. Imaginez la maturité d'esprit d'un homme de 200 ans. En vivant deux siècles, il a forcément envie de se battre pour la préservation de l'air et de l'eau, donc il devient automatiquement écologiste. Je pense que ce que je propose est non seulement une « révolution médicale » mais aussi une révolution politique et philosophique.

– Merci, monsieur Saldmain, pour ce brillant exposé sur vos techniques de rajeunissement.

Le jeune homme salue, retourne s'asseoir et attend.

Christine Mercier discute à voix basse avec ses collègues puis se tourne vers la salle.

– Finaliste suivant : « Projet Amazones », docteur Aurore Kammerer. Alors docteur, de retour de Turquie depuis hier, si j'ai bien compris. Pouvez-vous nous révéler l'avancée de votre mémoire sur la « résistance accrue aux radiations par la féminisation » ?

– Ce que j'ai découvert là-bas, c'est que ces femmes, dernières descendantes des antiques Amazones de Turquie, ont un taux d'œstrogènes qui dépasse de loin le dosage habituel. Cette particularité s'inscrit dans leur code génétique et leur donne une résistance « anormale » aux radiations atomiques. Reproduire cette mutation en stimulant la sécrétion de ces hormones féminines, pour les hommes et pour les femmes, signifierait selon moi rendre l'humanité plus résistante à ces mêmes radiations mortelles.

Les jurés chuchotent entre eux. Aurore Kammerer prend cela pour un encouragement.

– L'enjeu est d'autant plus important que les accidents de centrales nucléaires de type Tchernobyl et Fukushima se font de moins en moins rares, et qu'il y a un risque croissant de guerre nucléaire. Dès lors, une modification du code génétique ou un traitement hormonal profond, à la manière des Amazones de Turquie, pourrait ouvrir une voie de sauvegarde pour tous.

– Merci, docteur, nous pouvons passer au dernier finaliste. Le projet « Pygmée » du docteur Wells.

Le jeune homme s'avance.

– Mon projet a des liens avec celui du docteur Kammerer. Les pygmées du Congo ont développé un système de résistance aux bactéries, lié à leur mode de vie en contact permanent avec un autre poison : les microbes de la jungle. Ces microbes sont beaucoup plus nombreux et agressifs que ceux de nos contrées. La chaleur et la diversité de la faune et de la flore en sont responsables. Ici, ce ne sont pas les radiations, mais les infections qui ont forcé ces humains à muter pour devenir plus résistants. Selon moi, la forêt est en soi un remède et un facteur clé de l'évolution de l'espèce. Les pygmées sont génétiquement plus forts et résistants que nos citadins parce qu'ils vivent en totale synergie avec la nature. Ils se déplacent pour ne pas l'épuiser. Ils sont dans un total respect de leur biotope qui en retour les protège. Cependant, loin de reconnaître cet atout, le gouvernement de la RDC est en train de les faire disparaître en même temps qu'il détruit la forêt. C'est la raison pour laquelle il me semble urgent d'intervenir avant que leurs secrets de santé et leurs enseignements ne disparaissent avec eux.

– Merci, docteur Wells. Hum, nous avons appris pour votre père. Toutes nos condoléances, annonce Christine Mercier. Sachez que nous avons demandé que le portrait du professeur Charles Wells s'ajoute à ceux de ce mur comme « parrain de l'esprit de la salle de l'évolution ».

– Il en aurait été très fier, répond d'une voix neutre le jeune chercheur.

Christine Mercier reprend le micro.

– Bien, nous avons entendu les trois finalistes, il nous incombe maintenant de choisir lequel de vous trois sera le grand lauréat, l'homme ou la femme qui verra ses études non seulement encouragées, mais entièrement financées par la nouvelle branche Évolution de l'université de la Sorbonne. Je vous demanderai d'attendre dans la salle durant nos délibérations.

David et Aurore se rapprochent l'un de l'autre, ils quittent la salle ensemble.

– Vous...

Elle lui met un doigt sur les lèvres.

– Chut... plus tard.

Alors, mécaniquement, David sort son smartphone, place les deux écouteurs sur ses oreilles et lance le programme d'actualités télévisées. Elle s'approche de lui :

– Cela m'intéresse aussi. Je peux ?

Avant qu'il ait répondu, elle a saisi l'un des écouteurs et l'enfonce dans son oreille.

78.

FOOTBALL – Le superbe match de finale de coupe du monde de football qui s'est déroulé hier après-midi à Rio de Janeiro et qui a opposé la Chine au Brésil (aboutissant au score de 1 à 0 en faveur du Brésil) a été suivi en direct par 6,2 milliards d'êtres humains sur une population totale de 8 milliards ! Ce qui signifie que 6 humains sur 8 sont restés devant leur téléviseur pour suivre le match en direct et ce malgré les fuseaux horaires qui ont obligé certains à veiller très tard. 6,2 milliards, c'est un record. En comparaison, les premiers pas de l'astronaute Neil Armstrong sur la Lune en 1969 n'avaient bénéficié de l'intérêt que de 500 millions de téléspectateurs et la précédente finale de football de seulement 3 milliards d'individus. On peut considérer que désormais le football est le plus petit dénominateur d'intérêt commun de tous les habitants de notre planète.

BOURSE – La victoire du Brésil en finale de coupe du monde a entraîné une montée spectaculaire de la Bourse, et notamment de Wall Street, qui a vu le Dow Jones grimper de +2,5 %. Les analystes attribuent ce phénomène à l'ambiance « positive » qui, selon les prospectivistes, risque d'augmenter la consommation en donnant un tout petit peu plus envie aux gens de manger, s'amuser, faire du sport et aussi de faire l'amour. Il y aurait même déjà une incidence sur l'immobilier, les gens faisant l'amour prévoyant de devoir agrandir leur espace de vie.

TURQUIE – Après la tornade qui a dévasté la ville de Van à l'est de la Turquie, on compte encore 120 disparus. Il semblerait que les équipes nationales, militaires, infirmiers et pompiers, parviennent difficilement à organiser les secours. Le gouvernement d'Ankara a décidé de faire appel à l'aide internationale. Plus de trente pays se sont déjà portés volontaires, afin de fournir aux milliers de sans-abri des couvertures, des vêtements, de l'eau et des vivres.

CORÉE DU NORD – Suite au décès du dictateur nord-coréen Kim Jong-un, c'est son fils aîné Kim Jong-tran, âgé de 19 ans, qui lui succède dans la dynastie communiste. Dès son investiture, le jeune chef d'État a dévoilé ses objectifs : « Aux chefs d'État stupides et aux gouvernements corrompus qui n'ont pas compris la sublimité du règne de Kim Jong-un, je promets une lourde déconvenue. Plus que jamais, nous sommes décidés à poursuivre la politique prônée par mon père, mon grand-père et mon arrière-grand-père pour défendre les ouvriers, les pauvres et les opprimés du monde entier. Nous comptons poursuivre la voie de la militarisation accélérée du pays et en faire bénéficier les gouvernements amis qui nous suivent dans notre lutte pour la justice et contre les inégalités. »

Alors que la Corée du Nord se dote d'un armement nucléaire de plus en plus sophistiqué, les satellites d'observation européens ont révélé l'existence d'immenses camps de concentration dans le nord du pays. Selon Amnesty International, plus de 400 000 personnes y seraient internées dans des conditions abominables. Le pays subit en outre une nouvelle famine. Il semblerait que le dictateur utilise la faim comme un moyen d'affaiblir les populations jugées indociles. À ce jour, les journalistes étrangers et les organisations humanitaires sont toujours interdits de visa.

ARABIE SAOUDITE – Un avion de pèlerins iraniens s'est vu refuser le droit d'atterrir pour la grande fête du Hadj à La Mecque. Il s'agit selon le gouvernement d'Arabie Saoudite d'éviter les débordements de l'année précédente, où des chiites en provenance de Téhéran s'étaient battus avec des sunnites à coups de couteau, entraînant la mort d'une centaine de pèlerins des deux bords. Depuis le Hadj de 1987, où l'on avait assisté à La Mecque aux premiers affrontements entre pèlerins sunnites et chiites qui avaient fait 300 morts, les Iraniens étaient interdits de pèlerinage. Ce n'est qu'en 2011 que les Saoudiens les ont à nouveau autorisés à venir à La Mecque. Tout semblait apaisé mais les récents troubles au Bahreïn et dans l'est de l'Arabie Saoudite, à Axamiya, ont poussé le prince héritier à interdire une nouvelle fois le pèlerinage aux Iraniens. On estime que le nombre de pèlerins avoisinera les 13 millions d'individus.

ÉLECTION DE MISS – Après de longues délibérations c'est finalement Miss Albanie qui a été élue Miss Univers. « C'est une grande revanche pour notre pays qui a souvent souffert d'une image négative et a systématiquement été éloigné des podiums », a déclaré l'heureuse élue, Bardhulina Jashari mesurant 1,82 m et dont les mensurations sont de 60-90-60. « Mon secret de beauté est de manger beaucoup de carottes », a confié

214

la jeune fille à peine âgée de 21 ans. Elle espère faire carrière dans le cinéma grâce à ce prix.

AGRICULTURE – Nouveau scandale. Des vaches auraient été nourries avec des farines animales à base de cadavres de moutons, provoquant des atteintes du système nerveux. Consommée par l'homme, la viande aurait causé une dizaine de cas de maladie de Creutzfeldt-Jakob. Le ministre de la Santé a déclaré, je cite : « Décidément, l'expérience ne sert à rien. Les erreurs se reproduisent, à peine séparées par le temps que nous mettons à les oublier. Si les agriculteurs utilisent à nouveau les farines qui ont provoqué tant de dommages, il y a quelques années, c'est au nom de la rentabilité. Ils ont simplement oublié le coût humain. » Dans le cadre de l'application du principe de précaution, le ministère de l'Agriculture a ordonné l'abattage d'une centaine de milliers d'animaux suspects.

IRAN – Après la nouvelle manifestation « Où est mon vote ? », la police a encore tiré à balles réelles sur la foule, faisant une dizaine de morts, et a procédé à des milliers d'arrestations. Malgré les intimidations, les étudiants sont déterminés à revenir pour réclamer la démocratie et la liberté. Le conseil des ayatollahs a demandé au président Jaffar de réagir avec la plus grande fermeté. Les procès expéditifs et les pendaisons publiques se multiplient. Une étudiante canadienne a été arrêtée et le président Jaffar a annoncé, je cite : « Nous sommes sûrs que cette jeune femme est un agent secret à la solde de l'entité sioniste ennemie. Elle finira par avouer et les responsables paieront lourdement pour cette provocation. » Afin de prouver sa détermination, il a aussitôt ordonné un nouvel essai nucléaire souterrain dans le nord du pays, une zone désertique proche de la frontière turque.

ISRAËL – La première ministre israélienne, Gaëlle Toledano, a pour sa part affirmé qu'elle n'était pour rien dans ces événements de stricte politique intérieure iranienne, et que le président Jaffar ferait mieux d'enquêter sur les fraudes électorales dans son pays plutôt que d'extorquer, sous la torture, des aveux à des étudiantes étrangères innocentes. La première ministre n'a cependant pas pris la menace à la légère. Elle a fait appeler ses réservistes et mis son pays en état d'alerte de niveau 2.

MÉTÉO – On observe des grands vents chauds sur toute la zone nord de la France. Ces vents pourraient être liés à un accroissement de l'activité solaire elle-même.

79.

Qui pourrait me sauver des prochains astéroïdes géocroiseurs ? Quelle espèce pourrait avoir la technologie pour fabriquer l'engin capable de réduire en miettes cette menace ?

Après les grands lézards, je misais sur les insectes.

Et tout spécialement sur deux espèces : les cafards et les guêpes.

Pour survivre aux cataclysmes, ils avaient muté et étaient devenus encore plus petits et plus solidaires.

Les cafards avaient évolué pour se transformer en termites. Plus petits et plus sociables, ces derniers bâtissaient non plus des nids mais des cités aux murs solides et aux règles de vie complexes. Elles réunissaient non plus des dizaines, mais des centaines de milliers d'individus sur un même lieu où tous coexistaient parfaitement et arrivaient à avoir des projets collectifs.

Les guêpes avaient évolué vers deux sous-espèces : les abeilles et les fourmis. Elles aussi avaient choisi la voie de la socialisation et, tout comme les termites, elles devinrent architectes de grandes cités contenant des milliers, voire des millions d'individus.

Je m'intéressais particulièrement aux fourmis, non pas pour leur nombre ni la taille de leurs cités, mais parce que c'étaient celles qui progressaient le plus vite. Elles étaient les plus curieuses, les plus adaptatives, les plus évolutives, les plus ambitieuses.

La forme de leurs corps était si variée qu'il existait des espèces de 0,6 millimètres et des espèces de 6 millimètres ou même de 6 centimètres. Leurs mandibules très précises permettaient de saisir, de couper, de soigner. Leurs cités étaient bâties soit sous forme de dômes, soit sous forme d'entrelacs souterrains.

À mon grand étonnement, les fourmis ne m'apportèrent que des bonnes surprises.

Non seulement elles n'occasionnaient aucun dommage à mon épiderme, mais elles l'aéraient, le débarrassaient des cadavres des animaux nettement plus gros, participaient à la fécondation des plantes, répandant même les graines des arbres loin de leur point de chute. C'était surtout leur capacité d'apprendre et d'évoluer qui m'impressionnait. Elles avaient développé rapidement l'agriculture (culture de champignons et de radicelles), l'élevage (de pucerons), la chimie organique (salive antibiotique), l'urbanisme (système de solarium, d'aération souterraine, la gestion des nappes phréatiques, la construction de salles très larges et de loges solides incluses dans des souches d'arbres). Elles se révélaient bien plus performantes que leurs ancêtres guêpes et que leurs concurrentes termites et abeilles. Non seulement elles bâtissaient des mégapoles, mais elles créaient des fédérations de cités solidaires, réunies par des pistes et des souterrains. Au sein d'une même fédération elles parlaient toutes le même langage olfactif et elles pouvaient communiquer sur des distances de plusieurs centaines de mètres grâce à un langage d'ondes.

C'est grâce à ce langage ondulatoire que je pus leur inspirer à mon tour des pensées pour qu'elles ne soient pas obnubilées par la peur et la faim comme tous mes autres locataires.

Leurs reines notamment étaient très réceptives.

Selon le principe qui consiste à aider les gagnants, je commençai à leur inspirer la construction de pyramides et le placement d'émetteurs-récepteurs aux deux tiers de la loge royale afin qu'ils amplifient les ondes et que l'on puisse passer ainsi à la phase quatre, une des plus délicates : le dialogue entre elles et moi.

Je leur suggérai mon grand projet. Fabriquer un vaisseau spatial destructeur d'astéroïdes. C'était mon obsession, je ne souhaitais pas que mes locataires soient seulement intelligents et communicants, je voulais qu'ils soient aussi « protecteurs ».

Bien que très évoluées, il leur manquait toutefois :

1) des pattes à capacités préhensibles,

2) des yeux en façade capables de converger pour offrir une vision relief et mesurer les distances,

3) la position verticale les autorisant à voir loin.

Les fourmis étaient un premier choix logique qui s'avéra une impasse.

Il fallait donc que je change de champions. La question que je me posai dès lors était : « Puisque les dinosaures et les insectes sociaux s'avèrent décevants, quel animal peut réaliser mon grand projet ? »

80.

La lune est au-dessus d'eux, les éclairant d'une lueur vaporeuse.

— Et voilà, c'est nous les « heureux perdants », reconnaît David en levant sa coupe de champagne.

— De toute façon nous ne pouvions pas gagner. La plupart des jurés ont plus de 70 ans. Gérard Saldmain leur parle de ce qui les concerne au premier chef : « vivre plus longtemps ».

Ils les observent félicitant l'heureux lauréat, venu une nouvelle fois accompagné de son vieux géniteur.

— Finalement, votre amie Christine ne vous a pas fait gagner, remarque-t-il.

– Je lui fais confiance pour m'avoir soutenue jusqu'au bout. Je suis sûre qu'elle vous a de même défendu, docteur Wells, en deuxième choix possible. C'est vraiment quelqu'un de fiable et de sincère.

– Alors portons un toast aux projets abandonnés, propose-t-il.

– Qu'allez-vous faire, maintenant ?

Elle soupire.

– J'hésite entre biologiste pour centre de fécondation in vitro ou…

– Ou ?

– … danseuse dans un cabaret.

Il sourit.

– Et vous, docteur Wells ?

– J'hésite aussi entre biologiste pour centre d'animaux miniatures ou… chômeur.

Ils se regardent et pouffent de rire, complices, tout en sirotant leur boisson ambrée, le nez dans leur coupe.

– Excusez-moi, je profite des effets de l'alcool pour m'autoriser une question indiscrète : en dehors de votre mère, quel est votre genre de femmes ?

– En effet, vous avez des questions un peu… intimes. Mais je profite moi aussi de la fantasmagorie des bulles pour vous répondre : des femmes de petite taille, sinon j'ai l'impression d'être dominé. Pour moi, l'idéal, ce sont… les femmes enfants, les lolitas. L'actrice Natalie Wood par exemple, petite poupée fragile que l'on peut protéger.

– Vous avez des photos de votre dernière petite amie ?

Il n'exprime aucune surprise et montre une photo de Nuçx'ia.

– Elle est très mignonne, mais c'est vrai qu'elle fait vraiment petite et jeune.

– Elle est pourtant plus âgée que moi. Elle a 31 ans et elle est pygmée. Je l'ai rencontrée durant mon étude au Congo. Et vous ? En dehors de Christine, quel genre de femmes vous fait vibrer ?

— Tout le contraire. J'aime les femmes très grandes et très fortes. Pour moi, l'idéal, c'est Greta Garbo. Puissante et charismatique.

— Voilà donc le sens de l'évolution que nous allons donner à nos descendants : Greta Garbo ou Natalie Wood.

David la fixe avec gravité.

— Qu'est-ce qu'il y a ? demande-t-elle troublée.

— J'ai encore l'impression que nous nous connaissons depuis longtemps.

— Peut-être étions-nous dans le même hôpital, la même crèche, la même maternelle et nous avons oublié, élude-t-elle.

— Non, ce n'est pas ça. C'est autre chose que j'ai du mal à définir. Quelque chose de plus diffus. Peut-être une autre vie.

— Je ne crois pas à la réincarnation, mais plutôt que nous ne nous sommes jamais rencontrés et que vous continuez de me draguer.

Elle esquisse un sourire énigmatique.

La présidente du jury Christine Mercier surgit entre eux.

— Ah, Aurore ! Où étais-tu ? Je te cherchais partout. Ne m'en veux pas, s'il te plaît ne m'en veux pas. Je n'ai rien pu faire. Ce sont des vieux, ils voulaient avantager le projet des vieux.

— Nous en parlions justement au moment où tu es arrivée.

— Ils imaginent que s'ils avantagent ce projet, ils vivront eux-mêmes plus longtemps. Tu t'imagines une société où il n'y aurait que des bicentenaires ?

Christine fait un geste de dégoût et enchaîne.

— Si tu savais, Aurore... Je me suis fait tellement de souci, surtout avec cette histoire de tornade. Quand les autres m'ont avertie, j'ai eu vraiment peur.

– Bon, eh bien je vous laisse, annonce David. Bon travail de biologiste en procréation in vitro ou de danseuse de cabaret, docteur Kammerer.

– Bon chômage. Vous qui croyez aux réincarnations, admettez que cette vie n'est pas celle où nous pourrons influencer le futur, lance-t-elle taquine.

81.

– Mais pour qui il se prend ! Eh bien laissez-moi lui dire que jeudi à l'ONU, je voterai contre sa résolution.

Le président Stanislas Drouin raccroche son téléphone, repousse les trois jeunes femmes qui sont encore dans son lit et va prendre une douche.

Il se sèche et demande aux trois jeunes militantes de son parti de rentrer chez elles.

– Allez, mesdemoiselles, il faut que vous me laissiez travailler. Je crois que vous aussi vous avez de quoi vous occuper. Si nous nous laissons trop aller, je ne serai peut-être pas réélu, et alors nous serons tous… dans l'« opposition ».

Il a prononcé ce mot avec une moue dédaigneuse.

– Oh, non pas l'opposition ! répondent en chœur les trois filles, puis elles se pressent contre lui et, mutines, réclament des baisers.

– À moins que vous soyez suffisamment cyniques pour coucher avec mon adversaire politique qui ressemble à un petit goret joufflu !

Il éclate de rire. Elles se rhabillent, soudain pressées de partir. Revenu dans la chambre contiguë à son bureau, Stanislas Drouin s'aperçoit que l'une d'elles a oublié son soutien-gorge. Il sait que c'est juste un prétexte pour revenir. Il range l'objet dans un tiroir puis s'habille à son tour en fixant la photo de sa femme et de ses enfants. Il ne peut expliquer le phénomène, mais chaque fois qu'il fait l'amour avec ses maîtresses, il a une bouffée d'affection pour son épouse.

Il ouvre l'agenda, remarque qu'il y a un « point économique » et un « point social » suivis d'une réunion stratégique de son comité de réélection.

– Quelqu'un vous attend, annonce une voix à l'interphone.

– Qui ?

– C'est « qui vous savez ». Elle attend dans la salle depuis ce matin.

Il se dirige vers son bureau, sort la cocaïne de son enveloppe, son tube d'argent, et inspire un rail d'un coup. Tout en faisant pénétrer les cristaux précieux dans son sang, il se dit qu'il devrait durcir la loi antidrogue.

Cela a toujours été l'une des règles des grands chefs : punir ceux qui se comportent comme eux. Les présidents partouzeurs ont fait voter les lois contre la pornographie. Les présidents corrompus ont fait voter les lois contre la corruption. Les présidents drogués ont fait voter les lois contre la drogue.

Il repense à son idole, Kennedy, dont le père, trafiquant d'alcool frelaté durant la période de la prohibition, a été nommé commissaire à la lutte contre l'alcool.

Si les électeurs savaient.

Il repense de même aux émirs qu'il a rencontrés en Arabie Saoudite.

Ils interdisent la consommation d'alcool et se saoulent tous les soirs au whisky pur malt. Ils interdisent strictement les rapports sexuels en dehors du mariage et se font livrer des charters entiers de call-girls scandinaves. Ils annoncent partout qu'ils sont les alliés de l'Occident et financent les groupes terroristes extrémistes.

Il repense au président de Tanzanie qui lutte contre le braconnage, agrandit les parcs animaliers protégés, et chasse l'éléphant au bazooka en tirant depuis son hélicoptère personnel.

Quoi de plus valorisant que l'autorisation d'être le seul à faire ce qui est interdit aux autres ? Que croient les gens ? Que nous, les leaders, nous sommes donné tout ce mal pour avoir seulement un salaire de haut fonctionnaire ? Sans parler des inconvénients :

plus de vie privée, tous nos gestes surveillés par les médias, les attaques et insultes incessantes des chefs de l'opposition et des humoristes. Il faut bien que nous ayons des compensations.

Il fixe à nouveau la photo de sa femme et de ses enfants.

Il n'y a jamais eu, depuis la préhistoire, de chef non corrompu, quelles que soient les tendances politiques. Jamais. Les communistes et les fascistes étant souvent les pires. Précisément parce qu'ils sont censés être les défenseurs zélés du peuple, ils peuvent tout se permettre.

Le président Stanislas Drouin ressent la cocaïne qui commence à faire son effet, et il se sent d'un coup l'homme le plus important du pays et même du monde. Il sait que, dans quelques secondes, il va avoir face à lui une femme étonnante qui va lui donner une perspective sur l'histoire des quelques dizaines, centaines, voire milliers d'années à venir. Il se dit qu'il est probablement le seul président à s'offrir ce luxe : une fenêtre ouverte sur le futur. C'est un simple jeu intellectuel mais là où il est placé, il peut légèrement influer sur la sixième puissance économique et militaire du monde, qui peut elle-même influer sur toutes les nations.

Oui, le colonel Natalia Ovitz me donne un avantage sur tous mes opposants et sur tous les présidents étrangers. Eux, ils ont leur astrologue, moi, j'ai ma futurologue. La seule femme qui pense scientifiquement à l'évolution de l'espèce dans sa globalité. Elle m'a poussé à créer cette chaire d'Évolution à la Sorbonne. Plus tard, on dira que c'est moi qui l'ai inventée. La chaire « Drouin ». Et j'aurai au moins ma photo en grand dans cette prestigieuse université. C'est mieux que les médailles.

Il a envie d'appuyer sur le bouton pour déclencher l'arrivée de son invitée mais la cocaïne lui donne un petit frisson acide désagréable et il se dit qu'il vaut mieux attendre qu'il se calme. Il ferme les yeux, a un flash où il voit le monde de loin comme les premiers astronautes ont vu la planète. Il perçoit dans son sang le flux de ses milliers d'ancêtres.

223

Tous ces esprits qui se rejoignent en moi.

Puis il voit des milliers de visages d'enfants.

Toutes ces vies à venir. Et la moindre de mes décisions qui peut tout changer pour l'ensemble de mes congénères....

Un jour, ils répéteront mon nom dans leurs cours d'histoire. Ils devront se réciter les dates de ma naissance et de ma mort sinon ils seront recalés aux examens. Il y aura probablement des rues, des avenues, des places à mon nom. « Pardon, monsieur, pouvez-vous m'indiquer la place Drouin, s'il vous plaît ? » Et pourquoi pas une statue ? Oui, une statue sur la place de la Concorde. Et peut-être un aéroport. « Voulez-vous un billet pour un New York Kennedy Airport to Paris Drouin Airport ? »

Cette idée le ravit, et ce qui semblait un bad trip se retransforme en good trip. Il inspire un grand coup.

Je suis un type formidable.

Puis il empile des coussins dans le fauteuil face à lui et, enfin, d'un geste décidé, appuie sur le bouton de l'interphone.

– Bénédicte ? Faites entrer le colonel Ovitz.

La petite femme pénètre dans le bureau.

Elle se hisse sur le siège pour être à hauteur d'yeux de son vis-à-vis.

– Comme je vous l'avais promis, président, je viens faire un point sur les sept chemins d'évolution probables.

– Soyez synthétique, la dernière fois vous étiez un peu trop longue.

– La dernière fois, c'était pour vous présenter ces sept voies, maintenant je ne fais que vous tenir au courant de leurs avancées.

Il hoche la tête.

– Je vous écoute.

– La voie capitaliste libérale dans laquelle nous sommes déjà engagés. Je ne sais pas si vous l'avez vu, mais la Bourse a repris ce matin après l'engouement pour le mondial de football.

– Bon sang, quand je pense que non seulement tous les joueurs de notre équipe sont multimilliardaires, mais qu'ils ont tous fui en Suisse pour ne pas payer d'impôts, cela m'agace un peu. Si au moins ils gagnaient ! Et vous ne savez pas la meilleure, ils réclament, malgré leur échec et le ridicule de leur grève, une prime supplémentaire de 1 million d'euros… J'ai cru rêver quand j'ai entendu leur requête.

Le colonel Ovitz affiche un air de total désintérêt pour le sujet.

– Excusez-moi, Natalia, continuez. Donc vous disiez que la Bourse monte.

– Elle a même tellement repris que nous allons avoir un krach.

– C'est normal, c'est cyclique. Tous les sept ans, je crois. Ce ne sont que des spasmes dus à la croissance. Voie d'évolution suivante ?

– Nous risquons quand même un grand krach.

– Et nous nous en remettrons. La suite.

– La voie mystique. C'est de loin celle qui a la plus grande accélération actuellement. Les conversions connaissent une croissance exponentielle. Partout dans le monde on construit des temples. En Afrique et en Asie le fanatisme gagne du terrain en s'appuyant sur les couches les plus pauvres et les plus incultes de la population.

– Je pense que vous exagérez…

– Téhéran vient de décider d'investir la moitié de ses revenus pétroliers dans la construction d'une bombe atomique de puissance décuplée.

– Mmmh…. Suivant. Voie numéro 3 ?

– La troisième voie est la voie des machines. Les robots, les ordinateurs, internet. L'homme dont je suivais avec attention les travaux, le fameux docteur Francis Frydman, a finalement été engagé par un laboratoire sud-coréen et il y accomplit des merveilles. Je vous avais dit que cet homme était précieux, il est dommage qu'on ne l'ait pas gardé chez nous.

— La fuite des cerveaux est un problème complexe. Heureusement, nous en perdons beaucoup mais nous en formons encore plus.

— Tous ne sont pas remplaçables. Certains savants ont ce petit grain de folie qui leur permet de trouver des voies originales là où tout le monde cherche de la même manière. Toujours est-il que le docteur Francis Frydman est parvenu à faire un robot avec un début de conscience. Il dit « JE » comme vous et moi. Et manifeste déjà l'envie de fabriquer son propre robot enfant en tenant compte de la manière dont il voudrait s'améliorer lui-même.

— Déjà ? Ça va vite. Quoi qu'il en soit, ce ne sont que des automates gadgets.

— Détrompez-vous. C'est la genèse d'un processus d'évolution. Chaque génération de robot est programmée pour faire mieux que la précédente.

— Cela prendra quand même du temps. Plus que mon quinquennat, je présume. Projet suivant. Faites vite, s'il vous plaît, j'ai un point économique dans un quart d'heure.

— La colonisation de l'espace. C'est la voie qui rencontre actuellement le plus de difficultés. Au Canada, Sylvain Timsit affronte une multiplication d'incidents : sabotages, grèves, incendies, échecs des premiers tests, il doit même tenir compte d'ennemis du projet qui demandent purement et simplement au gouvernement de Toronto de l'empêcher de continuer au nom de l'attachement exclusif de l'espèce humaine à cette planète-ci et à aucune autre.

— Amusant.

— Sylvain Timsit résiste. L'adversité le rend têtu. Il a commencé la sélection des premiers passagers et on lui reproche par avance de ne pas respecter la diversité des peuples, des religions, des sexes, alors qu'on ne sait même pas qui va embarquer. Il y a même des associations de handicapés qui lui font un procès parce qu'ils présument que les installations internes ne seront pas adaptées. Actuellement, Sylvain Timsit dépense autant d'argent en avocats qu'en ingénieurs.

– Voie numéro 5 ?

– La voie génétique : l'utilisation des cellules souches et des clones (notamment utilisés comme réserves de pièces détachées) pour augmenter la longévité. C'est le projet qui a été élu par les jurés du concours de la meilleure idée de la promotion Évolution de la Sorbonne. Le docteur Gérard Saldmain en est l'heureux lauréat.

– Parfait. Il est devenu fonctionnaire, donc nous l'aurons sous contrôle facilement. Et lui, au moins, il ne partira pas en Corée, aux États-Unis ou en Suisse.

Le colonel Ovitz fait la moue.

– Malheureusement, je crains fort que ce soit le projet le moins intéressant.

– Alors pourquoi l'avez-vous élu ?

– Il y a eu le choix de mes collègues, mais au dernier moment, je me suis dit que c'est aussi le projet le plus visible et je crois qu'il faut agir dans la discrétion. Pour moi, les plus intéressants sont les projets 6 et 7. Le projet 6 concerne le renforcement de la résistance aux radiations par la féminisation. Et le projet 7 le renforcement de la résistance aux microbes par la réduction de taille.

Le président tapote impatiemment son bureau.

– Comme par hasard.

– Je reconnais que je peux paraître partiale. Pourtant, sincèrement, je crois qu'une humanité de taille plus réduite et avec une plus grande proportion de femmes sera plus adaptée aux défis futurs.

– Tiens donc.

– Mes deux finalistes en sont arrivés à la même conclusion. Les insectes sociaux, qu'ils soient abeilles ou fourmis, ont

120 millions d'années d'existence sur terre, et ont évolué dans ce sens. Les deux ont créé des sociétés qui fonctionnent parfaitement, ont résisté aux épidémies et aux famines, bâtissent des cités sur tous les continents, et ces deux espèces ont évolué vers un rapetissement et une plus grande proportion de femelles. Et ils s'en portent parfaitement bien. La preuve, il y a des fourmis et des abeilles partout.

Le président change de position dans son fauteuil comme s'il voulait échapper à un certain inconfort.

– Tel que vous me le dites, cela semble quand même un peu « extravagant », vous en êtes consciente, ma chère Natalia ?

– Si vous regardez l'histoire de notre planète depuis sa naissance, celle-ci n'a aucune logique. Rien que la diversité des espèces est déjà un choix étrange de la nature. Pourquoi autant de papillons de couleurs différentes, pourquoi des animaux qui naissent le matin pour mourir le soir, pourquoi autant de formes, de comportements, de systèmes de survie ? Que nous indique le sens de l'évolution ?

– Peut-être que le sens de l'évolution est précisément... l'humour. Et si nous étions dans une vaste blague ?

– Non, monsieur le président, j'ai peur que nous soyons dans un film à suspense et nous ne sommes pas sûrs qu'il y ait un happy end concernant les humains.

Le président se lève, se campe devant la carte du monde qui occupe tout un pan de mur.

– Vous croyez vraiment que la voie mystique pourrait aboutir à l'Apocalypse ?

– Chaque fois que, dans le passé, nous avons fabriqué un outil de destruction, nous l'avons utilisé. Sur les 8 milliards d'individus il y a forcément, simple loi de probabilité, des débiles, des masochistes, des illuminés, des fous et il se peut que certains arrivent au pouvoir dans leur pays. Cela s'est déjà fait.

– Vous pensez à Hitler ? Il a été stoppé.

– Il s'en est fallu de peu. Il aurait pu gagner. Je pense que c'est comme à la roulette russe, parfois on appuie sur le détonateur et il ne se passe rien. Parfois il y a une balle. Mais cette fois, si la balle part, les dégâts pourraient être bien plus importants que dans le passé.

Le président regarde sa montre.

– Bon, en quoi puis-je vous aider à sauver le monde, chère Natalia ?

– Je veux soutenir les projets 6 et 7.

– La féminisation et la miniaturisation ?

– Je veux un budget pour permettre à ces deux chercheurs de faire pencher la balance du bon côté.

Le président tapote plus rapidement sur la surface de son bureau.

– Vous savez que nos caisses sont vides ?

Elle sourit.

– Elles l'ont toujours été, il me semble, monsieur le président.

– Vous savez que notre pays est endetté et que je suis en train d'essayer de rogner sur tous les ministères pour faire des économies de bouts de chandelles. Et tous les ministres me détestent pour cela.

– Ce sont des enjeux minables de court terme, monsieur le président. Je vous parle d'influer sur l'évolution de toute l'histoire de notre espèce.

Elle s'est penchée en avant et ses yeux noirs plongent dans ceux de Stanislas Drouin, puis d'un geste décidé, elle range ses documents.

– Je proposerai donc mes services à votre opposant politique. Peut-être est-il capable d'une vision moins étriquée.

Le président Drouin éclate d'un rire sonore, mais le colonel Ovitz reste imperturbable.

– De l'argent, de l'argent, piaffe-t-il. J'ai l'impression qu'on n'entre dans ce bureau que pour faire la mendicité. Je ne suis pas un président, je suis une machine à sous.

Elle se laisse glisser à bas des coussins, rectifie sa veste puis déclare avec un air détaché :

— C'est vous qui décidez. Je m'inquiète peut-être de manière exagérée. Après tout, il se peut que tout aille bien et qu'en continuant comme on l'a toujours fait on n'ait aucun problème.

82.

La sphère sombre a surgi du ciel et elle percute la ville de plein fouet.

Toutes les habitations placées dans les étages élevés sont aussitôt pulvérisées. Les murs s'effondrent. Les victimes se comptent rapidement en centaines puis en milliers. Aussitôt le mot d'ordre est lancé : sauver les enfants. Chacun saisit ce qu'il peut et court pour fuir la zone dévastée. Contrairement à ce que certains pouvaient craindre, tout se passe sans panique. Chacun sait pourtant ce qu'il doit faire. Les blessés qui peuvent être sauvés sont évacués, les autres sont abandonnés. Au-dessus d'eux, une vibration grave résonne.

— Beaucoup trop loin, Pierrot ! Ta boule est sortie !

— J'ai tapé fort pour décaniller celle de Steph, mais je ne pensais pas qu'elle allait rebondir sur le rebord et partir dans les broussailles.

— Pour rebondir, elle a rebondi, viens voir, t'as même complètement défoncé une fourmilière.

— Saloperies d'insectes, passe-moi le tuyau d'arrosage, je vais leur apprendre à squatter mon jardin !

Un des retraités tend le tuyau à l'autre, et ils s'emploient à fusiller d'un jet puissant toutes les habitantes, ouvrières, puéricultrices, agricultrices, membres du service de sécurité, qui sortent en brandissant les précieux couvains. Après avoir exterminé les fuyardes, le dénommé Pierrot s'acharne sur le nid proprement dit jusqu'à ce que celui-ci s'effondre en tas de boue.

— Qu'est-ce que vous faites ? s'exclame quelqu'un derrière eux.

– Nous avons trouvé ces dégueulasseries de bestioles, mais rassurez-vous, nous avons bien nettoyé le secteur, répond Pierrot. Leur cité, je l'ai bien lessivée ! Tu viens jouer, David ?

Le jeune homme, figé, semble soudain horrifié par la scène.

– Ça va ?

Il se penche et regarde la cité réduite à une ruine au milieu d'une flaque où se débattent des milliers de fourmis désemparées, certaines renversées les pattes en l'air, brassant le vide. Le jeune homme ne bronche pas, puis sans prévenir, il réunit ses deux poings et les lève d'un coup pour frapper la base du menton du joueur de pétanque. L'autre, surpris, part en arrière. En un clin d'œil, le jeune chercheur est sur lui et le roue de coups, alors que les autres retraités essaient de le retenir.

David se relève, le regard révulsé, le visage déformé par une rage mal contenue. Tous s'écartent devant lui.

– Il est fou.

Alors, David court vers sa maison.

Les joueurs de pétanque, consternés, relèvent leur compagnon de jeu.

– Laissez, c'est le petit Wells, il est chamboulé par la mort de son père.

– Pauvre petit. Allez, relève-toi, Pierrot, il t'a fait mal ?

– Non, non, tout va bien.

Ils aident le massacreur de cité à se relever. Plus loin, quelques centaines de fourmis survivantes, tenant leurs précieux œufs à bout de pattes, se sont cachées dans les feuillages et attendent que le bruit et les tremblements du sol soient terminés pour partir à la recherche d'un emplacement plus sûr afin de bâtir une nouvelle cité. Certaines proposent qu'on renonce à cette zone, d'autres désignent déjà un coin plus discret dans les broussailles où elles pensent être protégées par la végétation dense. Là, elles espèrent surtout qu'il n'y aura plus de sphères sombres qui tomberont du ciel.

83.

Je pris mon temps pour sélectionner mon nouveau champion, en observant tous mes « locataires » qui grouillaient sur ma surface. Il fallait que l'animal soit intelligent.

Je fus donc tenté en premier par le poulpe. C'était de loin l'animal qui avait le plus de capteurs sensoriels. Mais il avait le sang froid, ce qui le rendait trop dépendant de la température. En outre, il avait certes une mémoire phénoménale, mais celle-ci n'était pas transmise de génération en génération car les parents mouraient ou s'enfuyaient à la naissance de leurs enfants.

Je voulais donc un animal intelligent, avec langage nuancé et du sang chaud. Je me tournai alors vers le dauphin.

Mammifère, il avait le sang chaud, et par ailleurs l'intelligence, l'éducation des petits, le langage nuancé, la transmission du savoir. Mais il vivait dans l'eau, ce qui limitait son action sur terre et dans les airs.

Je commençais à mieux cerner les caractéristiques de mon candidat idéal.

Je me tournai alors vers les corbeaux. Ils avaient l'intelligence, la sociabilité et la capacité à vivre en large communauté sur tous les continents. Ils étaient omnivores, avec un langage complexe et des capacités d'adaptation extraordinaires. Ils éduquaient leurs poussins. Mais leurs membres étaient encombrés par des ailes, ce qui les empêchait de manipuler des objets. Même leur bec pourtant très précis ne pouvait être suffisamment efficace pour mon projet.

Je voulais des pattes.

Je fus donc tenté par l'animal terrestre le plus intelligent, le porc. Mais je ne voyais pas une pyramide géante grouillant de porcs qui fabriqueraient une fusée. Il me fallait un animal plus sociable et de préférence avec des doigts plutôt que des sabots.

J'en vins à songer aux rats. Ces rongeurs très débrouillards possédaient cependant une conscience limitée. Ils n'avaient aucune compassion. Ils tuaient leurs vieux, leurs malades, leurs enfants fragiles et étaient dans une communication tournée uniquement vers l'agression. En outre, leurs doigts griffus étaient trop fins et pas assez préhensibles.

Je me tournai alors vers les primates.

Ils vivaient en communauté, ils avaient une position semi-dressée, un début de langage, et surtout ils avaient ces merveilles aux bouts de leurs pattes : des « MAINS » avec cinq doigts articulés et un pouce opposable qui pouvait servir de pince. Ah, comme j'ai admiré leurs mains. Des mains, c'est cela qui me manquait le plus.

Si j'avais eu des mains j'aurais pu me défendre contre les astéroïdes géocroiseurs.

Les primates avaient donc le corps parfait mais malheureusement pas un cerveau suffisamment développé.

Pour combler ce sérieux handicap, je commençai par concevoir un projet original : pousser un primate à faire l'amour avec un… porc.

Un jour, grâce à un tremblement de terre, un primate se retrouva coincé dans une fosse avec une femelle phacochère (ancêtre du porc). Ils furent étonnés, ils se battirent et, n'arrivant pas à se tuer, ils finirent par faire l'amour.

Neuf mois plus tard, naissait un nouvel animal hybride avec la peau lisse et rose comme les porcs, les yeux profonds et vifs comme les porcs, la sensibilité et l'intelligence des porcs mais le maintien sur les deux pattes postérieures et la capacité d'attraper des objets et de les manipuler comme les primates. Cela ressemblait en gros à un singe sans fourrure avec une peau de porc.

J'avais réussi à réunir le bon esprit avec le bon physique et une répartition de 60 % de gènes porcins et 40 % de gènes primates. Voilà comment j'ai « inventé » mon champion : l'humain.

84.

Le morceau de jambon est happé d'un coup. David le mastique nerveusement, et reprend une tranche rose qu'il avale. Puis une autre encore qu'il mastique nerveusement avant de déglutir. Il est encore en rage. Il ouvre son petit réfrigérateur et prend une canette de bière pour parachever son état de flottement. Il regarde les bonzaïs, sa lapine Joséphine, le tableau de Napoléon, les photos de son père, des photos de lui enfant dans les bras de sa mère.

Quelque chose ne va pas.

Il tourne dans la pièce, observé par son lapin qui grignote méthodiquement le fil électrique de son ordinateur portable.

Ça tourne en rond. Nous sommes coincés. Je suis coincé. Quelque chose de fort nous empêche d'avancer. Ce n'est pas que la peur, ce sont les mauvaises habitudes. Si je veux faire bouger les choses, il faut que je dynamite le vieux monde.

Il regarde les soldats de collection qui reproduisent la bataille d'Austerlitz.

Il se souvient d'une phrase que lui avait apprise son père et qu'il attribuait à Gandhi.

Sois le changement que tu veux voir dans le monde.

Il termine les tranches de jambon et vide sa canette de bière.

Si tout ce qu'il y a autour de moi ne me convient pas, c'est que je me suis trompé quelque part. Forcément. Donc c'est en me modifiant que je vais arranger les choses. Mais que changer chez moi ? Qu'est-ce qui m'empêche d'accomplir ma métamorphose ? Depuis que je suis jeune, j'ai toujours fait ce qu'on m'a dit de faire. J'ai été poli, j'ai été propre, j'ai dit merci et s'il vous plaît, j'ai fait la maternelle, l'école et l'université, j'ai écouté mon père, j'ai lu mon arrière-grand-père, j'ai suivi l'actualité, j'ai développé des passions, j'ai voyagé. Où est l'erreur ?

Il repense à sa vie d'Atlante, il repense à Nuçx'ia. Il repense à la Sorbonne et au Congo.

Que dois-je modifier chez moi pour que cela puisse avoir une influence qui modifie le monde ?

À nouveau, il regarde la photo de son père qui semble se moquer de lui. Il se souvient de la dernière phrase du carnet.

Nous sommes, nous les Homo sapiens,
une espèce de transition entre deux espèces humaines :
l'humain du passé et l'humain du futur.

Il lance la canette de bière vide contre le mur.

Je suis comme limité dans ma tête. Je ne peux pas inventer l'humain de l'avenir, tant que je n'ai pas inventé le David Wells du futur.

Il boit encore de la bière, s'affale dans son lit, et il s'endort sans se laver les dents ni quitter ses vêtements. Il rêve qu'il est dans la rue, soudain il perçoit que son ventre le gratte, alors il soulève son pull pour voir son nombril et découvre qu'il a un cordon ombilical qui le relie à sa mère mais qui est resté intact malgré son âge adulte. C'est un tuyau rose, parcouru de petites veines rouges et noires. Quand il quitte la maison, le cordon s'étire comme les laisses déroulantes pour chiens.

Il arrive à l'université et parle sous l'immense tableau de son père qui affiche un air réprobateur.

– C'est parce que vous êtes vous-même très petit que vous vous intéressez aux petits, affirme Christine Mercier.

Tous les jurés éclatent de rire et se moquent de lui.

– Petit, petit ! Tout ce qui est petit n'est pas mignon…. Tout ce qui est petit est ridicule, proclame le gagnant Gérard Saldmain.

Puis David se voit dans le jardin de l'université. Aurore vient vers lui, elle ne voit pas son cordon ombilical tendu qui la fait trébucher et tomber par terre.

— Excusez-moi, c'est maman qui a oublié de le couper à ma naissance, signale-t-il poliment.

Aurore regarde le cordon qui se perd au-delà de la porte d'entrée.

— Votre mère doit beaucoup vous aimer, reconnaît-elle. La mienne aussi.

Elle découvre alors son ventre et exhibe le même cordon-laisse se déroulant à l'infini.

— Moi, ma mère est morte, alors j'ai accroché mon cordon ombilical à mon père. Et vu qu'il est un peu bête et qu'il n'a pas su quoi en faire, ensuite je l'ai accroché à Christine.

Il voit qu'en effet le cordon la relie à la femme à lunettes qui leur fait un signe amical de la main.

— C'est notre point commun, dit David, nous marchons avec nos cordons ombilicaux extensibles intacts, même si nous sommes majeurs et censés être émancipés.

— Pas seulement…

Derrière Aurore se trouve une armée d'Amazones. Derrière David se trouve une armée de pygmées. Les deux semblent attendre des ordres d'attaque.

— Nous avons nos « amis » qui nous accompagnent, souligne Aurore.

Elle ramasse le cordon de David et le caresse.

— Il est très beau votre cordon mais… regardez, il a des boutons blancs.

Le David du rêve observe avec stupéfaction son tuyau rose.

— Ce sont des aphtes, explique-t-elle. Cela arrive quand on laisse le cordon exposé à l'air trop longtemps.

Alors, dans son rêve, David regarde sa montre et dit :

— Vite, il faut que je rentre sinon il risque de sécher.

Il quitte l'université tout en enroulant son cordon ombilical autour d'un bâton. Personne autour de lui ne semble trouver cela anormal. D'autres sont tendus dans les rues. Quand il arrive chez lui, sa mère l'attend sur le seuil de la porte et lui ouvre grand ses bras. Il tient sa pelote de cordon sous le bras comme un gros ballon.

À ce moment, il entend un bruit, c'est un géant qui a le visage de Pierrot. Il occupe tout l'horizon visible depuis la fenêtre. Il tient une lance à incendie et vise les toits. Le puissant jet d'eau arrache les maisons, et les gens fuient le torrent venu du ciel alors que Pierrot ricane.

– Voilà comment je lessive les cités qui m'empêchent de jouer à la pétanque !

David veut fuir mais le cordon ombilical le retient, l'eau le rattrape et le noie, il suffoque, il veut remonter à la surface des flots mais le cordon ombilical le retient toujours, alors il tire de toutes ses forces mais l'eau pénètre dans ses poumons. Il suffoque. Sa mère le rejoint et, une fois arrivé en surface, elle le tire d'un coup, nage avec lui en le tenant par le menton et le hisse jusqu'à la berge. Elle lui fait du bouche à bouche, il recrache l'eau mais elle continue à le couvrir de baisers humides et lui lèche le visage à grandes lapées odorantes.

Réveil. Il ouvre un œil avec un frisson d'écœurement. La langue râpeuse de Joséphine, sa lapine, lui lèche le visage avec application.

Il repousse l'animal affectueux et va dans sa salle de bains, où il se déshabille, avant de se jeter sous la douche. Mais le désarroi de la veille le rattrape.

Comment puis-je changer ?

Il reste longtemps sous l'eau, baisse la température jusqu'à ce qu'elle soit glacée et touche son nombril comme pour vérifier que le cordon ombilical est bien coupé. Il se sèche, observe le tableau de Napoléon franchissant les Alpes et son lapin nain qui grignote les bonzaïs comme pour le punir de l'avoir rejeté.

Il ramasse l'anorak « Gelux » de son père, le tas de feuilles qu'il a tirées de l'Encyclopédie de son arrière-grand-père. Il relit les passages sur les fourmis, les pygmées, les Quatre Cavaliers de l'Apocalypse, les Géants.

Il enfile ses vêtements et descend à la cuisine. Sa mère est assise face à la table. Elle tricote une grosse laine rose.

– C'est quoi ça ?

– Un pull pour toi, mon chéri. Maintenant que je ne suis plus dans l'attente de ton père, je vais pouvoir entièrement me consacrer à toi, mon fils. Tu peux me demander tout ce que tu veux, je serai toujours là pour toi.

Il la regarde. Des idées défilent très vite dans son esprit, suivies par les images de son dernier rêve qui forment des flashs douloureux où les visages sont déformés. Il se tient le crâne, ferme les yeux, se revoit avec son cordon ombilical qui l'étrangle.

– Ça va, David ?

Il se masse très fort les tempes et commence à suffoquer. Ses jambes deviennent flageolantes.

– David, mon chéri ? Qu'est-ce qui se passe. Ça va ?

Chaque fois qu'il baisse les paupières, les images du rêve ressurgissent. Il ferme longuement les yeux et voit son père qui rit. Aurore s'esclaffe. Pierrot ricane. Tous les habitants du village de pygmées pouffent en le montrant du doigt. Même le cadavre de N'goma se reconstitue pour ricaner de lui, les fourmis agitent les antennes. Le bruit dans sa tête devient assourdissant, alors il se recroqueville et se bouche les oreilles. Sa mère lui parle mais il ne l'entend pas. Elle lui met une main sur l'épaule.

– Tout s'est bien passé hier ? demande-t-elle.

– Mon mémoire n'a pas été sélectionné. J'ai essayé de sauver les pygmées, j'ai échoué. J'ai essayé de sauver les fourmis dans le jardin en bas, je n'y suis même pas arrivé. Même les bonzaïs dans ma chambre crèvent.

– C'est à cause de la mort de ton père. Cela t'a bouleversé.

Elle veut le serrer dans ses bras mais il recule.

– Qu'est-ce que tu as ?

Il s'éloigne lentement. Elle s'avance et l'embrasse.

– Mais qu'est-ce que tu as à la fin, mon chéri ! Je ne te laisserai pas souffrir seul, tu pourras toujours compter sur moi pour te protéger et t'aider.

Les traits du jeune homme se crispent.

– Désolé, maman, mais je crois que je préfère être seul ces temps-ci. Complètement seul.

Il remonte dans sa chambre, récupère sa mallette et son ordinateur portable, saisit un sac dans lequel il jette quelques vêtements et un nécessaire de toilette.

– Couvre-toi bien, glisse-t-elle au moment où il franchit le seuil.

Il n'y prête guère attention et file au garage. Il débâche la vieille Hyundai tout-terrain 4×4 encore boueuse de son père et met le contact. Un vieux modèle de 2010. Le moteur diesel répond aussitôt par un ronronnement sonore. Il s'enfuit du nid familial en poussant un énorme soupir de soulagement. Plus il s'éloigne, plus sa respiration devient légère. Il roule longtemps sans destination précise puis, pris d'une soudaine intuition, il se dirige vers la villa de son arrière-grand-père à Fontainebleau.

Il ne remarque pas qu'une voiture noire le suit.

85.

– C'est qui cette salope ?

L'appareil photo est jeté sur le lit.

– Ne me dis pas que tu as osé fouiller dans mon appareil photo ?

Aurore est outrée mais Christine semble encore plus scandalisée. Les deux femmes se font face.

– Oui, j'ai fouillé ton appareil photo, et j'ai bien fait. Quand je pense que tu étais en Turquie, financée par mes soins et que

tu en as profité pour t'envoyer en l'air avec la première venue !
Une rousse en plus !

— J'en ai marre de ta jalousie, Christine.

— Et moi j'en ai marre de tes mensonges, Aurore.

— Ma pauvre, tu n'es que pure jalousie : jalouse de mes
recherches, jalouse de mes amours, jalouse d'une vie que tu
n'as pas et que tu serais incapable d'avoir.

— Tu m'en veux parce que je ne t'ai pas fait gagner ? Hein ?
C'est ça ?

— Non, je t'en veux parce que dans ton esprit, tout est vieux.
Tu reproches aux autres de vouloir créer une civilisation de
vieillards, mais tu es la pure incarnation de tout ce que tu
dénonces.

Elle la toise.

— « La Sorbonne ». « Les grands Anciens ». « La tradition de
l'Université », tu parles ! Tradition, c'est le nom qu'on donne
aux mauvaises habitudes que personne n'a le courage de
remettre en question, et toi, tu n'es rien d'autre qu'une gar-
dienne de la tradi...

La gifle la cueille au milieu du mot. Aussitôt une autre gifle
repart en sens inverse, et une troisième et une quatrième. Les
deux femmes ont chacune une marque rouge en forme de main
sur la joue. La plus âgée pleure et poussant un cri de rage, elle
fonce sur la plus jeune qui s'est déjà dégagée et esquive
l'attaque. Ne sachant comment soulager sa fureur, la professeur
d'université saisit un vase et le lance de toutes ses forces sur
Aurore qui le voit exploser contre le mur au-dessus de sa tête.

— Ingrate !

Divers objets suivent la même trajectoire : un cendrier en
forme de cœur rouge, une pendule transparente, un bougeoir
en cristal, un coussin, un dictionnaire français-anglais, un téléphone filaire, une porcelaine en forme d'ange, des vidéos, des
disques, une bouteille de lait démaquillant, des magazines de
mode, une chaise, une tasse à café, un miroir.

Aurore s'est cachée derrière le divan et évite ces projectiles du mieux qu'elle peut.

Lorsqu'elle n'a plus de munitions, Christine s'effondre en sanglotant, échevelée.

– Comment as-tu pu me faire ça ?

La jeune femme aux yeux dorés se redresse, en secouant la tête.

– Je ne te supporte plus. Tes crises de jalousie deviennent pathologiques.

– C'est parce que je t'aime, Aurore. Tu n'as pas compris que je suis folle de toi et que t'imaginer dans les bras d'une autre, ça me rend malade. Comment as-tu pu me trahir !

– Je ne t'appartiens pas, Christine. Personne n'appartient à personne. Je ne te dois rien. Je suis une femme libre. Je ne me suis pas affranchie des hommes pour subir la tyrannie d'une femme.

Christine veut venir se blottir contre elle, mais celle-ci la repousse.

– Pardonne-moi, je ne sais pas ce qui m'a pris. J'ai eu si peur de te perdre.

La jeune chercheuse se détourne et rectifie sa tenue.

– Quand tu as peur de me perdre, tu me gifles et tu me lances des porcelaines au visage ?

– Sans toi, ma vie n'a pas de sens.

– Avec toi, c'est la mienne qui n'en a pas.

Christine se précipite vers la fenêtre, elle l'ouvre en grand et grimpe sur le rebord.

– Je vais sauter, tu m'entends ! J'en suis capable, Aurore, tu le sais ! Fais attention à ce que tu vas faire dans les secondes qui viennent.

Les deux femmes s'observent.

Aurore avance vers Christine qui, croyant qu'elle veut la récupérer, ouvre grand les bras pour l'enlacer, mais l'autre la saisit, la soulève, la porte jusqu'au seuil, ouvre la porte d'une main et la dépose délicatement devant l'ascenseur. Elle revient dans l'appartement, ramasse sac à main et manteau et les lance à la femme avant de claquer la porte.

— Si tu veux te suicider, tu ne le fais pas chez moi.

Christine sonne et tambourine à la porte.

Puis soudain tout s'arrête.

La jeune scientifique entend des pas dans l'escalier. Soulagée, elle range un peu, puis s'effondre dans un fauteuil.

Cette fois, je crois qu'elle a compris.

Plusieurs minutes passent avant que la sonnerie retentisse à nouveau. Aurore regarde dans l'œilleton. Personne.

— C'est encore toi ? demande-t-elle exaspérée.

Elle se décide à entrebâiller la porte non sans placer au préalable la chaîne de sécurité. Elle reconnaît la naine qui faisait partie du jury.

— Si vous venez pour mademoiselle Mercier, elle n'habite plus ici.

— Non. Je viens pour vous faire une proposition qui s'adresse uniquement à vous, docteur Kammerer.

— Laissez-moi deviner. Des aspirateurs ? Des assurances ? L'entrée dans une secte ? Les Témoins de Jéhovah ? Les Mormons ?

— Un peu de tout ça à la fois. Et bien plus encore.

— Je n'ai besoin de rien. Et pour tout vous dire, vous tombez mal, j'ai envie d'être seule et au calme.

— Vous n'avez peut-être besoin de rien mais « nous », nous avons besoin de vous.

— Nous ?

— J'ai un projet à vous proposer, lié à vos recherches scientifiques.

Aurore hausse les épaules et invite la femme à entrer.

— À la Sorbonne, vous m'avez écoutée présenter mon projet pendant cinq minutes, alors je vous laisse en retour cinq minutes pour exposer le vôtre.

La petite femme découvre la pièce qui porte encore les stigmates de la dispute.

Elle redresse un fauteuil, s'y installe, sort d'un étui en cuir une cigarette qu'elle visse au bout de son fume-cigarette en jade et l'allume en prenant son temps.

– Je me nomme Natalia Ovitz. Colonel Natalia Ovitz. Je travaille à la DGSE, Direction générale de la sécurité extérieure, qui dépend du ministère de la Défense.

– Qu'ai-je à voir avec cela ?

– Vous êtes la seule à avoir trouvé un début de voie pour résister aux radiations nucléaires. Votre travail sur les Amazones de Turquie est nouveau et il présente un début de solution : la mithridatisation et les hormones féminines. Votre mémoire étant financé par l'université qui elle-même dépend du ministre de la Recherche, il devient donc « brevet d'État ». Vos découvertes nous appartiennent déjà, mais je souhaiterais votre coopération directe.

Aurore ramasse le cendrier et le pousse dans sa direction. Puis elle se sert du vin rouge dans un grand verre sphérique et, pendant que l'une aspire des molécules du végétal tabac sous forme gazeuse, l'autre ingurgite des molécules du végétal raisin sous forme liquide. Chacune est apaisée par sa plante de référence.

– Depuis la nuit des temps, se lance la petite femme, les militaires gèrent une lutte entre l'épée et le bouclier. Chaque fois qu'une arme est fabriquée, une parade est trouvée. Puis une nouvelle arme qui surpasse cette parade est à nouveau inventée et ainsi de suite. Du coup, les militaires sont forcément ceux qui se préoccupent le plus d'imaginer le futur. Il faut trouver une parade au prochain coup.

Aurore affiche une moue dubitative.

– Pour la première fois depuis l'histoire de la guerre nous n'avons aucune parade contre l'arme nucléaire. Pire, nous avons

243

pour la première fois… un risque de destruction complète de notre espèce.

Elle souffle la fumée bleutée.

– Vous seule nous proposez une voie de survie : la modification de notre organisme pour le rendre résistant aux radiations. Ce que nous vous proposons c'est de financer vos recherches.

La jeune chercheuse a plongé son regard dans la couleur rubis chatoyante du vin, elle en examine la texture, les dépôts sur le verre, les reflets.

– Je me fous éperdument des épées et des boucliers. Tout ce qui concerne les armes me dégoûte, alors aider les militaires, c'est au-dessus de mes forces. Voilà, les cinq minutes se sont écoulées, je ne vous retiens pas.

Natalia Ovitz écrase sa cigarette dans le cendrier en forme de cœur, se lève à son tour et lui tend sa carte de visite.

Aurore l'examine : « Colonel Natalia Ovitz » et, sur le côté, le sigle de la DGSE, un aigle portant la planète bleue où l'on voit distinctement, au milieu des continents, le territoire de la France en rouge. En dessous s'étire la devise : « *Ad augusta per angusta* ».

– Si je me souviens bien de mes cours de latin, on pourrait traduire : « Vers des résultats grandioses par des voies étroites », n'est-ce pas ?

– Nous sommes une des petites cabines peu connues de ce grand navire qu'on appelle l'État français.

– Vous êtes liée à la défense, donc à l'armée. Je crois que même si vous n'agissiez que déguisée en clown, ça ne m'amuserait pas.

– Réfléchissez, docteur. Je vous offre la possibilité d'agir pour la sauvegarde de votre espèce, ce n'est pas si fréquent.

– Jamais je ne travaillerai pour aider des gens dont le métier consiste à tuer leurs congénères.

– Comme dit le proverbe « Il ne faut jamais dire : Fontaine, je ne boirai pas de ton eau ».

Aurore relit la carte avant de la déchirer en petits morceaux qu'elle dépose dans le cendrier.

– C'est tout réfléchi. Aujourd'hui, c'est mon jour des renoncements. Alors je vous le dis : « Fontaine, je ne boirai pas de ton eau. »

Puis elle reconduit la militaire jusqu'au seuil de son appartement et claque la porte. Après avoir chassé l'ex-femme de sa vie et cette naine bizarre, elle se ressert une grande rasade de vin et le déguste. Elle va à la fenêtre et regarde de la hauteur de son balcon la ville qui grouille de piétons. Elle se dit qu'elle n'a plus envie de se battre, elle a seulement envie d'être indépendante et tranquille. Elle est décidée à trouver rapidement un travail alimentaire pour payer le loyer qu'elle doit désormais assumer seule.

86.

David freine brutalement.

La voilà.

C'est une villa discrète entourée d'un grillage. Tout est laissé à l'abandon et seule une pancarte « À VENDRE » semble donner au lieu une raison d'exister.

David fait le tour du bâtiment et, après avoir découvert à l'arrière une porte-fenêtre sans volets, il brise la vitre avec une pierre et pénètre dans une vaste pièce lambrissée. Il utilise la lampe de son smartphone pour éclairer le dernier lieu de vie de son arrière-grand-père, Edmond Wells.

À l'évidence, personne n'est entré ici depuis longtemps.

Partout, il y a des photos agrandies de têtes de fourmis.

Il repère le visage de son arrière-grand-père qui a une forme triangulaire et ressemble un peu à celui de Kafka. En dessous, en légende, ce qui semble sa devise « 1 + 1 = 3 ».

Un hommage à la synergie entre tout ce qui est vivant ?

Dans la cuisine, sur une porte, est affiché : « Surtout ne pas descendre à la cave. » Il force la serrure et découvre derrière le battant qui grince sur ses gonds un escalier qui plonge vers les profondeurs de l'obscurité. Il hésite à explorer cette cave, puis renonce et continue de fouiller la villa, pièce par pièce, et il trouve la chambre. À l'intérieur, il découvre la photo encadrée d'une Eurasienne. Il la reconnaît.

La fille d'Edmond Wells : Laetitia Wells. La mère de mon père. Ma grand-mère.

Il explore les autres pièces et découvre enfin, dans une valise au fond d'un placard, un énorme cahier étiqueté « ENCYCLO-PÉDIE DU SAVOIR RELATIF ET ABSOLU 7ᵉ VOLUME » puis en caractères plus petits : « Récapitulatif des six volumes précédents augmenté de nouveaux fragments. »

Il examine l'épais ouvrage.

Voilà l'héritage plus efficient que les gènes : des suites de mots qui font revivre l'esprit de mon arrière-grand-père qui, comme moi, croyait à l'évolution vers le rapetissement, contre l'avis du monde entier qui croit à l'augmentation. C'est ça que mon père a dû recopier dans son ordinateur pour faire le fichier que j'ai pu consulter. C'est ça qui va me guider.

Alors il allume une bougie et lit un passage au hasard.

87. ENCYCLOPÉDIE : APOCALYPSE

Dans l'Ancien Testament, l'un des premiers prophètes apocalyptiques est Zacharie qui, dans son ouvrage éponyme (« Le livre de Zacharie »), évoque l'« Aharit Ha Yamim » qu'on peut traduire de l'hébreu par la « fin des jours ».
Cet événement est divisé en deux étapes.
Tout d'abord, l'« Armageddon ». C'est la bataille ultime des guerriers de la Lumière contre les guerriers de l'Ombre. Le

camp des guerriers de l'Ombre est une alliance entre Gog et Magog (il pourrait s'agir d'une référence à deux royaumes, les Scythes et les Perses, coalisés pour attaquer Israël). Armageddon est aussi une référence à la colline fortifiée de Har Megiddo (Har signifiant colline), où s'est déroulée une bataille en 609 avant Jésus-Christ entre le roi Josias du royaume de Judée et le pharaon égyptien Nékao II (bataille censée être, selon la Bible, le choc des forces du bien contre les forces du mal).

Ensuite, le retour du prophète Élie qui lui-même annonce l'arrivée du Messie et le début des temps messianiques. Cette dernière partie comprend elle-même trois phases :

La « T'hiyat hametim » : la résurrection des morts.

Le « Yom Ha Din » : le jour du jugement dernier. C'est le moment où tous les hommes doivent rendre compte devant Dieu de ce qu'ils ont accompli de bien et de mal sur terre.

L'« Olam Haba » : l'établissement d'un monde meilleur pour l'éternité. Ce qui comprend la rétribution des âmes en fonction de leur mérite dans leurs actions sur les vivants et l'arrivée du Messie qui établit la fin de l'écoulement des jours.

Edmond Wells,
Encyclopédie du Savoir Relatif et Absolu, Tome VII.

88.

David reprend ses recherches dans la maison de son aïeul. Il observe une à une les sculptures de fourmis, les tableaux de fourmis, les photos de famille, mais il n'ose s'aventurer vers les ténèbres de la cave.

Il sort dans le jardin. Sur un énorme tronc centenaire, une fourmi commune des forêts d'Europe s'enfuit, effrayée.

Elles sont plus timides que les magnans d'Afrique.

Il la force à monter sur son doigt en lui barrant le chemin, mais celle-ci semble aussi affolée que lui-même suspendu dans les branches de l'arbre au Congo. Il soulève sa main et place la fourmi face à ses yeux mais, au comble de la terreur, celle-ci préfère sauter dans le vide, geste qui rappelle au jeune homme la chute de son guide N'goma. Si ce n'est qu'elle ne s'écrase pas et qu'elle file entre les herbes.

Il la suit.

L'exploratrice le guide vers le dôme caractéristique des fourmis rousses, d'à peu près 1,50 mètre de hauteur. Déjà certaines fourmis soldats s'approchent de lui et s'enfuient aussitôt, effrayées. Il pose sa main sur la pyramide de branchettes pour se connecter à l'énergie de cette cité de minuscules.

Tout à coup, le ciel se met à vibrer et l'orage illumine le ciel. Alors David assiste à un phénomène dont il avait entendu parler sans le voir : l'« envol nuptial d'une cité ». Profitant que l'orage effraie les oiseaux, les fourmis sexuées ailées se groupent sur le sommet du dôme de la fourmilière. Des milliers de femelles, reconnaissables à leur grande taille et à leurs longues ailes, décollent en premier suivies par une escadre de mâles de taille et d'envergure d'ailes plus réduites. Les mâles rejoignent les femelles et leur sautent sur le dos pour les ensemencer. Alors que le ciel continue de s'illuminer d'éclairs, c'est l'orgie pour les fourmis.

Quelques oiseaux, surmontant leur peur des éclairs, accourent pour dévorer les délicieux sexués incapables de s'enfuir ou de se défendre. Les mâles épuisés tombent et sont aussitôt relayés par d'autres mâles déterminés à remplir de sperme l'abdomen des princesses. Les lézards, les araignées et les serpents achèveront les étourdis. Pour eux, point de salut.

David se souvient avoir lu dans l'Encyclopédie en version informatique que, sur deux mille reines envolées, peut-être seulement une ou deux survivront. Elles s'enterreront et commenceront à pondre un œuf, puis deux, puis des milliers qui formeront la cité.

Quel choix étrange que celui d'abandonner la cité natale pour prendre tous les risques et reconstruire ailleurs en partant de zéro.

Il ne peut cependant qu'admirer le courage de ces fourmis ailées qui défient la météo, les prédateurs et la faim.

Une goutte d'eau choit sur son nez, suivie par une seconde, puis par une pluie lourde qui fait chanter les feuillages. Il récupère l'Encyclopédie version papier, referme la porte de la villa, s'enferme dans sa voiture et, considérant qu'il ne trouvera rien de plus intéressant dans la maison de son aïeul, décide de retourner à Paris.

La pluie est de plus en plus violente et les essuie-glaces peinent à évacuer les ruisselets sur le pare-brise. Il imagine les reines fourmis ensemencées survivantes qui devront survivre sous la pluie pour espérer créer une cité.

Il roule vers l'autoroute du Sud. Un embouteillage le stoppe. Sa main caresse l'Encyclopédie et il ouvre une page au hasard. Le texte nommé « Énigme avec trois allumettes » fait référence au premier volume de l'Encyclopédie qui posait le problème : « Comment faire 4 triangles avec 6 allumettes ? » (la réponse était la pyramide). Dans le deuxième volume, il demandait « Comment faire 6 triangles avec 6 allumettes ? » (la réponse était l'étoile avec deux triangles inversés mélangés). Dans le troisième volume, il augmentait la difficulté : « Comment faire 8 triangles avec 6 allumettes ? » (la réponse était le miroir), et dans ce dernier volume, au lieu d'augmenter, il baissait l'enjeu. L'énigme posée et non résolue était : « Comment faire un carré avec 3 allumettes ? »

Pourquoi un scientifique sérieux comme mon arrière-grand-père perdait-il son temps à concevoir des énigmes pour adolescents ?

En même temps, il ne peut s'empêcher de visualiser trois allumettes en suspension dans l'air et teste plusieurs scénarios possibles en vue de réaliser un carré.

C'est impossible. On ne peut réaliser une figure à quatre côtés avec seulement trois éléments. Cette fois, il a posé une énigme qui n'a pas de solution.

David avance doucement au milieu des embouteillages de la porte d'Orléans, sans remarquer la voiture noire dans son sillage, à quelques dizaines de mètres. Il entre dans la capitale où la circulation est plus fluide.

Pris d'une inspiration subite, il rejoint les magasins de vente d'arbustes sur l'île de la Cité, particulièrement les vendeurs de bonzaïs à qui il compte expliquer son talent, la miniaturisation des êtres vivants. Plusieurs magasins prennent ses coordonnées et lui promettent de le rappeler s'ils ont besoin de ses services. David, un peu déçu, se dit qu'il va devoir très vite trouver un travail. Il s'installe dans un parking et tente de dormir mais des images de la jungle, des pygmées, de Nuçx'ia, de son père et de l'Antarctique, puis de son arrière-grand-père et de la forêt de Fontainebleau se mélangent dans son esprit.

Il repense à sa mère, Mandarine Wells.

Il repense à Aurore.

Et il finit par s'endormir.

89.

Je me souviens.

Au début, mes nouveaux champions, les hybrides « primato-porcins », se sont avérés un peu décevants.

Ils étaient sales et violents, moins sensibles que les poulpes, moins précis que les corbeaux, plus brutaux que les dauphins. Ils vivaient en hordes moins bien organisées que les rats, mais je savais qu'ils avaient une capacité d'apprentissage rapide.

Je les incitais, en influant par ondes sur leurs rêves, à observer les fourmis pour qu'ils apprennent d'elles, car j'espérais secrètement récupérer tout ce que j'avais misé sur les insectes sociaux.

À cette époque, pour maîtriser mon invention, je concentrai mes hybrides « primato-porcins » en un lieu unique, une île où je les couvai, leur donnai une température idéale, une flore idéale, une alimentation idéale. Ainsi protégés et encouragés, ils grandirent en esprit et en conscience exactement comme je l'espérais.

Des élèves surdoués.

Je baptisai cette île « mon laboratoire ».

Ils se baptisèrent eux-mêmes de deux syllabes : « Hu – main ».

C'est ainsi que tout a commencé pour ces locataires privilégiés.

Cela s'est passé dans un lieu que jadis ils nommaient Ha-Mem-Ptah et que, bien plus tard, certains nommeront « l'Atlantide ».

90.

Une vague lui soulève les paupières. Il a un frisson, se secoue et se replace face au volant de la vieille voiture de son père. Il remet le moteur en marche, quitte le parking et roule sans but.

La circulation est fluide. Dans son rétroviseur, David repère enfin la limousine noire aux vitres fumées. Il se risque à quelques feintes, la voiture répond. Pas de doute, elle le suit. Il accélère, prend plusieurs virages sur les chapeaux de roues pour tenter de la semer. À aucun moment, la limousine noire ne se laisse distancer et, à l'instant où il espère enfin la perdre dans un entrelacs de petites rues, le moteur de la vieille Hyundai cale. Il essaie de redémarrer. En vain. Il hésite sur le comportement à adopter en guignant du coin de l'œil la forme noire qui approche. Sentant une menace, il s'extrait de son engin, s'éloigne rapidement, et observe dans une vitrine la réaction de l'autre. La voiture noire se gare et la portière s'ouvre. Il en sort un homme d'une taille imposante. Assurément plus de deux mètres.

David accélère le pas et prend une rue transversale, l'autre le suit encore. Il tourne et arrive dans une impasse.

David sent une peur très ancienne partir de ses viscères et se répandre dans ses veines, la même qu'ont dû ressentir les premiers hommes des cavernes lorsqu'ils se retrouvaient poursuivis par un ours ou par un lion.

Cette fois, il est coincé. L'homme à taille de géant ne se presse pas.

— Qu'est-ce que vous me voulez ? demande le jeune chercheur avec une voix qui se veut la plus ferme possible.

D'instinct, il adopte une attitude similaire à celle du gorille du Congo : mâchoires serrées, épaules hautes, muscles crispés, prêt à combattre ou à fuir. Le colosse continue de s'avancer, impassible.

Pris de panique, David fonce vers un muret et l'escalade avec difficulté. Il retombe de l'autre côté et court. Le colosse escalade sans effort l'obstacle et continue de marcher à grandes enjambées dans sa direction. Une sueur d'angoisse coule dans le dos de David.

Il court, tourne sec dans une ruelle. Tout au bout se trouve une voiture blanche. Sa portière avant s'ouvre et il remarque à la place du conducteur une femme naine qui a des commandes de conduite adaptées à sa taille.

— Montez, docteur Wells ! intime-t-elle.

Il hésite, mais la haute silhouette continue d'avancer dans sa direction.

— Vous ne me reconnaissez pas ? demande la conductrice.

Alors il réalise que c'est la jurée de son examen à la Sorbonne. Il s'installe à la place du passager, ferme précipitamment la portière et attend que la voiture démarre. Mais la femme ne bronche pas.

— Démarrez ! Qu'est-ce que vous attendez ?

Le géant continue d'approcher. Il ouvre la portière et s'assoit tranquillement à l'arrière. À ce moment, la naine passe une vitesse et la voiture blanche démarre.

– C'est un kidnapping ? demande David en essayant de surmonter sa panique.

Il jette un regard dans le rétroviseur et croise celui du géant qui garde toujours son air impassible.

– J'ai beaucoup apprécié votre intervention et je voulais vous proposer un travail, docteur Wells.

– Quel genre de travail ?

– Sauver le monde, ça vous amuserait ?

91. ENCYCLOPÉDIE : FIN DU MONDE AZTÈQUE

Selon la mythologie aztèque, le monde connaîtra quatre phases de destruction.

La première phase touche le premier monde régi par le dieu Tezcatlipoca (qu'on peut traduire par le « Miroir fumant »). C'est un dieu dur, appelé aussi Titlacauan (qui signifie en langue nahuatl : « Nous sommes ses esclaves »). Le dieu Tezcatlipoca était représenté avec un corps noir, excepté des rayures jaunes sur son visage évoquant son animal fétiche : le jaguar. Sa statue devait demeurer cachée et seuls les prêtres pouvaient la contempler. Une fois par an, on lui offrait des sacrifices humains, de dizaines de jeunes hommes auxquels s'ajoutaient quatre jeunes filles censées lui servir de femmes.

Pour les Aztèques, à l'époque du premier monde, la Terre était peuplée de géants. Mais le dieu Quetzalcóatl (ce qui signifie « le dieu Serpent à plumes ») qui était lui-même un géant de la famille du dieu Tezcatlipoca, après avoir été son ami, se fâcha avec lui. Les deux dieux géants se combattirent et finalement Quetzalcóatl parvint à le vaincre et à le jeter dans l'océan.

Ce fut à cette époque que tous les autres dieux géants qui vivaient sur une île périrent lorsqu'une grande vague engloutit leur royaume. Le déluge sur l'île des dieux géants était la première phase de destruction du monde.

Puis vint la deuxième époque.

Le dieu Tezcatlipoca ne fut pas noyé et, à force de nager, il réussit à rejoindre la plage. Il voulait se venger. Il retrouva son rival Quetzalcóatl et à nouveau tous deux s'affrontèrent. Cette fois, Tezcatlipoca fut plus rapide et terrassa Quetzalcóatl d'un grand coup de pied dans le ventre. Profitant que son adversaire était complètement sonné, le dieu à peau de jaguar fit souffler une terrible tempête qui transforma les hommes en petits singes.

Ce fut la deuxième phase de destruction.

La troisième époque fut celle du règne du dieu géant Tlaloc (appelé aussi Tlalocantecuhtli (« Celui qui fait ruisseler les choses » en langue nahuatl). Il est représenté avec de longs crocs et des grands yeux ronds entourés de crocodiles. C'était le dieu des pluies. À nouveau Quetzalcóatl (qui entre-temps s'était remis de son combat contre Tezcatlipoca) le combattit. Le dieu serpent à plumes arriva à bout du dieu crocodile et il le consuma sous une pluie de feu. Suite à cette victoire, il transforma en dindons tous les hommes-singes qui vénéraient ce dieu crocodile.

Ce fut la troisième phase de destruction.

La quatrième époque est régie par la femme de Tlaloc, la déesse Chalchiuhtlicue (ce qui signifie « Celle qui porte une jupe de jade »). C'est la déesse des ouragans et des vents. Là encore, Quetzalcóatl la combatit en duel singulier, ce qui entraîna une tempête venue du ciel qui rase les montagnes, précipite les nuages sur la terre et change tous les êtres humains déjà transformés en singes et en dindons en simples poissons.

Telles sont, selon les Aztèques, les quatre époques et les quatre destructions qu'a connues l'humanité et qu'elle risque de connaître à nouveau.

Edmond Wells,
Encyclopédie du Savoir Relatif et Absolu, Tome VII.

92.

La salle du night-club Apocalypse Now est remplie d'une cinquantaine d'hommes, tous très bien habillés, en costard cravate. La scène est éclairée de lumières intermittentes orange, jaune, violette. Les haut-parleurs résonnent :

– Et maintenant une nouvelle pensionnaire. C'est une scientifique, mais vu l'état de la science de nos jours et le peu de crédits accordés à la recherche, elle a préféré faire aimer la biologie en montrant son anatomie plutôt qu'en torturant des souris. Messieurs, permettez-moi de vous présenter la plus savante des strip-teaseuses : « Le professeur Darwinia » et, je vous le promets, elle va faire évoluer bien des choses chez vous. Cette femme est capable de transformer l'homme... en singe...

Le commentateur rit tout seul de sa blague, alors que les spectateurs restent dans l'expectative. La lumière change, une ombre chinoise se dessine derrière un drap, puis le drap est tiré pour révéler une jeune femme de dos en blouse blanche.

Aussitôt la salle se met à applaudir.

La danseuse se retourne, fait face à la salle, un peu aveuglée par les projecteurs. Elle porte des lunettes épaisses en écaille, une perruque à chignon. Elle commence à se contorsionner puis, d'un coup, elle enlève un stylo de son chignon et libère la longue chevelure artificielle de sa perruque. La musique démarre.

This is the end,
Beautiful friend
This is the end
My only friend, the end

La danseuse commence à déboutonner un par un les boutons nacrés de sa blouse blanche. Puis elle s'arrête, sort une grosse loupe d'une poche et feint d'observer les visages. Elle affiche une mimique réprobatrice, et brandit une seringue. Les cris redoublent.

Elle reprend méthodiquement son déboutonnage et un soutien-gorge blanc apparaît. Sa poitrine opulente y est compressée, révélant par endroits la peau couleur pêche. Elle enlève le haut de sa blouse et dévoile une mini-jupe sur des bas blancs qui tiennent avec des porte-jarretelles de la même teinte. La salle est survoltée.

Toujours accompagnée de la voix de Jim Morrison elle entreprend de dégrafer sa jupe et la fait tournoyer avec son index au-dessus de sa tête.

Of our elaborate plans, the end
Of everything that stands, the end
No safety or surprise, the end

Elle se retourne et ondule des fesses. D'un mouvement brusque, elle revient vers la salle et arrache son soutien-gorge dévoilant ses seins dont les aréoles sont recouvertes par des capuchons blancs.

La salle pousse à nouveau une clameur.

La danseuse prend son temps, enlève sa culotte en dentelle blanche et révèle un string arachnéen sur le petit triangle duquel on distingue une bombe atomique stylisée avec en dessous marqué « THE END ».

Justement le morceau des Doors arrive à sa fin, et la lumière s'éteint d'un coup dans un bruit d'explosion de bombe atomique. Le présentateur surgit, alors que les lumières se rallument sur lui, seul en scène.

— Et oui, c'est la fin. On applaudit très fort le professeur Darwinia.

La salle obtempère sans se faire prier.

– La fin… sauf… pour ceux qui sont prêts à payer 100 euros. Ces privilégiés pourront l'avoir en cabine personnelle pour une lapdance très très sensuelle de vingt minutes.

Déjà une nouvelle danseuse avec un uniforme de la police monte sur scène, brandissant des menottes et une matraque.

Ayant remis sa blouse blanche, le professeur Darwinia s'installe au bar et réclame une boisson. Un homme la rejoint. Elle le reconnaît aussitôt.

– Qu'est-ce que vous faites là ?

– J'ai eu du mal à vous retrouver, reconnaît David. J'ai cherché sur internet. C'est votre nom de scène annoncé sur le programme qui m'a mis la puce à l'oreille. J'ai voulu vérifier l'intuition et j'ai bien fait, il me semble… docteur Kammerer.

– Mais pourquoi n'avez-vous pas attendu que j'aie fini mon spectacle pour me retrouver dehors ?

– Ce que j'ai à vous dire est urgent. Je ne sais pas à quelle heure vous finissez, très tard je présume, et je ne me vois pas attendre à l'extérieur jusqu'à 4 heures du matin. En général, je m'endors avant.

– À l'intérieur, ce n'est pas idéal pour discuter, docteur Wells. Je suis censée travailler.

– Je vous l'ai dit, c'est urgent.

– À la minute près ?

– À la seconde près. Peu importe le décor et les circonstances, du moment que je peux vous dire ce que je dois vous dire.

Un homme noir en costume mettant en valeur ses épaules et ses bras musclés s'avance, mâchoires crispées. Il fait craquer les phalanges de ses larges mains.

– Ne dérangez pas le professeur Darwinia ou prenez une lapdance personnelle en cabine, dit-il. Ces filles travaillent, elles ne sont pas là pour faire la causette. On vous l'a signalé, c'est

100 euros les vingt minutes, nous prenons les cartes de crédit et les chèques.

— Écoutez, docteur Wells, nous pourrons très bien discuter un autre jour. La semaine prochaine, si vous voulez je…

— Très bien, je prends une danse tout de suite.

Le videur le jauge, méfiant.

— Et vous n'avez pas le droit de la toucher sinon vous êtes évacué. Vous n'avez pas non plus le droit de vous masturber.

L'homme en costume n'a pas décrispé sa mâchoire et il continue d'annoncer les règles du jeu.

— Elle peut vous toucher ou vous effleurer de ses tétons mais vous n'avez pas le droit de chercher le contact sans son autorisation. Vous pouvez la renifler sans contact de vos narines avec sa peau. Elle peut vous embrasser si elle le souhaite. Mais vous n'avez pas le droit de la lécher ou de la mordre. C'est clair ?

David a une pensée pour le vol nuptial des fourmis ailées sur le dôme de leur cité.

— Eh bien, les rapports hommes-femmes ont drôlement évolué…. C'est devenu, comment dire, plus « encadré », mais on peut essayer de trouver un peu de spontanéité malgré tout.

L'homme en costume s'approche et fait à nouveau craquer les jointures de ses phalanges.

— Nous sommes un établissement sérieux. Vous payez et vous acceptez les règles, sinon vous êtes prié d'aller faire le mariole ailleurs.

David cherche dans son portefeuille et sort un billet froissé de 50 euros, quatre de 10 euros et une dizaine de pièces d'un euro. L'homme recompte l'argent et l'empoche.

Aurore guide alors son client vers l'étage où s'alignent des cabines sans porte, seulement occultées par un rideau de velours rouge. Elle prend un chiffon qu'elle enduit de spray désinfectant et essuie le fauteuil avant de proposer à David de s'asseoir. Il remarque que le désinfectant a la même odeur que celui de la morgue : un mélange d'odeur de pin et de citron. Elle lui sert un verre d'eau glacée qu'elle pose à un emplacement prévu à cet effet sur le fauteuil. Elle déclenche ensuite un éclairage rouge, puis programme l'appareil audio sur la chanson qu'elle a choisie. C'est encore un morceau des Doors, cette fois *L. A. Women.*

Well, I just got into town about an hour ago
Took a look around, see which way the wind blows
Where the little girls in their Hollywood bungalows

Aurore commence à danser.

— Ce n'est pas nécessaire, dit-il, je suis juste venu pour vous parler.

— Ce qui est au-dessus de vous avec un objectif et une petite diode rouge, c'est une caméra vidéo de contrôle. En fait, ils ont peur des pervers qui font autre chose que ce qui est prévu. Et ce qui est prévu, c'est un striptease personnel en échange de 100 euros. Donc je n'ai pas le choix : je dois faire ma « prestation », sinon ils ne comprendraient pas.

Elle ondule de manière très suggestive.

— Par contre, il n'y a pas le son, donc nous pouvons parler librement. Alors qu'y a-t-il de si pressé qui ne puisse attendre la fin de la soirée, docteur Wells ?

— J'ai été contacté par un géant et une naine. Celle-là même qui siégeait au jury de notre concours à la Sorbonne. Et je sais que vous aussi avez été contactée par eux. En fait, ils sont liés : le géant est l'homme à tout faire de cette femme.

Aurore passe des déhanchements à des bascules saccadées de son bassin. Les pommettes du jeune homme sont pivoines et il commence à défaire quelques boutons de sa propre chemise.

— Vous avez été contacté par ces gens qui font partie du ministère de la Défense et ils vous ont proposé de travailler pour l'armée, n'est-ce pas ? demande-t-elle sans cesser de danser.

— Nos deux projets les intéressent. Ils voient dans le mien une parade possible contre la guerre bactériologique et dans le vôtre une parade contre la guerre nucléaire.

Elle continue sa danse en hochant la tête.

Elle défait sa veste et approche son soutien-gorge en dentelle à quelques millimètres des yeux du jeune homme. Puis très lentement, elle se place afin que le nez de son client effleure la vallée de ses seins.

— À ce détail près que je suis gauchiste, pacifiste, féministe et qu'il est hors de question que je travaille pour l'armée, signale-t-elle d'un ton détaché.

Elle revient d'un coup en arrière, danse de manière de plus en plus suggestive. Puis se retourne et enlève son soutien-gorge. Ses seins lourds et aux tétons à larges aréoles recouvertes des capuchons blancs font des huit.

— Et vous, David, vous leur avez répondu quoi ?

— J'ai accepté. C'était ça ou le chômage. J'ai moins de principes antimilitaristes que vous.

— Cela ne me dit pas ce que vous venez faire ici ce soir ?

Tout en posant la question, elle enlève les capuchons qui masquaient ses aréoles.

— Ils nous veulent tous les deux. C'est nous deux ou c'est personne.

Il a des gouttes de sueur sur les joues.

— En fait, ils vous manipulent pour que vous me manipuliez, n'est-ce pas ? Et ils sont si pressés qu'il vous mettent la pression pour que vous agissiez à la minute.

Elle se recule à nouveau tout en dansant.

— Peut-être. Mais j'ai besoin de ce travail. Alors votre réponse est... ?

— Non.

– Ce n'est pas que pour l'argent, je crois vraiment qu'il y a une menace globale réelle et que nous pouvons apporter notre aide. Vous savez, j'ai beaucoup parlé avec cette femme militaire, ses arguments sont convaincants.

– Pour vous, pas pour moi. Désolée.

Elle saisit la télécommande et augmente le volume sonore. La musique des Doors fait vibrer la cabine.

« Are you a lucky little lady in The City of Light ?
Or Just another Lost Angel ? »

David se lève.

– J'ai besoin de ce travail. J'ai quitté ma mère et je suis à la rue. Je dors dans ma voiture.

– Vous ne m'aurez pas par la pitié.

Elle le repousse sur son siège d'un geste puissant, enlève sa culotte et révèle son string avec la bombe atomique et le mot « THE END ».

Le videur en costume apparaît en tirant le rideau de velours.

– Tout va bien, Darwinia ?

– Bien sûr, Mumboko, bien sûr.

– C'est fini, monsieur, il faut payer une seconde lapdance ou partir, annonce le videur.

Il cherche un argument pour gagner du temps.

– Mumboko ? C'est un prénom bantou, n'est-ce pas ? Cela veut dire sixième enfant...

– Comment tu sais ça, toi ? demande l'autre, alerté.

– Les bantous exploitent et tuent les pygmées. Ce sont des racistes et des esclavagi...

Il n'a pas le temps de terminer sa phrase. Un énorme poing garni de phalanges dures part vers son visage et lui fait éclater le nez. En enchaînement, un coup de genou le frappe au ventre et un second coup de poing lui fait éclater la lèvre. Le chercheur part en arrière et tombe à la renverse. Le videur lui assène des coups de pied puis, comme s'il se lassait de le frapper avec les pieds, il le bourre de coups de poing et le soulève pour le jeter dans la cour, visant plus précisément le coin des poubelles.

La tête de David tape l'angle aigu d'un couvercle et il s'évanouit.

Il se met à rêver, se revoit là-bas, en Atlantide, avec une danseuse dans une taverne.

La fille a un visage rieur et une coiffure avec des petites tresses très compliquées incrustées de turquoises. Ses vêtements sont formés de lanières beiges très fines et elle a deux petites fossettes sur les joues quand elle sourit. Ses yeux sont vert clair.

Après avoir fini de danser, elle salue puis se dirige vers lui et, tout en le fixant dans les yeux, lui dit en souriant...

93.

Je me souviens.

Les humains progressaient bien.

Comme ils étaient bien nourris et vivaient dans une zone tiède et riche en végétaux nutritifs, ils se mirent à grandir.

À l'époque, ils mesuraient 17 mètres de haut.

Leur position bipède libérait les membres antérieurs et ils utilisaient leurs mains équipées de doigts pour fabriquer des objets de plus en plus élaborés.

Leurs yeux en position faciale et à vision relief leur permettaient de maîtriser les graphiques, les dessins, les peintures, les plans.

Leur cerveau à cortex épais, qu'ils utilisaient de manière optimale, leur apportait analyse et synthèse rapide des situations, prévisions des conséquences de leurs actes, d'où un développement privilégié de leur mémoire, de leur créativité, de leurs intuitions.

Puis de leur imagination.

Après l'intelligence, il me tardait qu'ils fassent l'expérience de la conscience.

94.

– Quoi, t'es encore là toi ? Dégage ! Pauvre avorton !

David ouvre d'un coup les yeux et sort brusquement du rêve de son ancienne vie. Dans cette vie-ci, il sent tout de suite une douleur fulgurante dans sa cloison nasale. Il porte sa main à son nez et elle revient les doigts couverts de sang.

Le bantou lui parle :

– Je te préviens, je repasse dans un quart d'heure et, si tu es encore là, je lâche le pitbull.

David essaie de bouger mais il sent des contusions partout. Alors il reste avachi, espérant que le vigile ne mettra pas à exécution sa menace. Il attend. Des gens de l'immeuble passent et, estimant que c'est un client saoul, l'enjambent sans y prêter attention.

Enfin une silhouette l'observe sans hostilité.

– Désolée, il fallait que je termine toutes mes danses avant de pouvoir vous rejoindre, explique Aurore.

– J'ai préféré vous attendre tranquillement dans ce coin de la cour près des poubelles, tente-t-il de plaisanter. Quelle heure est-il ?

Elle lui prend le visage dans les mains et observe ses blessures. Il grimace quand elle lui touche un bleu.

– Quatre heures du matin.

– Déjà ? En vous attendant ici, je n'ai pas vu le temps passer… !

– C'est votre faute aussi. Mumboko est très susceptible. Vous n'auriez pas dû le traiter de raciste.

– Je sais de quoi je parle, j'ai vu comment les bantous traitent les pygmées.

Aurore allume une cigarette et lui place entre les lèvres. Il sent le goût caramélisé dans sa bouche, inspire et sent la nicotine qui pénètre dans ses alvéoles pulmonaires. Il sait que cela lui empoisonne le sang et lui abîme les poumons mais, à cet instant, cette cigarette lui semble la meilleure chose qui puisse lui arriver. Il inspire à nouveau une profonde bouffée et tousse.

Alors elle lui reprend la cigarette.

Ils restent un instant à se regarder, puis elle l'attrape par le bras, l'aide à se relever et à marcher pour quitter la cour sordide.

95. ENCYCLOPÉDIE : BESOIN D'AMOUR

Le psychologue Harry Harlow de l'université du Wisconsin a initié une série d'expériences en 1950 pour analyser sur des bébés singes l'influence de l'abandon ou de la non-implication des parents.

On pensait alors que, jusqu'à 3 ans, le jeune primate (et donc par extension le jeune humain) n'avait besoin que de nourriture et de sommeil pour grandir. Dans un premier temps, Harlow a séparé des nouveau-nés macaques de leur mère durant les 3, 6, 12 et même 24 premiers mois.

Pour certaines expériences, il a remplacé les mères par des mannequins équipés de biberons. Il a ainsi pu remarquer que les bébés allaient vers les mannequins équipés de fourrure plutôt que vers ceux équipés de grosses tétines productrices de lait et que le besoin de contacts tactiles pouvait prendre le dessus sur la faim. Les bébés qui n'avaient pas de mère mannequin de substitution et seulement des biberons prenaient l'habitude de s'entourer eux-mêmes de leurs bras. Revenus dans le groupe social, ces enfants macaques ont montré des comportements de type autiste et un désintérêt pour les autres, pour les jeux et pour la sexualité.

Dans un second temps, Harlow a mis les macaques abandonnés en contact avec d'autres bébés macaques élevés normalement avec leur mère. La rencontre avec ces enfants choyés par leurs parents a légèrement réduit les effets dévastateurs de la séparation.

En grandissant, ces bébés macaques privés d'affection parentale devinrent des singes adultes inadaptés à la vie sociale. Ils étaient incapables de s'accoupler à des individus de l'autre sexe et manifestaient des comportements agressifs ou insolites semblables à ceux des humains atteints de psychoses. Ces expériences ouvriront le champ à d'autres études sur l'attachement (notamment de l'Anglais John Bowlby en 1958).

Il semble que l'individu ne peut pas savoir qu'on l'aime si cet amour ne lui a pas été démontré de manière physique : en le prenant dans les bras, en le cajolant, en le berçant, en lui parlant.

On pourrait imaginer un droit universel pour tous les enfants qui naissent d'être aimés par au moins l'un des parents. Et, par voie de conséquence, le devoir des parents d'aimer leurs enfants.

Edmond Wells,
Encyclopédie du Savoir Relatif et Absolu, Tome VII.

96.

Le coton imbibé d'alcool à 90° entre en contact avec la plaie sur la lèvre tuméfiée et fait grimacer David.

– J'ai une bonne et une mauvaise nouvelles, annonce Aurore.

– Commencez par la mauvaise.

– La mauvaise, c'est que je vous vois venir avec vos petits airs innocents.

– Et la bonne ?

– La bonne, c'est que j'ai suffisamment le sens de l'hospitalité pour vous offrir malgré tout un dîner chaud. J'adore cuisiner.

– J'ai de la chance.

– Ma mère m'a toujours dit : « Méfie-toi des types qui se font casser la gueule devant toi, c'est un truc monté à l'avance avec des complices pour t'attendrir. »

Il grimace pour essayer de décoller sa lèvre tuméfiée de ses gencives.

— Votre mère devait être d'une grande sagesse.

— Elle m'a aussi dit : « Méfie-toi des types qui te font des compliments. » Attention, ça va piquer encore plus.

Elle lui tamponne l'arcade sourcilière.

— Dites donc, votre complice n'y est pas allé de main morte, dit-elle.

— J'ai demandé à mon ami Mumboko de ne pas se retenir pour que cela ne fasse pas trop toc, répond-il sur le même ton narquois.

Elle enlève sa chemise et découvre ses hématomes.

— Chacun son tour d'exhiber son corps.

David jette un regard circulaire sur la pièce. Il remarque une photo sous cadre posée sur la commode du salon.

— C'est votre mère ?

— Elle était persuadée que je sauverais le monde.

— Mmmh, cela suffit à rendre un enfant prétentieux. Mon propre père a dit la même chose. « Mon fils changera le monde. » Ça m'a programmé.

Elle range les cotons et lui passe de la pommade sur les bleus.

— Vous êtes… mégalomane ?

— Bien sûr.

— C'est quoi les symptômes ?

— Je crois réellement que je peux sauver le monde. Tout seul si c'est nécessaire. Une goutte d'eau peut faire déborder l'océan.

Elle pouffe.

— C'est pour cela que vous êtes prêt à travailler pour les services secrets ?

— Pourquoi pas ?

— Ce qui me plaît chez vous, docteur Wells, c'est en effet que vous avez gardé votre âme d'enfant, mais je suis désolée, je ne partage pas votre naïveté, je crois que personne ne sauvera le monde.

Elle s'installe au fond de son fauteuil puis sort une bouteille de vin de Cahors et s'en sert un grand verre sans lui en proposer.

– Je lui ai parlé moi, au « monde ». C'était en Turquie durant mon voyage d'étude sur les Amazones. À mon avis, notre planète est condamnée. Il n'y a plus qu'à faire la fête, s'amuser, jouir de tout, en attendant la grande Apocalypse finale. « The end » des Doors est ma chanson préférée. La fin est inéluctable. L'avenir, c'est le chaos, puis la mort.

Elle le regarde et lui passe la main sur le front pour voir s'il n'a pas de fièvre.

– Bon, vu votre état, vous pouvez rester ici ce soir.

– Il n'y a pas votre « compagne », madame Mercier ?

– Christine ? Nous ne sommes plus ensemble. Trop jalouse. Et je la soupçonne… de m'avoir trompée.

– Elle vous trompe « et » elle est jalouse ?

– « On reproche toujours aux autres ses propres faiblesses. »

– Jolie formule.

Son début de sourire se transforme en grimace.

– Et vous, votre « femme » ne va pas s'impatienter ?

– Maman ? Pfff… J'ai aussi entamé la procédure de divorce. Première étape, l'abandon du foyer.

Il affiche un air contrit.

– Finalement, nous avons des destins parallèles, cher docteur Kammerer. C'est d'ailleurs assez troublant.

Elle redevient sérieuse.

– Vous pouvez rester ici ce soir, mais n'essayez rien pour me draguer. Quand bien même je pourrais changer de goût, vous n'êtes pas du tout mon genre.

– Et votre travail à l'Apocalypse Now ? Pourquoi un choix pareil ?

– J'ai deux instants de plaisir avec chaque client.

– Ah ?

– Le premier, c'est quand il paie. Le second, c'est quand il s'en va.

Elle boit et poursuit.

– La vie seule et tranquille me convient très bien. Le couple et la sexualité, ce ne sont que des soucis. Comme disait un humoriste : « Vivre en couple, c'est résoudre ensemble des problèmes qu'on n'aurait pas si on vivait tout seul. »

– Encore une jolie formule. Vous les collectionnez ? Je crois que là aussi nous partageons une passion.

Elle se lève et, tout en continuant à tremper régulièrement ses lèvres dans son verre, elle se tourne vers la fenêtre ouverte.

– Je crois que la première fois que je vous ai vu, j'ai ressenti une forte attirance pour vous, reconnaît-il.

– Je n'aurais pas dû vous amener chez moi. En plus, je crois que vous faites partie de la pire catégorie d'hommes : les romantiques. Ceux-là, ils sont prêts à faire n'importe quelle connerie pour se rendre intéressants. Surtout si vous êtes aussi mégalomane que vous le prétendez. J'ai été stupide de vous faire confiance, ma mère m'a pourtant dit...

– ... « de ne jamais faire confiance aux hommes ? » Ne vous inquiétez pas, je dormirai dans le canapé.

Elle le regarde de biais, méfiante et s'éloigne vers la cuisine.

David entend des bruits de casseroles et perçoit la voix lointaine de la jeune femme.

– Donc, vous avez accepté de travailler pour l'armée en vue d'inventer un humain plus petit qui résisterait à la guerre bactériologique ? Et vous voulez me convaincre de m'engager dans ce projet ?

– Vous savez, au début j'étais réticent moi aussi. Maintenant je suis convaincu que nous ne devons pas nous défausser. Ne pas participer à la création du monde futur, c'est être condamné à le subir.

– Pourquoi moi ?

– La naine a raison sur ce point, avec vous nous sommes « complets ». Vous avez la vision de l'endocrinologue et moi celle du biologiste.

Il entend des bruits de plats et de couverts.

— Et ils proposent combien pour cette mission de sauvegarde de l'espèce ?

— 2 000 euros par mois.

— Un salaire de fonctionnaire. Vous savez combien je gagne avec mes prestations à l'Apocalypse Now ? Plus de 5 000 euros par mois. Et cela ne m'occupe que quatre heures par jour. Pourquoi je quitterais un job pareil ?

Elle ouvre et referme plusieurs fois la porte du réfrigérateur.

— Je crois qu'agir au sein de l'armée c'est mieux que de ne rien faire du tout.

Un couteau cisaille quelque chose sur une planche en bois.

— Vous avez écouté les actualités ? questionne-t-il. Il semble que la guerre se prépare au Moyen-Orient.

— Nous sommes déjà « les survivants de toutes les erreurs de nos ancêtres ». C'est vous-même qui me l'avez dit.

Elle tranche les aliments avec plus de vigueur.

— En fait, je crois que ce que nous propose le colonel Ovitz, c'est d'inventer une nouvelle humanité qui résiste aux réactionnaires. Quels qu'ils soient, lance-t-il.

— Quel intérêt de faire une humanité plus petite *et* plus féminine ?

— Selon Natalia, cela pourrait faire d'excellentes espionnes qui, avec leur taille et leur résistance particulière, seraient capables de s'infiltrer et d'agir là où les gens normaux ne peuvent pas.

Elle revient dans la pièce en tenant une casserole et pose la question :

— Des mini-espionnes pour saboter quoi ?

— Les centres où l'on fabrique les bombes bactériologiques et nucléaires, je suppose.

— Vous vous rendez compte de ce que vous dites, cher docteur ?

Narquoise, elle met la table. Elle lui sert un mélange d'haricots blancs et des morceaux de viande marron.

– C'est ma mère qui m'a donné la recette. Elle est originaire de Toulouse. Dites-moi franchement, cela vous plaît ?

Il goûte avec précaution, sent s'épanouir sur ses papilles une foule de saveurs.

– C'est quoi ? demande-t-il la bouche pleine.

– Du cassoulet. Normalement cela se fait avec de la graisse d'oie, mais moi je le fais avec de la graisse de canard. Haricots blancs, couenne, pied et groin de porc, un peu de cou d'oie, et moi pour la touche personnelle, j'ajoute un peu de crème fraîche, allégée je vous rassure, du beurre salé, du poivre, du sucre et une feuille de laurier.

– Ah, du laurier ?

– Pour moi, la cuisine est une sorte de prolongation de la chimie et j'aime bien inventer des plats qui n'existent nulle part en améliorant des plats anciens. Ce n'est pas un peu trop cuit ? Il faut que la croûte soit juste roussie, tiède et un peu craquante.

– Comment avez-vous fait pour préparer ce cassoulet aussi rapidement ?

– En fait, j'en avais déjà préparé hier pour une amie. Mais elle avait une petite faim, elle a pratiquement tout laissé, alors il m'en restait, je n'ai fait que rafraîchir un peu le plat. De toute façon, il paraît que c'est meilleur réchauffé.

Il mange en essayant de sourire.

– Et vous, vous n'en prenez pas ?

– Je dois garder la ligne pour le travail. En fait, je ne mange qu'une pomme et un peu de salade le soir.

Et joignant le geste à la parole, elle sort une pomme et quelques feuilles de laitue qu'elle mastique avec lenteur.

– Profitez puisque vous n'avez pas ce genre de désagrément. Le vin est ma seule petite entorse à la règle.

Elle se ressert du Cahors à la robe couleur cerise noire.

– Vous voulez encore du cassoulet ?

– Non merci, je suis rassasié.

– J'espère que vous ne dites pas non par politesse, je ne voudrais pas que vous fassiez des manières.

Elle semble peinée, alors il accepte une nouvelle assiettée d'haricots au gras de canard. Un morceau de groin dépasse, il l'éloigne discrètement sur le bord de l'assiette.

– Quand vous aurez fini de prendre des forces, vous n'aurez qu'à dormir sur le canapé. Et hum… je compte sur vous pour ne pas être tenté de me déranger, n'est-ce pas ?

– Je suis un gentleman. Pour qui me prenez-vous ?

– Pour un type capable de fréquenter des boîtes de strip-teaseuse et de payer 100 euros pour avoir une séance de lapdance en cabine personnelle.

Elle lui claque un bisou sec sur le front en guise de bonne nuit et part vers sa chambre.

Il profite du répit pour cracher le contenu de sa bouche dans sa serviette en papier et déverser le tout au vide-ordures.

Aurore revient et lui tend une couverture et un coussin.

– Et même si on y arrivait, quel est l'intérêt de faire des mini-espions ?

– Actuellement, les projets du colonel Ovitz sont liés à l'Iran. D'après ce qu'elle m'en a dit, ce pays est en train de devenir une poudrière prête à exploser. Jaffar s'enlise dans une surenchère de violence pour se maintenir et il n'hésitera pas à employer les moyens les plus massivement dévastateurs. Si on pouvait leur envoyer des espions pour saboter leurs installations, cela donnerait un avantage aux jeunes étudiants démocrates en révolte contre la dictature des vieux barbus.

Elle fait une moue dubitative.

– Et si je vous disais que je m'en fiche de ce que font les Iraniens et de ce qu'ils accumulent comme bombes atomiques ou bactériologiques. Qu'ils déclarent la guerre. Qu'ils tuent des humains, de plus en plus d'humains. De toute façon, il y en a trop. Pas besoin de discuter avec Gaïa pour comprendre que 8 milliards d'individus, et dans quelques années 10 milliards, ne pourront pas tous être nourris, habillés et logés sans épuiser les ressources de matières premières. La surpopulation, c'est le vrai problème. Pas le nucléaire ni l'Iran.

— Votre cynisme me surprend.

— Ce n'est pas du cynisme, c'est du réalisme. Mettez dix souris dans une cage, elles s'organisent. Mettez-en cent dans la même cage, elles se battent, s'entredévorent et détruisent tout.

— Ce n'est pas aussi simple.

— Personne ne veut l'entendre parce que personne ne veut renoncer à « sa liberté de faire des enfants sans limite ».

Il la regarde fixement.

— Je crois que c'est une façade. Vous n'êtes pas vraiment aussi dure que vous le prétendez.

— Vous voulez que je vous donne la preuve que je m'en fiche, que les humains s'entretuent ? Eh bien, je ne vous aiderai pas. Ni vous, ni votre colonel Ovitz, ni l'armée française, ni les étudiants iraniens, ni cette foule de charmants bébés destructeurs et gaspilleurs qu'on appelle l'humanité à venir. Qu'ils crèvent.

— Vous dites cela maintenant, mais je ne désespère pas de vous ramener à la raison.

Il désigne le cadre avec la photo de sa mère.

— Votre mère l'a prévu. Vous allez changer le cours de l'histoire pour l'amener dans la bonne direction.

— Ma mère s'est trompée, je ne sauverai pas l'humanité. Moi, je ne suis pas mégalomane. Ce que je veux, c'est qu'on me foute la paix. De toute façon, personne ne peut sauver quoi que ce soit, pas même vous. Ce n'est que de la prétention. Mumboko vous a finalement donné une bonne leçon de modestie. Et maintenant, il est 5 heures du matin. Je suis fatiguée. Allez, bonne nuit ! Croyez-moi, le monde se débrouillera très bien sans nous. Et s'il est condamné, nous n'y pouvons rien changer.

Elle rejoint sa chambre et ferme sa porte à double tour.

97.

Je me souviens.

Progressivement, tout comme moi, les humains prenaient conscience de ce qu'était la vie, de la chance qu'ils avaient de pouvoir réfléchir et communiquer.

Leurs esprits étant apaisés, sereins, libérés de la peur, ils devenaient constructifs.

Je leur inspirais, comme je l'avais déjà fait pour les fourmis, la construction de pyramides.

Ces monuments de forme conique, assez similaires aux fourmilières, me permirent d'établir un contact avec eux.

Ils prirent conscience de mon existence.

C'est ainsi qu'il y a près de douze mille ans, commença un dialogue privilégié entre mes locataires humains et moi.

Une fois que celui-ci fut bien établi, j'inspirai à l'un d'entre eux qui me semblait parfaitement réceptif et astucieux mon projet de vaisseau spatial pour me protéger des astéroïdes géocroiseurs.

Cet humain m'écouta.

Et il m'obéit.

Il parla à ses congénères et ils essayèrent de se surpasser.

À cette époque, je commençais à les trouver vraiment très intéressants, ces humains.

À force de les observer, je les trouvais même presque beaux.

98.

Aurore n'arrive pas à dormir. Elle repousse les draps, déploie ses jambes et sent le contact moelleux de la moquette sur la plante de ses pieds. Elle avance dans l'obscurité et se tape le

273

petit orteil contre l'angle d'un meuble. Elle retient un juron et ouvre précautionneusement la porte de sa chambre.

Elle observe David sur le canapé, en position fœtale, profondément endormi.

Elle sourit en repensant à sa gêne lors de la scène de lapdance dans la cabine.

Mystère de sa propre personnalité, alors qu'elle a toujours été attirée par les femmes, elle adore séduire les hommes, comme si elle voulait être sûre que si un jour elle changeait d'avis, ils seraient eux aussi à sa disposition. Durant ses séances de strip-tease, elle savoure cet instant précis où elle sait qu'il lui suffirait d'un simple battement de cils pour avoir ces mâles à ses genoux. Elle ne souhaite surtout pas coucher avec eux, ce serait enlever toute la magie, simplement avoir la maîtrise de leurs désirs.

Elle pense à sa mère.

Un jour, celle-ci l'avait surprise en train de se maquiller, d'enfiler ses chaussures à talons hauts, son soutien-gorge et prendre des poses aguicheuses devant le miroir.

Elle devait avoir huit ans tout au plus et n'avait même pas ressenti de gêne, seulement l'impression que quelque chose s'éveillait chez elle. Ses hormones.

Elle pense à son père. Leur première rencontre a provoqué en elle un sentiment de triomphe.

Lui aussi, après tout, n'est qu'un homme comme ceux qui viennent me voir danser.

Elle traverse la pièce jusqu'à la fenêtre et contemple la lune. Elle a toujours été fascinée par cette forme claire oblongue, sorte d'entité féminine vivante et bienveillante.

Aurore se sert un verre de vin sans quitter du regard l'astre de la nuit.

David ne réfléchit pas avec assez de perspective. Il a peur de la guerre, il a peur de l'Iran, il a peur des femmes, il a peur de sa mère, il a peur du chômage. Il a accepté la proposition de Natalia Ovitz par réaction à ses peurs, mais sans libre arbitre réel.

Elle se tourne vers lui. Son invité dort toujours à poings fermés, avec d'infimes soubresauts.

Il a l'air si inoffensif, si fragile.

Elle regarde sa montre qui indique 7 h 12. Elle sait qu'elle ne dormira plus à cette heure, alors elle se prépare un café puis s'enferme dans sa chambre pour regarder les actualités sur sa tablette numérique.

99.

FOOTBALL – Préparation du Championnat d'Europe. L'équipe de première division de Paris vient de faire l'acquisition d'un nouveau joueur brésilien, Ronaldissimo. Le montant est resté secret mais selon des fuites, il pourrait s'agir, rien que pour son transfert, d'une somme correspondant au PNB du Sénégal. L'arrivée de ce nouveau joueur pourrait complètement changer la donne pour les matchs de la ligue. Le directeur du club de Marseille a annoncé qu'ils comptaient eux aussi faire l'acquisition de nouveaux poulains de luxe.

SCIENCE – Une nouvelle planète similaire à la Terre a été découverte grâce au satellite Kepler dans la constellation du Cygne. Cette sonde équipée de son propre télescope embarqué a été lancée en mars 2009 avec pour mission de trouver des exoplanètes viables. Cette nouvelle planète a été baptisée Kepler 28. Elle est 2,4 fois plus massive que la Terre et tourne autour de son étoile en 290 jours. Elle a été repérée dans un amas au milieu de 100 000 étoiles grâce à son passage devant son Soleil, qui a provoqué une légère ombre. Sa température en surface est de 22°, ce qui sous-entend qu'elle peut avoir de l'eau et une atmosphère. On compte à ce jour 700 exoplanètes détectées dont cinq possèdent des tailles ou des distances par rapport au Soleil semblables à notre Terre mais qui sont jusqu'à ce jour trop chaudes ou trop froides pour abriter la vie. Kepler 28 pourrait faire figure d'exception. Cependant, la distance qui la sépare de notre planète rend évidemment tout voyage impossible. Kepler 28 se trouve en effet à 600 années-lumière de nous, or une année-lumière équivaut à 10 000 milliards de kilomètres.

SOMALIE – Une jeune fille de 13 ans, la petite Aicha Ibrahim Duhlow, a été violée par trois hommes. Son père a porté plainte au commissariat le plus proche. Les hommes ont été appréhendés et ont reconnu les faits. Mais après avoir écouté leur témoignage, le commissaire les a finalement laissés en liberté et a fait arrêter la jeune fille pour avoir eu des rapports sexuels en dehors du mariage. Dès lors, le tribunal religieux appliquant la loi en vigueur dans le pays l'a condamnée à être lapidée. Plusieurs organisations de droits de l'homme ont essayé d'intervenir pour sauver la jeune fille. Loin de l'aider, cela n'a fait qu'accélérer son exécution. Le président somalien lui-même a demandé aux étrangers de ne pas se mêler des affaires de justice intérieure. L'exécution a donc eu lieu dans le stade de football de la ville portuaire de Kismaayo. La jeune fille a été à moitié enterrée et son visage recouvert d'un voile blanc. Puis les spectateurs ont été invités à lui jeter des pierres. Une fois la première série de projectiles lancés, un médecin est venu examiner ce qu'il se passait sous le voile rougi et a annoncé que la jeune fille était encore vivante et qu'on devait procéder à une deuxième salve de pierres. Cependant un jeune garçon de 14 ans n'a pas supporté cette scène et a bondi pour essayer de dégager la jeune fille agonisante de son trou. Il a été abattu par la police avant de pouvoir perturber l'exécution de la sentence.

PROCÈS DE LA GRIPPE – Le procès du ministre de la Santé Loevenbruck, responsable du gaspillage des vaccins anti-grippe A, touche à sa fin. Après la plaidoirie des avocats, arguant du principe de précaution et de l'irresponsabilité du ministre, les jurés se sont réunis et ont annoncé le verdict. Le ministre est condamné à six mois de prison avec sursis pour abus de biens sociaux et à une amende personnelle de 2 millions d'euros. Le ministre a signalé qu'il ne se pourvoirait pas en appel mais qu'il considérait que la sanction était disproportionnée. « Ce procès va entraîner une catastrophe, a annoncé le ministre condamné, mes successeurs n'oseront plus prendre de décisions. » Pour sa part, l'opposition a applaudi le verdict, signalant qu'enfin les technocrates de la gouvernance vont réaliser qu'ils ne peuvent pas faire n'importe quoi avec les deniers publics.

POLLUTION – En France, d'une moyenne de 217 kg d'ordures par habitant en 1975, on est passé à 373 kg en l'an 2000. Cette année, le chiffre a atteint la moyenne de 539 kg d'ordures par an et par habitant, soit une moyenne de 1,5 kg par personne et par jour. Rien que les prospectus publicitaires dans les boîtes aux lettres donnent 50 kg d'ordures par an et par habitant.

IRAN – Suite aux nouvelles manifestations d'étudiants, le pouvoir semble avoir trouvé une diversion en lançant ses fameux gardiens de la révolution sur sa frontière nord pour réduire la rébellion kurde qui, selon le président Jaffar, menaçait de profiter de la situation pour réclamer son indépendance. Les gardiens de la révolution, transformés pour l'occasion en escadrons de la mort, ont brûlé plusieurs villages kurdes censés abriter des résistants du PKK. Les membres des ONG et les journalistes qui s'étaient infiltrés malgré les interdictions ont été arrêtés et expulsés mais certains ont pu malgré tout prendre des images avec leur smartphone et franchir les frontières en dissimulant leurs appareils. Il semble que les escadrons de la mort des gardiens de la révolution aient été autorisés par le gouvernement turc à poursuivre leur travail de « nettoyage » au-delà de la frontière. Les forces militaires ont été parachutées dans la nuit sur leur lieu d'action et l'effet de surprise a été total parmi les combattants kurdes tout comme parmi les civils. L'étendue et la férocité de la répression dans les villages frontaliers servent probablement aussi de message d'intimidation adressé aux étudiants du mouvement « Où est mon vote ? » qui...

100.

Aurore se fige tout à coup. Elle s'approche de l'écran et reconnaît le village turc des Amazones. Parmi les dizaines de corps pendus aux branches d'un arbre, elle reconnaît un visage.

Diana ! La tavernière...

Bouleversée, elle remet l'image et le son.

— ... regrette qu'une des principales figures de la résistance kurde a cependant pu leur échapper, il s'agit selon les autorités iraniennes d'une « forcenée laïque fanatique » du nom de Penthésilée Kéchichian qui a fui en Turquie. Cette dernière...

La main d'Aurore éteint d'un coup la télévision.

En dehors de Diana, elle a reconnu d'autres filles du village des Amazones. Des corps suspendus comme des fruits sombres déjà recouverts de corbeaux et de mouches.

Elle tire d'un coup les rideaux et secoue David.

— Debout !

— Quoi ? Qu'est-ce qu'il se passe ? Quelle heure est-il ?

— Sept heures et quart, il faut y aller.

— Y aller ? À sept heures ? Mais où ça ?

— J'ai changé d'avis. Je suis prête à vous aider. Allons-y vite.

— Cela ne peut pas attendre quelques heures ? Enfin, je veux dire le vrai matin, quoi...

Elle saisit une valise. David se frotte les yeux.

— J'ai réfléchi, vous m'avez convaincue. Je suis prête à m'engager dans l'armée avec la DGSE pour inventer une nouvelle humanité qui résiste aux « réactionnaires ».

— Qu'est-ce qui vous a fait changer d'avis aussi soudainement ?

— J'ai l'impression que les réactionnaires peuvent gagner.

— Vous êtes sérieuse ?

Elle remplit la valise avec des chaussures, des soutiens-gorge et des slips, un ordinateur portable, des pulls, des chemises, des jeans.

– Oh, et puis je crois aux signes : si vous êtes là et si vous m'avez tenu ce propos, c'est que je devais l'entendre.

Il masse sa mâchoire encore douloureuse.

Elle va dans la salle de bains et réunit hâtivement un nécessaire de toilette avec des crèmes, sa brosse à dents, sa brosse à cheveux.

– Qu'est-ce que vous faites, Aurore ?

– Ma mue. Toute forme de vie a une métamorphose à connaître. Vous le savez, vous qui étudiez les insectes. J'étais chenille, il faut que je me transforme en papillon.

Elle prend maintenant une seconde valise et la remplit d'affaires plus volumineuses. David l'observe, incrédule. Il tente de se relever et ressent les courbatures des coups reçus la veille.

– Je m'en vais définitivement d'ici. Vous êtes garé loin ?

– Et qu'allez-vous faire de cet appartement ? demande David en se rhabillant avec difficulté.

Elle saisit la photo où elle pose avec sa mère et soupire :

– Qu'est-ce qu'on disait déjà sur le premier poisson qui est sorti de l'eau pour marcher sur terre ?

101. ENCYCLOPÉDIE : APPRENTISSAGE DE L'ABANDON

Grandir, évoluer, mûrir, c'est se préparer à vivre l'abandon. Le premier abandon, c'est le ventre de la mère. Le nouveau-né quitte ce milieu tiède, silencieux et liquide pour se retrouver dans un milieu froid, bruyant et sec où il n'a plus la garantie d'être en permanence nourri.
Le second abandon, c'est le sein. Alors que le nouveau-né garde une connexion chimique à sa mère par le sein nourricier, survient le jour où on le lui refuse pour le remplacer par un biberon en plastique. Beaucoup ne se remettront jamais de cette première escroquerie de la part des gens censés les aimer…

Le troisième abandon, c'est la mère elle-même. L'enfant prend conscience que parfois elle s'éloigne et ne revient pas tout de suite. C'est pour lui un traumatisme.

Ensuite l'enfant devra progressivement abandonner tout ce qui le rassure : ses dents de lait, sa crèche, son école, ses parents...

Il abandonnera ses illusions de jeunesse, sa croyance au père Noël, au père Fouettard, à la souris qui vient chercher ses dents sous l'oreiller, à l'idée qu'il se faisait du prince ou de la princesse charmante, à la justice, à la morale, à la richesse. Puis viendront son premier déménagement, son premier licenciement, son premier divorce. Selon son évolution et ses addictions, il devra abandonner la sexualité libre, la cigarette, la drogue, l'alcool, la graisse de son ventre, les jeux vidéos. Puis il perdra ses cheveux.

Une existence complète n'est qu'un lent et progressif dépouillement.

À chaque perte, correspondent un traumatisme et un gain d'autonomie.

Ce ne sera qu'en fin de vie qu'on essaiera de reconstituer les éléments de son début de vie. L'hospice remplacera l'école. L'hôpital remplacera la crèche. À nouveau, l'individu retrouvera la nourriture liquide, le lit tiède qu'il ne quitte plus, la croyance dans les entités invisibles bienveillantes.

L'idéal serait qu'aux derniers jours de la vie, l'individu retrouve une place dans un décor chaud, humide et sombre semblable à celui d'un ventre protecteur maternel. Ainsi la boucle serait bouclée, tout ce qui a été abandonné serait retrouvé.

Edmond Wells,
Encyclopédie du Savoir Relatif et Absolu, Tome VII.

GESTATIONS

102.

Les arbres forment une armée de sentinelles végétales.

Bientôt, en dehors de la route, il n'y a plus traces de présence humaine, ni bâtiment, ni voiture, ni réverbère, ni station d'essence, ni pilône électrique.

La Hyundai tout-terrain rouillée et grinçante emprunte un sentier de la forêt de Fontainebleau. Une biche les observe de loin.

Ils arrivent à une grande propriété ceinturée d'un mur.

Sur une pancarte blanche est inscrit en petites majuscules vertes à côté d'un cercle contenant un épis de blé stylisé : « INRA », Institut national de recherche agricole.

– Vous êtes sûr que c'est là ? demande la jeune chercheuse aux yeux dorés.

– J'étais déjà passé pas loin de cet endroit pour rejoindre la maison de mon arrière-grand-père, et je n'y avais pas fait attention. Je crois que c'est l'objectif recherché : la discrétion. C'est le genre de bâtiment administratif qu'on ne remarque pas. L'INRA, c'est une couverture. Ils ne peuvent quand même pas inscrire « services secrets » à l'entrée.

Ils stoppent devant un large portail surmonté de deux caméras vidéos. David s'approche d'une borne interphone.

– Aurore Kammerer et David Wells.

Les caméras font la mise au point, puis la porte coulisse sur ses rails.

À peine ont-ils franchi le seuil de la propriété qu'un chiwawa fonce vers eux en aboyant.

– C'est quoi ce petit chien ridicule ? s'exclame Aurore.

Face à eux se déploie un bâtiment blanc en forme de U sur trois étages. La Hyundai se gare devant la porte d'entrée centrale surmontée du symbole INRA, et le chiwawa les suit sans cesser de japper.

Aurore veut sortir mais David la retient.

– Ne vous y fiez pas, ce chien est plus redoutable qu'un grand.

– Cette peluche ?

– En fait, il est plus dangereux parce qu'il est plus intelligent. Il ne vous attaquera pas de face, il vous contournera et vous mordra aux cuisses ou au dos.

Elle referme la portière de la voiture alors que le chiwawa va se cacher dans un endroit invisible.

– Les chiwawas sont à peu près deux fois plus inventifs dans leur technique d'attaque que les bergers allemands, poursuit David. Le plus incroyable, c'est que si on remonte aux origines, les chiwawas, les caniches et les bichons maltais sont tous des descendants d'un même animal qui devait ressembler à un... loup.

Ils attendent à la porte d'entrée qui s'ouvre sur un homme de taille phénoménale.

– C'est le mari du colonel Ovitz, un ancien champion de basket-ball, chuchote David.

Le géant souffle dans un sifflet à ultrasons. Le chiwawa, qui s'apprêtait à lancer son attaque, sort de sa cachette et paraît déçu.

Aurore remarque que l'homme qui leur a ouvert la porte est vêtu d'un tee-shirt noir où l'on peut lire le texte suivant :

Lois de Murphy générales :

1. Tout ce qui peut aller mal ira mal.
2. Rien n'est aussi simple qu'il n'y paraît.
3. Tout prend plus de temps que vous ne le pensez.
4. Laissées à elles-mêmes, les choses tendent à aller de mal en pis.
5. Chaque solution amène de nouveaux problèmes.

– Amusant votre tee-shirt, dit-elle, vous croyez aux lois de Murphy ?

Sans répondre, il les guide à l'intérieur du bâtiment blanc.

La zone végétale déborde de mini-arbres, mini-fleurs, mini-cactus. Plus loin, Aurore découvre des cages avec des mini-animaux, oiseaux colibris, singes du genre ouistiti ou marmouset. Elle voit aussi des chevaux, des chèvres, des moutons nains.

Sur le côté droit, elle repère une serre vibrante de papillons.

Leur guide pousse une grande porte en bois. Aurore découvre un salon chaleureux de type anglais avec une épaisse moquette couleur gazon, des murs couverts de boiseries sculptées sur des thèmes forestiers, une cheminée, des fauteuils en cuir matelassé. Partout de larges écrans vidéos transmettent en boucle les nouvelles du monde. Sur des écrans plus petits, elle distingue des vues de l'intérieur ou de l'extérieur du centre, retransmises par les caméras de contrôle.

Au milieu du salon, une silhouette menue est juchée sur un fauteuil surélevé. Aurore reconnaît la jurée de la Sorbonne. Elle doit avoir une cinquantaine d'années. Vêtue d'un ensemble asiatique, elle fume avec un long fume-cigarette de jade tout en pianotant sur un ordinateur portable.

Leur guide fait signe aux nouveaux arrivants de patienter.

Au bout de quelques minutes, le colonel Ovitz consent enfin à s'intéresser à eux. Elle referme son ordinateur portable, tire une bouffée et les observe :

– Ce qu'on peut perdre comme temps en formalités, déplore-t-elle.

Elle souffle un nuage de fumée bleutée.

– Bien. Je crois que le mieux est que le lieutenant Janicot vous montre votre laboratoire et que vous commenciez à travailler tout de suite sur la mise au point du protocole de fabrication.

Aurore fronce les sourcils.

– Je peux savoir plus précisément ce que nous sommes censés faire ici ?

Natalia Ovitz examine la jeune fille.

– Je croyais que vous l'aviez briefée, docteur Wells.

Le colonel Ovitz consent à descendre de son fauteuil.

– C'est l'histoire d'un jeu à sept joueurs. Sur les sept, il y aura des gagnants et des perdants car certaines stratégies de jeu sont antinomiques les unes avec les autres. Mais il peut aussi y avoir plusieurs gagnants. Et il peut aussi y avoir plusieurs perdants.

Natalia saisit une télécommande qu'elle dirige vers un écran et fait apparaître une version de ses diaporamas résumés en un seul.

– Les voici. Vous reconnaîtrez au passage certaines théories de vos challengers de la Sorbonne.

Aurore écoute attentivement l'énoncé sur les sept futurs possibles.

– Et vous, colonel Ovitz, vous pensez quoi ? demande-t-elle.

– Moi ? J'ai juste envie que « le feuilleton de l'histoire de l'humanité » continue et que ce ne soit pas un retour vers la préhistoire.

Elle utilise la télécommande et, sur l'écran face à eux, les sept projets apparaissent avec leur leader. Du dictateur iranien Jaffar au milliardaire canadien Timsit, en passant par le président américain Wilkinson et le docteur Francis Frydman.

– Le projet qui m'inquiète le plus est le deuxième. Les fanatiques. Ils ont l'avantage du nombre et une seule réponse simple à tous les problèmes compliqués. Cette réponse tient en quatre lettres : Dieu. Et l'avantage de Dieu, c'est qu'on peut lui faire dire ce qu'on veut.

– Ils ne peuvent pas réussir, tranche David.

– Détrompez-vous, il ne faut pas les sous-estimer. Même en niant la science, l'égalité des sexes et les droits de l'homme, ils peuvent détruire les autres branches de l'arbre des futurs. Ils font beaucoup d'enfants et ils sont les plus violents. S'ils gagnent, ce sera notre faute, parce que nous n'aurons pas su proposer une meilleure solution. C'est pour cela que nous sommes réunis ici.

Aurore observe les écrans, la naine et le géant qui l'accompagne.

– J'aurai besoin d'aide, signale la jeune chercheuse. Je pense à une personne précise qui me sera indispensable pour poursuivre mes recherches.

– Oui, je sais, dit Natalia en faisant un geste de la main.

– Comment cela, vous savez ? s'étonne la jeune femme.

– Elle est déjà là.

Natalia Ovitz fait signe au lieutenant Janicot qui fait entrer par un couloir latéral une femme en tenue de voyage.

– Penthésilée !

Les deux amies s'étreignent.

– Comment avez-vous su ?

– Mon métier consiste à avoir toujours un coup d'avance. J'avais prévu que vous viendriez sous l'influence de David, je savais que psychologiquement vous auriez besoin d'être en couple. D'ailleurs, maintenant que je vous vois heureuse, je peux vous avouer que c'est moi qui ai envoyé les photos compromettantes à votre ex-amie précédente, ma collègue Christine Mercier.

– Quoi ?!

Natalia ne bronche pas, amusée par la situation.

– Je suis une militaire et je suis une stratège. Chez nous, la fin légitime les moyens.

Aurore est partagée entre l'étonnement, la colère et la satisfaction de retrouver son amie.

– Et nous devrions avoir d'une seconde à l'autre des nouvelles de notre dernière invitée, ajoute Natalia.

À cet instant, la sonnette d'entrée retentit. Le lieutenant Janicot revient avec une autre visiteuse.

– Nuçx'ia ! s'exclame David.

Les deux compagnons d'aventure s'étreignent à leur tour. Le colonel Ovitz s'autorise un petit sourire.

– Bien. Je crois que notre petite équipe est au complet. Maintenant, il va falloir que tout le monde se mette au travail et vite. Docteur Wells, c'est vous qui avez commencé à poser les éléments de notre « atelier ». Faites donc visiter le laboratoire à ces demoiselles.

Elle saisit fermement le bras d'Aurore, qui est étonnée qu'une femme aussi menue puisse avoir une poigne si puissante.

– Je suis heureuse que vous ayez changé d'avis, docteur Kammerer. Sachez que c'est un grand honneur de compter parmi nous non seulement la fille de Françoise Kammerer, la célèbre féministe, mais surtout l'arrière-petite-fille de l'homme qui a inspiré la plupart de mes recherches sur l'influence du milieu : le célèbre docteur Paul Kammerer.

La jeune scientifique est surprise que cette militaire évoque le nom de son arrière-grand-père. Pour elle, ce nom a toujours été associé à une honte familiale.

Pourtant elle ne lit aucune ironie dans le regard de Natalia.

103. ENCYCLOPÉDIE : PAUL KAMMERER

L'écrivain américain Arthur Koestler décida un jour de consacrer un ouvrage aux impostures scientifiques. Il interrogea des chercheurs qui l'assurèrent que la plus minable

était sans doute celle à laquelle s'était livré le docteur Paul Kammerer.

Kammerer était un biologiste autrichien qui réalisa ses principales découvertes entre 1922 et 1929. Éloquent, charmeur, passionné, il prônait que « tout être vivant est capable de s'adapter à un changement du milieu dans lequel il vit et de transmettre cette adaptation à sa descendance ». Cette théorie était exactement contraire à celle de Darwin. Aussi, pour prouver le bien-fondé de ses assertions, le docteur Kammerer mit au point une expérience spectaculaire.

Il prit des crapauds des montagnes habitués à un milieu sec et froid et les installa dans un milieu aquatique et chaud. Ces derniers, qui s'accouplent normalement sur terre, se mirent à préférer faire l'amour dans l'eau fraîche. Pour ne pas déraper sur la femelle mouillée devenue glissante, les mâles se mirent à développer une bosse noire copulatoire sur le pouce, bosse qui permettait aux crapauds aquatiques mâles de s'accrocher à la femelle durant l'accouplement. Et cette adaptation au milieu était transmise à leur progéniture, laquelle naissait directement avec une bosse de couleur foncée au pouce. La vie était donc capable de modifier son programme génétique pour s'adapter au milieu aquatique.

Kammerer obtint ainsi six générations de crapauds des montagnes équipés du pouce à coussinet nuptial agrippant. Il défendit sa théorie dans le monde entier avec un certain succès. Un jour, pourtant, un groupe de scientifiques et d'universitaires le pressèrent de réitérer sa démonstration. Une large assistance se pressa dans l'amphithéâtre, parmi laquelle de nombreux journalistes.

La veille de l'expérience, un incendie éclata dans son laboratoire et tous ses crapauds périrent, à l'exception d'un seul. Kammerer dut donc se résoudre à présenter cet unique survivant et sa bosse sombre. Les scientifiques examinèrent l'animal à la loupe et s'esclaffèrent. Il était parfaitement visible que les taches noires de la bosse du pouce du crapaud avaient été artificiellement obtenues par injection d'encre de Chine sous la peau. La supercherie était éventée. La salle était hilare.

Kammerer dut quitter la salle sous les huées. En une minute, il perdit toute crédibilité et toute chance de voir ses travaux reconnus. Rejeté de tous, il fut mis au ban de sa profession. Les darwinistes avaient gagné.

Il se réfugia dans une forêt où il se tira une balle dans la bouche, non sans avoir laissé derrière lui un texte lapidaire dans lequel il réaffirmait l'authenticité de ses expériences et déclarait « vouloir mourir dans la nature plutôt que parmi les hommes ». Ce suicide acheva de le discréditer.

Pourtant, à l'occasion de recherches pour son ouvrage *L'Étreinte du crapaud*, Arthur Koestler rencontra l'ancien assistant de Kammerer. L'homme lui révéla avoir été à l'origine du désastre. C'était lui qui, à l'incitation d'un groupe de savants darwiniens, avait mis le feu au laboratoire et remplacé le dernier crapaud mutant à pouce équipé de coussinet par un autre, ordinaire, auquel il avait effectivement injecté de l'encre de Chine.

Edmond Wells,
Encyclopédie du Savoir Relatif et Absolu, Tome VII.

104.

Le lieutenant Janicot entraîne les nouveaux invités vers une zone du premier sous-sol de l'INRA où il présente des animaux prototypes qu'Aurore n'avait jusqu'alors jamais vus. Dans une cage, elle peut reconnaître un rhinocéros nain d'un mètre de long. Dans la cage voisine, elle repère un éléphant à peine plus grand. Tout à côté, à l'aise dans un aquarium cubique et illuminé, elle reconnaît même une baleine qui ne mesure pas plus d'un mètre de long ! Le cétacé miniature nage tranquillement dans l'eau turquoise.

Le lieutenant Janicot annonce d'un ton détaché :

— Le colonel Ovitz a entamé ses recherches sur la réduction des êtres depuis quinze ans. Cependant, elle est arrivée à une limite, notamment pour les primates.

— Tiens, vous parlez ? Je vous croyais muet, ironise Aurore.

— Je ne parle que lorsque c'est nécessaire, précise-t-il.

Il désigne une cage dans laquelle un singe leur tourne ostensiblement le dos.

— Ce mini-gorille ne fait que 80 centimètres au lieu de 2 mètres de hauteur. Il s'appelle MG pour mini-gorilla. Il a un frère jumeau qui est allé en mission d'espionnage dans un centre militaire nord-coréen. Il était sur le point de réussir sa mission lorsqu'il a repéré un distributeur de friandises.

Son soupir exprime à quel point l'événement a été vécu comme une grande défaite par l'ensemble de l'équipe.

— Parfois, les projets les plus élaborés échouent pour des broutilles, reconnaît Aurore.

Ils marchent dans le couloir jalonné de cages et d'aquariums.

— Par la suite, le colonel Ovitz a essayé avec des robots télécommandés de petite taille.

Le lieutenant Janicot désigne dans une vitrine des robots humanoïdes miniatures.

— Et là aussi, elle a échoué.

— Problème de friandises ? ironise Aurore.

— Non, problème de signaux. Dès qu'il y a une télécommande, il y a un signal électromagnétique et celui-ci peut être repéré, intercepté ou parasité.

— Dans ce cas, il suffit de mettre un robot qui ne soit pas télécommandé mais qui, une fois lancé, réalise la mission qu'il a apprise.

– Le voici, dit-il en désignant un mannequin au visage figé. C'était à l'époque le docteur Francis Frydman qui avait travaillé dessus.

– C'est pour cela que Frydman faisait partie de la promotion Évolution de la Sorbonne ? demande la jeune femme.

– En effet. Mais il n'arrivait pas à un résultat convaincant. Chaque fois le robot s'avérait incapable d'analyser l'environnement et de prendre une initiative personnelle rapide.

– D'où l'orientation vers des robots capables de prendre conscience de qui ils sont ? complète la jeune femme. Le robot capable de concevoir la notion de « Moi » ?

– Ce petit génie travaille maintenant pour les industriels sud-coréens.

– Donc, résume Aurore, pas les gorilles, pas les robots, il reste...

– Vous deux.

Ils marchent.

– Le colonel Ovitz a baptisé ce projet « Hobbit », en référence au *Seigneur des anneaux* de Tolkien où des héros de petite taille s'infiltrent mieux que les humains normaux dans le camp adverse. Elle compte bien créer des petits espions capables de s'infiltrer dans les bunkers pour saboter les armes ennemies.

Ils arrivent dans un laboratoire équipé de machines complexes.

– Comme vous l'avez probablement compris, le colonel a vu dans vos deux mémoires l'intérêt de faire non seulement de petites espionnes humaines mais aussi de petites espionnes résistantes aux microbes et aux radiations...

– Mieux que les humains, les singes et même certains robots qui s'avèrent à l'usage fort fragiles, complète David.

– Qui est donc cette étrange femme ? demande Aurore.

– Le colonel Ovitz ? Disons une personne attentive. Elle a un talent de détection de ce qu'on nomme communément les

« signaux faibles ». À partir de détails, elle déduit comment vont se passer les grands événements.

– « Ad augusta per angusta » ? reprend la jeune scientifique.

– Maintenant, elle a un handicap.

– Sa taille ?

– Son talent de prévision du futur provient d'une forme d'hypersensibilité.

– Elle est paranoïaque, c'est ce que vous voulez nous suggérer, ironise Aurore.

Le lieutenant Janicot leur dévoile un nouveau laboratoire plus profond.

– La famille de Natalia, les Ovitz, formait une troupe hongroise de théâtre de nains. Ils étaient célèbres dans les années 1900 sous le nom de troupe « Lilliput ». C'était une sorte de cirque itinérant qui faisait le tour des villes d'Europe de l'Est.

Aurore poursuit la découverte de cet étrange lieu, pendant que le colosse explique :

– Durant la Deuxième Guerre mondiale, ils ont été raflés par les nazis. Le docteur Mengele, très féru d'études sur les humains « spéciaux », qu'ils soient jumeaux, rouquins ou nains, les a repérés et sélectionnés pour faire des expériences.

Cette fois, Aurore n'a plus le cœur à plaisanter.

– Maintenant que vous le dites, il m'a semblé lire quelque chose là-dessus dans l'Encyclopédie de mon arrière-grand-père, se souvient David.

– Le colonel Ovitz est la descendante de l'un des rares survivants de cette famille de nains de cirque. Elle en a tiré une rage contre toutes les formes de totalitarismes.

Aurore hoche la tête.

– La famille de Natalia a été libérée du camp de concentration par les troupes russes. Ils ont fui vers le sud, rejoint la Grèce libérée, puis ont pu se rendre en Israël. Là, la famille Ovitz a reformé une troupe de théâtre qui s'est produite à Tel Aviv. La mère de Natalia a fait partie des services secrets israéliens, tout spécialement des brigades chargées de retrouver les tortionnaires nazis. C'est elle qui a retrouvé la trace de Mengele au Brésil. Ensuite, elle a créé une section « espions de petite taille » au sein des services secrets israéliens. Et elle a obtenu des résultats suffisamment intéressants pour monter au grade de colonel. Sa fille a suivi son chemin. Elle a fait des études de biologie à Haïfa puis a rapidement intégré le Mossad avec une idée : poursuivre la lutte contre le nazisme dans le monde.

– Quel rapport avec la France ?

– L'amour. Elle m'a rencontré, dit le lieutenant Janicot de la même voix neutre.

Aurore s'arrête et lui fait face.

– Et vous, vous êtes qui ? Et vous faites quoi dans cette entreprise, vous êtes un joueur de basket égaré ?

Il ne sourit même pas.

– Ma famille a connu un parcours inverse de celle de Natalia.

Il continue son chemin, laissant planer un lourd silence.

– Mon grand-père était un membre important du Parti communiste français.

– A priori, les communistes étaient opposés aux nazis...

– A priori. Mais quand, le 23 août 1939, lors du pacte germano-soviétique, Hitler a serré la main de Staline devant tous les photographes du monde, les communistes français ont reçu la consigne depuis Moscou de mettre en sourdine leurs critiques contre les fascistes.

Aurore ignorait cette péripétie de l'histoire.

– Et ils ont évidemment refusé ?

– Ils ont accepté. Cela s'est fait naturellement. Et quand les Allemands ont envahi la France, Jacques Doriot a fondé avec certains de ses anciens camarades communistes le Parti populaire français, ouvertement collaborationniste, et dont l'autorité suprême était le vieillard grabataire qui était arrivé au pouvoir après la défaite de la France : le maréchal Pétain.

– J'avais oublié cet épisode, reconnaît lui aussi David, troublé.

– Beaucoup ont préféré l'effacer de leur mémoire. En fait, ce que les gens n'arrivent pas à intégrer, c'est que tous les dictateurs se soutiennent mutuellement, qu'ils soient sous les drapeaux noir, rouge ou vert. Ils défendent tous les mêmes valeurs : travail, famille, patrie, avec les mêmes moyens : la peur et la violence.

– Donc Natalia est tombée amoureuse de… vous, rappelle Aurore avec une intonation romantique.

– Mon grand-père a participé à la rafle des juifs du Vel d'Hiv. Il a participé ensuite à la lutte contre le maquis du Vercors. C'était lui aussi un homme de grande taille, alors on l'utilisait dès qu'il fallait un costaud pour impressionner.

Martin Janicot hausse ses larges épaules.

– De mon côté, j'ai suivi le chemin familial, j'ai fait les scouts. Dans ma faculté de droit, j'ai milité avec les groupuscules d'extrême droite. Je me suis engagé dans l'armée pour devenir officier. J'avais le culte de la force, du corps, de la virilité. J'ai voulu poursuivre la voie familiale en m'engageant dans les services secrets. Alors que j'étais en mission en Afghanistan, nous avons été pris dans une embuscade par un groupe de talibans. Ils nous ont fait prisonniers et n'ont même pas essayé de nous échanger comme otages. Ils voulaient juste nous utiliser pour leur propagande. Ils s'apprêtaient à nous supplicier avec des scies et à filmer la scène pour la mettre sur des sites internet.

Il raconte cela du même ton neutre.

– Ils ont tué devant moi mes deux collègues et j'attendais mon tour. J'avais 25 ans, et je me disais que j'avais joué et perdu.

Le pas de la troupe ralentit.

– C'est là que Natalia est arrivée. Elle n'était pas plus haute que trois pommes. Elle était seule. Elle a lâché une grenade fumigène et tiré avec un revolver à silencieux. En cinq minutes, c'était fini. Les dix talibans étaient morts et elle était là avec son masque à gaz à défaire mes liens. Par la suite, j'ai appris que c'était une initiative personnelle de Natalia. Elle était dans le coin à surveiller des réseaux de trafics de missiles entre le Pakistan et la Syrie et elle avait entendu qu'ils allaient « s'amuser avec des Français ».

Ils marchent.

— Cette femme, petite, seule, des services secrets israéliens m'a sauvé la vie. Ça m'a obligé à modifier mon point de vue.

— Et ça a été le coup de foudre immédiat ?

— Oui, nous nous sommes mariés et nous avons eu deux filles.

— Elles font quelle taille ? demande Nuçx'ia, curieuse.

— 1 m 75 et 1 m 72, répond Martin. Elles vivent en Australie et au Canada. Elles ont désormais 22 et 25 ans. Elles sont toutes les deux mariées.

— Et vous deux, vous êtes restés en France ? constate Penthésilée, intriguée par cette étrange trajectoire de couple.

— Quand Natalia attendait notre premier enfant, elle a préféré démissionner du Mossad. Mais, de mon côté, je n'ai pas démissionné des services secrets. Je suis devenu lieutenant et quand les deux filles ont été suffisamment grandes, j'ai convaincu mes supérieurs d'engager un agent secret israélien d'élite qui pourrait nous permettre d'opérer parfois avec l'aide du Mossad.

— Ils ont accepté ?

— Ils l'ont mise à l'épreuve. Elle a réussi deux ou trois missions particulièrement difficiles et ils ont bien été obligés de reconnaître son talent sur le terrain et l'intérêt d'avoir une telle taille. Lorsqu'elle a fait échouer de justesse une attaque terroriste dans le métro parisien, le ministre de l'Intérieur l'a décorée. Elle lui a demandé une entrevue où elle lui a expliqué sa vision d'un service parallèle. Elle a évoqué l'idée de mettre sur pied une cellule qui échapperait à tous les services administratifs. Après des échecs comme le Rainbow Warrior ou les missions de tentatives ratées de libération des otages au Nigeria, les services secrets français avaient vu leur crédibilité et leur financement se réduire. Beaucoup estimaient qu'entre services parallèles, ils se trahissaient et se tiraient dans les pattes.

– Ce ministre de l'Intérieur, c'était Stanislas Drouin ? tente d'anticiper Aurore.

– Quand il est devenu président, la proposition de Natalia l'a d'autant plus intéressé que cela lui permettait d'avoir une unité d'intervention militaire légère et rapide, uniquement jugée sur ses résultats sur le terrain.

– Il n'a jamais signalé l'existence de ce service parallèle ?

– Officiellement, nous ne sommes qu'une cellule de recherche et développement de l'INRA et donc en tant que telle, rattachée au ministère de... l'Agriculture.

– Discrétion pour ne pas attirer la jalousie des autres services ?

– Qui penserait que deux militaires, dans un ancien centre de l'INRA, sont censés essayer de trouver comment prévenir la Troisième Guerre mondiale ?

– Un géant et une naine, qui plus est..., souligne Nuçx'ia.

– Grâce au soutien du président Drouin, nous avons eu accès à toutes les technologies de pointe en biologie, en électronique et en robotique. De nombreux scientifiques se sont succédé ici. Ils ont conçu les animaux-bonzaïs que vous avez croisés dans l'entrée et ils nous ont formés à l'art de la miniaturisation du vivant.

Ils s'arrêtent face à des hippopotames pas plus grands que des lapins.

Le lieutenant Janicot sort de sa poche une carte magnétique qu'il passe devant une serrure électronique. Une porte s'ouvre et révèle un laboratoire ultra-moderne.

– Ceux qui ont déjà travaillé ici avant vous ne connaissaient pas l'objectif final. Pour eux, ce n'était qu'un centre de miniaturisation animale de l'INRA. Ils ont d'ailleurs été évacués au fur et à mesure qu'ils achevaient leur mission.

Le militaire referme avec soin la porte derrière les invités comme s'il craignait qu'on écoute la suite de leur conversation.

– Désormais, vous êtes les quatre seules personnes au courant de ce qui se passe réellement ici.

– Mais comment va-t-on faire ? demande Penthésilée, émerveillée par les appareils.

– Vous aurez accès à des ovules et des spermatozoïdes d'humain, répond le géant.

– Mais c'est éthiquement interdit, rappelle Penthésilée.

– La fin justifie les moyens.

– Je suis surpris que quelqu'un dont la famille a souffert des délires d'un scientifique nazi investisse dans la science en bafouant l'éthique, signale Aurore.

Le lieutenant Janicot reste impassible.

– J'en ai parlé avec elle. Elle m'a répondu que ce que la science a commis comme dégâts, elle doit le réparer.

Puis le lieutenant Janicot invite la troupe à remonter dans les étages. Il les guide dans l'aile est du U où sont regroupées les habitations.

Il ouvre une chambre pour le couple d'Aurore et de Penthésilée et une autre pour le couple de David et Nuçx'ia. Dans les deux, il y a un lit double, un bureau, des placards.

– Comment a-t-elle pu prévoir que je viendrais, enfin que nous viendrions ? s'étonne Aurore.

Le lieutenant Janicot leur indique qu'il est temps de revenir à la salle à manger pour le dîner.

Sur le chemin, tous les singes ouistitis, comme s'ils semblaient avoir compris ce qui se trame, se mettent à pousser des cris qui pourraient presque passer pour des rires d'enfants moqueurs.

105.

Et les humains croissaient et multipliaient en se perfectionnant.
Ils construisirent des pyramides copies des fourmilières.
J'avais repéré que les reines fourmis parvenaient mieux à communiquer en se plaçant aux deux tiers de ces édifices, je poussais donc les humains à produire la même loge pour améliorer nos échanges d'ondes.
Je les incitais aussi à se souvenir de leurs rêves.
Je les incitais à mémoriser leurs vies non plus seulement dans leur esprit, ni dans du pétrole mais en gravant des signes sur des pierres.
Je les poussais à développer leurs connaissances scientifiques et à multiplier les expériences.

106.

Une semaine s'est écoulée depuis que le centre INRA de Fontainebleau a accueilli ses nouveaux pensionnaires. Très vite, David Wells et Aurore Kammerer ainsi que leurs partenaires Penthésilée Kéchichian et Nuçx'ia Nuçx'ia, se sont habitués à vivre dans ce lieu clos, trouvant dans leurs couples respectifs suffisamment de socialisation pour leur permettre de supporter les longues heures de recherches dans le laboratoire.

Au début, ils n'ont fait que poursuivre le protocole ancien qui consiste à croiser des spécimens de petite taille et à sélectionner les plus petits pour les croiser à nouveau. Cette technique est une simple sélection forcée en vue d'augmenter un caractère acquis.

Le premier « prototype » est issu d'une gamète femelle provenant de Nuçx'ia dans laquelle a été implantée une gamète mâle prélevée sur l'homme le plus petit connu à ce jour :

Stefan Lipkovitz, un Hongrois de 39 centimètres qui prétend lui-même descendre de l'antique peuple des Lilliputiens ayant inspiré Jonathan Swift. Stefan n'a pas voulu se joindre au projet mais a accepté de vendre sa « semence », ce qui pour le colonel Ovitz a semblé encore plus pratique.

Dès que la première cellule a été constituée, son ADN a été isolé par segments, séquencé, découpé pour y introduire des éléments féminins de Penthésilée, la lignée résistante aux radiations et des caractères de Nuçx'ia, la lignée à système immunitaire renforcé.

L'ovule fécondé ainsi obtenu a été ensuite implanté dans un utérus de ouistiti, un primate de taille réduite dont la physiologie est suffisamment proche de l'homme pour que la gestation soit envisageable.

Le résultat est un zygote baptisé « Micro-Humain 001 ».

Il commence normalement sa division cellulaire dès le premier jour en deux cellules filles. Quatre au deuxième jour. Au quatrième jour, il y a seize cellules et cela forme un embryon qui continue de grandir, bien nidifié dans l'utérus du ouistiti.

Il est dix fois plus petit qu'un embryon d'enfant normal.

Mais au septième jour, la femelle porteuse commence à éprouver des douleurs. Sa température grimpe, elle perd du sang et l'embryon est expulsé.

L'équipe accuse le coup. Le moral s'en ressent. Mais, loin de se désespérer, le colonel Ovitz annonce qu'il faut multiplier les expériences afin d'augmenter les chances de réussite. Les biologistes poursuivent en fécondant cette fois trois femelles ouistitis qui portent les noms de prototypes MH002, MH003 et MH004.

Surviennent encore deux fausses couches mais la porteuse de MH003 parvient à passer le cap des quinze jours. L'embryon n'est chassé qu'au dix-neuvième jour.

— Nous n'y arriverons pas, c'est ridicule. Tout ce projet est insensé, annonce Aurore, épuisée.

– Allons, docteur Kammerer, nous n'allons pas baisser les bras au premier échec, répond Natalia.

Penthésilée se lève.

– Et si l'on réussit ? Et si l'on arrivait vraiment à faire ses petites femmes plus résistantes, vous n'avez pas l'impression qu'on ne serait que des fabricants de… monstres ?

Natalia Ovitz allume son fume-cigarette puis prend dans ses bras le chiwawa qui la suit souvent.

— Le mot monstre vient de « montrer ». Le monstre, c'est celui que l'on montre du doigt. J'espère bien qu'un jour on montrera du doigt nos créatures pour dire « Vous avez vu ce qu'ils sont arrivés à faire ? »

– Mais vous vous prenez pour qui ?! lance Penthésilée.

– Pour quelqu'un qui tente quelque chose de nouveau. Il se peut en effet que nous n'y parvenions pas, mais nous allons quand même continuer d'essayer. Cela dit, si cela ne vous plaît pas, je ne vous retiens pas, mademoiselle Kéchichian.

L'enthousiasme des premiers jours est passé et une grande méfiance apparaît progressivement entre eux. Le lieutenant Janicot, silencieux et taciturne, se met à la disposition de tous, toujours imperturbable devant les bonnes et les mauvaises nouvelles.

David se penche sur son microscope électronique et, utilisant la micro-pipette, poursuit l'expérience. La femelle ouistiti placée derrière lui reste attentive à ses gestes, comme si elle en saisissait l'enjeu.

Aurore jette un regard à Penthésilée qui semble dire : « Ce n'est pas le moment, tiens bon, je te dirai quand il faudra réagir. »

Nuçx'ia caresse la fourrure de la femelle ouistiti comme pour la rassurer ou se rassurer elle-même. Elle remarque que, sur le tee-shirt du lieutenant Janicot, il y a de nouvelles lois de Murphy :

10. Toutes les grandes découvertes sont faites par erreur.

11. Toute technologie suffisamment avancée ne peut être distinguée de la magie.

Mais, aujourd'hui, les phrases ne la font même pas sourire. Elle a l'impression que ses compagnons ne font que s'entêter sur un chemin qui mène à une impasse et n'aboutira qu'à une perte de temps, d'argent, et probablement de ouistitis.

Seule Natalia Ovitz semble confiante et déterminée.

107. ENCYCLOPÉDIE : LILLIPUTIEN

Les Lilliputiens ne sont pas que des délires jaillis de l'esprit de l'écrivain Jonathan Swift.

Ils existent vraiment. On ne doit pas les confondre avec les nains ni avec les pygmées. Les Lilliputiens ont les mêmes proportions qu'un être humain, mais à taille plus réduite. Celle-ci varie de 40 à 90 centimètres, leur poids de 5 à 15 kilos. Ils ont été découverts à la fin du XIXe siècle, en Europe centrale, dans la partie sauvage d'une forêt de Hongrie. Ils avaient jusqu'alors vécu en autarcie, loin des villes peuplées. Une fois leur existence révélée, ils ont été pourchassés et, en vue de leur propre survie, ont décidé de se disperser. Le premier à tenter de les rassembler fut, en 1871, Phineas Taylor Barnum, propriétaire du cirque portant son nom. Mais il n'en eut jamais plus de quatre à exhiber sous son chapiteau. En 1937, la France se lança dans une recherche mondiale systématique de Lilliputiens en vue de la grande Exposition universelle de Paris. On parvint à en réunir soixante et on construisit un village avec maisons, fontaines et jardins à leur échelle.

Actuellement, on estime que huit cents Lilliputiens sont disséminés sur la planète. Le plus souvent, ils servent

d'attractions payantes dans les foires et les cirques. Les Japonais se sont passionnés pour ces miniatures humaines et leur ont bâti un village nanti d'une école à leur taille pour les attirer. Ils ont créé une troupe de théâtre dont les représentations devinrent très vite populaires.

Edmond Wells,
Encyclopédie du Savoir Relatif et Absolu, Tome VII.

108.

L'homme qui m'écoutait dans la loge de la pyramide, je le baptisai le « chaman ». Il était l'intercesseur entre ma pensée et celle des humains. C'est à lui que je dévoilai en premier mon projet SPM « Sauver Planète Mère ».

Il faut dire qu'à l'époque je me considérais comme leur Génitrice Primordiale. Je parlai à ce chaman, qui parla aux autres Atlantes. Et ils se mirent au travail.

Ils étaient très ingénieux.

En observant les oiseaux, ils fabriquèrent des avions. En quelques siècles, ils parvinrent à comprendre comment maîtriser les vols spatiaux.

Je me souviens de leur premier prototype capable de quitter l'atmosphère.

« Lymphocyte 1 ».

J'avais suggéré ce nom au chaman en lui expliquant que ce vaisseau avait une fonction similaire à celles des lymphocytes de leur sang qui foncent pour détruire les microbes attaquant l'organisme.

Lymphocyte 1 avait la forme d'une pyramide et était capable de se soulever jusqu'à la limite de mon atmosphère. Les moteurs étaient à combustion d'hydrocarbures et pour l'occasion, je les avais laissés ponctionner un peu de mon sang noir.

Ce premier prototype réussit parfaitement son décollage, mais sa structure se mit à vibrer et il explosa à l'approche des couches supérieures de mon atmosphère.

C'était un premier essai.

Je n'étais pas pressée, je savais qu'ils réussiraient un jour.

Le soir, je regardais la Lune et je me disais : « Toi, tu me fais de moins en moins peur. »

109.

Aurore regarde les étoiles d'un ciel tiède et ne sait plus quoi penser.

Tous les nouveaux essais ont échoué.

Elle décide de renoncer à une journée de travail et propose de préparer un dîner revigorant pour tout le monde. Elle a besoin de retrouver dans des gestes familiers le plaisir de faire un peu de cette chimie organique qui débouche sur une réussite à partager.

Au moins, avec le cassoulet, je sais ce que je mélange et ce que j'obtiens au final.

Les autres continuent d'œuvrer pendant qu'elle s'affaire en cuisine.

Le soir, les six du centre INRA se retrouvent dans la salle à manger, entourés d'écrans qui leur renvoient des images du monde entier.

Avec une mine satisfaite, la jeune chercheuse brandit le plat qu'elle dépose au centre de la table. Tous hument la bonne odeur de cuisine du terroir.

– Ce n'est pas un peu « gras » ? demande Penthésilée qui exprime tout haut ce que tous pensent tout bas.

– Ne vous inquiétez pas, je mets de la crème fraîche allégée.

Elle sert de belles portions aux invités, y compris à ceux qui, au nom de leur ligne, tentent de ralentir sa louche généreuse.

Alors que plusieurs convives ont du mal à finir, Nuçx'ia pousse le zèle jusqu'à en redemander.

– Nous avons besoin de temps, dit Penthésilée en éloignant son assiette encore à moitié pleine.

– Nous dépendons de l'actualité, répond Natalia qui semble intriguée par une image qui apparaît sur un écran d'actualité.

Elle saisit une télécommande et monte le son.

Un présentateur aux dents étonnamment alignées et blanches articule exagérément en donnant une information :

– … un virus informatique qui a détruit tout le système de contrôle des centrales d'enrichissement nucléaire iranien. Le président Jaffar accuse formellement les services secrets américains et israéliens d'avoir saboté ces usines qui, selon lui, ne fabriquent que de l'uranium enrichi à usage civil. Il promet de vite reconstruire tout ce qui a été détruit. Ce qui…

Le colonel Ovitz coupe le son.

– C'est une course entre la mort et la vie, dit-elle.

– En tout cas, avec ce virus informatique, nous venons de gagner un nouveau répit, souligne Penthésilée.

David observe différemment Natalia. Depuis le début, il se sent intrigué par cette femme.

Elle a compris des choses que je n'ai pas encore comprises parce qu'elle a plus souffert que moi.

Avec cette idée, lui en est venue une autre.

Est-il nécessaire de souffrir pour évoluer ?

Il se souvient de son arrivée au centre de l'INRA de Fontainebleau. L'étendue des moyens mis au service d'une vision réductionniste de la nature l'avait impressionné.

Il avait réfléchi.

Ce géant et cette naine sont peut-être deux cinglés qui sont arrivés à convaincre quelques naïfs du gouvernement.

Un élément l'avait néanmoins poussé à leur faire confiance : son propre échec. Pas de travail. Pas de foyer. Peut-être que son départ du giron maternel, après son rêve, l'avait amené à penser : *Après tout, qu'ai-je à perdre dans cette aventure ?* Puis il s'était dit : *Elle ne fait que me proposer de me payer pour faire ce dont j'ai le plus envie. Il faudrait être stupide pour laisser passer l'occasion.*

Aujourd'hui encore, malgré la succession d'échecs, il lui semble toujours « être à sa place » et travailler avec les bonnes personnes.

— Nous devrions augmenter le nombre de mères ouistitis porteuses, suggère Nuçx'ia.

— Nous devrions modifier la combinaison de l'ADN du noyau, renchérit Aurore.

— Ce sont les conditions de vie des ouistitis qu'il faut revoir, reprend la première.

— Non, seulement les piqûres d'hormones.

— Et leur alimentation ?

David continue d'observer Natalia Ovitz. Ses yeux courent sur les détails, elle semble écouter tous les sons avec une acuité accrue.

Jamais cette femme ne s'est sentie tranquille.

Aurore s'adresse à Nuçx'ia :

— Il paraît que vous avez proposé à David d'expérimenter des plantes hallucinogènes ? dit la biologiste.

— C'est quelque chose d'assez banal chez nous, reconnaît la jeune pygmée. Nous ne recherchons pas des effets psychédéliques mais le voyage dans les vies antérieures.

Et tout en prononçant ces mots, elle coupe du pain et commence à saucer la graisse d'oie de son assiette sous le regard attendri d'Aurore.

— Comme c'est intéressant. Et que faisait David dans sa vie antérieure ? demande Penthésilée.

La pygmée répond à sa place avec sérieux :

— C'était il y a huit mille ans, il était un scientifique en Atlantide qui faisait déjà des manipulations génétiques sur des fœtus. En fait, il essayait de rendre les humains… plus petits.

Aurore les regarde puis s'esclaffe. Penthésilée ne peut s'empêcher de rire elle aussi.

– Tous ces milliers d'années pour refaire la même chose. C'est un peu dommage, dit-elle, narquoise.

– La vie est un éternel recommencement, souligne Natalia comme pour l'excuser.

– Ne vous moquez pas, dit Nuçx'ia. On ne doit jamais se moquer des vies passées d'un individu.

– Quand même, quelle coïncidence troublante, annonce Aurore tout en servant du vin à tout le monde. Et toi, Penthésilée, tu crois à la réincarnation ? demande-t-elle joyeusement.

– Non, je crois que la trace des gènes de nos ancêtres reste inscrite quelque part dans le cœur de nos cellules, mais pas leur âme. Je crois au sang plus qu'à l'esprit.

– Et vous, lieutenant Janicot ? questionne la jeune scientifique.

– Moi je n'y crois pas, répond-il simplement.

– Et vous, colonel Ovitz ? continue Aurore.

– J'ai une méfiance naturelle envers tout ce qui est mystique ou religieux. Mais si cela peut aider à trouver des solutions ou ouvrir des perspectives, je ne vois pas pourquoi nous nous en priverions.

David mastique les haricots blancs et trouve un petit os, probablement une vertèbre de cou d'oie, qu'il crache discrètement dans sa serviette.

– Eh bien, moi, je n'y crois pas du tout, annonce Aurore à qui personne n'a posé la question. Je crois qu'on naît cellule et qu'on meurt viande froide. Et la viande froide se décompose pour devenir pourriture puis poussière.

Tous l'écoutent, alors elle poursuit :

– D'ailleurs, je trouve le principe même de la réincarnation perfide : il sous-entend que si nous échouons dans une vie, nous aurons d'autres vies de rattrapage. Je préfère me dire qu'on n'a qu'une seule partie à jouer en tout et pour tout, et qu'il faut obligatoirement la réussir car il n'y en aura pas d'autre.

L'Amazone saisit affectueusement la main de sa compagne.

– N'empêche, intervient-elle, de manière pratique, dans cette vie, dans notre projet « Hobbit », nous sommes dans une impasse. Nous ne faisons qu'abîmer des femelles ouistitis et, si cela continue, nous risquons d'épuiser notre stock d'ovules de Nuçx'ia et de spermatozoïdes du Lilliputien Stefan Lipkovitz.

Aurore boit une nouvelle gorgée de vin et commence à ressentir les effets du jus de raisin fermenté.

– Si David était jadis un biologiste atlante, hum, ne pourrait-il pas se remémorer les solutions qu'il a utilisées dans sa vie précédente ? demande-t-elle, moqueuse.

Tous se tournent vers lui.

– C'est une excellente idée, dit David faisant face à la jeune femme. Nuçx'ia, as-tu encore des ingrédients du Ma'djoba ?

– J'en ai toujours une réserve avec moi.

Tous affichent des sourires gênés, ils ne s'attendaient pas à ce que cette blague de fin de dîner soit prise au sérieux. Aurore s'efforce de rire, mais les autres ne la suivent pas. Natalia se lève :

– Je suis fatiguée, je vais me coucher.

Son compagnon se lève et la suit.

Voyant que l'ambiance est retombée, Penthésilée fait signe à Aurore de monter. Il ne reste plus que David et Nuçx'ia.

– Vraiment, chuchote-t-elle, tu serais prêt à faire une nouvelle séance ?

– À ce stade, nous n'avons plus rien à perdre, il me semble. Et puis, je n'ai pas aimé le ton sur lequel ils ont évoqué « notre » rituel. J'ai bien envie de leur montrer qu'ils se trompent et que nous avons des choses à apprendre de nos réincarnations anciennes.

Alors que tous deux s'apprêtent à rejoindre leur chambre, Natalia revient vers David et lui prend la main qu'elle serre très fort. Ils se regardent et il a l'impression qu'elle veut lui faire comprendre quelque chose. Elle se contente de sourire puis s'éclipse.

110. ENCYCLOPÉDIE : FAMILLE OVITZ

La famille Ovitz était originaire du nord de la Roumanie. Le père, Shimson Ovitz, était un rabbin itinérant, il eut dix enfants dont sept étaient atteints de nanisme. Ces derniers fondèrent leur propre troupe baptisée Lilliput. Ils chantaient et jouaient de la musique, sans cesse en tournée en Roumanie, en Hongrie et en Tchécoslovaquie, au cours des années 1930 et 1940. Ceux de taille normale aidaient dans les coulisses leurs frères et sœurs nains.

Le 15 mai 1944, toute la famille fut arrêtée par la police hongroise et déportée vers les camps d'extermination. À son arrivée au camp d'Auschwitz, la famille Ovitz fut remarquée par le médecin du camp Josef Mengele (baptisé « l'Ange de la mort »), qui établissait une collection de déportés présentant des particularités physiques afin de mener sur eux des expérimentations, entre autres sur l'hérédité.

Il prit la décision de séparer les Ovitz du reste des prisonniers afin de les inclure dans sa collection personnelle. Il était intrigué par le fait que la famille comporte à la fois des membres de petite taille et d'autres de taille normale. Il leur fit construire, à l'intérieur du camp, des bâtiments spéciaux afin de bien pouvoir les contrôler et s'arrangea pour qu'ils jouissent de bonnes conditions d'hygiène, de nourriture en quantité et en qualité suffisantes. C'était ce qu'il nommait son « zoo humain ».

Les Ovitz furent soumis à différentes expériences. Les membres de l'équipe de Mengele firent des prélèvements de moelle osseuse, de dents et de cheveux afin de trouver des indicateurs de maladies génétiques. Ils versèrent de l'eau alternativement chaude et froide dans leurs oreilles et les aveuglèrent en versant des produits chimiques dans leurs yeux. Le petit Shinshon Ovitz, âgé de 18 mois, subit le pire traitement car il était né prématuré de parents de taille normale. Mengele préleva du sang des veines situées derrière ses oreilles et de ses doigts. Les Ovitz ont rapporté qu'à cette époque, deux nains extérieurs à leur famille avaient été tués et ébouillantés afin que leurs os puissent être exhibés dans un musée.

À l'occasion d'une visite de dignitaires nazis, Mengele demanda aux Ovitz de se présenter nus devant eux. Il tourna un film qui fut présenté pour faire rire le Führer Adolf Hitler.

Après la libération du camp d'Auschwitz le 27 janvier 1945, ce qui restait de la famille Ovitz se mit en marche pendant sept mois pour rejoindre leur village natal en Roumanie. Là, ils constatèrent que leur maison avait été pillée. En mai 1949, ils s'installèrent en Israël et recommencèrent avec succès leurs tournées. En 1955, ils se retirèrent de la scène et se mirent à produire des spectacles de théâtre. Quelques années plus tard, un livre fut publié relatant l'incroyable odyssée de la famille Ovitz sous le titre : « Nous étions des géants ».

Edmond Wells,
Encyclopédie du Savoir Relatif et Absolu, Tome VII.

111.

Il a envie de vomir. L'amertume envahit ses papilles, se répand dans son palais, brûle sa gorge. Il avale rapidement.

À nouveau, Nuçx'ia place la longue pipe terminée par deux cornes creuses dans ses narines. La jeune pygmée souffle la fumée.

David ressent des picotements dans ses doigts. Ses yeux s'écarquillent, ses pupilles se dilatent, puis ses paupières retombent comme un voile sur le monde de l'« ici et maintenant », et il glisse dans un « ailleurs il y a longtemps ».

À nouveau, la voix douce de Nuçx'ia le guide :

– 10, 9, 8… quand je dirai zéro, tu seras dans le couloir avec les portes de tes vies précédentes. 7, 6, 5, 4… 3, 2, 1… Zéro.

David se voit avancer dans le couloir longé de portes de bois. Il remarque les noms gravés sur les plaques de cuivre. Il voudrait tourner les poignées mais il sait qu'il risque de tomber sur les images pénibles de ses fins de vie précédentes.

Il va vers la porte du fond et avec une infime appréhension, tourne la poignée. Il se souvient du mur d'eau qui l'avait submergé. Sur l'injonction de la voix qui le guide, il ouvre la porte et tombe directement sur le pont de cordes qui s'enfonce dans le brouillard.

– Y es-tu ? demande Nuçx'ia.

Le visage de David change complètement de physionomie. Il se détend. Il prend conscience que, la première fois qu'il a accompli l'expérience du Ma'djoba, il n'avait pas vraiment profité du voyage car il avait peur. Désormais, c'est comme s'il entrait dans un pays connu.

– Que fais-tu ?

– Je suis avec « elle », et nous sommes en train de marcher dans la rue.

– Que fait-elle ?

– Elle dit qu'elle souhaiterait travailler avec moi….

– Continue.

– Je n'ai pas envie de parler travail, alors je lui parle danse. Elle m'explique qu'elle danse pour son plaisir, après ses études. Je lui demande son âge. Elle me dit qu'elle a 27 ans. Elle me demande le mien. Je lui réponds que j'en ai… 821.

– … 821 ans ?

Il bouge lentement les yeux sous ses paupières.

– Avant ta rencontre avec cette femme, tu as rencontré d'autres femmes, tu as peut-être eu des enfants ? Essaie de t'en souvenir.

– J'ai eu plusieurs compagnes, peut-être une centaine, avec qui je suis resté en général entre trois et sept ans. Mais j'ai eu peu d'enfants. Seulement deux. Nous faisions peu d'enfants, car nous vivions longtemps, et que nous tenions à respecter un équilibre. Nous avions une règle : « pas d'augmentation de la population ». Toujours ce mot « harmonie ».

– Reviens dans l'instant où tu marches avec cette fille de 27 ans. Elle dit qu'elle souhaiterait travailler avec toi comme « spécialiste du rapetissement des humains », c'est là que tu en étais. Que dit-elle ?

– Elle s'intéresse à mes recherches, elle veut savoir comment je miniaturise les plantes et les animaux.

– Nous y sommes. Que lui réponds-tu ?

– Je lui dis que c'est juste « un coup de main » à avoir, comme pour faire la cuisine. Après, on ne fait qu'améliorer la recette jusqu'à obtenir le plat qui convient.

Il sourit en gardant les yeux fermés.

– Et là, elle fait quoi ?

À nouveau, il y a un temps où il ne parle plus mais semble voir des scènes se dérouler devant lui.

– Elle m'embrasse. Je suis surpris de son initiative mais après un instant, je me laisse faire.

– Et ?

– Ensuite, elle insiste pour venir chez moi et... et nous faisons l'amour. C'est extraordinaire. Elle danse soudée à mon corps, comme elle dansait sur scène. Son bassin a des mouvements inattendus. Elle...

La voix de Nuçx'ia l'arrête.

– Essaie de te replacer dans une situation plus lointaine où tu travailles dans ton laboratoire.

– Après nos premiers ébats, je suis resté quelques jours au lit à faire l'amour. Puis à sa demande, nous sommes allés dans mon laboratoire.

– Décris-le.

– C'est une pièce ovale, les murs sont beiges. Des coquetiers avec des œufs gros comme des melons sont alignés sur des étagères. La fille me pose des questions. Elle me nomme « Ash-Kol-Lein ». C'est mon nom. Nous nous nommons dans notre monde avec trois syllabes. L'île, c'est Ha-Mem-Ptah et moi je suis Ash-Kol-Lein. Je l'appelle à mon tour.

– Et elle se nomme comment ?

– … Yin-Mi-Yan.

Nuçx'ia note les deux noms.

– Continue. Comment arrives-tu à réduire les embryons ?

– Justement Yin-Mi-Yan me pose la même question. Je lui réponds. Je lui dis que….

Un temps passe comme s'il assistait au dialogue et voulait s'en imprégner.

– Que… ?

– Que je mélange des ovules et des spermatozoïdes de spécimens naturellement petits.

– Continue.

– Je place l'ovule fécondé sur une lame de verre et, grâce à une sorte de microscope, je peux lire le filament d'ADN comme une longue phrase de plusieurs centaines de mètres qui se déroule sur un fin ruban.

– Et ?

– Il… il y a un emplacement précis où j'agis. C'est la programmation de la taille. En déposant une goutte d'un enzyme, je peux faire du « coupé/collé » dans la longue phrase. J'arrive ainsi à modifier les informations du ruban d'ADN. Yin-Mi-Yan me pose des questions et je lui montre que je ne fais pas qu'agir sur la zone de la taille, j'agis également sur une autre zone. Yin-Mi-Yan me demande ce que c'est…

311

– Et ?

– Incroyable. Bon sang. C'est ça, le truc.

– Quoi, à la fin ?

– Comment n'y ai-je pas pensé ? C'est tellement étonnant.

– Et ?

– Justement, je lui dis. Elle n'en revient pas, je lui explique qu'ainsi on peut transformer les êtres grands en êtres miniatures sans la moindre limite et je lui précise qu'en plus ils sont plus adaptables et résistants.

– Mais c'est quoi, à la fin ?

Il respire plus vite et revit la scène, attentif comme s'il écoutait un dialogue et ses yeux bougent sous ses paupières.

– C'est la zone de la… viviparité. Je l'inverse. Pour que ces êtres plus petits soient… ovipares. Voilà le procédé. Tous les œufs qui sont autour de moi contiennent des mini-embryons humains.

– C'est impossible ! s'exclame Nuçx'ia. Nous sommes des mammifères, nous ne pouvons pas pondre des…

Mais déjà David poursuit :

– La solution est l'utilisation d'œufs mais aussi d'un champ magnétique pour stabiliser la croissance de l'ovule.

– Un champ magnétique ?

– Je montre à Yin-Mi-Yan les œufs de minihumains à différents stades de maturité. C'est cela le secret de la réussite de leur miniaturisation, trois techniques mélangées : la génétique, l'oviparité et le champ magnétique.

David veut rouvrir les yeux mais Nuçx'ia lui pose la main sur les paupières.

– Non ! Ne reviens pas d'un coup. C'est comme la plongée sous-marine, il faut respecter les paliers de retour. Ne saute pas les étapes. Reprends le pont de cordes. Remonte le couloir et ouvre la porte avec « David Wells ». Ça y est ? Bien alors je vais faire le compte à rebours. Zéro, 1, 2, 3…

4, 5, 6... attention on revient ici quand je dirai 10, ... 7, 8, 9 et... 10.

Il ouvre les yeux. Il est encore sous l'excitation de sa découverte.

– C'est la solution des Atlantes pour faire des êtres humains de taille réduite. Les œufs !

Nuçx'ia reste dubitative, analysant rapidement les aboutissements d'une telle idée.

– Attends, cela signifierait que nos plus lointains ancêtres sont nés dans des œufs et qu'ensuite ils sont redevenus vivipares. C'est quand même un peu difficile à imaginer.

David a les yeux qui brillent.

– Souviens-toi de l'expérience de Paul Kammerer, l'ancêtre d'Aurore, dont parle l'Encyclopédie de mon arrière-grand-père. J'avais été intrigué par ce sujet et, en approfondissant mes recherches, j'ai découvert que Paul Kammerer était allé plus loin encore : il avait trouvé une espèce de crapauds qui, en montagne, était vivipare. Mais lorsqu'il l'a déplacée dans une zone de lacs, les crapauds ont muté et sont devenus ovipares. C'est l'influence du milieu. La nécessité crée la mutation génétique.

Enthousiaste, le jeune homme poursuit :

– Et quand Paul Kammerer a inversé, plaçant les crapauds des lacs (donc ovipares), en montagnes ceux-ci sont devenus... vivipares ! Il reste donc des passerelles intactes dans le cœur de nos cellules pour ce genre d'« option ».

– Mais tu parles d'« oviparité humaine » !

– Comment n'y a-t-on pas pensé plus tôt ! L'œuf ! Il n'y a plus besoin de mère porteuse. Il n'y a besoin que d'un système de chaleur reproduisant une couvée et nous pourrons surveiller et influer facilement sur tout le développement du fœtus ! D'ailleurs, toutes les femmes enceintes ont des œufs, c'est la poche remplie de liquide amniotique. La seule différence est que, chez l'humain, c'est un œuf mou et fin qui, à la naissance, est déchiré à l'intérieur du ventre.

Nuçx'ia affiche une mine sceptique. David insiste :

— Ce n'est pas pour rien qu'on appelle cela un ovule, une ovulation, et même on parle de « couvade ». De toute façon, nous avons forcément pour lointain ancêtre une sorte de lémurien qui devait être ovipare. Et avant lui, il devait y avoir un animal aquatique qui vivait dans l'océan et qui était lui aussi ovipare. Je suis certain que si nous observons la foule de tous nos ancêtres, il y avait 90 % d'ovipares et 10 % de vivipares.

Le jeune scientifique retient difficilement sa joie.

— Des œufs humains ! Les autres vont nous prendre pour des fous, signale Nuçx'ia.

— C'est l'homme qui a des limites et des frontières, pas la nature. La nature teste tout, n'importe comment. Elle ajoute expérience sur expérience, sans préjugés et sans « cahier des charges ».

— Quand même, l'oviparité humaine, tu te rends compte ?

— Eh bien, maintenant que tu me le dis, je me souviens qu'il existe une exception à la règle des mammifères vivipares.

— Laquelle ?

— L'ornithorynque. Tu sais, cette sorte de marmotte, avec une mâchoire semblable à un bec de canard qu'on trouve dans l'est de l'Australie et en Tasmanie.

Il sort l'*Encyclopédie du Savoir Relatif et Absolu* et retrouve le chapitre évoquant cet animal. La jeune pygmée fait une moue dubitative.

— Des petits humains qui naîtraient dans des œufs ! Mais tu t'imagines ? Comment veux-tu réaliser ça ?

— Puisque je l'ai effectué il y a huit mille ans, il doit peut-être m'en rester des souvenirs inscrits au fond de...

— De quoi ?

— De mon âme. En tout cas, cela résoudrait notre problème des mères porteuses ouistitis qui n'arrivent pas à garder nos fœtus expérimentaux. Nous pourrons travailler sur beaucoup plus de spécimens.

Ils restent un long moment impressionnés par cette étrange solution et par les propres mots qu'ils viennent de prononcer.

— J'ai quand même une question, annonce Nuçx'ia. La fille qui t'a aidé, cette Yin machin chose, est-ce que tu crois que c'était… moi ?

112. ENCYCLOPÉDIE : ORNITHORYNQUE

Quand le capitaine de vaisseau John Hunter a découvert en Australie les premiers spécimens d'ornithorynques en 1798 et qu'il a envoyé leurs peaux en Angleterre, les naturalistes ont cru à un canular. Ils pensaient qu'un taxidermiste avait cousu un bec et des pattes de canard sur une fourrure de castor. Ils cherchèrent les points de suture mais ne les trouvèrent jamais.

L'existence même de l'ornithorynque semblait suspecte car cet animal cumule en effet les caractéristiques d'un mammifère (sang chaud, tétons produisant du lait, peau recouverte de poils), les caractéristiques d'un oiseau (bec, œufs, pattes palmées), mais aussi les caractéristiques d'un reptile (museau détecteur de mouvements et dard empoisonné ; il est même le seul cas de mammifère possédant un aiguillon venimeux). Le zoologiste Johan Blumenbach lui donna en 1800 le nom de *Ornithorhynchus Paradoxus* pour souligner le côté paradoxal de l'existence de cet animal au bec d'oiseau (la racine *orni* signifiant oiseau).

L'ornithorynque est difficile à observer car il vit de nuit et se cache dès l'arrivée des humains. Longtemps, il ne fut connu que pour sa peau qui servait de fourrure.

Même son oviparité ne fut découverte que tardivement, en 1884, lorsque le professeur Caldwell mit au défi les Aborigènes du sud-est de l'Australie d'essayer de retrouver un nid avec des œufs d'ornithorynque et que ceux-ci réussirent à en rapporter un.

L'existence de l'ornithorynque ne fut reconnue officiellement qu'en 1943 quand on parvint à observer la scène d'une femelle qui, en direct, devant de nombreux témoins, pondit un œuf.

Pourtant cet animal recèle encore bien d'autres surprises. Ses quatre pieds sont palmés afin d'optimiser sa nage dans l'eau mais il peut replier la palmure quand il est sur terre. Il déploie alors ses griffes très pratiques pour s'accrocher aux sols rocailleux ou creuser des terriers.

Les mâles possèdent un aiguillon de 15 millimètres de long aux chevilles qui est relié à une glande remplie de venin provoquant la paralysie de ses victimes.

L'ornithorynque est l'un des mammifères qui passe le plus de temps dans l'eau et il ne copule que dans cet élément. Sa tête en forme de canard est équipée d'un vrai centre de détection de sous-marins. Ses yeux et ses oreilles sont situés derrière une plaque osseuse prolongeant son bec. Ce bouclier naturel est mobile, et se rabat lorsque l'ornithorynque est en plongée, protégeant ses orifices de l'eau mais le rendant aveugle et sourd, guidé seulement par son radar naturel.

Son bec est équipé d'un détecteur capable de percevoir à distance les infimes champs électriques produits par les contractions musculaires des formes vivantes alentour.

L'ornithorynque peut stocker de l'air ou de l'eau dans ses joues pour faire ballast. Il peut stocker de la graisse (réserve d'énergie) dans sa queue, tout comme les castors. Cette queue plate lui sert d'ailleurs de gouvernail quand il nage sous l'eau. En plongée, son cœur ralentit pour économiser sa consommation d'oxygène, ce qui lui permet des apnées de onze minutes.

Les Australiens disent de cet animal qu'il est la preuve de l'humour de Dieu.

Edmond Wells,
Encyclopédie du Savoir Relatif et Absolu, Tome VII.

113.

Le chiwawa, les ouistitis du couloir, les colibris de la volière, et même les baleines et les dauphins bonzaïs des aquariums sont nerveux. S'ils ne peuvent voir les expériences dans le grand laboratoire ni comprendre les paroles des humains, ils perçoivent la fébrilité qui s'est emparée d'eux.

Dans un premier temps, le groupe des six chercheurs s'est fait livrer des crapauds du Canada qu'ils ont étudiés pour comprendre comment ces batraciens peuvent connaître une adaptation selon le milieu ambiant, au point de basculer de la viviparité à l'oviparité. Lorsqu'ils réussissent à isoler et comprendre le mécanisme génétique de décision du mode d'accouchement, ils se font livrer à grands frais de Tasmanie un ornithorynque femelle qu'ils étudient en détail. Ils essaient alors de comprendre comment une telle incongruité de la nature a pu exister. Ils installent la nouvelle venue dans un enclos pourvu d'une mare et constatent qu'elle chasse sans difficulté indifféremment des petits animaux terrestres, comme les mulots, les limaces ou les araignées, et des animaux aquatiques, comme les grenouilles ou les poissons qui passent à sa portée. La femelle ornithorynque se révèle bien plus rapide qu'un chat. Même le chiwawa se tient à distance respectueuse.

Alors que le lieutenant Janicot veut la saisir pour une prise de sang, l'animal le pique de son dard et il est étonné de voir la puissance du liquide venimeux. La douleur est fulgurante et se répand dans son corps à toute vitesse. Le militaire ne doit sa survie qu'à l'antidote rapidement mis au point par Nuçx'ia.

Toute manipulation de cet animal sauvage, rapide et puissant s'avère difficile. Aurore et David observent avec leurs appareils de mesure les 1,6 milliards de paires de nucléotides de ses 18 500 gènes.

– Il a 82 % de gènes similaires à l'homme, annonce la chercheuse.

Natalia regarde les tableaux de chiffres.

– C'est comme si l'ornithorynque, au lieu de remplacer les anciennes couches d'évolution par les nouvelles, les avait... ajoutées pour garder les avantages de tous les stades de l'évolution, complète David. Cette femelle a conservé les caractères du poisson, du reptile, de l'oiseau, auxquels elle a ajouté la dernière couche de l'évolution, celle des mammifères !

– C'est un animal « parfait », reconnaît Nuçx'ia impressionnée, en dessinant sur une feuille le système articulé complexe qui permet de rabattre le bec sur les yeux et les oreilles pour la plongée sous-marine.

Aurore finit par trouver l'emplacement de la programmation ovipare et leurs recherches prennent alors un nouveau tournant. Détenant la clé biologique, ils essaient de rendre une souris ovipare. Les premiers essais n'aboutissent à aucun résultat probant et les mères souris agonisantes sont données en pâture à l'ornithorynque.

Un mois plus tard, Aurore a encore préparé son traditionnel cassoulet qu'ils mangent en oubliant les désagréments de leurs travaux. Le lieutenant Janicot est le plus affamé. Il porte encore l'un de ses tee-shirts à message où sont inscrites de nouvelles lois de Murphy qui sonnent étrangement dans ces circonstances :

12. Pour savoir lequel est l'expert, prenez celui qui prévoit que le travail sera le plus long et coûtera le plus cher.

13. La seule science parfaite est la sagesse rétrospective.

14. Si ça coince, forcez. Si ça casse, ça devait probablement être réparé, de toute façon.

Aurore remarque que Natalia ne touche pas à son assiette.

– Vous n'avez pas faim, colonel ?

318

La femme regarde sa fourchette au bout de laquelle se trouve un simple haricot blanc qu'elle fait tourner.

– Aujourd'hui, il y a eu de nouvelles manifestations étudiantes à Téhéran. La répression a été terrible, au moins trente morts et une centaine de blessés. Mais les jeunes continuent pourtant de résister aux vieux barbus. Cela fait maintenant plusieurs semaines. Du coup, pour faire diversion, le gouvernement a annoncé une accélération du programme nucléaire. L'Europe et les États-Unis ont demandé un embargo sur le matériel de haute technologie, mais la Russie et la Chine continuent de les fournir en faisant semblant de croire que c'est à usage civil.

Elle repose la graine puis observe un morceau de viande qui surnage.

– Les étudiants iraniens meurent et vous…. Vous venez de tuer votre centième souris en essayant de la rendre ovipare, parce que David s'est vu en train d'opérer ce genre de manipulation dans un rêve éveillé où il se croyait spécialiste de la miniaturisation il y a huit mille ans.

Un long silence suit. Natalia Ovitz frappe du plat de la main sur la table, faisant sauter les assiettes et se renverser un verre.

– Je perds mon temps, et je vous fais perdre le vôtre, déclare-t-elle. Nous nous sommes trompés et je crois que le mieux est de tout arrêter. Tout de suite. Demain, vous faites vos valises et vous rentrez tous chez vous. Lieutenant Janicot ?

Il se lève. Le colonel vouvoie le lieutenant et l'appelle par son grade, comme si elle avait oublié qu'il est aussi son mari :

– Vous vous occuperez de renvoyer l'ornithorynque en Tasmanie. Il pue et tue tout ce qui bouge autour de lui. En outre, il sera plus heureux près de ses congénères. Et vous donnerez une indemnité de « dérangement » à toutes ces personnes. Pour Nuçx'ia et Penthésilée, voyez si vous pouvez leur obtenir une carte de séjour afin qu'elles restent, si elles le souhaitent, quelque temps à faire du tourisme avant de rentrer chez elles. Si vous n'avez jamais visité la tour Eiffel ou le Louvre, c'est le moment ou jamais, mesdemoiselles.

— Mais…, s'insurge Aurore.

Cette fois, Natalia devient écarlate.

— Mais rien du tout, mademoiselle Kammerer ! Vous aviez une chance d'agir, vous n'avez pas su la saisir. Je pense que finalement les strip-teases et les lapdances sont plus adaptés à vos talents que les microscopes et les tubes à essais.

— Nous avons encore besoin de temps, annonce David. Transformer une espèce vivipare en espèce ovipare est quand même une sacrée gageure.

— « Ceux qui échouent trouvent les excuses, ceux qui réussissent trouvent les moyens. »

Tous reçoivent la phrase comme une gifle.

— Vous aimez les formules, je vous l'offre. Quant au temps… ce n'est pas moi qui en décide, c'est le président iranien Jaffar. Chaque jour qui passe et vous voit échouer fait tomber des étudiants. C'est comme si vous les assassiniez vous-mêmes, docteur Wells.

Elle se lève, exaspérée.

— Nous avons essayé, nous avons échoué, maintenant vous faites tous vos valises et vous rentrez chez vous.

Elle semble attendre qu'ils déguerpissent sur-le-champ. Les chercheurs se regardent, déçus.

— Peut-être qu'on pourrait…, tente David.

— Non. Désolée, c'est trop tard, répond Natalia.

C'est à cet instant précis qu'un écran s'allume. L'une des caméras de surveillance s'est déclenchée automatiquement. Ils courent tous vers le laboratoire central et découvrent une femelle souris qui semble complètement abasourdie devant l'incongruité sortie de son corps.

Il s'agit d'un petit œuf rose légèrement tacheté parfaitement sphérique et encore recouvert de mucus luisant. Elle renifle la sphère suspecte. Elle pousse des petits piaillements et se tourne vers les grandes ombres humaines qui la surplombent, comme si elle attendait qu'on lui donne une explication à ce phénomène étrange.

114.

Cela ne se passa pas facilement.
Les recherches pour fabriquer le vaisseau spatial durèrent longtemps. De la forme pyramidale, les ingénieurs humains passèrent à une forme de fusée plus effilée.
Et ce fut le lancement de Lymphocyte 2.
Je me souviens que les humains, avec leurs merveilleuses mains remplies de doigts, s'étaient surpassés pour ce deuxième prototype.
Au jour dit, la fusée s'éleva haut dans le ciel, atteignant la limite des couches supérieures de mon atmosphère.
Et dès qu'elle eut dépassé la zone limite de ma gravité, elle... explosa.
Après l'échec de la fusée Lymphocyte 2, il y eut Lymphocyte 3 et Lymphocyte 4. Tous ces engins spatiaux explosèrent en vol pratiquement à la même altitude.
Il se posait un problème de physique pure qu'ils ne savaient pas résoudre. Moi-même, je ne savais plus comment les aider.
Pourtant, leur aérodynamisme avait été amélioré, leur structure interne était plus solide, avec des matériaux plus purs.
Je suspectais un défaut global dans la conception de ces vaisseaux.
Et puis, il y eut l'idée.
Elle n'est pas venue de moi, mais d'un scientifique spécialiste de la fécondation du nom d'Ash-Kol-Lein.
Alors que je commençais à désespérer que les humains parviennent un jour à bâtir un vaisseau spatial capable de sortir de ma gravité, Ash-Kol-Lein lança la phrase : « Nous prenons le

problème à l'envers. Ce ne sont pas les fusées qui doivent être changées, ce sont ses ingénieurs. »

Il annonça qu'il fallait reconstruire le même vaisseau mais en plus petit, ce qui augmenterait la poussée au décollage, réduirait l'indice de frottement dans l'air et diminuerait les vibrations.

Ash-Kol-Lein venait de trouver la solution.

Les experts étaient cependant ancrés dans leurs schémas anciens, ils répondirent qu'ils ne pouvaient pas faire de fusée plus petite.

Alors Ash-Kol-Lein répondit que si les techniciens normaux ne savaient pas faire de fusée plus petite, il fallait utiliser des techniciens de taille plus réduite pour faire des fusées de taille plus réduite.

Cela tombait bien, Ash-Kol-Lein était un chercheur spécialisé dans ce genre d'expérience. Il se proposa d'inventer des ingénieurs nains adaptés au projet.

Les scientifiques délaissèrent leurs plans de fusée Lymphocyte pour travailler dans les laboratoires à mettre au point un nouvel humain plus petit et capable de fabriquer une fusée plus petite.

Grâce au génie d'un seul homme, je reprenais espoir de les voir réussir à me protéger des astéroïdes.

115.

La première souris ovipare obtenue, les six du centre de Fontainebleau progressent vite en manipulant des lapins, des cochons puis des singes.

Après une vingtaine d'échecs et autant de décès de cobayes, ils obtiennent une femelle ouistiti qui accouche non plus d'un petit singe mais d'un « œuf de ouistiti ».

Les chercheurs observent la forme ovoïde avec un sentiment confus, celui d'avoir troublé la nature pour la forcer à évoluer dans un sens où elle ne serait probablement pas allée toute seule. Chaque fois qu'ils modifient la programmation de l'ADN d'un cobaye, ils ont l'impression bizarre de réinventer cet animal.

Les six travaillent jour et nuit dans le laboratoire sous la coordination de David et Aurore.

Le premier spécimen humain est baptisé MH 100.

Il s'agit toujours d'un ovule de Nuçx'ia fécondé par un spermatozoïde du Lilliputien hongrois Stefan Lipkovitz. L'ovule fécondé est ensuite soumis à un champ magnétique pour le stabiliser puis implanté dans l'utérus de la femelle ouistiti ovipare.

– J'ai l'impression que nous allons quand même un peu trop vite et un peu trop loin, soupire Aurore.

– Et moi, j'ai l'impression que nous n'avons pas le temps d'avoir des états d'âme, lui répond sèchement le colonel Ovitz, les Iraniens ont fait le test d'un nouveau missile capable de transporter une charge de type bombe nucléaire sur une longue portée. Le test a parfaitement réussi.

L'œuf est expulsé au bout de quinze jours. À l'intérieur, le fœtus n'a pas survécu.

La seconde série de spécimens lancés comprend une promotion de douze embryons, qui meurent tous dans l'œuf avant la fin du premier mois.

À chaque essai, comme dans un jeu de Mastermind, la formule est légèrement modifiée. Et chaque fois, sur la portée de douze, un plus grand nombre d'embryons survivent un peu plus longtemps.

En parallèle, le colonel Ovitz informe le groupe des avancées des militaires iraniens. Elle semble soulagée.

– Après le virus informatique, c'est le décès prématuré (par balle) d'un important ingénieur nucléaire iranien qui vient de ralentir la machine de mort de Jaffar. Nous venons de gagner six mois qu'il faut mettre à profit.

Et c'est ainsi qu'après une centaine d'échecs, ils obtiennent un fœtus humain dans un œuf intact qui parvient à maturation.

David se souvient de ce qu'il a lu sur les œufs dans l'Encyclopédie. Leur coquille est composée de sels minéraux disposés en triangles comme les pierres de voûte des cathédrales. Leur extrémité pointue est dirigée vers le centre de l'œuf et les côtés s'appuient sur les cristaux voisins. Si bien que lorsque ces cristaux reçoivent une pression de l'extérieur, ils s'enfoncent, se tassent et se durcissent. En revanche, lorsque la pression vient de l'intérieur, les triangles minéraux cèdent facilement pour permettre au fœtus de sortir de sa prison. La coquille a d'autres qualités. Elle laisse entrer l'oxygène et sortir la vapeur d'eau. Une fois pondu, l'œuf connaît un brutal refroidissement qui entraîne la séparation des deux membranes et la création d'une poche d'air. Celle-ci servira au nouveau-né à respirer pour trouver la force de briser sa coquille.

Aurore saisit précautionneusement l'œuf humain. Elle le place dans l'appareil de radiographie. Ils peuvent ainsi visualiser le fœtus vivant qui flotte dans son liquide amniotique comme un cosmonaute dans une cabine sphérique. Grâce à un stéthoscope, ils peuvent même entendre son cœur battre.

— Bon sang, on a réussi ! annonce, incrédule, Penthésilée.

— C'est une femelle, enfin je veux dire une fille, précise Aurore en observant les clichés de la radiographie.

— Qu'est-ce que nous faisons maintenant ?

C'est David qui répond à la question.

— Si nous ne voulons pas qu'il, enfin je veux dire « elle » meure, il faut la… couver.

Sur le coup, l'idée semble saugrenue, mais très vite, ils comprennent que l'œuf n'a pour l'instant qu'une moitié de maturation et qu'il faut le laisser aller jusqu'à son temps complet de développement. Ils disposent l'objet étrange dans une pièce stérile à température contrôlée, éclairée par une lumière infrarouge. Nuçx'ia pousse même le zèle jusqu'à le poser sur un coquetier.

Tous sont fascinés par ce qu'ils ont fabriqué.

Un mois plus tard, le détecteur de mouvement déclenche la sirène d'alerte. Il est 5 heures du matin et les six chercheurs accourent précipitamment dans la salle de couvade.

Là, ils voient l'incroyable : le sommet de l'œuf vient de se fendiller.

116. ENCYCLOPÉDIE : TEMPS DE GESTATION

Pour les mammifères de type supérieur, le temps complet de gestation est normalement de dix-huit mois. Mais à neuf mois, le petit humain doit être éjecté car il est déjà trop volumineux. Si on attendait davantage, il deviendrait si grand et si gros qu'il ne pourrait plus sortir, vu l'espace offert par le bassin. Comme s'il y avait une erreur d'ajustement entre l'obus et le canon.

Le fœtus sort donc alors qu'il n'est pas encore complètement formé : nous sommes tous des prématurés. Ce qui explique aussi qu'autrefois tant de femmes mouraient en couches. Le bébé trop gros ne pouvait pas passer dans le tunnel de chair et finissait par le déchirer, entraînant l'hémorragie puis la mort de sa mère.

Les petits humains sont à la naissance incapables de voir, de marcher, de se nourrir seuls (contrairement au poulain, par exemple, qui à peine sorti du ventre de sa mère peut gambader et brouter de l'herbe).

Il est nécessaire de prolonger les neuf mois de vie intra-utérine du fœtus par neuf mois de vie extra-utérine pour obtenir les dix-huit mois de gestation normaux.

Cette période des neuf premiers mois extérieurs devra donc s'accompagner d'une présence très forte de la mère. Les parents devront fabriquer une sorte de ventre affectif imaginaire où le nouveau-né se sentira d'autant plus protégé, aimé, accepté que, pour sa part, il n'est pas encore véritablement achevé.

Enfin, neuf mois après la naissance se produira ce qu'on appelle le « deuil du bébé ». Le bébé prend conscience que lui et sa mère forment deux entités distinctes. Pire : que le monde qui l'entoure et lui sont différents. Cela pourra s'avérer une tragédie qui le préoccupera jusqu'à la fin de sa vie. Notons cependant que le fait de naître incomplet oblige l'enfant à avoir des parents qui s'occupent de lui pour survivre et qui lui transmettent non seulement des soins mais aussi de l'affection et une éducation. Toute la culture humaine est peut-être ainsi liée à cette imperfection du bassin féminin.

Edmond Wells,
Encyclopédie du Savoir Relatif et Absolu
(reprise modifiée d'après le volume III).

117.

Un éclat de coquille en forme de triangle se détache lentement.

David a l'impression que la scène qu'il a vécue il y a huit mille ans se reproduit devant lui, ici et maintenant.

Aurore songe que son existence prend enfin un vrai sens. Désormais, elle commence à réaliser le rêve de sa mère, elle peut changer le monde.

Un deuxième débris de coquille, de forme carrée cette fois, se détache et tombe comme au ralenti.

La pygmée Nuçx'ia se dit que la nature a beaucoup moins de limites que l'esprit humain. La jeune femme songe que la vie aime qu'on joue avec elle, elle n'est pas conservatrice, elle est ludique.

Un troisième éclat de coquille, lui aussi carré mais un peu plus large que les précédents, se détache.

L'Amazone Penthésilée pense que c'est la prophétie des Amazones qui se réalise : après avoir été mises de côté, les femmes vont revenir au pouvoir autrement, par la science, par l'intelligence, par la taille réduite et... par les œufs.

À nouveau, le sommet se lézarde et une membrane jaunâtre transparente est poussée vers l'extérieur. Cela entraîne la chute de plusieurs petites écailles triangulaires au pied du coquetier.

Le colonel Ovitz estime que, désormais, plus rien ne sera pareil. Le cours de l'histoire de l'espèce humaine est à cette seconde en train de dévier. Dans le grand arbre des futurs possibles, certaines branches viennent de s'éteindre et une bouture vient d'apparaître. Et elle songe que personne n'avait vraiment prévu celle-ci, que même si l'être qui sort de cet œuf ne vit pas longtemps, sa simple éclosion dans ces conditions extrêmes est déjà la preuve que l'humain peut être « différent » en taille, en forme, en comportement. Elle est plus que jamais convaincue que la diversité des êtres est la meilleure garantie de leur survie.

Le lieutenant Janicot porte encore un tee-shirt qui exprime ce qu'il n'a pas envie de se donner la peine de formuler. Il tire de cette communication par vêtement interposé l'humour et le détachement qu'il voudrait tant avoir.

15. Si c'est vert et que ça remue, c'est de la biologie.

   Si ça pue, c'est de la chimie.

   Si ça ne fonctionne pas, c'est de la physique.

16. S'il y a quelque chose que vous ne comprenez pas,

   dites que c'est évident.

17. La théorie c'est quand ça ne marche pas, mais que l'on sait pourquoi.

   La pratique, c'est quand ça marche, mais qu'on ne sait pas pourquoi.

   Quand la théorie rejoint la pratique, ça ne marche pas et on ne sait

   pas pourquoi.

Le lieutenant s'est rapproché de l'œuf qui continue de frémir. Il se sent fier d'avoir pu participer à cette aventure mais, au fond de lui, il est inquiet. Il ne peut s'empêcher de penser que cette découverte pourrait être récupérée par des malveillants qui en feraient le contraire de ce pour quoi on l'a programmé. C'est la vision qu'il a de la science : des gens formidables inventent le progrès, puis, le temps passant, le public oublie les pionniers, et ce sont les gens de pouvoir qui récupèrent l'œuvre pour la détourner et en faire un outil d'asservissement de l'homme. Il se mord la lèvre inférieure.

Martin Janicot est une loi de Murphy incarnée. Il craint que tout tourne au vinaigre. Il sait que la domestication du cheval a entraîné les invasions barbares. L'invention de la roue a produit le tank. L'invention de l'avion, les bombardements à grande échelle. À chaque découverte, une catastrophe. La découverte de l'Amérique : la destruction des cultures amérindiennes. La découverte du nucléaire : Hiroshima. Pourtant, chaque fois, ces révélations ont été mises au point avec une intention de paix et de prospérité.

L'époux de Natalia Ovitz est finalement beaucoup moins optimiste que sa femme. Lorsqu'il voit ce premier œuf humain qui continue de s'écailler lentement, il ne voit pas une nouvelle génération d'humains qui vont résoudre des problèmes, il pense déjà à tous les dangers qu'ils pourraient représenter s'ils tombaient entre de mauvaises mains.

La membrane subit une pression de plus en plus forte, et elle crève d'un coup. Il en sort un liquide gluant puis une petite main mouillée.

Tous les chercheurs qui assistent à la scène sont subjugués. La main est minuscule, semblable à une main de poupée mais il s'agit bien d'une main humaine. Il y a cinq doigts, des phalanges articulées, des ongles.

Et les doigts remuent.

Le lieutenant Janicot frissonne. L'apparition de ce petit être lui fait sentir plus fortement sa gêne d'être grand. Désormais, il se voit plus que jamais comme un dinosaure.

L'œuf continue de se craqueler.

Parfois, les doigts se rejoignent pour former un poing qui percute tel un marteau les morceaux de coquille récalcitrants. Après la main, sort un bras, le bras pousse plus fort pour briser la fine prison ovoïde.

Et puis, soudain, émerge une tête dont ils ne distinguent pas le visage car il est dissimulé sous de longs cheveux, eux-mêmes trempés d'une gélatine translucide. Le deuxième bras apparaît. Puis, alors que le liquide amniotique coule sur les bords de la coquille, la petite silhouette au visage toujours caché bascule doucement en avant.

— Attention, elle va tomber ! s'écrie Penthésilée.

C'est le lieutenant Janicot qui la rattrape de justesse avant qu'elle chute du coquetier. Dans sa main, l'être tout neuf semble encore plus minuscule. Ils hésitent sur le comportement à tenir devant cette silhouette entourée de mucosités, et c'est finalement David qui a le réflexe de la prendre par les pieds et de la renverser. Le liquide placentaire continue de couler des narines. David lui donne une tape sur les fesses, elle déplisse ses alvéoles pulmonaires et expire un grand coup en poussant son premier cri suivi de pleurs.

David couche la nouveau-née sur le flanc, dans une position confortable, afin qu'elle puisse respirer plus aisément et se débarrasser du liquide qui obstrue encore ses bronches. D'un doigt délicat, il soulève les mèches de fins cheveux et révèle la frimousse aux lèvres pulpeuses, au nez retroussé et aux yeux bleu marine.

— Elle se nommera « MH121 » pour Micro-Humaine numéro 121, c'est son numéro de ponte, annonce Natalia en guise de baptême.

David est ému.

— Nous pourrions peut-être lui trouver un nom plus facile à retenir et peut-être moins « technique », dit-il la gorge serrée.

— Nous verrons cela plus tard, tranche Natalia.

Elle prend un mètre ruban et la mesure des pieds à la tête.

– … 7,5 centimètres.

Elle affiche une moue.

– Normalement, un nouveau-né fait 50 centimètres. Vu qu'elle est censée être dix fois plus petite, elle devrait mesurer 5 centimètres, s'étonne-t-elle.

– Il ne faut pas la comparer à un nouveau-né, mais à un enfant de neuf mois : neuf mois de gestation, plus neuf mois hors du corps, cela fait un nouveau-né mammifère mature, intervient David se souvenant d'un passage de l'Encyclopédie évoquant ce sujet. Or, un enfant de neuf mois fait 75 centimètres, elle est donc bien exactement dix fois plus petite.

– Il a raison. Regardez, elle a déjà un développement avancé. Les cheveux, et même les cils, et aussi… deux incisives, appuie Aurore en soulevant la lèvre avec l'extrémité de son stylo pour dévoiler les deux points blancs.

– Je ne comprends pas votre ratio, dit Natalia, expliquez-moi.

David lui expose succinctement la théorie d'Edmond sur la gestation normale de dix-huit mois interrompue chez l'humain à neuf mois à cause de l'étroitesse du bassin féminin.

– Donc, MH121 est déjà beaucoup plus avancée qu'un nouveau-né normal, tente de résumer Natalia.

– Grâce à l'œuf, elle a en effet bénéficié d'une maturation complète.

Ils font cercle autour de la petite fille miniature qui semble les observer avec acuité.

Natalia paraît préoccupée.

– Dans ce cas, elle s'est formée en seulement deux mois… au lieu des dix-huit mois « normaux » pour les humains.

– Elle est dix fois plus petite, donc elle est aussi dix fois plus rapide dans son temps de croissance, approuve Aurore.

Nuçx'ia a les yeux rivés sur ce petit être tout neuf.

– Et, en toute logique, elle devrait grandir dix fois plus vite pour atteindre sa taille normale qui devrait être dix fois inférieure à la moyenne…

– Elle devrait mesurer autour de… 17 cm, précise Aurore.

Elle tend son auriculaire et aussitôt MH121 le saisit et le serre puis l'attire vers sa bouche comme si elle souhaitait téter.

– Il faut lui trouver un nom d'espèce, dit Natalia. « Micro-Humain », c'est un peu trivial.

– Mon père avait nommé l'homme dix fois plus grand « Homo gigantis ». Le contraire serait naturellement « Homo microbus », propose David.

Le colonel Ovitz n'est pas séduite par la proposition.

– Et pourquoi pas « Homo reductis » ? Après tout, c'est ce que nous avons fait, nous avons rapetissé l'espèce humaine. La première caractéristique de MH121 est sa taille réduite, rappelle Aurore.

– J'ai mieux, dit Nuçx'ia. « Homo humilis », qu'on pourrait traduire par l'homme humble. Après tout l'Homo sapiens c'est l'homme qui, du fait de la taille de son cerveau, est prétentieux et se sent « sapiens », c'est-à-dire plus sage que tous les autres animaux. L'homme que nous fabriquons a pour caractéristique, du fait de sa petite taille et de sa féminité, d'être avant tout « plus humble ».

– Attendez, allons-y franchement, intervient Penthésilée. Et pourquoi pas « Homo feminis ». La grande caractéristique de cet être nouveau est son surplus de féminité.

– « Homo discretum », propose Martin Janicot. Car après tout, ce qu'on leur demande à ces petits humains nouveaux, c'est de s'infiltrer et de rester discrets. Sa taille n'est qu'une conséquence de notre recherche de discrétion.

– Il a raison, reconnaît le colonel Ovitz.

– C'est ce qui nous a permis de survivre, à nous les pygmées : la discrétion. Et ce qui permettra à ces êtres, s'ils sont utilisés sur des terrains difficiles comme espions, de ne pas être repérés, de s'infiltrer et de rester vivants, approuve Nuçx'ia.

– C'est une bonne réponse à la prétention du mot « Homo sapiens ». Notre créature n'a pas la prétention de détenir la sagesse, elle a juste la prétention d'être... discrète, dit Aurore.

– Attendez et pourquoi ne pas sauter le pas et dire que cet humain est l'humain suivant, plus accompli ? propose David. La chenille se transforme en papillon, l'humain grand se transforme en humain petit. Et le nom de cette mutation, c'est le mot « métamorphose ». Dans ce cas, nos humains ne sont pas discrets mais métamorphosés, c'est-à-dire avec une forme plus adaptée à un milieu, des enjeux, bref à une époque différente.

Les cinq chercheurs sont séduits par le concept.

– Et quel nom proposez-vous ? demande Natalia.

– « Homo metamorphosis ».

La nouveau-née qui les observe émet un clappement lorsqu'il prononce le mot, comme si cela lui plaisait.

– Ce sera son appellation scientifique que, pour l'instant, nous sommes les seuls à connaître, dit Natalia.

David Wells inscrit sur un tableau pour que cela soit bien visible par tous.

HOMO GIGANTIS

Gestation vivipare probable : 90 mois (?).
Taille moyenne adulte : 17 mètres.
Poids probable moyen adulte : 700 kilos (?).
Temps de vie optimal probable : 1 000 ans (?).

HOMO SAPIENS

Gestation vivipare : 9 mois.
Taille moyenne adulte : 170 centimètres.
Poids moyen adulte : 70 kilos.
Temps de vie optimal : 100 ans.

HOMO METAMORPHOSIS

Gestation ovipare : 2 mois.

Taille moyenne adulte probable : 17 centimètres (?).

— J'ai mis des points d'interrogation là où les chiffres ne sont que des extrapolations à vérifier.

Le colonel Ovitz observe le tableau avec les trois définitions.

— « Fois 10 », ce serait donc la règle.... Quel étrange lien avons-nous avec ce nombre ? C'est celui de nos doigts...

La minihumaine, remarquant qu'ils ont tous tourné leur regard vers le tableau, émet un gazouillis.

Martin Janicot la place à nouveau dans sa paume.

— « Homo metamorphosis » étant trop technique, nous garderons quand même le nom générique de « Micro-Humain » ou « MH » pour parler d'eux.

— Emach ? reprend Nuçx'ia en s'amusant avec la phonétique des initiales. Tu serais une « Emach », voilà une sonorité originale.

— IiiiMeeech, IiiiMeeech, répète la petite humaine qui paraît vouloir participer à la conversation.

Sa voix est ténue mais elle semble commencer à maîtriser ses cordes vocales.

— Si cette Emach a mis dix fois moins de temps qu'un fœtus normal pour devenir adulte, ça signifie que pour elle la maturité est dix fois plus rapide aussi, rajoute Penthésilée. Donc il est probable qu'à 1 an, elle aura l'air d'en avoir 10, et à 10 d'en avoir 100. Nous pourrions ajouter quelque chose en ce sens.

Le colonel Ovitz approuve et note sur le tableau :

Temps de vie optimal probable : 10 ans (?).

— Son poids risque d'être dix fois inférieur. Elle va probablement faire, à l'âge adulte, 6 ou 7 kilos tout au plus.

Natalia note :

Poids probable adulte : 7 kilos (?).

Se rendant compte que cela fait quand même beaucoup, elle rectifie et inscrit :

Poids probable adulte : 2 kilos (?).

Ils se tournent d'un même mouvement vers la micro-humaine et la contemplent émerveillés.

— Elle est mignonne, notre Emach, reconnaît Aurore. Elle a un peu le haut du visage de Nuçx'ia et le menton de Penthésilée.

— Avec un peu de David... le sourire, et le regard d'Aurore. Même si ce n'était pas dans le code génétique, cela a dû être transmis dans l'air, plaisante la pygmée.

— C'est vraiment notre « petite fille » à tous les six, conclut le colonel Ovitz.

— Il n'y a que moi qui n'y suis pas, reconnaît Martin Janicot, mais c'est normal... je suis de « l'ancienne espèce ».

Après un court moment de gêne, tous éclatent de rire et étreignent le géant.

— Ça y est, j'ai trouvé comment nous pourrions l'appeler, dit Penthésilée.

— Vas-y.

— Emma, MA pour « Micro-Aurore » et, en même temps, c'est un joli prénom. Emma, la petite Emach, nous restons ainsi cohérents dans notre système de transformation d'initiales en syllabes.

— Et si nous obtenons des garçons ?

— Amédée. Pour le sigle MD qui pourrait signifier Micro-David, reprend aussitôt Nuçx'ia. Après tout, ce serait un juste retour des choses puisque Aurore et David sont à l'origine de l'invention proprement dite du Micro-Humain.

À ce moment, la petite Emma se met à éternuer et, comme tous se précipitent pour la réchauffer, elle émet un gazouillis différent.

Le smartphone de Natalia sonne. Celle-ci examine le numéro puis décroche, écoute, approuve, puis raccroche, avec un air très préoccupé.

– Un problème ?

– C'est trop tard… tout ça n'a servi à rien. Nous n'avons pas été assez rapides.

Elle allume le téléviseur et le branche sur les actualités. Elle monte le son.

118.

– … a décidé, suite à cette révélation, de prendre les mesures qui s'imposent. En effet, la jeune étudiante canadienne ayant fini par avouer au bout de plusieurs jours de détention à ses juges qu'elle était un agent secret infiltré, le gouvernement iranien a annoncé qu'il tenait enfin la preuve que toutes les manifestations d'étudiants, soi-disant « spontanées et pacifiques », n'étaient en fait qu'un complot orchestré par les services secrets israéliens. Le président Jaffar a donc considéré que cela correspondait à une déclaration de guerre contre son pays et qu'en tant que chef d'État, il avait le droit et le devoir de se défendre. Les troupes d'infanterie et les chars des gardiens de la révolution sont sortis des casernes et se sont mis en mouvement vers la frontière irakienne. Le Hamas et le Hezbollah ont annoncé qu'ils étaient prêts à participer à la grande « offensive finale ».

Le premier ministre israélien Gaelle Toledano a aussitôt répliqué que cette histoire d'espion était montée de toutes pièces, probablement pour faire diversion et mettre fin aux manifestations. Elle a prévenu Jaffar que si la moindre attaque était lancée contre son pays, celui-ci riposterait.

Le groupe des grandes puissances à l'ONU se réunit en urgence pour tenter d'appeler les deux parties à plus de modération, ce qui semble n'avoir aucune influence sur le terrain. Les troupes se massent aux frontières. Le prix du baril de pétrole brut a grimpé d'un coup sur les marchés et l'on redoute que…

119.

Je me souviens.
Les humains sont parvenus à fabriquer une reproduction d'eux-mêmes à taille réduite. Ils étaient par chance d'excellents expérimentateurs et Ash-Kol-Lein, aidé de sa femme Yin-Mi-Yan, avançaient très vite dans cette voie.
Ils parvinrent ainsi à fabriquer un petit humain qu'ils nommèrent minihumain. Celui-ci était exactement semblable à eux mais de taille dix fois plus réduite. Si les premiers humains mesuraient 17 mètres de haut, les nouveaux minihumains arrivés à l'âge adulte arrivaient tout au plus à 1,70 mètre.
Et si les premiers humains pouvaient vivre mille ans, cette seconde espèce issue de la première était limitée à cent. Ils grandissaient dix fois plus vite, pesaient dix fois moins, consommaient dix fois moins et vivaient dix fois moins longtemps.
C'était comme une projection de leur propre être en réduction. Pour mon grand projet SPM de défense contre les astéroïdes, ils représentaient assurément une voie de résolution originale.
Et les minihumains, éduqués et entraînés par leurs aînés, se mirent au travail pour fabriquer une minifusée échappant aux contraintes des anciennes.
Ce fut au moment où tout semblait enfin aller dans le bon sens qu'un astéroïde fut signalé par l'observatoire d'astronomie situé au sommet de la pyramide centrale de l'île.

ACTE 2

L'âge de la mue

LE CAVALIER VERT

120.

La pyramide de Khéops trône, majestueuse, représentée sur une photo encadrée devant ses yeux.

Il est 4 heures du matin.

Le médecin légiste, le docteur Michel Vidal, séjourne à l'hôtel Louxor du Caire mais il ne trouve pas le sommeil, il a trop chaud. Il observe le cliché face à lui et se demande comment des esclaves ont pu transporter de tels blocs de pierre en plein désert. Même avec des chariots ou des billes de bois cylindriques, l'exploit lui semble surhumain.

Un moustique le nargue.

Il l'écrase mais déjà un autre se manifeste. Il se lève, grimpe sur une chaise et, armé de sa chaussure, il le provoque en duel avant de le pulvériser.

Cela engendre une tache rouge. Son sang.

Le docteur Michel Vidal se recouche.

Il essaie vainement de dormir.

Il toussote.

La climatisation ne fonctionne pas et l'air est étouffant. Il allume le téléviseur, s'intéresse rapidement aux actualités qui parlent des menaces de guerre au Moyen-Orient.

Il transpire. Il se met en quête d'eau fraîche puis songe qu'il lui faudrait une boisson alcoolisée pour l'assommer. Il aimerait la consommer de préférence dans un lieu climatisé, ne serait-ce que pour fuir ces moustiques harceleurs.

Il descend au lobby de l'hôtel Louxor. À cette heure, le bar est complètement désert, hormis un barman rigide comme une statue, une danseuse du ventre obèse qui se dandine sur une musique lascive en remuant ses bourrelets, et un seul autre client en veste noire, accoudé au comptoir.

L'air est très frais et il apprécie.

Le docteur Vidal commande une bouteille de vin rouge que le barman sort avec prudence de sous le comptoir, après avoir vérifié que personne ne le surprendra à vendre de l'alcool dans un pays où c'est de moins en moins toléré.

– Vous voulez des glaçons dans votre bordeaux ? demande le serveur.

L'idée lui semble iconoclaste mais, vu la chaleur, il accepte, et l'autre lui déverse trois gros glaçons qui flottent dans le liquide rouge grenat. Le médecin observe les trois cubes translucides et il repense au visage du célèbre professeur Charles Wells dans son glaçon. Il se dit que c'est un miracle de pouvoir figer un cadavre dans son dernier instant de vie comme une sculpture.

Il boit et fait tourner les trois cubes de glace dans le vin.

Il repense au premier corps, reconnu par la famille. L'étudiant aux allures juvéniles et sa mère pleurnicharde.

Il repense au second corps, la journaliste, Vanessa Biton, avec son fiancé éploré. Un type charmant qu'il avait autorisé à fumer dans la morgue pour l'occasion.

Il repense au troisième corps, celui de l'assistante du professeur Wells, Mélanie Tesquet. Il a attendu plusieurs semaines et finalement l'a décongelé juste avant son départ en vacances, il y a de cela deux jours.

Mélanie Tesquet n'avait pas de famille et il a pu l'analyser tranquillement et de plus près au cours d'une vraie autopsie.

C'est ainsi qu'il a remarqué qu'elle avait des traces de glaire beige autour des lèvres, comme si elle s'était enrhumée juste avant de mourir.

Le docteur Vidal se dit que s'enrhumer au pôle Sud avec des températures frôlant les moins 25, c'est quand même « normal ».

Il fixe les trois glaçons...

L'autre client solitaire, affublé d'une fine barbiche, s'approche en tenant par le goulot sa bouteille d'alcool, cachée dans un sachet en papier. Du peu que Michel Vidal en distingue, le client carbure au Chivas.

— Vous aussi, vous avez des insomnies et vous vous soignez à coups de jus végétaux fermentés ? demande l'homme un peu narquois avec un fort accent oriental.

En dehors de son costume noir et de sa fine barbiche, il porte deux grosses chevalières aux doigts. Son allure d'aristocrate met le médecin à l'aise.

— C'est parce que nous ne sommes pas chez nous. Rien ne remplacera notre oreiller, la douceur de nos draps, l'air de notre chambre et les bras de notre femme.

Les deux hommes se sourient. Le barbichu sirote plusieurs gorgées de whisky de manière quasi mécanique.

— Moi, c'est à cause de cette chaleur suffocante et de la météo détraquée, signale Michel Vidal. Pareil pour vous, je présume ?

— Non. Moi, c'est autre chose. J'ai des états d'âme.

— Vous buvez pour oublier ?

— Oublier, c'est pour le passé. Moi, je bois pour ne pas voir le futur.

Il a un petit rire retenu.

— Et aussi pour en profiter. Ici, c'est l'un des derniers hôtels de la région tenus par des coptes, alors ils ont encore de l'alcool de contrebande.

— Vous êtes égyptien ?

— Iranien.

– En vacances ?

– Les dernières. Je suis militaire. Ils nous ont accordé une dernière « récréation » avant l'offensive. Après, ce sera le boulot à plein temps. Vous n'avez pas écouté les actualités ?

– La guerre avec Israël à cause de l'espionne canadienne ?

– Pour éviter la révolte intérieure, il faut faire la guerre extérieure. La tuerie collective, c'est ce qui soude le mieux une population derrière ses gouvernants. Le sang qui coule apaise les gens nerveux. Et cette fois, contrairement à la guerre contre l'Irak, on n'a rien à perdre et tout à gagner. Nous sommes vingt fois plus nombreux que les Israéliens, mille fois plus riches grâce au pétrole. Nous aurons le soutien de tous les pays voisins, et je pense du monde entier à part les Américains (et encore vu les enjeux pétroliers, cela ne m'étonnerait pas qu'ils retournent rapidement leur veste). Nous ne pouvons pas perdre.

Le docteur Vidal, que ce sujet laisse indifférent, déguste son vin. Il remarque qu'autour d'eux tournoient les moustiques. D'un geste désabusé il en attrape un qu'il broie. Il s'essuie la main sur sa veste.

– Vous ne sentez pas que tout le monde a envie de ça ? Partout ? La guerre. Même s'il y a quelques pertes chez nous… ça ne ne nous dérange pas trop. En fait, je vais vous avouer une horreur que personne n'oserait dire : nous sommes en « excès de population ». C'est un peu comme les saignées d'autrefois, la guerre c'est pratique pour se débarrasser des contestataires et des pauvres. Je sais qu'on ne peut pas raconter cela à n'importe qui, mais vous je sens que vous pouvez comprendre.

Il rit et boit à nouveau au goulot alors que le Français se ressert du bordeaux.

– Je prends le premier avion pour Téhéran demain matin. C'est pour cela que j'en profite une dernière fois avant de partir. La guerre, on n'est jamais sûr que cela aille vite. Je vais probablement être coincé dans un bunker plusieurs jours, voire plusieurs semaines, à diriger les opérations à distance. Et nous n'allons pas pouvoir avaler la moindre goutte d'alcool évidemment. Les barbus surveillent les barbichus et nous, les barbichus, nous envoyons les moustachus et les imberbes au casse-pipe. Question de longueur de poils….

— Dans ce cas, eh bien : santé ! Au dernier verre avant la guerre.

Michel Vidal lui propose un peu de son vin rouge mais l'autre lui fait signe que ce n'est pas assez corsé alors il tête à nouveau son chivas. L'Iranien enlève le sac de papier autour de sa bouteille, et fixe l'étiquette dorée où est inscrit « Premium Scotch 12 ans » surmonté d'un cavalier au galop.

— Quel dommage que ce délicieux nectar soit interdit. Ça et les femmes.

Il regarde la danseuse du ventre obèse qui poursuit sa danse lascive accompagnée par la musique d'un oud. Celle-ci, remarquant l'intérêt des deux touristes, se déhanche de plus en plus largement ; d'un geste sec, elle retire un voile, puis un autre, révélant un gros diamant rouge à l'emplacement du nombril.

— Plus c'est interdit, plus c'est excitant, concède l'homme, philosophe. On devrait tout interdire pour tout apprécier.

D'autres voiles tombent. Les yeux de l'Iranien brillent en suivant le diamant du nombril.

— Dire que ma sœur a jadis manifesté à l'époque du Shah pour… le droit de porter le voile. Si, si, monsieur. Au moment de la révolution islamiste, elle avait 21 ans et elle était étudiante en médecine. Elle avait dit fièrement à la télévision : « Je portais le voile en cachette, depuis que le tyran est parti, j'ai la liberté de le porter ouvertement partout. » Maintenant elle a surtout… l'interdiction de l'enlever.

Il se console au goulot de sa bouteille.

— Et par la même occasion, mon père en a profité pour la marier la même année, avec un vieux type dont elle est la cinquième femme. Mon père a touché une bonne dot pour cela.

Elle voulait la religion, elle l'a. Il lui a déjà fait neuf enfants, lui a interdit de poursuivre ses études, de sortir ou de faire du sport. À force de rester cloîtrée à la maison, à préparer le repas pour son mari et ses enfants, à goûter ses propres plats, et à prendre des goûters avec les autres femmes, elle pèse 155 kilos.

– La nourriture sucrée a des effets relaxants, reconnaît Michel Vidal.

– Seul petit inconvénient, elle est devenue aigrie. Quand elle discute avec son mari, c'est essentiellement pour lui faire des reproches. C'est un collègue militaire, et je peux vous dire que vu ce qu'il se fait engueuler à la maison, il est très motivé pour faire la guerre dehors. Il va être très cruel. Il paraît que la femme de Jaffar aussi est une teigneuse. La guerre risque d'être longue.

Il rit et boit à nouveau.

– Vous n'avez quand même pas la nostalgie de l'abominable tyran que vous nommiez le Shah, s'offusque le Français.

– Les chiffres parlent tout seul. À l'époque du Shah, il y avait 3 000 prisonniers politiques, on est passé actuellement à 300 000. Comme quoi, tout dépend de la manière dont on présente les choses à la télévision.

L'information surprend le médecin.

– Et vous, vous faites quoi ? demande le barbichu.

– Moi, je suis français. Je suis médecin légiste à Paris. Je suis venu en Égypte pour passer mes vacances d'hiver.

Le docteur Vidal refait tinter les glaçons dans son verre de bordeaux.

– Mon dernier cadavre, je l'ai dégelé. C'était la première fois que je faisais cela. C'était, comment dire, « réfrigérant ». D'ailleurs, je crois qu'à force de manipuler ces cadavres glacés, j'ai pris froid.

Il a un frisson, éternue et place sa main devant son nez, juste à temps. Il essuie quelques gouttes de mucus sur sa main.

Le barbichu à lunettes de soleil lui tend sa main ouverte.

– Général Moqaddam. Gulbahar Moqaddam. On m'appelle Moq.

– Docteur Vidal. Michel Vidal. Mais tout le monde m'appelle Mitch. Enchanté, Moq. Comment se fait-il que vous parliez aussi bien français ?

– J'ai fait mes études à Paris, Mitch. J'adore la France. C'est le pays de la liberté, de l'égalité et de la fraternité, n'est-ce pas ?

Le général soupire tout en regardant la danseuse.

– Dire que, dans quelques heures, je vais donner toute mon énergie et toute ma détermination pour qu'il y ait encore moins d'alcool, moins de danse du ventre, plus de voiles, et plus de femmes mariées de force à des vieux riches.

– C'est peut-être le sens de l'évolution, ironise le médecin légiste. Ce n'est pas dit que cela soit mauvais. C'est juste « autre chose ». Peut-être plus oriental. La sagesse m'a appris à ne jamais juger. Il n'y a pas de méchants, il n'y a pas de gentils, il n'y a que des points de vue différents qui parfois s'opposent.

Étonné, le militaire lui donne une tape amicale dans le dos.

– Vous êtes très marrant, Mitch. Vous me plaisez !

Il en profite pour téter le whisky.

– Le whisky, cela va plus vite que le vin. Sauf votre respect, vous êtes saoul, mon général, parole de toubib.

Leurs regards convergent vers la danseuse qui semble fatiguer.

– Pourquoi cette focalisation sur Israël ? demande le Français.

– Ce n'est pas facile quand on est un pays pétrolier ultra-riche, avec des inégalités énormes comme l'Iran, de passer pour un défenseur des pays pauvres. Sauf si... on attaque Israël.

Il prend encore une rasade de whisky, boit et commence à avoir des difficultés à se tenir droit. Il s'affale sur le zinc.

– Israël est le seul pays de la région où les femmes sont autorisées à exhiber leurs jambes et leurs seins sur les plages. Elles ont le droit de tromper leur mari, de divorcer, ou d'avorter. On ne le dira jamais mais c'est ça qui est vraiment insupportable pour tous les pays voisins.

Il regarde les seins tournoyants de la danseuse, boit et donne une claque affectueuse dans le dos du médecin français.

– Et c'est bien pour ça que je suis venu en Égypte dans cet hôtel copte, Mitch.

Ils trinquent et s'esclaffent ensemble.

Le rire du médecin se transforme en quinte de toux. Il a beau mettre sa main devant la bouche, quelques fines expectorations franchissent l'espace qui le sépare de son vis-à-vis.

Son regard dévie et il voit passer par la fenêtre au loin une étoile filante qui balafre la nuit.

121.

Par chance, l'astéroïde passa à une distance suffisante de mon atmosphère pour ne pas être capté par ma gravité.

Cela me semblait un avertissement, il fallait hâter les recherches.

Ash-Kol-Lein et Yin-Mi-Yan produisirent toute une génération de minihumains. Leurs créateurs les éduquèrent, leur offrirent des ateliers à leur taille et leur indiquèrent comment ils devaient procéder pour fabriquer une minifusée.

Quelques années plus tard, celle-ci était entièrement réalisée grâce à de minuscules travailleurs d'1,70 mètre qui fabriquaient des mini-pièces.

Ainsi fut mise au point Lymphocyte 10, la fusée dix fois plus petite que Lymphocyte 01.

C'était une nouvelle étape de mon grand projet SPM.

122.

Après sa rencontre avec le général Moqaddam au bar de l'hôtel Louxor, le docteur Michel Vidal remonte dans sa chambre et se glisse sous les draps. Cependant, il a beau chercher le sommeil, il ne le trouve toujours pas.

Il est désormais persuadé qu'il a contracté un rhume en dégelant Mélanie Tesquet et que cela a été aggravé par la climatisation de l'avion, puis par celle du bar de l'hôtel.

Tout en contemplant la photo des pyramides, il songe aux dix plaies qu'utilisa Moïse pour forcer le Pharaon à laisser son peuple partir en Terre promise.

Le docteur Vidal connaît la Bible et se rappelle cet épisode où les Hébreux, prisonniers des Perses, devaient tous être tués sur ordre du premier ministre Haman mais avaient été sauvés in extremis par une femme nommée Esther.

Finalement ces Hébreux ont toujours réussi à s'en sortir de justesse, alors que les Égyptiens, les Babyloniens et les Perses qui ont des cultures basées sur la domination militaire n'ont pas duré longtemps. Les dictatures ne marchent efficacement que sur des périodes limitées. Elles s'imposent par la terreur mais, à la longue, elles n'ont pas de projet solide à proposer et cela finit par s'émietter.

Satisfait de ce résumé de l'histoire, le docteur Vidal toussote dans sa main.

De toute façon, je m'en fous de ce qui arrive en Israël et en Iran. C'est loin de la France et je n'ai pas l'intention de partir en vacances ni chez les uns ni chez les autres.

Il tousse encore. Puis sa petite toux devient une éructation douloureuse.

Ce n'est pas qu'un petit rhume, mais plutôt un début de pharyngite. Je n'aurais pas dû descendre au bar. Maudite climatisation. Encore une stupidité apportée par les Américains. Je préfère encore la chaleur et les moustiques.

Sa fièvre est de plus en plus forte et chaque quinte lui écorche les bronches, alors il se décide à s'habiller, appelle le service conciergerie de l'hôtel et demande un taxi pour l'emmener à l'hôpital central du Caire. Là, il découvre un lieu vétuste bondé de gens blessés et de malades fiévreux qui gémissent.

Il est saisi de vertiges. Il demande en anglais à une infirmière qui passe s'il est possible d'être examiné d'urgence, et elle lui répond dans la même langue que « ce n'est pas parce qu'il est occidental qu'il a un passe-droit, le colonialisme c'est terminé, et qu'il devra attendre comme tout le monde ».

Il tousse de plus en plus fort, mais en se plaquant la main sur la bouche il arrive à retenir ses expectorations. Une vieille dame entièrement voilée se penche vers lui et lui murmure à l'oreille.

— Si vous avez de l'argent, il y a une clinique privée pour les touristes un peu plus loin dans la même rue. Demandez la clinique Néfertari.

Michel Vidal la remercie, et se traîne dans les rues, titubant comme un alcoolique devant les regards réprobateurs de quelques passants. À mi-chemin, il trébuche, tombe par terre, marche à quatre pattes puis, s'agrippant à un réverbère, arrive à se relever.

Il tousse encore, et cela lui arrache la gorge, lui brûle le nez et les oreilles. Ses tempes battent fort. Toute sa peau est moite. Il arrive enfin devant le panneau : « CLINIQUE INTERNATIONALE NÉFERTARI » et en dessous « Carte Visa et American Express acceptées ». Le bâtiment ressemble à un hôtel de luxe. À l'accueil, on lui demande son numéro de carte de crédit et une signature comme dans une réception d'hôtel. Puis on le guide dans une grande pièce où un écran affiche en boucle les actualités de la chaîne Al-Jazira.

Le docteur Vidal se laisse tomber sur un siège.

Il ne peut réprimer sa toux de plus en plus douloureuse. Oubliant de mettre sa main devant sa bouche, il répand une rafale de micro-expectorations beiges qui infectent les touristes qui patientent dans la salle d'attente :

1) Le commandant Bill Preston, un pilote de ligne américain qui venait pour des problèmes digestifs.

2) Kandala Hissène, une infirmière d'origine éthiopienne qui circulait dans la salle pour apporter des journaux.

3) Gunther Folkman, un touriste allemand avocat, venu pour des problèmes de MST attrapée auprès d'une jeune fille qu'on lui avait pourtant assuré être vierge.

4) Kawabata Moroto, un Japonais ayant attrapé des amibes parasites après avoir eu l'idée saugrenue de boire l'eau du robinet en se lavant les dents.

5) Lina Ramirez, une femme médecin d'origine espagnole.

6) Charlène Oswald, une hôtesse de l'air australienne dont le pied a été écrasé par un taxi maladroit.

À chaque éternuement, à chaque quinte de toux, Michel Vidal répand des miasmes qui restent un instant en suspension dans l'air avant de retomber comme des pollens.

Lorsque le légiste français est enfin autorisé à rencontrer le généraliste égyptien, il voit face à lui un jeune homme de 30 ans tout au plus, en blouse blanche, qui semble mal à l'aise.

– Je suis le docteur Ali Néfertari, je suis le fils du directeur. Je ne devrais peut-être pas vous le dire, mais vous êtes mon premier client... enfin patient. J'espère que cela me portera chance.

Il lui fait un large sourire. Le jeune homme allume son ordinateur et lance le programme de diagnostic médical automatique dont la clinique de son père vient de faire l'acquisition.

– Bien commençons par les formalités usuelles : nom, prénom, âge, taille, poids.

Michel Vidal répond puis explique :

– J'ai... j'ai très mal à la gorge, les poumons me brûlent et j'ai des difficultés à respirer et... il faudrait me...

– Vous fumez ? Combien de paquets par jour ?

– Heu... non.

Le jeune médecin clique sur la ligne « difficultés respiratoires non liées au tabac ».

Aussitôt le moteur de recherche affiche :

« Probabilité A : Asthme 32 % »

« Probabilité B : Tuberculose 42 % »

« Probabilité C : Grippe 41 % »

« Probabilité D : Angine 34 % »

« Probabilité E : le patient ment et fume quand même : 4 % »

« Probabilité F : autre facteur encore inconnu : 2 % »

Il remplit la case symptôme par « mal de gorge », puis il clique sur le bouton « Analyse Synthèse des symptômes ». Le logiciel se met aussitôt à tourner en affichant un petit logo où l'on voit un cœur se gonfler et se dégonfler.

– Quelques instants, s'il vous plaît, nous allons être bientôt fixés, sinon vous avez eu le temps de faire un peu de shopping dans notre cité avec ce beau temps ?

Michel Vidal n'arrive plus à parler. Il tousse très fort puis pris de vertiges, s'affale de tout son long.

Le docteur Néfertari recule, étonné.

Il a envie d'appeler à l'aide, mais il se dit que cela ferait mauvais effet si on découvrait qu'un médecin, fils du directeur qui plus est, ne sait pas comment réagir au problème de son premier patient. Il reste comme tétanisé à observer ce Français agonisant à même le sol. À cet instant, il n'a qu'une crainte : que quelqu'un entre et découvre la scène. Fasciné et impuissant, il pousse le verrou de la porte, contemple cet étrange malade pris de convulsions et s'étouffe avec ses propres glaires sur son tapis. Quand enfin la forme qui se débat ne donne plus signe de vie et reste immobile, la bouche béante, les yeux vitreux, le médecin égyptien sort son stéthoscope et s'assure que le cœur n'a plus le moindre soubresaut. Puis, soulagé, il prend son smartphone et appelle un infirmier à qui il demande d'apporter un sac hermétique pour les cadavres.

– Qu'est-ce qu'il a eu ? demande l'infirmier sans réelle curiosité.

Alors le jeune médecin, s'essuyant les mains touchées par les glaires, répond :

– Crise d'asthme foudroyante.

L'infirmier hoche la tête, rassuré par la rapidité du diagnostic. Le médecin rectifie sa tenue, essaie de retrouver contenance et ordonne :

– Installez-le à la morgue et essayez de voir s'il a son passeport.

Le docteur Néfertari libère son bouton de col pour mieux respirer. Dehors, la ville du Caire bruisse de coups de klaxons et du vrombissement des voitures coincées dans les embouteillages.

Il se dit que finalement ce métier ne lui plaît pas tant que cela. Il l'a choisi sous la pression de son père qui insistait pour qu'il reprenne la « boutique familiale », mais ce n'est ni son talent ni sa vocation. Il se souvient même que, en passant devant la salle d'attente remplie de patients, il a eu un mauvais pressentiment. Il réalise soudain que les « gens malades » l'effraient.

Ce premier client mort lui semble un signe.

Tant pis pour son père (de toute façon le diplôme de médecin ne correspond à rien, puisqu'il l'a acheté), il est décidé à reprendre sa seule vraie passion : la danse jazz.

123. ENCYCLOPÉDIE : AESCLAPIOS

Dans la Grèce antique, Aesclapios (retenu sous le nom d'Esculape par les Romains) fut l'un des grands pionniers de la médecine. Il était citoyen d'Épidaure et élève de l'école de Pythagore (qui fut le haut lieu d'études de beaucoup de savants de l'époque). L'une de ses découvertes les plus remarquables est l'« électrochoc ». Aesclapios avait compris que certaines formes de folie pouvaient être résorbées par traitement à base de... fortes surprises.

Cependant l'électricité n'avait pas encore été découverte, et l'Aesclapion fonctionnait d'une autre manière.

Le sujet supposé « atteint de trouble psychiatrique » était déposé dans un tunnel sombre où il évoluait longtemps à

351

l'aveuglette. À force d'avancer dans l'obscurité, tous ses sens étaient aiguisés, l'ouïe à l'affût du moindre bruit, les rétines à la recherche de la moindre lueur. La peur montait au fur et à mesure que le chemin s'allongeait. Soudain, alors que le sujet était au paroxysme de la perte de ses repères, il distinguait une lueur au fond du tunnel. Il fonçait vers ce puits de lumière, avec l'espoir de déboucher du tunnel sombre. Or, au moment précis où le malade atteignait enfin le trou et pouvait voir le ciel, Aesclapios lui déversait sur le visage un panier rempli de serpents frétillants. La succession rapide de l'angoisse, du soulagement, de l'espoir et la terrifiante surprise finale, provoquait l'effet d'« électrochoc » recherché.

Ce principe d'errance dans un labyrinthe obscur, de découverte de la lumineuse issue, qui se conclut par l'apparition d'une frayeur extrême, a par la suite servi de structure dramatique pour certaines pièces de théâtre ou contes. Le récit pouvant avoir sur les spectateurs l'effet thérapeutique d'électrochoc, effet semblable à celui de l'Aesclapion sur les fous.

Edmond Wells,
Encyclopédie du Savoir Relatif et Absolu, Tome VII.

124.

Un cheval fougueux en bronze monté par un cavalier brandissant un sabre est le seul élément décoratif de la large pièce ultramoderne meublée de fauteuils confortables en cuir blanc.

Les généraux de l'armée de l'air, des généraux de cavalerie et d'artillerie, ainsi que des amiraux de la marine nationale iranienne sont réunis dans le grand QG. En bout de table, les hauts responsables des milices chebabs venus recevoir les ordres d'attaque, afin de créer des lignes de front secondaires sur tous les flancs d'Israël, plus quelques conseillers nord-coréens qui veulent surveiller l'efficacité des missiles et des bombes qu'ils ont vendus à l'Iran. Ces derniers se tiennent en retrait, occupés à manipuler des tablettes numériques.

Sur un écran mural, apparaît un plan de la région avec l'emplacement des points stratégiques et les QG des milices.

Le président Jaffar entre et tous se lèvent. Il signale que désormais la consigne est de ne pas perdre de temps, pour calmer les manifestations qui continuent à se dérouler dans les rues de Téhéran.

— Ça ne se passera pas comme en Libye, en Tunisie ou en Égypte durant le printemps arabe, déclare le président Jaffar. Il faut qu'il y ait un choc émotionnel fort et de préférence en dehors du pays. Je compte sur vous pour taper vite et de la manière la plus spectaculaire possible.

Le général en chef de l'armée de l'air confirme que l'offensive doit être programmée rapidement. Dès que les troupes seront en place, commenceront les premiers bombardements relayés par l'artillerie, les forces navales et l'infanterie.

Le général qui commande les forces blindées signale que ses divisions sont prêtes à une attaque en tenaille de tanks en traversant l'Irak, la Jordanie et le Liban où ils bénéficient du soutien d'un large réseau implanté parmi les populations locales.

C'est alors que la porte s'ouvre d'un coup. Des gardes entourant un homme barbu portant la tenue traditionnelle avec la robe, les chaussures pointues et le turban noir font irruption dans la pièce.

Aussitôt tous se prosternent car ils ont reconnu le grand ayatollah Ferradji. Même le président iranien se précipite pour lui baiser la main.

— Fichez le camp, Jaffar, je prends le commandement des opérations, annonce-t-il d'une voix impérieuse.

— Mais…

– Vous ne serez d'aucune utilité ici, gérez plutôt la rue, la police et l'ordre intérieur, je me charge des plans de guerre.

Le président Jaffar hésite une fraction de seconde, puis baisse la tête et s'éclipse sans se retourner. Le religieux s'assoit en bout de table.

– Où en étiez-vous ? demande l'ayatollah Ferradji.

– Le plan d'attaque contre Israël, Votre Sainteté.

L'homme enturbanné a un petit sourire agacé.

– Non, je voulais parler des choses « importantes ».

– Eh bien c'est... important, toussote le chef d'état-major de l'armée de l'air pris de court.

– Jaffar ne vous a pas mis au courant du vrai plan ? demande le religieux.

Des regards inquiets s'échangent autour de la table.

– ... euh... quel « vrai plan », Votre Sainteté ?

– Donc vous ignorez tout..., soupire l'homme. Pourquoi croyez-vous que nous allons faire la guerre ?

– Pour faire diversion des manifestations ? tente un amiral, reprenant l'argument donné par Jaffar.

L'ayatollah secoue la tête.

– Pour « chasser l'ennemi sioniste de nos terres sacrées », tente avec zèle le général responsable de l'aviation.

– Vous êtes stupides ou quoi ? Quel intérêt de s'attaquer à un tout petit territoire pas plus grand qu'un confetti sur la carte, occupé par cinq millions d'habitants ? C'est même pas la banlieue de Téhéran. Pourquoi pas attaquer Monaco, tant que vous y êtes !

– Mais les sionistes...

– Crétins ! cingle l'ayatollah. Ça c'est notre propagande, c'est pour les médias et pour le peuple. C'est le chiffon rouge qu'on agite pour éviter que les gens ne réfléchissent. Vous n'êtes quand même pas suffisamment naïfs pour croire à notre propre propagande, messieurs ?

Tous baissent les yeux.

Le religieux lisse sa longue barbe, inspire un grand coup comme impatient, puis annonce :

— Notre enjeu n'est pas d'envahir ce minuscule territoire qui n'a même pas de pétrole ou de matières premières. Notre enjeu, le vrai, est de prendre la tête de la révolution islamique mondiale. Notre ennemi, le vrai, n'est pas Israël. Notre ennemi, le vrai, est...

— L'Amérique ? tente le ministre de la Marine.

— Trop loin, c'est à des milliers de kilomètres. Cherchez encore.

Plus personne n'ose émettre une réponse.

— Notre vrai ennemi, ce sont les 1,6 milliard de musulmans sunnites.

Un long silence oppressant s'installe.

— Vous n'avez pas suivi les actualités ? Nos pèlerins chiites se sont fait humilier par la police saoudienne avant d'être refoulés de La Mecque !

Il frappe du poing sur la table.

— À Bagdad, nos mosquées sont les cibles permanentes d'attentats kamikazes sunnites. En Irak, nos frères sont égorgés dans leur lit comme des animaux pour le sacrifice. Au Pakistan, les chiites sont persécutés par le gouvernement qui les traite comme des chiens. Dans le monde, sur 1,8 milliard de musulmans, il y a actuellement 90 % de sunnites et 10 % de chiites. Même en faisant beaucoup d'enfants, nous ne pourrons jamais rattraper ce retard.

Les officiers marquent des signes d'incompréhension.

— Quel rapport avec la guerre que nous allons mener contre Israël, Votre Sainteté ? se permet de remarquer le général en chef des forces blindées.

— Imbécile. Ce n'est qu'une guerre de façade pour rallier tous les musulmans du monde à notre cause. Le seul enjeu vraiment important est de venger le martyre d'Hussein, notre père à tous, ainsi que toute sa famille injustement assassinée par ces chiens galeux de sunnites au service du calife Yâzid.

Il laisse un instant planer un silence et tous se souviennent de ce massacre survenu il y a près de mille quatre cents ans lors de la bataille de Kerbala, qu'on leur a ressassé dans les écoles et qu'on leur remémore sans cesse à la télévision.

La porte s'ouvre, et le général Gulbahar Moqaddam entre en rajustant son uniforme.

– Excusez-moi, mon avion a eu du retard.

Il tamponne son front en sueur et semble fébrile. Il embrasse la main tendue en faisant une courbette.

– Votre Sainteté.

L'autre ne lui prête même pas attention.

– Où en étions-nous, déjà ? Ah oui, le seul vrai moyen de venger Hussein est …

Il plante son doigt sur un point de la carte.

– Une bombe atomique sur Ryad.

Un silence suit.

C'est le général Gulbahar Moqaddam qui le trouble en se râclant la gorge de manière irrépressible.

– Je… je ne comprends pas…, Votre Sainteté.

– Ensuite, nous dirons que sont les Israéliens qui ont frappé et nous passerons pour le seul fer de lance véritable de l'islam. Tout le monde sera avec nous et nous aurons réussi à devenir les bergers d'un troupeau de 1,8 milliard de musulmans ralliés à la religion chiite, unis, et que plus rien n'arrêtera pour convertir le monde dans sa totalité de gré ou de force.

L'ayatollah se rassoit et place ses mains dans ses larges manches.

– Les sunnites ont fait fort avec le World Trade Center à New York, le 11 septembre 2001, mais nous allons faire beaucoup plus fort avec la bombe atomique sur Ryad cette année. Ce sera le projet « Vengeance éternelle ». C'est moi-même qui ai trouvé son nom.

Les officiers aussitôt se redressent, conscients de leurs responsabilités nouvelles.

– L'effet de surprise sera total. En un seul coup, nous gagnons sur tous les tableaux. Et lorsque nous aurons réussi ce « choc émotionnel », nous lancerons la grande révolution islamique mondiale qui convertira tous les humains à l'unique vraie religion.

À ce moment, le général Moqqadam après avoir longtemps tenté de se contenir, lâche un énorme éternuement. Les fins postillons beiges sont pulvérisés en éventail sur un angle de 180°.

125. ENCYCLOPÉDIE : BIBLIOTHÈQUE D'ALEXANDRIE

La Bibliothèque d'Alexandrie fut fondée en Égypte en l'an 288 avant Jésus-Christ par le roi Ptolémée Iᵉʳ Soter. Ce dernier était l'un des généraux d'Alexandre le Grand.

Ayant reçu l'Égypte à gouverner, Ptolémée se fixe un objectif original : faire d'Alexandrie la capitale de la culture et de la science avec l'idée de supplanter Athènes.

Il fait donc construire un vaste complexe qui comprend une université, une académie et surtout une bibliothèque proche de son propre palais et il annonce son ambition : « Réunir dans ce lieu tout le savoir universel. »

Il commence par accumuler des milliers de volumes (un volume est un rouleau de feuilles de papyrus collées. Les livres brochés n'existaient évidemment pas encore). Des hommes sont chargés par le roi Ptolémée de les acheter ou d'effectuer le plus rapidement des copies de ceux qu'ils n'arrivent pas à acheter.

À la mort du roi, son successeur Ptolémée II prend goût au projet et demande à tous les souverains avec lesquels il est en contact d'envoyer les œuvres écrites de leurs savants et de leurs artistes préférés.

Dès lors, le fonds de la Bibliothèque d'Alexandrie va augmenter de jour en jour pour atteindre le chiffre de 500 000 volumes.

Un tel trésor de connaissances déclenche un processus d'attraction automatique.

Telle une lourde planète, ce centre du savoir attire tous les scientifiques du bassin méditerranéen qui viennent parachever ou transmettre leurs découvertes.

Le nombre phénoménal de volumes écrits accumulés n'est pas le seul attrait du lieu : à côté de la Bibliothèque ont été installés des ateliers équipés d'instruments scientifiques à la disposition des savants, des jardins botaniques et zoologiques, des collections de cartes, de pierres, de plantes, de squelettes d'animaux.

Tous les ouvrages arrivant à la Bibliothèque d'Alexandrie sont traduits en grec qui devient la langue de référence des scientifiques et des historiens. C'est ainsi que la Bible (Pentateuque) est traduite en grec par six représentants de chacune des douze tribus juives qui s'enfermèrent sur l'île de Pharos pour accomplir cette mission en soixante-douze jours. De même, les textes des philosophes grecs (Aristote, Platon) ou des poètes (l'*Odyssée* d'Homère est enrichi et simplifié) y sont répertoriés.

Entre le IIIe siècle avant J.-C. et le IVe siècle après J.-C., la Grande Bibliothèque d'Alexandrie devient un creuset où toutes les sciences progressent et où les savants confrontent leurs points de vue dans des domaines aussi variés que les mathématiques, l'astronomie, la biologie, la physique mais aussi la philosophie et la poésie. Toutes ces disciplines connaîtront grâce à ce sanctuaire du savoir une considérable accélération dans leur diffusion.

Le poste de directeur de la Grande Bibliothèque d'Alexandrie devient très recherché et des célébrités de l'époque comme Zénodote d'Éphèse, Aristarque de Samothrace, Apollonios de Rhodes ou Théon d'Alexandrie se succéderont à cette charge prestigieuse. À son point de réussite culminant, la Grande Bibliothèque d'Alexandrie ne contiendra pas moins de 700 000 volumes. Et même si les Romains essayèrent par la suite de créer une grande bibliothèque concurrente à Pergame, celle-ci ne parvint jamais à égaler son succès (cette dernière ne contenait que 200 000 volumes).

Il semble qu'une première tentative de destruction de la Grande Bibliothèque ait été menée par des fanatiques chrétiens en 415, sous la houlette de leur chef l'évêque Cyrille (canonisé saint Cyrille par la suite). Ce passage est évoqué dans le film *Agora* du réalisateur Alejandro Amenabar qui suit le destin d'un personnage réel : la fille du bibliothécaire Théon : Hypathie. Formée par son père, elle excelle en astronomie, philosophie et mathématique, sciences qu'elle enseigne dans l'université. Considérée comme hérétique païenne, la jeune femme sera lapidée par la foule des chrétiens.

Mais la destruction définitive de la Grande Bibliothèque d'Alexandrie se déroulera lors des invasions arabes en 642 sous les ordres du général Amr Ibn Al As. Ayant demandé au calife Omar ce qu'il devait faire de cette bibliothèque, celui-ci aurait répondu : « Détruis tout. Si ces livres sont le Coran, on l'a déjà. Et si ce n'est pas le Coran, ils ne détiennent aucune vérité qui nous intéresse. »

L'acharnement à détruire ce lieu a été tel qu'aujourd'hui encore on ignore l'emplacement exact de cette Grande Bibliothèque.

Edmond Wells,
Encyclopédie du Savoir Relatif et Absolu, Tome VII.

126.

Le feu est dans ses tempes. David se relève d'un coup au milieu de la nuit. Il est en sueur et fiévreux.

Nuçx'ia se réveille à son tour.

– Qu'est-ce qui ne va pas, David ? demande la jeune pygmée en lui caressant les épaules.

– J'ai fait un cauchemar, dit-il.

– L'Atlantide ? Il arrive qu'on revienne en rêve là où on est allé en transe, je peux comprendre que ce ne soit pas une expérience anodine.

– Non, ce n'est pas ça. J'ai rêvé de la Troisième Guerre mondiale.

La jeune femme soupire.

– C'est à cause des actualités. C'est fait pour effrayer.

– Chaque fois qu'il y a eu un risque de commettre une grave erreur, l'homme l'a accomplie. Et chaque fois, il y a dû y avoir des gens comme nous pour chercher une parade… arrivée trop tard. J'ai l'impression de ne faire que m'inscrire dans une longue tradition, celle des sauveurs trop lents.

Elle l'embrasse.

– Nous ne sommes pas obligés de réussir, tu sais, dit Nuçx'ia. Notre devoir est d'essayer. Seulement essayer.

– Mais la guerre…

– Même si cela arrivait, tu ne pourrais pas te reprocher de ne pas avoir empêché la Troisième Guerre mondiale. Cela nous dépasse. Nous ne sommes que des petites…

– … fourmis ?

– Si tu veux. En tout cas, si une grande chaussure surgit du ciel pour nous écraser, nous n'en sommes pas responsables. C'est déjà une grande prétention de vouloir ne serait-ce qu'« essayer » d'en modifier légèrement le cours. Et cette prétention, c'est Natalia qui l'assume, pas toi. Si cela marche, ce sera grâce à elle et si cela échoue, ce sera sa faute.

David sort du lit, enfile un peignoir et descend pieds nus au laboratoire central. Il s'arrête devant la petite chambre rapidement aménagée d'Emma. La Micro-Humaine dort dans un lit à peine plus grand qu'une boîte à chaussures.

– Elle est si mignonne…, articule Nuçx'ia qui l'a suivi.

– Elle est si fragile.

– Dire qu'elle grandit dix fois plus vite qu'un bébé normal.

– Pour ce que ça change. Elle n'aura pas le temps d'influer sur le cours de l'histoire. Ni comme espionne ni comme pionnière d'une nouvelle espèce. Elle va être comme nous : confinée au rang de spectatrice de l'effondrement de la civilisation, présenté en divertissement aux actualités télévisées.

– Arrête d'être défaitiste, David.

– Comme je regrette de ne pas avoir commencé plus tôt... comme j'aimerais revenir en arrière et tout inventer avant qu'il ne soit trop tard.

Nuçx'ia veut lui caresser la nuque, mais il se dégage prestement.

– Nous comprenons toujours trop tard.

– Tu veux faire de cet axiome une loi de Murphy et l'inscrire en blague permanente sur ton tee-shirt comme le lieutenant Janicot ?

Ils reviennent dans le couloir des animaux miniatures. Ils fixent les deux petits éléphants qui se font des caresses avec l'extrémité de leurs trompes.

– J'ai encore du Ma'djoba, veux-tu faire une séance pour te reconnecter à ce que tu as été et comprendre « ta » vérité profonde ? demande la jeune femme à voix basse.

David approuve.

– Mmmh, il ne faut pas t'illusionner. Ce qui s'est passé s'est passé. L'ancien « toi de l'Atlantide » a vécu, a agi, a vieilli et est mort. Il n'était pas mieux que toi, il agissait dans un contexte, avec des problématiques et des moyens de les résoudre forcément très différents des tiens.

Elle observe l'aquarium avec la baleine bonzaï qui tourne dans son aquarium transparent et semble les écouter.

– C'est toi, David, le plus important, parce que toi, tu es vivant ici et maintenant. Tu agis sur le réel en train de se dérouler sans qu'on sache comment cela va finir. Par tes actes, tu influes sur l'histoire. L'« ici et maintenant », voilà qui importe. Nous ne sommes pas les personnages d'un livre déjà écrit. C'est nous qui, par nos choix personnels, influons sur le chapitre suivant, et même sur le chapitre final, qui est devant et non derrière.

David observe un miniscule dauphin, pas plus grand qu'une sardine, qui vient de bondir hors de l'eau et tournoie dans l'air.

– Je veux revenir là-bas en Atlantide pour comprendre où s'est située l'erreur. C'est en comprenant les égarements du passé que nous pourrons déduire les bonnes trajectoires du futur, tu ne crois pas ?

La jeune femme lui prend la main et le tire pour qu'ils remontent dans leurs chambres. Elle allume des bougies puis ouvre sa valise et sort un étui de cuir dont elle extrait plusieurs fioles. David s'assoit, pressé de partir dans son ancienne vie. Nuç'xia commence à malaxer le mélange de la racine et de la liane. Elle obtient une mixture sombre et odorante qu'il ingurgite sans même y prêter attention. Ensuite elle prépare la pipe aux deux bouts cornés qu'elle enfonce directement dans les narines de son compagnon. Elle allume le fourreau central et, d'un coup, lui souffle la fumée dans les poumons. Il part en arrière. Elle commence le décompte de dix à zéro et lui demande de visualiser le couloir aux portes alignées.

L'esprit de David bascule.

10, 9, 8, 7, 6, 5, 4, 3, 2, 1... zéro.

Il arrive dans le couloir blanc. Il longe les portes où sont inscrits les noms qu'utilisait son âme pour s'incarner à différentes époques, dans différents pays. Il visualise enfin la porte du fond, la première qui lui a permis de s'incarner sur terre. Cette fois, il sait qu'il y a écrit dans sa langue un nom qu'il peut prononcer « Ash-Kol-Lein ».

Alors il ouvre la porte, s'avance sur le pont de cordes et débouche sur une île située au milieu de l'Atlantique il y a huit mille ans.

127.

Je me souviens.

La minuscule fusée Lymphocyte 10 s'est élevée haut dans les nuages. Elle a franchi la limite où toutes les fusées humaines précédentes avaient explosé.

Et elle a poursuivi sa route.

Les humains avaient réussi la première phase de mon projet.

Déjà à ce stade, je me disais que j'avais bien fait de miser sur eux plutôt que sur les fourmis, les dauphins, les poulpes, les porcs, les corbeaux ou les rats.

Parvenus à l'orbite géostationnaire, ils ont activé à distance les caméras qui étaient tournées vers moi. C'est ainsi que, en captant leurs ondes radios, j'ai pu pour la première fois « me » voir en image et non plus en sensation.

Le premier intérêt de Lymphocyte 10 fut donc d'être un… miroir.

J'étais ronde.

J'étais bleue.

J'étais entourée d'une couche de dentelles de nuages épars.

Mes océans étaient luisants. Mes continents étaient beiges et verts. Les cimes de mes montagnes étaient nacrées. La balafre provoquée par Théia n'était plus visible, recouverte d'eau, ou de végétation.

Je me trouvais pas mal du tout comme planète.

Puis le télescope spatial fut tourné vers l'autre côté du vaisseau et je pus, toujours en captant les ondes radios transmises par la fusée, découvrir en images le système solaire qui m'entourait.

Ce fut leur premier cadeau. Grâce aux humains, j'avais des yeux ! Ou plutôt un œil : le télescope embarqué de Lymphocyte 10. Malheureusement, je ne pouvais pas décider de son orientation.

Cependant, l'expérience nouvelle était là : quelle sensation extraordinaire que de voir autour de soi après des milliards d'années de vie aveugle....

Je me régalais de chaque photon reçu par le miroir du télescope de la fusée et transmis par onde radio à mes humains. Au hasard des mouvements du télescope de Lymphocyte 10, je découvrais les planètes voisines comme on découvre des membres de sa famille. Tout d'abord les restes de Théia devenus la Lune.

Jusque-là, je n'avais perçu sa présence que par sa gravité, enfin je pouvais contempler son vrai visage en détail. Ma vieille ennemie était pâle et sinistre avec de nombreux cratères noirs qui indiquaient qu'elle-même avait été percutée par des astéroïdes. Mais elle ne pouvait les maquiller par ses océans ou ses forêts. Bien fait.

En dehors de la Lune, je découvrais ceux que, bien plus tard, les astronomes humains nommeraient : Jupiter, Mercure, Saturne, Uranus, Neptune.

Mes planètes sœurs.

Pourtant le premier enthousiasme passé, je connus une grande déception. Mes sœurs que je croyais « endormies » étaient, à bien y regarder, « mortes » ou plutôt « jamais activées par la vie ». Ce que je découvrais en observant le système solaire, c'était un immense cimetière. Toutes ces planètes n'étaient que des cadavres qui tournaient autour d'un Soleil qui n'était lui-même que pure énergie incandescente sans conscience ni intelligence.

Les pauvres planètes n'avaient jamais connu et ne connaîtraient jamais les joies qui m'ont été offertes : un axe qui tourne et me donne une gravité, une atmosphère qui me permet de vivre et de respirer, des saisons, une température tiède et une diversité de matériaux chimiques sur ma surface pour créer de la vie, une mémoire, une conscience pour penser, réfléchir et avoir des projets.

Pourquoi suis-je différente des autres ?

C'est en les observant que j'ai compris. Parce que j'étais exactement au bon endroit, à la bonne taille, tournant à la bonne vitesse, autour de la bonne orbite solaire, au bon moment.

Je suis le fruit d'une conjonction de hasards extraordinaires mais tellement improbables qu'ils sont uniques et non reproductibles.

Autre chose m'a intriguée. Si je suis issue de tant de bonnes coïncidences, une seule mauvaise suffirait à me détruire.

J'ai distingué, à travers les images retransmises par le télescope de la fusée Lymphocyte 10, quelque chose qui m'a effrayée : la ceinture d'astéroïdes entre Mars et Jupiter. J'ai supposé que c'étaient les débris d'une planète pulvérisée par un astéroïde. Et j'ai compris que c'était ce qui m'attendait si mes chers locataires humains ne m'aidaient pas à lutter contre les dangers venus des tréfonds de l'espace.

128.

C'est arrivé d'un coup. Le docteur Néfertari ressent une fatigue inaccoutumée. Il se dit que le métier de médecin consiste à fréquenter des gens qui lui transmettent leurs maladies, qu'il y a autant de patients que de sources d'infection possibles.

Après avoir pris en consultation (et donc contaminé) une dizaine de personnes, le médecin signale vers 16 heures qu'il va rentrer plus tôt chez lui. Il ressent de plus en plus de gênes physiques, notamment des crampes et des palpitations.

À peine a-t-il franchi le seuil de sa somptueuse villa qu'il s'effondre dans un fauteuil. Le docteur Néfertari tousse de plus en plus fort.

Sa femme lui prépare un bain glacé avec des pétales de fleur de jasmin. Elle lui masse les épaules et lui donne une tisane à la fleur d'oranger. Mais la fièvre ne tombe pas. Il pense que c'est son corps qui réagit à un métier qui ne lui convient pas. Il se dit qu'il trouvera demain le courage de démissionner et de s'inscrire à des cours de danse.

Son père le reniera, lui et sa famille vivront probablement avec moins d'argent, mais au moins il aura l'impression de faire quelque chose qui correspond à sa vocation.

Avant de se coucher, Ali Néfertari embrasse tendrement un par un ses quatre enfants et son épouse.

Sans le savoir, il les condamne à mort.

Le lendemain, la fièvre est si forte qu'il est incapable de se lever. Il demande qu'on le laisse dormir. Il ne se réveillera plus jamais.

Le commandant Bill Preston, venu se reposer entre deux escales au Caire, a attrapé une gastro-entérite en consommant une tête de mouton grillé en méchoui qui a probablement fait des allers-retours dans les congélateurs sans respecter la chaîne du froid.

Il s'est donc rendu à la clinique Néfertari. On n'a pas prêté attention à ce touriste français qui n'arrêtait pas de tousser dans la salle d'attente, oubliant parfois de mettre la main devant sa bouche.

Après avoir suivi le traitement prescrit, Bill Preston a enfilé son costume impeccable de commandant de bord et a fait décoller un avion en direction de Los Angeles, son lieu de destination. Alors qu'il vole depuis plusieurs heures, il ressent une chaleur dans la gorge et une fièvre soudaine. Il songe que ce doit être un effet secondaire de sa gastro-entérite, mais sa température ne cesse de grimper et il se sent oppressé au niveau des côtes. Il éternue dans sa main et cherche des mouchoirs en papier. Dans les secondes qui suivent, le système de clima-tisation de l'avion Boeing 787 contamine les 239 passagers du vol Le Caire-Los Angeles.

Le commandant Preston réussit à faire atterrir son avion et se précipite au service des urgences de l'hôpital de Los Angeles.

Kandala Hissène, l'infirmière éthiopienne, soigne ce jour-là une vingtaine de personnes à la clinique Néfertari du Caire. Par réflexe, elle pose sa paume sur le front de ses malades pour voir s'ils ont de la fièvre. Par ce geste anodin, elle entraîne la transmission de sa propre maladie, si bien qu'en une journée elle infecte trente-huit patients qui ne souffraient pourtant que de maux anodins. Puis, se sentant un peu fatiguée, elle rentre chez elle en toussant de plus en plus violemment. Elle s'effondre dans l'avenue. La croyant saoule, personne ne la secourt et elle agonise seule sur le trottoir, reniflée et léchée par les chiens errants.

Gunther Folkman, le touriste allemand venu pour ses problèmes de MST, a été soigné avec des antibiotiques. Rentré à son hôtel, il ne peut résister à l'envie de faire venir d'autres filles dans sa chambre. Il en invite deux d'origine tanzanienne (ses préférées), mais cette fois, il fait bien attention à mettre deux préservatifs l'un sur l'autre pour éviter toute nouvelle infection sexuelle. Grâce à ce stratagème, il n'attrape pas de nouvelle MST mais, en les embrassant, il leur transmet à toutes deux son propre virus. Comme chacune poursuit sa nuit avec d'autres clients, il y a, en tout, plus d'une centaine de personnes contaminées cette nuit-là. Quant à Gunther Folkman, il n'arrive pas à dormir et prend plusieurs somnifères. Il meurt au milieu de ses glaires, ne trouvant même pas la force de décrocher son smartphone.

Kawabata Moroto rentre au Japon et, à peine arrivé chez lui, rejoint l'usine de pièces détachées de voitures pour reprendre son travail.

Malgré la fatigue du voyage et une forte fièvre, il réunit tous les employés de son département pour transmettre les nouvelles directives du mois. Il faut augmenter la rentabilité. Durant son discours, ses postillons contaminent les deux premiers rangs de ses subalternes. Aux toilettes, il éternue dans sa main, touche la poignée de la porte, ainsi que les différents boutons de la cuvette commandant les jets d'eau chaude. Tous ceux qui utilisent les W.-C. après lui sont infectés.

Kawabata Moroto se sent épuisé mais ne veut pas rentrer chez lui se reposer. Il espère, grâce à son zèle, avoir une augmentation de salaire. Il hésite à mettre un masque filtre de protection mais cela lui semble inesthétique. Il décide de compter sur son self-control pour ne plus tousser. L'après-midi, il rencontre ses supérieurs hiérarchiques et arrive à les convaincre de lui accorder cette fameuse augmentation qu'ils lui ont promise depuis si longtemps. Alors qu'il leur serre la main pour les remercier un à un, sans le savoir il les condamne.

Puis, en titubant, il rentre chez lui annoncer la bonne nouvelle à sa famille qu'il contamine tout en dînant et en regardant à la télévision un effrayant documentaire sur les dangers des séismes au Japon.

129.

Je me souviens.
Après leur avoir enseigné la technologie des fusées, je leur ai dévoilé celle des explosifs. J'observais la surface du Soleil, je cherchais à comprendre les phénomènes chimiques à l'œuvre dans mon magma et dans mes volcans. J'en déduisais la manière de les reproduire à échelle réduite et maîtrisée, en utilisant des matériaux disponibles sur ma surface.
Ensuite, en utilisant la pyramide comme émetteur-récepteur, j'inspirai aux humains des expériences de chimie et de physique.

Si bien qu'après avoir mis au point les fusées Lymphocytes, ils mirent au point deux petites bombes nucléaires que je les autorisai à tester sur mon écorce pour mesurer leur puissance destructrice.

130.

Il tressaille.

— Que se passe-t-il ? que vois-tu ? demande Nuçx'ia inquiète.

— … l'explosion.

— Qu'est-ce qui a explosé ? Encore tes visions d'apocalypse ?

Ses paupières sont de plus en plus agitées, signe qu'il revoit la scène comme s'il y était. Enfin il articule.

— La bombe atomique.

— Quelle bombe atomique ? Une guerre ?

— Non… autre chose… une expérience. Nous avons mis au point une bombe atomique dans la toute petite fusée… Lymphocyte 11.

— Lymphocyte ? C'est un globule blanc ?

— Non. C'est la minifusée fabriquée par les minihumains. Par rapport à la précédente, elle peut transporter un petit équipage et une bombe atomique.

— C'est une arme ?

— C'est une protection. C'est le chaman qui nous a demandé de mettre au point cette technologie. Cela doit servir à faire exploser les astéroïdes qui pourraient frapper la surface de notre planète.

David Wells est nerveux. Ses iris s'agitent sous la fine peau de ses paupières.

— Qu'est-ce qui ne va pas ?

— La bombe que nous avons déposée dans la fusée Lymphocyte 11 est trop instable, les vibrations de la fusée au décollage ont provoqué une montée de température. La bombe a explosé alors qu'elle était à 12 000 mètres d'altitude. Cela a fait une sorte de gerbe jaune et blanche. Je sais que la fusée et l'équipage sont annihilés. C'est terrible.

– Que fais-tu ?

– Je suis avec Yin-Mi-Yan et les membres du conseil des sages dans la salle de contrôle. Nous discutons pour mettre au point une bombe atomique plus stable. Il y a aussi autour de nous des … des minihumains, qui sont les concepteurs de la fusée.

– Ce sont les minihumains que vous faites éclore dans les œufs ?

– Oui, ils servent pour la construction de la fusée et aussi pour l'équipage en version réduite. Ce sont des tout petits humains.

– Quelle taille ?

– 1,70 mètre. Ils nous regardent avec réprobation car ils savent que nous nous sommes trompés dans le réglage de la bombe. Ce qui a provoqué la mort de leurs frères.

David semble écouter en direct la conversation.

– Après avoir discuté avec les ingénieurs de ma taille, je discute avec les ingénieurs minihumains. Je leur signale qu'on ne peut garantir la réussite chaque fois et qu'une expérience nouvelle a souvent de fortes chances d'échouer. Certains ont le regard dur. Ils m'en veulent personnellement. Je crois que j'ai perdu leur confiance. Je leur promets de tout faire pour que cela ne se reproduise pas, mais je leur rappelle que le sens de ce projet est de fabriquer un vaisseau spatial capable de protéger la Terre et…

Il s'arrête.

– Et ?…

– Et rien. Ensuite je me retrouve avec Yin-Mi-Yan. Elle me dit qu'on ne pourra pas éternellement faire confiance à nos astronautes miniatures. Elle dit qu'elle veut que nous ayons un enfant.

À nouveau, il laisse passer un temps avant de reprendre :

– Nous faisons l'amour et c'est comme si toutes les tensions de la journée disparaissaient. Elle me transmet sa joie de vivre et sa fraîcheur. J'ai soudain, moi aussi, envie de donner naissance à un être qui soit un peu d'elle et un peu de moi.

– Il est temps de revenir, dit Nuçx'ia. Visualise le pont de liane qui s'enfonce dans la brume. Visualise la porte qui mène au couloir. Remonte le couloir jusqu'à la porte où il y a inscrit « David Wells » puis prépare-toi à revenir ici et à ouvrir les yeux. Quand je dirai dix, tu reviendras ici.

Il regrette que le rituel d'entrée et de sortie soit de plus en plus sommaire.

La jeune femme semble agacée, alors il la prend dans ses bras.

– Merci, Nuçx'ia, de m'aider à me rappeler ce que j'ai été.

Puis il ajoute :

– … et d'en déduire qui je suis.

Il veut l'embrasser mais elle se détourne.

Il lui murmure à l'oreille :

– Ne sois pas jalouse de Yin-Mi-Yan. Cela s'est passé il y a huit mille ans.

– Oui, mais tu m'as dit que ce n'était pas moi.

– Le monde est vaste. La probabilité pour qu'on se retrouve après tant de temps est infime.

Elle se recule.

– Au contraire, elle est énorme car les âmes se retrouvent par familles, vie après vie.

Elle saisit un peigne et se lisse les cheveux.

– Merci, répète-t-il.

– De quoi ?

– De tout ce que j'apprends grâce à cette reconnexion avec mon ancienne vie.

– Tout est en nous. Nous savons déjà tout. Le sens d'une vie est justement de se rappeler qui nous sommes vraiment.

– Se rappeler ce qu'on savait déjà… quelle drôle d'expression.

– Se rappeler tout ce qu'on savait et… ne pas refaire les mêmes erreurs.

Il essaie à nouveau de l'embrasser.

– C'est à toi que je le dois, Nuçx'ia.

– C'est la fonction même du couple : servir de miroir à l'autre afin qu'il se rappelle qui il est vraiment. Je te demanderai, moi aussi, un jour, de me rappeler qui je suis, David. Je sais que je ne suis pas Yin-Mi-Yan mais je crois que j'étais en Atlantide. Reste à savoir ce que j'étais pour toi dans cette vie ancienne.

Après l'avoir repoussé, elle se laisse maintenant approcher. Ils font l'amour et, cette fois, il s'endort serein. Il repense à la Micro-Humaine Emma qui grandit vite dans le laboratoire en bas et se dit qu'elle est porteuse de solutions, comme les mini-humains qu'il fabriquait jadis ont apporté la solution aux problèmes des vols spatiaux.

Il se dit qu'il a eu tort d'être pessimiste (peut-être à cause des tee-shirts Murphy du lieutenant Janicot). Après tout, il y a forcément une branche du futur où tout s'arrange et tout va de mieux en mieux.

131.

Lina Ramirez, une femme médecin espagnole exerçant en Égypte, retrouve ses collègues en salle de repos pour l'activité qui l'amuse le plus : « les paris sur le jour du décès des patients ». C'est un tiercé privé interne à la clinique Néfertari. Chaque malade gravement atteint est associé à un numéro. Pour chaque numéro, les infirmiers parient sur la date probable de mort. Ceux qui tombent juste se redistribuent l'argent de ceux qui se sont trompés.

Lina Ramirez est venue en Égypte pour oublier un drame amoureux et apporter de l'aide aux plus déshérités, mais elle a vite compris que, tant qu'à travailler pour cette clinique étrange, mieux valait trouver une dimension ludique à la gestion de tous ces râleurs qui traitaient le personnel soignant comme des serviteurs, au point de les déranger à 2 heures du matin pour avoir un verre d'eau.

Le « tiercé de la mort » est alors devenu sa passion. Elle a même proposé spontanément son aide pour gérer les tableaux et les mises. Grâce à sa nature méticuleuse, elle a mis un peu d'ordre dans cette activité, détectant les infirmiers qui trichaient en empoisonnant leur malade (pour que leur mort tombe à la date prévue). Ce qui lui a aussitôt valu la considération des autres soignants de la clinique Néfertari tout en « crédibilisant » le jeu.

En cette belle soirée, les mises montent sur l'occupant de la chambre 24 (un cancer en phase terminale), sur le 51 (un type ayant reçu un coup de couteau en plein poumon), et le 13 (une fille suicidaire), le tiercé hebdomadaire semble donc dans l'ordre le 24, le 51, et le 13. Lina ressent tout à coup une douleur diffuse qui se répand dans ses bronches.

Elle tousse.

Le médecin espagnol pense qu'elle devrait peut-être cesser de fumer. Lorsque les quintes de toux se succèdent, l'une de ses amies l'inscrit discrètement sur le tableau des paris pour le prochain tiercé mortel de la semaine.

Pourtant aucun des vingt et un employés de la clinique présents pour ce « tiercé de la mort » ne survivra assez longtemps pour toucher les mises qui, du coup, resteront dans leur bocal de verre.

Charlène Oswald, l'hôtesse de l'air australienne, a besoin d'argent pour payer l'avocat de son divorce, ce qui lui permettrait de récupérer la garde de ses enfants. Elle multiplie donc les heures supplémentaires.

À peine son problème de pied soigné et sa cheville bandée, elle prend l'avion le soir même, camouflant sa blessure sous un bas noir.

Elle toussote en pénétrant dans la carlingue.

Après avoir avoir servi les derniers cafés aux 235 passagers du vol Le Caire/Sidney (et les avoir tous contaminés), elle repart une heure plus tard sur le vol Sidney/Shanghai en se dopant aux amphétamines pour ne pas s'endormir.

Sur le trajet, elle tousse de plus en plus.

Rien qu'en effectuant la démonstration des gestes de survie avec le masque et le gilet de sauvetage, ayant les mains occupées et ne pouvant obstruer sa bouche pour faire écran, elle éternue suffisamment fort pour arroser l'avant de la cabine. Là encore le système de climatisation se charge de répandre ensuite les miasmes empoisonnés au reste de l'habitacle ainsi qu'aux classes affaires et aux premières classes.

Arrivée à Shanghai, elle décide d'aller consulter à l'hôpital Central. En une journée, Charlène transmet son virus directement ou indirectement à l'ensemble des gens qui circulent dans cet hôpital. Mais comme elle n'oublie pas ses problèmes financiers, elle reste peu de temps à l'hôpital et, après avoir gobé encore des amphétamines pour se donner de l'énergie, elle repart pour un nouveau vol, Shanghai/Moscou.

En quelques heures, 5 837 personnes ont été infectées.

Il n'y a toujours pas la moindre réaction des autorités sanitaires.

Lorsqu'un avion chute de manière inexpliquée en Indonésie et que la boîte noire révèle que tout l'équipage était malade, l'information se perd dans les méandres administratifs et aucune enquête n'en découle.

Quand des hôpitaux entiers en Égypte, en Chine ou en Éthiopie, voient le nombre de décès augmenter, le fait n'attire pas l'attention.

En Chine, une centaine de personnes sont tuées dans un bus : le chauffeur, fiévreux, a tout à coup perdu le contrôle de son véhicule. Même scénario en Australie, en Allemagne, en Indonésie, en Égypte, en France.

Les corps sont, comme à l'accoutumée, rangés dans de grands sacs noirs et l'émotion passée, ne provoquent que quelques lignes dans la rubrique « faits divers ».

132. ENCYCLOPÉDIE : LA PESTE

Le mot « peste » vient du latin *pestis* qui signifie « maladie contagieuse ». Durant l'Antiquité, cela englobait donc plusieurs épidémies dont le typhus, la variole, la rougeole, le choléra… Plus tard le mot peste ne désignera qu'une seule de ces maladies, celle qui provoque des bubons, d'où son nom de peste bubonique (causée en fait par la bactérie *Yersinia pestis*).

Il semblerait que l'origine de ce germe soit à chercher en Chine il y a deux mille six cents ans. Il est évoqué en Égypte, en Israël (dans la Bible, 2 Samuel 24, le roi David est châtié par Dieu et doit faire le choix entre : sept années de famine, trois mois de guerre ou trois jours de peste. Il prend la dernière option qui cause 70 000 morts). Chez les Grecs, la Grande Peste d'Athènes en 430 avant Jésus-Christ aurait décimé la population. Elle est nommée « Vengeance d'Apollon » dans l'*Iliade* d'Homère.

La première épidémie de peste bubonique décrite avec les bubons qui gonflent est apparue sous le règne de l'empereur Justinien.

Selon l'historien Procope de Césarée, cette peste bubonique débute dans un port à l'embouchure du Nil en 541, atteint Byzance en 542, ravage les côtes méditerranéennes, puis remonte par les bateaux fluviaux dans les plaines par la Saône et le Rhône. Elle va atteindre la France, l'Allemagne et l'Italie, elle montera jusqu'en Irlande et en Angleterre, elle sévira jusqu'en 592 puis disparaît d'un coup sans raison. Le nombre de ses victimes pourrait avoir dépassé à l'époque les 20 millions de personnes.

La peste bubonique va ensuite connaître douze poussées ravageuses de moindre envergure jusqu'en l'an 767, puis s'éteindre sans aucune raison apparente.

Elle ne réapparaît que six siècles plus tard en Chine (Mandchourie), puis est transmise aux Mongols. Ceux-ci attaquent la ville de Caffa tenue par les Génois sur les bords de la mer Noire en Crimée. Pendant le siège, les Mongols catapultaient des cadavres infectés par la peste par-dessus les murs de la cité de Caffa, créant ainsi la première arme bactériologique. Le nombre de combattants valides ayant considérablement diminué dans les deux camps, les Mongols firent la paix et les Génois relancèrent leurs bateaux de commerce sur les flots, répandant ainsi la peste dans les ports d'Europe.

La peste est transmise par deux vecteurs animaux :
– les rats qui, eux-mêmes, transportent
– les puces.

Quand les puces piquent l'homme, cela provoque une tache noire autour de la piqûre. Ensuite la chaîne ganglionnaire étant atteinte, les ganglions gonflent pour former des bubons. En général placés dans le cou, derrière les oreilles, aux aisselles et à l'aine. Le sujet touché a des fièvres, des vomissements, et meurt en quarante-huit heures.

C'est donc le rat qui est le premier vecteur de la peste. Or à l'époque, il y avait peu de chats (animal considéré comme maléfique et donc proscrit par le Vatican), et les gros rats orientaux avaient chassé les petits rats noirs européens.

L'épidémie de 1348 (plus tard baptisée « Peste Noire ») fut encore plus ravageuse que les précédentes. Beaucoup pensaient que c'était un fléau définitif et que l'humanité allait entièrement disparaître. Il est noté dans les textes de l'époque : « Il n'y avait plus assez de vivants pour enterrer les morts. » Les historiens estiment qu'il y eut entre 30 et

40 millions de morts pour une population européenne évaluée à 80 millions d'habitants, ce qui signifie que pratiquement un habitant sur deux a succombé, entraînant une désorganisation totale, l'abandon des villes et des villages. Ne connaissant pas l'origine, on accusait les juifs. Les juifs ayant des chats, ils étaient mieux protégés des rats, du coup les autres habitants ne comprenaient pas pourquoi ils avaient moins de morts. Ils furent massacrés dans plusieurs villes de France (notamment Strasbourg, Carcassonne), d'Allemagne, d'Espagne et d'Italie. On accusait aussi les chevriers, les palefreniers (l'odeur des chèvres et des chevaux repoussait les puces), mais aussi les porteurs d'huile miraculeusement épargnés car leurs peaux grasses repoussaient les puces.

Pour lutter contre la peste, les municipalités engageaient des compagnies de flagellants qui se meurtrissaient le dos avec des fouets à clous pendant trente-trois jours pour se laver de la faute collective en chantant le *Dies irae* (la colère de Dieu).

Ces processions déclenchaient des phénomènes d'hystérie et de violences collectives si bien que le pape Boniface IX finit par les interdire.

Durant les épidémies, les populations fuyaient les villes et leur exode répandait encore plus le bacille.

Les médecins de l'époque n'avaient trouvé comme remède que d'inciser les bubons infectés pour y déverser du jus d'oignon.

Les règlements concernant les épidémies de peste n'apparurent qu'à partir du XVe siècle : 1) ne pas héberger d'étranger, 2) isoler les malades atteints, 3) mettre les bateaux suspects en quarantaine.

La troisième grande peste connue est celle de Londres en 1666 et qui touchera là encore toute l'Europe. À cette occasion, Nostradamus invente le masque à gaz, terminé par un bec pointu et qu'enfilent les médecins pour se protéger de l'air empoisonné. À l'intérieur du bec, ils déposent des plantes désinfectantes : girofle, romarin ou des éponges imbibées de vinaigre ou d'absinthe.

Ce sera lors de la grande peste de Chine, qui commence en 1894, qu'Alexandre Yersin de l'Institut Pasteur, séjournant alors à Hong Kong, aura l'idée de crever un bubon, de prélever son contenu et de l'examiner au microscope. Il détectera alors le bacille qui prendra son nom : *Yersinia pestis*.

Edmond Wells,
Encyclopédie du Savoir Relatif et Absolu, Tome VII.

133.

— Vous avez entendu la bonne nouvelle ? s'écrie Penthésilée Kéchichian.

L'Amazone s'étant levée la première, elle est descendue déjeuner et a mécaniquement allumé le téléviseur pour voir les actualités. Alors que tous la rejoignent dans la salle à manger, elle augmente le son en provenance d'un écran.

— « ... l'arrêt brusque de l'avancée des chars iraniens et le retour des troupes d'infanterie dans leurs casernes. L'information a été aussi rapide qu'inattendue. Il semblerait qu'après avoir annoncé partout une grande offensive "dévastatrice", les troupes iraniennes y aient brusquement renoncé. Certains spécialistes stratégiques donnent à ce revirement une explication : les services secrets iraniens auraient découvert qu'Israël pourrait s'avérer une proie plus difficile à détruire qu'ils ne le pensaient au début. Ils évoquent le fait qu'Israël posséderait des armes secrètes d'une haute technologie inconnue. Officiellement, le porte-parole du gouvernement iranien a annoncé que l'offensive était reportée en raison de la mort inattendue du plus grand personnage moral de l'État, l'ayatollah Ferradji.

Cet homme secret qui n'est jamais apparu en public et qui n'a officiellement aucun pouvoir était pourtant considéré par certains spécialistes comme l'éminence grise du gouvernement iranien, et certains parlaient déjà de Jaffar comme d'une simple marionnette entre les mains du mystérieux Ferradji. Israël n'a pour l'instant pas renoncé à son alerte de niveau maximal, craignant qu'il s'agisse encore d'une ruse pour surprendre l'État hébreu. Dans la plupart des capitales occidentales, on se perd en conjectures. Alors que le président américain Franck Wilkinson, la présidente de l'ONU Avinashi Singh, et le président français Stanislas Drouin (qui exerce cette année la présidence de l'Europe) ont salué avec soulagement l'accalmie dans cette zone stratégique et économique déterminante pour la paix dans le monde, d'autres pays, comme le Venezuela, Cuba mais aussi la Corée du Nord et le Soudan, ont regretté que l'Iran renonce à son "courageux et légitime projet". Cependant, alors qu'on annonce une grande cérémonie pour les funérailles de l'ayatollah Ferradji, les étudiants iraniens ont consenti à une journée sans manifestations. Il semblerait soudain que la tension soit retombée d'un cran. En tout cas, cela a entraîné aussitôt une remontée des indices boursiers sur la plupart des grandes places internationales. Le prix du pétrole s'est stabilisé ainsi que la cote de la plupart des entreprises liées à l'industrie de l'armement... »

Le colonel Ovitz coupe le son alors que se succèdent des images de présidents effectuant des déclarations officielles. Elle allume son long fume-cigarette de jade et aspire par petits à-coups nerveux.

À côté d'elle, Martin Janicot porte encore un de ses éternels tee-shirts mais les textes sont dissimulés sous son peignoir. Il hoche la tête avec satisfaction.

– J'ai l'impression que votre pessimisme naturel est déçu, colonel Ovitz, déclare Penthésilée.

– En fait... pour tout dire : oui. Parce que j'aimerais bien comprendre.

– Pour une fois dans votre vie, vous pourriez vous laisser aller. La guerre s'arrête avant de commencer, c'est parfait, non ? On dirait que vous auriez préféré que la guerre ait lieu pour pouvoir déclarer « je vous l'avais bien dit ».

Natalia Ovitz les regarde puis finit par esquisser un petit sourire.

– Cela me semble reculer pour mieux sauter, mais vous avez raison, il faut savoir apprécier les pauses. J'ai probablement tort de me faire du souci pour l'humanité. Celle-ci arrive toujours à trouver, naturellement ou par accident, des solutions à tous les problèmes.

Elle ouvre le peignoir de Martin et tous peuvent enfin lire les inscriptions sur son tee-shirt du jour :

29. La science détient la vérité. Ne vous laissez pas influencer par l'observation des faits qui pourraient la contredire.

30. Lorsqu'une expérience confirme votre théorie, ne tentez jamais de la reproduire devant témoins, les chances qu'elle réussisse une deuxième fois sont inversement proportionnelles au nombre des témoins que vous avez invités pour le constater.

31. Aucune expérience n'est un échec complet, elle peut servir d'exemple à ne pas suivre pour les autres.

Tous sourient.

Le militaire reste impassible, comme s'il n'avait pas besoin de rajouter quoi que ce soit à ce qui est inscrit.

À cet instant, la Micro-Humaine Emma, qui semble percevoir l'énergie globale du groupe, pousse un petit gazouillis joyeux. Ils éclatent d'un rire ému et, pour la première fois, ils se sentent détendus et plus du tout dans l'urgence.

Le lieutenant Janicot sort de sa poche une boîte et l'ouvre. À l'intérieur, ils découvrent des chocolats. Ce geste si simple qui consiste à offrir de la nourriture sucrée les relie dans la douceur du moment.

– Je savais bien que vous aviez un vice, lieutenant, mais je ne savais pas que c'était les chocolats, susurre Aurore, amusée.

– Regardez, Emma veut aussi y goûter.

La petite fille tend ses deux mains qu'elle ouvre et ferme en direction des friandises entourées de papier brillant doré.

– Elle est un peu jeune pour manger ça, non ?

Mais la Micro-Humaine avance déjà ses minuscules mains vers ces sphères si attirantes.

134.

Elles ressemblent à de petites pralines marron si ce n'est qu'elles sont hérissées de protubérances, elles-mêmes terminées par des grains blancs.

Le professeur Harvey Goodman zoome avec son microscope à balayage électronique, impressionné par les structures patatoïdes qui tournoient devant lui sur son écran d'ordinateur. Elles se dandinent comme pour une danse lente. Les protubérances claires sont parcourues de spasmes et leurs extrémités s'ouvrent, telles des milliers de petites bouches avides de trouver des cellules du système respiratoire humain pour s'y coller.

– My God ! s'exclame-t-il.

Ses lunettes tombent par terre et il les ramasse. Le professeur Goodman, du service d'épidémiologie de l'hôpital de Los Angeles, a été le premier à suspecter un germe.

Le temps court d'incubation ainsi que la fulgurance de la maladie qui a frappé le dénommé Bill Preston lui ont paru étranges. Il a demandé le dossier du malade et découvert que le sujet s'était fait soigner la veille dans une clinique égyptienne. À ce moment de l'enquête, Harvey Goodman suspectait un de ces parasites que l'on trouve dans les pyramides et qui ont donné lieu à des mythes comme « la malédiction des pharaons », frappant tous les explorateurs qui ont ouvert les tombeaux. Il pensait à un champignon. Et puis une idée lui a traversé l'esprit.

Un virus ?

Suivant son intuition, le docteur Goodman a fait transporter le corps de Bill Preston dans une salle d'examen stérile et commencé les premiers prélèvements. Il a alors eu la surprise de découvrir que non seulement le commandant Preston était mort d'une grippe, mais qu'il s'agissait d'une forme de grippe légèrement différente de toutes celles qui avaient été répertoriées jusqu'à ce jour.

Comme Bill Preston revenait du Caire, le professeur Harvey Goodman, très amateur de littérature fantastique du type *Le Roman de la momie*, a aussitôt décidé de baptiser cette affliction d'une dénomination qui lui semble déjà porteuse d'exotisme : la « grippe égyptienne ».

Il envisage une très ancienne grippe qui aurait tué les pharaons et aurait ressurgi lors d'une visite probable dans une pyramide. Ce qui signifierait qu'un virus peut rester endormi des milliers d'années et se réveiller lorsque la température, ou le milieu, le permet.

Le professeur Goodman demande à ce qu'on dispose le corps dans un sarcophage transparent étanche, puis il appelle son directeur.

— Allô, Nick ? Je crois que je vais avoir le Nobel avant toi. J'ai découvert une maladie extraordinaire qui va changer le monde. Il s'agit d'une nouvelle grippe mutante. Elle semble très ancienne et pourtant elle se révèle beaucoup plus évoluée que toutes celles que nous avons connues. C'est bien le paradoxe, elle semble venir de la nuit des temps et cependant elle est comme « neuve ». C'est une grippe qui va nous obliger à nous surpasser pour trouver une parade. Je m'y mets tout de suite.

Il décrit à son supérieur les symptômes et les observations qu'il a effectuées au microscope électronique, puis lui envoie en même temps les données et les images par internet. À l'autre bout du téléphone, le directeur le félicite et lui dit qu'il a bien de la chance. À peine a-t-il raccroché que ce dernier contacte son propre supérieur pour lui annoncer la nouvelle et évoquer l'idée que son service pourrait recevoir, compte tenu de l'importance de la découverte, une augmentation de ses moyens. Ce dernier fait de même avec son propre supérieur et ainsi de suite.

Trois heures après que le professeur Goodman a raccroché et alors qu'il débouche une bouteille de champagne pour fêter l'événement en famille, un homme s'introduit par la fenêtre ouverte de son petit pavillon. Il sort une arme avec silencieux, abat le professeur Goodman à bout portant ainsi que tous les membres de sa famille présents ce jour-là autour de lui.

Il envoie alors un SMS où est écrit en anglais :

– C'est fait.

Puis le tueur allume un incendie qui carbonise la maison et ses cadavres.

Quelques minutes plus tard, le directeur de l'hôpital connaît lui aussi le même sort ainsi que la plupart des intermédiaires qui ont servi à transmettre l'information de l'existence de la « grippe égyptienne ». À chaque fois, le feu parachève l'œuvre criminelle.

135.

Il vérifie que les steaks hachés sont bien cuits comme il les aime, que les oignons frits et le cornichon aigre sont bien à leur place, puis il replace les deux tranches de pain, ouvre grand sa bouche et dévore son hamburger. Le président américain Franck Wilkinson regrette de ne pas avoir plus de temps pour manger mais il sait qu'il doit faire vite. Il revoit le message de son agent inscrit sur son smartphone personnel. « C'est fait. »

Il pense à tous ces gens probablement morts pour avoir compris trop tôt quelque chose de trop important, puis hausse les épaules ; sa main se dirige vers le combiné téléphonique posé sur son grand bureau, et décroche.

— Passez-moi le bureau du président de la République française, s'il vous plaît.

Il attend tout en mastiquant la viande calcinée.

— Allô, Stan ? Ici Franck.

— Content de vous avoir au bout du fil, Franck. Tout va bien ?

Le président français parle parfaitement l'anglais. Les deux hommes se connaissent et ont appris à s'apprécier au fur et à mesure de leurs rencontres dans les assemblées internationales.

— Je crois que nous allons avoir un petit problème, Stan. Je voulais vous en parler avant que cela n'éclate.

— Je vous écoute, Franck....

— Hum.... Cela vient de tomber, mais je voulais vous tenir au courant et réfléchir sur la conduite à tenir.

— C'est à propos de la crise iranienne ? Ce brusque arrêt des hostilités tombe plutôt bien. Je pense que c'est une action de vos services secrets, n'est-ce pas ?

Le président Wilkinson mange une nouvelle bouchée de viande brûlée et déglutit. Il prend un peu de soda pour faire passer.

— Non, ce n'est pas nous. Nous avions disposé des systèmes de surveillance dans la pièce du bunker où tout s'est passé, explique-t-il. L'ayatollah et les généraux sont tous morts mais nous n'y sommes pour rien.

— Ce serait donc les services secrets israéliens ?

— Je les ai eus au téléphone, ils ont été aussi surpris que nous. Selon nos sources les plus fiables, il semble que les officiers iraniens et les chefs des groupes terroristes soient morts d'autre chose. Et c'est pour cela que je vous appelle.

Il laisse un silence. Le président Wilkinson mord à nouveau dans son hamburger.

– Cela pourrait être... une grippe.

– Vous plaisantez.

– J'ai écouté les bandes audio. Les participants ont toussé très fort. Ils ont essayé de sortir du bunker mais les systèmes de sécurité (du matériel nord-coréen) n'ont pas bien fonctionné. Ils sont tous restés à crever dans ce bunker souterrain.

– Une grippe ? J'en ai tous les ans, et cela me semble un peu anodin.

– Selon nos spécialistes, il s'agirait d'une toute nouvelle grippe d'un genre inconnu. Pour l'instant, les premiers de nos scientifiques à l'avoir identifiée l'ont baptisée « grippe égyptienne ». C'est une grippe de type A-H1N1.

– A-H1N1 ? C'était déjà l'appellation de la grippe de 2009. On la disait mortelle et elle s'est avérée anodine.

– Si j'ai bien compris ce que m'a expliqué mon expert dans ce domaine, la grippe est la combinaison de huit gènes qui travaillent en groupe. Ils sont comme une équipe de football. Cependant il y a les joueurs et les remplaçants. Et justement, quand l'équipe perd ou a des difficultés pour gagner, elle change un joueur et fait venir un « remplaçant ». Ce qui lui donne un dynamisme nouveau et oblige l'équipe en face, donc les lymphocytes, à s'adapter. C'est le cas, par exemple, de la grippe saisonnière dont on doit chaque année changer le vaccin, précisément pour affronter l'équipe modifiée en face.

– Jusque-là, je vous suis, Franck.

– Mais avec cette nouvelle « grippe égyptienne », les huit « joueurs » sont tous des remplaçants, et donc notre organisme ne les connaît pas et il est pris de court. Il peut contrer une équipe avec un ou deux joueurs inconnus mais pas avec huit.

Le président français essaie de ne pas se laisser dépasser par les connaissances scientifiques de son collègue.

— Nous avons des manières d'aider les lymphocytes à gagner contre les nouveaux joueurs adverses... les antibiotiques, il me semble.

— Cela ne marche pas sur les virus.

— Les antiviraux alors. Le Tamiflu ?

— Hum... Au moment où je vous appelle, nous avons déjà testé le Tamiflu sur cette grippe égyptienne. Sans résultat. Pour tout dire, nous avons utilisé tous les antiviraux connus. Rien ne marche.

Il ramasse et fait tourner des jetons de poker entre ses doigts.

— Vous voulez dire qu'il n'y a aucune parade contre un simple virus de la grippe ?

— Depuis le fiasco de l'alerte à la grippe de juin 2009, comme vous le rappeliez tout à l'heure, Stan, les recherches sur de nouveaux antiviraux ont été stoppées. Tout le monde a trop peur de se ridiculiser. Mais je crains bien qu'en effet cette fois...

— Sérieusement, vous insinuez qu'il y a un risque de pandémie mondiale ?

— En fait, ce n'est déjà plus un risque. Tout va très vite. Au moment où je vous parle, nous avons pu détecter qu'il y avait des cas de « grippe égyptienne » dans douze pays. Le temps que nous réfléchissions à un système de protection aux frontières, le virus était déjà diffusé par tous les aéroports. Nous ne pouvons plus établir de quarantaine efficace.

Un silence suit.

— C'est cela qui aurait tué les généraux iraniens et l'ayatollah dans le bunker ?

— Nos services secrets en sont persuadés. Nous avons échappé à un problème mais nous en avons un autre sur les bras. Aux États-Unis, nous avons évidemment déplacé et isolé dans des hôpitaux militaires fermés tous les malades identifiés.

Mais notre frontière du Mexique est poreuse, il arrive sans cesse des types en barque depuis Cuba, la frontière canadienne n'est pas étanche non plus. En outre....

Il lâche un soupir.

— Quoi encore ?

— Selon mon expert, il existe aussi un risque de transmission par les oiseaux migrateurs.

Cette fois, le président américain entend clairement que son homologue français se laisse tomber dans un fauteuil.

— D'habitude, ce sont les oiseaux qui transmettent à l'homme et non le contraire, mais là ce serait... dans les deux sens. Cela s'appelle une « zoonose ». Nous infectons les oiseaux et les oiseaux nous surinfectent en retour. Nous pouvons ralentir les flux migratoires humains mais on ne pourra pas abattre tous les canards, tous les pigeons, tous les étourneaux et les moineaux.

— Et eux, ils traversent toutes les frontières sans douane et sans passeport...

Nouveau soupir.

— Quels sont les risques précis, Franck ?

— Dans le scénario optimiste, il peut n'y avoir que quelques milliers de morts comme pour la grippe de 2009.

— Et dans le scénario pessimiste ?

— C'est un virus aussi virulent que celui de la grippe espagnole de 1919 qui avait fait 100 millions de morts et tué 1 % de l'humanité. Si le virus n'a pas été plus dévastateur, c'est parce qu'à cette époque les gens voyageaient moins loin, moins vite qu'aujourd'hui.

Le président américain entend encore un soupir profond dans l'écouteur.

— Alors qu'attendez-vous de moi, Franck ?

— Actuellement notre pire ennemi serait la panique. Tout le monde fuirait et accélérerait le degré de dispersion du virus.

— Je vois.

– Chez nous, les quelques personnes susceptibles d'avertir les journalistes ont déjà été mises... hum... hors d'« état de nuire ». Même des scientifiques importants qui risquaient d'être bavards ont été éliminés. Comme on dit chez vous, « la fin justifie les moyens ».

– Nous en sommes déjà là ?

– Verrouillez complètement les médias. Il me semble qu'en France ils sont encore plus aux ordres que chez nous.

– De moins en moins, Franck, de moins en moins.

– Essayez de préserver le secret le plus longtemps possible.

– Finalement, j'en viens presque à regretter que les Iraniens aient renoncé à lancer la Troisième Guerre mondiale, soupire le président français.

– J'aime bien votre sens de l'humour typiquement français, Stan. Je crois que dans les jours qui viennent, si nous manquons d'imagination pour trouver des solutions, nous en aurons fortement besoin. Pour l'instant, il faut surtout que rien ne filtre, nous sommes d'accord ?

– Vous pouvez compter sur moi, Franck.

– Désolé de vous appeler pour des mauvaises nouvelles, Stan. Mes amitiés à votre épouse et prions Dieu pour que tout s'arrange vite.

Le président français raccroche, abasourdi.

– ... Et merde.

136.

Lymphocyte 11 avait explosé en vol...
Les humains, malgré leur bonne volonté, s'avéraient des incapables.
Et moi, j'étais impatiente.
La Lune que je voyais désormais à travers leur télescope semblait me narguer avec son gros visage rond et pâle balafré d'impacts

d'astéroïdes. J'avais l'impression qu'elle me disait : « Une autre Théia viendra et, cette fois, tu n'en réchapperas pas. Tu seras pulvérisée en mille morceaux et tu ne seras bientôt qu'une ceinture d'astéroïdes en orbite autour du Soleil. »

Je n'avais pour seule arme que les humains, mais ils n'arrivaient à rien. Il fallait que je leur donne ce qu'ils appellent un petit « coup de pouce ».

Je décidai de changer de manière de procéder.

Après le soutien et les récompenses, il fallait passer à la punition. Pour faire évoluer les espèces, j'avais à l'époque deux leviers coercitifs : les tremblements de terre ; l'appel à mes premiers locataires, les microbes.

Cette fois, je me décidai à user du second.

Je fis muter une bactérie pour la rendre ravageuse. Dans mon esprit, je la nommai « la bactérie de la colère ». Mais par le plus pur des hasards, bien plus tard, leurs savants la nommeront Vibrio cholerae. *Ou plus simplement le choléra.*

137.

Les premiers camions arrivent à 7 heures du matin. Des hommes déposent devant la porte du centre de Fontainebleau de nombreuses caisses et cartons.

Le colonel Ovitz a insisté pour que les manutentionnaires ne franchissent pas le seuil de l'INRA et qu'ils repartent sans parler ni avoir le moindre contact avec les chercheurs.

– Nous pourrions savoir de quoi il s'agit ? demande Aurore Kammerer.

Natalia ne répond pas. Elle fait signe à Martin Janicot qu'il peut entrer en action. Celui-ci s'arme d'un appareil pulvérisateur et arrose toutes les caisses avec un liquide à la forte odeur d'ammoniaque. Puis avec un véhicule monte-charge, il entreprend de faire entrer une à une les caisses dans l'enceinte du centre INRA. Il les entrepose dans un des immenses hangars à l'arrière des bâtiments.

– Même pas un début d'explication ? demande Penthésilée Kéchichian.

Le colonel Ovitz fait face à la femme beaucoup plus grande qu'elle.

– Venez tous dans la salle à manger.

Ils prennent place autour de la table ronde.

– Je vais reprendre une expression d'Aurore parce qu'elle correspond bien à la situation : « J'ai une bonne et une mauvaise nouvelles. »

Elle allume une cigarette et souffle une bouffée opaque.

– La bonne, c'est que j'ai la confirmation par mes services qu'il n'y aura pas de Troisième Guerre mondiale. Du moins pas cette semaine.

– La mauvaise ? s'impatiente Penthésilée.

– Il vous est désormais strictement interdit de sortir de l'enceinte du centre INRA de Fontainebleau.

– Enfin, Natalia, arrêtez de faire la mystérieuse, s'agace Aurore.

– Nous sommes ici pour travailler à faire évoluer l'espèce, mais nous ne sommes pas seuls sur ce projet. Et nos concurrents les plus anciens nous proposent de faire évoluer notre espèce à leur manière.

– Quels concurrents anciens ?

– Les plus archaïques peut-être.

– Les singes ?

– Plus anciens.

– Les lémuriens ?

– Encore plus anciens.

– Les lézards ?

– Encore beaucoup plus anciens.

– Les poissons ?

– Les… virus.

Elle souffle à nouveau un rond de fumée.

– Voilà la mauvaise nouvelle, elle n'est pas encore annoncée au grand public mais nous allons avoir une épidémie de grippe virus A-H1N1 qui va faire de gros dégâts. J'ai appris l'information par un collègue du gouvernement. Pour l'instant, c'est top secret mais je pense que, d'ici vingt-quatre heures, ils seront bien obligés de prendre des mesures visibles. Selon les premières estimations, il y aurait déjà plusieurs milliers de morts.

Dans son petit landau, Emma se réveille et commence à émettre une plainte qui signifie qu'elle a faim. Aussitôt Aurore lui apporte un biberon tiède.

– Nous avons de la chance, dit Natalia Ovitz. Je crois que notre génération va assister à de grands changements. La mort et la vie sont en train d'accélérer simultanément leur course.

Le lieutenant Janicot rapporte une caisse, l'ouvre et en sort des boîtes de conserve de lentilles qu'il aligne dans le grand placard.

– Seul petit inconvénient, nous risquons de manger des boîtes de conserve tous les jours pendant plusieurs mois. Pour le reste, nous ferons comme d'habitude, nous observerons les soubresauts de notre espèce à distance, par écrans de télévision interposés.

La petite Emma émet un de ses gazouillis typiques.

– Je vous propose que nous travaillions jusqu'à 20 heures. Et à 20 heures seulement, nous nous autoriserons à regarder les actualités. Quant à la nourriture, ce sera le lieutenant qui nous fera la cuisine. Je lui ai demandé d'alterner conserves de viande, conserves de poissons et pâtes. Nous risquons de manger beaucoup de spaghettis dans les jours qui viennent.

L'assistance ne bronche pas.

– Voyez l'aspect positif, au moins nous sommes avertis avec une dizaine d'heures d'avance sur le reste de la population, et nous nous donnons les moyens de nous protéger. En plus, nous sommes précisément en train de fabriquer ici une solution globale à ce genre d'« incident ».

Elle désigne le bébé micro-humain qui tète au biberon.

— Cette Homo metamorphosis n'est-elle pas censée posséder un système immunitaire plus performant que celui de l'Homo sapiens ?

Aurore l'arrête.

— Mais de quoi parle-t-on ? Une grippe ? Enfin… il y en a toujours eu, des grippes. Cela se soigne.

Le colonel Ovitz leur fait face.

— Pas celle-ci. Je vous l'ai dit, elle a un caractère agressif et fulgurant vraiment nouveau.

Ils observent le lieutenant Janicot, qui continue imperturbablement de ranger les conserves.

— Les oiseaux en sont aussi vecteurs. À ce jour, il n'y a aucune parade connue. La seule protection est… l'isolement. J'ai donc fait livrer en urgence des boîtes de conserve, des pâtes, du sucre, de l'huile, de la farine, des pilules de vitamines, de l'eau douce, des désinfectants, des tenues antibactériologiques ainsi que des armes au cas où la situation deviendrait vraiment chaotique.

La petite Emma se met à gazouiller comme si elle venait d'entendre une bonne blague.

— Désolé, si nous voulons rester vivants, il nous faudra demeurer longtemps enfermés dans ce sanctuaire.

Elle souffle des petits ronds de fumée.

— Selon vos sources « confidentielles si bien informées », combien de temps cela risque-t-il de durer ? demande David.

— Le temps de trouver un sérum qui permette d'élaborer un vaccin. En général, cela prend six mois. C'est en tout cas ce que j'ai compté pour le stock de nourriture.

Ils se regardent incrédules.

— Vous êtes vraiment… sérieuse ? demande Penthésilée.

C'est alors que David se lève et enfile sa veste.

– Que fais-tu, David ?

– Je dois aller sauver ma mère.

– Non ! Tu restes là.

Sur un signe de Natalia Ovitz, le colosse Janicot saisit le jeune chercheur. Pour se dégager de son massif adversaire, David tente de lui griffer le visage et de le mordre. Mais la montagne de muscles évite les ongles et les dents et, calmement, l'emporte dans les étages comme une poupée.

Il le dépose dans une chambre et l'enferme à double tour, puis il redescend dans la salle à manger.

– Désolé, déclare aux autres Natalia. Face à cette situation extraordinaire, nous allons être obligés d'opérer une adaptation extraordinaire.

138. ENCYCLOPÉDIE : FÉMINISATION DU LÉZARD

Le *Lepidodactylus lugubris* est un petit lézard de la famille des geckos qu'on trouve aux Philippines, en Australie et dans les îles du Pacifique. Or, il arrive que cet animal soit aspiré par des typhons et retombe sur des petites îles désertes. Lorsqu'il s'agit d'un mâle, cela n'entraîne aucune répercussion, il meurt et l'espèce disparaît de l'île.

Mais lorsqu'il s'agit d'une femelle, une adaptation bizarre se met en place qu'aucun scientifique n'a pu expliquer. Alors que le *Lepidodactylus lugubris* est un animal fonctionnant sur l'union mâle-femelle, donc hétérosexuelle, la femelle atterrissant et se retrouvant seule sur l'île va connaître une modification de son mode de reproduction.

Tout son organisme se métamorphose afin de pouvoir pondre des œufs non fécondés et contenant pourtant des fœtus.

Les petits lézards issus de cette parthénogenèse (enfantement sans aide de partenaire) sont tous des femelles. Et ces dernières vont acquérir automatiquement la capacité de pondre seules de la même manière, sans l'aide de la fertilisation d'un mâle. Encore plus étonnant : les femelles issues de la première mère ne sont pas des clones, il se passe un phénomène dit de « méiose » qui permet un brassage génétique assurant des caractères différents pour chaque petite femelle pondue. Si bien qu'au bout de quelques années, l'île se retrouve colonisée par une population de lézards *Lepidodactylus lugubris* uniquement féminine. Il n'y a pas de tares. Elles sont toutes parfaitement saines et diversifiées en taille et en couleur de peau. Nota : Un autre cas de parthénogenèse spontanée a été détecté récemment chez le requin. On a répertorié plusieurs cas de femelles requins (notamment une femelle requin tigre enfermée seule dans l'aquarium d'un hôtel de Dubaï en 2012) qui se sont mises à enfanter sans avoir jamais rencontré le moindre partenaire. Cette capacité à se reproduire seuls explique probablement que les requins aient survécu quatre cents millions d'années là où les autres espèces, incapables d'une telle mutation, ont disparu.

Edmond Wells,
Encyclopédie du Savoir Relatif et Absolu
(reprise du volume V actualisé par Charles Wells).

139.

Sous l'action de la bactérie Vibrio cholerae, *un dixième de la population humaine disparut, et ce, d'une manière très douloureuse puisque la bactérie provoquait des diarrhées brutales et très abondantes menant à la déshydratation.*
Il n'y avait pas d'autre parade qu'attendre que l'isolement ralentisse puis arrête la transmission.
Les humains étaient intelligents, ils comprirent que c'était moi qui avais agi. Après quelques atermoiements, ils déduisirent que c'était à cause de l'échec de la fusée Lymphocyte 11.

Ils en conclurent à juste titre que j'étais déçue et pressée.
Plutôt que de m'en vouloir, ils décidèrent de s'appliquer à mieux me satisfaire. Ils accélérèrent les procédures en vue de la construction d'une nouvelle fusée capable de porter un équipage et une charge explosive nucléaire dans de meilleures conditions de sécurité. La douleur et la peur sont des bons moyens d'influer sur les humains.
Les survivants se mirent au travail.
Et dans mon état d'esprit de l'époque, si les humains ne réussissaient pas, je me sentais prête à les remplacer, comme je l'avais déjà fait pour les dinosaures.

140.

La nuit tiède a envahi les villes et les campagnes.

David a passé sa journée à tambouriner sur la porte de la chambre où il est enfermé. À midi, le lieutenant Janicot lui a apporté un plateau déjeuner. David a encore sauté sur lui et ils se sont battus mais une fois de plus, le colosse a eu facilement le dessus. Au dîner, la même scène s'est reproduite. Le lieutenant savait que David ne renoncerait pas. Son seul souci était de l'empêcher de fuir sans lui faire mal.

De guerre lasse, David finit par s'endormir, furieux mais impuissant. Le fait de savoir sa mère en danger le rongeait. Soudain, il est réveillé par un bruit de clé tournant dans la serrure. Il se relève sur un coude, regarde l'horloge numérique qui indique 8 h 08 du matin.

– Nuçx'ia ? questionne-t-il.

Mais la silhouette qui apparaît est plus grande. Il reconnaît Aurore.

– Vite, suis-moi, chuchote-t-elle.

Elle a non seulement récupéré les clés de la chambre qui lui sert de prison mais aussi celles de sa voiture. Éclairés par la lueur projetée de l'écran de son smartphone, ils rejoignent le garage.

David se juche sur le siège conducteur de sa Hyundai 4×4 et s'apprête à démarrer, mais Aurore lui fait signe d'attendre. Elle descend du véhicule et revient avec deux fusils, deux revolvers et deux combinaisons antibactériologiques, elles-mêmes complétées par des casques sphériques transparents.

— Enfilons juste les tenues, nous mettrons les casques si cela s'avère indispensable.

Ils se regardent, inquiets. Il remarque que la jeune scientifique a bien changé depuis leur première rencontre à la Sorbonne. Ses yeux dorés sont devenus plus clairs alors que ses cheveux plus sombres et plus longs effleurent ses épaules.

— Pourquoi fais-tu ça, Aurore ?

— Je te demanderai aussi de passer chez mon père, répond-elle en se déshabillant pour enfiler la tenue de protection sur ses sous-vêtements.

Il se met en caleçon et enfile la tenue orange fluorescente dont le sommet est prévu pour recevoir un casque. Il tourne la clé de contact. Lorsqu'ils sont dans la cour, le chiwawa aboie mais sans suffisamment de conviction pour réveiller les autres. Enfin le couple franchit la porte extérieure du centre de l'INRA.

Ils roulent et allument la radio de la voiture pour écouter les actualités.

141.

« ... et j'appelle maintenant notre correspondant spécial. Stéphane ?

— En Russie, on a annoncé que la diplomatie russe est arrivée, grâce à quelques coups de fil et des arguments sérieux, à convaincre les dirigeants iraniens de renoncer à cette guerre qui pourrait s'avérer fatale au régime en place. Ici, on parle déjà de demander le prix Nobel de la Paix pour le ministre russe des Affaires étrangères, Sokolov.

– Merci, Stéphane. Et en Chine, Patrick ?

– La Chine s'est réjouie du renoncement de l'Iran à la guerre, mais a assuré que, selon sa nouvelle politique d'« ouverture perse », elle continuerait à fournir le régime des ayatollahs en armements de la dernière génération, tout en s'assurant qu'ils ne soient utilisés qu'à titre défensif.

– Nous passons à notre correspondant en Israël, Judith ?

– En Israël, on reste dubitatif. L'alerte maximale est toujours maintenue. Le gouvernement israélien continue de penser qu'il s'agit d'une ruse pour une attaque surprise. Sur les recommandations du ministre de la Défense, la population est restée cachée dans les abris. La vie s'organise en mangeant des rations alimentaires et surtout autour des téléviseurs et des ordinateurs branchés sur internet. L'armée vient de procéder depuis peu à des vaccinations générales en prévision de contaminations bactériologiques. Car, selon les services secrets israélien, l'Iran entretiendrait des laboratoires où ils mettent au point des agents infectieux massivement destructeurs. Les rues sont désertes, seules circulent des jeeps de la police militaire appelant les gens à rester chez eux et à calfeutrer les portes et les fenêtres.

– Merci, Judith, et maintenant de notre correspondant à Téhéran, Georges ?

– Ici, à Téhéran, les manifestants contre le régime ont laissé la place à des manifestants prorégime et surtout anti-israéliens, pour la plupart des gardiens de la révolution et des policiers en civil qui scandent « Mort à Israël », « Mort à l'Amérique », « Mort aux juifs », « Mort aux croisés », « Mort aux chrétiens », en piétinant les drapeaux ou en pendant des chiens portant des masques représentant les chefs d'État américain ou israélien. De leur côté, les manifestants contre le régime ont préféré annuler toutes leurs mobilisations dans l'attente de la fin de la crise militaire. Il semble cependant que l'élan de « Où est passé mon vote ? » soit complètement stoppé par la hantise de la guerre.

– Et sur le front militaire ?

– Il n'y a plus aucun message du gouvernement, on dirait que tout l'appareil d'État est en attente. Beaucoup pensaient que c'était juste une préparation à la grande offensive, mais le silence qui se prolonge laisse désormais quelques espoirs aux pacifistes encore présents dans le pays.

– Merci, Georges. Peut-être que la Troisième Guerre mondiale, potentiellement nucléaire, n'aura pas lieu. C'est ce que nous espérons tous. Évidemment nous ferons tous les quarts d'heure un point de la situation pour confirmer ces informations. Passons tout de suite aux autres grandes nouvelles.

FOOTBALL – Les matchs pour la Coupe d'Europe des nations viennent de commencer et c'est bien évidemment l'Italie qui semble la grande favorite de ce championnat qui enchaîne juste après le Mondial de Rio de Janeiro. Pour l'occasion, Rome, qui est pourtant officiellement une ville en faillite, vient de terminer de construire le plus grand stade de football du monde, le fameux stade Caesar Imperator. Il devance le Maracana de Rio qui a 200 000 places et le Rungnado May Day Stadium de Pyongyang qui était jusque-là considéré comme le plus grand stade du monde avec ses 250 000 places. Le Caesar Imperator pourrait contenir 400 000 places !

POLITIQUE INTÉRIEURE – Le président Stanislas Drouin a annoncé que le pays n'ayant pas atteint ses objectifs de croissance prévus, il allait être obligé d'augmenter la dette nationale. Celle-ci est en grande partie réalisée auprès des Chinois et des pays producteurs de pétrole mais la France entend négocier les conditions pour bénéficier des meilleurs taux de crédit. De son côté, le président Stanislas Drouin s'est engagé à réduire le train de vie de l'État en ne remplaçant pas les fonctionnaires qui partent en retraite et en réduisant le budget pour l'armée, la police, la recherche, l'éducation et la culture. Il a signalé que ces mesures drastiques et pénibles étaient nécessaires si on ne voulait pas endetter davantage la France et compromettre son avenir. « Il faut voir notre pays comme une montgolfière qui doit s'alléger pour s'élever, a dit le président. 5 millions de fonctionnaires, c'est lourd, et cela empêche notre pays d'avancer. » Dans le cadre de son rééquilibrage du budget, le président Drouin a aussi proposé d'augmenter les impôts pour passer à 90 % d'impôts pour les tranches supérieures. « Ainsi on ne me reprochera plus de ne pas assez taxer les riches », a-t-il déclaré.

AFFAIRE DE LA GRIPPE ÉGYPTIENNE – Après que des rumeurs alarmantes se sont répandues sur internet, le ministre de la Santé a donné hier après-midi une conférence de presse où il a déclaré : « Il s'agit juste d'une petite grippe saisonnière qui ne va toucher que les personnes âgées, les enfants en bas âge ou les diabétiques. Je regrette que cette annonce ait été rendue nécessaire par la campagne de catastrophisme lancée sur les blogs internet par des plaisantins ou des irresponsables. Je pense que le public sait discerner la différence entre une vraie information et une information colportée par internet. » Comme l'affaire prenait plus d'importance dans la soirée, le même ministre a dû s'expliquer à nouveau à 22 heures : « Il s'agit d'une grippe A-H1N1 classique, similaire à celle qui avait entraîné très peu de victimes en 2009. Mais elle a un codage génétique nouveau et tous les antiviraux connus sont pour l'instant inefficaces. Nos laboratoires vont bientôt fournir des solutions pratiques. »

Aux dernières nouvelles, cette grippe baptisée « grippe égyptienne » (parce que les premières victimes touchées provenaient d'Égypte), aurait fait une dizaine de morts. Essentiellement des personnes déjà très malades. Les consignes du gouvernement sont donc :

1) Pas de panique.

2) Lavez-vous très souvent les mains.

3) Ne serrez plus les mains pour dire bonjour, ne vous embrassez plus sur les joues.

4) Pensez à avoir toujours sur vous un désinfectant en crème liquide.

5) En cas de symptômes grippaux persistants, surtout n'allez pas au travail et ne prenez pas de transports en commun. N'allez pas non plus à l'hôpital et n'allez pas voir votre médecin. Ce sont les lieux infectés en premier. Restez chez vous et appelez un service spécialisé pour une auscultation par téléphone.

6) En cas de symptômes persistants, pensez à vous équiper d'un masque afin de protéger votre entourage.

7) De manière générale, si vous avez des symptômes grippaux : évitez de voyager. L'OMS surveille et contrôle la situation.

MÉTÉO – Risque d'attaque de typhons sur la Louisiane. Le gouvernement demande aux populations de rester en état d'alerte, de barricader leurs fenêtres et d'être prêtes à se précipiter dans les caves et les abris municipaux en cas de nécessité. Il semble que ces nouveaux typhons, d'une puissance accrue, soient liés au réchauffement climatique.

LOTO – Le Loto a atteint un chiffre record de 2 milliards d'euros. La super-cagnotte a été remportée par un habitant de Corrèze, un jardinier vivant dans un village de moins de 1 000 habitants. Voilà assurément un homme heureux qui a beaucoup de chance et plus le moindre souci à se faire pour son futur. Il a pourtant annoncé qu'il comptait utiliser la totalité de cette somme pour aider à la mise en place du projet du Canadien Timsit et qu'il espérait ainsi faire partie des privilégiés qui monteront dans le voilier solaire *Papillon des étoiles 2*.

142.

Aurore coupe le son de la radio et esquisse une grimace préoccupée.

– Chaque minute compte, dit David. Reste une question : combien de temps met le troupeau humain à prendre conscience qu'il est menacé ?

A 10 heures du matin, le couple de scientifiques franchit le périphérique et entre dans Paris. Les rues et les avenues grouillent déjà d'une agitation inaccoutumée. Ils se garent face au pavillon de Thomas Pellegrin puis, ayant enfilé la sphère transparente qui leur sert de casque et s'étant munis d'un fusil, ils sonnent à la porte.

Une voix lointaine se fait entendre.

— Fichez le camp ! Je ne veux voir personne.

— Ouvre, papa, c'est Aurore, ta fille. Je viens te chercher.

L'œilleton s'assombrit. Une voix plus proche de la porte résonne.

— Je n'ai pas besoin d'être sauvé, je n'ouvre plus la porte à personne. Je sais ce qu'il se passe réellement.

— Justement, je suis avec un ami pour te proposer un abri vraiment efficace.

— Désolé. Il n'y a pas de meilleur abri qu'ici. J'ai fait mes réserves de nourriture. La porte est barricadée. Il n'y a pas assez de nourriture pour deux... ou alors nous finirons par nous entredévorer.

La jeune femme, surprise de cette réaction, ne sait comment réagir.

David murmure.

— C'est un scientifique, il doit avoir ses propres sources d'informations. Il est forcément au courant lui aussi.

Elle sonne à nouveau, sans résultat.

— Il a peur, il n'ouvrira plus, dit-il.

Aurore s'entête, elle ne veut pas partir. Elle tambourine contre la porte de bois.

Le soleil monte pendant qu'un vacarme lointain, mélange de milliers de klaxons et d'emballement de moteurs, commence à se faire entendre.

— Partons, dit David d'une voix ferme.

— C'est mon père !

— Alors reste, moi, je m'en vais.

Elle semble effondrée.

Délicatement, il la soulève et la porte à bout de bras jusqu'à la voiture. Elle se recroqueville comme si elle était un bébé, puis se laisse déposer sur le siège et il claque la portière.

Il tourne la clé du démarreur.

— Je croyais que tu avais coupé le cordon ombilical définitivement, s'étonne David.

— Avec ses parents... ce n'est jamais complètement coupé. Tant qu'ils sont vivants, il reste un espoir, et quels qu'ils soient, on a envie de leur pardonner.

Dans sa voix il sent un mélange de colère et de déception.

Ils roulent pour rejoindre la mère de David. Il est déjà midi et les rues sont encombrées. Ils sont progressivement bloqués et ne peuvent plus bouger alors que partout des gens courent et des voitures klaxonnent. Au loin éclatent même des coups de feu.

David, inquiet, se branche à nouveau sur les actualités.

143.

CRISE DE LA GRIPPE ÉGYPTIENNE – Tout est allé très vite. De quelques centaines, puis quelques milliers de morts durant la première vague, nous sommes passés à 100 000 décès selon les chiffres officiels de l'OMS.

Les services sanitaires du gouvernement ajoutent donc deux nouvelles recommandations aux précédentes :

1) Évitez de fréquenter les lieux publics.

2) Pensez à remplir vos placards de conserves et de produits de première nécessité.

Nous appelons tout de suite notre correspondant auprès du ministère de la Santé. Vous m'entendez, Georges ?

— Oui, Lucienne. Comme vous pouvez le voir derrière moi, les deux dernières directives arrivent bien tard et sont difficiles à respecter simultanément. Des hordes de ménagères inquiètes, au visage protégé d'un masque et aux mains recouvertes de gants de plastique utilisés jusque-là pour la vaisselle, prennent d'assaut les supermarchés pour remplir leurs caddies de conserves.

— Mais dites-moi, Georges, je vois derrière vous des super-marchés en feu. Que fait la police ?

— Pour l'instant, elle est débordée. Depuis quelques heures, se déroulent des scènes de violence entre ménagères jusque-là pacifiques. Comme vous le voyez sur les images des caméras de surveillance, les supermarchés sont des lieux de combat où les gens poussant des caddies surchargés sont comme des bateaux encerclés par d'autres qui les attaquent à la manière de pirates. Des ménagères se battent avec des rouleaux à pâtis-serie, des poireaux, se lancent des conserves à la figure ou des pots de confiture qui explosent comme des grenades gélati-neuses et collantes. Les corps des blessés sont utilisés pour atteindre les rayonnages les plus élevés.

— Merci, Georges, pour votre lyrisme qui fait votre touche particulière. Je reçois à la seconde encore trois nouvelles direc-tives du ministère de la Justice, que je m'empresse de vous transmettre :

1) Restez chez vous.

2) N'approchez pas des oiseaux, qu'ils soient grands ou petits, mort ou vivants ; débarrassez-vous des cages d'oiseaux domestiques.

3) Le couvre-feu est décrété à partir de ce soir et pour une période non définie. Toute personne qui sortira après 20 heures sans autorisation s'exposera à des sanctions.

144.

Ils roulent. David profite des aptitudes tout-terrain de la vieille Hyundai de son père pour quitter les rues, rouler sur les trottoirs, couper par les bas-côtés.

La panique gagne. En quelques heures à peine, le chaos a pris possession de la capitale. Autour d'eux des gens se battent, des voitures flambent. Des magasins aux vitres brisées sont la proie des pillards.

Des explosions retentissent au loin, et David songe que ce sont probablement des réserves de gaz ou des stations d'essence qui sont attaquées. Alors qu'ils sont stoppés par un embouteillage inextricable, un homme hirsute surgit face à eux avec une pancarte où sont peints les quatre cavaliers de l'Apocalypse.

Il hurle :

– C'EST LA FIN DES TEMPS ! REPENTEZ-VOUS ! NOUS ALLONS TOUS SUCCOMBER ! TOUS AUTANT QUE NOUS SOMMES !

L'homme lève le poing.

– Personne n'en réchappera ! PERSONNE !

Et il éclate d'un rire dément.

– HEUREUX CEUX QUI MOURRONT LES PREMIERS, LEURS SOUFFRANCES SERONT ABRÉGÉES.

La phrase résonne avec un écho sinistre. David et Aurore se regardent à travers la vitre transparente de leurs casques protecteurs.

– C'est un fou, dit la jeune scientifique.

– Il n'est pas le seul, reconnaît David.

Il désigne un autre individu à moitié nu portant un masque de pharaon. Équipé de grandes cymbales, il les entrechoque en cadence pour rythmer le tumulte qui l'entoure.

– JE SUIS LA GRIPPE ÉGYPTIENNE ! JE VAIS TOUS VOUS FAIRE CREVER ! proclame-t-il.

– Et s'il avait raison, si c'était le premier cavalier de l'Apocalypse ? Le cavalier blanc. La mort rampante, la maladie transmise par l'air.

David, le pied sur l'accélérateur, donne un coup de volant et prend un escalier perpendiculaire pour se dégager de l'embouteillage. Ils dévalent les marches et sont violemment secoués. Le pare-chocs avant de la Hyundai se décroche ainsi qu'un phare, mais l'engin tient bon et ils rejoignent une avenue moins encombrée.

Le vieux 4×4 zigzague entre les piétons.

Autour d'eux la panique fait des ravages. Des gens courent chargés de sacs, de valises ou, pour les plus optimistes, de caisses et de malles traînées à plusieurs. À nouveau des détonations claquent au loin et des nuages de fumée noire montent en fines colonnes.

David parvient à rejoindre la maison familiale. Il engage sa clé, nerveux, pénètre dans le salon et trouve sa mère affalée dans le fauteuil face au téléviseur. Le son est coupé et, à l'écran, la présentatrice lit une feuille posée devant elle.

David, toujours en tenue de protection, s'approche de sa mère. Celle-ci ne le reconnaît pas tout de suite. Elle a un mouvement de recul puis, distinguant son visage derrière le reflet du casque, elle sourit et dans un râle murmure :

– J'ai mal aux poumons.

– Ne t'inquiète plus, maman, je vais t'emmener à l'hôpital.

Il veut la soulever mais elle s'agrippe aux montants du fauteuil.

– Ce n'est plus la peine. Ce sont les pigeons que je nourris à la fenêtre qui m'ont transmis cela. Ils en ont parlé à la télé.

Elle tousse, ses mains sont remplies de glaires mêlées de filaments rouges.

David veut à nouveau tenter de la transporter mais elle s'agrippe au meuble.

– C'est trop tard, tu ne peux rien faire. Laisse-moi. Je veux mourir chez moi.

Il relâche sa prise. Elle s'enfonce dans le fauteuil.

– Tu avais raison. Ton père nous a abandonnés pour les dinosaures. Et toi, tu m'as abandonnée pour les pygmées. Mais je ne vous en veux pas. C'est dans le sang de la famille, les hommes abandonnent les femmes.

— Maman !

— Attends, je ne te fais pas de reproches.

Elle regarde sa tenue de protection et en touche l'étoffe comme si elle voulait vérifier qu'il est habillé suffisamment chaudement pour l'hiver.

— Tu as bien fait de partir. Si tu étais resté ici, tu serais mort comme je vais mourir. Tu as su anticiper, tu as fait le bon choix.

Elle pose la main sur le Plexiglas de son casque comme si elle essayait de lui caresser le visage.

— Écoute-moi. Tu dois continuer à chercher, à comprendre comment évolue le monde. L'enjeu dépasse nos infimes vies. C'est pour cela que j'ai aimé ton père et que je lui ai pardonné d'être parti. Et c'est pour cela que je t'aime et que je te pardonne d'être parti.

Elle est épuisée. Une quinte de toux la secoue, mais elle se reprend.

— Poursuis le rêve de ton père. C'est à cela que servent les enfants, à poursuivre le rêve de leurs parents.

Ses pupilles se dilatent comme si elle voyait quelque chose de surprenant derrière eux puis elle referme les paupières avec un début de sourire. David pose sa main sur son cœur et constate que celui-ci s'est arrêté. Il soulève sa mère et la porte dans ses bras.

David et Aurore marchent dans la rue. Déjà un attroupement se fait autour d'eux car certains ont compris l'intérêt de leurs tenues de protection. Un groupe de jeunes avec des écharpes sur le bas du visage, armés de barres de fer et de battes de baseball les encerclent et les empêchent de rejoindre leur voiture. Alors Aurore sort de son sac son petit fusil-mitrailleur Uzi, tire une rafale en l'air et les tient en joue pour les maintenir à distance.

Il est 13 heures quand ils montent dans la Hyundai et déposent le corps de Mandarine Wells à l'arrière du véhicule. Le retour s'annonce beaucoup plus difficile que l'aller. Toutes les rues sont désormais encombrées de voitures et de foules surexcitées. La porte d'Orléans n'est qu'un amoncellement de milliers de véhicules qui klaxonnent et dont les occupants sortent souvent pour se battre.

Ne voyant aucune autre solution, David se décide à faire quelque chose qu'il n'aurait jamais songé à tenter. Il passe une vitesse spéciale « pente raide » et, profitant de la hauteur des roues et de la suspension de sa voiture tout-terrain, il escalade une voiture et se met à rouler sur les toits des voitures qui s'abaissent sous le poids.

Aurore le surveille du coin de l'œil. Il semble transfiguré par la perte de sa mère. Elle comprend aussi que, s'ils restent là, leurs tenues de protection finiront par attirer les convoitises, et ils ne pourront pas tenir longtemps leurs assaillants à distance.

À nouveau, des détonations résonnent au loin et des colonnes de fumée brune de plus en plus nombreuses tracent des zébrures dans le ciel blanc.

David n'a toujours pas prononcé un mot. Il est concentré sur sa conduite. Une fois qu'ils se sont faufilés hors de la zone la plus embouteillée et la plus peuplée du sud de Paris, il donne un coup de frein brutal pour décrocher ceux qui sont agrippés à la Hyundai et un coup de lave-vitre et d'essuie-glaces pour nettoyer le pare-brise.

– Natalia a raison, lance Aurore, « ce n'est pas une petite grippe comme d'habitude ».

145. ENCYCLOPÉDIE : LA GRIPPE

Le mot « grippe » vient du vieux français *agripper*. En anglais, le mot se prononce *influenza*, mot d'origine italienne qui signifie influence, sous-entendant « influence du froid ».

Durant l'Antiquité, le médecin grec Hippocrate en décrivit déjà les symptômes il y a deux mille quatre cents ans, et l'historien latin Tite Live prétend avoir assisté à des épidémies dévastatrices.

Ses symptômes sont la fièvre, la toux, les éternuements, les saignements des oreilles, les pharyngites, entraînant pour les cas les plus aigus des surinfections des poumons.

Les épidémies saisonnières avec les virus de grippe classique font en moyenne dans le monde 500 000 morts par an (en général, les personnes âgées, diabétiques ou souffrant d'autres maladies qui les affaiblissent).

Mais lorsqu'un « virus mutant » apparaît, une épidémie de grippe peut s'avérer beaucoup plus meurtrière et toucher toutes les populations, même jeunes en bonne santé.

La première pandémie de grippe (du grec *pan*, « tout », et *démos*, « peuple », une pandémie est une épidémie qui s'étend sur une zone géographique très large et touche toutes les populations) est répertoriée en 1580. Elle part de Chine (probablement du fait de la promiscuité de l'homme et du porc dans les campagnes, le porc ayant un code génétique très proche de celui de l'homme, ce qui a permis au virus de muter facilement), s'étend à l'Europe et à l'Afrique. Elle aurait provoqué plusieurs millions de morts.

Mais la pandémie la plus meurtrière sera celle de la « grippe espagnole » qui frappa les populations de 1918 à 1919. Il s'agissait d'un virus de la grippe de type A et de sous-type A-H1N1. Rien qu'en Europe, cette grippe fit entre 40 et 50 millions de morts (soit le double du nombre de victimes de la Première Guerre mondiale). Seront aussi largement touchés : l'Inde, l'Indonésie, les États-Unis, les îles Samoa occidentales.

On estime que, dans le monde, la grippe espagnole de 1919 aurait causé 100 millions de morts, ce qui la place au rang des plus grandes catastrophes sanitaires après la Peste noire de 1347. La dénomination « grippe espagnole » est liée au fait que l'Espagne étant politiquement neutre et non engagée dans la guerre de 1914, elle avait une presse qui n'était pas surveillée par la censure militaire. Du coup, seuls les Espagnols étaient informés des ravages de cette maladie. Alors qu'en France, en Angleterre, en Allemagne, pour ne pas atteindre le moral des troupes, les gouvernements préféraient cacher l'existence même de cette épidémie.

Le premier virus de la grippe est isolé en 1931, ce qui permet l'élaboration en 1944 d'un vaccin efficace par le Dr Thomas Francis avec le soutien de l'armée américaine. Ce chercheur repère trois types de grippes : A, B, C, qui elles-mêmes se définissent en seize sous-types Hémagglutinine (H) et neuf sous-types de Neuraminidase (N) qui aboutissent à cent quarante-quatre combinaisons possibles. Cette découverte a permis de restreindre l'impact des pandémies suivantes de grippes.

En 1957, la grippe asiatique (grippe A souche H2N2) ne fit « que » deux millions de morts.

En 1968, la grippe de Hong Kong (grippe A souche H3N2) ne fit qu'un million de morts.

Edmond Wells,
Encyclopédie du Savoir Relatif et Absolu, Volume VII.

146.

Les corbeaux planent de plus en plus nombreux au-dessus de la capitale française.

Après la porte d'Orléans, les embouteillages s'étirent sur plusieurs dizaines de kilomètres en direction d'Orly et de l'autoroute du Sud. Même les bandes d'arrêt d'urgence sont saturées de voitures immobilisées. Aurore et David sortent de l'autoroute et, profitant de leur engin tout-terrain, coupent à travers les broussailles.

Aurore veut parler mais David lui fait signe qu'il n'a pas l'esprit à cela, il allume la radio et sélectionne *L'Hiver* de Vivaldi. La beauté de la mélodie contraste avec la désolation des scènes qui s'affichent devant eux. Des stations d'essence sont envahies d'automobilistes qui se battent avec des bâtons ou des barres de métal.

– Je ne croyais pas que cela irait si vite, murmure Aurore dans son casque.

Il ne répond pas. Elle continue, seule, pour elle-même :

– C'est peut-être ça le progrès, tout va plus vite, plus fort, plus loin.

David négocie des virages compliqués, prend des tangentes à travers des champs de toutes les couleurs, allant du jaune du colza, au vert des blés nouveaux ou au rouge des coquelicots, puis il parvient à rejoindre une portion d'autoroute qui n'est pas encore touchée par les embouteillages. Ils aperçoivent par endroits des voitures accidentées ou en flammes qu'ils se hâtent de contourner. Ils débouchent enfin sur le chemin qui mène au centre de recherche de l'INRA.

À une centaine de mètres devant le mur d'enceinte, David stoppe brutalement. Toujours sans un mot, il ouvre sa portière et, avec tendresse, soulève le corps de Mandarine Wells. Aurore a compris. Elle va ouvrir le coffre, en sort deux pelles de déblaiement et rejoint David. Il dépose sa mère sur le sol, et les deux jeunes gens entreprennent de creuser près d'un grand chêne. David s'essuie le front, les yeux brillants. Il couche la vieille dame dans la terre. Le jeune homme recouvre ensuite la tombe et va déraciner un petit arbuste qu'il replante dans la terre fraîchement retournée. Puis il utilise la pointe du tranchant de sa pelle pour graver sur une pierre le nom. « MANDARINE WELLS ».

Lorsqu'il s'agenouille et ferme les yeux, semblant se recueillir pour prier, Aurore s'éloigne. Quand il a terminé, elle lui exprime ce qu'elle se retient de lui dire depuis trop longtemps :

– Je ne suis pas de l'avis de ta mère, David. Je te l'ai déjà dit, mais je pense que poursuivre le rêve de nos parents, c'est stupide. Nous avons des comptes à rendre à nos enfants pas à nos parents.

Il hésite à répondre mais se retient.

– Nos parents se sont trompés, poursuit-elle. Aujourd'hui, nous payons pour leurs erreurs, ce n'est pas pour les reproduire à l'infini.

Il reste sans réaction.

– Tu as vu Paris ? Le voilà, le fruit de l'intelligence de nos parents ! C'est cela leurs rêves que nous devons prolonger ? Nos géniteurs se sont trompés et avant eux nos grands-parents. Poursuivre la tradition, c'est poursuivre l'erreur. Il faut inventer une nouvelle humanité, mais avec de nouvelles règles. Ce que tu as enterré tout à l'heure, David, ce n'est pas seulement ta mère, c'est un élément d'un vieux monde qui n'a rien compris et qui est en voie de disparition.

David la toise mais ne répond toujours pas. Il s'avance vers l'entrée du centre INRA de Fontainebleau, se place face au visiophone et hurle :

– C'est nous.

Le haut-parleur grésille :

– Vous êtes probablement contaminés, vous ne pouvez plus rentrer, répond une voix à l'interphone que David reconnaît comme celle du lieutenant Janicot.

– Nous avons gardé nos tenues de protection durant tout le trajet et nous voulons maintenant revenir à la maison.

– Ce n'est plus possible.

– Que devons-nous faire ? demande Aurore, plus diplomate.

– Vous purifier, intervient une autre voix dans le haut-parleur qu'ils identifient comme celle du colonel Ovitz.

Alors David fait un signe à la caméra mobile extérieure pour qu'elle le suive. Les petits moteurs de la caméra s'actionnent et les bagues assurant la mise au point se mettent en mouvement.

David Wells et Aurore Kammerer se déshabillent et restent en sous-vêtements. Ils réunissent les divers éléments de leur scaphandre, casque, gants, bottes et combinaison étanche, récupèrent avec un tuyau un peu d'essence dans le réservoir de la voiture et arrosent le tout. David sort un briquet et y met le feu.

— Ce n'est pas suffisant, dit la voix à travers le haut-parleur.

Ils retournent à la vieille Hyundai, disposent une mèche de tissu dans le réservoir et l'allument. La voiture flambe ainsi que tout ce qu'elle contient, y compris les balles de fusil qui explosent comme des pétards.

— Ce n'est pas suffisant, reprend la voix de Natalia Ovitz.

Ils se mettent complètement nus et jettent leurs derniers vêtements dans le feu de la voiture. Leurs mains couvrent leur sexe.

— Ainsi nous sommes comme Adam et Ève. Pouvons-nous retourner au Paradis ? demande Aurore se forçant à garder son calme.

Enfin la porte d'entrée coulisse.

Dès qu'ils franchissent le seuil, ils trouvent un bidon d'eau de Javel dilué. Ils se rincent le corps.

— Encore ! insiste la voix.

Ils recommencent cinq fois l'opération.

À l'intérieur, tous les autres sont en tenue de scaphandre étanche avec des casques sphériques.

Même le chien, confiné dans le salon, semble comprendre qu'il y a un danger et se tient à l'écart.

Le colonel Ovitz leur intime l'ordre de se doucher plusieurs fois dans la douche normale avec de l'eau et du savon. Lorsqu'ils reviennent en peignoir, sentant fort la lavande, les autres consentent enfin à enlever leur propre tenue de protection biologique.

L'atmosphère se détend. Surmontant son envie de les sermonner, le colonel Ovitz pose la question que tous ont sur les lèvres :

— Alors comment est-ce dehors ?

— Pire que ce que vous pouvez imaginer, répond Aurore.

Natalia prend deux verres et leur sert une bonne rasade de rhum. Ils ne se font pas prier pour profiter de ce relaxant liquide.

— Dans ce cas, vous comprendrez qu'à partir de maintenant, il vous est interdit de franchir cette porte sous peine de ne plus être autorisés à revenir.

Les deux jeunes gens approuvent.

— Nous avons accompli ce que nous souhaitions, répond Aurore. Maintenant, nous n'avons plus aucun lien extérieur.

Natalia Ovitz précise :

— Pour plus de sécurité, nous allons sceller les issues avec des planches et des clous. Nous verrons le monde à travers nos écrans de télévision comme si nous étions dans un sous-marin et que ces écrans étaient nos périscopes.

Elle s'assoit dans son fauteuil surélevé.

— Et nous allons avoir du temps pour travailler tranquillement à l'après-grippe.

Elle saisit une télécommande et allume un écran tout en coupant le son. Les images de foules en panique sont filmées depuis des hélicoptères.

— Que voulez-vous faire ? demande Aurore.

— Créer une génération complète de Micro-Humains.

Natalia visse une Gitane au bout de son fume-cigarette.

— Les autres menaces reviendront, et notamment la guerre. Comme j'ai eu la confirmation depuis peu que les Iraniens construisent huit cents centres de tirs de missiles nucléaires, nous ferons non pas une ni deux ni cent mais 1 000 Emachs. J'ai déjà réfléchi à tout. Il faudra une proportion de 90 % de femmes et 10 % d'hommes.

— Comme chez les abeilles…, remarque Penthésilée.

– Ou les fourmis, reprend Nuçx'ia.

Natalia allume sa cigarette et arrive à produire un nuage de fumée parfaitement annulaire.

– Finalement, dit-elle, cette épidémie est peut-être une bonne chose, elle va nous offrir le répit indispensable pour créer, élever et éduquer notre nouvelle micro-humanité.

La petite Emma, qui était dans sa poche, commence à sortir pour gazouiller et faire des bulles de salive. Le lieutenant Janicot la récupère dans sa grande main et lui sert un biberon.

Natalia Ovitz monte le son du téléviseur diffusant les actualités.

147.

« … Et cela ne fait que confirmer ce que je vous disais tout à l'heure, Lucienne, en quelques heures à peine, la vérité est apparue, crue : le virus est une calamité comme nous n'en avons jamais connu à ce jour. Les grandes surfaces sont prises d'assaut et mises à sac. Le phénomène est mondial, cela arrive aussi bien aux États-Unis qu'en Suède, en Chine, en Russie, en Afrique, en Australie. Ce sont de vraies nuées qui s'abattent sur les rayons encore approvisionnés. Une fois qu'elles sont passées, les travées sont vides. Mais ce qui est plus grave, c'est qu'après les ménagères, ce sont des bandes de voyous armés qui prennent d'assaut les magasins. Les hangars remplis de nourriture des distributeurs sont attaqués, jusqu'aux usines alimentaires et aux fermes agricoles pour s'approvisionner à la source. La police est débordée. Les pharmacies ont également été attaquées pour être vidées de leurs antiviraux, antibiotiques, anti-inflammatoires, désinfectants, dragées pour la toux et sirops pectoraux. Les policiers, qui arborent un nouvel uniforme étanche jaune fluo, n'osent intervenir, ayant surtout peur d'être eux-mêmes infectés durant les altercations.

– Et l'armée ? Il paraît que l'armée a été réquisitionnée.

– Oui, Lucienne. Les soldats patrouillent eux aussi avec des tenues étanches. Mais il y a trop de points de conflits pour qu'ils puissent agir efficacement. Pour l'instant les forces de sécurité protègent surtout les centres administratifs et gouvernementaux.

– Et les hôpitaux ?

– Les hôpitaux sont déserts, à peine hantés par des désespérés venus piller les armoires et les caves, dans l'espoir de trouver des masques ou des médicaments ayant échappé aux précédents visiteurs.

– Merci, Georges. Et à Paris, quelle est la situation, Daniel ?

– Les gens se calfeutrent chez eux. Pour ceux qui n'ont pas eu la présence d'esprit de stocker des réserves de conserves ou qui se les sont fait subtiliser par des voisins ou des pillards, il n'y a pas d'autre choix que celui de sortir et essayer de trouver leur pitance autrement. Dans les rues désertes, depuis peu, il y a un phénomène nouveau : on voit errer des hommes et des femmes recouverts de combinaisons de plastique le plus souvent fabriquées à la va-vite à partir de sacs-poubelle et de ruban adhésif. Ils portent des masques de tissu et sont armés de couteaux de cuisine. Les plus bricoleurs ont fabriqué des lances avec des manches à balai terminés par une pointe ou même une fourchette. Les moins équipés ont juste des bâtons. Ils cherchent tous des "points d'approvisionnement". Leurs armes artisanales servent autant pour attaquer que pour se protéger de ceux qui voudraient les voler. Un autre problème est apparu : des hordes de rats sortent des égouts et ne semblent plus avoir peur des hommes.

– Dans les campagnes, quelle est la situation, Daniel ?

– Les campagnes ne sont pas épargnées, bien au contraire. Les oiseaux porteurs de "la grippe égyptienne" infectent par leurs déjections tous les animaux de ferme qui sont la base de la consommation des paysans.

– J'apprends que le président Stanislas Drouin va faire une allocution dans quelques secondes. Notre journaliste, Georges, se trouve déjà sur place pour recueillir ses dernières directives.

– En effet, Lucienne. Je vous propose de l'écouter tout de suite.

« – Chers concitoyens, chers concitoyennes, nous affrontons une crise d'une ampleur inattendue. Il s'agit d'une crise sanitaire qui concerne la présence sur notre territoire d'un virus d'une forme jusque-là inconnue, un virus de type A-H1N1. Il résulte d'une combinaison de gènes complètement différente de toutes les combinaisons connues à ce jour. Ce virus est plus communément nommé par les scientifiques "grippe égyptienne". Nous ne savons pas encore comment nous défendre contre cette nouvelle agression, mais vous devez tous garder votre sang-froid et rester chez vous. Écoutez les actualités et suivez bien les consignes de sécurité du ministère de la Santé. Nous risquons de traverser une période difficile, comme nos ancêtres en ont connu dans le passé, au moment des grandes épidémies de peste, de choléra ou de grippe. Je vous en conjure, ne cédez pas à la panique ou au désespoir. Gardez votre sang-froid. Ce n'est pas la première fois que l'humanité est confrontée à un problème qui semble insurmontable, et ce n'est pas la première fois qu'elle arrivera malgré tout à le surmonter. C'est toute la noblesse de l'être humain : les épreuves l'obligent à se surpasser et c'est ainsi qu'il devient plus fort et plus résistant. Aussi, chères concitoyennes et chers concitoyens, sachez qu'à l'heure où je vous parle, des milliers de laboratoires en France et dans le monde sont en train de chercher un sérum capable d'endiguer la pandémie. Je peux vous garantir qu'ils vont finir par trouver, ce n'est qu'une question de jours ou peut-être d'heures. Dans l'attente de l'annonce imminente de cette heureuse nouvelle, restez tranquillement chez vous et gardez votre sang-froid. Merci de votre confiance. Vive la République, vive la France. »

148. ENCYCLOPÉDIE :
FIN DU MONDE ET NOUVEAU TESTAMENT

La perspective de la fin du monde est au cœur du christianisme. Saint Marc écrit (chap. 13, verset 8) que « le monde porte déjà en lui les germes de sa propre destruction, comme une femme enceinte porte en elle son fœtus ». Saint Jean a reçu la vision d'Apocalypse de la part d'un ange qui, sur l'île grecque de Patmos, lui a révélé les derniers instants de la Terre. Il avait alors 80 ans.

En 90, Justin le Martyr déclara que la fin du monde était repoussée parce que Dieu attendait que le christianisme soit la religion universellement reconnue par tous les humains.

Selon les calculs de plusieurs spécialistes du Moyen Âge, la fin du monde devait arriver exactement mille cinq cents ans après la mort du Christ, donc en 1533.

Suivant cette prophétie, plusieurs révoltes de millénaristes se déclenchèrent cette année-là dans toute l'Europe. Ils réclamaient l'égalité entre riches et pauvres. Toutes furent réprimées très violemment.

Cependant ces millénaristes apocalyptiques inquiétèrent les puissants. Si bien qu'après les avoir un temps encouragés, le Vatican a condamné tous ces mouvements populaires spontanés.

De même Luther, qui les avait un temps soutenus, abandonne ces exaltés de la fin des temps. Il en vient même à condamner Jan Matthis, Thomas Münzer ou Jean de Leyde, les chefs des révoltes des pauvres contre les riches. Dans leurs cohortes, on pouvait trouver toutes les couches de la société : des paysans, des ouvriers, des boulangers, des artisans, autant de gens du peuple qui croyaient que la fin du monde était enfin arrivée et qu'ils n'avaient plus rien à perdre.

Le 5 avril 1534, Jan Matthis partit avec une horde de gueux à l'assaut de Münster. Au final, abandonné par les siens,

il se retrouva seul sur son cheval face à l'armée. Comme il pensait que c'était réellement le jour de la fin du monde et que rien ne pouvait donc lui arriver, il chargea seul et sans armes contre les troupes. Il fut mis en pièces par les soldats.

Ces mouvements apocalyptiques furent le germe d'autres mouvements populaires qui apparurent trois cents ans plus tard.

Edmond Wells,
Encyclopédie du Savoir Relatif et Absolu, Tome VII.

149.

CRISE DE LA GRIPPE ÉGYPTIENNE – Trois mois viennent de s'écouler depuis que le virus baptisé « grippe égyptienne » a été décelé pour la première fois. Le nombre des victimes augmente chaque jour de manière exponentielle. Selon les estimations de plus en plus précises de l'OMS, il y aurait en fait 80 millions de morts, chiffre qui aurait augmenté pour atteindre aujourd'hui celui de 132 millions. Et ce nombre ne fait que croître d'heure en heure.

Nous n'avons évidemment plus de reporters à l'extérieur. Cependant, au QG militaire souterrain du château de Vincennes, notre reporter Georges Charas est enfermé dans le bunker de la gendarmerie contrôlant les zones ouest. Il peut nous parler grâce à la caméra de son ordinateur. Pouvez-vous nous donner des informations, Georges ?

– Je crois, Lucienne, que le mieux est encore de vous transmettre des images prises par les drones télécommandés de la gendarmerie grâce auxquels nous pouvons suivre ce qui se passe à l'extérieur. Comme on le voit sur ces images, ces colonnes de fumée noire viennent des maisons incendiées par les pilleurs. Les corps ne sont même plus enterrés ou mis dans des sacs (cela fait longtemps qu'il n'y en a plus). Ils pourrissent à l'extérieur et sont dévorés par des hordes de chiens rendus à l'état sauvage. Lorsque les chiens ont terminé leur sinistre besogne, ce sont les corbeaux puis les mouches qui terminent de nettoyer les cadavres abandonnés. Des bandes de pilleurs attaquent les maisons et je ne saurais trop conseiller à chacun de barricader portes et fenêtres et de s'armer. C'est comme si notre capacité de combat inscrite au plus profond de nos gènes ressortait, et parfois l'agressivité sauve. L'homme se retrouve à combattre des prédateurs et ses congén...

– Merci, Georges, je reconnais bien là votre lyrisme, mais il me faut vous interrompre pour poursuivre. Je rappelle les dernières consignes : ne sortez pas de chez vous. Désinfectez tout ce que vous touchez. N'approchez pas des oiseaux ou de tout élément de la nature susceptible d'avoir été touché par eux, nids, plumes, œufs, excréments, cadavres. Et maintenant, je passe la parole à Judith, qui se trouve au centre de météo.

– Eh bien, la météo est malheureusement très douce et la température participe à la prolifération du virus qui, selon les analyses, n'aime ni le froid ni le chaud.

– Merci, Judith. Restez dans votre abri et n'hésitez pas à nous appeler si vous avez du nouveau.

150.

Le soleil se lève et le coq ne chante plus car il est mort depuis longtemps en toussant, noyé dans ses glaires.

Accompagnant l'astre du matin apparaissent des véhicules à l'horizon. La cloche d'alerte retentit. Comme d'habitude, chacun sait ce qu'il à faire. David Wells, Nuçx'ia, Aurore Kammerer et Penthésilée Kéchichian se saisissent des fusils-mitrailleurs et se placent aux fenêtres les plus élevées du bâtiment.

Le lieutenant Janicot, pour sa part, saisit le bazooka, et le colonel Ovitz attrape ses énormes jumelles.

– Cinq voitures, annonce-t-elle.

Ils attendent, puis elle précise :

– Première estimation : une vingtaine de types.

Enfin ils distinguent au loin les formes des véhicules.

– Nous n'avions pas besoin de ça…, soupire Nuçx'ia.

– Peut-être qu'ils ne font que passer, tente David tout en libérant la gâchette de sécurité de son arme.

– Par moments j'ai l'impression d'être dans un vieux film de zombies des années 60, genre *La nuit des morts vivants* ou *Je suis une légende*.

– Je n'aime pas quand la réalité commence à ressembler aux films ou aux romans, dit Aurore en rapprochant la caisse de grenades.

Natalia Ovitz a l'œil vissé à ses jumelles :

– Ils se sont arrêtés.

– Qu'est-ce qu'ils font ?

– Ils… ont eux aussi des jumelles et ils nous observent de loin.

– Ils ressemblent à quoi ?

– Il y a des hommes et des femmes de tous les âges. Ils parlent entre eux. Ils sont organisés.

– S'ils ont survécu jusqu'à maintenant, ils le sont forcément, remarque Nuçx'ia.

– Ils sont nombreux, plus d'une trentaine, tous avec des fusils et des masques à gaz.

– Bon sang ! grogne David, si je m'attendais un jour à jouer Fort Alamo.

Une silhouette s'avance en brandissant un drapeau blanc au bout d'un long bâton.

– N'approchez plus, lance Martin dans un micro relié au haut-parleur de la porte d'entrée.

L'homme continue pourtant d'avancer, alors Penthésilée lâche une rafale de fusil-mitrailleur à ses pieds.

Il stoppe.

– Pourvu qu'il s'en aille, pourvu qu'il s'en aille, pourvu qu'il s'en aille, psalmodie Aurore en boucle.

Revenue à plus de réalisme, elle ôte la sécurité de son arme.

– Je suis venu en paix ! crie l'homme en faisant un signe de sa main ouverte tout en continuant d'agiter son bâton au tissu blanc.

Le lieutenant Janicot se présente à la fenêtre, le tenant en joue avec le bazooka.

– Passez votre chemin, lance-t-il.

– Nous ne vous voulons pas de mal, dit l'homme. Nous avons faim. Si vous nous donnez un peu de nourriture, nous nous en irons immédiatement, sans vous créer le moindre problème.

– Combien êtes-vous ? demande le lieutenant Janicot.

– Trente-huit. Il y a des blessés parmi nous.

– Y a-t-il des malades ?

– Non. Nous sommes « sains ». Nous avons des tenues de protection et nous n'avons approché aucun malade. Nos blessés sont des blessés par balle.

Le colonel Ovitz examine à la jumelle le comportement des autres près des voitures, mais elle ne peut voir leur état.

– Il ment, dit-elle.

L'homme avec le drapeau blanc attend.

– Nous ne sommes pas des bêtes, insiste-t-il. Nous n'allons pas crever de faim en France en plein troisième millénaire.

Penthésilée le met en joue dans son viseur électronique.

– Avant j'étais informaticien, dit-il. J'écrivais des programmes de jeu pour enfants. Les « Souris sottes ». C'est moi. Et puis le malheur est arrivé, nous avons sauvé notre peau comme nous avons pu. Ce n'est pas notre faute s'il y a eu la grippe égyptienne.

– Il ment, répète Natalia.

Les cinq attendent qu'elle donne le signal de tir, pourtant elle ne réagit pas.

– Nous faisons quoi ? demande enfin Aurore.

– On attend, dit Natalia.

– On attend quoi ?

– Qu'il fasse une connerie.

À nouveau, le temps s'étire.

– Par pitié, aidez-nous, répète l'homme. Il y a des femmes et des enfants avec nous. Et des personnes très âgées. Nous n'avons pas mangé depuis deux jours.

Natalia Ovitz fait le point sur le visage de l'homme puis sur les voitures qui attendent au loin, moteur en marche.

– Nous pourrions leur lancer quelques boîtes de conserve par-dessus le mur. Cela pourrait suffire à les faire partir, propose Nuçx'ia, conciliante.

Le colonel Ovitz ne se donne même pas la peine de répondre, alors Nuçx'ia prend sur elle d'aller chercher des conserves d'haricots blancs et les lance.

L'homme au drapeau blanc se baisse pour les ramasser en leur tournant le dos, puis soudain recule prestement.

– Grenade ! crie Natalia.

Une explosion suit. En se baissant pour ramasser la conserve, l'homme en a profité pour faire rouler une grenade en direction de la porte. Il déguerpit à toutes jambes et les cinq voitures foncent pour profiter de la brèche dans la citadelle.

– Chacun à son poste, annonce Natalia tranquillement.

Dans les minutes qui suivent, la première voiture est arrêtée net par un projectile du bazooka du lieutenant Janicot. Des silhouettes sortent des voitures et commencent à tirer dans leur direction. La seconde voiture équipée d'un pare-buffle vient défoncer complètement la porte d'entrée et les hommes se précipitent à l'intérieur de l'enceinte du centre tout en tirant en direction des fenêtres. Les six de l'INRA n'ont que le temps de se cacher derrière leurs sacs de sable. Natalia Ovitz est la première à saisir son fusil à lunette et, après s'être appliquée et avoir retenu sa respiration, elle abat d'une balle en plein cœur l'homme le plus avancé. Déjà elle a évacué la douille et vise pour abattre le second. Les autres tirent avec moins de précision.

— Bon sang, nous ne sommes pas des militaires ! grogne Aurore.

— Si vous voulez rester vivant, il va quand même falloir défendre votre peau, répond le lieutenant Janicot en tirant avec son bazooka sur la deuxième voiture enfin immobilisée.

Aurore, David et Nuçx'ia, n'osant s'exposer, tirent un peu n'importe où, en direction des voitures qui sont entrées dans la cour. Seuls Natalia, Martin et Penthésilée prennent le risque de se mettre à découvert pour s'appliquer à viser d'une manière plus efficace.

Au bout de quelques minutes, les trois premières voitures sont transformées en carcasse fumante, les assaillants ont laissé six hommes, les occupants des deux autres voitures préfèrent renoncer à cette proie trop compliquée et font marche arrière à toute allure.

Le lieutenant Janicot s'applique à les viser avec son arme mais sa femme lui fait signe que c'est inutile.

— Pourquoi l'avez-vous empêché de tirer ? questionne Aurore étonnée.

— Nous n'avons rien de personnel contre eux, rappelle Natalia. Ce sont les circonstances qui nous mettent en conflit. L'homme au drapeau blanc était peut-être réellement informaticien et il y a vraiment avec lui des femmes et des enfants affamés.

— Vous disiez qu'il mentait.

— Il mentait sur ses intentions pacifiques du moment. Si nous nous étions rencontrés dans un club de vacances, nous aurions peut-être sympathisé, nous aurions bu ensemble quelques cocktails et joué au poker.

Justement, l'informaticien qui faisait semblant d'être touché se relève, sort un revolver et tire dans leur direction. Il blesse le lieutenant Janicot à l'oreille. Penthésilée lui tire une balle en pleine poitrine et il s'effondre.

— Si j'avais joué au poker avec lui dans un club de vacances, je suis sûr qu'il aurait triché, dit-elle.

Nuçx'ia soigne la blessure de Martin. En se levant, il montre son tee-shirt où s'étalent les sentences du jour. Il sait qu'elles ont toujours un effet relaxant :

66. L'ennemi attaque toujours dans deux occasions :
    quand il est prêt et quand vous ne l'êtes pas.
67. Si l'ennemi est à portée de tir, c'est que vous l'êtes aussi.
68. Rien n'est impossible pour celui qui n'a pas à le faire lui-même.
69. Les missions complexes ont des solutions simples,
    faciles à comprendre et qui ne marchent pas.
70. Si une mission a 50 % de chances de réussite,
    cela signifie qu'il y a 75 % de risques d'échec.

— Cette fois, tes lois de Murphy ne disent pas vrai, dit David. Nous étions prêts et nous avons réussi par nous-mêmes. Toutes tes phrases sont fausses et, au final, nous sommes tous indemnes.

— Bon sang ! Où est Emma ?!!!! s'exclame Aurore.

Natalia cherche avec ses jumelles.

— Ça y est, je la vois. Elle joue avec…

Elle laisse sa phrase en suspens.

Ils s'emparent à leur tour des jumelles et comprennent le problème. La Micro-Humaine escalade le corps de l'informaticien au drapeau blanc. Le lieutenant Janicot enfile rapidement une tenue de protection et descend tel un cosmonaute. Il arrive à côté d'Emma qui enfonce déjà sa main dans la narine de l'informaticien et s'amuse à produire un bruit de succion en entrant et en sortant son poing. Il y a un mélange de sang et de morve qui coule des deux orifices nasaux. Emma s'amuse à taper avec sa main sur les lèvres rebondies et entrouvertes.

Martin saisit délicatement l'enfant minuscule.

L'informaticien, qui avait toujours les yeux ouverts, émet un râle et articule :

– … Je n'ai jamais vu quelqu'un d'aussi petit !

Janicot dépose l'enfant M. H. dans un bocal hermétique.

– Vous avez la grippe ? demande-t-il à l'informaticien en train d'agoniser.

L'homme a un rictus.

– Qui sait ?

Le militaire sort son revolver de sa besace et lui tire une balle dans le front. Puis il ramène le bocal et ressort pour achever les autres assaillants blessés, regrouper leurs corps, les recouvrir d'essence et les brûler.

Il enflamme les deux voitures qu'il a mises hors d'état de nuire et il rebouche tant bien que mal à l'aide de planches l'enceinte du portail. Tous les occupants du centre enfilent des tenues de protection et observent Emma qui ne comprend pas pourquoi elle est enfermée dans un bocal. Elle tape contre le verre.

Elle est désormais âgée de 3 mois, ce qui correspond à 30 mois, c'est-à-dire 2 ans et demi. David et Aurore la récupèrent et l'emportent au laboratoire. Ils la sortent avec mille précautions. Aurore lui enfonce une micro-aiguille dans la veine du bras pour lui extraire du sang qu'elle place sous un microscope électronique. Elle suit sur un écran les mesures chimiques. Au bout de plusieurs minutes, elle annonce :

– J'ai une mauvaise et une bonne nouvelles. La mauvaise, c'est qu'Emma a été en contact avec le virus.

Tous sont réunis dans le laboratoire et affichent des airs inquiets. Aurore vérifie plusieurs lignes de chiffres puis complète :

– Mais la bonne nouvelle, c'est que son système immunitaire a contré le virus.

Nuçx'ia est la seule qui semble trouver l'information normale.

– Vous en êtes sûre ? demande Natalia.

– Certaine. Elle n'est pas infectée, elle n'est pas contagieuse. Ses lymphocytes ont détruit le virus de la grippe égyptienne dès qu'ils l'ont repéré.

Avec mille précautions, ils enlèvent leur scaphandre de protection. Puis, après une hésitation, ils inspirent le même air que celui qu'elle souffle. La Micro-Humaine qui ne comprenait pas ce traitement agressif réclame aussitôt des câlins et David l'embrasse et se laisse embrasser. Les six ne peuvent détacher leurs regards de la petite créature.

– Nous avons peut-être réussi au-delà de nos espérances, avance le colonel Ovitz.

C'est à ce moment qu'un craquement se fait entendre sur le haut-parleur qui retransmet les bruits de la salle de couvaison.

Tous se ruent vers la couveuse. Là sont alignés un millier d'œufs, éclairés par les lampes infrarouge qui les baignent d'une lueur orangée. Un chiffre indique la température de couvaison de cette nouvelle génération d'Emma.

Ils contemplent alors, avec toujours le même émerveillement, une coquille qui se fendille parmi ses mille congénères. Comme pour répondre à ce signal, une autre commence à se craqueler. Puis une autre encore.

À peine fendillés, les œufs sont posés sur de larges matelas spécialement disposés à cet usage dans une autre pièce.

Il était temps. Déjà une minuscule main de nouveau-né surgit du sommet d'un œuf. Une autre pousse une écaille. Un bras sort, ailleurs une tête propulse un bout de coquille. Les œufs éclatés libèrent des formes gluantes qui se débattent maladroitement. David remarque que les couleurs de cheveux des nouveau-nés vont du noir au blond, en passant par le brun, le châtain, le roux. Même les visages sont différents, les formes des nez, des bouches, des pommettes et les couleurs des yeux.

426

Nous avons réussi à opérer un vrai brassage génétique. Ce ne sont pas des clones, ce sont des frères et sœurs. Et par chance, même s'ils ont plus ou moins la même taille, ils sont tous différents, songe-t-il.

– Après le premier spécimen, voici donc la première génération de Micro-Humains, annonce Nuçx'ia, émue.

– Voici nos filles plus petites et plus fortes, complète Penthésilée.

La prochaine humanité, surtout si la grippe persiste, pense David.

Le colonel Ovitz, qui a l'esprit pratique, propose, plutôt que de nommer un à un tous ces nouveau-nés, de continuer à baptiser les filles Emma (pour M A, Micro-Aurore, puisque c'est la biologiste Aurore qui les a essentiellement fabriqués) et de baptiser les garçon Amédée (pour M D, Micro-David) et de faire suivre le prénom d'un chiffre qui servira de nom de famille.

MH 121 rebaptisée Emma étant la première éclose et donc la plus âgée, elle sera désormais nommée Emma 001. Ensuite, toutes les Emmas sont numérotées jusqu'à 900. Quant aux mâles, ils sont numérotés de Amédée 001 à Amédée 100.

Penthésilée propose d'utiliser une bague en plastique posée sur leur mollet afin de mieux les identifier.

La petite Emma 001 s'accroche à Natalia et ne veut plus la lâcher, comme si elle avait peur d'être renvoyée dans le bocal et de subir à nouveau la piqûre de l'aiguille.

151.

Et les humains, « motivés par ma punition », se remirent au travail pour fabriquer une fusée capable de déposer une charge explosive nucléaire sur un astéroïde.

Ils améliorèrent leur technologie aérospatiale tout comme leurs techniques de désintégration de la matière.

Pour être certains de disposer de suffisamment de techniciens, mais aussi de pilotes, les biologistes augmentèrent leur production de minihumains. Je les laissais tester leurs bombes sur ma surface et même sous ma croûte.

Ah, les explosions atomiques...

C'était douloureux mais indispensable, si je voulais voir pulvériser un intrus céleste de la taille de Théia. Plus ils perfectionnaient les outils d'observation de l'Univers et plus je prenais conscience de la chance que j'avais d'exister, d'être vivante et d'être pensante. Simultanément, le fait d'être unique me remplissait d'un sentiment étrange. Un sentiment nouveau que les humains ont bien plus tard appelé « solitude ».

Car j'avais compris une chose : si les humains étaient mortels, ils étaient reproductibles. Tous les êtres végétaux et animaux avaient trouvé leur manière de perpétuer leurs caractéristiques et donc de devenir immortels à travers leur progéniture.

Tous sauf moi.

Le prix de ma vieillesse éternelle était la... stérilité. Et mon caractère unique me donnait le vertige et me terrifiait. Un soir, j'ai entrevu ce que deviendrait le système solaire et même l'Univers si je mourais.

Il n'y aurait plus de vie.

Il n'y aurait plus d'intelligence.

Il n'y aurait plus de conscience.

Rien que du vide. Le silence et l'obscurité partout dans l'Univers.

Dès lors, je devins encore plus exigeante envers les humains qui étaient censés me protéger.

Je les éduquai à la dure. Je voulais qu'ils soient vigilants, attentifs, préoccupés, que dis-je ?, « obnubilés » par l'idée de me protéger.

À la moindre erreur, je sévissais. Chaque échec astronautique était sanctionné d'un tremblement de terre, d'un typhon, d'une tornade, d'une éruption volcanique ou d'une épidémie virale.

Désormais, ils savaient qu'échouer, c'était prendre le risque de me mettre en colère et d'être châtiés en conséquence. Alors mes petits serviteurs apeurés se mirent à s'appliquer pour faire les bonnes fusées et les bonnes bombes atomiques.

Et l'espoir revint.

152.

Le soleil se lève sur la forêt de Fontainebleau. Dans le ciel, des nuées de mouches tournoient en volutes gracieuses. Les malheurs des uns faisant le bonheur des autres, elles sont de plus en plus nombreuses. Au sol, les rats eux aussi prolifèrent. Ils espèrent que la fin de l'espèce régnante laissera place à la leur.

Le lieutenant Janicot a terminé de consolider le portail d'entrée du centre de l'INRA de Fontainebleau et, après une dizaine d'autres attaques par des hordes d'individus de plus en plus maladroits parce qu'affaiblis par la maladie, ils connaissent enfin un répit qu'ils mettent à profit pour éduquer et élever la première génération de Micro-Humains.

Dans le cadre de ce que Natalia nomme « l'éducation des larves », ils aménagent une grande salle en nurserie miniature au niveau du rez-de-chaussée, dans l'aile gauche du bâtiment.

Sur les indications du colonel Ovitz, les six chercheurs se répartissent les tâches.

Aurore leur apprend à parler et à compter. David leur apprend à lire et à écrire (en utilisant l'*Encyclopédie du Savoir Relatif et Absolu* qui lui semble une manière rapide et ludique de découvrir les sujets les plus divers). Penthésilée leur apprend à marcher et à faire du sport, notamment du tir à l'arc et des acrobaties.

Nuçx'ia leur apprend à manger, respirer et dormir de manière optimale car, comme elle dit, « Respirer, manger et dormir semblent trois choses évidentes, pourtant peu d'entre nous savent les pratiquer correctement. Or, si on apprend aux enfants à le faire bien, ensuite ils n'oublient jamais ». Elle utilise toutes sortes d'exercices pour leur inculquer ces facultés.

Le colonel Ovitz leur apprend les techniques d'infiltration et de combat en vue de leurs futures fonctions d'espions miniatures. Le lieutenant Janicot, pour sa part, n'ose pas les toucher, tant il craint de leur faire mal par un geste fortuit. Les autres le taquinent sur sa maladresse mais il est persuadé que ce n'est pas son domaine et que les femmes s'occuperont toujours mieux des enfants que les hommes. Il se contente donc de mettre à leur service ses talents de bâtisseur et de réparateur.

Alors que leur stock de conserves se réduit lentement et qu'ils ont l'impression de manger toujours la même chose, ils suivent les actualités avec appréhension. Les journalistes ne sortent plus de leurs appartements, parlent aux caméras incluses au-dessus de l'écran de leurs ordinateurs portables.

Les ravages du virus se sont peu à peu ralentis. Ainsi, après avoir franchi la barre des 500 millions de morts, le nombre de victimes s'est stabilisé.

Les six chercheurs se sont sentis préservés, mais des tensions sont apparues. Au début, ce ne sont que des petites disputes rapidement arbitrées par Natalia, mais le confinement agit sur leur humeur et leurs disputes ont pris de l'ampleur.

Les journées se déroulent selon des rituels immuables. Le petit déjeuner en silence, le travail dans les couveuses, le soin des nouveau-nés, l'éducation des petits, le déjeuner, les exercices, les constructions de maisons à leur taille, l'écoute des actualités puis l'ouverture des conserves et la préparation du repas.

Lorsqu'ils sont réunis pour dîner, ils ne dialoguent plus comme avant. Pour éviter les heurts, ils s'interdisent de parler de la maladie ou de la mort. Comme ils ne sont pas tous d'accord sur la manière d'éduquer les Micro-Humains, ils sont convenus que chacun serait libre de faire ce qu'il veut dans sa zone de responsabilité sans qu'aucune critique interfère. Ils en viennent à passer les trois repas sans s'adresser la parole, ou très peu.

Un soir, pour détendre l'atmosphère, David lance :

— Mon arrière-grand-père a laissé une énigme : « Comment faire un carré avec trois allumettes ? »

Tous, surpris, se tournent vers lui. Proposer une énigme alors qu'ils vivent une telle tension leur semble complètement décalé. Natalia comprend l'intérêt de la diversion.

— Quelle est la solution ?

— Je l'ignore.

Elle saisit alors trois allumettes et, en les posant sur la table, commence à les déplacer.

— Sans couper ? Sans coller ?

— Sans tricher, oui.

— C'est impossible.

— Mon arrière-grand-père l'a fait. Il doit donc forcément exister un moyen.

Comprenant que David cherche à apaiser les tensions du groupe, Aurore à son tour prend trois allumettes et commence à les disposer en figures géométriques. Les autres, machinalement, prennent les allumettes. Cela leur permet d'oublier la faim.

— Tu es sûr qu'il y a une solution sans tricher ?

— Je suis même sûr que nous la trouverons. Seuls ou ensemble.

L'expression parvient à leur tirer un sourire. Natalia sait qu'ils sont rongés par la culpabilité d'avoir survécu alors qu'à l'extérieur c'est l'hécatombe.

Ils se couchent tôt, épuisés.

Un soir, alors que Nuçx'ia dort à poings fermés à côté de lui, David se lève et reste à la fenêtre, pensif. Soudain quelque chose attire son attention. Il enfile une tenue de protection étanche, prend un fusil et se dirige vers la tombe de sa mère. Arrivé sur place, il entend un craquement derrière lui et se retourne arme pointée.

Il allume sa lampe-torche et reconnaît Aurore, elle aussi en tenue de protection et armée d'un fusil.

— Qu'est-ce que tu fais là ? demande-t-elle.

— Je n'arrivais pas à dormir, je suis resté à la fenêtre et j'ai repéré quelqu'un errant près de la tombe de ma mère.

Il éclaire l'emplacement et révèle la scène.

— L'errant a creusé et déterré le corps. Probablement qu'il espérait trouver encore de quoi manger. Certains d'entre nous ont tellement de difficultés à se nourrir qu'ils sont devenus charognards, cannibales et nécrophages !

Il reconstitue comme il peut la sépulture de sa mère.

— Et toi, qu'est-ce que tu fais là ?

— Je t'ai vu.

— Et alors ?

— Je me suis disputée avec Penth, du coup je n'arrivais pas à dormir. J'ai entendu du bruit, je t'ai suivi, dit-elle avec une voix étouffée par l'épaisseur du Plexiglas de son scaphandre.

— Les autres vont découvrir notre absence.

— C'est un risque à courir. Comme celui d'être ici, en dehors des murs du centre. Nous sommes si accaparés par notre travail et si... surveillés par nos conjoints que nous ne nous parlons plus tous les deux. J'avais envie d'être seule avec toi.

Aurore Kammerer accomplit le geste interdit, elle enlève son casque.

— Tu pourrais être bombardée par une fiente d'oiseau nocturne ou de chauve-souris, dit-il.

— Je sais. Mais je suis prête à prendre ce risque pour pouvoir avoir une vraie conversation loin des autres.

— Et le corps de ma mère ?

– Depuis le temps, il ne peut plus être contagieux. Même les virus ont besoin de chaleur, de vie et d'humidité pour survivre.

David enlève son casque à son tour.

Ils se regardent, inspirent l'air de la nuit, se sourient.

– Je n'ai jamais cessé de repenser à ce que tu m'avais dit la première fois que nous nous sommes rencontrés à la Sorbonne. Cette impression que nous nous connaissons déjà, que nous sommes tous les deux connectés, et que nous faisons partie de la même famille.

– Je te l'avais dit pour te draguer.

– Ne te fais pas plus cynique que tu n'es. Ce sentiment, je l'ai ressenti aussi. Au point que…

Elle hausse les épaules.

– Penthésilée est jalouse. Elle a l'impression qu'il y a une complicité secrète entre nous deux. Hum… c'est pas de chance, je tombe toujours sur des femmes qui me font des scènes de jalousie et je déteste les gens qui croient qu'ils ont des droits sur moi. Je n'appartiens à personne. Personne n'appartient à personne. Le fait de faire l'amour ne donne aucun droit à l'un sur l'autre.

– C'est un vieux débat, reconnaît-il en commençant à remettre de la terre sur le corps de sa mère.

– J'ai cru qu'en allant avec des femmes, j'éviterais ce petit désagrément, et je tombe sur des femmes encore plus jalouses et possessives que les hommes. C'est bien ma chance.

– Penthésilée est une vraie reine amazone. J'ai vu comment elle éduque les Emachs. Elle est impressionnante, dit David.

– Et toi, comment cela se passe avec Nuçx'ia ?

Il hausse les épaules.

– Elle est jalouse de toi pour les mêmes raisons. Elle a l'impression que nous avons un lien « karmique ».

La lune se couvre de nuages poussés par le vent. Il a un frisson.

– Je l'ai pensé, maintenant je ne sais plus, avoue-t-il. De toute façon, cela changerait quoi ? Tu n'es pas attirée par moi, n'est-ce pas ?

Elle secoue ses cheveux.

– Pas physiquement, en tout cas. Désolée, tu n'es pas du tout mon genre, David.

– Parce que je suis plus petit que toi ? De toute façon, tu n'es pas mon genre non plus...

Il tasse la terre. Lorsqu'il a terminé, il aplanit la surface, replace l'arbre et s'assoit sur une pierre.

– Je crois que...

Aurore l'interrompt soudain et ses lèvres déposent sur les siennes un baiser effleurant. Il la regarde, surpris.

– Excuse-moi, dit-elle.

– Non, ça va.

– Je ne sais pas ce qui m'a pris. En fait si... je crois que je voulais savoir.

– Savoir quoi ? Si tu aimais m'embrasser ?

– Oui.

– Nous pouvons recommencer si tu veux, dit-il d'un ton neutre.

– Si Penthésilée l'apprenait, elle me tuerait.

Il veut replacer son casque de verre mais elle le retient et l'embrasse à nouveau. Plus longuement.

Il se laisse faire.

C'est alors qu'ils perçoivent un bruit, comme un grognement, et réalisent qu'ils sont encerclés de chiens errants. C'est une meute hétéroclite comprenant des chiens de toutes les tailles. Leurs yeux brillent. Éclairés par la lune qui émerge à nouveau des nuages, la plupart révèlent des cicatrices ou des blessures encore luisantes dans leur pelage, signe d'un retour à l'état sauvage.

Un yorkshire borgne semble être le chef, il s'approche pour les renifler. Il ne semble pas du tout impressionné par ces humains.

– Il ne faut pas qu'ils déchirent nos tenues.

Ils effectuent des gestes lents. L'œil valide du chien les fixe avec insistance.

Très lentement, les deux humains ramassent leurs fusils, conscients que si un coup part, ceux du centre vont découvrir qu'ils sont sortis de l'enceinte.

Ils replacent leurs casques transparents puis reculent en direction de la maison. Soudain le yorkshire pousse un aboiement aigu. Aussitôt, deux dobermans se disposent entre le couple et la porte pour leur couper la retraite.

– Gentil, gentil petit chien à sa maman, couché, ânonne Aurore.

David ferme les yeux. Il retrouve en cet instant de panique une solution ancienne inscrite dans ses gènes. C'est une onde de compassion pour les chiens qu'il ne considère plus comme des ennemis étrangers et menaçants mais comme des cousins lointains, inquiets, victimes eux aussi d'une situation qu'ils n'ont pas souhaitée.

Il lève la main en un geste d'apaisement vers l'animal. Le yorkshire reprend son grognement sourd sur un ton plus bas. David perçoit sa détresse et sa détermination.

Il ferme les yeux, la main toujours tendue en avant. Le chien cesse de grogner. Les dobermans s'immobilisent. Les deux humains, fusil en bandoulière, reculent jusqu'au mur d'enceinte et utilisent la corde pour remonter. Parvenus derrière les murs, les deux s'aperçoivent que la peur a tapissé de buée l'intérieur de leurs casques transparents. Ils les dévissent et respirent de tous leurs poumons.

– Je ne sais pas comment tu t'y es pris, chuchote Aurore, mais c'est efficace.

– Un truc de mes anciennes vies…, répond-il à moitié sérieux.

Avant de franchir le seuil du centre, Aurore pose la main sur le bras de David.

– Excuse-moi, dit-elle.

– Pourquoi ?

– Pour tout à l'heure, je ne sais pas ce qui m'a pris. Je crois que... enfin je suis allée vers toi... parce que j'avais envie de savoir s'il m'est possible d'embrasser quelqu'un d'autre que Penthésilée.

– Ne cherche pas d'excuse, tu vas devenir vexante, mais si tu veux me dire que cela ne correspond à rien de déterminant, ne t'en fais pas, j'avais déjà compris.

Elle baisse les yeux.

Au loin, les chiens se mettent à japper comme s'ils regrettaient de ne pas avoir attaqué et qu'ils appelaient les humains à revenir pour rejouer la scène.

– Et puis... oh, je ne sais pas, David, je crois que tout ce qui se passe, la grippe, les hordes de pillards, les Emachs, les Amazones, les pygmées, les nains, tout cela m'amusait et m'excitait au début, mais maintenant cela me fait peur.

– Moi aussi, j'ai l'impression d'être dans un cauchemar. C'est d'ailleurs pour ça que ton baiser tout à l'heure m'a semblé une petite parenthèse enchantée.

– « Une parenthèse enchantée » ? C'est bien dit. Une parenthèse qui se referme, et que nous allons oublier, n'est-ce pas ? murmure-t-elle.

– Ce soir, il ne s'est rien passé. Ce qui est entre parenthèses ne fait pas partie de l'histoire.

Sur le point de s'éloigner, elle se tourne à nouveau vers lui.

– J'ai envie de faire un cassoulet pour changer un peu des conserves habituelles, qu'en penses-tu ?

– Ce sera difficile de trouver les ingrédients.

– Je peux tenter de récupérer des saucisses d'une conserve, des haricots d'une autre, des morceaux de canard d'une troisième, et j'improvise.

– Je crois que cela fera plaisir à tout le monde d'avoir un plat un peu « gastronomique », ment-il.

– J'aime nourrir les autres, avoue-t-elle. Si je n'avais pas réussi dans la science ou la danse, peut-être que j'aurais ouvert un restaurant.

David lui fait un geste amical et remonte dans sa chambre avec une impression étrange, agréable et désagréable en même temps.

Comme il sait qu'il n'arrivera plus à dormir, il se dirige vers la pouponnière. Là, dans le silence ouaté des petites respirations, il contemple le peuple neuf des Micro-Humains qui dorment sereinement. Il s'éloigne sur la pointe des pieds, prend son smartphone et s'enferme dans les toilettes pour suivre les actualités.

Cette fois, le journal qui passe en boucle est juste une pancarte noire avec des lettres rouges et le *Requiem* de Mozart en musique de fond.

153.

« RESPECTEZ LES CONSIGNES DE SÉCURITÉ. RESTEZ ENFERMÉS CHEZ VOUS. QUOI QU'IL ARRIVE, NE SORTEZ PAS. NE LAISSEZ AUCUNE PERSONNE ÉTRANGÈRE APPROCHER DE CHEZ VOUS. En cas de doute, la loi martiale étant décrétée, vous pouvez abattre tout individu suspect avec tous les moyens qui sont à votre disposition.

Les recherches pour trouver un sérum "anti-grippe égyptienne" progressent très vite. Il semble que les scientifiques aient fait des prouesses et que le remède soit sur le point d'être mis au point. Nous vous avertirons dès que l'information sera confirmée. »

154.

Les jours, puis les semaines, puis les mois ont passé.

Le colonel Ovitz a commencé à rationner la nourriture. Par chance, ils ne manquent pas d'eau potable grâce à la source proche.

David Wells arbore désormais une barbe épaisse. Sous les pommettes saillantes, le visage est émacié, les yeux cernés de sombre.

Le lieutenant Janicot a lui aussi opté pour la barbe. Son visage plus anguleux que jamais a pris une pâleur qui contraste avec le poil dru.

Les quatre femmes ont elles aussi beaucoup maigri.

David se souvient du dernier « dîner correct », une boîte de sardines avec six poissons qui marinaient dans l'huile. Un par personne. Lui qui jadis détestait cet aliment avait croqué avec délice chaque petite vertèbre des sardines, avalé la peau et la queue, et il avait comme tous les autres longtemps léché chaque goutte de l'huile qui était dans son assiette, avant de proposer galamment à Nuçx'ia de lécher directement le fond de la boîte ainsi que le couvercle.

Ensuite, il y a eu le moment délicat où ils ont mangé l'ornithorynque de la mare. Après l'avoir dépiauté, ils l'ont rôti en prenant garde à bien isoler son aiguillon venimeux et la glande qui y était reliée.

Puis ils ont mangé le chiwawa. Ensuite il n'y eut plus de limite, le musée zoologique fut transformé en simple garde-manger. Ils ont mangé la baleine naine et les dauphins bonzaïs. En regrettant qu'ils ne soient pas plus gros et plus gras. Ils ont dévoré les champignons et les fleurs. Ils ont bu l'alcool pour désinfecter. Enfin, il y a eu les dîners « sans rien » où les six se sont retrouvés à table à se regarder boire de l'eau.

Natalia rompt le silence.

– Vous voyez, Aurore, vous me preniez pour une paranoïaque qui voyait du danger là ou il n'y en avait pas eh bien, je n'ai pas été assez paranoïaque. J'ai cru qu'en six mois tout serait réglé. Erreur. Même le pire n'est pas certain.

– Il faut dormir davantage. Quand nous dormons, nous dépensons moins d'énergie, rappelle Nuçx'ia. Il faut parler moins, être économes de chaque geste.

– Ne pourrions-nous pas tenter de tuer les corbeaux et les mettre à bouillir ? propose David.

– Trop de risques. Ce sera seulement quand nous en serons vraiment aux dernières extrémités que nous tenterons cette solution, concède Natalia.

Paradoxalement c'est le lieutenant Janicot qui semble le plus affaibli. En homme de devoir, il lutte pour rester disponible et fort mais ses gestes sont maladroits, les verres s'échappent de ses mains, il perd parfois l'équilibre et tombe sans raison. De manière paradoxale en cette période de grande épreuve, il ne s'amuse plus à porter les tee-shirts des lois de Murphy. Il a juste des tee-shirts noirs.

– Quand le réel est pire que la fiction, il n'y a plus de place pour l'humour, a-t-il expliqué un jour à Nuçx'ia qui s'en étonnait.

– Après, nous ferons quoi ? questionne Aurore. Nous mangerons les œufs de Micro-Humains puis les Micro-Humains eux-mêmes ? En brochettes ? Cela sera l'aboutissement de tous nos travaux.

Elle a un petit rire dément.

– Jusqu'au bout, nous essaierons de préserver notre travail, répond sérieusement Natalia. Les Emachs doivent être nourris et préservés comme si de rien n'était.

– Pour l'instant, j'arrive à tous les nourrir avec la réserve de biscuits qui leur est attribuée, rappelle Martin.

Tous approuvent, résignés.

Ils boivent l'eau claire servie dans les verres.

– Nous pourrions essayer de produire des champignons dans la cave, propose David. Les fourmis font cela pour se nourrir sous terre.

– Enfin une bonne idée, reconnaît Natalia.

– Il n'y a pas beaucoup de calories dans les champignons mais cela devrait permettre de tenir. Comment vas-tu amorcer ta champignonnière ? Il faut des aliments qui pourrissent, non ? Et je crois que nous n'en avons pas. Nous ne pouvons même pas faire des champignons de Paris avec du crottin, il n'y en plus non plus.

— David et moi allons travailler pour trouver une manière de fabriquer des champignons, propose Nuçx'ia. C'est notre métier après tout.

Penthésilée fait une grimace.

— Et si nous n'y arrivons pas, combien de temps pourrons-nous tenir ?

155. ENCYCLOPÉDIE : LE RADEAU DE LA MÉDUSE

Le 17 juin 1816, le bateau *La Méduse* quitte la France pour rejoindre le Sénégal (qui vient d'être restitué à la France par les Anglais). Au gouvernail de cette frégate : le commandant Hugues Duroy de Chaumareys, un ancien officier de marine qui n'a pas navigué depuis vingt-cinq ans. Il a obtenu ce poste grâce à sa lignée aristocratique et son alliance politique avec le roi Louis XVIII qui vient de monter sur le trône. Sur le bateau, le nouveau gouverneur du Sénégal ainsi que sa famille et ses serviteurs, plus des scientifiques, des marins et des soldats, et surtout des colons, marchands, artisans, agriculteurs venus chercher fortune au Sénégal. En tout 245 passagers.

Rapidement, les officiers (qui sont pour la plupart jeunes et bonapartistes) manifestent leur hostilité vis-à-vis de leur commandant qu'ils considèrent comme un vieil aristocrate prétentieux. Les disputes politiques s'enveniment et le climat dégénère.

Si bien que lorsque la frégate arrive face au seul danger de la région, un banc de sable au large de la côte mauritanienne, les ordres mal transmis ou mal compris provoquent, le 2 juillet 1816, un échouage du bateau sur le banc de sable affleurant la surface à 160 kilomètres de la côte. À l'intérieur de la *Méduse* échouée, on s'aperçoit que les canots de sauvetage sont insuffisants pour prendre tous les passagers. Dans un climat de plus en plus tendu, le commandant et les officiers décident de récupérer les planches du bateau pour construire un grand radeau de 20 mètres sur 7.

Le commandant Duroy de Chaumareys avec les officiers amis, ses meilleurs marins et la famille du gouverneur s'installent dans les canots de sauvetage qui seront en meilleur état. 88 personnes auront accès aux canots et 157 seront forcées de s'installer sur le gros radeau remorqué à l'arrière. Ceux du radeau protestent (d'autant plus que, le chargement étant trop lourd, le radeau s'enfonce et ils ont de l'eau jusqu'aux chevilles), mais, pour les rassurer, on accroche tous les canots ensemble et le radeau est arrimé au dernier d'entre eux. Cependant le lourd radeau ralentit les canots manœuvrés à la rame et le commandant prend la décision de laisser aller le filin qui les relie puis de le couper. Les canots du commandant Duroy de Chaumareys et de ses amis atteindront tranquillement la côte sénégalaise quatre jours plus tard. Mais ils laissent derrière eux le radeau de la *Méduse* livré à lui-même avec ses 157 naufragés.

Le premier soir, les soldats se mettent en tête de saborder le radeau pour hâter une fin qu'ils considèrent comme inéluctable, mais les marins s'y opposent et ils se battent toute la nuit à la hache et à la machette. Au matin, les marins ont gagné, mais le radeau est jonché de cadavres.

Dès lors, le cauchemar pour la survie commence. Le soleil provoque des insolations mortelles. Ils souffrent de la faim et de la soif (il n'y avait dans le bateau que du vin, ce qui les a saoulés et a provoqué une nouvelle bagarre entre eux). Au deuxième jour, ils ne sont plus que 75. Au cinquième jour, après avoir mangé les cordes et les vêtements, certains s'enhardissent à manger les cadavres.

Ils ne sont plus alors que 40 survivants. Les plus valides se réunissent et décident d'achever les plus malades pour prolonger la survie des autres.

Pendant ce temps, le commandant de Chaumareys se souvient qu'il a laissé trois barils remplis de 90 000 francs en pièces d'or sur le radeau de la *Méduse* et cela le contrarie. Il décide d'envoyer un bateau, l'*Argus*, pour retrouver ce trésor. À ce moment, tout le monde pense que les passagers du radeau sont morts.

Pourtant, au douzième jour de dérive, ils sont encore 15 survivants. Ils ont construit une tente pour se protéger du soleil.

Le treizième jour, le 17 juillet, les rescapés aperçoivent au loin une voile. Ils crient, font des signes, agitent des guenilles au bout de planches, mais le bateau ne les repère pas. Deux heures plus tard, le canonnier Courtade revoit passer le bateau. C'est l'*Argus* qui est toujours en mission de repérage pour récupérer les 90 000 francs.

Cette fois, ils sont repérés et sauvés.

Lorsque les rescapés raconteront leur périple, leur récit va défrayer la chronique de l'époque.

Le commandant de Chaumareys, qui ne comprend pas ce qu'on lui reproche, sera condamné à trois ans de prison militaire. Son fils, écœuré par le comportement de son père, préférera se suicider.

Le drame du radeau de la *Méduse* inspirera le peintre Théodore Géricault qui mettra un an pour créer une toile fascinante de 5 mètres sur 7. Par souci de réalisme, le peintre mène une enquête afin de savoir ce qui s'est passé et demande aux survivants de poser pour lui. Ce sont donc les vrais acteurs du drame qui sont représentés sur la toile. Pour compléter la scène, il fait venir des cadavres qu'il entasse dans son atelier, qui sent de plus en plus mauvais.

Cette peinture d'une puissance rare est désormais placée à l'entrée du Louvre comme un avertissement.

Edmond Wells,
Encyclopédie du Savoir Relatif et Absolu, Tome VII.

156.

— Qu'est-ce que tu fais là !?

Nuçx'ia tient sa lampe de poche avec difficulté mais arrive à éclairer Penthésilée qui a une main dans le distributeur de nourriture automatique des Micro-Humains.

— J'ai trop faim.

L'Amazone s'avance vers la nouvelle arrivante.

— Toi aussi tu as faim, non ?

— Il ne faut pas. Tu devrais aller te coucher.

Elle s'approche encore de la jeune femme.

— La morale, je ne la supporte que de gens qui ont dépassé un mètre cinquante.

Déjà elle plonge la main dans les croquettes nutritives pour les Micro-Humains et la ramène, pleine, vers sa bouche.

Alors Nuçx'ia sort un revolver et la tient en joue.

— Arrête !

Penthésilée, tout d'abord étonnée, sourit, s'avance, lui attrape la main, et réussit à la désarmer et à la plaquer au sol. Elles se battent avec maladresse car le manque d'énergie les empêche d'avoir des gestes efficaces et les coups de poing sont facilement déviés ou amortis, même s'il n'y a plus de graisse protectrice.

Derrière la vitre de leur terrarium, les Micro-Humains, surpris par ce comportement, viennent observer la scène.

Penthésilée prend le dessus et se penche sur le visage de Nuçx'ia.

— Nous les avons fabriqués, nous avons le droit de leur reprendre la nourriture.

Nuçx'ia saisit une plaque de construction qui est à sa portée et, de toutes ses dernières forces, assène un coup violent au menton de l'Amazone. Puis elle se relève et saisit son adversaire par le col. Mais la lumière s'allume et Natalia Ovitz les foudroie du regard.

– Vous vous rendez compte du spectacle que vous offrez aux Micro-Humains ?

Elle désigne les petites filles qui écrasent leurs visages contre la vitre transparente, puis elle remarque les croquettes répandues sur le sol et comprend.

– Je ne veux pas mourir de faim ! s'écrie Penthésilée.

Les autres, alertés par les bruits, les rejoignent.

– Qu'est-ce qui se passe ici ? questionne Aurore.

– Ton « amie » a essayé de voler « leurs » croquettes, explique le colonel Ovitz.

Natalia fait signe de quitter le lieu pour poursuivre cette conversation hors de la vue de leurs créatures. Dans le couloir, elle les prend à part :

– Écoutez-moi bien tous. Je sais que vous avez faim et que vous souffrez. L'enjeu nous dépasse. Nous, nous mourrons peut-être mais eux doivent à tout prix vivre.

– Ils sont plus importants que nous ? enrage Penthésilée.

Natalia cherche dans ses poches et revient fermer à double tour la porte qui mène à la pièce des Micro-Humains.

Ce geste accompli, elle met une Gauloise au bout de son fume-cigarette, inspire la fumée comme si c'était une nourriture puis parvient à produire un sourire crispé.

– Préparons-nous à des jours sombres, mais restons dignes.

157.

Comme ils sont fragiles.

Ils sont là à se prendre pour les maîtres de l'univers. Survient un adversaire plus petit qu'un grain de sable et ils sont désemparés, tous autant qu'ils sont.

Ils ont bien ralenti leur consommation de matières premières. Ils ne détruisent plus mes forêts. Ils ne creusent plus des trous partout. Ils ne font plus exploser de bombes atomiques. Ils sont juste en train de dépérir.

Alors dois-je les sauver ou pas ?

Si je les sauve, ils vont encore sucer mon sang et je vais perdre ma mémoire. Mais si je ne les sauve pas, je deviendrai aveugle et sourde. Quel dilemme.

Je crains de m'être habituée aux infimes avantages que les humains m'apportent malgré tout. Et puis il y a mon « projet secret ». La grande mission que je compte leur confier. Tant pis, je vais leur laisser une nouvelle chance en espérant que, comme les humains de jadis, ils comprennent la leçon et fassent désormais plus d'efforts pour me satisfaire.

Comment vais-je m'y prendre pour les sauver ?...

Ah, ça y est, j'ai une petite idée.

158.

Un flocon blanc virevolte dans le ciel.

Sa structure est géométriquement parfaite. Des fils de glace entrelacés forment une dentelle délicate d'une légèreté idéale pour que sa chute ne soit qu'une danse au ralenti.

Le premier flocon léger est suivi d'un second puis d'un troisième. Bientôt ce sont des millions de flocons qui descendent lentement des nuages pour tourbillonner et finir par saupoudrer le sol d'une fine couche nacrée.

Nuçx'ia, levée la première, contemple le bal blanc derrière la vitre de sa chambre. Elle a un frisson de froid et d'émerveillement qui s'ajoute à ses habituels frissons de faim au réveil.

La neige tombe maintenant à gros flocons et le sol disparaît sous la couche opaque.

La jeune pygmée descend dans la salle à manger. Les autres la rejoignent et observent le jardin qui est à présent parfaitement blanc. Les six sont maigres et tremblants.

Natalia Ovitz reste un instant fascinée par ce spectacle inattendu, puis elle fonce vers son smartphone et a une conversation rapide avec un correspondant éloigné. Le manque de salive dans sa bouche l'empêche d'articuler correctement les mots et elle doit s'y reprendre à plusieurs fois pour terminer ses phrases. Enfin, elle revient et déclare juste en s'humectant plusieurs fois les lèvres avec sa langue :

– Ça... ça... y est... C'est... fini.

Puis elle prend un verre d'eau, se gargarise et articule difficilement :

– Cela va tuer le virus. Le froid... va nous sauver.

Ils n'osent y croire.

D'un même élan, ils grimpent au dernier étage du bâtiment central et observent depuis cette hauteur la neige qui emmitoufle progressivement la forêt. David arrive à discerner la tombe de sa mère entièrement recouverte par la blancheur.

Nuçx'ia s'approche de lui et prononce avec peine :

– Je me demande comment cela se passe dans le reste du monde.

Penthésilée et Aurore se serrent l'une contre l'autre, ainsi que Natalia et Martin.

– Hello ! émet une petite voix aiguë.

Emma 001 a escaladé une chaise pour être à leur hauteur.

Alors qu'ils maigrissaient tous, Emma 001 a connu une croissance normale, si bien qu'elle a la taille et le poids prévus : 13 centimètres pour 0,7 kilo. Elle est dix fois plus petite qu'une enfant normale de 8 ans.

Elle est la seule Micro-Humaine autorisée à circuler en dehors du terrarium parmi les Grands.

Étant plus âgée, et ayant le droit de venir chez les « créateurs », Emma 001 a pris au sein du groupe de ses congénères une place particulière de « sœur aînée ». Le fait qu'elle soit souvent dans la poche ou sur l'épaule de Natalia lui donne un rôle d'ambassadrice des Emachs auprès des humains.

– C'est quoi ? C'est beau.

– Cela s'appelle la neige. C'est ce qui est en train de sauver les Grands, explique David, surpris de s'adresser à sa créature comme à un enfant. Sans cette neige, nous serions peut-être tous morts.

La Micro-Humaine hoche doucement la tête puis questionne :

– C'est quoi « être mort » ?

159.

Et voilà, je les ai sauvés.

Les premiers humains avaient été frappés aux intestins. Ceux-ci, je les ai punis par les poumons. J'espère qu'après ça ils vont comprendre mon pouvoir et leurs devoirs à mon égard.

Il faut maintenant que je leur indique ce que j'attends d'eux, la grande mission SPM à laquelle je n'ai jamais renoncé et à laquelle je ne renoncerai jamais. Mais comment communiquer avec eux autrement qu'en les effrayant ou les tuant ?

Comment cela s'était-il passé à l'époque de l'Atlantide ?

Ah oui, les survivants avaient énormément travaillé à la fabrication d'une bombe nucléaire et à la préparation d'un vol habité avec des minihumains à l'intérieur. Cela avait pris beaucoup de temps. Je crois qu'ils n'ont été prêts que deux ans après l'épidémie de choléra qui les a décimés.

Mais ceux-là sont beaucoup plus primitifs. Je dois m'adresser à eux, sans oublier ce qu'ils sont dans leur essence : des « singes croisés avec des porcs ».

DANS LE CUBE DE VERRE

160.

ANNIVERSAIRE – Triste anniversaire. Deux années ont passé et tout le monde se souvient de ce drame terrible, probablement la pire catastrophe qu'ait connue l'humanité. Deux ans déjà depuis la découverte du virus A-H1N1 par le professeur Harvey Goodman qui l'avait baptisé, à l'époque, « grippe égyptienne ». La presse avait parlé de « nouvelle peste », et les plus mystiques de « fin du monde ». Maintenant, nous connaissons le macabre bilan de ce terrible virus : 2 milliards de victimes. Aucun continent, aucun pays, aucune île n'ont été épargnés car rien n'arrêtait la migration des oiseaux porteurs de mort. Je me souviens avoir présenté le journal, calfeutrée chez moi, n'osant sortir de peur d'être attaquée par les bandes de pillards. Pour évaluer, avec le recul, le bilan laissé par cette catastrophe, j'ai invité sur ce plateau mon confrère Georges Charas, qui à l'époque avait suivi de très près l'événement.

– Si je devais résumer la tragédie, Lucienne, je dirais que notre sauveur se nomme le général « Hiver ». Par chance, nous avons enfin eu un vrai hiver rigoureux avec du froid et de la neige. Le thermomètre est descendu au-dessous de zéro et le virus a été stoppé net. Il a cessé de se répandre dans l'air. Les oiseaux sont restés nichés. Après neuf mois de propagation sans le moindre frein, le virus a fini par disparaître complètement, d'un coup, comme il était apparu.

– Deux milliards de morts, à cause d'un simple virus plus petit qu'une poussière, c'est quand même incroyable que personne n'ait pu le prévoir ni lui trouver une parade.

– À mon avis, ce qui est encore plus extraordinaire, c'est qu'il y ait eu 6 milliards de survivants. Et parmi ces survivants, certains ont pourtant été en contact direct avec le virus. Selon de toutes récentes études, ces derniers auraient tous un point commun : leurs ancêtres auraient été confrontés à la Peste noire de l'an 1347 ou à la Grande Peste de l'an 1666. Leurs ancêtres ayant survécu à ces épidémies auraient légèrement muté, et donc changé leur code génétique pour...

– ... offrir une garantie de survie à leurs descendants ?

– Exactement, Lucienne. Tout comme notre génération en contact avec la grippe égyptienne va modifier son ADN pour protéger nos descendants des siècles à venir contre la prochaine grippe A-H1N1.

– Ou la prochaine peste ?

– Bien sûr. C'est ainsi que nous pouvons rappeler l'axiome : « Ce qui ne te tue pas te rend plus fort. »

– Vous voulez dire, Georges, que les virus et les bactéries nous font évoluer ?

– Et même ils nous définissent : nous sommes tous des survivants de catastrophes similaires.

– Quand même 2 milliards de morts ! C'est bien plus grave que tout ce qui s'était passé précédemment.

– Le nombre de morts nous semble énorme parce que notre démographie est énorme. Pour avoir un ordre d'idée, je voudrais juste rappeler qu'en 1900 il n'y avait que 1,5 milliard d'humains sur toute la planète !

– Quels changements a apportés cette pandémie de grippe égyptienne, Georges ?

— Avec le recul, en dehors des 2 milliards d'humains en moins, je dirais finalement : peu de chose. On peut dire que c'est cela qui est peut-être le plus admirable chez l'Homo sapiens, il sait se reconstruire après les pires épreuves.

— Mais il y a eu quand même un choc émotionnel terrifiant, n'est-ce pas, Georges ?

— Pas tant que ça, Lucienne. À peine un mois après la fin de la crise de la grippe, les lieux publics ont été à nouveau fréquentés. Les salles de spectacle, les commerces, les écoles, les usines ont réouvert. La Bourse elle-même a retrouvé son activité. Les familles se sont remises à consommer. Tous les voyants de la croissance sont au vert. Cela a été comme une sorte d'après-guerre. Jamais on n'a autant fait la fête que depuis cette catastrophe. Et même sur le plan démographique... il y a déjà une nette récupération.

— Comment cela, Georges ?

— En fait, après l'épidémie, il semble qu'il y ait eu un babyboom, comme si la mort de millions de personnes avait donné une sorte de « réflexe de survie collectif de l'espèce ». Une envie de compenser les pertes, ou tout simplement, si vous me permettez, Lucienne, une soif d'amour après tant d'événements déprimants. Il y a eu un pic de natalité. Les 6 milliards d'humains restants ont donné naissance à... 100 millions de bébés, au lieu des 20 millions annuels habituels. Si bien que sur deux années, cela a déjà donné 200 millions d'enfants, comme pour compenser le déficit causé par la catastrophe. Les prospectivistes pensent que nous allons retrouver le nombre initial de 8 milliards d'individus dans dix ans seulement.

— Impressionnant.

— Le malheur et le bonheur de l'humanité, c'est qu'elle oublie vite les blessures qui la frappent pour poursuivre sa route comme avant l'incident.

– Mais alors que se passerait-il si une grippe du même type revenait dans le futur ? Une grippe bulgare ou une grippe chinoise qui ferait concurrence à l'espagnole et à l'égyptienne ?

– Je crois que tout le monde a compris que, quelle que soit la dureté d'une prochaine épidémie il y aura toujours quelque part un hiver pour l'arrêter et un printemps pour reconstruire. Je pense vraiment qu'en cas de nouveau fléau, il y aura beaucoup moins d'affolement et l'organisation des secours se fera d'une manière plus rapide et plus rationnelle. Nous avons beaucoup appris de cette grippe égyptienne, nous savons qu'il vaut mieux avoir une réserve de boîtes de conserve dans sa cave et un bon fusil de chasse au-dessus de la cheminée. Cela peut vous sauver la vie dans les périodes de crise.

– Merci, Georges, pour tous ces éclairages sur ce que certains ont appelé « la pire catastrophe de tous les temps » et que d'autres n'envisagent que comme « une péripétie qui sera oubliée par les générations suivantes ». Passons tout de suite aux autres grands titres de l'actualité.

FOOTBALL – Le nouveau championnat du monde de football se déroulera cette année en Italie. Cela promet d'être le plus important événement de l'année. Pour l'instant, l'Italie et le Brésil sont perçus comme les grands favoris. La France a choisi un nouveau sélectionneur qui a d'ores et déjà annoncé qu'il comptait miser sur la cohésion psychologique de l'équipe pour éviter les incidents déplorables qui avaient vu les joueurs français se battre entre eux dans les vestiaires, se mettre en grève et au final ne marquer aucun but lors du précédent match de coupe du monde. Pour l'occasion, ce nouveau sélectionneur a commencé une tournée en Suisse et à Monaco où se trouvent les meilleurs footballeurs français et il compte bien les convaincre de jouer ensemble. Petit détail, un seul des joueurs sélectionnés par cet entraîneur, Jérôme Marchand, vit sur le sol français et paie ses impôts en France, c'est assez surprenant pour être noté.

MEXIQUE – Découverte dans le golfe du Mexique d'un gisement de pétrole particulièrement prometteur. Les écologistes ont rappelé l'accident de 2010 qui avait vu, après un forage délicat en eaux très profondes, une nappe de pétrole s'échapper dans le golfe sans possibilité de l'arrêter ou la ralentir. Mais la compagnie pétrolière American Oil a rassuré les médias en rappelant que tout était parfaitement sous contrôle.

IRAN – L'Iran a repris son programme nucléaire et a procédé à une explosion souterraine d'une bombe atomique surpuissante de nouvelle génération baptisée « Vengeance éternelle 2 ». Jusque-là, l'Iran n'avait cessé d'affirmer que son programme nucléaire n'était qu'à usage civil (ce qui pouvait paraître surprenant pour un pays qui n'a aucun besoin énergétique du fait de sa surproduction de pétrole). Cependant depuis la crise avec Israël survenue avant l'épidémie de grippe, plus personne n'est dupe. Depuis deux ans, c'était le silence et l'interdiction de contrôle des sites par les agences internationales, or depuis hier le gouvernement iranien a changé de position et grâce à son nouveau grand ayatollah Restany, a décidé d'avoir une politique plus claire et plus assumée. Il a donc annoncé qu'ils avaient l'intention de doter le pays d'une arme pour détruire « les cités impies des infidèles ».

BOURSE – Nous assistons à une jolie montée du CAC40 à plus 1,2 % ce matin dès l'ouverture des marchés. Cette progression est liée à l'augmentation de la consommation et aux bons chiffres de l'immobilier et de l'industrie automobile. Actuellement, on compte en effet en moyenne deux logements (résidence principale plus résidence secondaire) et deux voitures par foyer.

SCIENCE – Le projet « Papillon des étoiles 2 », après avoir connu une longue hibernation due à la crise de la grippe égyptienne, vient de reprendre de plus belle. Le milliardaire Sylvain Timsit a annoncé que cette période de latence lui a permis de réfléchir plus précisément à plusieurs détails et qu'il avait de nouvelles idées pour rendre le vaisseau à propulsion solaire encore plus sûr. Cependant le facteur humain reste déterminant et des groupes de psychologues ont été réunis par le milliardaire pour mettre au point un protocole de sélection des 144 000 passagers qui réduirait au maximum les risques de conflit à l'intérieur du vaisseau durant le voyage censé durer toute leur vie.

SCIENCE – Le professeur Francis Frydman a reçu le prix Nobel pour son androïde baptisé « Asimov 001 », qui parle comme un humain, a une conscience de lui-même et est capable d'avoir de la reconnaissance pour les hommes qui lui ont donné naissance. Francis Frydman déclare que « Asimov 001 » peut soutenir une conversation entière comme beaucoup d'humains. Lorsqu'on lui parle de Dieu, il répond que c'est un concept complexe qu'il espère comprendre. Quand on lui parle d'amour, il manifeste une curiosité au-delà de sa simple programmation d'intelligence artificielle. « Asimov 001 » a cependant deux angoisses : la mort et la peur de ne pas se reproduire. Il compte donc y remédier en lançant son prochain projet : un robot qui donne naissance à un autre robot en se copiant lui-même et faisant en sorte que son enfant soit une version de lui-même améliorée ! Le très jeune savant d'origine française travaille toujours en Corée du Sud, seul pays qui, selon lui, encourage vraiment l'innovation.

MÉTÉO – Les températures se sont bien adoucies et l'hiver s'annonce beaucoup plus doux que celui de l'année dernière. Cette année, il n'y aura assurément pas de neige ni sur les plaines ni en montagne. Et déjà les stations sportives se plaignent d'une saison touristique qui s'annonce déficitaire.

161.

David Wells éteint son smartphone, enfile une veste et sort dans le jardin. Il franchit le portail renforcé du centre INRA de Fontainebleau et rejoint la tombe de sa mère.

Après la crise de la grippe égyptienne, le jeune scientifique a décidé de bâtir ce tombeau en se faisant aider du lieutenant Janicot.

Ils ont ressorti le corps et l'ont mis dans un vrai cercueil, placé dans une vraie tombe, fermée par une lourde dalle de marbre et surmontée d'une plaque avec la photo de Mandarine Wells. L'arbre a été replanté dans un pot posé sur la pierre tombale. David s'agenouille devant la tombe. Il ne prie pas mais se souvient des meilleurs instants qu'il a passés avec sa mère. D'autres images moins chaleureuses lui reviennent en mémoire : son rêve, sa fuite, son escapade avec Aurore, le difficile retour, l'attaque des pillards, la faim. Il passe une main sur son menton jadis barbu mais désormais glabre, et son regard remonte vers la photo de Mandarine Wells.

— Nous avons des devoirs par rapport à nos enfants et non par rapport à nos parents, affirme une voix derrière lui.

Aurore s'assoit à côté de lui.

— Deux ans déjà, dit-elle. J'ai du mal à croire que tout cela s'est réellement passé.

— J'ai entendu aux informations qu'on est en train d'équilibrer progressivement les pertes démographiques par l'augmentation des naissances.

— Il n'y aura donc même pas de changement de comportement.

La main de David saisit d'un geste lent et naturel celle d'Aurore. Elle hésite mais se laisse faire.

— Parce que nous ne changeons pas. Tout ne fait que recommencer, dit-il.

Comme il prononce cette phrase, un papillon s'étant dégagé de sa vieille peau de chenille passe près d'eux en brassant l'air tranquillement. Aurore tend l'index et naturellement l'insecte vient se poser dessus, agitant lentement ses longues ailes oranges, blanches et noires.

– La métamorphose… voilà qui pourrait être une nouvelle ambition pour notre espèce, poursuit-il.

Le papillon s'envole pour rejoindre une fleur de l'arbre près de la tombe de sa mère.

– Des fleurs, des papillons en plein hiver. La météo est devenue démente, et la nature s'est adaptée, ajoute pour sa part Aurore, troublée par la présence de l'insecte.

Soudain le regard de David est attiré par des traces de pas minuscules dans la terre meuble. Il devine que sans s'en apercevoir Aurore a transporté dans sa poche une Emach et que celle-ci s'est enfuie. Il la récupère facilement.

– Elle a dû se cacher dans ma poche durant l'inspection, comme le fait Emma 001.

Ils observent la petite humaine qui semble ravie d'être là avec eux.

Ils rentrent dans le centre, le traversent et rejoignent le grand hangar construit dans le fond du parc. C'est là que se trouve le terrarium des Emachs.

C'est un parallélépipède de Plexiglas de 10 mètres de long, sur 10 de large et 3 de haut. On y pénètre par une porte qui s'actionne de l'extérieur avec une simple poignée. À l'intérieur, une épaisseur de terre de 50 centimètres sert de sol, avec au nord des vergers bonzaïs, à l'ouest des potagers bonzaïs, au sud des champs de céréales miniatures, et à l'est une forêt comprenant quelques mini-animaux, micro-biches et micro-sangliers. Au centre du terrarium : le village des Micro-Humains proprement dit est composé d'une centaine de bâtiments de six étages disposés en étoile convergeant grâce à de larges avenues vers une place principale circulaire. Une petite pancarte signale le nom du village : « MICROLAND ». Derrière la place principale, une piscine sert en même temps de lac décoratif et de source d'humidité. Un système d'appareillage extérieur contrôle la température constante, l'humidité, la circulation de l'air, l'alternance des jours et des nuits générée par une lampe qui simule la luminosité du vrai soleil.

Les premiers dortoirs ont été construits par les chercheurs (notamment David qui a la nostalgie de ses décors de train électrique d'enfance, et Martin qui est bricoleur), puis progressivement les Micro-Humains se sont organisés, et ont désigné parmi eux des architectes, des maçons, des menuisiers, des peintres qui se sont chargés de l'entretien. Les premières constructions ont été complétées par de nouveaux bâtiments adaptés à leurs souhaits.

En plus des ateliers agricoles, artistiques et sportifs, ils ont aussi monté une bibliothèque et un atelier d'imprimerie d'où sortent des livres d'histoire, de technologie, de biologie (et même sur les conseils de David une copie édulcorée de l'*Encyclopédie du Savoir Relatif et Absolu* d'Edmond Wells).

De même les Microlandais ont construit un atelier gastronomique où ils préparent eux-mêmes des plats à leur convenance. Plus loin ont poussé comme des champignons des salles de sport, un petit terrain de football, un terrain de basket, un terrain de tennis, et même un mur d'escalade. Les Micro-Humains aiment faire du sport mais n'ont pas l'esprit de compétition. Gagner ou perdre leur est indifférent, ils jouent pour le plaisir de faire bouger leurs corps.

C'est le colonel Ovitz en personne qui gère la salle des sports de combat où les Emachs apprennent les arts martiaux et tout particulièrement le krav maga, ainsi que l'usage des armes de tir comme l'arc, l'arbalète, le fusil ou la sarbacane.

David dépose la fugitive au milieu des siens et aussitôt ses congénères l'entourent pour lui demander ce qu'elle a vu.

– C'est normal qu'elle soit curieuse. Les Micro-Humains ont désormais 2 ans, rappelle David. Cela veut dire qu'ils ont la maturité d'individus de 20 ans. Les jeunes de cet âge ne supportent pas de rester enfermés sans essayer de voir ce qu'il y a à l'extérieur.

– Nous ne les avons pas vus grandir, reconnaît Aurore.

– Neuf cents femmes et cent hommes d'une maturité correspondant à 20 ans chez nous… c'est une communauté. Une seule tentative d'évasion, c'est presque une chance.

– Et aucune reproduction…, c'est cela le plus étrange. Il ne faudrait pas qu'ils soient stériles…

– Ils ne font pas l'amour, vous en êtes sûrs ? demande, intriguée, le colonel Ovitz qui vient les rejoindre accompagnée de Martin Janicot.

– Aucune femelle, enfin aucune Micro-Humaine n'est enceinte. On dirait une classe de bons élèves rigoureux et qui ne se sont pas autorisés à se détendre. Ils ne fument pas, ne se droguent pas, ne se saoulent pas. Quand on discute avec eux, ils ne posent pas de questions, ni sur leur existence ni sur la nôtre.

– Ce n'est pas forcément une bonne chose, signale Natalia. Il ne faudrait pas qu'ils prennent du retard dans la maturité émotionnelle.

– Laissons-leur encore du temps. Ils ont peut-être un corps de 20 ans mais ils ont deux ans d'existence. C'est-à-dire deux ans de mémoire, deux ans d'éducation, deux ans de vie sociale. C'est normal qu'ils aient un retard de développement émotionnel. Vous ne draguiez pas quand vous étiez un enfant de deux ans, je présume ? ironise Aurore.

Le lieutenant Janicot retient un sourire. Depuis la fin de l'épidémie de grippe, il s'autorise à nouveau ses tee-shirts avec les lois de Murphy. Il en porte un noir qui arbore trois lois tracées en lettres blanches.

31. Si tout semble bien se passer, c'est que quelque chose vous échappe.

32. Donnez toujours vos ordres oralement. Les ordres écrits laissent des traces.

33. Se tromper est humain, mais si on veut vraiment provoquer de gros dégâts, il faut se faire aider d'un ordinateur.

Les quatre Homo sapiens observent le petit village des Homo metamorphosis. Chacun vaque à ses occupations, discutant peu, se contentant de donner des indications pour mieux accomplir leurs tâches.

— Ce sont des enfants trop sages. Il faut maintenant leur donner le goût de l'aventure, qu'ils aient envie d'aller de l'avant, sinon ils vont devenir… comme des robots.

— Les robots de Francis Frydman se posent déjà des questions existentielles et ont envie de reproduction. Nous sommes déjà dépassés, signale Penthésilée.

— Que voulez-vous faire, colonel ? demande David.

Natalia soupire.

— Cela ne va pas. Ils stagnent. Tous nous nous sommes construits sur des peurs, des frustrations, des injustices et des douleurs. C'est cela qui nous donne envie de nous battre et de faire bouger les choses.

— C'est même ce qui construit nos fantasmes, précise Aurore.

— Vous voulez dire que, pour les rendre matures, il va falloir leur apprendre la peur et leur faire comprendre ce qu'est le manque ? interroge David.

— Et donc le désir de combler ce manque.

— Je crois que nous commençons à peine à entrevoir ce que représente la responsabilité d'avoir créé une nouvelle humanité, conclut Natalia.

Elle aspire son fume-cigarette mais dans sa manière de fumer, tous perçoivent une nervosité inaccoutumée. Perplexes, ils écoutent, notent et observent la ville où leurs petites créatures se promènent tranquillement entre les bâtiments, puis éteignent le hangar et laissent les Micro-Humains continuer à vaquer à leurs occupations habituelles.

Ils se dirigent tous vers le bâtiment central de l'INRA où Aurore leur annonce que, pour le dîner, elle a l'intention de préparer son plat « fétiche ».

– Ce soir, en souvenir de tous les dîners où nous avons manqué de tout, ce sera un grand cassoulet. Avec vin rouge à volonté. Penthésilée va m'aider à vous préparer ce festin.

Personne n'ose la contredire, même ceux qui ont le souvenir des cassoulets précédents. Mais depuis, il y a eu la période de famine où ils auraient beaucoup donné pour croquer ne serait-ce qu'un seul haricot.

162. ENCYCLOPÉDIE :
RECETTE DU CASSOULET TOULOUSAIN

Ingrédients (pour 6 à 8 personnes) :
– 1 kg de haricots secs blancs de type lingot
– 3 cuisses confites de canard ou d'oie
– 400 g de jarret de porc (ou d'épaule) coupés en morceaux
– 400 g de collier d'agneau
– 400 g de saucisses de porc
– 300 g de couenne de porc
– 1 pied de porc
– 100 g de lard salé
– 7 gousses d'ail
– 1 oignon rose
– 1 pincée de noix de muscade râpée
– sel, poivre

Faire tremper toute une nuit les haricots secs dans de l'eau froide.

Le lendemain, mettre les haricots dans une casserole d'eau froide. Porter à ébullition et laisser bouillir pendant 5 minutes. Les égoutter et les réserver.

Couper la couenne de porc en larges lamelles. Éplucher et hacher 2 gousses d'ail et l'oignon. Couper le lard salé en gros dés.

Dans une cocotte, préparer un bouillon avec la couenne, le pied de porc, l'ail, l'oignon, le lard et 2 litres d'eau. Saler et poivrer.

Laisser frémir à feu doux pendant 2 heures.

Surveiller le niveau de l'eau pendant la cuisson et en rajouter si nécessaire.

Lorsque tout est cuit, filtrer le bouillon, récupérer la couenne, désosser le pied de porc et le réserver.

Dans le bouillon refroidi, jeter les haricots. Porter à ébullition et laisser frémir à feu doux pendant 10 à 30 minutes, en fonction des haricots choisis. Ils doivent devenir souples tout en restant entiers.

Mettre les cuisses de canard (ou d'oie) dans une poêle. Chauffer à feu doux pour faire fondre la graisse. Quand elle est bien fondue, retirer les cuisses de la poêle.

Dans cette graisse bien chaude de la poêle, faire rissoler le porc coupé en morceaux. Lorsqu'il est doré, le retirer, puis l'égoutter.

Procéder de la même façon, faire revenir l'agneau. Dans la même graisse, faire rissoler les saucisses de porc et pour terminer 5 gousses d'ail pendant quelques secondes (on peut les laisser entières ou les écraser).

Préchauffer le four à 150 °C (thermostat 5).

Tapisser le fond d'une cassole (plat traditionnel) ou d'un plat en terre assez profond, avec les couennes. Ajouter environ un tiers des haricots. Puis le poivre et la noix de muscade.

Disposer ensuite les morceaux et le pied de porc, l'agneau et les cuisses de canard (ou d'oie). Recouvrir du restant de haricots.

Enfoncer les saucisses sous les haricots.

Verser ensuite dessus le bouillon chaud qui doit recouvrir les haricots.

Poivrer.

Enfourner pour 2 h 30.

Servir brûlant dans le plat de cuisson.

Conseil 1 : Pendant la cuisson, il apparaît sur le dessus de la préparation une croûte marron doré qu'il faut enfoncer plusieurs fois (7 fois, selon la tradition) sans écraser les haricots. On vérifie si les haricots ne sèchent pas.

461

Conseil 2 : bien mâcher pour éviter les risques de gaz.
Conseil 3 : Si l'on en mange à midi, ne pas dîner le soir.
Conseil 4 : Vous pouvez resservir les restes le lendemain
mais bien surveiller la cuisson.

Edmond Wells,
Encyclopédie du Savoir Relatif et Absolu, Tome VII.

163.

Après ce dîner hautement calorique, tout le monde rejoint sa chambre, autant pour dormir que pour faciliter une digestion qui s'annonce hasardeuse.

Tout est calme depuis plusieurs heures lorsque, soudain dans la nuit noire, une silhouette furtive pénètre dans le hangar. Précédée de la lueur d'une lampe-torche, elle longe différents immeubles, remonte plusieurs micro-avenues puis repère la citerne d'eau potable.

Les mains gantées vident la réserve d'eau douce dans une bonbonne et la remplacent par le liquide très odorant d'une seconde bonbonne.

164.

Et à nouveau, il y eut un âge d'or.
Les humains devenaient des techniciens hors pair et les mini-humains qu'ils élevaient devenaient des serviteurs zélés. Ils se mirent à préparer avec soin le premier vol habité.
C'était la fusée Lymphocyte 12.
À l'heure exacte prévue, l'équipage de minihommes d'1,70 mètre monta dans la fusée.
Premier objectif suggéré par moi-même : un essai d'explosion atomique sur la Lune.

Au signal, la fusée décolla.

Le vol se déroula dans de bonnes conditions. L'équipage était motivé. Ils atterrirent sur la surface de mon ancienne tourmenteuse, déposèrent une charge nucléaire et la firent exploser.

La déflagration est à l'origine de ce que les astronomes humains ont baptisé aujourd'hui le cratère Tycho, c'est-à-dire la grande cuvette de 85 kilomètres de diamètre et de 4,8 kilomètres de profondeur que l'on peut parfaitement distinguer au bas de la face illuminée de la Lune.

« La vengeance est un plat qui se mange froid », disent les humains. Mais au-delà du plaisir de balafrer une vieille ennemie qui me nargue, cet essai prometteur me permettait enfin de considérer que j'avais un bras et une épée pour frapper les entités de l'espace qui pourraient m'agresser.

L'équipage de minihumains de Lymphocyte 12 ayant terminé sa mission, il remonta dans sa navette et rejoignit la fusée. Tous les astronautes rentrèrent indemnes et ils furent acclamés en héros.

J'étais moi-même étonnée que tout se soit déroulé si vite et si facilement. À certains moments, tout échoue sans raison et à d'autres tout réussit comme par miracle.

Je proposai au chaman dans la pyramide, mon intermédiaire privilégié avec les humains, de créer un système de défense avec un observatoire d'astronomie capable de repérer tous les objets célestes en mouvement aux alentours.

C'était mon « bouclier antigéocroiseur ».

À la moindre alerte, cela devait déclencher automatiquement le lancement d'une fusée Lymphocyte avec un équipage et une bombe atomique prête à fonctionner.

Désormais comme tous les êtres vivants, je bénéficiais d'un système « immunitaire » me protégeant des dangers extérieurs. Tout rentrait enfin dans l'ordre.

165.

La première Micro-Humaine qui boit l'eau de la fontaine se sent prise d'une irrépressible envie de rire. Elle titube puis prend plusieurs fois de la boisson jusqu'à rouler à terre en s'esclaffant.

La seconde qui croit elle aussi se désaltérer est saisie d'une envie de frapper tout ce qui bouge. La troisième se met à embrasser tous les individus qui passent à sa portée. La quatrième s'écroule et ronfle, la cinquième se met à parler toute seule.

L'eau s'étant changée en alcool dans la nuit, l'effet se fait progressivement sentir sur toute la ville. Ceux qui boivent ont une irrépressible envie d'en boire à nouveau jusqu'à perdre tout contrôle.

Tous les codes de politesse et de respect sautent les uns après les autres. Sans système de retenue, les Micro-Humains laissent s'exprimer ce qu'il y a de plus caché en eux. Des couples qui ne se connaissent pas s'enlacent puis s'embrassent.

166.

FOOTBALL – Alors qu'on approche du nouveau match de la Coupe du Monde de football à Rome, le nouveau sélectionneur de l'équipe de France a été convoqué par le président de la République Stanislas Drouin, qui a signalé qu'il était hors de question que l'équipe de France soit à nouveau la risée du monde. Il a demandé expressément à ce que, cette fois, les joueurs cessent de communiquer à la presse leurs états d'âme et leurs rivalités personnelles. Pour le premier match de sélection, l'équipe de France devra affronter l'équipe de Mongolie, un match sous haute surveillance, surtout lorsqu'on sait que les joueurs mongols sont très pauvres. Donc très motivés. Ils espèrent que, s'ils sont remarqués lors du match, ils pourront être engagés pour des sommes colossales dans n'importe quel club et nourrir ainsi leur famille toute leur vie. Le Brésil et l'Italie restent les grands favoris et le premier match mettra en présence l'équipe d'Italie contre celle d'Angleterre. Les pronostics vont bon train et déjà les Italiens ont lancé un loto pour permettre au public de miser sur les scores futurs.

NEW DELHI – Un attentat meurtrier a frappé l'Inde. Plusieurs gares ont simultanément été touchées par de fortes déflagrations ce matin à l'heure de la plus forte affluence. On compte plusieurs centaines de morts. Ces attentats synchrones ont été revendiqués par un mouvement intégriste kashmiri. Le gouvernement indien a aussitôt accusé le Pakistan de jouer double jeu en faisant semblant de lutter contre le terrorisme, tout en l'entretenant discrètement en coulisse. Le président pakistanais, le général Ali Ul Aq a aussitôt exigé des excuses, rappelant que pour l'instant rien ne prouvait l'authenticité de cette revendication terroriste. La présidente de l'ONU, Avinashi Singh, a fermement condamné cet attentat, suivie par plusieurs États qui dénoncent un acte de barbarie aveugle contre des populations civiles innocentes.

SOMALIE – La famine s'étend encore en Somalie du Sud. Cinq cent mille personnes sont en manque total de nourriture du fait des mauvaises récoltes liées à une saison particulièrement sèche. Les ONG ont déploré que le gouvernement somalien ait interdit l'accès aux zones où les populations meurent de faim pour des raisons politiques et tribales. Les responsables du gouvernement du Nord espèrent bien, en affamant les populations du Sud, les faire simplement disparaître. Les attaques de chebabs, ces milices ultraviolentes du Nord, n'ont cessé de se perpétrer contre les populations du Sud malgré la famine.

ASTÉROÏDE – La Terre va être frôlée cette nuit à 23 h 47 par un astéroïde de grande taille qui ne devrait pas approcher à plus de 300 000 kilomètres, une distance qui est à peine plus courte que celle de la Terre à la Lune. Il s'agit d'un gros caillou de 400 mètres de diamètre pesant 50 millions de tonnes. Il a été baptisé 7109 WN7. Il fonce dans l'espace à la vitesse de 18 000 kilomètres-heure. C'est un objet céleste similaire qui aurait causé, il y a 65 millions d'années, la disparition des dinosaures. Selon les statistiques, au moins deux astéroïdes de cette taille croiseraient la Terre tous les dix mille ans. L'astéroïde est, selon les observations, noir comme du charbon et tourne lentement sur lui-même.

IRAN – Nouvelles manifestations pour l'anniversaire de la première révolution démocratique étudiante de 2009, dite révolution « Où est mon vote ? » L'affaire prend une ampleur nouvelle après que la police a tiré à la mitrailleuse sur la foule. « Cette fois, nous ne tolérerons aucun désordre », a annoncé le président Jaffar. En réponse, les étudiants, dont les rangs comptent déjà plus de trois cents victimes, ont annoncé qu'ils vont désormais répondre sur le même ton. Ils renoncent donc aux manifestations pacifistes. Déjà un poste de police a été pris d'assaut par la foule. Mais cette fois, au lieu de tirer, les policiers ont rejoint les manifestants.

GASPILLAGE – Selon une étude de l'Agence de la consommation aux États-Unis, 50 % des aliments achetés seraient jetés sans même être ouverts, tout simplement parce que les aliments ont dépassé la date limite de fraîcheur. Ce chiffre tombe à 30 % en Europe. Et 20 % en Inde et en Afrique. Parallèlement, le nombre des emballages et leur épaisseur ne font qu'augmenter. Suite au déversement massif de déchets dans la mer, le « sixième continent » formé de sacs plastique et d'ordures, qui flotte entre l'Amérique et le Japon, a encore augmenté sa surface et un « septième continent » similaire est apparu entre l'Europe et l'Amérique.

POLITIQUE – Refus du projet de lancement d'une nouvelle station orbitale européenne du fait du manque de crédits. « Cela coûte cher et cela ne sert à rien », a dit le ministre français de la Recherche Serge Coutelas. « Faux, lui a répondu la responsable de l'Agence spatiale européenne Marine Ordureau, la station orbitale est la possibilité pour l'homme de s'échapper de sa prison terrestre pour entrevoir la conquête spatiale. » Le ministre de la Recherche a conclu : « Si tout l'argent qui a été englouti dans la conquête spatiale avait été investi dans la médecine, nous n'aurions peut-être pas eu à subir les ravages de la grippe égyptienne. » Et il a ajouté : « De toute façon, le projet "Papillon des étoiles 2" de Sylvain Timsit est la preuve que des entités économiques privées peuvent avoir plus de moyens que les gouvernements. »

SCIENCE – Le docteur Gérard Saldmain vient de mettre au point sa technique de reprogrammation du télomère au sein de son projet « Fontaine de jouvence ». Il est parvenu à modifier les cellules d'un homme centenaire pour bloquer puis inverser le processus de vieillissement. Celles-ci peuvent dorénavant retrouver leur jeunesse mais aussi agir comme des cellules souches capables de reconstruire les organes défectueux.

MÉTÉO – Après deux hivers très rigoureux, à nouveau nous connaissons cette année un hiver très doux. Les températures sont bien supérieures aux moyennes saisonnières. On assiste à la fonte des neiges éternelles aux cimes des montagnes et à la fonte de la calotte glaciaire du pôle Nord. Il semble que, de manière générale, notre planète devienne plus liquide et plus chaude.

167.

L'odeur de brûlé est repérée par Nuçx'ia. C'est elle qui a le sens olfactif le plus aiguisé. Elle descend vers 6 heures du matin, rejoint le hangar où se trouve le village des Micro-Humains et découvre alors l'étendue des désastres. La porte en bois est entièrement calcinée. Au milieu de la suie et la poudre de bois noirci, des empreintes de pieds minuscules.

La porte étanche du terrarium a elle aussi été défoncée avec un bélier fait d'une poutre de métal.

À l'intérieur de la cage transparente, toute la ville de Microland semble ravagée par une tempête, alors que ce lieu est pourtant préservé de tout contact avec l'extérieur. Des corps sont étendus sur le sol. Certains dorment avec un sourire figé. D'autres ne bougent plus.

Nuçx'ia perçoit des bruits de couples qui font encore l'amour, et les cris de gens qui se chamaillent.

David la rejoint.

— Qu'est-ce qu'il s'est passé ?

Nuçx'ia renifle au-dessus de quelques corps avachis puis remonte jusqu'à la citerne.

— Quelqu'un a remplacé l'eau douce par de la vodka.

Elle repère les bâtiments incendiés, notamment des gymnases. Leurs braises sont encore rougeoyantes. David et Nuçx'ia les éteignent avec un arrosoir de jardin avant que cela ne risque d'embraser d'autres bâtiments de Microland.

Ils réveillent les quatre autres chercheurs et passent la matinée à essayer de retrouver les Emachs qui se sont enfuis au-delà des murs d'enceinte. Ils utilisent un détecteur de chaleur pour les repérer plus facilement.

Par chance, la plupart étant saouls, ils ne sont pas allés loin. Penthésilée et Martin n'ont pas de difficulté à récupérer les petits corps, alors qu'ils sont encore à moitié endormis sur la pelouse de la cour intérieure.

En suivant les traces des petits pas qui vont le plus loin, ils finissent cependant par trouver deux Micro-Humains à moitié dévorés par des animaux sauvages, renards, chiens ou chats errants.

Aurore et Natalia examinent les corps immobiles jonchant Microland et, après en avoir réveillé une dizaine, elles découvrent que quelques-uns ne bougent plus du tout. Elles repèrent même un Emach qui est en train d'en manger un autre.

Le colonel Ovitz réunit son équipe dans le salon.

– Combien de morts pour l'instant, Martin ?

– En plus des deux tués par des animaux à l'extérieur et des cinq qui ont succombé à leurs blessures suite à des bagarres, il faut ajouter un mâle qui est mort après avoir ingurgité des mélanges d'alcool et de produits bizarres.

– Donc au moins huit Micro-Humains perdus.

Natalia allume une Chesterfield au bout de son long fume-cigarette.

– Qui a mis de la vodka dans la citerne ? Qui ?

Tous baissent les yeux mal à l'aise.

– Je vous préviens que nous ne sortirons pas de cette pièce avant d'avoir trouvé le responsable de ce gâchis. Alors qui a transformé notre cité de Microland en Sodome et Gomorrhe ?

Elle examine les visages de ses comparses et s'immobilise devant Aurore.

– C'est moi, déclare une voix mâle.

Natalia se retourne et découvre celui qui a parlé.

Le lieutenant Janicot.

– Vous aviez évoqué, colonel, l'idée qu'ils s'encanaillent, qu'ils relâchent leur « surmoi ». J'ai pensé qu'une initiative de ce type, un coup de pouce chimique pourrait hâter le mûrissement des esprits de nos cobayes.

Natalia, d'abord surprise, retient difficilement un accès de colère mais elle inspire, souffle, écrase sa cigarette. Plusieurs phrases lui traversent l'esprit et finalement elle se contente de déclarer :

– Ce n'était pas une bonne initiative, lieutenant.

Il garde les yeux baissés.

– Vous vouliez des reproductions, nous en avons, s'interpose David. Je pense que nous pouvons compter sur une cinquantaine de couples d'Emachs qui ont fait l'amour hier soir. Rien que par le jeu des probabilités, au moins cinq femelles devraient être fécondées. Huit morts pour cinq nouveaux œufs à naître, je pense que nous pouvons considérer que c'est une opération neutre avec un niveau de perte tolérable, Natalia.

– Lieutenant, vous devrez reconstruire tout ce qui a été détruit par votre faute.

– À vos ordres, mon colonel.

– Il faudra aussi les recadrer. Je viens de recevoir des informations de mes collègues des services secrets. Du fait des manifestations en Iran pour la démocratie, le nouveau gouvernement s'apprête à lancer une nouvelle guerre de diversion au Moyen-Orient et, cette fois, ils ont notablement amélioré leur capacité de nuisance.

– Ce sont encore des manœuvres d'intimidation, dit Nuçx'ia. Ils jouent les durs et, au dernier moment, ils se déballonnent.

– Détrompez-vous. La dernière fois, l'offensive, nous le savons maintenant, n'a été stoppée que par l'arrivée inopinée du virus de la grippe égyptienne. Nous n'aurons pas deux fois la même « chance ».

– Qu'est-ce que vous voulez dire par « amélioré leur capacité de nuisance » ?

– Ils ont fait exactement ce que je craignais. Ils ont mis au point les huit cents centres de tir susceptibles de lancer des missiles nucléaires, si bien que même si nous en détruisions un, il en resterait 799.

– C'est précisément la raison pour laquelle nous avons créé les Emachs, il me semble, rappelle David.

– Oui, et c'est maintenant qu'il va falloir les faire agir. J'ai eu les Israéliens au bout du fil, ils ont mis au point des drones spéciaux susceptibles de faire voyager les Emachs en rase-motte en territoire ennemi. Ils les mettent à notre disposition.

– Des drones pour Micro-Humains ?

– J'attendais cela depuis longtemps. Ce sont des chefs-d'œuvre de miniaturisation électronique. Au lieu de construire des drones en forme d'avion ou d'hélicoptère, ils ont mis au point des... soucoupes volantes.

– Des soucoupes volantes ? Quel intérêt ? s'étonne Aurore.

– Si nos Emachs se font repérer, on pensera que ce sont des extraterrestres, répond David à sa place.

– C'est une idée des Israéliens, mais je l'ai approuvée. En outre, depuis peu ils les ont améliorés et ces vaisseaux ne sont plus télécommandés à distance mais bien de l'intérieur. Reste le problème psychologique. L'événement d'hier soir, dont je me reconnais en partie responsable, change la donne. Il faut une armée de petits humains obéissants et efficaces.

L'après-midi, après que tous les Micro-Humains ont achevé de nettoyer leur ville dévastée, Natalia Ovitz les réunit sur la grande place et s'exprime devant un micro relié à un haut-parleur pour être sûre d'être entendue de tous les habitants de Microland.

– Jusque-là vous ne saviez pas que vous pouviez mourir.

À son signal, le lieutenant Janicot amène une boîte contenant les huit cadavres de la veille.

– Puisque vous ne saviez même pas de quoi il s'agit exactement, il est temps de vous instruire. La mort, c'est ça.

Tous les Emachs sont saisis d'effroi. Certains commencent à marquer des signes de panique.

– Tout ce qui vit meurt un jour. Jusqu'à présent, vous viviez dans une atmosphère confinée et protégée, vous n'aviez pas l'occasion d'en prendre conscience. Les plantes meurent. Les animaux meurent. Les Emachs meurent.

C'est la stupeur dans le public. Certains murmurent, d'autres restent fascinés par la boîte qui contient les sept cadavres féminins et le cadavre masculin.

La population du terrarium, incrédule, fixe les corps gisant dans la boîte comme si elle espérait qu'ils ne soient qu'endormis.

– Eh oui, désolée de vous l'apprendre, mais un jour on meurt. On meurt de maladie, de vieillesse, mais aussi à cause d'une guerre, d'un assassinat, d'un accident.

Le colonel Ovitz laisse passer le long instant de silence qu'elle estime nécessaire pour digérer une information aussi essentielle.

– Chez les animaux, les morts sont abandonnés et mangés par les charognards ou même par leurs congénères affamés. Mais ce qui fait la différence entre nous, les humains, de quelque taille que ce soit, et les animaux, c'est précisément que nous avons un rapport différent à nos morts. Nous, les humains, nous ne mangeons pas les cadavres de nos congénères. Quoi qu'il arrive. C'est une règle immuable et non discutable.

Elle désigne un corps amputé d'un bras.

– Celui-ci a été dévoré par l'un d'entre vous durant la soirée « alcoolisée ». D'autres sont morts pendant des bagarres. Il vous est désormais strictement interdit de causer, pour quelque raison que ce soit, la mort de l'un de vos congénères.

Les cinq chercheurs se placent à côté du colonel Ovitz pour montrer que, en cet instant déterminant, ils forment une équipe solidaire.

Natalia annonce :

– Voici les règles qui ne devront jamais être transgressées :

1) Ne jamais nuire aux Grands.
2) Toujours obéir aux Grands.
3) Si un Grand se retrouve en détresse, c'est le devoir d'un Emach de tout faire pour l'aider.
4) Un Emach ne doit jamais sortir de Microland sans autorisation.
5) Ne jamais tuer un autre Emach.
6) Si un Emach est mort, ne jamais le manger.

7) Ne jamais laisser traîner un cadavre, mais l'enterrer sous la surface du sol dans le cimetière.

Tous s'empressent de noter les sept premières lois de Natalia. Déjà certains, en bons élèves, les relisent pour être sûrs de les retenir par cœur. Puis, sur les indications du lieutenant Janicot, ils construisent une zone cimetière dans laquelle ils enterrent l'une après l'autre les huit victimes de la nuit. Sur chaque tombe, ils inscrivent le nom à chiffres du défunt et marquent un temps de recueillement.

168. ENCYCLOPÉDIE : POULPE

Le poulpe a mille fois plus de capteurs sensoriels que l'homme et il a un cerveau avec une capacité de mémoire elle aussi surdéveloppée. Avec ses sens plus fins et sa mémoire plus puissante, le poulpe aurait pu devenir un concurrent sérieux pour l'homme.

Cependant les poulpes ont une faiblesse. Comme si l'espèce avait inscrit génétiquement son autolimitation, le comportement des parents poulpes change la donne.

Dès que la femelle a accouché, elle meurt. Quant au père, dès qu'il voit sa progéniture, cela lui ouvre l'appétit : il en mange une partie puis s'enfuit définitivement.

N'existent donc chez les poulpes ni amour parental, ni éducation des enfants. Chaque jeune poulpe doit refaire les expériences de survie sans pouvoir bénéficier de la mémoire de ses géniteurs. Et cela suffit à confiner l'espèce dans un « non-progrès », alors que leurs cerveaux sont prêts à évoluer depuis des milliers d'années.

On peut dès lors imaginer ce que deviendrait une civilisation de poulpes si les parents ne mouraient ni ne fuyaient à leur naissance, mais transmettaient à leurs enfants, génération après génération, leur affection, leur histoire et leurs découvertes.

On pourrait de même imaginer ce que deviendrait une civilisation humaine sans mémoire et sans le travail d'éducation des parents.

Edmond Wells,
Encyclopédie du Savoir Relatif et Absolu, Tome VII.

169.

Des pendus sont accrochés aux arbres du centre-ville.

– Les suicides sont dus à l'angoisse de mourir, annonce Natalia, pas du tout impressionnée, aux autres membres du centre qui viennent de se réveiller et qui découvrent horrifiés les scènes d'autodestruction des Microlandais.

– Je confirme, dit Penthésilée. En me levant avant vous et en fouillant dans les appartements des victimes, j'ai trouvé des messages clairs signalant que l'existence même du concept de mort les obsède et qu'ils préfèrent provoquer l'événement que vivre dans la hantise qu'il survienne. J'ai trouvé aussi deux meurtres par arme blanche plus un acte de violation de sépulture puisqu'un mort d'hier a été déterré et à moitié dévoré.

– Les meurtres sont à mon avis des actes d'exorcisme, poursuit Nuçx'ia. C'est là encore lié à l'angoisse de la mort. Cependant, au lieu de tourner la violence vers eux-mêmes, ils l'ont tournée vers les autres.

Penthésilée approuve. Nuçx'ia poursuit :

– Quant à l'acte de déterrer les cadavres et même le cannibalisme, je crains que ce ne soit de la pure provocation pour voir comment nous allons réagir face aux transgressions.

Le colonel Ovitz esquisse un geste las de la main.

– Retrouvez-moi les coupables….

– Ça risque d'être difficile. Les Micro-Humains se ressemblent quand même beaucoup, rappelle le lieutenant Janicot.

Personnellement je ne les reconnais qu'à la couleur de leurs cheveux...

Natalia réfléchit puis :

— Nous pouvons créer une espèce, une communauté, un village de créatures nouvelles mais nous ne pouvons pas obtenir en même temps l'innocence *et* la maturité. Les Emachs nous rappellent qu'une loi sans l'expérimentation de la punition n'existe pas. Très bien, nous allons tout reprendre à zéro. Tout d'abord, il faut inventer une hiérarchie. Emma 001 est la plus âgée, elle a une légitimité naturelle, elle sera reine.

— Ça veut dire quoi reine ? demande Nuçx'ia.

C'est Penthésilée qui répond :

— Elle sera chargée de faire respecter la loi à son peuple et sera responsable de ce qu'il accomplit. Elle va donc enquêter pour découvrir qui sont les coupables des meurtres de ce matin. Ensuite elle va les arrêter. Et les mettre en prison. Nous n'avons pas de temps à perdre. Il va falloir inventer le civisme en une semaine.

— Le civisme et... la justice, précise Natalia. Le souci, c'est qu'il n'y a pas de précédent qui puisse nous servir d'exemple. Personne n'a créé d'autres espèces humaines avant nous.

David est sur le point de faire allusion à sa réincarnation d'Atlante biologiste mais Nuçx'ia le retient par la main en lui faisant un signe qui signifie : « Non, ils ne sont pas encore prêts à entendre ça. »

Dans les heures qui suivent, sur les directives du lieutenant Janicot, les Emachs construisent simultanément un palais royal, siège de l'embryon d'administration locale, et une prison municipale temporaire. Les Micro-Humains procèdent à une rapide cérémonie en public durant laquelle Aurore dépose une couronne de lauriers bonzaï sur la tête d'Emma 001.

— Désormais, tu n'es plus simplement une Emach parmi les autres, proclame la jeune femme aux yeux dorés. Tu es la reine Emma Première.

La nouvelle monarque est informée de ses responsabilités et de ses devoirs. Elle sait désormais qu'elle doit surveiller, tenir, punir.

Après la désignation de la reine, la communauté Emach s'enrichit de fonctionnaires : policiers, juges, procureurs, gardiens de prison. À peine désignés, les policiers Emachs entreprennent d'enquêter sur les assassinats de la nuit. Les coupables sont facilement retrouvées. Il s'agit de deux filles qui se prétendent « libres » de faire ce qu'elles veulent. Pour la profanation de sépulture et le cannibalisme, c'est une autre fille qui est convaincue que les sept lois sont stupides et que les Grands n'ont pas à diriger leurs vies.

Les trois suspectes sont arrêtées, un tribunal se met en place. Ce sont deux jeunes femmes et un jeune homme Emach désignés comme juges par la reine Emma Ire. Le procès semble pourtant laisser le reste de la population indifférent.

— Elles ne comprennent pas pourquoi on leur fait des reproches car elles n'ont pas le sens de la culpabilité, constate Penthésilée.

— Ce qu'ils ont lu dans les livres ou dans l'Encyclopédie ne leur paraît que théorique, ils n'en perçoivent pas la dimension concrète, reconnaît Nuçxia.

— Pour être choqué, il faut déjà avoir intégré l'utilité de la justice et du bon droit, or en ce domaine les Emachs sont vierges. Ils viennent juste de comprendre ce qu'est la mort, rappelle David.

Le procès se déroule de manière improvisée. Sur les conseils des Grands, les juges écoutent les trois suspects et les témoins, ils demandent ce que les accusées ont à déclarer pour leur défense. Elles répondent juste qu'« elles ont fait ce qu'elles avaient envie de faire et qu'elles ne reconnaissent pas la légitimité de ce tribunal ».

À l'issue du procès, les suspectes sont reconnues coupables et condamnées à un mois de prison. On les enferme dans de toutes nouvelles cellules dont les murs ne sont pas encore secs.

La reine Emma Ire rejoint David.

– Vous êtes satisfaits de notre gouvernement et de notre justice ? demande-t-elle.

– Moi, oui. Natalia, je ne sais pas. Et toi, reine Emma, qu'est-ce que tu en penses ?

– Pas grand-chose. Je ne vois pas pourquoi on leur reproche de tuer. Les missions d'espionnage sont des missions où l'on risque de tuer, il me semble.

– C'est différent. Le meurtre, ce n'est pas la même chose que la guerre.

– La guerre, c'est le meurtre autorisé, c'est cela ?

– Oui.

– Quand même... Les animaux s'entretuent et cela ne dérange personne. Je ne comprends même pas pourquoi manger nos congénères vous gêne autant. En fait, la seule gêne que je conçois est celle de vous contrarier sur ces « sept lois » qui vous tiennent à cœur.

Aurore murmure à l'oreille de son collègue :

– En fait, ils n'ont pas la notion du « bien » et du « mal ».

La reine Emma Ire articule fort :

– Ne vous inquiétez pas, désormais je prends les choses en main. L'ordre va régner à Microland. Je vais leur apprendre vos règles de vie.

David se souvient comment il a lui-même passé des années à apprendre ces fameuses règles de vie. Cela avait commencé par la politesse, tenir bien la fourchette, ne pas parler la bouche pleine, ramasser ce qu'on fait tomber, dire « s'il vous plaît », « merci », « pardon », ne pas récupérer les chewing-gums collés sous les tables pour les remâcher (il était coutumier de ce genre de pratique), ne pas manger de sable dans le bac à sable et encore moins toucher aux excréments des chiens (qui venaient crotter dans le même bac à sable). Puis il avait appris la bienséance : se tenir droit, regarder les gens dans les yeux, mâcher les aliments avant de les avaler, se laver les dents, se laver le visage, ne pas porter tous les jours les mêmes vêtements. On lui avait aussi inculqué la morale : se moquer des vieux et des handicapés, ce n'est pas bien ; faire des crocs-en-jambe aux autres enfants, ce n'est pas bien ; jeter des bombes à eau depuis le balcon sur les passants, ce n'est pas bien. Il avait reçu des punitions lorsqu'il faisait des bêtises. Son père l'avait même giflé lorsqu'il avait cassé un vase, et sa mère le privait de dessert quand il ne mangeait pas ses choux de Bruxelles ou quand il faisait des boules avec la viande pour les recracher et les cacher dans les replis du divan. Tout avait continué avec l'école où des examens vérifiaient s'il mémorisait et pensait bien exactement comme tous les autres. Les mauvaises notes. Les diplômes. Les heures de colle. Les félicitations des professeurs. Son passé était un système d'alternance de punitions et de récompenses.

C'est ainsi que se forge l'âme humaine.

David se dit que, même si les Micro-Humains progressent vite et sont pleins de bonne volonté, ils ne pourront respecter les sept lois que si elles sont associées à des expériences émotionnellement fortes.

170. ENCYCLOPÉDIE :
COMMENT INVENTER DE FAUX SOUVENIRS

Il n'y a pas de mémoire neutre. Chaque souvenir est une interprétation personnelle de ce qui nous semble le réel. Le professeur de psychologie Elizabeth Loftus de l'université de Washington a longtemps étudié ce sujet. Tout d'abord en 1990, elle a procédé à des expériences sur des adultes en leur racontant qu'elle savait que, lorsqu'ils avaient cinq ans, ils s'étaient perdus dans un centre commercial. Pour cela, elle leur citait un nom de supermarché précis et une date précise et prétendait que l'aventure lui avait été relatée par leurs parents. Un quart des personnes

testées finissait par affirmer se rappeler parfaitement de l'événement. Et parmi eux, la moitié rajoutait des détails pour confirmer ce récit pourtant totalement fictif.

Dans les années 2000, le professeur Elizabeth Loftus a inventé une expérience plus complexe. Elle a réuni quatre groupes de personnes à qui elle proposait d'évaluer un film publicitaire après un voyage à Disneyland.

Le premier groupe visitait le parc puis voyait un film publicitaire sans la moindre référence à un personnage.

Le deuxième groupe visitait le parc mais on disposait, durant le film publicitaire, une figurine de 1,20 mètre représentant Bugs Bunny dans la salle de projection.

Au troisième groupe, on montrait un film publicitaire dans lequel un personnage évoquait oralement la présence de Bugs Bunny.

Et au quatrième groupe, on montrait la figurine de 1,20 mètre de Bugs Bunny et on ajoutait la référence à Bugs Bunny dans le film publicitaire.

Lorsqu'on a interrogé par la suite la totalité des participants : 40 % ont affirmé avoir rencontré le personnage de Bugs Bunny lors de leur visite de Disneyland. Or évidemment le personnage de Bugs Bunny ne pouvait être rencontré à Disneyland, puisque cette figure emblématique appartient au studio de dessins animés concurrent qui est la… Warner Bros.

Encore plus étonnant, lors d'une interview plus poussée, la moitié de ces 40 % affirma avoir durant leur visite à Disneyland serré la main du lapin à la célèbre carotte et donna des détails précis sur l'instant de cette rencontre… qui n'avait jamais eu lieu.

Rajout de Charles Wells,
Encyclopédie du Savoir Relatif et Absolu, Tome VII.

171.

La micro-carotte qu'elle était en train de manger est encore dans sa main crispée. Le corps de la reine Emma Ire gît au milieu d'une flaque de sang dans son palais royal.

Emma 666, le couteau à la main, observe le cadavre avec une nouvelle sensation étrange. Celle de maîtriser la mort. À commencer par celle des autres.

Quelques heures auparavant, Emma 666, l'une des trois premières criminelles emprisonnées, a décidé qu'il fallait montrer aux Grands qu'ils ne lui font pas peur. Comme la prison n'était pas bien sécurisée et que les quelques gardes désignés n'ont pas compris le sens de leur tâche et se sont endormis, son évasion avec ses complices s'est déroulée sans difficulté.

Et puisque les Grands ont désigné la reine Emma Ire comme leur représentante, les fugitives ont trouvé leur cible. Elles ont pénétré tranquillement dans son palais et surpris leur monarque en train de dîner seule. Même les quelques gardes protecteurs de la reine nommés à la hâte n'ont pas eu l'idée de s'interposer ou de poursuivre les meurtrières.

À peine leur forfait accompli, elles ont forcé la porte du terrarium avec un levier métallique et se sont enfuies de Microland. Dehors, elles ont escaladé le mur d'enceinte et découvert que le monde était bien plus vaste que tout ce qu'elles avaient imaginé.

À Microland, l'alerte est finalement donnée.

Tous sont réunis devant la dépouille de celle qui fut une reine. Penthésilée nettoie le petit corps pour le mettre dans un cercueil. Natalia fulmine :

– Très bien, ils veulent jouer à ce jeu-là ? Nous allons perdre du temps, mais nous allons jouer.

– Que voulez-vous faire ? demande Aurore.

– D'abord, nous allons la remplacer. La prochaine reine sera la plus âgée suivante... Emma 002.

– Et si elle se fait tuer ? questionne Nuçx'ia.

– Nous allons lui indiquer comment se protéger et faire respecter la loi.

– Non, dit David.

– Comment ça non ? s'étonne Natalia.

– Il y a mieux à faire que la justice.

Le scientifique articule le mot comme s'il était magique :

– La religion. Mourir ne leur fait pas peur parce qu'ils ne savent pas encore très bien de quoi il s'agit, pour eux c'est comme éteindre un appareil électrique. On passe de la position « On » à la position « Off ». Rien de très effrayant là-dedans.

– Il a raison, dit Natalia, la mort en soi, ce n'est rien si on ne lui donne pas un peu de mise en scène théâtrale.

Le cercueil ouvert de la reine Emma 001 circule dans l'avenue principale menant au palais royal, porté à bout de bras par les Micro-Humains. Une sorte de bourdonnement de gorges se lève sur son passage, manifestation spontanée d'un sentiment de douleur collective.

– Vous voulez les rendre mystiques ? questionne Nuçx'ia.

Natalia Ovitz met une Dunhill sur son fume-cigarette et lâche plusieurs bouffées.

– Pourquoi pas ? Et savez-vous comment inventer une religion, mon cher docteur Wells ?

David improvise.

– Nous allons faire des emprunts à tout ce qui existe dans le bric-à-brac humain actuel et fabriquer du « sur-mesure » pour nos Micro-Humains.

Il essaie d'imaginer un patchwork composé à partir de religions déjà existantes.

– En fait, l'idée est de ne pas bloquer leur énergie mais de la canaliser. Commençons par leur donner la peur de la mort en ajoutant le concept que s'ils se comportent mal, leur âme va en enfer.

– Quel enfer ? demande le colonel Ovitz.

Le jeune scientifique réfléchit.

– L'enfer des Micro-Humains. Bien sûr, il faut l'inventer. Et tant que nous y sommes, je crois que nous devrions aussi leur créer un paradis.

– David a raison. Il faut assumer notre position : nous sommes leurs Créateurs, mais nous ne sommes pas indifférents et extérieurs. Nous sommes comme leurs « dieux », reprend Nuçx'ia.

– « Leurs » dieux… pourquoi en ferions-nous des poly-théistes ? s'étonne Natalia Ovitz.

– Nos ancêtres l'étaient, rappelle Penthésilée. Les premières religions vénéraient le soleil, la pluie, les montagnes, le vent comme autant d'entités vivantes.

Ils suivent des yeux le cercueil d'Emma 001 qui progresse dans l'avenue principale alors que la rumeur ne cesse de s'amplifier au point de faire vibrer les murs de la cage de Plexiglas. Maintenant toutes les voix des Microlandais se rejoignent dans une même note grave, un si bémol.

– Ainsi j'aurai tout fait pour éviter de basculer dans l'irrationnel, j'aurai lutté toute ma vie contre les sorciers, les charlatans, les dévots, les sectes, les gourous, les religieux de tout poils, pour finalement me retrouver à…

– … à inventer une religion intelligente adaptée à un problème insoluble autrement, complète Penthésilée.

– Mais…

C'est Martin qui complète à sa place.

– L'homme ne peut pas vivre sans une dimension imaginaire. « Le besoin de croire est inversement proportionnel au besoin de vérité. »

– C'est encore une de vos lois de Murphy ?

Le militaire fait un signe de dénégation et désigne du menton sa femme.

– Bravo, lieutenant, je crois que vous avez résumé le problème, si nous basculons dans la religion, nous renonçons à leur faire rechercher en priorité la vérité, dit Aurore.

La note monte maintenant en puissance et les murs de Plexiglas tremblent.

David se sent obligé de préciser.

– Nous n'avons pas le choix. Nous sommes dans une phase de « démarrage de leur société » et si nous ne leur donnons pas ce coup de pouce magique, nous risquons d'avoir encore beaucoup de violences. À l'origine, la religion a été créée pour calmer les tribus les plus féroces. C'est avant tout un outil d'ordre et de pouvoir pour influencer les esprits les plus... influençables.

– Vous voulez dire, mon cher David, les plus naïfs ? ironise Aurore.

– La majorité de la population humaine est croyante. Les gens vont dans des temples, consultent des marabouts, des astrologues, lisent l'horoscope, ou prient des entités imaginaires.

Tout à coup, les Micro-Humains s'arrêtent de chanter. Le cercueil d'Emma 001 est mis en terre. D'un même mouvement, les petits êtres se mettent à genoux.

– Vous voyez... ils sont prêts à recevoir les mythologies et les symboles, remarque David.

Natalia est impressionnée de voir comment ils ont spontanément inventé une manière de rituel pour accompagner leur reine dans sa dernière demeure.

– Croyez-vous que cela soit inscrit dans nos gènes, David ? Pensez-vous qu'il y a un gène de la croyance lié à l'homme comme celui de la parole ?

La femme militaire semble en même temps fascinée et déçue.

– Très bien, dans ce cas, soyons leurs dieux.

C'est Aurore qui semble la moins enthousiaste, pourtant elle annonce :

– Il faudra bien nous différencier. Moi je serai la déesse de l'amour et de la fécondité. J'ai géré leur naissance, je surveillerai leur reproduction.

– Je serai la déesse de la nature, annonce Nuçx'ia. Je leur apprendrai le respect des arbres, les potions, la chasse, l'intégration à la nature.

– J'accepte d'être la déesse de la mort et de l'enfer, dit Penthésilée. La fascination de la mort est une motivation qui surpasse les autres. Je présiderai au cérémonial de leurs enterrements, et je régnerai sur leurs cimetières. Je vais ritualiser ce qu'ils accomplissent déjà.

– Je veux bien être le dieu des technologies, du feu et des forges, dit David.

– Et vous, Martin ? demande Natalia.

L'homme de grande carrure réfléchit.

– Je veux bien être le dieu du vin et des réjouissances. Comme cela, j'assume mon erreur passée. Avec la même technique, j'essaierai de faire du bien là où j'ai fait du mal.

Tous sourient et approuvent.

– Et vous, colonel ?

– Je veux bien être le dieu de la guerre. De toute façon, il faut que je leur concocte un entraînement militaire. N'oublions pas que l'objectif premier est d'en faire des petites espionnes de la République française.

Ils ont tous l'impression de s'engager dans un nouveau jeu qui les grise.

– Eh bien, chers amis, dieux des Emachs, voilà pour la partie Panthéon céleste. Reste à établir le nouveau gouvernement, à bâtir une véritable administration qui sache se faire respecter et à inventer un… enfer digne de ce nom.

Dès lors, tout va très vite. La nouvelle reine Emma IIe est intronisée au cours d'une cérémonie beaucoup plus spectaculaire pour marquer les esprits. Elle lit un discours où elle signale son allégeance aux Grands et son envie de faire régner la loi des Dieux.

La police et les gardes jusque-là pris au hasard sont remplacés par des individus plus motivés et plus costauds. Les coupables sont à nouveau arrêtées à proximité du hangar vers lequel elles sont revenues, poussées par le froid, la faim et la peur du monde inconnu. Alors qu'elles sont ramenées dans l'avenue principale de Microland par les nouvelles policières, les condamnées saluent la foule et affichent des signes de victoire. Certains spectateurs ne manquent pas de manifester leur soutien aux prisonnières qui annoncent déjà qu'elles ont l'intention de recommencer et qu'elles n'ont pas peur des Grands.

Quand les trois coupables sont face à la nouvelle reine Emma IIe, l'une d'elles se permet même de mimer un coup de poignard au cœur, ce qui fait rire leurs supporters dans la foule et oblige la police à repousser les badauds. À nouveau, les meurtrières défient les forces de l'ordre. Mais alors que Emma 666 et ses deux acolytes miniatures s'attendent à être enfermées dans la prison dont elles pensent s'échapper facilement, elles sont emportées hors de Microland par la garde royale. Elles sont évacuées de la limite du mur de Plexiglas du terrarium et extradées chez les Grands.

David et Aurore se sont donné beaucoup de mal pour inventer un enfer. Tout d'abord, les trois coupables sont enfermées dans une pièce exiguë et d'une totale obscurité, dans une cave du centre. Aurore lâche des rats. David surveille grâce à une caméra à infrarouges l'action des gros rongeurs sur les petites humaines. Ils les blessent toutes dans l'obscurité mais n'en tuent qu'une seule.

La lumière revient et les deux survivantes sont déposées dans une autre cage à nouveau dans l'obscurité.

Elles sont soumises à des bruits assourdissants et une intense chaleur. Les deux Emachs suffoquent et atteignent un point culminant d'angoisse. Elles sont alors replongées dans l'obscurité avec les rats qui en tuent une seconde. Enfin la dernière survivante, précisément Emma 666, réclame grâce et promet de tout faire pour ne pas revivre cette épreuve. Elle dit qu'elle a compris. Elle supplie que les Grands la sortent de là.

Mais les Dieux présents veulent être certains de sa motivation.

Penthésilée rappelle que la souffrance n'est mesurable que si elle alterne avec le plaisir.

— Il faut lui inventer un paradis pour qu'elle puisse comparer, propose-t-elle.

Sans transition, Emma 666 se retrouve ainsi dans une pièce-cocon, entourée de friandises, d'alcool, de musiques douces et de parfums capiteux. Puis elle est à nouveau extraite et replongée en enfer, dans l'obscurité, face aux rats, au bruit assourdissant, à la chaleur insoutenable.

Le chaud et le froid pour forger une âme comme on trempe l'acier dans les braises rougeoyantes puis dans l'eau glacée..., se souvient David.

C'est Aurore qui instruit Emma 666.

— Refuser d'obéir aux Dieux entraîne l'enfer, dit-elle.

— Obéir aux Dieux entraîne le paradis, complète David.

— Nuire aux Dieux entraîne l'enfer.

— Aider les Dieux entraîne le paradis.

— Sortir de Microland sans autorisation entraîne l'enfer.

— Partir en mission pour réaliser les désirs des Dieux entraîne le paradis.

— Tuer un autre Emach entraîne l'enfer.

Aurore prend son rôle de déesse très au sérieux.

— Si vous vous comportez mal, votre punition sera au début la prison ; si vous recommencez, ce sera l'enfer pour l'éternité.

Pour vérifier qu'elle mémorise bien les ordres, Emma 666 est replacée encore quelques minutes dans l'obscurité avec les rats autour d'elle.

Enfin elle est ramenée à Microland.

Tous constatent qu'elle est transfigurée. Elle ne nargue plus personne, ne se permet plus la moindre menace envers sa reine.

Au contraire, Emma 666 réunit tous les gens curieux qui viennent vers elle et fait partager sa connaissance du paradis et de l'enfer. Elle évoque la condamnation éternelle de l'âme pour ceux qui transgressent les lois. Elle n'a pas besoin de faire preuve de beaucoup de persuasion, son regard parle pour elle. Quand elle évoque ce qu'elle a vécu, elle est prise de frissons et de convulsions, son regard s'assombrit et tout son corps hérissé de poils exprime la terreur la plus totale.

Elle ne retrouve sa respiration et son calme que lorsqu'elle évoque le paradis. Et comme l'espérait David, le fait qu'elle ait été la pire ennemie du système la rend d'autant plus crédible pour ses congénères. Elle répète le récit de son expérience de la douleur et du plaisir à qui veut l'entendre et, voyant son succès, elle l'enrobe et l'enrichit sans cesse de détails imaginaires dont elle est complètement convaincue. Les rats deviennent des monstres. La chaleur devient une fournaise. La mort de ses complices devient un calvaire. L'expérience du paradis est elle aussi magnifiée.

Dans les jours qui suivent, Emma 666 ne cesse de réunir des foules de plus en plus compactes pour parler de son expérience.

David propose alors non seulement qu'on pardonne à cette coupable en pleine rédemption mais qu'on la nomme « papesse ». Et, à peine intronisée, installée dans un bâtiment qui sert de premier temple, Emma 666, la régicide, l'anarchiste, la provocatrice, se révèle la plus zélée servante des Dieux.

La communauté des habitants de Microland peut enfin se stabiliser sur ses deux piliers.

La reine Emma IIe assure l'ordre physique, la propreté, la construction des édifices administratifs, la police, la justice, la gestion de la prison et les bonnes relations diplomatiques avec les Grands.

La papesse Emma 666 assure le contrôle spirituel. Elle gère la peur de la mort, les rituels funéraires, les confessions et même les exorcismes. Elle inculque à la population la morale grâce à la crainte du jugement dernier et l'espoir du paradis. Elle fait construire des temples. Avec l'aide de David, elle diffuse un culte des Dieux qui consiste à dévouer sa vie aux Grands et être prêts à se sacrifier pour eux. Elle devient une excellente oratrice et termine souvent ses homélies par cette phrase.

– Aux Grands, vous ne devez jamais dire non. Vous devez toujours avoir ce mot sur le bout des lèvres, prêt à jaillir simple et précis. « Oui ».

172. ENCYCLOPÉDIE : CROYANCE

Selon une étude effectuée en juillet 2000, les pourcentages de croyants (d'après un recoupement de cinquante-neuf sondages sur ces sujets) étaient pour les États-Unis, le Canada, l'Angleterre et la France les suivants.
Croient en l'existence :

de Dieu :

États-Unis	86 %
Canada	81 %
Angleterre	56 %
France	56 %

du diable :

États-Unis	69 %
Canada	48 %
Angleterre	25 %
France	27 %

des extraterrestres :

États-Unis	54 %
Canada	52 %

Angleterre	51 %
France	48 %

des fantômes :

États-Unis	51 %
Canada	38 %
Angleterre	38 %
France	13 %

de la vie après la vie :

États-Unis	26 %
Canada	29 %
Angleterre	33 %
France	14 %

Malgré la montée de l'irrationnel, il semble que ces chiffres évoluent vers la baisse. Ainsi, en 1994 en France, le nombre de personnes croyant aux prières exaucées était de 54 % ; ce chiffre tombe à 46 % en 2003.

De même, la croyance en France à l'influence des signes astrologiques sur notre vie quotidienne passe de 60 % en 1994 à 37 % en 2003. L'idée que ce qui nous arrive est influencé par une force extérieure invisible passe de 44 % en 1994 à 29 % en 2003.

Rajout de Charles Wells,
Encyclopédie du Savoir Relatif et Absolu, Tome VII.

173.

La messe dans la nouvelle cathédrale microlandaise est parfaitement mise en scène. En dehors de la papesse Emma 666, superbe dans sa large robe rouge écarlate, une cohorte de cardinales, de moinesses et de prêtresses rivalisent de ferveur.

La papesse Emma 666 n'a pas cessé d'améliorer ses homélies.

Elle attend un silence parfait avant de s'exprimer dans son micro relié à tous les haut-parleurs de la ville.

– Au commencement était l'œuf primordial. Il flottait dans le vide de l'espace infini. C'est de la brisure de l'œuf primordial que sont nés l'Univers, la Terre et les Dieux. Les Dieux ont longtemps vécu dans un bonheur parfait, jouissant de leurs pouvoirs sans limite. Mais un jour ils ont voulu partager ce bonheur et, sous l'impulsion de la déesse Natalia, le dieu David et la déesse Aurore ont développé l'idée de créer un humain à leur image. Ils voulaient poursuivre en taille réduite la superbe aventure qu'eux-mêmes avaient connue. Ils prirent pour cela un peu de leur chair, l'introduisirent dans un œuf et insufflèrent un peu de leur âme pour obtenir le « premier œuf Emach ». De ce premier œuf naquit Emma 001 qui fut la première femme de notre dimension.

À ce moment la papesse lève son sceptre terminé par un œuf doré au-dessus de sa tête et tous répètent d'une même voix recueillie :

– Que le nom d'Emma Ire soit à jamais sanctifié.

– Puis les Dieux éduquèrent Emma Ire et lui transmirent les secrets de l'agriculture, de l'élevage, de la maçonnerie, de la métallurgie et de l'électricité.

– Que les Dieux en soient remerciés. Ces cadeaux, nous saurons à jamais les apprécier.

Puis tous se tournent vers les six Grands et se prosternent.

– Vive le dieu Natalia, vive le dieu David, vive la déesse Aurore qui forment la Première Trinité.

Puis ils se tournent vers les trois autres.

– Vive la déesse Penthésilée, vive la déesse Nuçx'ia, vive le dieu Martin qui forment la Seconde Trinité.

Les six du centre INRA restent impassibles dans leur rôle de divinités vivantes. David a envie de rire mais il sait que la religion est incompatible avec l'humour. Nuçx'ia, qui connaît son compagnon, perçoit qu'il se retient de pouffer. Elle lui écrase le pied pour le forcer à garder l'air emprunté qui sied à une divinité présente à son propre culte.

La papesse Emma 666 est peut-être la plus inspirée dans cet instant sacré. Au moment de se prosterner devant les Dieux, elle a les yeux qui deviennent pratiquement blancs, les pupilles partant en arrière. Elle est saisie d'un irrépressible tremblement qu'elle a défini elle-même comme « l'émotion de connaître la vraie vérité ».

— Quand même, murmure Nuçx'ia à l'oreille de son compagnon, ils ont tous l'air d'oublier que c'est elle qui a assassiné la reine Emma Ire qu'elle encense tellement...

— Si l'on doit tout le temps se rappeler des petits détails mesquins, on ne s'en sort plus, chuchote David.

— Reconnaissons qu'elle est assez subtile pour faire l'éloge permanent de sa victime, ajoute Aurore qui a perçu leur conversation.

— Chez nous aussi, il y a eu des personnages similaires. Saint Paul, de son vrai nom Saul de Tarse, était à l'origine un persécuteur des amis de Jésus. Il a même participé à la lapidation d'Étienne, un des plus proches compagnons de Jésus. Cela ne l'a pas empêché d'inventer le christianisme alors qu'il n'avait jamais rencontré le Christ personnellement et que, accessoirement, ledit Jésus-Christ (de son vrai nom Joseph) avait bien précisé de son vivant qu'il ne voulait « surtout pas créer une nouvelle religion mais seulement rappeler la loi des pères à ceux qui l'avaient oubliée sous le joug de l'occupation romaine ».

Natalia hausse les épaules.

— Du moment que les ouailles sont satisfaites et que le message passe, nous n'allons pas faire les difficiles. Au contraire, vu qu'Emma 666 a quelque chose à se faire pardonner, elle est deux fois plus zélée. Si nous voulions faire pression sur elle, il suffirait de rappeler aux autres qu'elle a quand même commis le pire de tous les crimes.

— Ainsi le monde se construit-il sur des crimes oubliés, rajoute Martin Janicot, philosophe.

Alors que les Micro-Humains sont toujours prosternés devant leurs six Dieux alignés, le lieutenant Janicot leur montre son tee-shirt avec les lois qu'il estime adaptées à la situation :

55. Tout problème complexe peut être résolu par des réponses fausses.
56. Il y a trois catégories de personnes. Ceux qui savent compter et ceux qui ne savent pas compter.
57. On ne retrouve un objet que lorsqu'on l'a déjà remplacé.

Les cinq autres lisent et sourient alors que leurs fidèles sont toujours prosternés dans leur direction.

— J'ai dit que ce n'est pas le moment de faire de l'humour, lieutenant. Même écrit et sur un tee-shirt, rappelle Natalia Ovitz.

À nouveau, la papesse Emma 666 lève son sceptre terminé par un œuf. Elle a toujours les yeux blancs.

— Gloire à Emma Ire. Gloire à Emma IIe.

Tous répètent la formule. Alors la reine se lève.

— Gloire aux Dieux, prononce cette dernière le visage tourné vers le sol. À tout ce qu'ils nous demanderont, nous répondrons toujours : « Oui, oui, oui. »

À nouveau la foule scande :

— Oui, oui, oui !

— Cette fois, annonce Penthésilée, je crois que les Emachs sont psychologiquement « cadrés ».

— Voilà qui tombe bien, dit le colonel Ovitz. Nous n'avons plus de temps. Elles vont devoir partir en mission dès la semaine prochaine.

— Quelle est cette nouvelle urgence ?

— L'Achoura.

— C'est quoi ?

— La fête des martyrs iraniens.

— Quand ils se flagellent en procession avec des fouets à clous ?

— Ils font cela pour commémorer leur plus grande douleur : le massacre de l'imam Hussein et des soixante-douze membres de sa famille par le calife Yazid Ier en l'an 680, précise le colonel Ovitz, une guerre de succession qui a tourné à la boucherie.

— En quoi cette histoire vieille de plus de mille quatre cents ans nous concerne-t-elle ? chuchote Aurore.

— Ils n'ont toujours pas pardonné. Mes amis des services secrets m'ont appris que les Iraniens (qui sont chiites et se revendiquent donc de l'héritage d'Hussein) viennent de terminer de mettre au point leur bombe atomique « Vengeance éternelle 2 » et qu'ils vont la lancer par missile sur Ryad (qui est le centre du mouvement sunnite). Cela se produira dans exactement sept jours.

La messe en l'honneur des Dieux est suivie d'un récital d'orgue à la nouvelle cathédrale. C'est la *Toccata* de Bach interprétée par une élève micro-humaine qui y met toute sa ferveur.

— Pourquoi devrions-nous défendre les Saoudiens sunnites contre les Iraniens chiites ? Dans les deux pays, le statut des femmes est assez similaire à celui des esclaves, rappelle Aurore d'un ton acerbe.

— Entre deux maux, il faut choisir le moindre, répond Natalia. J'ai pris la décision de sauver Ryad.

La jeune femme aux yeux dorés ne semble pas du tout convaincue et affiche un air buté.

— S'ils apprennent que ce sont des femmes qui ont sauvé leur capitale, ils seront peut-être « reconnaissants », poursuit Nuçx'ia, pour tenter d'abonder dans le sens de Natalia.

Mais le colonel Ovitz voit déjà plus loin.

— Si nous voulons empêcher le pire, il nous faut sélectionner les huit cents espionnes Emachs qui vont devoir mettre hors d'état de nuire les huit cents centres de tirs de missiles potentiellement nucléaires. Un seul possède le missile portant « Vengeance éternelle 2 », mais comme nous ne savons pas lequel...

– Vous avez un nom pour la mission, mon colonel ? demande le lieutenant Janicot.

– Les soucoupes volantes israéliennes qu'elles vont utiliser s'appelant des « Rings », je propose qu'on baptise la mission « Lord of the rings », en référence au *Seigneur des anneaux*. C'est l'un de mes livres préférés. Après tout, elles sont comme des hobbits, ces petits êtres qui s'infiltrent dans un système hostile pour sauver le monde. Si ce n'est que, cette fois, les anneaux sont des soucoupes volantes.

– J'ai mieux, annonce Aurore. Pourquoi pas : « Ladies of the rings » ? Après tout, ce sont toutes des petites femmes.

Natalia approuve.

– Subtil. Ce sera donc la mission « Ladies of the rings », « Les princesses des anneaux ». Quoi qu'il en soit, nous n'avons plus de temps à perdre, chacun doit désormais œuvrer pour que la mission empêche que le pire arrive.

La musique de Bach continue de monter depuis le temple microlandais, et c'est à ce moment que se produit l'incident. L'ampoule de la grosse lampe qui sert de soleil à Microland explose. Les chants et la musique s'arrêtent d'un coup. S'éclairant avec son smartphone, le lieutenant Janicot sort rapidement de la cage de Plexiglas et revient avec une échelle et une ampoule. Il dévisse la douille du soleil éteint et le remplace par une ampoule neuve de 1 000 watts.

Aussitôt les chants d'allégresse montent de la foule micro-humaine et une musique joyeuse fait vibrer l'orgue de la cathédrale.

Les Emachs se prosternent encore plus bas, alors que la papesse Emma 666 trouve une inspiration :

– C'est un miracle ! C'est un miracle !

Un peu honteux, Martin ramasse les morceaux de verre de l'ancienne ampoule pour éviter qu'il y ait des blessés et chuchote en direction de ses cinq comparses :

– Désolé. J'aurais dû changer l'ampoule plus tôt. Mais ne vous inquiétez pas, ils ne resteront pas dans les ténèbres, j'ai des soleils de rechange.

174.

À nouveau, la menace venue du ciel a surgi.

C'était un astéroïde de la même taille que Théia. Il fonçait dans ma direction à la vitesse de 70 000 kilomètres-heure.

Aussitôt j'alertai le chaman dans sa pyramide. Comme je l'espérais, mes locataires préférés prirent aussitôt les mesures adéquates. La toute nouvelle fusée Lymphocyte 13 était prête à entrer en action.

Elle décolla avec son équipage de sept mini-cosmonautes très entraînés et une bombe atomique de dernière génération.

Je me souviens, je surveillais avec inquiétude la sortie de ce vaisseau spatial de mon espace de gravité et son envolée vers le vide sidéral avec pour objectif cette nouvelle Théia.

Theia 4.

C'était la bonne fusée, avec le bon équipage, et le bon explosif. Je ne voyais pas où il risquait d'y avoir le moindre souci.

MISSION LADIES OF THE RINGS

175.

Une lueur à l'horizon, et le jour se lève sur des dunes désertiques d'où n'émergent que quelques touffes d'herbes jaunes.

Une soucoupe volante fend le ciel, se stabilise en rase-mottes, trace une ligne sur l'ovale rose du soleil qui émerge de l'horizon. La soucoupe atterrit à l'ombre du palmier de l'unique oasis qui longe un grand bâtiment en béton en forme de bunker.

La sphère transparente qui sert de poste de pilotage se soulève dans un feulement à peine perceptible et une silhouette d'une vingtaine de centimètres descend de l'échelle pour toucher le sable fin.

La silhouette verte porte deux antennes sur la tête.

Elle ôte son casque et le range avec ses antennes au fond de la soute de la soucoupe volante. Puis elle secoue la tête et sa longue chevelure brune se déploie. Elle la noue en chignon, s'empare d'une gourde remplie d'un liquide énergisant et enfile son sac à dos par les bretelles.

Emma 109 prend le temps de camoufler sa soucoupe volante afin qu'elle ne soit pas repérable à hauteur des Grands. Puis elle rampe au sol pour s'approcher de l'objectif, qu'elle cadre dans ses jumelles.

Il y a des « Grands Ennemis » qui patrouillent, il y a un mur, il y a une grille, il y a des miradors.

Emma 109 se souvient des dernières indications de ses « Grands Amis » : « Ceux que vous rencontrerez là-bas ne sont pas des Dieux. Ce sont les ennemis des Dieux, donc vous ne devez pas leur obéir, vous ne devez pas les respecter. Vous pouvez les attaquer, vous pouvez les tuer. À eux vous pouvez dire *Non*. »

C'était compliqué pour cette jeune Emach d'intégrer à la fois la loi, la religion, et la mission sacrée qui contredisait la loi puis la religion. Cependant, c'était dans l'entraînement physique, particulièrement intensif ces derniers jours, qu'elle avait trouvé un sens à son action. Aux exercices d'infiltration, Emma 109 n'avait pas eu les meilleures notes, mais au pilotage des soucoupes volantes ou au krav maga elle s'en était plutôt bien tirée. Elle s'était même placée dans les dix meilleures sur huit cents.

Elle range ses jumelles et poursuit sa progression derrière les dunes du désert. Elle arrive ainsi sans difficultés au mur de béton du bunker, repère une étroite fenêtre, lance le grappin, gravit la paroi, creuse un orifice sous la fenêtre et entre à l'intérieur du bâtiment dont la couleur sable semble continuer les dunes.

Emma 109 franchit une grille en se glissant entre les barreaux métalliques. Elle cherche une bouche d'aération, cependant que tournent dans sa mémoire les paroles de la déesse Natalia : « Quel que soit le centre souterrain, il est forcément ventilé pour que les humains qui travaillent à l'intérieur puissent respirer. »

L'espionne trouve finalement une bouche grillagée. Elle fouille dans son sac à dos. Armée d'un tournevis électrique dont elle peut choisir la tête, elle dévisse la plaque de protection et se glisse dans le conduit. Elle avance à quatre pattes, jusqu'à un coude en pente. Elle trouve dans son sac à dos un système de ventouses qui lui permet de descendre en se plaquant contre la paroi en aluminium. Elle s'enfonce dans le tunnel vertical avec des gestes précis, parvient à un croisement et hésite entre deux directions.

De nouveau, les mots de la déesse Natalia lui reviennent en mémoire : « Avant vous, nous avons utilisé pour des missions similaires des singes dressés et des robots programmés. Les deux ont échoué car ils manquaient d'initiatives adaptées aux imprévus. C'est ce qui va faire votre réussite : improviser, écouter votre intuition, gérer les événements nouveaux avec sang-froid et en pesant instantanément le pour et le contre avant de prendre une décision. Vous êtes désormais des armes parfaites, capables de prendre des initiatives originales en fonction de ce que vous voyez en direct. »

L'espionne continue sa progression et aboutit devant une salle où des militaires installés autour d'une table jouent aux cartes.

Ce n'est pas là.

Elle remonte le tunnel en sens inverse et redescend à l'aide des ventouses, jusqu'à ce qui ressemble à un centre de contrôle. À travers la grille du système d'aération, elle distingue des tableaux et des écrans, et des Grands en blouse blanche devant des appareils. Elle se rappelle les recommandations. « Vous devez chercher le cœur du système informatique et placer la bombe à cet endroit. » Elle descend, fouille plusieurs pièces vides, jusqu'à celle qui pourrait correspondre à la description.

Elle dépose la bombe, qui pesait dans son sac à dos, au fond d'un placard de matériel informatique. Elle connaît son pouvoir de destruction, surtout en milieu confiné, comme ce centre souterrain.

Je ne dois pas me laisser impressionner. Ils sont grands mais ce sont les ennemis des Dieux.

Elle referme le placard et déclenche le compte à rebours de la mise à feu.

Emma 109 se dit que, finalement, c'est bien plus facile qu'elle ne le craignait. Sa petite taille est vraiment un atout pour agir à sa guise parmi ces Grands aux gestes lents. Elle jette un dernier regard à la bombe, et voit les chiffres de la minuterie défiler. Elle sait que maintenant il lui faut s'éloigner à toute vitesse.

176.

La fusée Lymphocyte 13 a rejoint l'astéroïde Théia 4.
Les petits cosmonautes ont atterri sur sa surface. Ils sont sortis avec leur scaphandre et ont commencé à se déployer et à installer leur matériel pour creuser et placer la charge nucléaire au plus profond de la roche.
Je suivais leur progression grâce à leur caméra vidéo, et je me souviens avoir eu un mauvais pressentiment.
Je les trouvais trop nerveux.

177.

Emma 109 revient dans la pièce où elle a pénétré le système d'aération. Mais soudain la Micro-Humaine se retrouve face à un problème.

L'animal posé sur les genoux d'un Grand l'a repérée et bondit vers elle.

Si la jeune Emach avait compris que les Grands étaient lents, balourds et massifs, elle réalise en revanche combien cet adversaire-là est agile et vif. Elle l'a vu dans l'*Encyclopédie du savoir Relatif et Absolu* du dieu David. Et la photo était exactement celle-là. Comment ils l'appelaient déjà ? Un chat.

Elle n'avait jamais vu un tel monstre de près et sent intuitivement que l'ennemi est implacable.

Le félin bondit à sa poursuite sans même miauler.

Emma 109 n'a pas le temps de rejoindre la plaque menant au système d'aération, pas le temps non plus de saisir son arbalète à fléchettes soporifiques dont on l'a précisément équipée pour résoudre ce genre de problème. La voix de la déesse Natalia répète dans sa tête : « Improvisez et laissez parler votre intuition. C'est ce qui vous rend supérieures aux robots et aux singes. »

Une patte toutes griffes dehors la frôle.

Le compte à rebours de la bombe est lancé et elle sait qu'elle a exactement douze minutes pour s'éloigner.

Cette fois la patte velue parvient à la faucher. Emma 109 part en cabriole avant, retombe sur le dos, son sac amortissant le choc. Elle se relève et fait front. Le chat montre ses dents en grondant, prêt à la croquer. Mais elle est sauvée par l'instinct joueur de l'animal.

Trouvant sa proie distrayante, le félin n'a pas envie de la tuer tout de suite, il préfère d'abord s'amuser à la faire souffrir. D'une griffe acérée, il érafle les vêtements de la Micro-Humaine.

Emma 109 court. Alors qu'elle croit l'avoir distancé, elle se fait à nouveau faucher par un coup de patte.

Improviser. Utiliser l'environnement..., se répète Emma 109 qui ne peut oublier la bombe dont le compte à rebours doit s'égrener dans la pièce voisine.

Elle réfléchit à ses atouts et ses handicaps : le chat est plus rapide mais elle a des mains avec des doigts, alors elle improvise une tactique. Repérant un rideau de toile, elle utilise deux couteaux comme grappins, et se hisse à la force de ses bras jusqu'en haut du rideau.

Le chat aussitôt plante ses griffes et grimpe à sa poursuite.

Arrivée au sommet, Emma 109 avance en équilibre sur la tringle de cuivre. Le chat n'ose pas s'y aventurer. Il donne des coups de pattes, mais elle s'élance à temps sur la toile de l'autre côté de la fenêtre et se laisse redescendre en plantant ses couteaux qui fendent la toile.

501

Cette fois, le chat ne peut la suivre. Par une bizarrerie de la nature, elle le sait, le chat a des griffes qui lui permettent de monter mais pas de descendre, et il n'ose sauter d'une telle hauteur. Il se résigne donc à miauler très fort pour se faire aider.

Emma 109 a rejoint la bouche d'aération et remonte avec ses ventouses adhésives le long du conduit. Elle est en sueur et épuisée, mais sait qu'elle n'a plus de temps à perdre. Le compte à rebours de la bombe doit être bien avancé.

178. HAREMS TURCS

Les harems (étymologiquement : « sanctuaires ») étaient les lieux les plus secrets de l'Empire ottoman. Ils étaient construits dans les palais et comprenaient des jardins, des hammams, des bassins, des dortoirs, eux-mêmes occupés par quelques dizaines d'eunuques et en moyenne 400 concubines.

C'étaient des prisons de luxe où étaient enfermées des jeunes femmes qui avaient été capturées sur les bateaux de voyageurs par des pirates, puis vendues sur les marchés d'esclaves, mais aussi des jeunes femmes raflées dans les provinces envahies par l'Empire ottoman, notamment dans les pays slaves (les musulmanes ne pouvant pas être esclaves, les Turcs n'enlevaient que des femmes qui pratiquaient une autre religion).

Les harems étaient de vraies prisons, même si les barreaux étaient dorés, la décoration et la nourriture d'un grand raffinement. Les fenêtres, par exemple, étaient tournées vers le nord afin que les femmes ne perçoivent pas l'écoulement du temps en observant le soleil. Des fontaines bruyantes masquaient les bruits extérieurs.

La fonction du harem était de perpétuer la dynastie du sultan. Ce dernier choisissait sa favorite du soir en lâchant un mouchoir, et la femme ainsi désignée le ramassait et

rejoignait sa chambre. L'élue se nommait « odalisque », ce qui signifie « destinée à la chambre ».

Le jour, les concubines attendaient le bon vouloir du sultan et se disputaient entre elles pour avoir ses faveurs et ainsi lui donner un fils. Le sultan souhaitait le plus de garçons possible afin de compenser les maladies et la mortalité.

Ensuite, la rivalité des concubines passait par leurs fils. La règle du jeu était établie : la succession du sultan devait passer à l'aîné.

Les princes héritiers se retrouvaient donc dans une prison adjacente qu'on appelait « la cage », sorte de petit harem pour hommes tout aussi luxueux que le harem pour femmes. En général, pour 400 concubines, il y avait une cinquantaine de princes héritiers.

Dès l'instant où le sultan mourait, le fils aîné était désigné nouveau sultan, et tous ses frères et demi-frères cadets étaient étranglés avec une cordelette de soie par les eunuques, afin qu'ils ne soient pas tentés de contester le pouvoir. Quant à la mère de l'élu, le statut de reine mère lui était attribué.

En toute logique, les concubines passaient leur temps à monter des complots, non seulement pour tuer les princes concurrents, mais aussi le sultan afin que les deux événements coïncident.

À l'intérieur de « la cage », tous les princes vivaient dans la haine et la peur de leurs frères, ce qui les rendait paranoïaques et, pour certains, complètement fous. Leurs mères, qui étaient autorisées à les voir dans « la cage », remontaient le moral de leur champion et leur fournissaient couteaux et poisons pour se débarrasser de leurs rivaux.

Le niveau de violence et de rage dans ce décor de rêve était réglé par les eunuques qui servaient de police interne. Ces derniers étaient des jeunes adolescents, razziés en Éthiopie, et à qui on avait fait subir l'ablation totale du pénis et des testicules, remplacés par un tuyau pour uriner. Ceux qui avaient survécu à la castration (80 % en mouraient en s'intoxiquant avec leur propre urine qui n'arrivait plus à s'évacuer) étaient alors vendus sur les marchés d'esclaves du Caire.

Après la révolution de 1909, le sultan Abdul Hamid II fut chassé de son palais et le harem de Topkapi ouvert, dévoilant plusieurs centaines de femmes de 15 à 50 ans qui y vivaient complètement coupées du monde. Lors de leur libération, la majorité d'entre elles ne souhaitèrent pourtant pas quitter ce lieu, considérant qu'à l'extérieur les attendait une vie encore pire.

Edmond Wells,
Encyclopédie du Savoir Relatif et Absolu, Tome VII.

179.

Les petits astronautes d'1,70 mètre avaient fini par placer la bombe atomique profondément dans le sol de l'astéroïde Théia 4. Puis ils étaient remontés dans leur vaisseau et avaient actionné la commande de déclenchement à distance.

En une seconde, l'explosion désintégra tout ce qui l'entourait. Théia 4 avait été mise hors d'état de nuire.

Le vaisseau spatial avait redécollé et s'était éloigné, mais un morceau de roche projeté dans l'espace frappa l'engin et le pulvérisa. Les autres débris de l'astéroïde Théia 4 qui touchèrent ma surface s'enflammèrent, provoquant une sorte de feu d'artifice d'étoiles filantes qui dura longtemps.

180.

Le missile nucléaire étiqueté sur ses flancs « Vengeance éternelle 2 » en persan, fait chauffer ses tuyères. Puis, dans une bourrasque de lumière et de fumée, il se soulève sur sa rampe de lancement et se propulse haut dans le ciel en direction de son objectif programmé : la ville de Ryad.

Le missile vole de plus en plus haut.

Emma 109 sort de son sac à dos sa petite caméra personnelle et filme l'événement. Dans l'objectif, elle voit le missile qui s'élève dans le ciel, puis commence à virer pour se diriger vers le sud-ouest. Mais alors que Vengeance éternelle 2 continue sa progression, soudain c'est le centre souterrain de lancement qui explose d'un coup.

Emma 109 n'a que le temps de se plaquer au sol. Les dernières gerbes jaunes et rouges transforment ce coin de désert en boule de feu, la jeune espionne relève sa caméra, et elle peut constater que, le missile n'étant plus guidé par le centre, il s'éteint, tourbillonne et retombe dans le sable.

Emma 109 pousse un soupir et prononce pour elle-même :

– Mission accomplie.

181.

– Comme dirait Aurore, il y a une bonne et une mauvaise nouvelles, annonce Natalia.

Les autres attendent, impatients.

– La bonne : les huit cents centres ont été neutralisés. L'un d'eux avait déjà lancé un missile qui est retombé dans le désert.

Ils manifestent leur soulagement et leur joie.

Elle sort une clef USB. Un écran s'illumine.

– Voilà les images du missile iranien stoppé en vol. Les Américains ont tout filmé avec leur satellite d'observation.

Ils distinguent en effet un point blanc qui surgit du sol, se déplace puis s'arrête.

– Et ce serait le missile nucléaire ? demande David, intrigué.

– Ça ressemble bien à Vengeance éternelle 2, reconnaît Natalia.

— Dire qu'avec cet argent, ils auraient pu investir dans des routes, des hôpitaux, des lycées ou des universités, remarque Penthésilée.

— Ils ne sont pas fous, plus il y aura d'étudiants ou même de gens instruits, plus il y aura de risques de révolte. Si on veut être tranquille, mieux vaut investir dans l'armée que dans l'éducation, signale le lieutenant Janicot.

— Et la mauvaise nouvelle ? demande David.

— Eh bien…

Le visiophone se met à sonner. Natalia allume l'écran et tous voient le visage du président Stanislas Drouin.

— Ah, Natalia, je vois que vous êtes avec vos collègues de travail. Peut-on parler seul à seule ?

— Vous pouvez parler devant eux, monsieur le président, ils sont depuis le début sur ce projet, je n'ai plus rien à leur cacher désormais.

— Bien. Je voulais que vous le sachiez, j'ai toujours eu la conviction que vous réussiriez.

— Merci, monsieur le président.

— Natalia, nous sommes bien d'accord que cette opération, comment vous m'avez dit qu'elle s'appelait ?

— … « Ladies of the rings ».

— C'est cela. Bon cette opération doit rester ultrasecrète.

— Bien sûr, monsieur le président.

— Cependant, vu les résultats obtenus, il m'a semblé logique d'augmenter vos moyens de recherche et développement.

— Nous voudrions leur construire des bâtiments plus vastes, reconnaît Natalia.

— Et installer un système de tout-à-l'égout, l'eau et l'électricité. Pour l'instant, elles vivent un peu comme au Moyen Âge, croit bon d'ajouter David.

Le président découvre l'équipe dans son entier.

— Ah, je vois que vos amis sont aussi imaginatifs et motivés que vous, colonel Ovitz. Bien, je prendrai sur notre caisse noire pour vous offrir ces petites améliorations.

Il reste face à l'écran.

– Plus sérieusement, sachez que ce que vous avez accompli a été « déterminant » pour la diplomatie internationale. Bravo à vous tous.

Natalia éteint l'écran, puis aspire la fumée, qu'elle laisse filer très lentement.

– C'est étrange de réussir, énonce-t-elle. Je crois que nous sommes toujours préparés à l'échec, le succès a quelque chose de déconcertant.

– Vous ne nous avez toujours pas donné « la mauvaise nouvelle », colonel.

– Eh bien… il n'y en a pas.

Martin Janicot la soulève dans ses bras et approche son visage du sien.

– Merci, Natalia.

Tous remarquent que l'homme n'a pas de tee-shirt aux lois de Murphy.

– Tout ça c'est grâce à toi, rappelle-t-il.

Elle l'embrasse avec tendresse. De son côté, David prend la main de Nuçx'ia et Aurore celle de Penthésilée.

– Maintenant je peux vous le dire. Jusqu'au bout, j'ai pensé que tout allait dérailler, avoue Natalia.

– Champagne ? propose Aurore. Si vous voulez, je concocterai un petit dîner avec du cassoulet pour fêter ça.

– D'abord, je vais annoncer la bonne nouvelle aux Emachs de Microland, déclare Natalia Ovitz. Après tout, elles aussi ont le droit de se réjouir après tous les efforts que nous leur avons demandés.

Son téléphone se met à vibrer et elle lit le message. Elle semble soudain moins enjouée.

– Finalement, il y a peut-être une mauvaise nouvelle reconnaît-elle. Sur les huit cents soucoupes qui devaient rejoindre le sous-marin français *Le Vigilant* au large du Liban, deux manquent à l'appel. Emma 523 et Emma 109. Plus aucun contact GPS, audio, ou vidéo.

Les sourires se délitent.

– Dans toute opération militaire, la perte acceptable est de 20 %. Là nous sommes nettement en dessous, tente de temporiser le lieutenant Janicot.

Natalia réfléchit :

– Nous pouvons considérer que c'est malgré tout une grande victoire. Mes amis, je crois que nous venons non seulement de sauver Ryad, mais aussi d'empêcher la Troisième Guerre mondiale. Quant à Emma 523 et Emma 109... elles n'auront pas disparu pour rien.

Elle se lève et va chercher une bouteille de champagne.

– Je vais chercher l'alcool, la nourriture, et la musique. Tant pis pour le cassoulet, Aurore, nous nous contenterons de manger des pâtes, j'ai faim ! Place à la récompense ! Place à la fête ! NOUS AVONS RÉUSSI !!!!!!! Maintenant que je les ai sauvés, je ne veux plus savoir ce que font mes crétins de congénères.

Elle brandit son smartphone et le met en position silencieux. Tous font de même. Elle en profite pour débrancher le visiophone filaire.

– Désormais le monde peut s'effondrer, nous avons fait notre part pour le sauver !

Elle attrape une bouteille de champagne et en fait sauter le bouchon.

– Je veux que tout le monde soit complètement saoul ce soir ! annonce-t-elle.

Aurore et David sont surpris par cette proposition de Natalia qui s'est montrée jusque-là plutôt disciplinée et stricte. David songe que c'est encore un paradoxe du personnage. Puis il se met à boire et se dit que si son père et sa mère étaient encore vivants, ils seraient fiers de lui.

182.

Après la destruction de l'astéroïde Théia 4, et celle de la fusée qui tentait de s'éloigner après avoir accompli sa mission, survint un événement inattendu.

Alors que les humains fêtaient la réussite de l'opération, quelques minihumains du centre, qui étaient eux-mêmes éduqués pour faire de futurs cosmonautes, furent traumatisés par le décès de leurs collègues en mission car ils considéraient que les Grands les avaient envoyés à la mort sans se préoccuper des procédures de sécurité.

Ils n'essayèrent même pas de se plaindre ou de réclamer des modifications. Guidés par un meneur qui avait tenu un discours sur le « peu de cas que les Grands faisaient de la vie des mini-humains cosmonautes » il leur proposa de fuir le centre aéronautique, s'ils ne voulaient pas eux-mêmes être un jour envoyés dans l'espace et connaître un sort aussi funeste.

Ce minihumain rebelle, nommé Gill-Gah-Mesh, parvint à convaincre soixante-trois de ses semblables qui décidèrent non seulement de fuir le centre d'entraînement, mais aussi de se cacher dans des bateaux pour quitter l'île.

Dans la liesse de la mission réussie, personne ne fit attention à leur évasion. On ne constata leur disparition que deux jours plus tard, alors que les soixante-quatre minihumains avaient déjà débarqué sur d'autres rives éloignées.

Je fus contrariée de cet incident.

J'en parlai au chaman, mais celui-ci me répondit que les mini-humains n'iraient pas loin. Poussés par la peur et la faim, ils reviendraient ou mourraient tués par des bêtes féroces.

Il me rappela qu'il restait encore une vingtaine de minihumains cosmonautes « loyaux » et que, de toute façon, les biologistes savaient les fabriquer à volonté.

La pluie de météorites et d'étoiles filantes, résidus de Théia 4, continua d'illuminer le ciel pendant plusieurs jours. Je surmontai ma contrariété quant à Gill-Gah-Mesh, et réussis à apprécier la réussite de la mission. N'était-ce pas ce que je souhaitais depuis des millions d'années ?

J'avais inventé la vie.

Je l'avais fait évoluer vers des espèces diversifiées en forme et en intelligence.

J'avais sélectionné les meilleurs.

Je les avais éduqués.

Je leur avais transmis des technologies de pointe pour voyager loin et détruire vite.

Je les avais surveillés.

Je les avais punis quand ils échouaient, récompensés quand ils réussissaient.

183.

Une petite soucoupe volante file au ras des flots.

Emma 109 est aux commandes de l'engin.

Elle fuit le lieu de son exploit et pilote au plus près de l'eau pour éviter d'être repérée par les radars. Soudain quelque chose bondit vers elle.

Un dauphin.

Il a confondu le drone avec un poisson volant exocet et, le bec béant, il tente de la saisir en plein vol. La Micro-Humaine a le réflexe de prendre très vite de l'altitude mais le rostre du dauphin frappe l'extrémité de son vaisseau. Emma 109 identifie les dommages et repère que c'est la zone de communication de la soucoupe qui a été détruite. Son GPS et son système radio-audio-vidéo sont hors service. Elle ne peut plus se situer ni communiquer avec le sous-marin français *Le Vigilant*. Elle n'a que ses yeux pour se repérer.

Par chance, pas de vent, donc pas de vagues, la mer est plane. Mais, la petite espionne a beau scruter de tous les côtés, elle ne distingue rien. Pas le moindre bateau, pas le moindre rocher à l'horizon lointain.

Elle prend conscience qu'elle est perdue en haute mer, loin de toute terre, dans l'impossibilité de retrouver *Le Vigilant* censé être son lieu de ralliement.

Elle se sent totalement inadaptée à ce vaste monde.

Heureusement, la soucoupe volante, même dépourvue d'une partie de son système électronique, reste parfaitement manœuvrable et autonome.

L'engin file droit et à bonne allure, à quelques dizaines de centimètres au-dessus de la surface des flots. Le ciel s'assombrit et Emma 109 allume le phare avant de son engin, ce qui attire des poissons de plus en plus gros en surface et, ne voulant plus prendre le risque d'être harponnée par un autre de ces monstres aquatiques, elle décide de positionner son engin cap vers l'ouest, là ou elle a vu le soleil disparaître.

Épuisée, la microhumaine dévore une barre énergétique, passe son engin en mode automatique, s'écroule dans son fauteuil de pilotage et soupire en regardant les étoiles à travers le dôme transparent. Elle ferme les yeux, repense à sa journée, revoit son atterrissage dans le désert près du bunker, la bombe qu'elle dépose dans le centre de contrôle entouré de Grands placides en uniforme.

Le terrifiant chat tigré qui l'a poursuivie jusqu'aux rideaux.

Sa fuite in extremis dans le système d'aération. Le missile qui décolle, le centre nucléaire qui explose et le missile qui retombe comme un simple tube de ferraille.

J'ai réussi.

Elle revoit son départ et l'attaque du dauphin bondissant hors de l'océan. Elle a la nostalgie de Microland.

Il faut que je rentre. Il faut que je retrouve les miens, il faut que je retrouve les Dieux. Mon préféré est sans aucun doute Martin, c'est le plus grand. Lui, c'est un Grand chez les Grands...

Ses paupières s'abaissent de nouveau. Elle se souvient du monde de « chez elle ». Les garçons de Microland, les Amédées. Ils étaient peu nombreux mais tellement désirés par les filles.

Lors de la soirée alcoolisée, elle avait senti une chaleur dans son sang accompagnée d'un sentiment que tout était autorisé et qu'elle avait envie de rire et de faire la fête. Elle avait donc, comme toutes ses sœurs, participé au grand défoulement. Malgré le réveil de ses hormones, par fierté, Emma 109 n'avait pas voulu faire partie de toutes ces excitées qui se précipitaient sur les mâles si attirants.

À un pour dix, évidemment ils avaient le choix.

Durant ces heures où toutes et tous étaient ivres, elle se souvient avoir vu ses sœurs faire l'amour avec les Amédées et elle les avait enviées. Elle avait vu certaines de ses sœurs vomir, d'autres se battre sans raison.

Au début, notre monde était calme et ordonné. Puis il y a eu l'alcool dans la citerne et en un jour il est devenu chaotique. Ensuite, il y a eu les morts, la colère des Dieux, et la naissance de la religion des Grands. Plus rien n'a été pareil.

Elle ouvre les yeux, observe les étoiles.

Qui suis-je ?

Pourquoi j'existe ?

Qui est mon peuple ?

Pourquoi ma cité est-elle enfermée dans un cube de verre transparent ?

Emma 109 se rappelle qu'elle avait adoré cette période où, alors que tout était à nouveau stabilisé, chacun se tenait prêt à réussir une action complexe qu'elle percevait déterminante.

Elle se souvient du plaisir de piloter les petites soucoupes volantes.

Elle se souvient de l'instant où ils avaient tous embarqué dans le sous-marin *Le Vigilant*.

Comment la déesse Natalia nous avait nommées déjà ? Ah oui : « Les huit cents espionnes de la mission Ladies of the rings ». Qu'était-il advenu des autres ? Avaient-elles réussi elles aussi ?

Emma 109 rouvre les yeux.

Oh, et puis, on verra bien. Pour l'instant je suis encore vivante et c'est la seule chose qui compte.

Alors elle rabaisse les paupières et s'endort dans son fauteuil de pilotage légèrement basculé en arrière. Toutes les images de la journée se mélangent tandis que sa soucoupe volante plane au-dessus des flots lisses.

184 : ENCYCLOPÉDIE : TROIS PAS EN AVANT, DEUX EN ARRIÈRE

Si l'on met l'histoire en perspective, on remarque que l'humanité évolue en effectuant trois pas en avant, puis deux pas en arrière. Elle progresse, arrive soudain à un point de climax, s'arrête et fait demi-tour pour redémarrer plus tard.

Ainsi, la civilisation romaine améliore et précise la civilisation grecque, reprenant ses principes politiques (démocratie, république), scientifiques (astronomie, géométrie, médecine, architecture), et s'inspirant même de sa religion et de sa langue.

La civilisation romaine arrive à un sommet d'expansion géographique, mais également à une grande complexité au niveau des technologies, de l'architecture, de la littérature, du droit, de la médecine.

Elle domine le bassin méditerranéen et s'étend de l'Écosse, au nord, au Sahara, au sud, de la Bretagne aux pays slaves.

Elle évolue, s'amplifie, se complexifie, puis touche à son point de climax vers l'an 500.

Dès lors, elle est stoppée. Sur toutes les frontières, les invasions barbares menacent.

Au nord, l'Empire romain est rongé par les Saxons, les Pictes (des Écossais dont le visage est peint de pictogrammes), les Vikings ; à l'est, ce sont les Germains, Goths, Ostrogoths, Wisigoths, Huns ; au sud, les Sarrasins, Maures, etc.

L'Europe replonge dans l'insécurité, les bandes de pillards font régner la loi, la famine et les épidémies se répandent. Le fanatisme et la violence remplacent l'ordre de l'empire.

Il faudra attendre l'an 1500, pour que le film de l'évolution des mentalités reprenne là où il s'était arrêté. Conscient de cette reconnexion au passé, les artistes qui sont les premiers à le relancer utilisent le mot de « Renaissance ». C'est en effet l'époque où les créateurs les plus innovants peignent avec prédilection des scènes de l'histoire romaine ou grecque. Le théâtre fait référence aux mythologies. Les architectes redécouvrent des techniques oubliées, de même les médecins, les navigateurs, les herboristes, les astronomes.

Cependant, mille ans ont été perdus. Que se serait-il passé s'il n'y avait pas eu les invasions barbares, et si on avait poursuivi directement à partir du point d'évolution de l'an 500 sans passer par cette période de mille ans d'obscurantisme ?

Vue avec du recul, l'histoire de l'humanité évolue ainsi, trois pas en avant, stop, puis deux pas en arrière.

Après les deux pas en arrière, elle refait trois pas en avant, et au final l'espèce progresse.

Les deux pas en arrière semblent cependant nécessaires pour attendre que les éléments les plus « retardataires » de la société humaine rejoignent le groupe dont l'avant-garde progresse trop vite par rapport au reste du troupeau.

Edmond Wells,
Encyclopédie du savoir Relatif et Absolu, Tome VII.

185.

L'horizon s'étale à l'infini. Emma 109 s'est réveillée et découvre que rien n'a évolué depuis la veille. Le décor est exactement le même.

La mer est d'huile, le ciel sans nuage, et sa soucoupe volante file à 60 kilomètres-heure au ras de l'eau. À l'arrière les réacteurs ronronnent, à l'avant les phares sont encore allumés. Sous elle, l'ombre arrondie du vaisseau glisse en réflection sur la surface de la mer.

L'espionne microhumaine se dit que le monde est peut-être encore bien plus grand qu'elle ne l'avait imaginé jusque-là. Dans le sous-marin, elle n'avait pu estimer les distances, mais à présent elle voit qu'au-delà de Microland tout est immense, et cette mer qui n'en finit pas ne fait que confirmer cette impression.

Combien de temps cette soucoupe volante pourra-t-elle voler encore ?

Le soleil commence à taper fort à travers la vitre de Plexiglas du cockpit. L'habitacle chauffe.

Quand le carburant sera épuisé, je devrai probablement ramer et je risque d'être attaquée par tous les prédateurs aquatiques.

Au loin, elle croit distinguer une forme au nord-ouest. Au risque d'épuiser les dernières réserves de carburant, elle se réoriente vers ce cap. Dans l'objectif de ses jumelles, elle distingue une terre avec de la végétation et des fumées. Quelques silhouettes humanoïdes circulent.

Des Grands. Dieux ou Ennemis ?

Elle voit maintenant des bateaux, une plage ensoleillée pleine de bruits et de Grands barbotant dans l'eau transparente.

Après ce long voyage seule sur la mer, cette vision est pour elle un véritable soulagement.

Elle pilote son engin pour rejoindre la terre ferme mais soudain, alors qu'elle plane au-dessus de la plage, un choc violent la secoue.

Sa soucoupe est bloquée net.

La Micro-Humaine se retourne et voit qu'un chien a bondi pour l'attraper en plein vol et maintenant il court en la tenant dans sa gueule comme un trophée. Elle cherche dans son sac à dos une arme mais déjà les événements s'enchaînent. Le chien dépose la soucoupe aux pieds d'un jeune Grand. Celui-ci se penche et, les yeux écarquillés d'étonnement, prononce quelques mots dans une langue inconnue.

C'est du grec car l'endroit où a atterri Emma 109 est la petite ville touristique d'Ayia Napa, sur la côte sud-est de Chypre.

D'autres enfants accourent.

Le chien resté à côté remue la queue et aboie pour qu'on lui relance ce qu'il considère comme un frisbee. Emma 109 décide d'ouvrir le dôme transparent du cockpit qui se soulève dans un grincement. La réaction des Grands est un mélange de surprise, de fascination et d'effroi. Elle se tient debout, face à ces silhouettes dont elle distingue mal les regards.

– Bonjour, énonce-t-elle comme on lui a appris à le faire.

Elle accompagne sa parole d'un geste de la main, paume en avant, signe de paix.

Aussitôt tous les enfants reculent et poussent des exclamations.

Prudemment, les enfants s'approchent à nouveau de l'objet intrigant et de son non moins intrigant contenu.

L'un d'eux, armé d'un bâton, touche le vaisseau et essaie de toucher Emma 109 comme s'il s'agissait d'un crapaud venimeux. Quand la Micro-Humaine repousse le bâton tous reculent d'un même mouvement.

Une foule commence à entourer la soucoupe. Des gens en maillot de bain ou en short brandissent leur téléphone portable pour prendre des photos ou filmer.

– « Bonjour », c'est du français, signale un homme. Laissez-moi passer. Je suis professeur de langues.

Aussitôt la foule se creuse pour laisser passer un petit homme qui semble très sûr de lui. Alors qu'un cercle de plus en plus compact se forme autour d'eux, il s'agenouille près de la soucoupe volante.

Conscient d'être le centre des regards et ne voulant pas décevoir son public, le professeur articule dans un français académique :

– Êtes-vous une extraterrestre ?

Alors, se souvenant de la recommandation de la papesse Emma 666, elle répond :

– Oui.

L'homme traduit en grec question et réponse à la foule qui écoute et pousse une clameur d'émerveillement. Une vibration nouvelle circule dans l'assistance. Le mot « extraterrestre » est prononcé avec respect et fascination.

Certains disent déjà que c'est la première fois qu'on en voit « un » « en vrai vivant et en plus qui communique ». Les appareils électroniques se déclenchent en rafales. Déjà certains s'activent à téléphoner pour annoncer la nouvelle.

Plusieurs journalistes avertis par des coups de fil finissent par débouler sur la plage. En un instant, le village balnéaire chypriote acquiert un intérêt qui va bien au-delà de sa météo clémente, de son sable fin et de ses eaux claires.

C'est un journaliste américain de CNN qui, à force de payer l'entourage et surtout l'enfant considéré comme « l'inventeur du trésor », obtient une interview exclusive. Il parle lui aussi parfaitement français. Emma 109 a l'impression qu'elle va pouvoir utiliser ce Grand, qui a l'air de mieux la comprendre, pour rentrer à Microland. Mais elle pressent qu'elle va devoir jouer une partie serrée, et qu'elle n'a pas le droit de trahir ses Dieux ni de donner trop d'informations sur sa mission.

Alors que les ombres immenses se penchent sur elle, Emma 109 décide de rester prudente. Par souci de coquetterie, elle a un geste instinctif pour se recoiffer.

186.

Toute à ma joie de cette mission réussie, je n'accordai que peu d'attention à Gill-Gah-Mesh et aux soixante-quatre mini-humains échappés de l'île. Pour moi ils étaient comme des souris expérimentales qui auraient profité d'un instant d'inattention des scientifiques pour quitter leur laboratoire et se répandre dans la nature.

Je surveillais la construction du vaisseau Lymphocyte 14, encore plus grand, encore plus rapide, capable d'emporter plus de cosmonautes, mais aussi une bombe nucléaire plus volumineuse. Désormais, même un astéroïde de la taille de Théia 1 pouvait être détruit par mon équipe de choc.

Si je me souviens bien, Gill-Gah-Mesh et les soixante-quatre évadés s'étaient scindés en trois groupes qui avaient fui sur trois bateaux pour augmenter leurs chances de réussite.

Un premier groupe de fugitifs était parvenu jusqu'à la côte de l'Amérique centrale, au niveau de l'actuel Mexique.

Un deuxième groupe avait rejoint un territoire qui correspond de nos jours au Mali, au territoire des Dogons.

Un troisième s'était embarqué sur la Méditerranée, jusqu'au Moyen-Orient, dans une région qu'ils appelleront plus tard Sumer. C'est ce dernier groupe qui était dirigé par Gill-Gah-Mesh.

À peine les minihumains échappés de leur « paradis » étaient-ils arrivés sur la terre ferme qu'ils commencèrent à faire ce qui ne leur était autorisé jusque-là que sous strict contrôle de leurs créateurs : des enfants.

187.

Sur l'écran apparaît le visage d'Emma 109.

En arrière-plan, la soucoupe volante.

En dessous s'inscrit le nom du journaliste américain qui l'interviewe : « Bill Flanagan », et une annotation : « The incredible little E.T. Direct Live from Cyprus. Greece » et en bandeau rouge sur le côté droit, en grosses majuscules : « EXCLUSIVE INTERVIEW CNN ».

– Donc vous êtes une extraterrestre ? reprend le journaliste se penchant sur celle qui semble minuscule par rapport à lui.

– Oui, reprend la Micro-Humaine qui trouve que sa stratégie de communication minimaliste est efficace pour l'instant.

– D'où venez-vous ?

Emma 109 a vu des films de science-fiction et se souvient du comportement des extraterrestres. Elle désigne des étoiles au hasard dans le ciel. Cela semble ravir son interlocuteur.

– Pouvez-vous nous indiquer plus précisément votre planète ?

Après une hésitation, Emma 109 désigne un point. Alors à sa grande surprise le journaliste utilisant une fonction GPS de son smartphone détermine l'endroit exact et annonce en se tournant vers la caméra :

– On dirait que c'est la Grande Ourse. Vous venez d'une étoile de la constellation de la Grande Ourse ?

– Oui.

– Et comment s'appelle votre peuple ?

Cette fois, Emma 109 se rend bien compte qu'elle ne pourra pas éternellement continuer sur le mode du « oui », alors elle s'aventure à prononcer le mot jusque-là secret.

– M.H.

– Emach ! Quelle sonorité étrange ! Et vous-même vous vous appelez comment ?

– Emma... Emma 109.

Cette fois, la petite assistance qui fait cercle autour de l'engin et de son occupante murmure à son tour « Emma... ».

– Emma Saneuf ? Comment se fait-il que vous parliez français ? C'est une langue compliquée, comment pouvez-vous la parler aussi bien, alors que vous n'êtes même pas de cette planète ?

À ce moment, voyant qu'Emma 109 cherche avec difficulté une réponse, le journaliste tente de lui venir en aide.

– Vous avez capté des ondes radio qui circulent dans l'espace et vous savez apprendre très vite peut-être ?

– Oui.

– Pourquoi êtes-vous venue sur notre planète ?

La Micro-Humaine se dit que si elle veut retrouver sa communauté il va falloir faire un effort, alors elle articule la première phrase qui lui vient à l'esprit et qui lui semble proche de la vérité sans la dévoiler.

– Pour vous sauver.

Nouvelle rumeur dans l'assistance chypriote qui comprend le français et traduit pour les autres.

– Nous sauver ? Vous êtes venue pour nous sauver, vous voulez dire sauver la Terre ? s'avance le journaliste conscient du caractère déterminant de ce dialogue.

– Oui.

Alors certaines personnes, spontanément, se mettent à applaudir. Le geste gagne l'ensemble des gens présents et bientôt tous applaudissent comme s'ils attendaient depuis longtemps qu'une petite extraterrestre de 17 centimètres à bord de sa soucoupe volante interceptée par un chien (qui attend toujours qu'on lui relance le frisbee) vienne sur Terre depuis une planète de la constellation de la Grande Ourse pour sauver l'humanité.

Le journaliste, qui a le sens de la mise en scène, fait signe à son cameraman de filmer en alternance la foule enthousiaste en plan large, puis le visage de la petite extraterrestre, puis la soucoupe volante endommagée, puis lui-même, puis à nouveau, mais en plan plus serré, le visage de l'extraterrestre. Conscient qu'il entre dans la légende de sa profession, il se tourne vers la caméra en prenant un air grave :

– Eh bien je crois qu'aujourd'hui, ici, sur la plage d'Ayia Napa, sur l'île de Chypre, il vient de se passer quelque chose d'historique. Une petite soucoupe volante vient d'atterrir, mais surtout un début de communication a été établi avec une autre espèce intelligente non humaine. Voilà qui devrait bouleverser notre perception de l'univers. Ici Bill Flanagan pour CNN, en direct d'Ayia Napa.

188. ENCYCLOPÉDIE : PROBABILITÉ DE VIE EXTRATERRESTRE 1 : ÉQUATION DE DRAKE

En 1961, dix scientifiques, parmi lesquels l'astronome Carl Sagan (à l'origine du message des Terriens aux extraterrestres dans la sonde *Voyager*), Melvin Calvin, chimiste à l'université de Berkeley, et le radioastronome Franck Drake, se sont réunis pour réfléchir aux probabilités d'existence d'une vie extraterrestre. Franck Drake, en préparation de cette réunion, a mis au point une équation qui vise à réfléchir « mathématiquement ».
L'équation de Drake est :

$$\text{« } N = R \times F_p \times N_e \times F_l \times F_i \times F_c \times T \text{ »}$$

Pour comprendre l'équation de Drake il faut savoir que :
N **est le nombre de civilisations avec lesquelles nous pourrions potentiellement entrer en contact et communiquer durant une année donnée.**
R **est le nombre d'étoiles détectées jusqu'à présent dans notre galaxie.**
F_p **est la fraction de ces étoiles possédant des systèmes planétaires.**

N_e est le nombre de planètes qui offrent un environnement favorable au développement de la vie.

F_l est le nombre de planètes sur lesquelles la vie aurait pu être évolutive.

F_i est le nombre de planètes où, parmi celles qui ont des formes de vie évolutive, l'intelligence aurait pu apparaître.

F_c est le nombre de planètes viables où cette vie aurait pu atteindre un niveau d'intelligence suffisant pour construire des appareils de communication ou de voyage dans l'espace.

T est la durée moyenne d'existence des civilisations technologiques par rapport à la durée de vie moyenne d'une planète (en années).

Ayant remplacé toutes les données par les nombres connus, ou du moins probables, Franck Drake arrivait à l'époque à N = 10 000. C'est-à-dire que, selon l'équation de ce radioastronome, 10 000 planètes sont potentiellement habitées par une civilisation intelligente et à technologie développée, rien que dans notre galaxie de la Voie lactée.

Edmond Wells,
Encyclopédie du Savoir Relatif et Absolu, Tome VII.

189.

Tous les petits points blancs sont aspirés par le vortex. Ils montent dans le tube et aboutissent aux narines du président Stanislas Drouin.

Celui-ci n'en revient pas. Depuis qu'on l'a alerté, il observe son écran de téléviseur alors que se succèdent devant les caméras de la chaîne CNN des spécialistes qui expliquent doctement qu'ils l'avaient toujours annoncé et qu'on aurait dû les croire : « Les extraterrestres existent et visitent de temps en temps notre planète. » Apparaissent des photos, et la soucoupe volante d'Emma 109 ressemble fort à celles qui figurent sur des multitudes de clichés d'amateurs.

Le président sait qu'il va avoir besoin de toute son attention pour prendre des décisions importantes dans les minutes qui viennent. Pour l'instant il reste fasciné par ce qu'il entend aux actualités de la chaîne américaine à diffusion mondiale.

— La présence de cette petite extraterrestre est complètement normale, explique un savant en costume-cravate. Ce qui aurait été étonnant, c'est que nous ne rencontrions aucun extraterrestre, assure-t-il. Par contre, le fait que sa forme soit humanoïde est très surprenant.

— Cela étonnera peut-être les autres scientifiques mais, pour ma part, répond un autre savant en costume-cravate, j'ai toujours expliqué que notre forme bipède, avec des mains et des yeux en avant, était la seule qui autorisait la maîtrise des technologies de pointe.

Un troisième ne partage pas cet avis :

— Les chances de tomber sur un extraterrestre qui nous ressemble sont infimes, dit-il. Mais, ce qui est le plus surprenant, ce n'est pas sa forme humanoïde, c'est sa taille.

— Professeur Held, ce qui nous a tout de suite surpris dans ces images venues de Chypre, c'est sa tenue. Verte. On a toujours imaginé les extraterrestres en tenue verte et elle est précisément verte. Comment expliquez-vous cela ?

— Eh bien, le vert est la couleur de la chlorophylle, issue d'une réaction des végétaux à la lumière. Il doit y avoir des végétaux sur sa planète.

— Je trouve aussi extraordinaire qu'elle ait des cheveux longs et une coiffure comme nos femmes ! Qu'en pensez-vous, messieurs ?

— Elle a une coiffure parce qu'elle a des mains. Probablement que si les lions avaient des mains, ils regrouperaient leur crinière eux aussi en queue-de-cheval ou en chignon !

La plaisanterie amuse le journaliste et ses invités scientifiques.

— Et le fait qu'elle parle le français ? C'est quand même extraordinaire, une extraterrestre qui parle une langue typiquement terrienne avec la bonne syntaxe et la bonne grammaire.

— Comme elle l'a elle-même signalé, ils ont des appareils pour réceptionner les ondes radio de notre planète. Il suffit qu'ils aient capté, au hasard, une simple émission télévisée en français pour qu'ils aient cru que c'était l'unique langue et qu'ils l'aient apprise !

— Nous pourrions nous-mêmes, si nous entendions une langue extraterrestre inconnue, la décomposer, trouver sa grammaire et sa syntaxe, puis la reproduire comme si c'était la nôtre. Et ce en ignorant que peut-être, juste à côté, d'autres extraterrestres considèrent cette langue précise comme une langue provinciale minoritaire.

— Je suis tout à fait d'accord avec l'explication de mes confrères, confirme le troisième savant. Et c'est pourquoi je pense que son nom « Emma Saneuf » a dû être entendu dans une émission de télévision française.

— Mais que va-t-il se passer maintenant pour elle, messieurs ?

— J'ai cru comprendre qu'elle allait rejoindre bientôt les États-Unis pour donner une conférence à l'ONU, face aux représentants de tous les peuples.

— Ce qui semble en effet la meilleure manière d'accueillir une représentante d'une planète étrangère, confirme l'autre scientifique.

Le président Drouin saisit la télécommande et éteint l'appareil d'un geste sec, puis il parle dans son interphone.

— Passez-moi le colonel Ovitz. Tout de suite.

— Elle ne répond pas, signale la voix de la secrétaire.

— Comment ça !!? Une Emach se fait passer pour une extraterrestre devant la planète entière sur CNN à une heure de grande écoute et elle ne répond pas ! C'est une blague, j'espère. Faites-moi venir Bénédicte.

Une femme âgée, cheveux gris, lunettes, et tailleur strict, entre avec un visage impassible. Elle est déjà au courant de tout et attaque bille en tête :

— Je crois que c'est à cause de leur réussite d'hier soir. Le colonel Ovitz vous a signalé qu'ils allaient faire une grande fête pour se détendre et...

— Le monde est en train de basculer et ceux qui sont la source de tout ce chamboulement font la fête !

Elle regarde sa montre.

— Je pense qu'ils doivent dormir à poings fermés et que le colonel Ovitz a dû, pour l'occasion, couper toutes les communications.

Elle relève ses lunettes.

— À mon avis, il y a plus urgent. Désormais nous ne sommes plus dans la recherche des responsables mais dans la gestion de la crise. Votre avion pour New York est prêt.

Il la regarde, étonné, alors elle précise :

— Vu les événements, j'ai pensé qu'il fallait réagir vite et j'ai demandé qu'on prépare votre avion pour... l'allocution officielle que mademoiselle Saneuf va prononcer à l'ONU dans quelques heures.

— Vous l'appelez « mademoiselle Saneuf » ?

Le président se lève et tourne dans la pièce, d'autant plus fébrile que les cristaux de cocaïne commencent à lui brûler les neurones.

— Les ministres en pensent quoi ?

— Le ministre de la Recherche pense qu'il ne faut pas s'affoler. Ce n'est qu'un coup des médias, tout va retomber aussi vite que c'est monté. Comme Roswell ou toutes les affaires d'OVNI, cela ne passionne que les jeunes geeks et quelques illuminés.

Bénédicte rajuste ses épaisses lunettes.

— Le ministre de la Guerre rappelle qu'il ne faut pas qu'on découvre que nous avons saboté les centres nucléaires iraniens, sinon cela pourrait nous créer des problèmes diplomatiques. Il redoute qu'Emma 109 parle trop, et il propose qu'on envoie un agent pour la mettre « hors d'état de divulguer des informations gênantes pour notre diplomatie ».

— L'éliminer ?

Le président évalue la proposition.

— Ça simplifierait évidemment tout.

— Mais je crains qu'il ne soit trop tard. Elle est en permanence surveillée.

La femme relit ses notes, s'assoit et continue.

— Et puis, si l'un de nos espions maladroits se faisait attraper nous passerions pour les tueurs d'extraterrestres pacifiques. Très mauvais pour notre image.

— Et vous, Bénédicte. Vous en pensez quoi ?

— Je crois que l'événement peut avoir des effets positifs annexes. Si les extraterrestres parlent français, notre langue peut redevenir à la mode.

— Bénédicte, heureusement que je vous ai, vous au moins vous réfléchissez plus subtilement que mon ministre de la Culture.

— Si je puis me permettre, il est toujours embarrassé par son accusation de pédophilie. La date de son procès approche et il n'a pas du tout la tête à réfléchir à l'influence culturelle de l'arrivée des extraterrestres sur la francophonie. Il essaie plutôt de ne pas aller en prison.

— Quel imbécile ! Je lui avais dit de se tenir tranquille jusqu'aux élections et il adopte deux garçons birmans de 14 ans et s'exhibe avec eux devant les photographes ! Et quand je lui en parle, il me répond que son prédécesseur faisait pareil. Non mais, qui c'est qui m'a fichu cette équipe de bras cassés ! Autres réactions, Bénédicte ?

— La ministre de la Condition féminine fait remarquer que si les extraterrestres envoient en pionnier une femme dans une soucoupe pour effectuer un voyage de plusieurs années-lumière, c'est le signe que, chez eux, les femmes ont accès aux métiers qui chez nous sont réservés aux hommes.

– Ah ! parce qu'elle y croit, elle aussi ?

– En fait, il n'y a que vous, le ministre de la Défense et moi qui sommes au courant, rappelle la femme en relevant ses mèches grises.

Le président s'effondre dans son large fauteuil en cuir.

– Bon sang, quelle guigne cette histoire ! Et juste quand nous avions réussi !

– Si je puis me permettre, il n'est pas dit que ce soit mauvais pour nous. En dehors de l'image positive pour la francophonie (et personnellement j'ai déjà l'idée d'un slogan pour plus tard : « Le français, la langue idéale pour voyager jusqu'aux confins de l'univers »), Emma 109 est issue d'un laboratoire d'État conventionné. Sa fabrication a été financée par vous. Quelque part, c'est une fonctionnaire à nos ordres.

Le président se relève et tourne à nouveau en rond dans la pièce.

– Qui d'autre sait ?

– Les Américains que vous avez avertis et les services secrets israéliens qui nous ont fourni les soucoupes volantes.

– Selon vous, Bénédicte, que dois-je faire ?

La femme aux cheveux gris prend un temps avant de répondre :

– Laissez faire les choses naturellement, et adaptez-vous au fur et à mesure.

– Font chier, les extraterrestres !

Puis il se reprend et se tourne vers Bénédicte. Il s'approche d'elle, la prend par les épaules puis l'embrasse à pleine bouche.

– Merci, Bénédicte. Heureusement que vous êtes là pour me soutenir.

Elle se laisse faire, puis l'encourage à poursuivre :

– Par moments, j'ai l'impression qu'en vous épousant j'ai trouvé en vous mon meilleur soutien. Meilleur que tous mes ministres, conseillers, spécialistes et experts.

Ils s'embrassent à nouveau.

– Voulez-vous que je vous accompagne à New York, président ? demande-t-elle.

– Hum... Non, ce ne sera pas nécessaire, vous serez plus utile ici. Notamment pour recevoir le colonel Ovitz et gérer les affaires courantes.

Il l'embrasse à nouveau, lui fait le baisemain, et la regarde s'éloigner.

En se rasseyant à son bureau, il répète à voix basse, comme un exorcisme :

– Et merde. Font chier, les extraterrestres.

190. ENCYCLOPÉDIE :
PROBABILITÉ DE VIE EXTRATERRESTRE 2 :
LE PARADOXE DE FERMI.

En réponse à l'équation de Franck Drake, le physicien Enrico Fermi a émis une autre idée, qu'on a appelée plus tard « le paradoxe de Fermi ». « Puisqu'il y a 10 000 possibilités de civilisations extraterrestres dans notre galaxie, en toute logique au moins l'une de ces 10 000 civilisations intelligentes aurait dû se manifester. Or, le seul fait qu'ils n'aient pas cherché à entrer en contact avec nous alors qu'ils sont censés être si nombreux... est la preuve qu'ils n'existent pas. »

D'autres chercheurs ont fait progresser le débat autrement que par la simple « croyance » ou « l'impression d'avoir aperçu quelque chose de bizarre dans les nuages ».

Parmi ces derniers, citons le physicien Paul Davies (qui a pris la direction du projet SETI : Search for Extra-Terrestrial Intelligence). Reprenant une idée de l'astronaute Rusty Schweickart, il propose l'hypothèse que les extraterrestres seraient... nous.

Dans ce cas, ce serait au cœur même de nos cellules, dans

notre génome qu'il faudrait essayer de trouver des traces d'une vie organique étrangère à cette planète. Et cette recherche-là est plus facile à effectuer que celle au cœur des galaxies.

Edmond Wells,
Encyclopédie du Savoir Relatif et Absolu, Tome VIII.

HOMO METAMORPHOSIS

191.

La présidente de l'ONU, Avinashi Singh, s'approche du micro et annonce :

— Nous ne sommes plus seuls dans l'Univers.

La femme en sari bleu turquoise fait face à l'assemblée réunie dans la salle plénière à New York.

Aucun président, roi ou dictateur n'a voulu rater l'événement. Ils savent qu'ils feront partie de ceux qui étaient là « quand c'est arrivé ».

Une haie de caméras posées sur pied est dirigée vers le pupitre central.

— Depuis le temps que nous espérions avoir un message, ou même une simple trace de vie hors de notre planète, nous commencions à ne plus y croire. Nous avions lancé des sondes dans l'espace, nous avions fabriqué des antennes tournées vers les étoiles à la recherche d'un signe. Je ne vous cache pas que la plupart d'entre nous pensaient que cela ne se produirait jamais. Et puis... hier c'est arrivé.. Une rencontre du troisième type.

Elle rajuste son sari bleu.

— Hier, un être non terrien est venu nous rendre visite. Quelle ne fut pas notre surprise, que dis-je, notre éblouissement ! Je suis tellement émue, je suis tellement fière, je suis

531

tellement bouleversée. Une extraterrestre, vivante, est désormais sur Terre. Et, tout à coup, plus aucun doute n'est possible, nous ne sommes pas seuls dans l'Univers, ils existent, ils sont là, ils sont venus nous voir. Mais le plus extraordinaire est qu'ils n'ont pas fait que venir et repartir. Ils... ou plutôt elle (car son apparence ne laisse aucun doute sur son sexe) est venue, elle est restée, et j'ai le grand honneur de l'avoir invitée ici, elle est maintenant parmi nous. Mesdames et messieurs, je vous demande d'applaudir la première extraterrestre venue à l'ONU pour parler aux chefs d'État terriens.

Tous se lèvent et l'ovationnent, alors qu'un rideau à l'arrière laisse apparaître un huissier tenant à bout de bras un plateau sur lequel est posée une infime silhouette. L'huissier approche et dépose sur le pupitre central le plateau face à un minimicro. Une caméra filme en gros plan et retransmet sur écran mural l'image de la nouvelle arrivante.

Dans la salle, les applaudissements redoublent. La présidente Avinashi Singh reprend le micro :

– Tout d'abord, je voudrais vous demander chère « Emma Saneuf », puisqu'il paraît que c'est votre nom, si vous êtes consciente de l'importance de cet instant ?

La silhouette fluette s'approche du micro et prononce de manière parfaitement intelligible.

– Oui.

Apparaît en version sous-titrée à l'écran : « Yes. »

– Chère mademoiselle Saneuf, vous ne pouvez pas savoir à quel point votre présence ici nous ravit, tous autant que nous sommes. Je sais que vous avez déjà fait une interview pour CNN mais, cette fois, vous avez face à vous les représentants de tous les pays du monde. Si l'on en croit ce que vous avez déclaré dans votre interview, vous seriez venue d'une planète de la Grande Ourse pour nous sauver ? Pourrions-nous, dans ces circonstances, imaginer des accords diplomatiques entre les dirigeants de nos deux planètes ?

Emma 109 décide de prendre son temps, pour laisser planer le suspense, et annonce dans un souffle :

– Oui.

« Yes » apparaît encore sur l'écran.

– Pourtant vous êtes venue seule. Donc, si nous voulons traiter, il faudra le faire avec vous personnellement ? Et vous seriez prête à cela ? Prête à signer un accord de respect mutuel et de paix ?

– Oui.

À ce moment, un certain flottement parcourt la salle car chacun s'aperçoit qu'elle ne prononce après tout qu'un seul mot, même si c'est avec conviction. La présidente poursuit néanmoins :

– Vous possédez des technologies que nous ignorons, et qui vous permettent de voyager sur des distances immenses dans l'espace. Seriez-vous prêts à les partager avec nous, en échange de certaines de nos technologies de pointe que vous ignorez peut-être ?

C'est alors que quelqu'un crie en anglais du fond de la salle.

– Arrêtez ! Arrêtez cette mascarade !

C'est le président iranien Jaffar.

Il pointe du doigt la minihumaine.

– Cette personne n'est pas ce qu'elle prétend être.

Puis il traverse la salle, monte sur scène. Aussitôt les caméras se tournent vers le trublion.

– Vous vous êtes tous fait avoir. Cette personne ne vient pas de la Grande Ourse. Et nous ne devons signer aucun traité de paix ou de commerce avec eux. Cette personne n'est qu'un agent de l'entité sioniste. Et elle est venue espionner et saboter notre pays.

– Que racontez-vous, président Jaffar ? demande la présidente de l'ONU Avinashi Singh.

– J'ai des preuves de ce que j'avance.

À ce moment, l'homme fait signe à son comparse qui apporte sur l'estrade une cage à oiseau recouverte d'un tissu vert. Le président Jaffar place la cage à côté d'Emma 109 puis, d'un coup, arrache le tissu et révèle son contenu.

Les caméras zooment, les chefs d'État se dressent pour mieux voir. L'image agrandie est déjà retransmise au-dessus d'eux sur l'écran central.

Emma 109 pousse un cri de surprise. De la salle monte une clameur de stupeur et de déception. Les caméras s'approchent encore, alors que le président Jaffar jubile, conscient d'avoir capté l'attention de l'assistance. Il s'approche alors du micro et prononce, tranquillement, à haute et intelligible voix :

– Voilà la vérité vraie enfin révélée.

192.

Gill-Gah-Mesh et les 64 minihumains échappés de l'île où ils étaient nés proliféraient sur les autres continents. Ils prenaient leur revanche sur les années de restrictions, quand les humains ne les laissaient pas se reproduire à leur guise. Peut-être pensaient-ils déjà entrer en rivalité avec leurs créateurs dix fois plus grands qu'eux, ceux que plus tard on nommerait les « Atlantes » ?

Toujours est-il que je les sentais de plus en plus nombreux, comme des poux qui grattaient le sol de mes forêts.

Alors que les grands humains ne faisaient jamais plus de trois enfants par couple, et que leur gestation était de 90 mois, les minihumains donnaient naissance à un enfant tous les 9 mois. Ils étaient dix fois plus petits, mais dix fois plus féconds. Malgré leur méconnaissance de la médecine et de l'hygiène qui entraînait la mort de la moitié de leurs nouveau-nés, il leur restait au moins une dizaine d'enfants par couple qui donnaient naissance à une autre dizaine d'enfants.

Même s'ils accusaient un retard technologique, culturel et agri-

cole, même s'ils vivaient dans la peur et l'angoisse des prédateurs, de la météo, des maladies…. leur croissance démographique restait exponentielle.

Et plus ils faisaient d'enfants, moins ils avaient le temps de les éduquer. Si bien qu'ils oublièrent les règles de vie enseignées sur l'île pour revenir à un stade primitif.

Leur langue s'appauvrit, leur médecine se chargea de superstition, l'agriculture et l'élevage, pour pénibles qu'ils soient, redevinrent peu rentables. Ils n'utilisaient leur intelligence que pour la « survie immédiate ». Toute perspective de temps et d'espace leur échappait. La crainte entraînant l'agressivité, ils furent obsédés par les armes, la violence et la mort. Terrorisés par les prédateurs, ils libéraient leurs tensions en faisant la guerre aux clans voisins.

Bientôt, les membres d'un même clan, d'une même famille, s'entre-tuèrent. Ils ne vivaient que submergés de deux émotions : la peur et l'envie.

Ils étaient… sauvages.

C'était un problème inattendu, à l'époque, je vivais une telle idylle avec mes locataires préférés, les grands humains de l'île, que je n'accordais aucune importance à ceux des continents, ces « petits humains ratés échappés des laboratoires ».

Ce fut ma première grande erreur.

193.

Dans la cage à oiseau, une petite forme est recroquevillée. Emma 109 l'identifie aussitôt.

– 523 !

La silhouette se redresse avec peine. Son uniforme vert est en lambeaux. Ses cheveux ébouriffés sont plus clairs que ceux d'Emma 109.

Au fur et à mesure qu'elle se relève, tous peuvent voir qu'elle porte des chaînes aux pieds et aux mains. Des marques de brûlures et de coups apparaissent sur sa peau.

Une longue blessure zèbre son cou et son épaule nue, là où pend son uniforme déchiré.

Le président Jaffar s'approche du micro.

— Nous l'avons interrogée, et elle a fini par avouer qu'elle était une espionne. Elle est née en France. Elle a été entraînée en France. Le gouvernement français est à l'origine de ses actes, il est donc le grand responsable. Voilà pourquoi elle parle, comme par hasard, si bien leur langue.

Une houle parcourt la salle.

— Mais ce n'est pas tout...

Le président iranien sort d'un sac plastique une moitié de soucoupe volante.

— Voilà leur engin de transport, leurs fameuses « soucoupes volantes qui traversent la galaxie ». En les analysant, nous avons trouvé des inscriptions bien « terriennes » sur les composants électroniques de ces engins. Et vous savez en quelle langue ? Cette fois, ce n'est pas du français mais de l'hébreu !

Une clameur s'échappe de l'assistance.

— Et je peux vous garantir que ces soi-disant vaisseaux spatiaux ne viennent pas de l'Étoile polaire mais de la maudite étoile à six branches des usines high tech de Tel Aviv !

Des sifflets retentissent.

— C'est un complot contre nous ! Ces soucoupes volantes sionistes et leurs espionnes françaises sont venues pour saboter, semer la mort et la destruction. Plusieurs centrales électriques à usage civil ont été touchées, de nombreux employés sont morts, des femmes et des enfants. N'est-ce pas, mademoiselle Emma 523 ?

La silhouette aux cheveux blonds articule d'une voix à peine audible :

— Oui.

La présidente Avinashi Singh, incrédule, observe la cage, le tissu vert taché du sang écarlate de la minuscule femme martyrisée. Elle ne trouve aucun mot capable de traduire ce qu'elle ressent. Mais déjà les caméras zooment pour ne rien rater de l'étrange coup de théâtre.

– Avouez que vous êtes une espionne venue pour saboter nos installations civiles et tuer des innocents pour le compte des sionistes !

– Oui, répète la silhouette dans la cage.

Le président Jaffar affiche un large sourire alors que le tumulte explose dans la salle plénière de l'ONU à New York.

– Évidemment, clame-t-il, nous n'allons pas en rester là. Nous exigeons un dédommagement de la France pour cet acte de pur terrorisme.

Pendant que Jaffar déclame ses accusations, Emma 109 s'est approchée de la cage.

– 523 ! Qu'est-ce qu'ils t'ont fait ? demande la Micro-Humaine à sa congénère.

– Regardez-les ! Elles sont complices ! s'exclame le représentant iranien.

– Fuis ! bredouille à toute vitesse Emma 523. Va-t'en avant qu'ils ne te fassent subir le même sort.

Elle lui montre les coups de rasoir sur son dos. Emma 109 réagit à toute vitesse, elle ouvre la cage, saisit 523 dans ses bras et, avant que quiconque ait pu s'interposer, elle saute sur la moquette et file derrière les tentures qui décorent l'arrière de la salle.

Les agents de sécurité se sont rués à la poursuite des fugitives.

Les journalistes filment et commentent, le souffle court, pour les millions de spectateurs qui assistent en direct à la scène.

– Ainsi, tout cela aurait été monté par des services secrets pour des histoires de politique internationale, annonce un journaliste face à une caméra.

– Une sinistre mascarade où le public une fois de plus a été grugé, ajoute un autre.

– On attendait une rencontre du troisième, voire du quatrième type, et nous avons eu une rencontre avec des escrocs, tout comme dans l'affaire Roswell ! surenchérit un troisième.

– Plus jamais on ne nous dupera avec des histoires de petits hommes verts, ou plutôt de petites femmes vertes en soucoupes volantes made in Israël !

Quant au président Drouin, il s'éloigne de la cohue pour passer un coup de téléphone.

194.

David rêve.

Il se revoit en Atlantide, alors qu'il n'a même pas pris de substances aidant à la transe. Il se revoit à une période plus récente que celle de sa dernière séance de Ma'djoba.

Trente ans ont passé depuis sa première rencontre avec Yin-Mi-Yan. Ils ont eu trois enfants. Deux garçons et une fille. L'aîné de leurs enfants se nomme Quetz-Al-Coatl, le second Os-Szy-Riis, et la fille Hiy-Shta-Aar.

Ils dînent ensemble dans la pièce principale, et Quetz-Al-Coatl annonce qu'il a l'intention de partir avec la prochaine expédition de navigateurs pour explorer les continents de l'Ouest. Os-Szy-Riis en profite pour annoncer qu'il compte faire de même à l'est et Hiy-Shta-Aar à l'est aussi mais un peu plus au nord. Ash-Kol-Lein dit qu'il ne s'attendait pas à avoir transmis le goût des voyages à ce point à sa famille et tous plaisantent sur ce sujet.

– La Terre est plus grande que notre île, annonce Quetz-Al-Coatl, nous serons bien forcés un jour de coloniser les autres continents de la planète. Pour l'instant, il n'y a que de la jungle, des plages et des falaises, mais un jour nous pourrions construire, sur les autres continents, des ports, des routes, des villages, des villes.

Yin-Mi-Yan lui rappelle que, pour l'instant, l'énergie de la communauté est plutôt tournée vers l'espace.

– La Terre n'est qu'un point de départ et nous aurons forcément à envoyer nos vaisseaux, créer des astroports, puis des routes et des villages et des villes sur d'autres planètes.

Depuis peu, Yin-Mi-Yan s'est en effet passionnée pour l'astronomie et elle dirige un nouveau centre d'observation censé détecter les astéroïdes. Cependant, elle ne cache plus son envie de profiter des récents progrès en technologie astronautique pour lancer une mission visant à aller coloniser une autre planète.

– Maman est peut-être la plus aventurière d'entre nous, ironise Hiy-Shta-Aar.

– Votre mère voit loin, annonce Ash-Kol-Lein. Notre civilisation aura forcément un jour à quitter sa planète berceau pour s'exprimer dans le reste de l'Univers.

– Tu vois cela comment, Maman ?

– Je vois des centaines de mondes habités par des humains, et des pyramides qui nous permettent de communiquer pour coordonner notre technologie et notre médecine.

– Des millions d'humains dans le système solaire ?

– Et peut-être même en dehors du système solaire. Dans toute la galaxie.

– Mais les autres planètes sont soit trop chaudes, soit trop froides, ou bien elles tournent trop vite, ou trop lentement.

– Ou pas du tout...

– Nous pourrons terraformer les planètes de notre choix. Après tout, la Vie a su prendre sur cette sphère minérale, elle prendra forcément sur d'autres. Et il y en a tellement. Je peux vous garantir que chaque fois que j'observe l'univers lointain avec mes appareils je découvre des planètes qui me semblent habitables.

– Nous sommes sur celle-ci et nous avons encore beaucoup de travail à effectuer, rétorque Quetz-Al-Coatl.

– Pour l'instant, nous devons essayer de vivre en parfaite harmonie dans la structure collective la plus restreinte : la famille. Et c'est loin d'être parfait, plaisante le père.

Yin-Mi-Yan leur sert à chacun une ration qu'elle prend dans un plat rond. Ils mangent une nourriture qui ressemble à du tofu, qu'ils accompagnent d'une boisson à base de miel légèrement fermenté.

– J'étais avec le chaman et j'ai parlé avec Gaïa dans la pyramide, annonce Yin-Mi-Yan.

– Et que t'a dit notre planète Mère ? questionne Os-Szy-Riis.

– Elle souhaite que nous intégrions au programme spatial actuel un programme d'observation des planètes proches.

– Elle aussi a le « sens de la famille » ?

– Elle veut savoir si ses sœurs ont réussi le miracle de la Vie, répond sérieusement Yin-Mi-Yan.

– Et toi qu'en penses-tu ? demande sa fille.

– Si nous étions seuls dans l'Univers, si Gaïa était vraiment unique, cela voudrait dire que nous avons une responsabilité immense. Tu imagines si un astéroïde arrivait à franchir la couche d'atmosphère et percutait Gaïa au point de la détruire ? Tout serait fini. Partout dans l'Univers, il n'y aurait plus rien de vivant.

Ils se taisent, impressionnés par cette idée qui, jusque-là, ne leur avait jamais traversé l'esprit : la fin de tout.

Os-Szy-Riis relativise :

– Nous connaissons tous les angoisses de notre planète Mère. Elle nous l'a tellement répété.

– Elle n'a plus peur de mourir. Elle souffre de solitude, dit Yin-Mi-Yan.

Ash-Kol-Lein, en tant que biologiste, confirme :

– Quelle que soit la forme de vie, elle cherche à rencontrer d'autres formes semblables à elle. Elle veut que nous trouvions des planètes déjà vivantes, ou que nous donnions la vie à des planètes mortes.

– Notre planète veut draguer d'autres planètes ? plaisante Os-Szy-Riis.

C'est à ce moment que résonne la sirène. C'est l'alerte aux astéroïdes. Ash-Kol-Lein et Yin-Mi-Yan rejoignent leur poste de mission.

Tout va alors très vite. En quelques heures à peine, la mini-fusée Lymphocyte 14 et son équipage de sept minicosmonautes sont prêts pour le décollage. Placée sur le pas de tir, elle fait chauffer ses tuyères. Le décompte est lancé. La fusée décolle et s'élance dans le ciel. Tous observent les écrans géants.

Ash-Kol-Lein n'a qu'une idée en tête : qu'ils réussissent à nouveau.

195.

Je me rappelle le lancement de Lymphocyte 14.
Un décollage parfait. Un vol rapide. Un atterrissage impeccable.
Une disposition de la bombe atomique optimale sous la surface de l'astéroïde Théia 5.
Un redécollage au bon moment.
Et puis l'explosion.
L'astéroïde menaçant a été pulvérisé et aucun de ses débris n'a touché le vaisseau spatial. L'équipage de cosmonautes est revenu sur Terre, indemne.
La mission Lymphocyte 14 a prouvé, si besoin était, que mon système immunitaire de protection contre les microbes de l'espace était parfaitement opérationnel.
Je pouvais désormais être sereine, s'il n'y avait eu ces minihumains qui proliféraient. Et qui tournaient toute leur énergie vers la guerre.
Quand certains mettaient au point les arcs, d'autres utilisaient des frondes, des lances, des sarbacanes à fléchettes empoisonnées.
Massacrer leurs congénères était devenu leur sport préféré.

Pour ma part, je me disais qu'il suffisait d'attendre qu'ils s'entre-tuent avec leurs armes de plus en plus perfectionnées, et j'en serais définitivement débarrassée. Cependant, malgré leurs violences et leur forte mortalité infantile, les mini-humains produisaient tellement d'enfants que leur société ne cessait de croître. Et les guerres, pourtant de plus en plus dévastatrices, ne suffisaient plus à autoréguler leur population pléthorique.

196.

– Combien de temps avons-nous dormi ? demande David à Nuçx'ia en se massant les tempes. J'ai l'impression d'avoir eu la plus belle gueule de bois de mon existence. Dans ma tête le marteau continue de cogner.

Il se soulève difficilement et s'extirpe des draps.

– Au moins vingt-quatre heures. Il faut dire que nous avons bien fêté la victoire, répond Nuçx'ia. C'est étonnant que Natalia, qui est si rigoureuse dans le travail, ait ce goût pour la débauche.

– Ça explique que Martin se soit senti autorisé à mettre de la vodka dans les citernes des Emachs. Il sait qu'elle apprécie le défoulement qui suit la tension.

David se penche au-dessus du lavabo et grimace dans le miroir pour tenter de se reconnaître.

– Quel dommage que nous soyons les seuls au courant de l'exploit, regrette David.

– Tu voudrais quoi ? Une médaille ?

– Ce serait légitime.

Nuçx'ia le rejoint dans la salle de bains.

Ils se douchent ensemble, s'habillent, puis descendent dans la salle à manger. Personne n'est encore levé. David enclenche la machine à café et, alors que le jus odorant s'écoule, il repense à son rêve de la nuit. Il se demande si les rêves sont aussi « fiables » que les séances de transes pygmées.

– J'ai rêvé que j'étais là-bas, dit-il.

– Je sais. C'est normal, répond-elle.

Martin, silhouette immense, arrive lui aussi, le visage marqué. En guise de bonjour il émet un petit bruit de bouche en se frottant les tempes.

Il a sorti un tee-shirt Murphy qui dit :

58. Dans toute organisation, il y a toujours une personne qui sait ce qui se passe réellement. Elle doit être virée.

59. Quel que soit le nombre de preuves démontrant la fausseté d'un événement, il y aura toujours quelqu'un pour croire qu'il est vrai.

Puis, suivent dans l'ordre d'apparition : Penthésilée en pyjama et Aurore en nuisette.

Le retour à la réalité semble difficile pour tous.

– Manque plus que la « cheffe », annonce Nuçx'ia, ironique.

Justement Natalia descend, en peignoir. Ils boivent leur café en savourant son amertume et sa chaleur.

– Quelqu'un a écouté les informations ? demande Natalia.

Ils dévorent les biscuits et les gaufres disposés sur la table.

– Une journée sans écouter les informations, c'est comme une journée de jeûne, déclare David. On ne se sent pas encombrés par les mauvaises nouvelles à digérer.

– C'est vrai, ça ne m'était pas arrivé depuis longtemps, reconnaît Natalia.

– C'est comme si la planète avait tourné sans nous, dit Penthésilée, philosophe.

Mais déjà Natalia s'est saisie de la télécommande et la dirige vers un écran. Elle fait défiler les chaînes, jusqu'à voir apparaître les actualités. Des journalistes sont agglutinés devant un grand bâtiment, et sous l'image défile le titre : « L'affaire des faux extraterrestres de l'ONU ». Les images montrent en boucle la scène qui s'est déroulée le matin même à l'ONU, les chercheurs du centre restent bouche bée. Natalia monte le son.

Ils écoutent plusieurs fois le journal télévisé sur plusieurs chaînes, et restent incrédules, assommés.

Le colonel Ovitz remarque enfin que son téléphone, en mode silencieux, clignote. « 31 appels ». Et juste à cet instant, l'écran se modifie pour annoncer « Appel entrant : Drouin ».

Elle laisse filer plusieurs sonneries, puis inspire un grand coup et décroche.

Elle n'a pas le temps de prononcer un « allô », qu'un flot se déverse dans son oreille. Son visage se ferme, une barre de contrariété entre les sourcils.

– ... Oui, monsieur le président... Oui... oui... Bien sûr, monsieur le président... Je comprends... bien sûr... Ah ! Carrément ?... Toutes ?... Vraiment, vous voulez que... oui... mais... Oui... Puis-je me permettre de... enfin... ... Je comprends... Très bien, à vos ordres.

Le colonel Ovitz raccroche. Elle est pâle et cherche son fume-cigarette avec nervosité.

David prononce les mots que personne n'a envie d'entendre :

– Il veut qu'on arrête les recherches ?

– C'est l'étape première.

– Quoi d'autre ?

– Il veut que nous allions à l'ONU tous les trois. Moi en tant que directrice de projet et vous deux, Aurore et David, en tant que scientifiques, pour expliquer la vérité sur tout ce qui s'est passé.

– Mais cela va créer des problèmes bien pires ! remarque Penthésilée.

– C'est le choix du président de la République. Il veut jouer la transparence totale. Il a déjà prévu de dédommager l'Iran pour les dégâts occasionnés par nos « bêtises à la Rainbow », comme il dit.

– Dédommager l'Iran !!

544

– En fait, le président a fait référence à l'affaire du Rainbow Warrior. En 1995, les agents des services secrets français avaient fait exploser un bateau de Greenpeace qui dérangeait les essais nucléaires. Les agents secrets ont été repérés et identifiés. Le président de l'époque a été obligé de s'excuser et de dédommager pour les dégâts causés.

– Quel pays ?

– À l'époque, c'était la Nouvelle-Zélande. Nous leur avons acheté des millions de moutons et nous avons mangé pendant trois ans du mouton néo-zélandais pour rembourser la bourde de nos services secrets.

– Mais ce n'est pas pareil, c'était contre Greenpeace qui est une association libre luttant contre le nucléaire ! Là c'est contre une dictature qui précisément veut l'utiliser !

– C'est le genre de nuance qui n'entre pas en ligne de compte en diplomatie internationale. Les opérations des services secrets doivent être « parfaitement réussies ». C'est-à-dire invisibles.

Elle reprend du café et le sirote tout en continuant de fumer.

– Je croyais que m'aviez dit qu'on avait droit à 20 % de pertes.

– De pertes oui, mais à 0 % d'« espions qui se font passer pour des extraterrestres devant l'ONU, nous rendant ridicules devant tous les chefs d'État de la planète ».

Elle souffle un long ruban de fumée.

– La guerre a changé de visage. Les médias sont devenus aussi importants que les commandos. Tout dépend de la manière dont on présente les événements au public. Voilà pourquoi le président Stanislas Drouin tient à ce que nous allions tous les trois à New York. Et ce n'est pas tout.

Natalia Ovitz fait un geste qu'ils connaissent bien désormais : elle écrase sa cigarette à moitié fumée avec force contre le cendrier.

– Nous allons devoir euthanasier tous les Micro-Humains.

197. ENCYCLOPÉDIE : JONATHAN SWIFT

« Quand un génie véritable apparaît en ce bas monde, on peut le reconnaître à ce signe que les imbéciles sont tous ligués contre lui. » Cette citation de Jonathan Swift illustre l'esprit de cet Irlandais qui a passé sa vie à lutter contre les esprits réactionnaires de son époque.

Après une carrière avortée de pasteur, il écrit *La Bataille des livres*, qui prend position dans la querelle des Anciens et des Modernes, et aura beaucoup de retentissement.

Puis il multiplie les pamphlets et les satires, les textes moquant ses contemporains (au point de déplaire à la reine Anne qui le force un temps à l'exil). Voici quelques-unes de ses autres phrases célèbres : « Nous avons tout juste assez de religion pour nous haïr, mais pas assez pour nous aimer les uns les autres. » « Avouer qu'on a eu tort, c'est prouver modestement qu'on est devenu plus raisonnable. » « Les lois sont semblables aux toiles d'araignées, elles attrapent les petites mouches mais laissent passer les guêpes et les frelons. »

Atteint d'une maladie qui lui donne des migraines, des nausées, des vertiges et des sifflements permanents aux oreilles (maladie de Menière), Jonathan Swift sera connu pour son visage taciturne et son absence de rire ou de sourire. Cela ne l'empêche pas de produire une œuvre littéraire foisonnante d'humour.

Dans son ouvrage le plus célèbre, *Les Voyages de Gulliver*, écrit en 1721, son héros, Lemuel Gulliver, médecin survivant d'un naufrage, échoue sur une île peuplée de gens de petite taille, les Lilliputiens, qui ne cessent de se faire la guerre.

Dans un second voyage, Gulliver arrive sur une deuxième île étrange, Brobdingnag, peuplée cette fois non plus de Lilliputiens, mais de géants. Pour eux il est minuscule. Les habitants de cette île exhibent Gulliver comme une curiosité de cirque, et la reine le considère comme un précieux bijou vivant.

Dans un troisième voyage, Gulliver visite l'île volante de Laputa où vivent des philosophes et des scientifiques qui veulent prédire la fin du monde, mais qui se contredisent tous et perdent leur temps dans des débats intellectuels ineptes.

Enfin, dans son dernier voyage, Gulliver arrive au pays des Houyhnhnms, qui sont des chevaux parlants et très sages. Ces derniers tiennent les hommes qu'ils nomment Yahoos pour des animaux primitifs.

Jonathan Swift racontera que l'idée de ce roman lui était venue lors du krach économique de 1720. Il avait acheté des actions de la Compagnie des Mers du Sud pour 1 000 livres. La montée de la Bourse avait d'abord fait grimper son investissement à 1 200 livres, puis la valeur s'était complètement effondrée, ruinant tous les petits actionnaires. Les aléas de sa fortune lui avaient inspiré cette métaphore du changement de taille de son héros en fonction de ses rencontres sur des îles lointaines.

Jonathan Swift meurt en 1745, à 77 ans, à Dublin.

Toute sa fortune sera versée à un hôpital psychiatrique : le bien nommé « St. Patrick Hospital for Imbeciles ».

Edmond Wells,
Encyclopédie du Savoir Relatif et Absolu, Tome VII.

198.

Elle est épuisée. Emma 109 court en portant Emma 523 sur ses épaules. Derrière elles, les policiers se font tirer par leurs chiens qui reniflent les minuscules traces. Les deux Micro-Humaines se cachent derrière un angle de maison mais elles voient leurs poursuivants qui approchent.

Pas le temps de se reposer. Il faut foncer, songe Emma 109. Elle repère une plaque d'égout au trou suffisamment large pour les laisser passer.

Il faut miser sur nos différences.

Après avoir aidé sa camarade encore enchaînée à se glisser, elle entre à son tour. Par chance un tas d'ordures amortit leur chute. Elle entend les chiens qui aboient au-dessus de la bouche d'égout. Leur bave tombe dans le trou en pluie collante.

Emma 109 voit la plaque se soulever et plusieurs torches électriques l'aveuglent. Les Grands parlent dans leur langue.

Emma 109 analyse rapidement le décor. Sur le côté droit passe un canal tumultueux et puant qui charrie des ordures multiformes. Au-dessus l'agitation se fait plus vive et déjà des formes obstruent le cercle de lumière.

Il faut réagir vite.

Elle repère une chaussure de jogging qui flotte sur l'eau sale. Elle saisit à bout de bras Emma 523 et s'y précipite.

Les silhouettes massives accourent, mais trop tard. Des mains comme des tentacules monstrueux tentent de l'agripper mais le courant est trop rapide, le petit vaisseau de fortune est emporté par le courant. Déjà le fleuve d'ordures aspire la chaussure dans un goulet sombre. Tout devient noir, et les voix de leurs poursuivants se font lointaines.

Cette fois ils ne nous auront pas.

Emma 109 se pelotonne au fond de leur bateau improvisé et couvre de sa chaleur sa camarade blessée. Le courant devient violent. L'odeur de la sueur pourrissante de la semelle mêlée à celle des ordures est ignoble, mais elles ne s'en aperçoivent même pas.

Nous sommes libres, soupire Emma 109.

Elles voguent dans l'obscurité totale. Enfin elles débouchent dans un tunnel éclairé par une ampoule. Le courant ralentit.

Emma 109 sort la tête de la chaussure mais tombe face à face avec une gueule de rat. L'animal mesure bien trente centimètres. Ses incisives à l'avant du museau semblent deux sabres tranchants. Le rongeur bondit dans leur direction.

Elle n'a que le temps de l'éviter. Il retombe dans l'eau en l'éclaboussant et leur vaisseau est sur le point de chavirer.

La Micro-Humaine se relève et aperçoit autour de la chaussure une dizaine de rats aussi gros que le premier. Leurs yeux rouges et leurs incisives étincellent pendant qu'ils nagent vers elles.

L'ampoule s'éteint, puis se met à clignoter par à-coups.

Il faut miser sur nos différences.

Elle sait que, contre le rat, sa taille n'est plus un atout mais un danger, en revanche sa capacité à utiliser ses mains en est un. Elle cherche rapidement dans les immondices quelque chose qui puisse lui servir d'arme. Elle trouve une aiguille à tricoter en métal, la saisit comme une lance et tient en respect tous les rats qui approchent à la nage. Pourtant l'un d'eux, plus audacieux, tente une attaque frontale. Elle lui enfonce la pointe de son aiguille dans la gorge et le repousse.

Mais l'ampoule s'éteint à nouveau. Les rongeurs nyctalopes en profitent pour approcher tous en même temps. Quand la lumière revient, Emma, crispée sur son aiguille à tricoter, est entourée d'adversaires. Au signal de l'un d'eux, les rats attaquent. La lumière se remet à clignoter et donne un effet stroboscopique à cette scène qui semble se dérouler par saccades. Une griffe de rat fend l'air comme un rasoir à quelques millimètres de son visage. Une incisive se plante dans sa cuisse. Emma 109 fait tournoyer son aiguille comme un fléau et frappe avec précision. Heureusement Natalia lui a appris le bozendo, art martial du combat au bâton japonais. Les coups portés font mouche dans la mesure où elle parvient à distinguer ses adversaires.

Elle frappe dans les incisives qui brillent. Sous les flashes de lumière intermittente les coups redoublent et le sang jaillit. La lutte dure à peine une minute, et au final Emma 109 ne souffre que de quelques blessures légères alors que quatre corps de rats flottent autour d'elle. Les autres rongeurs accourus en renfort préfèrent dévorer leurs congénères plutôt que de prendre le risque de combattre les intrus.

Nous n'allons pas pouvoir rester là. Vite, il faut trouver un abri que je puisse défendre, songe Emma.

La chaussure de jogging, emportée par le courant, file toujours tout droit, pointe en avant. Emma 109 repère une berge accostable et, en s'aidant de l'aiguille à tricoter, elle manœuvre à la manière d'un gondolier vénitien. Elle s'appuie sur les objets flottants pour progresser plus vite. Enfin elle saute de son bateau de fortune pour se mettre à sec sur la berge éclairée par un néon crasseux qui clignote lui aussi.

Elle repère une canette de bière, prend un bout de tissu qui traîne, l'imbibe de l'alcool et le passe sur les blessures de sa camarade. Ensuite elle utilise un clou qu'elle introduit dans les maillons des chaînes et, avec un mouvement de rotation puis de levier, elle parvient à la libérer.

— Nous sommes à l'abri maintenant, tout va bien. Que t'est-il arrivé ?

Alors Emma 523 raconte d'une voix blanche :

— Après avoir accompli ma mission, j'ai voulu reprendre ma soucoupe. Mais un Grand a marché dessus par inadvertance. J'ai alors tenté de rentrer à pied. Je me suis retrouvée dans une zone désertique et je suis devenue repérable. Épuisée et sans eau, je me suis évanouie dans le désert. La personne qui m'a ramassée m'a déposée à la police. Ils m'ont donné de l'eau, soignée, puis emprisonnée et torturée.

Elle inspire en retenant un sanglot.

— Tu ne peux pas savoir comment c'était. Et... j'ai dit tout ce que je savais.

Emma 109 la serre dans ses bras.

— C'est terminé. Maintenant ils ne pourront plus te faire de mal.

– Et toi ? Comment s'est déroulée ta mission ?

– Ma soucoupe a été attaquée par un gros poisson alors que je tentais de rejoindre le sous-marin. J'ai perdu la communication. J'ai été recueillie par des Grands et je leur ai dit ce que Natalia m'avait conseillé.

Elle lui relève une mèche blonde sur le front.

– Dans quel territoire de Grands sommes-nous ? J'ai voyagé dans une caisse fermée sans visibilité.

– Du peu que j'ai compris nous sommes dans un pays qui s'appelle Nouyork. C'est loin de Microland. Sur une carte, l'Iran est à l'est, Microland est au milieu, Nouyork est à l'ouest.

Elle fait un signe pour désigner le lieu. L'autre grimace.

– Bon, 523, je vais te soigner et après nous resterons tranquilles ici, pour reprendre des forces. Normalement aucun Grand ne devrait nous trouver.

Elles se pelotonnent l'une contre l'autre. Puis, lorsque enfin Emma 523 s'endort, Emma 109 l'enveloppe dans des tissus, et la dépose sur un morceau de polystyrène qu'elle aménage pour en faire une couche. Elle ramasse divers objets pour élever une hutte protectrice autour de leur abri.

À l'extérieur, elle place des objets pointus pouvant servir d'armes en cas de nouvelle attaque de rats. Sur le côté, elle installe une réserve de nourriture qui lui semble comestible : un tube de Ketchup, des biscuits secs, des bonbons.

Heureusement que les Grands gaspillent beaucoup, songe-t-elle.

Emma 523 s'est mise à ronfler. Emma 109 ressort. Dehors, le néon fatigué clignote plus vite, puis se stabilise et illumine le décor d'ordures charriées par le courant des égouts.

Les Grands sont étranges. Certains nous aident, d'autres nous torturent. Certains sont des Dieux, d'autres des démons. En tout cas, si j'ai pu en tuer dans l'explosion du bunker, c'est la preuve qu'ils ne sont pas tous invincibles.

199.

La sonnerie de la porte de sa chambre d'hôtel new-yorkaise vibre.

Le président Stanislas Drouin lève la tête et grogne :

– Quoi encore ?

La porte s'ouvre et son garde du corps laisse entrer le colonel Ovitz.

– Quel gâchis ! annonce le président Drouin en guise de bonjour.

– Pas de gros gain sans gros risque, répond calmement Natalia. Je ne vous ai jamais caché le caractère hasardeux de notre projet.

– La malchance, ça se gère.

Il fait signe à la petite femme de s'installer dans un fauteuil.

– Vous m'avez mis dans la merde, à vous de m'en sortir.

– Je voudrais vous signaler, monsieur le président, qu'au-delà de l'émotion immédiate, ce n'est qu'un épiphénomène. Ce que nous avons accompli aura des répercussions bien plus vastes qu'un simple imbroglio diplomatique.

La formule fait hausser le sourcil du président.

– Nous avons détruit toutes les infrastructures nucléaires d'un pays qui voulait lancer la Troisième Guerre mondiale. Nous avons inventé une nouvelle espèce humaine qui pourra probablement résoudre beaucoup de nos problèmes dans le futur. Voilà notre bilan.

Le président tape du plat de la main sur son bureau.

– Bla… bla… bla… Si je me plante sur votre « imbroglio diplomatique », je crains fortement de ne pas être réélu, et je serais étonné que mon successeur s'intéresse à vos « sept visions du futur de l'humanité » ou à votre « nouvelle espèce humaine miniature ». Il dira simplement que j'ai été un irres-ponsable de vous écouter sans prévoir les conséquences catastrophiques. Il réclamera mon procès, comme pour le ministre de la Santé.

— ... Vaccins qui ne se sont pas avérés si inutiles, il me semble.

— C'est bien ce que je veux vous faire comprendre. Notez bien cette phrase : « Avoir raison trop tôt est pire qu'avoir tort. »

Le colonel Ovitz inspire puissamment. Elle a envie d'allumer une cigarette mais ses doigts ne rencontrent que des stylos.

— Je préfère avoir raison trop tôt, qu'avoir tort trop tard. L'histoire, d'une manière ou d'une autre, finira par nous rendre justice. Le temps révèle les vérités.

— Ça, je l'ai compris hier quand le président Jaffar nous a humiliés en public.

— Nous sommes ensemble dans la même galère, monsieur le président, nous devons réfléchir ensemble pour nous en sortir ensemble.

— Jaffar a gagné. Demain je lui donnerai toutes les informations sur vos recherches. Et je m'apprête à lui verser des indemnités. Par principe, je vais essayer de négocier mais je n'y crois pas. La somme qu'il réclame est exagérée. Et je vous avouerai que, vu l'état de nos finances, la pilule est amère. Ah oui, j'oubliais le meilleur. Depuis peu, il exige aussi que nous retrouvions les coupables, les deux petites Emachs qui se sont enfuies dans les égouts de New York ! Rien que pour ça, il faudrait faire venir nos brigades canines qui devront les traquer. Encore des frais en perspective.

Natalia Ovitz reste impassible.

— Nous avons donc la nuit pour tenter de trouver une issue plus raisonnable, n'est-ce pas ? Puis-je rester ici à réfléchir avec vous, monsieur le président ?

Il lui tend de la cocaïne.

— Non merci. Ma paranoïa me sert de stimulant. Le passé nous a montré que ceux qui n'étaient pas inquiets réduisaient leurs chances de survie. Génération après génération, persécution après persécution, la chose s'est transmise. Le souvenir de l'histoire de mes ancêtres me tient éveillée. J'aurai besoin de votre écran de télévision, il faut trouver une idée dans l'actualité immédiate.

Il est amusé par l'assurance de la petite femme et, n'ayant plus rien à perdre, il lui tend la télécommande et allume l'écran. Puis il fait préparer du café, il sait que cette nuit va être déterminante pour tout le reste de sa carrière.

Natalia écoute les actualités, mais ne trouve aucune information susceptible de les aider. Le présentateur reprend seulement les événements de la veille, ce qu'on appelle « l'affaire du faux extraterrestre » ou « les révélations du président Jaffar », puis passe au prochain championnat de football, à la découverte d'un nouveau gisement de pétrole en haute mer face au Japon qui bat des records de profondeur, et dont on vient de commencer l'exploitation dans l'après-midi, à la montée des températures due au trou dans la couche d'ozone…

Natalia Ovitz grimace de déception. Le président hausse les épaules.

— C'est le même show tous les jours, avec les mêmes acteurs et les mêmes mises en scène, reconnaît le chef d'État. Même les effets de suspense ne marchent plus. Vous attendez quoi au juste, Natalia ?

— Un coup de main du Bon Dieu, répond-elle.

— Vous y croyez ?

— Non, mais il paraît qu'il aide aussi les non-croyants.

Le président se sert un whisky.

— Natalia, si nous devons passer la nuit ensemble…

— N'ayez crainte, monsieur le président, je n'essaierai pas de faire croire à du harcèlement dans la presse à scandale.

Il ne relève pas l'ironie.

— Non, je voulais dire que, en fait, je ne vous l'ai jamais dit, mais je vous estime beaucoup. J'ai admiré les opérations que vous avez effectuées en tant qu'agent de terrain, et ensuite en tant qu'officier stratégique. J'ai admiré votre appréhension du futur proche et lointain. C'est ce qui manque le plus en politique, des visionnaires. Marx, dont je ne partage pas les idées, avait au moins cet avantage : une vision sur le long terme de l'évolution de l'espèce humaine. Actuellement, le monde est gouverné par des acteurs, ils interprètent les discours que leur écrivent des experts en communication, mais ils n'ont pas de projet global pour leur nation, et encore moins pour leur espèce. Leur vision du futur ne dépasse pas deux ans.

– Ce sont des technocrates, ils appliquent ce qu'ils ont appris dans les écoles.

– Et c'est toujours pareil. C'est pour cela que je vous ai suivie, vous me proposiez tout à coup d'élargir mon horizon.

– C'est exaltant de tenter de voir loin dans le temps.

Il s'approche de la fenêtre et regarde les gratte-ciel qui forment comme des stalagmites surgissant du sol de Manhattan.

– J'ai menti tout à l'heure, je ne suis pas uniquement préoccupé par les prochaines élections. Je me fais du souci pour ce qui arrivera à nos enfants et nos petits-enfants.

– Cela met en perspective nos éphémères existences sur cette planète, reconnaît-elle.

– J'ai l'impression d'être un berger dont chaque décision influe sur le troupeau, vous comprenez cela, Natalia ?

Il se sert une grande rasade de whisky qu'il avale d'un trait. Elle lève un sourcil critique.

– Cela vous gêne ? demande-t-il. J'en ai assez de toutes ces déceptions. Je me relâche. Le contrôle permanent, la peur du regard des autres, c'est épuisant. Vous imaginez ce que ça représente d'être tout le temps surveillé, jugé ? Avec tous ces chacals qui attendent que vous trébuchiez pour vous achever ? En fait c'est lourd d'être président. Les gens croient qu'on en profite, mais on n'en profite pas. Les gens nous croient égoïstes, alors que je me soucie réellement de ce qui arrivera à mes congénères dans le futur. En fait, plein de gens me prennent pour un salaud, c'est fatigant.

– Vous êtes saoul, monsieur le président ?

– Oui, et content de l'être. L'alcool m'aide à vous dire ce que je pense vraiment.

Natalia, armée de sa télécommande, arrête parfois une image pour l'examiner, puis laisse filer les actualités.

– Je vous remercie de votre sincérité. Croyez que, pour ma part, je regrette de vous avoir causé autant d'ennuis, même si je pense que notre action commando était nécessaire et que nous avons probablement évité une catastrophe bien plus grande.

Il se ressert une grande rasade du liquide ambré.

Elle augmente légèrement le volume sonore et scrute le monde qui défile. Avec l'intuition que la solution est déjà apparue mais qu'elle n'a pas su la voir.

200.

Ils sont à peine remis de l'épidémie de grippe qu'ils reprennent leurs travaux de parasites vampires.

Qu'est-ce que c'est que ce nouveau forage dans la baie du Japon ? Et ils creusent toujours plus profondément pour aspirer mon précieux sang noir.

Ils n'ont toujours pas compris, malgré les accidents qui se sont déjà produits sur les forages en eaux profondes ?

Tant pis pour eux. Ils ne veulent pas comprendre, ils vont avoir une nouvelle leçon.

201.

– Tout ça, c'est de ta faute, David ! déclare Aurore.

– Comment ça de « ma » faute ?

Ils sont dans le salon et autour d'eux les écrans sont encore allumés.

Nuçx'ia et Penthésilée restent à l'écart, occupées à lire les journaux qui proposent des analyses plus précises des derniers événements. Depuis que la crise est apparue et que le colonel Ovitz est partie en urgence rejoindre le président à New York, la tension est montée au sein du groupe de Fontainebleau.

– Il fallait prévoir ce risque. Nous aurions dû trouver une échappatoire, un plan de sécurité. Une pilule de cyanure dans les dents, comme pour les espions en cas d'échec.

– La mission a réussi, rappelle David. C'est l'après-mission qui a posé un léger problème.

Martin Janicot, Penthésilée Kéchichian et Nuçx'ia ne voulant pas participer à ce conflit qui semble personnel, se lèvent et indiquent qu'ils vont se reposer après cette journée éprouvante. Aurore désigne l'écran où s'affichent le visage et le titre : « Le scandale Emma 109 ».

– Natalia doit être en train de se faire sonner les cloches par le président.

– Mais nous ne pouvions pas prévoir que...

– Si, nous aurions dû prévoir. Puisque Natalia me pique mes phrases, je vais lui en piquer une que j'aime bien : « Ceux qui échouent trouvent des excuses, ceux qui réussissent trouvent des moyens. »

Il se lève et lui fait front.

– Mais qu'est-ce qui te prend, Aurore ! Nous sommes dans la même galère, nous deux, mais aussi Penthésilée et Nuçx'ia et tous les Emachs. Et Natalia. Et le président Drouin.

Aurore se lève à son tour et quitte la pièce. Elle sort de l'immeuble de l'INRA et rejoint le grand hangar. Elle ouvre la porte et pose la main sur le Plexiglas qui protège Microland. Puis elle franchit la porte vitrée et s'assoit dans la banlieue ouest de la ville miniature.

David la suit.

– Très bien. Je reconnais que j'aurais dû prévoir qu'une Emach se tromperait de route, serait recueillie par des enfants sur une plage grecque, et au final serait considérée comme une extraterrestre par tous les chefs d'État.

La jeune femme aux yeux dorés observe quelques Micro-Humaines qui, les ayant repérés, viennent se prosterner à leurs pieds. Elle reconnaît parmi elles la très zélée papesse Emma 666.

– L'enjeu est trop important, nous aurions dû prendre le temps d'élaborer tout ça de manière plus rigoureuse.

– Dois-je te rappeler, Aurore, que les services secrets américains nous ont informés au dernier moment ? Nous n'avions pas de temps à perdre.

D'autres Micro-Humains viennent se prosterner et déposent des offrandes à leurs Dieux en visite. De minuscules fruits et légumes issus de leurs cultures s'alignent sur le sol. Les deux humains les prennent négligemment, tout en lançant un sonore « merci » à leurs adorateurs. Les Emachs se retirent et poursuivent leurs activités. Beaucoup de constructions sont en chantier. Les Microlandais parviennent à bâtir des maisons non plus de deux étages, mais de cinq ou six.

– S'ils savaient ce que leurs Dieux s'apprêtent à leur faire subir…, murmure Aurore.

– Natalia n'a pas encore baissé les bras.

– Tout ça ne sera bientôt plus qu'une cité fantôme.

En prononçant cette phrase, Aurore remarque que des Emachs ont entrepris de construire un immeuble plus haut que les autres. Une tour de plus de vingt étages.

– Bon sang, qu'avons-nous fait ! David, qu'avons-nous fait !

Après la colère, l'abattement la saisit, et elle se réfugie contre lui.

Il hésite, puis, voyant qu'ils sont seuls, il la serre dans ses bras.

– Nous… L'expérience a en partie réussi et en partie échoué, Aurore. Toutes les avancées scientifiques ont connu ces aléas.

– Nous allons devoir toutes les tuer…

Une larme coule sur sa pommette.

Quelques Micro-Humains les observent.

– Hum, murmure David. Essayons de ne pas avoir l'air faibles devant ceux qui nous vénèrent.

Ils s'éloignent de la cage de Plexiglas, du hangar, puis sortent de l'enceinte de l'INRA. Leurs pas les mènent vers la tombe de la mère de David. Là ils s'arrêtent et observent la pierre sur laquelle l'arbre a continué de pousser. Un corbeau est posé sur une branche.

– Les Microlandais commencent à se douter de quelque chose, signale-t-elle.

– C'est ton imagination… Ils sont très à l'écoute. Ils perçoivent quand leurs Dieux sont réjouis ou tristes, voilà tout.

– Non, ils redoublent de cadeaux pour nous, ils sentent une menace, comme les Mayas sentaient la fin de leur civilisation.

– Les vaches sentaient probablement quand on allait les sacrifier pour l'épidémie de vache folle de 1985, ça n'a rien changé.

– Nos Emachs ne sont pas malades, ils n'ont rien commis de mal, au contraire.

David ne trouve rien à répondre.

– Je crois que je ne suis pas une bonne déesse, et je crois que je ne serai pas une bonne mère, soupire-t-elle. Je ne suis même pas une bonne compagne. Je ne sais pas aimer.

Elle baisse la tête, pour qu'il ne voie plus ses yeux pleins de larmes.

– Même avec Penthésilée, ça ne va plus. J'ai l'impression que tout ce que j'accomplis n'entraîne que des catastrophes, et que les gens qui m'aiment sont mal récompensés.

Elle le fixe intensément.

– Même toi, je n'ai pas su t'aimer.

Il laisse passer la phrase, ne la relève pas.

– J'ai l'impression que nous possédons un capital d'amour qui vient de nos parents, comme des jetons pour jouer au casino. Mais il faut qu'au moins l'un des deux parents nous ait aimé pour les posséder. Moi j'ai été abandonnée et oubliée par mon père, et utilisée comme projection de ses fantasmes par ma mère. Je suis arrivée sans le moindre jeton. Du coup, même si je fais semblant de jouer à aimer, je ne peux faire illusion qu'un temps.

— Arrête de dire des bêtises.

— Je me mens à moi-même en permanence, pour ne pas m'avouer que je suis handicapée des sentiments.

— Ce n'est pas toi qui me disais qu'il faut se libérer de l'influence du passé ?

— Ce sont malgré tout mes parents qui m'ont créée. Je ne peux pas changer la source de mon existence.

Le regard de David glisse vers la tombe de sa mère.

— Dans ce cas, nous devons seulement leur dire merci. Nous ne pouvons pas vivre sans cesse sous leur influence. Comme tu me l'as fait remarquer, nous ne devons pas suivre les rêves de nos parents mais inventer les nôtres.

La scientifique ne répond pas.

— Nous pouvons nous recréer nous-mêmes, insiste-t-il. En chacun de nous, existe quelque chose de plus ancien et de plus profond que l'influence de nos parents.

Au-dessus d'eux, les nuages laissent filtrer quelques rayons de soleil.

— Je souhaiterais faire quelque chose avec toi, Aurore.

Elle esquisse une moue dubitative.

— Les pygmées l'appellent Ma'djoba. C'est l'initiation qu'ils m'ont enseignée.

— Pourquoi veux-tu le faire avec moi ?

— Pour vérifier si un lien plus ancien existe entre nous.

— Je te l'ai déjà dit, je ne crois ni à la réincarnation ni aux vies antérieures.

Elle prend une ample respiration, semble soupeser la proposition puis secoue la tête. À cet instant, il a l'impression que s'il la prenait dans ses bras, elle se laisserait embrasser, mais la peur d'être repoussé est la plus forte. Ils restent tous les deux à se regarder, en silence. Puis il remarque un détail. Il tend le doigt et sort de sa poche de poitrine une minuscule jeune femme en tenue de prêtresse.

– Dis donc, toi, tu ne connais pas les lois ? Il est interdit de sortir de Microland.

– Désolée, répond la Micro-Humaine, j'ai vu que la déesse était triste et j'ai pensé qu'en me mettant contre son cœur, je pourrais lui transmettre un peu de mon énergie de vie.

202.

« ... vient juste de nous le signaler. Tout a commencé par un tremblement de terre d'une amplitude de 9,2 sur l'échelle de Richter survenu à 3 heures du matin dans l'océan Pacifique. À la suite de cet événement, une vague de 35 mètres a déferlé sur la côte nord-ouest de l'archipel japonais, et a notamment frappé la nouvelle centrale nucléaire de Fukushima qui venait à peine d'être remise en marche. Les populations qui avaient fui après la catastrophe survenue le 11 mars 2011 se retrouvent à nouveau en danger par la panne du système de refroidissement de 3 des 6 réacteurs de la nouvelle centrale. L'accident est classé niveau 7 sur l'échelle INES, c'est-à-dire au même degré de gravité que les catastrophes de Fukushima et de Tchernobyl. Aussitôt le gouvernement a mis la zone en état d'alerte. Il s'agit là de ce qu'on appelle au Japon un *"Genpatsu Shinsai"*, c'est-à-dire un accident combinant les effets d'un tremblement de terre et d'un accident nucléaire.

En 2011, les deux problèmes combinés avaient causé la mort de plus de 20 000 personnes et l'on avait cru que l'installation serait entièrement démantelée. Cependant, le Japon n'ayant pas d'autres sources énergétiques rapidement utilisables, les dirigeants s'étaient résolus à réparer et à réactiver les installations en promettant que cette fois les risques seraient entièrement maîtrisés. Cette nouvelle tragédie montre qu'il n'en est rien et que seulement quelques années plus tard, le même scénario peut se reproduire au même endroit et entraîner les mêmes désastres. Si ce n'est pire. Et précisément au moment où on venait de trouver du pétrole au Japon !

Les autorités japonaises ne veulent pas céder au défaitisme et le responsable de la centrale Tepco a annoncé l'arrivée imminente de trois nouveaux robots "intelligents" de dernière génération, les fameuses petites merveilles technologiques du professeur Francis Frydman. Ces robots devraient pouvoir entrer dans la centrale et rétablir le système de refroidissement de secours qui, pour l'instant, est lui aussi hors d'état de fonctionner. Tous les espoirs des populations sont donc actuellement entre les mains ou plutôt les pinces de trois robots androïdes de dernière génération… Des robots qui, selon leur inventeur, le professeur Frydman, sont les premiers à avoir conscience de leur "ego". La science pourra-t-elle réparer les dégâts de la science ?

Plus que jamais, les regards du monde sont tournés vers l'Extrême-Orient où se joue un drame qui, s'il se transformait en catastrophe, pourrait générer un nuage radioactif capable d'irradier toute la région, mais aussi de faire le tour de la planète et d'arroser de pluies nocives tous les pays qui seront sur son chemin. On n'ose imaginer ce qui se passerait si la météo était… »

203.

Natalia Ovitz s'est endormie devant l'écran de télévision, du coup elle ne sait pas si elle a rêvé ou si elle a vraiment entendu l'information. À côté d'elle, le président Stanislas Drouin ronfle bruyamment.

Elle se rapproche de l'écran et monte le son. Natalia distingue maintenant les images tremblantes filmées depuis un hélicoptère. Une immense vague verte s'écrase sur une ville portuaire japonaise. Le plan qui suit montre des bâtiments blancs d'où s'échappent des colonnes de fumées gris clair. Au-dessous une bande défile : « Nouvelle catastrophe à Fukushima. »

Natalia réveille le président qui met un certain temps à sortir de son engourdissement, puis se redresse et rajuste ses vêtements. Sur l'écran, les scènes d'inondation succèdent aux déclarations rassurantes des officiels.

— C'est terrible, articule le président Drouin presque mécaniquement, en relevant sa mèche de cheveux et en continuant de rectifier sa tenue.

— Non, c'est notre salut, répond Natalia.

204.

Elle ne bouge plus.

Emma 109 a beau secouer sa comparse Emma 523, celle-ci reste inerte. La Micro-Humaine comprend qu'elle a succombé à ses blessures dans la nuit. Alors elle remonte en surface en hissant le corps, puis, comme le lui ont appris les Dieux, elle ensevelit sa sœur défunte dans la terre et plante un écriteau avec son nom : « Emma 523 ». Quelques écureuils viennent aux alentours assister à la scène. Et tout autour, le monde continue de s'animer, car Emma 109 l'ignore, mais elle a abouti au beau milieu de Central Park.

— Désormais, plus rien ne sera pareil, murmure-t-elle.

Puis elle déglutit et gronde :

— Je promets de te venger, 523.

205.

Cette fois j'ai été plus précise.
Leur plate-forme pétrolière au large de la côte japonaise n'est désormais plus qu'un amas de métal. Ils n'auront plus mon

sang noir aussi facilement. Je ne veux pas perdre ma mémoire.

Reprenons notre récit : les minihumains proliféraient sur les continents. Et ceux de l'île n'y prenaient pas garde.

Ni moi non plus d'ailleurs.

Jusqu'au jour où est survenu le premier incident.

206.

Elle écrase un moucheron qui voletait autour de son front.

La présidente de l'ONU, Avinashi Singh, reçoit dans son bureau le président français Stanislas Drouin.

– Non, non, non, et non ! N'y comptez pas !

Elle ne le fixe pas dans les yeux, se contentant d'observer le corps du moucheron gisant sur son bureau avant de l'évacuer vers sa poubelle d'un geste rapide.

– Vous nous avez mis dans un sacré pétrin, président Drouin. Le monde entier a pu être témoin qu'on peut gruger l'ONU. Vous nous avez ridiculisés.

– C'est-à-dire que…

– Quoi qu'il se passe désormais, nous n'aurons plus aucune possibilité de parler d'OVNI dans cette enceinte avant des siècles.

– Je peux tout vous expliquer, il suffit de…

– Il va forcément y avoir une enquête. Elle prendra du temps mais vous devrez évidemment payer pour la destruction des centrales électriques civiles et indemniser toutes les victimes innocentes.

– La vérité, c'est que ces centrales n'étaient pas du tout à usage civil et que les victimes étaient des militaires.

La femme en sari fait un geste désabusé.

– Peu importe la vérité. Ce qui importe, c'est ce que disent les médias et ce que les gens ont envie de croire.

– Il ne faut pas oublier un détail, c'est que…

– Qui vous parle des détails ? Je vous parle d'émotion. Savez-vous qu'ils ont exhibé les corps des victimes sur les places de Téhéran ?

– Jaffar ment. Ce sont des étudiants prisonniers qu'ils ont exécutés pour les faire passer pour des victimes. Nous avons nos propres sources d'information et la vérité est que…

– Encore cette maudite vérité, vous êtes obsédé par ce concept. Personnellement je n'ai jamais vu quelqu'un qui disait la vérité, j'ai vu des points de vue qui étaient plus ou moins cohérents. Pour l'instant, c'est vous qui passez pour le menteur, le manipulateur, l'escroc. Des faux OVNI fabriqués par les Israéliens ! Des femmes miniatures qui parlent français ! Vous espériez quoi ?

Cette fois le président Drouin n'ose plus la moindre phrase qui risquerait d'être interrompue. La présidente de l'ONU joue avec une mappemonde lumineuse qui tourne sur son axe.

– Cela dit, je ne sais pas pourquoi vous voulez me voir aujourd'hui en privé. Si vous espérez que je vous soutienne, n'y comptez pas. Quant à vos expériences de laboratoires, vos monstrueuses femmes de 20 centimètres…

– 17 centimètres…

– Il est hors de question que ces monstres prolifèrent. Deux sont en liberté, il vous appartient de les récupérer. Le maire de la ville a déjà averti les services sanitaires et votre « invention » est pour l'instant considérée par nos services comme un « agent biologique nuisible »… au même titre que les cafards, les termites, ou les bactéries. Et s'il en existe d'autres, comme je vous l'ai dit, vous devrez détruire les stocks. Il ne doit pas subsister une seule de ces horreurs de laboratoire sur notre planète, vous m'entendez, président Drouin ? Et inutile de tergiverser sur ce point. Sinon je ferai voter des sanctions internationales contre la France, pays propagateur d'un agent biologique nuisible.

565

Elle a arrêté le globe terrestre sur la France et frappe de la pointe de son ongle sur Paris.

— Laissez-moi un peu de t…

— Un peu de temps ? Inutile. De toute façon ce n'est pas une décision personnelle. Je parle au nom de l'institution et donc au nom de toutes les nations. J'ai déjà consulté vos confrères. Je crois que nous sommes tous d'accord là-dessus. Personne ne vous soutiendra. Maintenant laissez-moi, je dois m'occuper de la crise japonaise avec cette centrale de Fukushima sur le point d'exploser.

Elle fait tourner la mappemonde.

Le président Drouin ne bouge pas. Sa voix devient ferme.

— Justement. Loin d'être une nuisance, nos « monstres de laboratoire » peuvent se montrer très profitables à l'humanité.

Le globe, emporté par sa force cinétique, continue de tourner en grinçant.

— Qu'est-ce que vous me racontez là ?

— J'ai entendu tout à l'heure qu'à Fukushima on avait envoyé les robots de dernière génération du professeur Frydman, et que ceux-ci s'étaient révélés incapables d'agir car ils ne s'adaptaient pas au terrain.

— Quel rapport avec vous ?

— Je pense que mes Micro-Humaines, elles, pourraient tenir.

La femme arrête d'un coup la mappemonde.

— Vous n'y pensez pas ? Il y a là bas un niveau de radiations mortel pour toute forme de vie.

— Les Emachs de Fontainebleau ont reçu un traitement spécial. Elles sont plus résistantes aux radiations que des êtres normaux.

Avinashi Singh l'observe avec incrédulité.

— Vous voudriez envoyer vos petites espionnes dans la centrale nucléaire irradiée de Fukushima ?

— De toute façon, vous m'avez annoncé qu'elles étaient condamnées. Autant leur laisser une chance de rendre service.

De plus, nous pourrons en envoyer non pas deux ou trois comme les robots de Frydman, mais une petite armée qui sur place s'adaptera aux circonstances. Elles sont très intelligentes et très débrouillardes.

La présidente de l'ONU feuillette un dossier, puis émet un bruit de gorge désapprobateur.

– Jaffar n'acceptera jamais. Et je passerai pour une personne qui ne respecte pas sa parole. À vrai dire Jaffar était à votre place il y a une heure, dans ce bureau, et je me suis déjà engagée à vous faire plier. Si je vous laissais faire, il me reprocherait d'être « pro-occidentale ». C'est devenu une insulte pour beaucoup de pays. Ma neutralité serait remise en cause. Eh oui, je suis comme vous, je dois penser à ma réélection.

Il se place face à elle pour l'obliger à le fixer dans les yeux.

– Pour l'instant vous devez plutôt vous soucier de ce qu'en dira le premier ministre japonais. La crise est autrement plus délicate à Fukushima que dans les bureaux de l'ONU à New York. À l'heure où je vous parle, des gens meurent irradiés et des milliers d'autres subiront le même sort si le cœur du réacteur explose. Quant aux répercussions, elles pourraient être planétaires, bien au-delà des « pro » et des « anti-Occidentaux ».

Avinashi Singh revient vers sa mappemonde et la fait tourner lentement.

– Vous redoutez quoi, présidente Singh ?

– Après l'histoire d'hier, je ne vous cache pas que j'ai reçu beaucoup d'appels. Votre condamnation est unanime. Ainsi que celle d'Israël, d'ailleurs.

– Ce n'est pas nouveau, il me semble.

– En effet, mais je ne voudrais pas passer pour une lâche.

– Alors vous préférez nous punir plutôt que d'essayer de sauver les populations japonaises ?

La femme reste songeuse.

– Vous m'avez fait perdre la face, dit-elle d'une voix ferme.

– Demandez-vous plutôt comment vous jugera la postérité. À chaud, en période de crise aiguë, nous ne voyons rien. En voulant satisfaire la majorité, on ne fait que disparaître derrière les plus véhéments. Imaginez maintenant que la mission des Emachs à Fukushima réussisse. Après tout, mes petites espionnes ont réussi en Iran, elles ont prouvé qu'elles savaient remplir une mission. Vous seriez alors la présidente de l'ONU qui a osé tenter la mission de la dernière chance à laquelle personne ne croyait.

Avinashi Singh observe la Terre qui tourne.

– Il reste le risque de ridicule. Je pourrais aussi passer dans le futur pour la présidente naïve qui, après avoir laissé une petite femme bonzaï se faire passer pour une extraterrestre, a cru qu'un groupe de celles-ci pourrait agir sur une centrale nucléaire près d'exploser. Et puis il y a le risque de se mettre à dos tous les pays qui soutiennent l'Iran... Ils sont plus nombreux que vous ne le pensez. À commencer par la Russie et la Chine.

– Si vous voulez seulement faire plaisir à la majorité, vous êtes remplaçable par un programme informatique.

La remarque la fait se dresser d'un coup.

– Comment osez-vous me parler ainsi ?

– L'urgence m'en donne le droit. Ce qui fait de vous un vrai leader, c'est votre capacité à prendre des décisions courageuses avec une vision à long terme.

La présidente de l'ONU hésite à argumenter, puis surmontant son agacement décrète :

– Président Drouin, je vous demande une journée de réflexion.

– Nous ne l'avons pas. Chaque minute qui passe augmente le risque d'explosion.

Le président Drouin est conscient d'avoir renversé la situation.

– Très bien, attendez-moi dans la salle d'attente.

Avinashi Singh enfile son manteau. Elle descend la Cinquième Avenue, achète un sandwich végétarien et une limonade, puis s'en va rejoindre la personne qui guide toutes ses décisions : Angelina, la célèbre médium astrologue.

Elle sonne à l'interphone.

– C'est moi, Avi. C'est urgent.

– Je suis occupée avec un client, répond la voix dans l'interphone.

– Priorité rouge.

La porte s'ouvre. Elle croise un homme mécontent d'être chassé à cause d'elle, et cache son visage pour ne pas être reconnue.

Angelina pratique un art très ancien, la lecture du futur dans les entrailles de cygne. Elle saisit dans une cage l'un de ces volatiles, puis lui tranche la tête devant la présidente. Alors que l'animal frémit encore, elle l'ouvre, exhibe ses viscères et les éclaire pour les examiner à la loupe. Le sang coule sur les pieds des deux femmes.

207. ENCYCLOPÉDIE : LA COMTESSE SANGLANTE

Parmi les plus grandes criminelles de l'histoire de l'humanité, citons la comtesse Elisabeth Bathory.

Elle est née en Hongrie, en 1560, d'une famille de sang royal comptant dans ses proches le prince Sigismond de Transylvanie, le roi de Pologne, plusieurs évêques et même un cardinal.

Les descriptions qu'on possède d'Elisabeth Bathory évoquent une femme très belle et coquette, aux gestes gracieux. Très jeune, sa sexualité exacerbée s'accommode autant des hommes que des femmes.

À l'âge de 15 ans, elle épouse Ferencz Nadasdy, un comte de la noblesse hongroise. L'empereur d'Autriche Maximilien de Habsbourg assiste en personne à leurs noces.

Alors que son mari est parti combattre les Serbes, Elisabeth s'installe dans sa citadelle de Csejthe, un château fort aux murs épais et aux sous-sols percés de caves profondes.

En se promenant dans le village proche avec l'un de ses amants, elle croise une vieille dame et se moque de ses rides hideuses. L'autre qui l'a entendue lui répond : « Un jour tu me ressembleras. » Dès lors, Elisabeth Bathory devient obsédée par la peur de vieillir. Un matin, elle gifle l'une de ses servantes qui lui avait tiré les cheveux en la coiffant et lui brise le nez. Du sang coule sur ses mains. On raconte que la comtesse aurait remarqué que sa peau, à cet endroit, était devenue plus blanche et plus douce. Intriguée, Elisabeth se baigna le visage dans une bassine emplie du sang de cette même servante, et aussitôt son visage lui sembla rajeuni.

Dès lors, Elisabeth Bathory va commencer par saigner ses propres femmes de chambre, puis monter une équipe pour kidnapper des jeunes filles vierges et les ramener au château. Satisfaisant du même coup ses penchants sadiques (que son mari en souriant appelait « son amusement quand elle s'ennuie »), elle fait aménager des salles de torture dans son château et passe des heures à supplicier les jeunes filles puis à les saigner, aidée par une équipe d'assistants.

Elle les mord pour boire directement le sang à la source (ce qui inspirera probablement plus tard Bram Stoker pour son *Dracula*) pour finir par se baigner dans de grandes bassines remplies de leur sang.

Les hurlements en provenance du château sont si assourdissants que les moines du monastère voisin s'en plaignent. L'empereur ne voudra jamais accorder le moindre intérêt à ces doléances qui sont vite oubliées. Même les parents des victimes n'osent témoigner.

La comtesse Bathory, se sachant protégée par l'empereur en personne, ne se donne même plus la peine de se cacher.

Elle installe une salle de torture itinérante dans son carrosse afin de se distraire durant ses longs voyages.

Cependant, elle a l'impression que le sang bleu des vierges de la noblesse est plus efficace pour lutter contre la vieillesse que celui des paysannes. C'est ce qui la perdra. Les parents des victimes commencent à se liguer. Elle perd progressivement ses soutiens, et sera finalement arrêtée en août 1610. On découvre alors des filles emprisonnées et à moitié vidées de leur sang dans des cellules minuscules, des cadavres enterrés et également le cahier où Elisabeth Bathory a noté les noms et les supplices infligés à plus de 600 de ses victimes. Après un procès au cours duquel tous ses complices raconteront dans les détails les dix années de crimes (il semble que d'autres aristocrates proches de l'empereur aient participé aux orgies sadiques, ce qui avait renforcé son sentiment d'impunité), ces derniers seront brûlés sur le bûcher. Quant à Elisabeth, étant de noble souche, elle sera condamnée à être emmurée vivante dans son château.

Au bout de la troisième année, remarquant que personne ne vient plus saisir la nourriture dans le trou aménagé à cet effet, on considéra qu'elle était morte.

Edmond Wells,
Encyclopédie du Savoir Relatif et Absolu, Tome VII.

208.

De loin, le nuage blanc qui s'échappe de la centrale de Fukushima-Daiichi a quelque chose de végétal. Il ressemble à un chou argenté qui se déploie.

David est inquiet.

Après le cavalier vert de la grippe, serait-ce le cavalier blanc du nucléaire ?

Les vingt-quatre petites Emachs qui ont semblé nécessaires à l'opération de sauvetage sortent du camion. Le colonel Ovitz a sélectionné celles qui ont eu les meilleures notes aux exercices en terrain difficile. Un ingénieur japonais au visage impassible parle à côté de David, et un traducteur annonce :

— Le directeur Kobayashi dit que la température sur place est élevée, et qu'il faut prévoir que cela puisse exploser durant la mission. Le directeur Kobayashi dit que les robots de Frydman étaient trop fragiles et qu'ils n'ont pas pu avancer dans les décombres. Il demande s'il n'y a pas des Emachs mâles. Il aurait plus confiance si c'étaient des mâles plutôt que des femelles...

— Répondez au directeur Kobayashi que tout va bien, nous avons la situation en main, répond David.

Puis il se penche vers Aurore qui l'a suivi dans cette mission délicate, et chuchote :

— Tu penses qu'elles pourront tenir le coup ?

La jeune femme ne peut cacher des signes d'inquiétude.

— Je n'en sais rien. Il y a dans le cocktail d'ADN des Emachs des gènes de Penthésilée. Les Amazones ont pu survivre face aux déchets nucléaires, mais je ne connais pas leur résistance aux radiations élevées.

Ils aident les Micro-Humaines à s'équiper. Autour d'eux les journalistes filment chaque geste.

— Ce que je sais, c'est que si nous, leurs Dieux, nous leur demandons d'y aller, elles iront, et elles feront tout pour réussir. Et puis au moins, contrairement aux robots de Frydman, elles ne seront pas gênées par un terrain dont le relief est impossible à prévoir.

— De toute façon, pas d'autre solution. Si elles échouent, nous devrons les euthanasier sans exception, rappelle Aurore.

David observe de loin la centrale. Trois réacteurs sont endommagés, qui laissent déjà échapper des nuages de vapeur d'eau. Mais c'est celui du centre qui est sur le point de fusionner et réclame l'intervention urgente. À chaque minute, la température monte.

– Dire que nous leur avions inventé un enfer… et là elles y vont, murmure Aurore.

– Elles auront été mal remerciées des services rendus à l'humanité, reconnaît David.

Par chance, Natalia Ovitz a depuis longtemps prévu un usage nucléaire des Emachs et a fait fabriquer des combinaisons antiradiations à leur taille. Elles sont en outre équipées d'un système haute fréquence audio et vidéo, qui leur permet en même temps de filmer et de recevoir des indications sur la manœuvre à accomplir.

Les vingt-quatre Micro-Humaines contrôlent mutuellement la bonne étanchéité de leurs combinaisons antiradiations. Puis elles se disposent en file indienne et avancent en direction de la centrale sur le point d'exploser.

David Wells, Aurore Kammerer, le colonel Ovitz ainsi que le directeur Kobayashi de la centrale Tepco, son traducteur, un responsable du gouvernement japonais et trois cameramen japonais entrent dans le camion de régie spécialement aménagé pour cette mission. Face à eux des écrans, des pupitres, des micros.

Les vingt-quatre Emachs franchissent le terrain boueux et progressent dans un décor de plus en plus chaotique : des débris de poutrelles d'acier et de gros tuyaux jonchent des pans entiers de plaques de métal et de béton. Leurs thermomètres indiquent une hausse incroyablement élevée de la température. Leurs compteurs Geiger commencent à crépiter sous l'influence des rayonnements alpha, bêta, gamma et X émis par le cœur du réacteur. Une vapeur rasante recouvre le sol et elles sont obligées d'allumer les torches électriques pour avancer.

Elles découvrent bientôt l'entrée de la centrale numéro 3, celle du réacteur le plus puissant de 1 100 MWe. Sur une grande pancarte un peu cornée et brûlée, les Micros-Humaines distinguent un visage d'ingénieur souriant qui indique que l'on doit enfiler un casque et une blouse avant d'aller plus loin. Une inscription en japonais semble dire : « Bienvenue dans ce lieu merveilleux, chef-d'œuvre de la science et de la technologie. »

Sur proposition du président Drouin, les images des caméras vidéo placées sur les petits casques sont directement transmises à une dizaine de camions voisins où se pressent les journalistes du monde entier, qui eux-mêmes les relaient ensuite vers leurs chaînes de télévisions respectives. Si bien que des millions de spectateurs suivent en direct l'événement.

Le directeur parle au traducteur qui se tourne vers les Français :

– Monsieur Kobayashi demande si vos filles peuvent aller tout droit, s'il vous plaît.

Alors qu'elles avancent en file indienne à l'intérieur de la centrale abandonnée, soudain elles tombent sur des silhouettes humaines. Les spectateurs sursautent.

À bien y regarder, ce sont les trois robots humanoïdes de Francis Frydman. Ils sont face à une entrée obstruée par des piliers de béton effondrés et ils tentent de passer mais leur taille humaine ne leur laisse aucune chance. Ils répètent sans cesse les mêmes gestes inutiles, comme des automates de fête foraine.

– Au cas où il y aurait encore un doute sur la supériorité du biologique, signale David en direction des autres, voilà la preuve en images.

– Je croyais qu'ils avaient un libre arbitre et une conscience d'eux-mêmes, s'étonne Natalia.

– C'est peut-être les radiations qui les perturbent, précise le jeune scientifique.

– … Ou leur « tournure d'esprit », complète Aurore. Après tout, ils ont dû être programmés comme de bons soldats combattants. Il faudrait peut-être que notre cher collègue, le docteur Francis Frydman, invente des robots sexués. Certains avec des esprits masculins et d'autres avec des esprits féminins. Les deux principes de réflexion différents se compléteraient.

Cette idée originale intrigue Natalia, mais pour l'instant elle a d'autres priorités.

Le directeur parle de plus en plus vite. Le traducteur explique en français :

— Monsieur Kobayashi dit qu'il faut que vos petites femmes franchissent cette porte, puis qu'elles prennent le deuxième couloir à gauche et ensuite il faudra aller tout droit.

David se penche sur le micro et transmet les indications à Emma 393, la capitaine de la mission, qui s'est naturellement placée en avant. Devant les caméras des Micro-Humaines, le décor se fait de plus en plus tourmenté, des murs lézardés s'effondrent, révélant des structures de métal plus ou moins tordues.

Le directeur de la centrale nucléaire Tepco guide le groupe jusqu'au cœur du réacteur qui risque d'exploser. Les compteurs Geiger crépitent de plus en plus fort et les indicateurs de radiations sont maintenant dans le rouge. La température est déjà très élevée mais, même si les Emachs en scaphandre suent dans leurs combinaisons, elles progressent toujours. Elles se retrouvent face à une porte de sas.

Le directeur donne les indications : c'est derrière cette porte qu'il faudra agir, en tournant la vanne qui va permettre à l'eau froide d'entrer dans le bassin de refroidissement.

— Mais le compteur Geiger indique déjà 10 000 millisieverts ! fait remarquer Aurore. On interdit aux humains d'approcher à 250 millisieverts.

Le Japonais parle à toute vitesse, le traducteur en fait autant :

— Monsieur Kobayashi dit que les compteurs Geiger qu'on leur a fournis sont limités à 10 000 millisieverts. Donc les petites femmes sont probablement dans une zone de radiations bien supérieures.

Aurore sent un frisson dévaler son dos.

Le débit du traducteur se précipite :

— Le directeur dit qu'elles doivent franchir cette porte. Mais une par une, il ne faudrait pas risquer de les tuer toutes d'un coup.

L'information est transmise en termes plus mesurés. Emma 393 passe la porte entrebâillée. Elle observe son compteur Geiger, dont l'aiguille frappe l'extrémité de la zone rouge, franchit la zone intermédiaire et, sur les indications du directeur, s'avance vers la vanne de contrôle du liquide de refroidissement. Elle saisit une barre métallique pour faire levier sur le volant d'acier et arrive à le faire tourner légèrement. Elle force, et arrive à faire jouer un peu plus le volant.

Le directeur Kobayashi pousse un petit cri de victoire. Il parle vite et le traducteur transmet les indications.

Emma 393 s'échine à faire pression sur le levier qui lui-même pèse sur le volant. Mais le niveau de radiations est trop fort et, après avoir forcé aussi longtemps qu'elle pouvait, Emma 393 s'effondre d'un coup. La caméra fixée à son casque n'éclaire plus que le plafond, tremblotant sous les spasmes d'agonie de sa propriétaire.

Le Japonais aussitôt inonde le traducteur d'instructions enthousiastes que ce dernier résume :

– Monsieur Kobayashi insiste pour qu'on en envoie une autre tout de suite !

David et Aurore ne bougent pas, c'est Natalia qui transmet l'ordre dans le micro qui les relie à la nouvelle Emach placée en tête.

– Suivante, prononce-t-elle avec une émotion mal contenue dans la voix.

Une seconde minuscule femme en scaphandre passe la porte et s'avance vers le cadavre de sa camarade. Elle l'éclaire et la filme, et l'on peut voir le visage de la petite Emach 393 à moitié brûlé sous la vitre de son casque transparent. Après un instant de doute, la nouvelle Emma se reprend, ramasse la barre de fer et, d'un mouvement de levier, poursuit le travail commencé.

Elle gagne encore quelques millimètres.

Le directeur japonais, ainsi que tous les journalistes et les spectateurs qui suivent l'événement en direct, deviennent nerveux. Mais, après avoir donné toute son énergie, la Micro-Humaine s'effondre sur le corps de son équipière.

Le directeur lâche un juron sec en japonais, mais Natalia a anticipé et lance dans le micro :

– Suivante.

Une autre Emma passe le sas et, enjambant les cadavres, ramasse la barre de fer et l'introduit dans le volant de la vanne pour lui faire gagner encore quelques millimètres de tour.

Au bout d'une heure, les vingt-trois Emachs se sont relayées et toutes ont fait progresser l'ouverture de la vanne, mais, selon le directeur de la Tepco, cela ne suffit pas à déclencher la libération du liquide refroidisseur.

Il ne reste plus qu'une seule Micro-Humaine, Emma 651, et tous savent que désormais elle est la dernière à pouvoir sauver la situation. Dans le camion de régie plus personne n'ose parler. On retient son souffle, les cœurs battant la chamade. Le directeur Kobayashi ne donne plus d'ordre, il se contente de transpirer et de battre des paupières de manière spasmodique.

La petite Emach est désormais leur seule et dernière chance. Elle avance. La caméra filme et la torche frontale éclaire devant elle le spectacle des vingt-trois cadavres de ses sœurs entassés devant le volant de la vanne de refroidissement.

Emma 651 se place dans la même position que les autres, puis se met à actionner le levier pour faire tourner le volant qui à nouveau cède de quelques millimètres.

Dans le car de la Tepco l'angoisse est à son paroxysme.

Tous savent que, si elle échoue, la température des barres va continuer de monter dans le réacteur, jusqu'à la fusion du cœur qui devrait en toute logique entraîner une explosion qui elle-même risque de toucher les deux autres réacteurs. Ce qui déclencherait une catastrophe bien plus dévastatrice que les précédentes.

– S'il te plaît, Emma 651… réussis, murmure David.

À nouveau, la Micro-Humaine appuie sur le levier et gagne

quelques millimètres encore, mais elle commence à ressentir les effets des radiations, ses mains filmées par la caméra sont saisies d'un irrépressible tremblement.

À un moment, alors qu'elle reprend son souffle, sa main glisse et elle s'effondre. Elle ne bouge plus et tous attendent. Plus rien ne remue dans la centrale nucléaire.

— Bon, eh bien, on aura au moins essayé, murmure Natalia.

Tous fixent les écrans, espérant un miracle, qui ne se produit pas. Le directeur japonais hurle dans sa langue. Il tourne vers les Français un regard furieux comme s'il leur en voulait de lui avoir donné un faux espoir. Dans le car des journalistes, les commentaires se font de plus en plus grinçants... Les regards abandonnent un à un l'observation des écrans sur lesquels s'est figée l'image du plafond.

C'est Nathalia qui repère le premier mouvement. Une caméra frontale bouge.

Celle d'Emma 651.

Elle est parvenue à se relever et, trouvant une ultime énergie dans sa volonté de réussir, elle tente de reprendre sa tâche. Emma 651, dont la respiration est de plus en plus chaotique et le casque recouvert de buée, s'acharne. Quelques millimètres de plus sont gagnés. Soudain, le levier part d'un coup vers l'avant et le volant de la vanne effectue un tour complet.

Le directeur de Tepco pousse un hurlement de joie.

Emma 651 s'effondre, pour ne plus se relever.

Le Japonais se tourne vers un écran de contrôle et lâche à toute vitesse :

— Monsieur Kobayashi dit que le liquide de refroidissement est enfin acheminé dans la cuve du réacteur. Il dit que la température qui n'avait cessé de grimper jusqu'à présent se stabilise, et commence à redescendre.

Le soulagement, mais aussi l'admiration gagnent les spectateurs de l'exploit.

Le smartphone de Natalia sonne et sur l'écran s'affiche « Drouin ».

Elle sait que le président a lui aussi suivi l'événement en direct. Il l'appelle certainement pour la féliciter et lui renouveler sa confiance, cependant elle ne décroche pas, se contentant de fixer l'écran où l'on voit la caméra frontale agitée du dernier spasme d'agonie d'Emma 651. Elle serre les mâchoires en même temps que monte en elle une fierté toute militaire pour ses soldates sacrifiées à une cause qui leur était totalement étrangère.

Alors, sans tenir compte du smartphone qui continue de sonner, elle prononce, comme si elle ne s'adressait qu'à elle-même :
– Mission accomplie.

209.

J'ai vu les images.
Ils ont donc recommencé, huit mille ans plus tard, à trouver la solution à leurs périls grâce à la réduction de taille. Et si c'était en effet la bonne réponse au problème de l'invasion humaine ? Des locataires de petite taille seront toujours moins gênants que des locataires de grande taille. Un humain dix fois plus petit détruit dix fois moins de matières premières, mange dix fois moins, vit dix fois moins longtemps, bref, me dérange dix fois moins.
Il faudra voir comment la chose évolue cette fois, avec ces petits humains. Leurs Emachs... drôle de nom.
Pour ma part, je me rappelle comment les choses ont évolué, il y a de cela huit mille ans...
La solution est devenue pire que le problème. Les minihumains, ingrats, se sont retournés contre leurs maîtres et créateurs.

210.

– … Et maintenant je passe la parole à Georges en direct de l'Élysée où le président Drouin a organisé un point presse.

– Lucienne, je vous laisse tout de suite écouter le discours qui va commencer.

Le président s'installe sur l'estrade puis déclare :

– Tout d'abord, mesdames et messieurs, je voudrais remercier Emma 651 qui a sauvé bien des vies humaines. Nous avons tous suivi en direct la manière dont vingt-quatre petites soldates fabriquées dans nos laboratoires ont réussi à empêcher une catastrophe dont les répercussions auraient pu être incommensurables. Nous appelons ces créatures dans notre jargon : Emachs, qui est une prononciation des initiales M H, signifiant Micro-Humains. Au sacrifice de leur vie, les Emachs ont pénétré dans la centrale nucléaire japonaise sur le point d'exploser et ont pu empêcher le pire. Aucune n'en a réchappé, et elles ont prouvé que, loin d'être néfastes, elles pouvaient sauver des vies. En outre, ces Emachs ont montré leur résistance aux radiations, ce qui nous permet d'ouvrir la voie à des recherches sur la résistance humaine au nucléaire. Aussi, dans les jours qui viennent, ai-je décidé que le laboratoire d'État, qui avait fabriqué dans la plus grande discrétion ces prototypes humains de petite taille, serait privatisé. Et que, sous le sigle PP, « Pygmée Prod », nous allions désormais mettre en location ces petites créatures pour résoudre les situations extrêmes où, ni les hommes ni les chiens, et pas même les robots, ne parviennent à agir efficacement. J'ai déjà été contacté ce matin même par le président chilien qui m'a demandé expressément de lui fournir une dizaine d'Emachs pour tenter de secourir un groupe de mineurs coincés à plusieurs centaines de mètres de profondeur dans une mine, après un éboulis dans la région de San José. Désormais, grâce à Pygmée Prod nous allons pouvoir rendre à la France son rôle historique de secouriste du monde entier. J'ai déjà reçu des félicitations de tous les chefs d'État, et de nombreuses demandes d'aide similaires. Je pense que le rayonnement de notre nation n'a jamais été aussi grand grâce à cette innovation jusque-là gardée secrète, et qui montre à la fois l'avancée et la hardiesse de nos scientifiques. À présent, mesdames et messieurs les journalistes, j'écoute vos questions.

— Vous parlez de chefs d'État qui vous félicitent, mais qu'en est-il du président Jaffar et des Iraniens qui réclament toujours une indemnité pour la destruction de leurs centaines de centrales électriques ? Les sommes réclamées sont énormes. Et, si j'ai bien compris, ils exigent aussi la destruction totale de ce qu'ils nomment non pas des créatures issues de la pointe de la technologie française, mais plutôt des « espionnes tueuses » !

— Il est pour l'instant hors de question de rembourser quoi que ce soit. J'ai discuté avec la présidente de l'ONU, Avinashi Singh, et je lui ai fourni des pièces à conviction prouvant que non seulement ces prétendues centrales électriques étaient des installations militaires, mais aussi que les Iraniens s'apprêtaient à utiliser un missile à tête nucléaire.

— Un missile nucléaire pour quel objectif, monsieur le président ? Détruire Israël ?

— Non. Ryad.

— Ryad !?

Une rumeur sourde parcourt le public.

— Oui, j'ai bien dit Ryad. Rappelez-vous tous les massacres de pèlerins chiites par des soldats sunnites, les incendies de mosquées chiites en Irak, au Pakistan, en Égypte ; en retour les Iraniens ont décidé de mettre au point leur missile « Vengeance éternelle ». Le premier n'ayant pas pu être utilisé pour cause de pandémie de grippe, ils s'apprêtaient à renouveler le projet avec un second missile, « Vengeance éternelle 2 », le jour de l'Achoura qui est pour eux le jour de la mort des martyrs chiites tués par les sunnites au VIIe siècle.

– Vous avez des preuves ?

– J'en aurai bientôt.

Déjà une journaliste lève la main.

– Et donc, monsieur le président, nous devrions aussi aux Emachs cette mission « antimissile nucléaire sur Ryad » ?

– Exactement. Le nom exact de cette opération était « Ladies of the rings ». Je ne peux pour l'instant vous en dire plus, si ce n'est que nous allons bientôt fournir les documents irréfutables qui prouveront ce que j'avance, et que nous n'avons évidemment pas du tout l'intention de payer les indemnités réclamées.

Rumeur parmi les journalistes. Les caméras zooment pour cadrer le président au plus près.

– Monsieur le président ! vous avez révélé l'existence d'un service scientifique ayant mis au point les Emachs. Ce service est-il une branche de l'armée ou du CNRS ?

– Non... Il s'agit d'un service parallèle indépendant. Nous avons plusieurs laboratoires libérés de toute tutelle politique qui font de la recherche prospective très avancée, mais dont nous ne communiquons les résultats des travaux que lorsque nous estimons que cela peut être nécessaire. Maintenant que les Emachs sont connus, j'ai décidé de donner encore plus d'autonomie à ce laboratoire. Comme je vous le disais, il devient désormais la Pygmée Prod. L'État gardera 51 % des actions et 49 % seront vendus à des investisseurs privés, un peu comme nous l'avons fait pour certaines banques, ou des entreprises de communication ou de transports.

– Monsieur le président ! Une question d'ordre pratique : pouvez-vous nous dire quels sont les noms des scientifiques français qui ont mis au point ces Emachs ?

– Pour l'instant, ils préfèrent rester discrets. Tout ce que vous devez savoir, c'est que les Micro-Humains sont l'aboutissement d'investissements anciens et de recherches génétiques complexes ayant nécessité les efforts énormes d'un petit groupe de gens déterminés.

Les mains se lèvent, réclamant le droit de questionner encore. Stanislas Drouin désigne une personne au hasard.

– Certains disent que cette histoire d'Emachs est votre joker pour une réélection. Reconnaissez qu'au moment où les sondages vous placent au plus bas, où votre politique contre le chômage s'avère un total fiasco, et où la balance des échanges économiques internationaux est nettement en votre défaveur, cette histoire tombe à pic.

– Il s'agit là une fois de plus de médisances, probablement lancées par mes collègues de l'opposition. C'est bien le problème dans ce pays, quoi qu'on fasse, on est critiqué et il faut se justifier.

– Quand même, monsieur le président, vous n'avez aucune arrière-pensée électoraliste alors que vous approchez de l'échéance de votre mandat ? On vous crédite actuellement de 23 % des votes favorables contre 36 % pour votre challenger de l'opposition.

Stanislas Drouin a un geste pour calmer la salle.

– Pour ma part, je pense que gouverner, ce n'est pas plaire aux sondages, mais prévoir l'avenir de nos enfants.

Les journalistes notent la formule.

– Un bon président est un homme qui sait prendre des risques pour défendre des idées avant-gardistes. Et comme par hasard, les idées avant-gardistes sont toujours repoussées au début, admises ensuite, et, bien plus tard seulement, elles deviennent évidentes.

211.

La main appuie sur le bouton commandant l'écran de la tablette numérique utilisée comme téléviseur.

Quelque part, dans un recoin du labyrinthe des égouts de New York, pas loin de Central Park, entre les Cinquième et Sixième Avenues, à 15 mètres sous la surface où filent les piétons et les voitures, Emma 109 a elle aussi suivi les événements de la centrale de Fukushima et le discours du président Drouin.

Elle observe le nid qu'elle a commencé à aménager. D'un côté, les armes, pointes et arcs qui lui permettent de se protéger des attaques des hordes de rats. De l'autre, plusieurs objets électroniques, et notamment des smartphones et une tablette numérique qu'elle branche sur un ensemble de petites piles connectées pour fournir de l'électricité.

Elle essaie de se souvenir de la formule que lui avait inculquée la déesse Natalia : 1) on s'informe 2) on réfléchit 3) on agit.

Et maintenant qu'elle estime être suffisamment informée et avoir suffisamment réfléchi, elle est bien décidée à agir pour changer le monde.

Et dans sa tête émerge déjà un plan précis.

FIN DU TOME 1

TABLE

REMERCIEMENTS

Christine Villanova Josset qui m'a donné l'idée de l'humanité ovipare par une simple réflexion lors d'un déjeuner : elle me disait qu'une de ses amies enceinte aurait préféré mettre son petit dans un œuf au réfrigérateur et accoucher à une période plus adaptée à sa carrière professionnelle.

Monique Parent Bacan qui m'a fait rêver en me racontant joliment les détails de mes vies antérieures et Philippe Roux qui m'a permis d'avoir l'impression d'aller y faire un tour lors d'une séance d'autohypnose.

La tribu baoulé de Lamto qui m'a accueilli en 1983 (lors de mon reportage sur les fourmis magnans) et dont les souvenirs me servent encore pour écrire des romans qui se passent dans la forêt africaine.

Le biologiste Gérard Amzallag qui m'a fait découvrir l'œuvre de Jean-Baptiste de Lamarck et de Paul Kammerer, ainsi que cette formidable anecdote sur les femelles lézards qui mutent pour se reproduire sans mâles.

Mélanie Lajoinie et Sébastien Tesquet, patients lecteurs qui ont lu toutes les versions de ce roman (21 versions écrites sur deux ans avec chaque fois une intrigue différente) et m'ont donné des avis constructifs. Ils se sont rencontrés sur le site www.esra.com (*Encyclopédie du Savoir Relatif et Absolu en ligne*) et se marient cette année.

Sylvain Timsit (websmaster du site bernardwerber.com), qui a lui aussi relu plusieurs versions de ce roman et m'a apporté son regard particulier tourné vers une écologie moderne.

Isabelle Smets qui m'a inspiré certains thèmes de psychologie appliquée.

Francis Frydman qui m'a fait découvrir l'intelligence artificielle et Philip K. Dick.

L'historien Franck Ferrand pour ses anecdotes qui m'ont aidé pour la rédaction des passages de l'encyclopédie historique.

La lectrice anonyme qui, au Salon du livre de Paris en mars 2012, m'a posé l'énigme des trois allumettes qui font un carré (et dont la solution sera dévoilée dans le tome 2).

Les lecteurs qui me suivent depuis la sortie des *Fourmis* il y a vingt ans. Vingt ans… C'est aussi pour eux que j'ai reconnecté ce roman avec la première trilogie (notamment en reprenant la famille Wells, l'*Encyclopédie du Savoir Relatif et Absolu* et le principe du « plus petit, plus féminin, plus solidaire »).

Merci aussi à Richard Ducousset, Muguette Miel Vivian, Reine Silbert, ainsi qu'au docteur Frédéric Saldmann.

Et à Laurent Avoyne, Gilles Malençon et Stéphanie Janicot dont la conversation m'a inspiré certaines anecdotes du roman.

MUSIQUE ÉCOUTÉES DURANT L'ÉCRITURE DU ROMAN :

The Doors : album *The Very Best of the Doors*.
Antonín Dvořák : *Symphonie n° 9 du « Nouveau Monde »*.
Félix Mendelssohn : *Symphonie n° 4*.
Brahms : *Symphonie n° 3*.
Clint Mansell : musique du film *The Fountain*.
Mike Oldfield : Album *Omamadawn*.
Muse : Album *The Resistance*.
Dave Porter : musique de la série *Breaking Bad*.
Hans Zimmer : musique du film *Inception*.
Peter Gabriel : Album *New Blood*.
Iron Maiden : Album *Powerslave*.

Sites Internet : www.bernardwerber.com
www.esraonline.com
www.arbredespossibles.com
Facebook : bernard werber officiel.

Composition Nord Compo
Editions Albin Michel
22, rue Huyghens, 75014 Paris
www.albin-michel.fr
ISBN : 978-2-226-24422-2
N° d'édition : 20378/01 N° d'impression :
Dépôt légal : octobre 2012
Imprimé au Canada

Achevé d'imprimer au Canada
sur les presses de Imprimerie Lebonfon Inc.